金大 作品

# 全世界只有一个你 / 下

百花洲文艺出版社
BAIHUAZHOU LITERATURE AND ART PRESS

# 目录

CONTENT

# 第一章

# 生子

CHAPTER 1

当然这事儿也不是家家都欢天喜地的，此时的羌家军内，就有点不大和谐的气氛涌动着。这群顶天立地浑不怕的男子汉，终于发现也有他们扛不住的情况了。

不管是敌人的威逼利诱，还是缺胳膊断腿，千难万险他们都能扛过去。就拿观止来说吧，别看长得跟小白脸似的，其实那绝对是个胳膊断了眉头都不带皱的硬角色。

可此时对他来说最难的事儿就是早起去叫头儿起床！太长针眼了有没有啊！太恶心了有没有啊！

之前那两位闹别扭的时候，他愁得啊，简直恨不得把自己当成胶水给两人黏一起，可现在吧……那两人是不用胶水了，只是视觉太刺激了有没有啊！

不管他怎么拖延到最后一秒到达，以往绝对是军事化生活的羌然，此时都成赖床的了。

就算夏宫的墙壁挡着里面的春色呢，不过在他等着头儿起来的时候，还是能隐隐听到里面的嬉笑声。

然后等玻璃墙变成透明的时候，他就会看见不是头儿在帮夫人整理领子，就是夫人在帮头儿整理领子。两人还跟不够恶心似的，临了还得来个告别吻，还得一回吻两次，什么这次不算，再来一次啦，哎呀就不给你亲啦，要不要这么刺激光棍啊！

观止很发愁啊，再这么刺激他就要变态了！好几次观止都想鼓足勇气，豁出命地问他们一句："你们难道就不觉得恶心吗？"

可是吧，眼瞅着媳妇都在再生的路上了，他最终忍着各种长针眼的视觉刺激，咬着牙地扛了下来。

而且吧，头儿只要一离开夫人身边，马上恢复正常，既不会腻着说话了，也不会笑得嘴都咧开了。

所以现在观止就盼着头儿能离夫人远点，不然总这么恶心下去，这还是他们威武雄壮野心勃勃的头儿吗?

时间过得倒是很快，最近一段时间联邦政府就所谓的女王官邸跟羌家军扯皮都扯到家了，刘娅楠经常在电视上看见两方打嘴架。

她每天按部就班地忙着自己的事儿，不管外界怎么忙乱又有什么安排，她都按照自己的计划做着，因为知道自己很笨，所以她做起事儿来格外小心，也格外用心。

最初挑选的那个养育院既有成功的地方，也有不少教训，她跟小田七他们一一总结起来，准备把自己总结的东西都推广开来。

除了养育院外，刘娅楠发现在这个没有父母没有亲人的地方，人老了之后大部分人会选择安乐死，很多人都是身体刚刚出现状况就直接安乐死掉。这对她来说简直是不可思议，可是小田七跟野兽却觉得这是很自然的情况。

刘娅楠这才明白，在这个世界压根没有安享晚年那一说，怪不得她来到这个世界后，看到的大部分是中青年的人，很少看到老人。

她想着要有机会的话，能出去亲眼看看那些老人的生活状况就好了，不过那些都不着急呢，既然她有女王那个头衔了，估计以后做这种事儿会容易得多。另一方面是她跟羌然的关系，也越来越好了。

自从“大姨妈”走了后，羌然每晚都会跟她在一起。以前她觉得自己跟羌然可不合适了，两人简直就是两个物种的人，可现在刘娅楠隐隐觉得也许正因为不同，所以才能互补。

跟羌然的强势比，她则是那种软趴趴的随遇而安的性子，而且适应力很强，每次不管遇到什么，都能想办法活下来。

只是快乐的日子过了没多久，一个月一次的取卵时间就又到了。以往都是由羌然带着刘娅楠过去，然后全程由他来参与。结果这次大概是跟刘娅楠关系难得融洽，羌然竟然忘记了这事儿，最后还是参谋部的负责人不得不提醒他家头儿。

在听见那些话的瞬间，一向当着属下的面，表情很少的羌然，破天荒地出现了茫然的表情。参谋部的负责人也察觉到头儿的情况不大对，可是做这种工作的，他怎么也要尽职尽责。他努力忍着头皮发麻的感觉，把医疗组的申请，又拿出来给头儿看了一次。

羌然低头看着自己签名的地方，过了好半天才回道：“我知道了。”

停顿了下，他很快想起早上刘娅楠笑着跟他商量新式菜谱的事儿。那家伙喜欢各种新奇的事物，不管什么样的食材都想搭配着做一做，有些做出来会特别好吃，有些又难吃得不敢恭维。

他并不太懂女人的心思，那些千回百转的念头，在他眼里只是简单的高兴与不高兴，可是现在他知道了一些，也明白了，之前的刘娅楠一直在强颜欢笑。也因为这个，才越发觉得现在的刘娅楠能笑得这么开心是多么难得。

羌然沉默着，把处理完的文件交给参谋部的人，一面吩咐那人去处理，一面走到外面，打开门的瞬间，他就看见医疗组负责人已经焦急地等在外面了。

在那人身后，还有数十个医疗组的骨干成员，除了以前羌家军的那些成员外，这个医疗组还补充了一些顶尖专家。

里面那些人，有很多都是他亲自挑选的，他不是基因学专家，可为了能够尽早实现女性再生人计划，当初那份文件递上来的时候，他毫不犹豫地就批准了。

羌然找到刘娅楠的时候，她正在跟小田七他们算改造养育院的预算呢。因为工程太大，刘娅楠有点被绕糊涂了，她本身就是普通人的智商，虽然有小田七帮她把关，可是她还是想自己也弄清楚，只是边学边算太费劲了。她当年高数都没及格过，对这种建筑改造上的计算就更是摸不着头脑了，算起来格外费劲。就连野兽都算出来了，她还反反复复地纠结在小数点上。所以等羌然来的时候，就看见刘娅楠急得把自己的头发都挠乱了，正一脸愁苦地算着呢。

他走过去的时候，小田七跟野兽就跟本能反应般，一看到他立刻恭敬地站了起来。只要在羌家军的人，难免都会沾染些军队的习气，看到羌然时都是大气不敢出地小心应付。

倒是小田七他们一行动，刘娅楠也注意到不对头了，等她抬起头来的时候，就看见羌然正面色很沉地看着自己呢。

不能说是心有灵犀吧，可是这段日子，什么时候该做什么事儿，她还是门清的。她自己私下也算过日子，知道最近几天取卵的日子要到了，而且她每天都要体检，看着那些检查人员的表情，她就能知道个大概了。

此时一见羌然过来，她主动站了起来，准备跟着羌然走出去，反正反抗也是没用的。再说都被取过两回了，她也都习惯了，一回生二回熟嘛，就跟下鸡蛋一样，被主人养着掏窝，掏着掏着都麻木了。

她努力表现得若无其事一些，走了几步后，倒是羌然忽然没有任何征兆地停了下来，她本来跟在他身后的，这一下，差点没撞到他身上。她赶紧停下来，纳闷地抬起头来。

羌然个子很高，看向刘娅楠的时候，就有点居高临下的意思，此时他微微弯了些腰，刘娅楠也在抬头看着他。两人对视了一会儿，一时间谁都没有开口说话。

明明早上的时候亲密得好像一个人似的，可是现在气氛不对了。就好像风花雪月遇到了严寒酷暑，梦幻的爱情遇到了柴米油盐，而在他跟她之间，就是这个……一个准备掏窝的养鸡户，跟一个等待被掏窝的小母鸡。

羌然的表情多少有些不自在，刘娅楠努力做着洗耳恭听的样子，结果等了好久，羌然都没有开口。就在刘娅楠都等怕了的时候，羌然才终于说道："你不想去的话，可以不用去。"

刘娅楠当下愣住了，下意识地，她看了看旁边那些忧心忡忡的医疗组人员，又看了眼羌然，可是这个阵仗不像是不让她去的啊……

她迟疑地小声问道："那，羌然，我真的可以不去吗？"

"可以。"羌然非常肯定地告诉她。

刘娅楠这下更吃惊了，她以前那么抵触那么抗争，羌然都没往心里去过，每次都跟哄小狗一样哄她，现在这是怎么了？

她眨巴眨巴眼睛，疑惑地看向羌然。羌然一般是不会同人商量什么的，这个时候他只是在传达一个命令，一个她可以拒绝的命令。

只要她不想，就可以拒绝……可既然可以不用去了，那这些医疗组的人又是怎么回事？

刘娅楠迟疑着，最后看向羌然，小声问道："是计划停了吗，还是你不想我去？"

羌然没有回答。

刘娅楠也有点反应过来了，这是羌然在顾忌她的心情。

最近两人跟蜜里调油一样，但有些事儿太熟了总归是不好下手。

刘娅楠踌躇了下，过了片刻才说道："那羌然……正好趁这个机会，我能不能了解下医疗组都是做什么的啊？"

因为不知道的话就会胡思乱想，最初被取走卵的时候，她吓得晚上都做噩梦了，梦见一个跟八爪章鱼似的怪物从自己的肚子里爬出来。她如果了解的话，大概能好一些，也能做出正确的决定。

羌然听后抬起头来，他的表情挺少的，看上去也很严肃。他做了个手势，那些医疗组的负责人很快就小跑着过来。

刘娅楠深吸口气，赶紧问了起来，她不是太懂那些，只拣着自己感兴趣的问。

那个医疗组的负责人倒是口齿很清楚，讲得也头头是道，虽然很专业吧，可发现刘娅楠有些地方听不懂后，就会用一些例子说明，刘娅楠终于问出了自己想知道的那些。

她本来以为自己的卵会被人拿去研究各种可怕的事儿呢，现在知道只是用来做再生人后，她松了口气。一度她可怕自己的卵被拿去跟什么她不认识的人配对，然后弄出她自己都不知道打哪儿来的孩子，如果是再生人的话，其实就跟克隆是一样的道理。

怎么想也比她之前想的那些好多了，刘娅楠对羌然说道："羌然，我现在知道是怎么回事了，我觉得应该没什么的，这种研究听着也挺靠谱的，做吧，我能接受这种情况。"

羌然侧头看了她一眼，刘娅楠赶紧开玩笑般说道："反正我早晚也要当丈母娘的。"

只是羌然没有她那二了吧唧的幽默细胞，他的表情看上去还是那么严肃，刘娅楠尴尬地低下头去。

不开心是肯定的，可是她已经有了一定的觉悟。大家让她做女王，自然不是因为她长得像女王，而是觉得她可以做出女王能做的事儿。就好像蜂后一样，生产下一代，给族群希望。她没有女王的心，却懂得这种道理。

等再跟羌然走去手术室的时候，她努力让自己表现出坦然轻松的样子。只是羌然要跟着她进去的时候，让她觉得怪怪的，说白了还是那句话，太熟了，有些事就觉得不合适了。

她消毒后进到里面，羌然熟练地戴上医用手套，刘娅楠也不用他抱着了，她灵巧地跳了上去。身体应该怎么摆放，她也有了心得，不会再像第一次似的，弄得腿部肌肉都是酸疼的，就是身体碰触到手术台的时候依旧是凉凉的。

羌然跟以往一样，会握着她的手，只是这一次刘娅楠发现羌然的手比自己的还要凉一些。

她努力笑了笑，疼是有一些，不过很快就跟上了麻药一样，身体没有了知觉。

羌然没有跟以往似的一直盯着仪器，他的头偏了一些。

无影灯下，她可以没有保留地看到他的表情，那样的羌然有点陌生，刘娅楠不知道怎么的，就伸出手去摸了摸他的脸。这么强大的男人，不知道为什么刚才那瞬间，就好像有些脆弱似的。她这个被掏蛋的母鸡是不是真成圣母了？

她的手轻轻碰触着他紧绷着的脸部肌肉，他的表情没什么变化，到最后他伸出手去，终于握住她的手，这一次他的手劲有些大，都有些捏疼她了。

时间一分一秒地过去，等做完后，刘娅楠从手术台上坐了起来。平时羌然都会扶她的，这次羌然的反应明显有点慢。

刘娅楠倒是比以往要镇定很多，她有条不紊地穿着衣服，先是提上裤子，然后上衣……最后，她的鞋子脱在地上了，羌然俯下身拿起来递给她。

她接过来穿在脚上，漂亮的高跟鞋是好看，可最近她忙的事情太多，一会儿要查资料一会儿要算这个对那个的，所以这阵她都是穿的平底的休闲鞋。

两个人都没有说话，因为有一点奇怪，可为什么奇怪，一时间又都不知道根源在哪儿。明明这次挺顺利的，刘娅楠也是心平气和的，没有第一次的争执，也没有吵闹，可还是别别扭扭的。

他没有再独断地要求刘娅楠该去哪儿，而是会询问她出去后想去哪儿。刘娅楠现在就想回到夏宫休息，知道了刘娅楠的意思后，羌然又亲自送她回到了夏宫。

她躺在床上的时候，羌然还帮她拉了下被子，她也微笑着同他道谢，然后两人就都迟疑了下，以往都会有告别吻的。

这一次告别吻成了个难题，羌然在她的头顶停顿了下。

刘娅楠能理解他的感觉，他抹不开面子了。她之前写的字条里就有这条的，她厌恶被人取卵。他可以给她一个皇冠，可是现在……却还在做着这种事儿。

刘娅楠主动环住了他的脖子，没有吻他的嘴唇，而是安抚似的，贴了贴他的脸。

“没关系的。”她体贴地说着，“我能理解。”

所以说那些圣母教的真没有看错她啊，她果然就是天然牌的圣母，还是如有虚假绝对包换那款！

剩下的时间刘圣母就在夏宫里老实地休养着。羌然再回来的时候，拿着饭菜。她肚子倒真有些饿了，便打起精神起来吃饭。

就是气氛不管怎么调整都不对，不管是她傻乎乎地说笑话，还是努力装淡定装无所谓，情绪就是调动不起来，反倒是弄巧成拙了，显得更怪了。

刘娅楠没办法，只好坐着默默地吃着饭菜。

很快刘娅楠就发现了一件奇怪的事儿，平时绝对很有水准的饭菜里居然夹了一盘味道很诡异的菜，那菜的味道吧，可真不敢恭维，而且那刀工是怎么搞的啊，切得乱七八糟的，不是短就是长。按说端给她的饭菜可都是精挑细选的，顿顿小灶不说，还有专门的安全科做检查测定没问题才会端给她。可是这么难看的饭菜是怎么溜进来的啊，那些检查的眼睛都长歪了吗？

作为一个专业级别的厨师，她忍不住扒拉着那道菜，嘀咕道：“这个菜，会不会是端错了啊？”

一直沉默着吃饭的羌然这才说道：“那是我做的。”

刘娅楠有点惊悚，赶紧看过去，羌然大概是有些尴尬，顿了一顿，又解释道：“我下午没什么事儿做，就想试试看。”

刘娅楠闻言赶紧又看了看菜碟里的食材，她可是很精通那些的，这些菜，味道难吃是难吃，可是瞧得出来是有讲究的，不光是羌然的这一道，其他的几道也是。她这才注意到，就连旁边的果盘都是下了心思的，里面的食材，如果她没记错的话，都是可以调节心情的，就是那种吃了后，会让人觉得开心一些的。

这是他怕她会心情不好？

她哦了一声，默默地又扒了几嘴饭，其他的菜好吃是好吃，不过既然羌然都亲自下厨了，她怎么也要捧捧场的。

她不管不顾地夹起那些稀奇古怪的菜往嘴里塞，吃得嘴巴都鼓了起来。

羌然中间会抬头看她一眼，她就傻乎乎地做出夸张的表情来逗他，真奇怪，明明是自己被人取了卵啊，干吗他要心情低落啊？

不过她已经看开了，就是每次被取过卵后，她都有点懒洋洋的，现在的她半躺在床上，端着果盘吃着。

电视上羌家军还在跟联邦政府扯皮呢。羌家军指责政府办事没有效率，一个小小的绑架案都办得啰里啰唆的。

缪彦波他们则抗议这事儿跟效率没关系，在琉璃海那种三不管地带，那群海盗佣兵团本就是不好治理的亡命之徒，你们厉害你们去啊……什么你是吃闲饭的、废物……

两边在电视上就摆起了擂台，除了这个以外，扯皮最多的还要数那个女王官邸，目前看争论的关键点是女王官邸要不要安在羌家军那里。

现在双方倒是各退了一步，正官邸既然没得选了，那么在富人区安排一个副官邸，作为女王对外处理事务的一个临时居所总可以吧？

只是这事儿又要开始扯皮了，选址啊，宫内官的设置啊，卫士啊……

刘娅楠懒洋洋地吃着果肉，其实她早已经有了想法，她之前开的那个破烂酒店，还没开业呢，就被炸烂了。后来倒是重新修整了一下，只是她最近都在忙着养育院的事儿，压根没精力再弄那个酒店了。

她想着，与其放着那么大的地方不用浪费，干吗不把副官邸安在那里啊。那个位置可是很不错的，处在富人区跟穷人区的中间地带，交通也方便，主要是占地也大，之前的绑架案后，又重新设计的，各方面也绝对符合安保条件。

等羌然换上睡衣上床的时候，她主动靠过去，撒娇般对他说：“羌然啊，能跟你商量个事儿吗，其实我的酒店就很好啊，你觉得那个地方当副官邸怎么样？”

羌然点头道：“可以。”

刘娅楠没想到他能答应得这么爽快，今天的羌然还真是奇怪。以往都是手术后六个小时才可以继续做那个，一般羌然都会等到六个小时后做床上运动。这次都过了六个小时了，他也都换好衣服了，却没有任何行动。

刘娅楠琢磨着，要不要趁这个机会再要求点别的。要不把自传的事也趁热打铁地提出来？她正想着呢，却见羌然已经凑到她身边，还伸手拿了果盘里的一块果肉，塞到嘴里，一边吃一边跟谈论天气似的忽然对她说："对了，下午我把医疗组的计划做了更改，下个月不用再取卵了。"

他转过头来，直视着她的眼睛说道："咱们生孩子吧。"

刘娅楠一下就傻了，生孩子？在这种纯男人的环境，连个女护士都找不到，让男的给接生啊？

她倒是不怕男大夫，可她怕万年光棍的男大夫啊！就算她不计较那些，可这些人有没有经验啊！别告诉她，那些人都研究夏娃好多年了！那可就太坑爹了！到时候肚子里有那么一个小家伙，非要出来，再折腾点，那不是要人命了吗？

何况她没一点当母亲的自觉，这让她很苦恼。

可是看羌然的样子，好像这个是最好的选择，其实刘娅楠也知道，自己肯定是要生孩子的。当初羌然疯了似的给她上木驴，她就以为羌然是想让她赶紧怀上呢，后来知道羌然压根没那想法的时候，说真的，她还伤了下。

现在这样……刘娅楠也拿不准是好事还是坏事，不过……看着自己扁平的肚子，觉着怪怪的，又有点不可思议。

不管她肚子里是怎么百转千回，羌然那边已经按部就班地开始实施了。

当天晚上虽说没跟她做床上运动，不过第二天天还没亮，羌然就迫不及待地抱着她去浴室了。只是到了浴室后，羌然没有立刻扑过来。

刘娅楠就看见他正在低头研究着什么。她纳闷地看过去，就见他好像在拆什么包装袋。那个东西是怎么看怎么眼熟，很像那个保险套啊……

不是说要孩子嘛，怎么忽然又用上这个了？

刘娅楠很是纳闷，泡在水里的时候，脸也红红的。不知道出了什么问题，羌然试验了几个一直不对似的。她也不好意思过去，大大咧咧地说要帮他。

她扭捏地小声问着："你在戴那个吗？"

羌然倒是坦然得很："医疗组建议避孕的药停一个月后，再进行自然受孕。"

"哦……"原来戴套是为了优生优育啊……

这个可以有……

刘娅楠默默地想着，要生个健康的宝宝……她又看了一眼自己扁扁的肚皮,这个时候为了种族延续,奉天承运早怀孕什么的感觉就更强烈了。

所以他们做这个也是带着历史使命的喽?

最后羌然终于弄好了，只是再过来的时候，又有新的问题出现了。

热水虽然可以减轻刘娅楠的痛苦，可不知道是因为水的影响，还是怎么的，才开始没多久避孕套就给破掉了……

破得还很尴尬，刘娅楠差点没被吓死……

刘娅楠受了刺激，顿时没了心情。羌然倒是兴致很足，赶紧又换了新的，只是两人再开始的时候，就总不得要领，刘娅楠也不知道该怎么配合他，总怕那玩意儿又破掉。她的身体硬邦邦的，感觉怎么做都不对，总是束手束脚的。

时间倒是过得很快，等观止过来的时候，两人还没完成一个回合呢。

刘娅楠看着羌然那副沮丧的样子，忽然笑着揉了揉他的耳朵。虽然没有尽兴，可两人还是脸贴着脸地接了一个缠绵悱恻的吻。

那之后羌然倒真跟外事部的人打了招呼，很快副官邸就确定了，选在了之前的酒店那里。

刘娅楠是一脑袋的糨糊，对当女王的事儿也没正经的感觉，简直就像过家家一样，可是所有的事情都在有条不紊地进行着。

最近几天还有人专门过来要教她学习礼仪，不过教她的人也是个外行,一会儿教军礼一会儿教握手鞠躬的,最后刘娅楠赶紧将那人打发走了,心说让男人教女人宫廷规矩，也太能扯了。

反正她看了那么多电影电视，总有点可以模仿的东西。

她自己设计了一套规矩交给了专业扯皮的部门，让那些人拿去跟联邦政府扯皮。剩下的时候，刘娅楠一边做着备孕的工作，一边想着把之前的自传发出去。

自从两人决定生孩子后，刘娅楠能感觉到，羌然对她的态度好了很多。

不知道是不是雄性都这样，遇到雌性要生崽了，就会额外温柔一些。她赶紧提了一些要求，比如当女王后，让小田七他们继续跟着她。

她说的那些羌然答应得都很快，中间甚至让她跟着羌家军的人和联邦政府一起扯皮。典礼啊还有什么宫内侍从那些。刘娅楠心里也有主意着呢，毕竟看了那么多年的宫斗文，也看了《伊丽莎白传》，别的不懂，但这个宫内侍从，也是各种势力安插人手的机会。

正好她之前看过一些报道，知道自从她出现后，变性人的生活就遇到了变故。她想了一个办法，这次提了出来，可以招那些变性人进宫廷里，与膀大腰圆的男的比，跟这些心理是女人的变性人相处应该会更轻松一些。

果然消息一发布出去，就有几百人前来应聘。本来是羌家军跟联邦政府负责筛查的，不过刘娅楠直接简化了过程，用抽签的方式选了十名侍从。

事情顺利得出人意料，刘娅楠以前处处吃瘪，这还是头次发现自己有了点优势，至少在应对扯皮军团的时候，她发现自己总能很好地平衡两者之间的关系。就跟小时候她总喜欢给人当和事老一样，遇到双方有矛盾就会努力地协调，还有就是……

自从她到了这个世界后，就一直谨小慎微，所以不知不觉间学会了自己的一套察言观色的本领，现在看着那些人的表情，听着他们说话的口吻，她很快就能猜到那些人的想法。

外面的事情倒是好说，就是自传那个事，不知道怎么的，羌然忽然好奇起来，非要先看看内容。其实以前她写的时候，羌然看到过的啊，那时候他还笑她总写些没用的东西呢，弄得她可郁闷了。

这个时候见他又要看，刘娅楠就有些抵触。

小心翼翼地递给羌然后，他倒是看得很认真，躺在床上，就跟阅读什么重要的睡前读物一样，一页一页地翻看着，到最后好像看得太入迷了，他还直接翻过身来，用手肘支撑着自己，伸出手指来，点着内容细细地看。

修长的手指在初稿上游走着，羌然看得太仔细了，中间看到错别字的时候，还会一一帮她挑出来改掉。

刘娅楠看到了，不好意思地说："我还没校对呢……"

"我帮你。"羌然最近一段时间没修剪头发，低下头时，额前的头发就会遮住眼睛。

他的目光特别专注。

刘娅楠知道他过目不忘，此时见他看得如此认真，她心里不禁叫苦，自己当初写得别提多过瘾了，什么都写进去了，简直就是女性奋斗史外加血泪史，都是女人如何自立，如何不容易，还有对于爱情的各种美好愿望……

可时过境迁，当年的苦日子，不知不觉成了今天这样……再看去，曾经写得心都疼了的那些文字，混着血泪的那些经验教训以及内心的感悟，让人特别别扭。

羌然表情淡淡的，一直看不出喜乐。

最近一段时间两人表面看着挺和谐的，其实在床事上还是不太顺利，中间尝试了几次也都失败了。两人因此都有了心病，晚上躺在床上的时候，便给自己找事做。

谁也没再提那个。

现在躺着看了好半天自传后，刘娅楠看时间不早了，就犹豫着要不今天就这么直接睡了算了？可是羌然又一直没提。

刘娅楠想起脚下的那两条小狗了，平时她都会把这两个小家伙放在别的房间，现在她也是怕晚上气氛太怪了，便特意把它们放在脚边准备活跃活跃气氛的。

她用手逗着小狗。小毛球倒是还好，一看见刘娅楠逗自己就高兴地在原地打圈。那个埃德加犬却是懒洋洋的，连眼皮都没抬一下。

刘娅楠很挫败，叹了口气。自己对这两只小狗够好的了，可为什么这个埃德加犬，怎么养都养不熟啊？

她觉得自己的叹气声很浅的，哪知道羌然立刻注意到了，看过来，盯着她的脸问她："怎么了？"

"啊？"刘娅楠没想到羌然会这么在意，就把小狗的事儿说了。

羌然听后，把自传合上，放在一边，笑着告诉她："你错了，埃德加犬很喜欢你。"

"很喜欢？"刘娅楠这下更不明白了，喜欢的话应该是像小毛球一样摇尾巴的啊，每次看见她都开心得转圈圈，这个才叫喜欢不是吗？

这个埃德加犬怎么喜欢她了？她喂饭的时候抬抬眼皮，顶多嗅嗅她的手指就叫喜欢了吗？

"这种狗智商和忠诚度都很高，跟其他的犬种不一样，它很傲气，就算是对最喜欢的主人，也不过是嗅嗅对方的手指。"说着，羌然像要印证自己的话一般，教那只小埃德加犬怎么听命令地起来坐下，教了两次那只漂亮的小狗就会了。每次听到指令都会立刻坐下，让起来又会立刻起来。

刘娅楠这下可是看呆了！简直神了，这么聪明的狗她还真是头一次遇到呢。她一直以为埃德加犬就是长得漂亮而已，现在才发现这种狗简直就像个半大的孩子嘛。

她赶紧跑到床下，教这只狗狗怎么握爪，又是两次这只狗狗就会了！

这个智商，就跟能听懂人的话一样。

不过不知道是不是自己忽然对埃德加犬太好了，总小加加地叫，一直憨憨的小毛球忽然不满起来，还半立起来对着她汪汪叫了好几声。

刘娅楠没想到小毛球会吃醋，赶紧安抚般摸摸小毛球的脖子说："别叫了哦，你生什么气啊，你们都是我的宝贝哦。"她一手抱起小加加，一手又抱起小毛球，只是这两个家伙都被她养得跟小猪仔似的，她刚抱起来就被压得坐在了地上。

羌然赶紧起身，把压在她身上的狗挪开。

刘娅楠这下算是知道左拥右抱不是那么好受的了，她这种细胳膊细腿的还是别玩这种高难度的动作了。

就在被羌然拉着站起来的时候，刘娅楠忽然想到，他们未来会是爸爸妈妈了吗？她觉得特别不可思议。

刘娅楠坐到床上，沉默下来，似乎想着什么心事。片刻后，她用薄被卷了个小包袱，小心翼翼地把枕头放进去裹了裹，试着晃了两下小包袱，努力想着自己怀里抱着的是个小婴儿，一个活生生的小东西……

羌然正在看自传呢，突然感觉床晃动了两下，他抬起头来，就见刘娅楠抱着枕头表情诡异地摇晃着呢。她好像还哼着什么小宝贝快睡觉的曲子，那曲子很轻柔，她哼得跟蚊子在嗡嗡一样，他要很努力地听，才能听清楚曲调。

羌然没有打断她，只静静地听着。

等刘娅楠发觉自己被看到的时候，赶紧把薄被放到床上，又把枕头拿出来拍了两下。

羌然手拄着头笑她："你在打孩子吗？"

刘娅楠被他说得脸都红了，结结巴巴地解释着："我、我想感觉一下……我、我不知道当妈妈什么样嘛……"

"我也不知道当父亲是什么样。"羌然把她扯到自己身边，"你可以告诉我。"

刘娅楠迟疑了下，不得不告诉他："我不是被爸爸妈妈养大的，他们讨厌女孩……”

羌然没有吭声。

刘娅楠知道他在看自己，只在看她时，羌然才会有那样的眼神。

两人随后很自然地又在床上试了一次，也说不好是谁先开始的，这次两人都很有耐心，也很有默契……

做到一半的时候，刘娅楠忽然想起床下还有那些小家伙呢……

果然再看床下的时候，就看见两只小狗都跟看见什么奇怪的事儿似的在那儿歪着脑袋看呢。

刘娅楠臊了个满面通红，不管羌然愿不愿意，硬是推开他，把那两个小家伙关在别的地方后，才又跟羌然继续……

刘娅楠登基的事儿算是越来越近了，这让她很有一种在演戏的感觉。

不过看着所有的事情都在按部就班地进行着，就连典礼现场都已经准备妥当的时候，她又突然对一切有了真实感。这些男人大概是好久没这么兴奋过了,单单一个登基典礼都折腾得花样百出,中间还有什么巡游。这还不是正式开始，只是从羌家军往副官邸走而已。

就这么一个动作，就折腾得刘娅楠差点没晕过去。数以万计的民众蜂拥而至，在出行前，刘娅楠在电视上就看到好几起踩踏事件了，她紧张得够呛，赶紧给维持秩序的缪彦波打电话过去。

刘娅楠当时也没多想，只是觉着大家为看她嘛，被踩到多不好啊。结果这么一件事立刻被羌家军用到了，什么政府督办不力啊，什么无法维持秩序，让羌家军全员很担忧，很害怕再次出现恶性事件啊。

缪彦波那些人也不是吃素的，立刻隔着电视台对骂开了，什么当初的绑架案可是在你们那里发生的。官话自然是冠冕堂皇，私下的话可是要多难听有多难听，什么放屁瞅别人啊，也不是好鸟这样的……

来来去去，刘娅楠被吵得头都大了。

一直吵到巡游那天，两边都没消停，在临要出门的时候，又因为女王的专车上怎么能有这样那样的东西扯了五六分钟的皮。

最后一切妥当了，车子才终于行驶开来。

刘娅楠头都大了，在车内跟羌然诉苦道：“我的天哪，最近两天吵得我耳朵都要失聪了。”

羌然只是笑着看她。

不过其实刘娅楠心里是期待的，女王哎！

哪知道刚平静了两分钟，她就被前面出现的一幕幕场景给惊呆了！

她已经不是头一次看到人群欢呼这样的场面了，可是在所有的高楼上都挂着自己的画像这也太惊悚了！

在行驶到副官邸的时候，她下车的瞬间，上百门礼炮齐鸣。那些等候在道路两旁的人员，听到礼炮声音后，更是整齐划一地行着礼。

在前面准备相关事宜的野兽跟小田七，也快速迎了出来。在看到她靠近的时候，野兽更是毫不迟疑地单膝跪地。

刘娅楠知道这是缪彦波跟羌家军在她给的那些材料上又延伸出的什么吻手礼，不过见野兽做得这么严肃，她下意识地伸出了手。很奇怪的是，在被野兽亲吻手指的时候，她能感觉到野兽的舌头好像卷了下她的指缝，她还以为他只是要做个样子呢。

刘娅楠有些尴尬。幸好其后的小田七做得中规中矩的。随后刘娅楠被那些人迎着往副官邸走去，里面倒是布置得很简单，毕竟这个地方只是临时的居住场所。

只是刘娅楠今天特意穿了很厚重的裙子，为了显得庄严点，她还特意挑了件披风。长长的裙摆拖在地上，她走起路来就有些吃力，偏偏还要表现得很有女王风范，她只好努力地抬头挺胸。

在路上的时候，刘娅楠发现对她行礼的人越来越多了，一直在旁边做保安工作的观止也在进门后，对她做了个吻手礼的动作。

缪彦波那拨有便宜不占就等于吃亏的油条更是都跑了上来，又是跪又是吻的，动作十分夸张，吻得她的手都湿了，就跟被什么舔了又舔似的……

刘娅楠觉着这事儿有点恶心……当初那拨人在做这个更改的时候，不会就是想亲她的手指吧……

他们要再这么干，下次出门她就得考虑摸臭豆腐了！不然扛不住啊！

等进到副官邸后，活动还没有结束，刘娅楠记得羌家军专门有人给她汇报过，还会有一些觐见仪式，需要她熟悉下大臣啊家族要员之类的。

当时没觉着怎么样，现在一一开始后，刘娅楠才发现自己把那些人员想得太简单了，这不是觐见一些人啊，这是觐见一个军团啊！

人真的是超级超级多，幸好有缪彦波跟羌家军外事部的人帮她介绍引荐。她开始还能记住一些，可饶是拼了命，到后来还是不行了，就跟本能似的，机械地伸手等人亲吻手背，然后接受对方的贺礼。

礼物也是看得人眼花缭乱，中间还有何许有钱送的那个金子跟玉石做的衣服。刘娅楠有些无语，因为她记得，金缕玉衣是死人穿的吧……

不过也许各地讲究不同呢。

倒是中间菲尔特家族的代表人来的时候，因为对方曾经对自己有过很大的帮助，又款待过自己，刘娅楠额外热情了一些，在使者上前后，主动问了一句："请代我向菲尔特族长问好。"

结果刚说完这话，刘娅楠就注意到那个使者的脸色不大好了，跟看到了什么了不得的东西一样。

她起初还以为是自己做错事儿了呢，可随后她注意到那个使者看的不是她，而是她身后的小田七。小田七的脸色好像也有些变化。

因为周围耳目众多，刘娅楠当下也没说什么，只是多看了小田七几眼。等人少些了，刘娅楠才小声问小田七，"哎，田七啊，你怎么了，刚才没事吧？"

小田七本来脸色就白白的，现在更是跟受到了什么打击一样，过了半晌才对刘娅楠说道："姐姐，我觉着那个人很熟悉，也许我小时候见过他……"

刘娅楠瞬间哎了一声，也被勾起了好奇心，忙问道："那你想我找人叫他回来，你好好问问吗？"

小田七很快摇头道："不用了，姐姐。"他摸着自己手腕上的号码，好像在想什么似的说道，"还记得你刚从菲尔特回来的时候，跟我说的那些话吗，你说我的外表很像菲尔特人。我想也许你说的是对的，我可能天生就是个菲尔特人……"

刘娅楠本来还想跟小田七说些什么的，可这个时候排队等候觐见的人太多了，很快就有人走了上来。刘娅楠赶紧坐正等待着。

为了显得威严一些，觐见的路上特意安排了长长的通道，还有红色的地毯，还刻意将刘娅楠所在的位置，安排到了九层楼梯上。所以等那人走来的过程中，刘娅楠早已经将其看清楚了。

这次来的不是别人，而是那个疑是侯爷的家伙。

刘娅楠瞬间脑子就有些大。因为觐见，羌然被联邦政府的人挡在了外面。忽然要她面对这个有着最强契约的男人，刘娅楠怕怕的，心里有点没底啊……

万一对方一副“我是你二老公”的样子，她到时候该咋办啊……

等那人走近时，她已经努力地镇定下来。反正她身后还有观止他们呢，她没什么好怕的。

在那人行了吻手礼后，刘娅楠也没吭声，等着下一位觐见者。倒是一直站在她身后作为监理官的缪彦波开口了，故意说道：“请容我向您介绍，这位是最强契约的侯爷。”

刘娅楠淡淡地看过去，其实心里早紧张死了。坏蛋啊！专业第三者插足的来了……

幸好旁边的观止很快插嘴道：“是不是侯爷，不是你说了算，也不是我说了算。不是有个传闻嘛，上一代的侯爷在琉璃海的三角区留下了秘密武器，只有他的再生人才可以安然无恙地进出。如果是真正的侯爷的话，那么去一趟琉璃海总是不怕的吧？”

缪彦波不冷不热地回道：“琉璃海早就被海盗占据了，再说那都是传闻，不足为信。”

刘娅楠一直努力镇定着自己，也不去看那个侯爷，不过她能感觉到，在观止他们争论的时候，那人在肆无忌惮地观察自己。她身体僵僵的，就跟被蛇盯上了一样。

观止和缪彦波你来我往地说了几句，也分不出个胜负。倒是等缪彦波领着那人走后，观止轻蔑地说了一句：“那些海盗还不够给我们塞牙缝呢。”

刘娅楠长出口气，真要被吓死了。

终于忙碌完，刘娅楠估计自己的手都要被吻秃皮了啊。她都不知道自己究竟收了多少礼物，大部分还是价值连城的，还有一些是难得一见的稀世珍品，不过刘娅楠终于明白钱多到一定程度的时候，已经不是钱的道理了。

她整个人都是晕乎乎的。从觐见大厅出来后，在休息的时候，小田七跟野兽单独找到了她。

跟那些了不起的家族首领比，野兽这次为她献上的礼物就太过于简单了。一串很漂亮的珠子，既不是传世明珠也不是什么罕见的材质，只是很普通的水晶珠子。野兽交给她的时候，却特别郑重，一面交到她手里，一面告诉她：“这是许愿珠，上面有多少颗珠子，我就会满足你多少个愿望。”

刘娅楠笑眯眯的，东西不在乎多少，心意是最难得的。她毫不犹豫地把珠子戴到了手上，高兴地晃给野兽看。

她见过的名贵东西太多了，对那些都麻木了，反倒是这个水晶珠子感觉很特别，也很朴素，她能感觉到这串手链做得很用心，就连绳子都绑得很别致，最下面好像是个同心结一样的东西。

等野兽一走，小田七就小声告诉她：“姐姐，其实这些珠子都是野兽自己打磨的,他选了最好的水晶,从知道你要登基起,就一直在打磨了。”

刘娅楠这下更是感动得都说不出话来了。

随后小田七也送给她一份礼物，他特意给她做了一些古老年代宫廷的实例字典，很实用。其实那些资料都好找，可是要这么分门别类地做成字典就很费心思了，而且这些东西正是她能用到的。刘娅楠开心地将其抱在怀里。

只是看着小田七的样子，刘娅楠总觉着他是不是有什么事情瞒着自己啊，怎么自从见到菲尔特家族的人，他的表情就一直闷闷不乐似的？

不过现在刘娅楠也没什么精力了，都要被累死了。今天总算见识到了什么叫收礼物收得手软。唯一让她觉得奇怪的是，连缪彦波都送她礼物了，羌家军的人却一点动静都没有。不过她猜这些军人多半不在乎这些的吧，觉着都是繁文缛节。

等刘娅楠晚上回到寝室，换下那些臃肿衣服后，却发现羌然居然没有在房间里等她。她多少有些失望，因为按说到副官邸后，都没羌然什么事可做，他唯一的任务是陪着她。

她明明有很多话想跟他说，现在进到房间里却没看到人，而且这种情况不是一天两天了。不知道为什么，最近羌然总是熬夜到很晚，她也不知道他要做什么，问的话，羌然只会说什么说了你也不懂的话。

起初刘娅楠还以为他在秘密准备送她的礼物呢，可到现在羌然都没个动静，她也偷偷翻过房间，别说礼物的影子了，就连一点蛛丝马迹都没有！哪怕给她一个枕头套啊……

刘娅楠的情绪就低落了一下，很快她又打起精神来，开始看小田七送她的东西。

现在真要做女王了，不管是傀儡也好，花瓶也罢，她总得有个样子！

等羌然回来的时候，就看见刘娅楠正在认真地学着那些东西呢。他也没说什么，只自然地抱住她的腰，要跟她来场床上运动。

刘娅楠叹了口气，也说不上心里是什么滋味，主要是大家都送她礼物了，她最在乎的那个人却无动于衷……

第二天的安排也蛮紧张的，虽说还是登基典礼前的活动，不过这些男人现在好不容易有了女人，还是个女王，折腾起来简直就像停不下来似的。

刘娅楠早早地起来，梳妆打扮，又是穿衣服又是戴那些装饰用的首饰。

因为登基典礼还没正式开始，宫内"女官"什么的还没有正式上岗，所以现在所有的事儿刘娅楠都得自己来。她一边整理着那厚得跟麻袋似的衣服以及华丽的披风，一边看着床上的羌然，她还以为他会陪着她去呢，虽然联邦政府的人会安排他去旁边的位置，可是这么大的场合，她还是想让他陪陪自己的。

只是她都偷偷看羌然好几眼了，平时一向早起的他这次居然赖起床了。看着羌然这副样子，刘娅楠也有点心软，叹了口气走过去，俯下身亲了亲他的额头说："你中午要自己吃饭了，我得晚上才能回来。"

在床上的羌然只做了个摆手的动作。

刘娅楠觉得怪怪的，这个人怎么忽然这么懒洋洋的了？

她快速走了出去，外面缪彦波又在跟观止斗嘴呢。等她过去后，两人一左一右护着她进到车内，向着今天的活动场所竞技场驶去。

这还是联邦政府那些人出的主意，说已经几百年没有联邦内的运动竞技会了，想趁着她登基前的这段日子做出这么个活动来，让所有人都过来看，进行友好比赛，然后获得奖品。当然最大的奖品还是她这个重头戏，获胜的冠军，可以亲自为她戴上花环。

她到位后，竞技场上倒是没多久就开始了比赛。

刘娅楠很快发现自己上当了，这压根不是联邦政府那拨人说的什么安全友好的比赛嘛。

只见圆形的竞技场中央竖着好几根巨大的杆子，而在杆子上面陆续拉了一些绳子，有弹性的绳子交织着就跟一个网似的。所谓的竞技就是有人要上去跟别的人 PK，不管用什么方式把对方给弄到地上。

那可是十几米高的地方啊！这要是叫友好安全，打架就是跟人打招呼了！

可是比赛已经开始了，不管刘娅楠觉得这项运动多么不安全，参加的人却是络绎不绝的。看到那些人落地后，刘娅楠终于放下心了，原来地面有专门的软垫。

竞技场上风起云涌，刘娅楠看了片刻后也被那种热烈的情绪给感染了，众人都在喊着加油，不同的人为不同的地区代表摇旗呐喊着。

刘娅楠却渐渐觉得不对劲了，这个竞技比赛简直就是特意为那个侯爷安排的啊！怪不得当初缪彦波他们非要做这个！这是在为侯爷造势啊！

此时绳索上只有那个“侯爷”了！整个竞技场的人跟被感染了似的，不约而同地叫着侯爷侯爷什么的！

看着那个侯爷耀武扬威的样子，刘娅楠心里不禁着急，这会儿侯爷要是给她送花环，再有人喊个在一起什么的，她闹不闹心啊。很奇怪的是，联邦政府的人这样做，观止他们都没反应吗？

她忍不住对身边的观止说道：“观止，这样没事儿吗？”

观止一脸淡定地回道：“殿下，狗叫得再欢，也是狗。”

话是这么说，可是这个情况，真的很不对啊！已经有人隐隐把女王跟侯爷一起喊了……

就在刘娅楠忧心忡忡的时候，一直在下首站着的野兽忽然出声道：“别担心，我去把那小子赶下来。”

刘娅楠还没来得及阻止呢，野兽已经跑下去了。不过野兽上场后没多久，刘娅楠就放下心了。野兽做得非常好，那动作漂亮得简直出乎她的意料，而且非常沉稳，跟那个“侯爷”花哨的动作表情比，野兽的表情是那么淡定从容。

刘娅楠安静地看着每一次绳上的动作，下意识地收紧了呼吸，眼睛更是一眨不眨地盯着野兽的动作，不断祈祷着不要掉下来，不要掉下来……

如同感应到了她的祈祷一般，野兽的动作越来越稳，越来越漂亮。

欢呼声都安静了下来，所有人都静静地看着那个动作很少、走在绳索上却如履平地的人。因为所有人都知道，这项运动的最初设计者是那位叱咤风云的侯爷……

野兽的动作就跟戏耍一样，渐渐地所有人都瞧出那位所谓的“侯爷”动作已经紊乱起来，气息也不再平稳，更是出现了很多失误。

所有人都在等待着野兽给出的致命一击，结果肯定是注定了的，那个“侯爷”完蛋了……

刘娅楠更是紧紧握住了双手，激动得嗓子都紧了，同时这个野兽让她有些陌生，她见过沉默的野兽，见过跟在她身后憨厚的野兽，也见过那个自卑的野兽，可现在这样的，是她第一次见到。

他的脸上有一种东西，好像有了光一样。就在这个时候，野兽抬起头来，明明隔得很远，可在他背后是巨大的屏幕，那个屏幕直播着竞技赛中的情况，瞬间所有人都看到了那个野兽脸上的表情，他在望着那个女人。那是一种男人看女人的眼神。

刘娅楠也察觉到不对劲了，好像所有人都屏住了呼吸。她不知道发生了什么，正要看向大屏幕的时候，变故出现了。

天空忽然暗了下来，刘娅楠下意识地抬起头来，就见黑压压的战斗机群，从她的头顶呼啸而过。在那群飞行器掠过之后，一架小型飞行器像坠落一般，从天而降，那姿态简直像是一把要插入地底的利剑，斜斜地闯入了竞技场内。

在近乎触底的瞬间，里面的人又用炫得让人窒息的操作，让飞行器迅速转了一个弯。飞行器的轨道也随之带出了一阵劲风，在绳索的剧烈抖动下，先是那个“侯爷”后是野兽，都掉在了地上。

可是没有人再去关心他们。所有人的目光都被定住了！都跟傻了一样看着那个从飞行器内弹出的人。

那人穿着一身军服，一边走一边脱着手上的手套。他的动作很快，在经过看台前的花环时，还特意停了下，把那花环拿到了手里。他的眼神平静淡漠，没有一丝情绪。可在抬起眼眸的时候，他终是笑了一下。

刘娅楠屏住呼吸看着他靠近自己……

跟那些会在她面前单膝跪倒的人不同，眼前这人从未那么对过她。他只是走到她面前，在靠近的时候，微微俯下身体。

刘娅楠眼睛一眨不眨地看着他的脸，全场所有人的目光都聚集在这个男人身上。而在他身后，巨大的环形屏幕上，很快重播起了之前的战斗画面。就跟电影一样，所有人都看到了那些恐怖的画面。

被摧毁的船只、哭喊声，还有无数的人葬身火海，浓烟火焰交织在一起……没有比这更真实更震撼的画面了。

刘娅楠愕然地看着面前的屏幕，屏幕上正在重播之前发生的那些……

巨大的火焰喷射着，从上而下，那是一场简单而快速的屠杀，下面的人就好像蝼蚁一样被吞噬着。

“曾经绑架你的琉璃海佣兵团海盗，刚刚已经被打扫干净了。”此时的羌然，带着一种战斗后的满足表情，笑着看向她，献宝一样问着，“喜欢我送你的礼物吗？”

刘娅楠瞬间傻眼了。几千条人命啊，还要播给她看过程啊！

刘娅楠默默低下了头，不过很快羌然就把花环戴到了她的头上。跟刚才大家欢呼那个“侯爷”不同的是，这次羌然为她戴上花环的时候，没有一个人欢呼，所有人都愕然地看着屏幕上的一幕幕。

肯定有很多人在想，这个人是怎么做到的，带着羌家军悄无声息地骗过了所有人，趁着大家的注意力都在女王庆典上，他已经得胜回来了。

这要是打算把联邦政府端了呢？就这个行动力，现在差不多都要端完了吧？

她抬起头来，努力做出一个微笑的表情，回答羌然刚才问自己的问题：“喜欢。”

后面的事情就简单多了，在鸦雀无声的竞技场内，等了片刻后，终于由羌家军的人找到哆哆嗦嗦的主持人，然后声音都在打颤的主持人播报着下面的节目，只是不管他怎么卖命地想要烘托热烈的气氛，直到所有活动结束的时候，竞技场里还是死气沉沉的。

节目结束后，竞技场大门打开的瞬间，那些观众就跟逃命似的往外拥，有几个离门最近的观众还被挤伤了。

晚上回去的时候，刘娅楠也是有点心惊肉跳的。

敌人在弹指间灰飞烟灭，虽然很厉害，可自己枕边睡个杀人不眨眼的人，作为小老百姓家的孩子，刘娅楠还是有点扛不住。

奈何杀人魔王一点自觉都没有。因为心情太好了，羌然还会用指挥棒的尖端挑起她的头发。刘娅楠像是害羞地扭过头去，其实心里有点怕。

匆匆忙忙地换衣服沐浴，然后乖乖爬上床，羌然倒是有很多话想跟她说似的，只是刘娅楠听了两句就觉得头皮发麻。在床上不说风花雪月就算了，还给她科普那些武器的各种性能、杀伤力……

刘娅楠实在扛不住了，只好豁出去地主动把睡衣的扣子解开，果然很快羌然就覆了上来。他的动作倒是没有什么不同，只是今天的羌然显然有些兴奋，动作幅度比以往要大一些。

刘娅楠感到有些不适应，她没有闭上眼睛，而是直视着这个人的眼睛。不管之前多么害怕，觉着这个人恐怖，此时再看的时候，却觉得这双眼睛除了漂亮些外，好像也没什么特别的。

什么戾气啊杀气啊，她是没有感觉到过，反倒能从这双眼睛里看到很柔和的东西，就好像她在看着小毛球一样。

只是明明都已经赤裸相对了，刘娅楠却发现自己怎么也无法专心，脑子里就跟有个自动过滤器一样，不断想着那些乱七八糟的事儿。

当年自己开小饭店的时候，那些被羌然吓得屁滚尿流的行人啊，还有自己在最女人时大家议论的那个羌然，她怎么也无法和眼前这个男人重叠。

让刘娅楠觉得不可思议的是，在那样的手段跟心性下，羌然怎么有这样一副好相貌？

当他这样温柔地看着她时，她甚至会觉得自己要融化了。

刘娅楠努力淡忘那些血腥的镜头，闭上眼睛去亲吻他的嘴唇。他在吸吮她的舌头，她能感觉到，身体渐渐热了起来，被他撩拨得有了感觉，想要更亲近这个人……

默契十足地，他们在努力造人，按羌家军的人说的，要尽快造出下一代首领……而且那孩子不仅仅是首领，还是被无数人所期待的通过自然方式孕育出来的……

刘娅楠紧紧抱着羌然，努力告诉自己，这个男人很宠她，对她好，她不应该再胡思乱想。

可其实还是有些不对劲的，因为那些好啊宠啊跟她想要的不太一样。就像野兽，她不需要那么绚丽的出场，也不需要那么惊人的礼物，只要给她一串手链就好了，或者给她挑选一件衣服。不过羌然大概会觉得那样很无聊很俗气吧。

不知道过了多久，到最后，刘娅楠都没力气了，整个人虚脱了一样。

半夜迷迷糊糊的时候，大概是羌然兴致又上来了，她又被摇醒做了一次。

就是在又要睡着的时候，刘娅楠忽然想起野兽来，自从见到羌然后，她满脑子都是那些火啊船啊尖叫的声音，都忘了去想野兽的事儿了。虽然知道那地方有防护,但不知道野兽从那么高的地方掉下去怎么样了……

她当下就很想给野兽打个电话过去，可是碍于羌然就在身边，刘娅楠只好忍下了。

一直到第二天羌然去处理事情，她才赶紧给野兽去了电话。

这次接电话的是小田七，刘娅楠有些意外，赶紧问小田七："哎，田七，野兽呢，昨天他没事儿吧？"

小田七很快说道："姐姐，野兽哥哥很好，只是……"小田七跟有什么不能说的话一样。

刘娅楠心口一下就缩紧了，下意识地摸了下手腕上的水晶珠子问："他怎么了？"

其实昨天的事儿对野兽蛮残忍的，他当时那么意气风发，她也以为野兽要出风头呢，结果羌然一出场，谁还顾及他啊……

小田七却是怎么都不肯说了。

刘娅楠放下电话后，也没多想，跟外面的保安说了一声，就要出去找野兽。野兽跟小田七住在前面些的房间。

她过去的时候，就见野兽的房门是打开的，她往里一看，有些傻眼。因为野兽正在低头收拾东西呢，她看了一眼他收拾的东西，是一个旅行包似的东西。

刘娅楠这次更纳闷了，忙说道："野兽……"

野兽其实早就听见她的脚步声了，跟其他人的不一样，很有特点，很轻，而且她走路的时候遇到障碍习惯跳一跳。此刻他的脑子里，是刘娅楠笑嘻嘻地在他身边跟他一起走着的场景。

他用力呼吸着，胸口似有东西要鼓胀出来。他没有吭声，快速把旅行包合拢后，才回过头去。他身后的人，是他曾经发誓要用生命去保护的。可是不管他说过什么，现在想起来也不过是大话。

野兽看着她的眼睛，很抱歉地说道："老板，对不起……"

他已经很久没叫过她老板了，也很少叫她殿下，他这段时间每次和她说话都是直视着她的眼睛。

"我想出去开开眼界。"野兽低声说着，说完后就再也不看刘娅楠的眼睛了。

刘娅楠很快想到，这是野兽受了打击，想要离开吗？

她想说些什么。可野兽又快速说道："我不能一直这样跟在你身边，我想做男人该做的事……”

刘娅楠挺难过的，不过野兽说得也对，她知道，说是女王，其实她什么实权都没有，野兽跟在她身边什么都做不了。她不能因为自己舍不得这个哥哥似的大男人，就阻拦对方的前途。

刘娅楠心里想了很多，面上却没有显露出来，反倒努力地笑了下，走到野兽面前，鼓励般说道：“挺好的，就是你出去后，一定要注意身体，别跟以前似的忘记吃饭……哦，对了，你等我一下。”

刘娅楠想起自己的那些钱了，她不能让野兽就这么两手空空地走，她得找些东西给他。

刘娅楠很快跑到存放礼品的地方，可找了很久，也不知道哪些适合野兽，最后反倒注意到那个何许有钱送的什么金子跟玉石做的东西了。她开始还以为那是金缕玉衣呢，结果整个打开后，她才发现居然是像盔甲一样的东西，可以贴身穿着，看着是黄金材质，其实是一种很稀有的金属。

刘娅楠一下就心动了，除了这个外，她又选了一些别的礼品，比如镶嵌珠宝的刀子啊……等她拿给野兽的时候，野兽却固执地什么都不肯要。

这下刘娅楠着急了，这段时间野兽帮了她那么多，她怎么也要报答他的。最后说了半天，劝了半天，野兽只笑着跟她说了一句：“那就有空的时候想想我吧……”

刘娅楠眼圈有点红，却一直忍着眼泪：“肯定会想的。”她点头说着，“你要保重知道吗……”

刘娅楠本来想亲自送野兽出副官邸的，可因为羌然的事件，现在她的副官邸已经被全球的记者包围了，所以她只送到大厅的入口，就不能再往外送了。

她心情很是低落，她总觉得野兽的出走跟昨天的事儿有很大的关系。可是男人有时候就是这种自尊心很强的生物……

这次送野兽出去的还有小田七，他跟野兽一直是跟在刘娅楠身边的，彼此间关系也都亲密得很。这个时候看着野兽走远了，小田七才忽然小声对刘娅楠说道：“姐姐，其实野兽很喜欢你……”

刘娅楠有点没反应过来，小田七用这么低的声音跟她说话，显然是不想让羌家军的那些人听到。她疑惑地看向小田七。

小田七这次的声音又低了一些："你还记得你跟羌然生气的时候写的那些字条吗，每次都是野兽哥哥说他处理……我也以为他都处理了呢，直到有一天我看见他宝贝地摸着一个东西，才发现……他其实把那些字条都收集起来了，当宝贝似的，有段时间根本不肯离开半步，就揣在怀里……"

刘娅楠有点傻眼。她知道自己招男人喜欢，因为就她一个女人，那些人也没得选啊……可是对方可是野兽啊！一直被她当作哥哥的那个野兽！

刘娅楠觉得有点头大，再说她在这个神展开的世界已经走得太远太远了，非主流就不要追寻主流的爱情了吧！

野兽人是不错，既老实又忠厚，可是羌大魔王刚眼睛都没眨就把一个地区的人都炸没了。为了世界和平人类发展，她还是老实地跟着羌然吧……

就在她心事重重地送走野兽时，那头羌然也正在被各地媒体狂轰滥炸。

虽然琉璃海海盗恶名昭彰，可此时大家统一达成了共识，敢跟犯罪集团斗争的，必然是更大的犯罪集团。羌然那样做，到底把神圣的法律放在哪里了？

之前还会被人评论为凶残没有人性的海盗，此时各种组织都在为他们声讨羌恶魔，什么杀人犯，什么战争狂人……

缪彦波更是义正词严地对着镜头抗议道："即便是十恶不赦的罪犯，也是有公开受审的权利的，羌家军这次的行动没有联邦政府的许可，置禁空令为儿戏，这种行为……"

刘娅楠回到房间的时候，正看见这段。有人指责的大魔头、大坏蛋，此时正把脚跷在桌子上做微笑状。看见她进来了，他很快把脚放了下来。

虽然很多人说他自大妄为，其实在生活中的一些细节上，羌然还是很自律的。把脚放下来后，羌然还找了抹布把自己刚才踩脏的桌面擦了。

刘娅楠看到这样的羌然，真有点无奈。

自从两人那什么后，羌然就没再让她做什么家务，而且刘娅楠也抓不着做家务的机会。虽说夏宫里有专门的机器做清洁工作，可架不住羌然有点洁癖，很多地方，刘娅楠还没想起打扫呢，那头羌然已经自动自发地做了。

更主要的是，羌然这个人军人气十足，所有东西都是井然有序的。刘娅楠则是个马大哈，当年在学校的时候，躺在床上吃水果零食，都养成习惯了，现在偶尔白天看东西看累了，她就喜欢躺在床上一边吃东西一边看点新闻换换脑子。

一次两次的羌然也不说什么，不过后来刘娅楠发现，只要她在床上吃过一次东西，哪怕什么都没掉在床上，第二天羌然绝对是二话不说把床上用品从头到尾换一遍，就连枕头套都不放过。

刘娅楠也不傻，立刻知道羌然对她在床上吃东西挺在意的，只是一直忍着没说而已。

刘娅楠赶紧把那个毛病改了，只是随意惯了的人，跟习惯军营生活的人生活在一起，难免有些磕磕碰碰的，尤其是男人跟女人很多地方都不一样。

羌然从来都是那一套衣服，需要换了就去外面的衣柜里选，进到夏宫立刻换家居服。刘娅楠却不一样，她在夏宫里放着好多衣服呢，每次都是搭配着来，今天穿那个明天穿这个的，而不是每次都要去衣柜里选，因为对她来说衣柜太大衣服也太多，她更习惯把喜欢穿的都放在夏宫里。

但刘娅楠发现，开始羌然不说什么，到后来，她再找自己的那些衣服时，发现早已经被羌然都收到衣柜里去了。

刘娅楠知道这是羌然不愿意她乱放东西。可是她也有自己的生活习惯，她从小到大住的都是小房子，也习惯把常用的东西放在手边，要是每次换衣服都要跑出去逛一圈像百货公司似的衣柜，那不把她累死？

所以刘娅楠也不说什么，又在那些衣柜里找了自己喜欢的衣服，放在不用的椅子上，就那么平铺着。其实这样做有点像是在挑衅了，不过两个人在一起生活不就是锅沿碰锅勺嘛。

结果有一天等她再回夏宫的时候，就看见夏宫里多了一个衣柜似的东西，而她那些衣服正整整齐齐地挂在里面。

此时两人虽然离开了夏宫，不过那些生活习惯还保留着呢。所以刘娅楠乖乖地坐在床上，看着羌然拿着抹布擦东擦西。

不管外界怎么说羌然是独裁者、霸权主义，可其实他从小到大没被人伺候过，在没住进夏宫的时候，他的住所也是简单朴素的。

没有花天酒地，据观止他们说，羌然顶多是好奇地抽抽老式烟草，对酒也不怎么感兴趣。吃饭也从不挑嘴，衣服呢，只要简单大方就好。

刘娅楠刻意看过羌然的衣柜，里面都是很简单的衣服，颜色也是常见的灰黑蓝三色。倒是他的指挥棒很多，而且颜色很花哨，每一根羌然都会小心地保存着。

这个时候坐在床上的刘娅楠，就看见床边的指挥棒了。那东西的尖端很细，手柄有一点粗糙的感觉。

趁着羌然打扫卫生，刘娅楠闲着无聊，拿着那根指挥棒跟耍金箍棒似的耍了一下。本以为在床上不会有事的，结果眼瞅着那根指挥棒就掉在了床边，她挡也没挡住，指挥棒直接掉在了地上，把尖给戳掉了……

刘娅楠一下傻眼了。

正在擦椅子的羌然也听见声音了，等他回头的时候，就看见自己的指挥棒掉在地上成了两截。他的眉头瞬间就皱了起来。

刘娅楠也是吓了一跳，赶紧从床上跳下来去捡。这根指挥棒可是羌然最喜欢的，一直随身带着，每次检阅军队都会握在手里……

结果羌然的动作比她要快，他已经到了床下，把坏了的指挥棒捡了起来。他也没吭声，直接打开垃圾处理器把指挥棒丢了进去，这过程中看都没看她一眼。之后羌然又把椅子整理了下，摆得整整齐齐的。

刘娅楠却是怕怕的，坐在床上紧张地挪了挪屁股。等他忙完了，她赶紧检讨道："羌然，对不起啊，我没想到那东西那么脆。我不该弄坏你的东西的……要不我找人帮你重新做一个一样的吧，你有图纸没有？"

羌然这才看向她，走到她面前俯下身，也没说什么，只亲了亲她的额头。这个动作做出来带点亲昵的感觉，刘娅楠也不知道他到底有没有生气。

都说女人的心思不好猜，对她来说，羌然也跟一个谜团似的，不管两人多亲密，刘娅楠始终琢磨不透他会因为什么高兴，又会因为什么不高兴。

此时的刘娅楠为了讨好他，顺杆爬似的搂住了他的脖子，主动贴了过去。

于是被摔坏指挥棒的大魔王什么也没说，抱着她滚起了床单。

不管外面多么热闹，羌然跟刘娅楠却一点没受影响，不管怎么翻天覆地地骂，总归没有一个人敢跟羌家军当面锣对面鼓的。说白了，你不招惹这些流氓，他们还到处惹事呢，真要招惹了，那可绝对没完没了的了。

在那些声讨的浪潮中，刘娅楠细心地注意到，那几大家族，都是保持缄默的，没有任何一家出来说话。

所以雷声大雨点小的谴责活动很快就偃旗息鼓了，生活照旧，人民依旧乐观向上地生活，国家政府依旧有序地运转，被谴责的人也没有被唾沫星淹死，依旧每天跟老婆做着造人运动。

又过了几天后，期待许久的女王登基典礼终于到了。

那一天刘娅楠早早就准备妥当，还把需要上台讲的话，又小声背诵了一遍。里面的内容是缪彦波跟观止扯皮扯出来的，都是些为了人类为了人民的空话，什么“我将履行自己的职责捍卫你们的权利”。

但具体他们有什么权利，刘娅楠就不大清楚了。

到处喜气洋洋的，在鲜花还有音乐的环绕下，刘娅楠跟着车队前行着。四周不断有人拥过来向她呼喊，扔过来的鲜花更是把地都铺满了。

刘娅楠深吸着气，终于到了地方。地上早就铺好了地毯，她走上去，觉得脚下软软的。

四周都是欢呼声，她本来想转身对人群挥挥手的，可是观止很快催促起来：“殿下，时间不早了。”

刘娅楠只好头也没回地往上走。

加冕典礼所在的地方很高，这是为了登基仪式特意修建的一处台子。为了显出尊贵，所有的摄影设备都不可以高过这个台子。

羌然倒是没有出场，联邦政府派了专人主持这次的加冕。

刘娅楠按部就班地戴上王冠拿起权杖，身上本来就是重重的披肩裙子，现在又加上镶嵌宝石的王冠，她简直要喘不上气来了。

最后需要她发表一次演讲，内容自然是早已经烂熟于心的。

刘娅楠一边走到台前，一边回忆着那些空而无用的内容，什么这一年将是不平凡的一年，在联邦政府的带领下，我们取得了优异的成绩……齐心协力，顽强拼搏……还将取得举世瞩目的重大成就……

下面的欢呼声静了下来，刘娅楠紧张得嗓子发紧，下意识地清了下嗓子。随后那小小的一个清嗓子的声音，就被扩大无数倍的传了出去。就连刘娅楠都被自己的声音给吓到了。

那声音听上去有些陌生，她还是头一次发现自己的声音这么柔柔的，女人味十足。

她愣了几秒，下面的人都屏息等着她的演讲。

刘娅楠放眼望去，下面是一张张陌生的面孔。人太多了，密密麻麻地排在一起，就好像小蚂蚁一样。

在这个富人区和穷人区交会的地方，她能够看到不远处的养育院，跟其他摩天大楼上悬挂的女王头像不同，那个养育院楼上所悬挂的是有着长长头发的她。

虽然自从被发现是女人后，她就没再剪过头发，可其实她的头发也只是齐肩而已。那幅画像上的女人比她本人要胖上一些,手指也圆润一些。

如果这个世界有妈妈的话，那就应该是这个样子的。

刘娅楠深吸口气，不知道怎么的就说了出来："我想做妈妈……"

很轻柔的声音通过话筒传递了出去，一点点地荡开。

她身后的观止跟缪彦波都愣住了，可缪彦波立马回过神来，提醒一样用手指戳了戳她的后背。

刘娅楠明白他的意思，有现成的演讲稿呢。不过她还是毫不犹豫地说了出来："女人除了是妻子，还可以是朋友、家人……我不懂得政治，可我有做母亲的天赋，我也知道该怎么做一个孝顺的女儿，如果愿意，我还是你们的朋友、家人……"

她的声音顿了一顿,因为此时就连观止都走到她身边提醒道:"殿下，您……"

"我会努力做好这些的。"刘娅楠说完这些，大概是有些紧张，脑子也有点乱,因为没有成熟的演讲稿,她只是把自己最近做的事说了一些，还有那些设想，"关于养育院那些，我会努力做下去，至于养老，近阶段还在尝试，我想在下半年把这个也做好……"

等她说完后，观止跟缪彦波都不说话了。没有了欢呼声，所有人都安静了下来。

刘娅楠在说那些话的时候，因为太紧张了，都没去注意下面的反应。此时她才发现情况不对头，怎么下面静悄悄的，一点声息都没有了？难道她说错了……

她有点明白过来，那些话说得太不像个王者了……

她肯定打破了很多人的幻想吧，美丽高贵的女王，转瞬变成了喋喋不休的话唠，唯唯诺诺地说着磕磕绊绊的话……

如果按照演讲稿念的话，至少是有气势的，而她说的就是大白话，还傻乎乎的，加上太紧张了，她好像还挠了挠头，差点把王冠给挠下去。

缪彦波跟观止一直在提醒她，可她还是被下面热烈的情景给感染了，还有养育院上的画像……一时没忍住自己想说的话。

一想到自己把这么重要的登基典礼给毁了，刘娅楠就有点腿软。她也没敢看下面人的表情，慢慢地转过身去，跟做错事的孩子一样，望向了缪彦波。她估计缪彦波一定气疯了，这个人一向官腔十足，那个演讲稿百分之七十的空话废话可都是他写的。

结果一向滑头的缪彦波不知道怎么的，在对上她的表情时，忽然就蒙住了似的。他一向很机灵的，更是见风使舵的行家里手，此时却像是反应不过来，在那里愣愣地看着她。

刘娅楠不知道是不是自己看错了，总觉着缪彦波的耳朵有点红。

她正想小声道歉呢，却忽然听见外面隐约有一些鼓掌的声音。她有些纳闷，同时又有些心酸，估计是有人想安慰她吧。

可很快刘娅楠就听到了更多的鼓掌声，而且那声音一次比一次响，到最后简直大得令整个台子都在打颤。

刘娅楠诧异地转过身去，就看见台下的人疯了一样地欢呼着，那声音好像热浪，不断向四周扩散开来……

她的视野有限，可是在眼睛所能看到的范围内，那声音已经扩散开去。欢呼声变得越来越响，好像整座城市都被震撼了……

刘娅楠的心跳也跟着加快，因为她听见了无数声音在欢呼着女王万岁！那种激动的声音，比之前那些欢呼都要让她激动！

“殿下。”缪彦波走上前来，向她俯身说道，“此情此景请允许我为您吟诵一首诗……”

“啊，女王 / 您是天下 / 最美的圣母！”

刘娅楠正激动得不能自已呢，听了缪彦波的诗后，她的表情变得微妙起来，她真的真的很想回他一首：“哎，缪彦波 / 您绝对是 / 天下最烂的诗人啊！”

不过在演讲过后，刘娅楠就老实了，下面的巡游还有观看礼花那些事情都按部就班地做着。

就是不知道怎么的，缪彦波忽然诗兴大发！那效果简直震撼，刘娅楠不管是在巡游的时候微笑挥手，还是对着礼花摆姿势，身边总有一个配乐的。

刘娅楠眼角的余光都能看见观止他们笑得嘴都歪了，偏偏这个缪彦波还跟不知道似的，没完没了地用诗词赞扬她夸她，什么你是最明亮的星星啊照耀我的路啊……

最后刘娅楠实在扛不住了，趁着休息的时候好言好语地劝着缪彦波。因为缪彦波是政府派来的人员，跟观止似的，两人都没有宫内官的身份，对外统一声称都是她的助理。

刘娅楠说道："缪助理，谢谢你啊，就是你这样是不是太夸张了……"

"不会的。"缪彦波忽然用那种让人起鸡皮疙瘩的声音缓缓说道，"我是真的觉得您很好……"

"哦。"刘娅楠沉默片刻，觉得自己要不就试着反击一下吧，不然真容易被他念叨出巩固性鸡皮疙瘩。她沉吟了下说道："那好吧，缪助理，你都给我念这么多首了，那我也给你念一首诗吧。"她咳嗽了一下，尽量板着面孔说："诗，绝不是用来起鸡皮疙瘩的！"

# 第二章

# 牵挂

CHAPTER 2

其实刘娅楠早就烦这个人了，当初在养育院他就总给她穿小鞋，满嘴的仁义道德，其实一肚子的男盗女娼，嘴里说着尊重女性的话，可干的都是阴沟里的事儿，更别提他还打着政府跟她的名义到处圈钱。

不过让刘娅楠奇怪的是，这个长得跟正人君子似的缪彦波，在被她那么揶揄后，居然也没说什么，反倒笑眯眯地看着她，那副君子端方的样子，让刘娅楠都啧啧称奇了。

这脸皮厚得简直都比得上城墙了。

加冕典礼的活动排得满满的。刘娅楠努力做着，其实她不怎么喜欢这种形式化的东西,有一个做代表就好了,后面那些活动简直就是折腾人。

不过下面的民众对此倒是热情得很，她怀疑．今天过后不少人的嗓子会哑的。

晚上回去的时候刘娅楠都要被累死了，在举行仪式时，只要有时间，她就会在观礼台上找寻羌然。结果很奇怪的是，不管她怎么找怎么看，都没有看到羌然的身影。

等她回去的时候，才从观止那里知道，羌然压根没待多久，觉得那里太乱，早早就回来了。

她回到卧室，就看见羌然正在房间里优哉游哉地玩垂钓类游戏呢。刘娅楠叹了口气，把厚厚的衣服脱下来，换上家居服，懒洋洋地躺在床上。可是现在还不能放松，明天她还得参加个联邦议会。

倒是羌然对她这次的加冕仪式没怎么关心，也没问她顺不顺利，不过看到她这么惨兮兮的，倒是主动帮她拿了个枕头，塞在她头下。

刘娅楠半枕半抱着枕头，累得全身都要散架了。她知道羌然是见惯大场面的，估计这种仪式对他来说是小意思啦。

刘娅楠唉声叹气的，心说果然没个三代压根培养不出个贵族来，自己这种小老百姓，这次真是被拔高得太快了，到现在她还头晕晕的呢。

也因为这个刘娅楠一点都不敢懈怠，稍作休息，就赶紧坐了起来，开始研究明天的联邦议会。

之前她学过一些，不过为了保险点，她把那些资料又仔仔细细地看了一遍。一直到羌然催着她睡觉，她才收起资料上床。

每晚他们都会做那个，刘娅楠上床后，还以为羌然会跟往常一样脱她的衣服，然后开始呢。结果羌然却没有那么做，而是轻轻地搂着她。

刘娅楠有些疑惑，从枕头上抬起头来，灯早已经关了，她望向羌然的方向。在黑暗中羌然很快把她的头按到了枕头上，催促着："快睡吧，明天还有你累的。"

刘娅楠忽然有些感动，这是羌然在体谅她呢。她主动凑了过去，贴在羌然的怀里，手指跟羌然放在自己腰上的手指交握着。没多会儿，累极了的刘娅楠就睡着了。

第二天就跟打仗似的，刘娅楠起来的时候觉得自己的腿都木掉了，她赶紧刷牙洗脸，穿好衣服。倒是在赶往议会厅的路上，刘娅楠难得有了个喘息的机会，趁此赶紧问身边的观止。

自从弄坏了羌然的指挥棒后，她一直想着补救呢。她提出要图纸重做的时候，羌然却是一副坏就坏了的样子，可看他的样子，好像对那根坏掉的指挥棒又不是无动于衷的。

刘娅楠挺在意的，想从观止这里打听打听，看能不能找个图样再给羌然做一根。刘娅楠真心觉得太奇怪了，哪有材质那么脆弱的指挥棒啊，按说羌然也该用些结实的。

结果观止一听，顿时傻眼了，那表情就像被吓到一样："殿下，您说的是那个尖端很细，臂身是黑色的那根吗……"

刘娅楠点头。

观止倒吸一口冷气，说道："那、那根指挥棒是初代羌然用的，传了很多很多年,到现在已经是超级古董级的存在了,殿下您真给摔了吗？"

刘娅楠一下傻眼了，价格贵还有得补救，这样的，怎么整啊……

观止也怕她伤心，赶紧安慰她说："没事儿的，殿下把坏掉的指挥棒交给我，我可以找人修补。"

这下刘娅楠更郁闷了："可剩下的都被羌然扔垃圾处理器里了。"

观止那表情简直跟遭了雷劈一样。

这下刘娅楠更不忍心了。她还说呢，那东西脆弱得跟什么似的，原来是超级古董啊。

刘娅楠觉得更对不起羌然了。她以前很怕他，总担心自己做错事儿惹他生气，可这次她算是知道了，羌然压根很容忍她，她弄坏了那么重要的东西，别说生气了，羌然连个不字都没跟她说过。

刘娅楠心事重重地琢磨着，该怎么补偿羌然。就在这时车子到了地方，在车子缓缓停下后，刘娅楠打起精神下了车。

她这是第一次在这种政治中心似的地方亮相，为了显得庄重些，她特意穿了很华贵的衣服。而且她功课做得很足，还没进门，脑子里已经有了仪式厅的大致轮廓。

进去后，果然里面的布置跟她之前看的那些一样。高高的拱形顶，上面安置了无数的灯。偌大的会场，所有人都成圆形围坐着，在中心位置，以前摆过联邦的旗子。可现在那面旗子被收了起来，取而代之的是一把红棕色的椅子。

刘娅楠深吸口气，知道那是专门为她设立的。她进入会场的同时，里面的人纷纷回过头来，她在观止及缪彦波的陪同下走入了会场，那些人早已经起立等候着她了。

她先站在红棕色椅子前，目光环视一周后，她才缓缓坐下。在那之后那些人也陆续坐了下来，椅子摩擦地面的声音稀稀落落的。

这是个可容纳几千人的开会场所，刘娅楠面前的桌子上已经摆上了需要处理的公文。她先看了几页，发现都是些法案啊修改啊的内容。

她正低头看着呢，下面的人已经开始发言了，不同的区域，不同的职权部门，起先还有个次序，可到后来，完全就是一场乱炖了，谁的声音大嗓门粗，就好像谁占理似的。

刘娅楠也是参加过学校辩论会的，知道这种场合肯定会有不同的意见，可很快她就傻眼了，场面失控了似的，已经有吵得脸红脖子粗的人跑过去互掐了。随后杯子啊杯垫啊……就跟飞镖似的飞开了……

刘娅楠目瞪口呆地看着这些国家大员在这种地方玩全武行，不管什么身份的人，打起架来都不好看，纯男人的世界，不管你是六十的老头还是二十出头的小伙子，那绝对都是毫不含糊的。

刘娅楠算是明白为什么联邦政府效率低了，就这么扯皮打架扔飞镖的，刚才她玩命听也没听出什么有见地的东西，倒是满场已经练出十八般武艺了，既有群体战也有单打独斗，还有暗器门……

别说解决事情，就发言的顺序都要吵出个一二三四五来。

刘娅楠坐在椅子上那个难受啊，耳朵都要被吵聋了，看着人头攒动的，更是觉得眼晕。她下意识地看了眼身边的助理们，只见缪彦波居然纹丝不动，那副岿然的样子，很有君子临危不乱的感觉。

刘娅楠努力镇定自己，心说，千万别丢人，自己都是女王了，这种阵仗算什么！不过还是别吵得心都乱了，简直跟被扔到了旋涡里一样，不管怎么努力淡定，满耳朵都是那些嘈杂的声音。

她下意识地看过去一眼，随即气得嘴都要歪了。看着镇定从容的缪彦波，居然在耳朵里塞着棉花呢！这也行啊？

可是现找耳塞已经来不及了，刘娅楠深吸口气，把头发拢到了耳朵边，努力遮挡那些嗡嗡的声音。

终于等人打得也累了，议会活动差不多也要结束了。等再出去的时候，刘娅楠觉得自己的耳朵都嗡嗡的了。

上车后，刘娅楠很郁闷，心说这都什么事儿啊，一想到每周自己都要参加一次这种活动，刘娅楠就觉得脑袋疼。

车队缓缓地前行着，刘娅楠放眼看去，庆典时的那些装饰画大部分还没拆下来呢。她看着看着，忽然想起什么，连忙吩咐前面的司机："麻烦左转一下，我想去左边的养育院看看。"

之前养育院的工作都是野兽在做，现在野兽一走，刘娅楠一时间也找不到合适的人。难得她在外面，她也想亲眼看看那个地方怎么样了。

结果司机却没有立刻转弯，而是把车停下，等着观止和缪彦波过来。很快，那两人都来了。刘娅楠把自己的想法给那两人说了说，观止倒是没说什么，一向圆滑的缪彦波却说道："路线都是事先定好的，不能随意改动。"

刘娅楠平时脾气很好的，可现在她固执地说道："我要去！"

她没有说额外的话，因为知道自己说不过缪彦波，她只用眼神暗示观止。果然观止立刻倒向她这边。

缪彦波眼神有点不快似的，不过他这个人很能见风使舵，当下点头答应了。不过那副样子，刘娅楠看在眼里挺气的，也不知道他都安的什么心。

车子很快拐到了，刘娅楠却并没有立刻下车。缪彦波跟观止亲自守护在她的车旁，一直到养育院里面排查完，他们才把她请下来。

刘娅楠早已经在车内把厚重的华服脱了下来，她里面穿得很休闲，就是一件单色褂子，不过这样的她看上去更清爽一些。

这个地方以前她来过几次，每次都是为了看小田七，不过她记得后来她跟野兽把这里弄成了适合很小的孩子住的地方。这里已经大不一样了，她仰头看了看，整个楼体看上去很干净，像是重新粉刷过。

她信步往里走去，楼道里也都重新修整过，地面很平，有棱角的地方也都做了改动。刘娅楠又参观了几个地方，这下就连她身边的缪彦波都吃惊了。因为任谁也想不到垃圾堆一样的地方，居然也可以被整理得井井有条的。

刘娅楠不是什么有才华的人，可是她能设身处地地为别人着想，所以想到的那些点非常实用，找人设计出来也都是最好的。

她看得很开心，忍不住想起野兽来，看来他真的挺厉害，所有东西都做得这么好。

她一层一层参观着，缪彦波他们大概是怕出现意外情况，把养育院里的孩子都请到了别的楼层。

刘娅楠在楼下的时候，看见了透过窗户向她张望的小孩子。她进门的时候还对他们挥了挥手,此时知道那些孩子都被弄到顶层,故意避开她，就有些不高兴了，缪彦波自从进到这里后，脸色就很不好。

她没理缪彦波，径直去了顶楼，孩子们简直跟炸了锅一样，瞬间向她拥来。刘娅楠赶紧伸出手贴近那些小孩子，听着他们叫她妈妈，真的很奇怪，毕竟她还这么年轻……

她努力做出自认为最慈祥的样子，不过她也不知道妈妈该是什么样的，只能努力想象着，尽力去亲近这些孩子，问他们生活得好不好，有没有什么想要的，摸他们的小手、脸蛋……

她的碰触就跟有魔力一样，她并不觉得自己有什么了不起的，那些孩子却用最直白的眼神告诉她，他们是多么渴望她的碰触、她的喜欢……

孩子们七嘴八舌的，有一些说话还不利索呢，也咿咿呀呀地说着。

什么样的孩子都有，不过总体来说这个养育院的孩子还是偏小，有些个子小小的，走起来还不怎么稳呢，就跟小企鹅一样。

一直到天色黑了，刘娅楠才往楼下走，她身旁的缪彦波已经是一副不耐烦的表情了。

下楼的时候，她又听见了小婴儿的哭声。大些的孩子被请开了，这些小婴儿还都在原来的楼层呢。

刘娅楠听见哭声后，止不住好奇地寻了进去，就看见了自己设计的婴儿床，在那一排排婴儿床上躺着无数个小家伙呢。其中有一个小家伙不知怎么的哭得挺大声的，嗓子更是哑哑的，好像哭了很久。

刘娅楠听不下去，赶紧快步走到那个婴儿前，小婴儿看着倒是蛮健壮的，胖胖的小胳膊小腿，看得出这些孩子在这里生活得不错。

她低下头哄着，很快那孩子就不哭了，睁着大大的眼睛望着她，还伸出小小的手指像是想要抓住她的头发。

刘娅楠把手指伸到了小婴儿的手心里，那孩子咯咯笑了起来。她忍不住做着鬼脸逗小孩子，一会儿把整张脸皱在一起，一会儿又故意噘着嘴巴，或者挤眉弄眼，逗得太高兴了，她都忘记顾及形象了。结果等停下来后，她才想起自己刚才是不是太傻了！做了那么多难看的表情动作……

她下意识地往旁边看了一眼，很倒霉地，就看见缪彦波正一眨不眨地看着她呢！那副样子简直跟看呆了一样！

这斯文败类绝对是在心里笑话她！

刘娅楠顿时觉得尴尬，郁闷地回瞪了缪彦波一眼，然后故意似的，把那小孩子身下的尿不湿给抽了出来，递给缪彦波说："哎，缪助理，麻烦你给这孩子换个新的吧……"

缪彦波这辈子应对过无数突发事件，不管是群体事件，还是各种难缠的角色，他都不惧，此时摆在他面前的却是这么一个臭烘烘的尿不湿。那玩意儿不管是从哪个角度看，他都无法理解……

其实也不怪缪彦波，主要是这尿不湿还是刘娅楠帮忙设计的呢，当初知道这个世界没有尿不湿的时候，刘娅楠简直惊呆了。她随即赶紧设计了这么一个，怕不合适，还找了模型做试验，腰的地方特意做得很柔软。

此时刘娅楠正把那东西举在缪彦波面前。缪彦波迟疑了下，他倒是知道那上面的一摊黄色是什么，不过具体该怎么做，他还真不知道。他迟疑地将尿不湿接了过去，幸好周围还有工作人员，见状递给他一片崭新的。

缪彦波为难地走到软软的小婴儿前，试图给那孩子挪一下位置，可手指刚碰到孩子软软的身体，他就跟受到惊吓般赶紧把手指缩了回去。

那小家伙挪动了下，转动着眼睛……

缪彦波像遇到了多大难题般，皱起了眉头，有点无从下手。因为理解不了这么小的家伙怎么会长成他这样的大人……

这么小一团，手指简直是袖珍版的……

刘娅楠抿嘴笑了下，这些男人啊，平时跩得好像天下地上就没他们不会的，现在给孩子换块尿布都不行。

想到此，刘娅楠忽然带入了羌然的脸，不知怎么的她的心就软了一块。她马上想到，羌然不会也是这样吧……傻乎乎的……

羌然将面对的还是他自己的孩子呢，他跟那个小家伙会有相似的眉眼，又不全然相似。到那时羌然该是什么样的表情动作呢？会不会吓得都不知道该怎么办了，在那里直转圈圈？

这么一想，刘娅楠就不再捉弄缪彦波了，而是接过他手里的尿不湿。当年为了测试尿不湿好不好用，她可是对着模型练习过无数次。

手脚利索地给孩子换好后，她还拿着孩子的小手逗了逗。再出去的时候，刘娅楠就发现缪彦波的表情怪怪的，之前还喜欢用夸张的表情口吻跟自己说话，这会儿忽然就不怎么说话了，甚至在车队调度上似乎都有些反应迟钝。

只是很快刘娅楠就没精力再注意缪彦波的情况了，因为意想不到的情况发生了。就耽误了这么一会儿工夫，外面已经聚集了无数人。即便有保安人员做隔断，那些人还是在她露头的瞬间，爆发出热烈的欢呼声，更有无数人想要冲上来。

她真被惊到了，观止更是上前一步挡在了她面前。缪彦波也迅速打开车门，把她塞了进去。

等她躲到车内后，那欢呼声不仅没散去，还越来越响了。不断有工作人员对人群做工作，让他们避让些，可是一点效果都没有。

车队艰难地行驶着，一开始还能移动，可到后来别说动了，想要控制住那些人群不要靠近都不容易。

刘娅楠这才傻眼了，知道了自己任性的后果。她真没想到情况会这么失控，听观止跟缪彦波说，好像聚集的人越来越多了，缪彦波已经在着手调联邦政府军过来。

刘娅楠也终于明白缪彦波那么严肃地拒绝她的原因。

虽然不喜欢缪彦波，可在观止去维持秩序的时候，刘娅楠还是单独对缪彦波说道：“缪助理，不好意思……之前我应该听你的话的……”顿了顿，她望着缪彦波的眼睛，诚恳地说道，“还有……很多事儿我想不周全，如果有错的地方，还要麻烦你提醒我。不过不要只是单纯地否决我，不然我也不明白你是因为什么……我想我知道原因的话，会听取建议的。”

缪彦波表情古怪地看着她，眼神沉甸甸的。刘娅楠以为他还在生自己的气呢，就没再说别的。

结果停顿了几秒后，缪彦波忽然问道：“你们女人都是这样的吗？”

刘娅楠被问愣住了，忙哎了一声。也不知道他干吗要问这个，不过刘娅楠还是想了片刻回答道：“也不见得吧……”

她的同学舍友朋友中，没有一个女孩子是一样的，她回忆一般地说着：“女人啊……有些脾气很大，有些脾气很直，还有一些是慢性子……就好像你们男人一样，各种各样的。而且……”

她心想只对小孩子温柔的话不算是温柔，可话刚到嘴边，就听见头顶有什么声音，有很强的光从头顶照过来，连坐在车内的她都注意到了。她赶紧从车内探出头去，只见自己头顶上方，有一架飞行器正在不断下降靠近。

在对方接近的同时，刘娅楠也认出那飞行器是谁的座驾了。

她看到了羌家军的标志，在飞行器降落的时候，有一个绳梯似的东西竖了下来，很快有人从飞行器内出来，往下爬着。

刘娅楠吃了一惊，心都悬了起来，想也没想就从车内下去了。就算飞行器开得再稳，可这个高度，一旦不小心掉落还是很危险的。

她张大嘴巴看着，头更是仰了起来。然后看清了那个攀爬在绳梯上的男人，虽然还没看到脸，可只看身材她就已经认出来了。

绳梯越离越近，一直在维持秩序的观止此时也赶了过来，对刘娅楠说着：“殿下，头儿知道情况后，过来接您了。”

就在他说话间，绳梯上的人已经做了一个上的手势。那绳梯的末端已经在刘娅楠面前，刘娅楠迟疑了下，伸手拽住。

她身旁的缪彦波显然是想阻拦的，只是还没来得及说什么呢，刘娅楠已经使出全力往上爬去。

幸好她之前脱掉了厚重的衣服，爬这个倒是不怎么吃力，就是有些晃，她只能用手臂钩着那些东西，她发现也不用怎么爬的，自从她上去后，绳梯就在自动往上收。就是越来越高，刘娅楠有些眼晕，她下方都是不断欢呼的人群，她能感觉到下面的人都仰头看着她。

她无比庆幸自己今天没穿裙子……

很快有人爬到了她身边，她已经可以确认这人就是羌然了。

羌然也不说什么，一把抱住她，他的力气很大，只靠一只手臂，就轻轻松松地抱着她爬到了飞行器内。

进到里面后，刘娅楠见羌然又到操作台那里按了几个按键。大概是更改了飞行器的航线，飞行器转了个方向。

飞行器内空间不大，刘娅楠担心外面的情况，便扒着后座窗户往外看去。她走后，人群就都散开了，车队也动了起来。她到现在才长长地出了口气。

下面已经有灯亮了起来。整座城市车流和彩灯交相辉映，摩天大楼更是辉煌，那些灯看上去像是一幅画一样，更别提绚丽得让人眼花缭乱的三维成像了。

穷人区的灯光则暗淡许多，只零星亮着一些，她隐约想起穷人区最亮的地方，是她工作过的风化区。

羌然回头就看见正专心看着外面的刘娅楠，他随即修改了下航线。

刘娅楠也察觉到了，明明他们都要离开这座城市上方了，现在却又多绕了几圈。在这个时候，她意外地发现有一些很大的像战机一样的东西在他们这个小飞行器左右环绕着。

刘娅楠有些吃惊，随后听羌然淡淡地解释道：“他们是护卫队。”

刘娅楠顿觉更愧疚了，她只任性了这一次，就给大家添了这么多麻烦，她小声说道：“没想到会惹这么多麻烦。”还要让这些人加班……

“没事儿的。”羌然枕着手回道，“对他们来说，没有比保护你更有荣誉感的事儿了。”他定定地看着前方，语调平缓地复述着，“在这个世界刚刚失去女人时，为了能够寻找到那些女人的骸骨，无数人冒着被辐射的危险跑进废墟寻找，那是有去无回的恐怖路线，最后有人专门统计过，那个时期，至少有六万人死于辐射……”

刘娅楠还是头一次听他讲这些，她靠近驾驶座位，向下看去，就见下方是一望无垠的大海。只是夜晚中的大海一点也不美，因为太过于空旷沉寂了，让人觉得孤单恐怖。

她下意识地抱住他的脖子。

最近的羌然让她没法不喜欢，而且羌然的好也太奇特了，简直像忽然学会体贴一样。趁着这浓得化不开的夜色，她忍不住道："羌然，现在的你对我可好了，有时候我都觉得自己好像在做梦一样……"

羌然倒是老实得很，一五一十地回道："我看了你的自传。"

他顿了顿，挑着其中一段复述着："喜欢一个人的时候，就会想要满足对方的愿望，甚至为对方倒一杯水都是足以开心的事儿……"

刘娅楠有些吃惊，她知道他过目不忘的，结果他还很当回事地分析了吗？然后从里面学习到了男女相处的经验……

那自传里的有些内容还挺肉麻的，当初她写的时候不觉得，事后也发现了，有些简直是思春期少女对男人的美好愿望……

她既感动，又有点不好意思，手指不断抚摸着他的耳朵轮廓、耳垂……她对他的身体也有了爱不释手的感觉，想要多碰触一些，因为这种碰触会让她觉得温柔满足……

被抚摸的男人终于回过头来，很自然地把她抱了过去，在还没到达羌家军地盘的时候，刘娅楠就缩在他的怀里看着漆黑的大海。

天边有一弯很美的月亮，刘娅楠看得心动，听着羌然的心跳，忽然想，这就是浪漫了吧……

行驶了没多久，便在漆黑的海面上看到了一个灯塔似的建筑。虽然周围很暗，可刘娅楠还是认出了那个地方，那里面有她的小毛球、小加加，还有她跟羌然的夏宫。

本来计划明天才回夏宫，但是能早些回来也好。晚上的军营挺冷的，海风也比往常大一些。羌然在跳下飞行器时，把自己的外套脱给了刘娅楠裹着。

刘娅楠被他宽大的军服包裹着，慢慢从飞行器内探出头来。这一次没有那些热情的民众，只有一些羌家军的人在外面等候。

他们等待的不是什么女王，而是他们头儿的夫人。所以在她下飞行器后，那些人只对她行了军礼，在她还不知道该怎么反应时，羌然已经替她做了回应，漂亮地回了手下一个军礼。

刘娅楠已经见过大阵仗了，可多少还是有些紧张，因为里面还有楚灵他们呢。她总觉得怪怪的，这个地方像她的娘家一样。

跟着羌然回到夏宫后，刘娅楠在换家居服的时候，看见衣帽间里放着一根全新的指挥棒。她一下想起了被自己摔坏的那根。

她一直在想怎么补偿羌然，可是他好像没有什么特别喜欢的，她也不知道还有什么是羌然不能得到的。所以她出去后，就跟不好意思一样扯着羌然的胳膊。

羌然已经换好了衣服，正在床上等着她过来呢，被她扯着胳膊的时候，疑惑了下，然后就听见刘娅楠红着脸同他说道："羌然，我想给你生孩子……生一个可爱又健康的宝宝……"

说完后，刘娅楠忍着心口狂跳的感觉，在羌然还没有回复前，主动吻上了他，并把他扑倒在了床上。

为了显得诚恳点，刘娅楠还特意拿了个枕头垫在腰下。小说里不都是这么说的吗，把腰垫高点容易怀孕。

羌然看到后"囧囧"有神的，刘娅楠忙红着脸给他解释，这样做是因为那什么……

在她努力从很科学的角度讲解的时候，看见羌然居然在偷偷地笑，那眼睛都要眯成一条缝了。

刘娅楠顿时有些尴尬。在她要把枕头扯回去的时候，羌然却跟来了兴致一样，把抱枕都找了过来，一一垒起来垫在了刘娅楠的腰下。

这下刘娅楠见识到什么叫杂耍了。

刘娅楠一边备孕，一边积极地做着养育院的工作。上次去过后，她对自己所做的事儿有了更深的感悟，做起来比以前还要起劲。

自从野兽走后，刘娅楠把办公的地方挪到了夏宫，有需要请示的，小田七就过来夏宫找她。

大部分时间刘娅楠都是忙来忙去的，羌然倒是比她清闲一些。偶尔闲下来的时候，羌然就会打打游戏，在旁边陪着她。

让人意外的是他并不会打那些很激烈的游戏，大部分时间是玩一种垂钓类的游戏,刘娅楠偶尔回头,就会看见羌然正皱着眉头等着鱼上钩呢。

有一次刘娅楠遇到点棘手的问题，实在是想不出解决办法了，最后想起自己身边一直垂钓的羌然。刘娅楠憋得脸红脖子粗地问了一句，羌然居然想也不想地回答了出来。

这可太让刘娅楠吃惊了，她还以为羌然只会打仗呢，现在看来他真是受过超高级精英教育的，能应付各种问题。

这下刘娅楠很想哄骗着羌然跟自己一起做这些事儿，只是羌然对此始终不感兴趣。而且羌然也不是那么好哄的，主要是这个人太精明了，刘娅楠还没求他呢，他已经淡淡地把那些事儿都推开了。

刘娅楠没法，只好吭哧吭哧地做着。

不过日子倒是过得甜甜蜜蜜的，很快又到了一个礼拜一次的议会时间。

观止一早就等着她了，刘娅楠这次长了心眼，特意找了副耳塞，准备等那些人打架的时候，她就塞上耳塞趁机闭目休息一会儿。

坐上车，在观止的护送下，刘娅楠终于到了议会大厅，缪彦波早已等候多时了。

刘娅楠依照上次的样子，迈着庄严的步子，来到自己的座位上坐下，然后程序照旧，跟商量好的一样，还没有开始商议事情呢，下面已经打成了一团，不是扇耳光就是扯胳膊扔“飞镖”。

刘娅楠赶紧把耳塞塞好。

但是场面太混乱了，她怎么也做不到闭目养神，闲着无聊便翻了翻桌子上的东西。随着看到的内容，刘娅楠给惊住了，其他的还好说，有一件需要处理的事儿立刻引起了她的注意。

因为之前琉璃海的局部战争，导致在那附近港口停靠的货船一时间都动不了，据说是当地港口部门缺乏有效的组织能力，致使大批货物卸留。

问题是货船要只是装些衣服鞋子倒还好，她看了看那些介绍资料，渐渐皱起了眉头，那些货船上还有很多容易腐烂的水果跟蔬菜呢。

她又翻了翻那些货物的港口名称，她以前做过餐饮的，隐约记得这些港口都是早些时候还少航经常去的地方。她立刻明白了，这些货物应该有很大一部分是要供给东联邦的。

她很清楚一旦菜不能及时供给，那些菜贩子可是会狂涨价格的，不光是餐饮业，普通人也会被波及……

事关下面的人吃饭呢，还有比这个更急切的吗，更别提多耽误一天，那些水果蔬菜会烂多少了。她一想起来就觉得心疼得不得了，可抬起头来放眼望去，那帮人还在吵架呢!

她小声说道：“哎，你们先把这个处理清楚了再吵好吗，那么多菜堆在贸易口，多一天得坏多少啊……”

可压根没人听她的，下面依旧乱哄哄的，堪比菜市场。

刘娅楠又说了几句，她可以肯定有人听见她说的话了，可是没有人理睬她。她迟疑了下，脑子里想着那些坏掉的蔬菜，很快打定了主意，伸手把旁边的麦克风打开了，同时把耳塞取下来放在口袋里。

她轻咳一声，麦克风的声音很快荡开，那些人愣了一下，随即都停下了手中的动作，似乎不明白这个声音是怎么回事，纷纷扭过头来。

一下被那么多政府人员看着，刘娅楠也挺紧张的，可是这种事不能再拖延了。她透过话筒小心翼翼地问道："请问贸易部的长官在吗？"

被点到名的人摸不清头脑地举了下手。

刘娅楠努力让自己的声音没有任何起伏，尽量庄重地说道："呃，您好……这次的文件里第三页，有一个关于琉璃海货船拥堵的问题，我刚才看了看，情况好像蛮着急的，您尽快解决一下吧。"

结果那个贸易部的人员恭敬地回道："殿下，我已经在解决了，可是农业部门一直不配合。之前琉璃海遭受重创，有部分货物被辐射到了……按照联邦贸易法第一百三十六条，所有货物都需要检测，可到现在农业部都没有提交有效的检测结果，我实在进行不下去啊……"

刘娅楠愣住了，赶紧又找农业部问话。

农业部的也不是等闲之辈，又把这事推给了食品安全局。食品安全局说当地压根没有有效的检测手段，于是当地政府的代表哭丧着脸，跟受了多大委屈似的，对着刘娅楠诉苦："关于该地区的公共建设，我们一直在提交申请，可是上面始终不肯批，导致现在检测设施不能够应对大批量的检测……"

这下公共建设部门的人又不干了，跟着哭穷，说不是不给批，是财政部门不给他们钱，巧妇难为无米之炊啊……

于是绕了一圈，在场的人员几乎都不同程度地受到过损害，每一个都是苦大仇深，做得忒不容易，尽心尽力，却被各种外力所阻挡，简直就是螳臂当车，可还在苦苦支撑……能做到现在的地步，那绝对是呕心沥血了……

面对这么一群"献身事业鞠躬尽瘁"的物种，刘娅楠有点傻眼。她不断深呼吸，想说些什么，可不管怎么想，都说不出一句话来。这些人说的话滴水不漏，球踢得太好。

她低头看着那些"劳心劳肺"的官员，忽然明白了，不管他们看上去对她如何恭敬，其实在这些老油条眼里，她也只是个好糊弄的摆设。

最后，刘娅楠只好叹气地回道："呃，我知道了……"

等开完会出去的时候，刘娅楠被那种无力的感觉压得肩膀都塌了，她没想过要做什么惊天动地的事儿，就是心疼那些菜白白地在港口烂掉。

一直沉默的旁观者缪彦波对刘娅楠的态度却微妙起来，他一向是事不关己高高挂起，此时见一向开朗的刘娅楠也有这么颓废的一刻，难得地开口劝了她一句："您这是何苦呢。"

女人不都该像珍惜品一样被人供着嘛，她何苦找这种事儿做？更何况她那个位置本来就是虚职，做做样子就好，他都塞着耳塞呢，她还想做出什么事业吗，那也太可笑了……

刘娅楠停下脚步，没有看缪彦波的表情，其实看不看也没什么必要，想来那个家伙也只是会笑她，可她还是想辩解几句，便自言自语地说着："我就是觉得浪费很可耻，眼看着那么多东西烂掉，怎么想都心疼得厉害……"

缪彦波没想到她既不说为国为民，也没有讲大道理，就是一嘴的大实话，一点也不高尚。

他是官场中游刃有余的人，却不知怎么的听了她的话后，忽然心动了一下。只是还没闹明白那种感觉是什么呢，刘娅楠已经摸出口袋里的耳塞，下定决心一样看也不看就把耳塞塞到了缪眼波的手心里。

她继续说道："我以后不用耳塞了，我想知道他们究竟在吵什么……我知道我笨，可我会努力的……"她也说不好自己能做出什么事儿来，她就是想努力一点，既然坐在那个位置上了，怎么也要有点样子。

缪彦波愣住了，在她将耳塞塞给他的瞬间，他看到了刘娅楠特有的手指。之前也看到过，只知道从视觉上那是一双比男人的手要细要小一些的手。可在她碰到他手心的瞬间，在两只手接近的那一刻，他看到的是比他想的还要纤细一些的手指，指甲盖都要小一些，带着温热，感觉软软的。

等再抬头看刘娅楠的时候，她已经坐上了地上车，就要向着羌家军的地盘驶去。车内的刘娅楠，表情淡定沉稳，跟他第一次看到她时的样子已经有很大的不同。那时的刘娅楠总给人一种被吓到的感觉，看人的时候也是唯唯诺诺的，一句整话都说不清楚，更别提能够思维清楚地去想事情了，简直是个可以被自己牵着走的傻瓜。

可现在缪彦波能感觉到，刘娅楠有了自己的想法。自从上次的演讲稿事件后，他一直有这种感觉，这个女孩已经在他们没有察觉的时间里，不断学习适应了这个世界的规则，他不知道这个女孩最后会变成什么样……

他的视线追随着车子行驶的方向，一直到那女人的车渐渐消失不见……

其实刘娅楠哪有那么厉害，她心里早怄死了，什么淡定从容，是她在跟自己怄气而已。

她一直知道自己笨，既不会说话又不会做事，之前那么努力地准备，结果事到临头自乱了阵脚，大脑一片空白。

还是事先功课做得不够吧？

这么一想，回去后，刘娅楠就更努力地补习起来，不断熟悉着这个世界的种种关系。

羌然看到这样玩命的刘娅楠忍不住皱眉。

他从观止那里了解到刘娅楠这是跟人较上劲了。她虽说笨了点，可架不住韧性极强，不管摔得多狠，都不气馁，偶尔也挺让他刮目相看的。

羌然也不说什么，晚上睡觉的时候，才捧着她的头，一本正经地教她怎么做表情。

“你这样看人太温柔了，眼神不对……”羌然给她做了一个示范。

刘娅楠正发愁呢，见羌然以超级大“boss”的身份教自己，很是开心，忙端正态度认真地学，跟着羌然做着各种表情动作。

“集中注意力，不要听他们的废话，不管对方把问题丢给谁，你就盯着他的眼睛。你试试看看椅子……”

刘娅楠努力地瞪着椅子，羌然看后却被逗笑了，因为刘娅楠的样子没有一点威慑力，反倒像在卖萌。眨巴眨巴的眼睛，跟无辜的小兔子一样。

羌然把刘娅楠揽到怀里，轻轻地亲了亲她的脸颊。

刘娅楠挫败地倒在他怀里，直嘀咕：“郁闷死我了，我做不来这个，我没你的气势，装也装不像的……”

羌然不大会安慰人，想了下，问刘娅楠：“那你要不要用我的方式处理？”

羌然的方式？刘娅楠瞬间想起那些炮火还有奔跑的人群。虽然不知道他说的处理方式是什么，不过鉴于此人素行不良，刘娅楠很怕他真做出什么毁天灭地的事儿来，赶紧回道：“哎呀，没事儿了，我想我应该能处理的。”

羌然也不说什么，只跟抱着大宝贝一样，抬起她的头，虽说不是警告，可也绝对严肃地告诉她：“既然这样，那就把心思收一收，咱们现在有更重要的事情要做。”

刘娅楠哦了一声。她最近好像是有点冷落羌然了，都能在那什么的空隙请教他那些部门的具体管辖范围……刘娅楠真的觉得羌然没把她一脚踹下床，绝对算是有风度了。

她红着脸被羌然脱掉了衣服，然后做起了那很重要的事情……

刘娅楠依旧忙碌地学习整理着资料，只是她属于越战越败型，不管多努力，总是会被那些老油条找到漏洞。最后刘娅楠都木掉了，不知道该怎么攻破那些老油条铜墙铁壁般的脸皮。

就在她全心全意地准备做出些变化的时候，刘娅楠所不知道的是，她的肚皮才是绝对第一的关注点。

刘娅楠并不觉得怀孕是当下就能成的，怎么也要有个过程吧。可等她再来月经的时候，首先是羌家军那些医疗团的人变得古怪起来。都跟希望破灭一样，有些职员甚至像承受不住般差点哭出来。之后医疗组的专家们更是彻夜不停地研究着各种方案。

就在这个时候，缪彦波派了专人过来，说是要为女王殿下的子嗣做贡献，结果接待的观止那脸黑得跟铁锅一样，像是受了奇耻大辱一般。

刘娅楠隐隐觉得情况不大好，不过让她意外的是，这次政府派来的人里居然有那个缪臣。

想当初这个缪臣可是她在“最女人”里的第一个客人。

虽然时隔不久，此时再见到，刘娅楠却有一种过了好多年好多年的感觉。

当时的自己还傻乎乎地想着可以避开男人，隐藏身份偷偷地生活呢，结果现在一切都不同了……

在他们见面的时候，缪臣一直没敢抬头看她。

刘娅楠已经不像以前那样做事不走脑子了，她知道自己现在身份特殊，要是跟缪臣相认的话，那效果简直跟直接送他去绞首架一样。什么坐台时被这个缪臣连包了一个月啊，还被对方嫌弃总倒酒什么的……就羌家军和羌然那样，刘娅楠估计缪臣当下就会被喂鱼。

刘娅楠没说什么，也跟缪臣一样努力装作不认识他。

不管刘娅楠怎么觉得这事没什么大不了的，可她当月没有怀孕的事儿还是跟野火燎原一样被散开去。

从那以后，她发现自己的生活出现了很大的变化，先是她身边的保安变得神经兮兮的。她以前一直那么走路的，偶尔遇到台阶什么的，她都是习惯性地跳上去。现在好了，她还没跳呢，那些保安已经前呼后拥地把她给包围了，那态度就跟她已经怀上了一样。

不光是这些，羌家军现在简直像是为了夺回面子一样，把所有的荣誉都赌到了她的肚皮上。还给她安排了各种催孕的饮食，刘娅楠倒是都吃了，反正她不挑嘴。

可是上次跟羌然在床上的时候，被花生硌到又是怎么回事啊……

羌然那种有洁癖的，居然都能丧心病狂地答应楚灵，让楚灵第二军那拨迷信分子，往他们床上撒了满满一床的花生。还说什么在这种花生上做可以多子多福，要生多少生多少……更别提吃石榴那些了。

这都哪儿跟哪儿啊？

结果就是她跟羌然躺在床上吃了一晚上的花生。中间刘娅楠还语重心长地教育羌然："哪有那么容易怀上的啊，这种事儿真是看缘分的……"

羌然自负惯了，显然觉得自己是可以一击即中的。

两人有一搭没一搭地聊着，刘娅楠在床上摸花生剥壳吃，羌然则从刘娅楠手里接过花生，心事重重地吃着。因为吃得太心不在焉了，刘娅楠把花生仁偷偷换成花生壳，他也没察觉出来，还要往嘴里放呢。刘娅楠赶紧拦住他。

哎，这还是那个意气风发的羌然吗？

她爬到他身上，像个小婴儿一样逗着羌然，还装着哭了两声，结果羌然一点反应都没有。

刘娅楠忙扒着他的肩膀，皱着眉头问他："喂，羌然，我在装小宝宝呢，你怎么都不配合啊……"

羌然这才明白过来，原来她挤眉弄眼地喵喵叫，是在学小孩子啊。他知道这是刘娅楠想逗他开心，最近她一直在他面前耍宝哄他。他搂着她说道："我不知道小孩子该是什么样，要不下次你再去养育院的时候，我也去看看。"

"好啊。"刘娅楠甜甜地答应着。她最近也想去看看那些养育院的小孩子了，只是每次她出行都要交通管制，她又不想给别人添太多麻烦。

如果有羌然陪着的话，至少警力可以减半。加上羌然的操作技术很好，他们完全可以坐飞行器去嘛。

刘娅楠真抽了空，跟羌然去养育院。只是让她意外的是，羌然居然没跟羌家军的手下打招呼，飞行器开着什么隐形模式，就直接从羌家军出发了。最后真让他给蒙混过去。

刘娅楠有点紧张，很怕这么做会被羌家军的人说，也怕中间出什么意外。羌然倒是胸有成竹，表情轻松得就跟去野餐一样。

刘娅楠被他感染得也放松下来，到最后她还有点兴奋，两人像刚刚逃脱牢笼的孩子一样，兴高采烈地看着下面的景色。

这次出来，刘娅楠还带了好多自己做的好吃的点心，上次见那些小朋友，她都没有准备礼物，这次这些点心可以给那些小孩子分着吃。

中途刘娅楠拿出了几个让羌然品品味道，结果羌然吃东西太快了，简直就是一嘴一个。刘娅楠喂他的时候，都担心自己的手指会被咬到。

等飞行器降落在养育院的楼顶时，刘娅楠紧张兮兮地走了出来。这次她没有穿太女性化的衣服，特意选的休闲裤子和褂子，为了掩藏自己的长头发，她还戴了顶帽子。

羌然则是全套的空军打扮，戴了一副护眼镜，挡住了一半的脸。

两人这么乔装改扮一路进到养育院的时候，因为低着头，刘娅楠也没被那些工作人员认出来。倒是羌然亮出了他们羌家军的证件，让那些工作人员尽快把门窗都关好，说他带了人过来视察。

一旁的刘娅楠抿嘴看着，心说这人的气势还真是天生的，那些工作人员跟被吓到一样，都没确认，就把门窗封死了，等着她进去参观。

等刘娅楠见到那些小孩子时，虽然是有帽子挡着，还是被一眼认了出来。

刘娅楠紧张地赶紧做了个“嘘”的动作，压低声音对那些小鸭子似的孩子说道：“小声点，别被人知道，我是偷偷来看你们的……”她一边说一边掏出袋子里的小饼干，有小熊形状的，有小猫形状的，一一分给那些孩子。

小孩子的眼睛真亮啊，一个个的把小手伸过来，有些还握不住饼干呢。刘娅楠挨个给着，都要被萌翻了。羌然在旁边帮她提着袋子。

刘娅楠光顾着看孩子了，压根没注意羌然的表情，所以她错过了羌然难得的温柔目光。

她每次都是分完饼干才回头看看羌然。羌然就会打开袋子，让她抓里面的饼干。

等给孩子们分完了，刘娅楠才依依不舍地离开，不过他们真乖啊，她说不要说出去，孩子们就跟做游戏一般统一地做了个“嘘”的动作，把圆乎乎的手指放在嘴巴中间。

她下楼的时候，那些小家伙都要把胳膊晃掉了，她也努力回应着。

然后刘娅楠又带着羌然到小婴儿房，这里的孩子都软软的，一个个躺在那里，有些睡得呼呼的，有些则在咬自己的手指头玩。

刘娅楠看向羌然的时候，就见他脸上没什么太大的表情。她压低声音问他：“好玩吗，你想摸摸他们的脸吗？”说着刘娅楠抱起一个，还试图把那孩子塞到羌然的怀里，直到这个时候，羌然才像被惊了一样，赶紧退了一步。不过很快他就镇定下来，只是还是不敢抱孩子。

看着刘娅楠动作娴熟地把孩子搂在怀里，他笑了笑。

刘娅楠却在心里暗自下了决心，等他们有孩子后，她一定得让他抱孩子，再也没有比铁血男人抱孩子的画面更让人心动的了，她到时候一定要看到！

因为是偷跑出来的，两人都不敢耽搁，差不多看完了，就又原路返回。回程的时候，刘娅楠又看到了波澜壮阔的大海，白天的海水可就美多了。

她轻轻地搂着羌然，在他耳边小声说道：“我们一定会成为特别好的爸爸妈妈的……”

刘娅楠也比任何时候都笃信，她跟羌然的宝宝肯定用不了多久就要来了。这种事一定要顺其自然，有时候太迫切了反倒不见得能怀上。

就是周围那些粗老爷们哟，哪里肯听啊，尤其是羌家军的那拨粗人，恨不得今天播种明天就能抱西瓜。不知道是不是受了感染，到最后连羌然在床上也有些急迫了，简直就是只顾数量不顾质量。

刘娅楠真觉得无法理解，能不能怀孕这种事儿，怎么就事关男人的尊严面子了？搞得原本还轻松自然的羌然，自从知道她来月经后，脸色就一直不好，刘娅楠看了心情也受影响。

就这样又过了一周后，刘娅楠的肚子依旧没动静，检测结果依旧没有任何起色，眼看着“大姨妈”那个不受人欢迎的家伙又要来了。

医疗组在知道这个消息后，那表情简直跟遇到了世界末日一样，有些男人甚至直接泪奔了……

要不要这么脆弱啊！

怀孕而已啊，又不会怀出个神仙来……

不光羌家军内部的压力，就连外面也是沸沸扬扬的，几乎所有的人都在关注这件事，显然有太多人等不及了，各种负面消息接踵而来。

起先还是电视上的娱乐节目用那种调侃的口吻，说什么地都整平了，结果种子没买。

这还算含蓄一些，最可恶的是那些唱rap的，又唱又跳还连指带画的，什么哼哼那个哈哈，带不带种，要不要种，你 × × 我 × × 的……

刘娅楠听了几句就想钻到电视里去抽那个满嘴放炮的人。

渐渐地有些主流媒体也跟着起哄了。有一个医学节目还做了一个专题，虽然没点名道姓，但是对某些武力值爆表，却没有生育能力的男人很是做出一些诊断，并断定这个应该是先天发育不良导致的后天不行症状……

节目播出没两天，那专家就被人揍了个鼻青脸肿。

有段时间刘娅楠回到夏宫就会看见羌然冷着脸看着电视上的那些节目。

最近一段时间羌然就跟披上盔甲的小刺猬一样，又缩在自己的世界里了。虽然对她还是挺好的，只是大部分时间会看到闷闷不乐的羌然，也是够愁人的。羌然现在还特别喜欢看电视，刘娅楠很意外，她记得羌然不是喜欢八卦娱乐节目的人啊！

现在两人在一起不是玩命造人，就是吃各种催孕偏方，难得见他如此平静地歇着。刘娅楠走过去，主动靠着他的胳膊，陪他看电视。结果看了一阵后，羌然打了个电话，刘娅楠就听见羌然用冷冰冰的口吻报出了一串名字。

那头好像是第二军的楚灵他们，刘娅楠隐约听到了些“保证完成任务，绝对做得不留痕迹”的话……

刘娅楠再迟钝也琢磨过来了，原来近期娱乐圈的人被各种阻击殴打的源头在这儿呢！

这个过目不忘的羌然，刚才是在边看电视边记名字了吧……然后让楚灵他们过去挨个教训？

见识过羌然打大阵仗，此时看着怄气的孩子似的羌然，刘娅楠都不知道是好笑还是心酸了。

刘娅楠正想宽慰羌然几句呢，还没开口，却见羌然已经双手交握，眉头紧锁地说道："这事儿不对头……"他目光深邃地望着电视上的那些人，"就算是星火燎原，也要有人点燃第一点火星，我倒要看看，这火是打哪里烧起来的！"

刘娅楠看着羌然严肃的样子，头都发麻了，只能尽量温柔以对，让羌然别往心里去。

其实不管羌然的心情怎么样，在私下他对她都是很好的，在她来月经的那几天，还会给她倒温水暖手。只是除此之外，羌然变得沉默寡言起来。

渐渐地就连正经的电视新闻节目，也跟播报天气预报似的，每天播报她的肚皮情况。

看着主持人一脸正经地播报着："今天是 5 月 23 日，周六，女王殿下依旧没有怀孕……"那么严肃的画面，配上主持人严肃的声音，刘娅楠都觉得心缩缩得厉害。

怀孕而已！要不要这么吓人啊！

这下那什么算是没乐趣了，完全是冲着怀孕去的。为了尽力些，在做完后，刘娅楠还会把腿抬起来一些。

看着刘娅楠把腿跷到墙上，羌然反倒尴尬起来。

刘娅楠却觉得无所谓，既然大家都这么着急，为了减轻羌然的压力，她也要努力的！就是她的腿没什么劲，抬起来没一会儿大腿就酸得慌。她也没什么具体概念，不知道要抬多久才好。她这么做着的时候，羌然就在床上躺着。

他最近一直懒懒的，刘娅楠都不记得他上一次笑是什么时候了。不过在她做了那么一会儿后，羌然终于打起精神，半坐在床上侧头看着她。

刘娅楠此时正玩命抬腿呢，脸上的表情都扭曲了，见羌然低头看过来，就努力冲他咧嘴笑了笑，只是那笑还不如不笑呢。

羌然没有说话，只是望着她的脸。这样眼神忧郁的羌然，让刘娅楠觉得很不适应。用被霜打蔫了的茄子来形容他总觉得怪怪的，可是刘娅楠面对这样的羌然时，实在想不出别的形容词。

他现在就是蔫头耷脑的，一点生气都没有。

"没事儿的。"刘娅楠把手放在自己的肚皮上，充满希望地安慰着羌然，“我觉得刚才咱们做得很不错，特别到位，估计一会儿就能有宝宝了……”

羌然一声不吭地把她的腿放了下来。刘娅楠可不想半途而废，之前那次羌然做得特别好，两人配合得也默契，她真觉得这次怀上的希望很大。

她固执地又把腿抬了起来，羌然这次终于开口了：“你想这么待一晚上？”

“啊，要能怀上的话，待一晚上也值了啊。”刘娅楠故作轻松地摸了摸羌然的脸，羌然平时很利索的，现在居然都有胡楂了。虽然有着青色胡楂的羌然看上去更有男人味，可她真是心疼啊……

羌然没再说什么，只是抱住了刘娅楠的腿，帮刘娅楠保持平衡。

因为有羌然帮忙刘娅楠轻松了不少，她都不知道自己是什么时候睡着的，只知道半夜迷迷糊糊醒来的时候，羌然一直抱着她，即使她翻个身，羌然很快又会把她圈在怀里抱着。

以前甜蜜的小夫妻，现在都被怀孕的事儿压得有点喘不过气来了。

刘娅楠能感觉到最近羌然的心情很不好，因为已经有医疗组的人建议羌然做身体检查了，这意味着连羌家军内部，都有人怀疑羌然是不带种的男人……

刘娅楠现在终于知道，为什么自己怀孕的事羌家军这么紧张了。原来当初因为她的登基典礼扯皮的时候，羌家军跟联邦政府有一个女王继承人法案。

其实这是联邦政府为了给所谓的侯爷留一步，特意做的套，偏偏那些军队的爷们儿，都认为自己的头儿是天下最厉害的男人，于是明知道那是个陷阱还是秉持着“我们家头儿行的”的想法，毫不在意地签了。

此时看见刘娅楠始终没怀上，众人才傻眼了。联邦政府也不是吃素的，一看刘娅楠的肚皮始终没动静，就找人把这个协议捅了出去。

一时间尘土飞扬，除了到处议论羌然有没有种外，现在又加上了女王在没有获得有效继承人的情况下，可以再次选择丈夫。

刘娅楠听了很生气。一直沉默寡言的羌然，也在早上起来后，忽然对她说道：“我今天要去做个检查。”

刘娅楠当下都没反应过来。在她心目中羌然一直是战无不胜的，没有任何弱点。可此时在她面前说那句话的男人，不知怎么的让她有一种对方忽然虚弱下去的错觉。

她下意识地伸手握住了他的手。他的手比她的大多了，她压根握不住，可她还是努力握着，心里沉沉的。她明白，这是羌然迫于铺天盖地的没种男人的言论，想要证明自己。

她也不知道该怎么安慰他，所有的语言都是苍白的。她只能靠近羌然，用力抱住他。

羌然看着倒是还好，他上位者做惯了，即便是去做这样的检查，行动起来也带着一股高高在上的气势。

刘娅楠本想陪着他去的，不过看羌然的样子，她估计她在场的话羌然会更尴尬，于是只帮他拿外套那些东西。

羌然也不说什么，脸色更是严肃得很，临出门的时候，忽然低头亲了亲她的脸颊："中午等我回来一起吃饭，想吃什么告诉观止。"

刘娅楠点了点头，目送着他走出夏宫，良久才收回视线。

这次的检查虽然很低调，不过还是被众多媒体注意到了，羌然应该也是故意的，为了让这次检查更有公信力，他特意选在没有利益关系的联邦附属医院进行。

刘娅楠在夏宫里忐忑地等着结果，她不知道羌然在做那些检查的时候，会用什么表情去面对那些仪器那些人。那是一个面对最凶残的恶徒都不会皱一下眉头的男人，现在却要用这种办法证明自己……

刘娅楠能感觉到，除了那些恶心人的话外，其实羌然也在担心自己的身体。他曾经的确莫名其妙地发过烧，再生人一代一代地基因复制，很难说中间不会出现问题。

刘娅楠不敢再想下去了，在心里默默地祈祷着，一定没问题的，一定没问题的……

时间一分一秒地过去，检查的结果终于出来了。刘娅楠当时正在夏宫准备下一次议会的内容，打开电视就看见面色沉重的医院方发言人，声音低沉得跟宣布世界末日一样，在被无数媒体包围时，缓缓地念着检查报告。这个世界第一好斗的男人，看似无懈可击的羌然，生育能力还真有些问题，至于具体的因为涉及个人隐私……

无数记者好像疯了一样提问着，话筒都要砸在那人的脸上了，到最后场面失控，院方的发言人被无数保安护送着试图突破重围……

刘娅楠大脑一片空白，唯一想到的就是羌然该怎么办……那个从不会对任何人低头的男人，这样的结果对他的打击简直是致命的……

刘娅楠没有任何迟疑地从夏宫跑了出去，想赶紧找到羌然安慰他。

其实羌然已经回来了，只是以往一回来就会往夏宫跑的他，这次干脆把自己关在了办公室的卧室里。为了防止刘娅楠闯进去，还派了人在门口守着。

等刘娅楠气喘吁吁地跑到时，就见观止垂头丧气地守在外面。

刘娅楠心口像被人割了一刀似的。这种事儿就算是普通人也不见得能承受，更何况是那么傲气的羌然。

观止一脸无奈地说道：“殿下，很抱歉您不能进去……”

在刘娅楠试图解释的时候，观止说道：“对不起，头儿说了，他现在最不想见的人就是您。”

刘娅楠愣了几秒，随后脱力一样蹲了下去，一步都迈不动了。那种感觉就跟做梦一样，她觉得特别不可思议，眼前不断浮现她笑着对羌然说要宝宝的样子，还有羌然把她抱在怀里，说“我们要个孩子”时的样子……

很多影子在脑子里重叠，她眼睛酸疼，努力忍住眼泪，心里却是明白的，越是骄傲的人越是禁不住这样的打击。

刘娅楠心情低落了一会儿，很快又打起精神来。想起羌然从夏宫走时对她说他们要一起吃午饭，便叫身边的保安人员把饭菜都端到羌然的门口。既然羌然不肯见她，那她在他门口吃点饭总可以吧？

香扑扑的饭菜端来的时候，观止都看不下去了。

刘娅楠个子不高，干脆席地而坐，把饭菜放在一边的台阶上。都摆好后，再抬头的时候，刘娅楠像又积攒了勇气一样问道：“观止，羌然的午饭你们送进去了吗？心情不好的时候，更不能饿肚子的……”

观止迟疑地望着她。

刘娅楠一下明白了，羌然谁都不想见，别说饭菜了，估计连水都不肯喝一口。不过没关系，她也不会硬闯进去，只是按照羌然说的，和他一起吃饭而已。

羌然自己的小卧室布置得很简单，门也薄，她知道自己跟观止在外面的谈话他肯定能听到。

刘娅楠努力吃着，努力告诉自己，都这个时候了不吃饭不行的。她像以往那样，一边吃饭一边闲谈的样子，随便说着自己的胡思乱想，还有看到的一些八卦新闻，就好像她现在不是对着台阶吃饭，而是对着羌然。

这样的刘娅楠让观止他们都动容了，可门内的羌然一直没有出声。

刘娅楠吃完后，就跟什么事儿都没有发生过一样，对着门里面的羌然说道："羌然，饭我吃完了，现在还要去忙点议会的事儿，最近那些关系绕得我头都晕了，我想今天能顺的话就顺一顺。要没问题的话，我晚上再过来陪你吃饭好吗？"

她也不等羌然的回答，说完就回到了自己的夏宫，化悲愤为力量，开始玩命地研究议会里那些乱七八糟的关系。

只是羌然身体有问题的消息，已经扰乱了整个世界。起初还好一些，只有各大电台纷纷表态，对女王殿下嫁给这样的男人，表示沉痛的哀悼与同情。

很快什么圣母教啊女神教的就开始抗议游行了。不光是外界对这个消息作出的激烈反应，甚至连羌家军内部也出现要不要找人替代羌然生子的声音。

当小田七偷偷把这些事儿告诉刘娅楠的时候，刘娅楠都要气疯了。她也不知道是什么人传出的这种借种生子的风声，可气的是居然还传得有鼻子有眼的，更可气的是，那些看着不傻的男人吧，居然还都挺愿意上这种当的！

虽然羌家军公关部门迅速回应，称这个事件绝对是子虚乌有，可也架不住下面的人按捺不住要借种的心情。等刘娅楠再去参加议会活动的时候，发现她所经过的路段跟开起了时装表演一样。

都不知道周围那些人是打哪儿来的，什么圣母教骑士团还有女神团的，那一个个男人啊，简直跟花蝴蝶似的，什么奇装异服都有，什么撩人的姿势都做。虽然不是扭捏作态吧，可也绝对是花枝招展，稀奇古怪得让人看了心烦。

之前一直没怎么露面的何许有钱，也不知道从哪个旮旯溜了出来，穿金戴银的，先是恭维了她一番，临了神秘兮兮地递给她一张体检报告，其中生育能力项更是特意用红色的字标注了出来。

刘娅楠看后嘴都要气歪了，当下把那张纸又递还给何许有钱，义正词严地说道："请您不要听信那些乱七八糟的传言。"

何许有钱也不争辩什么，只神秘一笑，语带暧昧地说道："没关系的殿下，不管有没有那些传闻，只要您需要，我随时在您身边，为您做出贡献，而且会谨守秘密，绝不外传……"

刘娅楠听得嘴角抽抽。这人还真是打定了主意暗自送种啊？

幸好一直很喜欢作诗恶心她的缪彦波，这次沉默了起来。往常他最喜欢提侯爷的事儿恶心羌家军了，这次居然什么都没有提。

刘娅楠总觉得缪彦波怪怪的，看她的眼神吧，挺让人捉摸不透的。她偶尔疑惑地望向缪彦波的时候，他居然还不敢跟她对视似的快速别开眼睛。

不过刘娅楠也没多余的精力去理会缪彦波的反常。她现在可真是焦头烂额的，简直跟陷入泥潭一样，只是不管心里多着急、多难过，她都得努力地扛下来。

她每天按时按点地过去陪着羌然吃饭。不管羌然肯不肯见她，她都在他的门口守着，自言自语一样聊着她的生活以及她遇到的那些事儿，还会努力说些开心的事儿给羌然听。

不知道后来是观止看不过去了，还是里面的羌然下了命令。等她再在羌然的门口吃饭的时候，就见地面被打扫得特别干净，而且之前她凑合坐的那个小凳子也换了一把，新凳子不管是材质还是造型都是特别定制的，坐上去特别舒服。不光是这些，到最后连吃饭的地方都铺上了软软的毯子。

这哪里像刘娅楠苦哈哈地等着羌然回心转意呢，分明跟过来吃豪华版野餐似的。其间那些厨师还见缝插针地给刘娅楠安排了一次丰盛的烧烤。

可刘娅楠还是高兴不起来，因为不管她怎么等、怎么做，羌然都不肯见她。

其实她也知道自己前段时间嘴上说着不着急要孩子，实际上，不管是她抬高腿还是在那件事上配合他，对羌然来说，都是无形的压力。所以在查出问题后，羌然肯定会想起她所做的那一切，那种心情，刘娅楠简直不敢想象……

可以战无不胜改变世界的那个男人，在万众瞩目中得到了所有人梦寐以求的女人后，却发现自己不是一个完整的男人……

刘娅楠什么都做不了，只能每天坚持过来，面对着那扇不会给出任何答案的木门，说着她想对羌然说的话。

在等待的时候，之前港口的事儿，刘娅楠也没有放下，已经找小田七联系了外面的还少航。她也不认识别人，就是想找到还少航后，让他给自己些建议，哪怕仅仅吐露点内幕也好。

最后在羌家军的帮助下，刘娅楠终于通过视频电话联络上了还少航。还少航这个家伙吧，也不知道大脑是什么构造，居然隔着屏幕还要把鼻子探过来闻闻味道。看见刘娅楠皱着眉头，才讪讪地摆正了姿势。

刘娅楠脸上的表情很少，她发现自己真是被潜移默化地感染了，她以前总觉得自己没气势，可是跟羌然待久了后，发现自己已经受不了这种嬉皮笑脸的男人了。尤其跟羌然那种一板一眼的军事化男人比，这些人就给刘娅楠一种太不正经的感觉。

幸好还少航在谈话的时候收起了那副吊儿郎当的样子，也没瞒她，一五一十地说道："其实港口货物滞留跟那些都没关系。"

刘娅楠最近为了追查出源头都焦头烂额了，可还少航这么一句话就把她给否决了。她纳闷地望着屏幕中的还少航，就听他慢慢地解释道："其实这些都是借口，最大的问题在东联盟的卢其家族那里，他们是贸易大家，像我们这种自由贸易者只是被对方蚕食的小虾米而已。不管那些政府机构的人如何推诿，如果正常运作的话，就算速度再慢，也不会一艘都检测不出来吧。可我们在那里排队的时候，不是测试的试剂不对，就是机器坏了，甚至还有工作人员生病无法工作那种烂借口……做小生意的有几个能这么干赔的，卢其家族便会趁机压低我们的价格，用他们特有的渠道疏通……"

刘娅楠真没想到这事儿还这么复杂。在登基前，她倒是收到过卢其家族的礼品。

现在她只是想弄清楚那些货船被滞留的来龙去脉，说白了，不就是些菜嘛，可就这么一路追查下来的结果，确实让她目瞪口呆到极点，这里面所涉及的东西简直盘根错节复杂到不可思议的地步。

说到底还是她太天真了……

也许真像缪彦波说的那样，她做这些完全是吃力不讨好，别说拯救一艘船了，就是一片菜叶也没妥善处理，那些菜该怎么烂还怎么烂。

结束通话后，刘娅楠沉默起来，对外有那么一批老油条在等着糊弄她呢，而对内呢，又有那么个被伤了自尊的傲娇男……刘娅楠郁闷得都想揪自己的头发。

眼看着一周一次的议会活动又要到了，刘娅楠很怕那些人在会议上提羌然的事儿。

结果偏偏是怕什么来什么，等她再参加议会的时候，之前那些只会推来打去的男人，这个时候却跟有了默契一般，同时掉转炮口，对着羌然炮轰起来，什么在职者不能履行应有的职责，不如主动让贤啊，什么不要耽误大家的宝贵时间啊……

大家都用担忧的口吻问着女王子嗣的问题，那满面的愁容都要把人愁死了。

刘娅楠静静地看着那些人的眼睛，看似平静的外表下，其实内心都要炸开锅了。

港口的菜烂了没人管，道路需要维修也没人管，连养育院的孩子们生活在垃圾堆也没人理睬……现在这些人却积极了，跟被踩了尾巴的猫似的蹦跶得那叫一个欢啊。

这就是一群粉墨登场的戏子吧，满嘴的家国天下，其实一肚子坏水！

刘娅楠脾气一直很软。说话时被人打断，她也不会生气；被人阳奉阴违地对付，她反倒扪心自问，是不是自己不够好，是不是自己准备得不够充分……

可现在的刘娅楠已经不是昨天的刘娅楠了，“大姨妈”准时驾临，在打破她最后一丝希望的同时，还带给她比以往更猛烈的情绪……

所以在听到那些言论后，就跟被加入催化剂似的，心里翻江倒海地难受。她动了动嘴唇，站了起来。她这次没有用话筒，女人的声音天生要尖细一些，在她出声的瞬间，在场的人都被她的声音惊到了。

她一字一句地说道：“你们都给我闭嘴！”

她以前从没这样做过，现在她激动得手指都在哆嗦。她一直是能忍则忍，能让就让，现在却是对着上千人发火……

她有些腿软，不过还是镇定地走到了交通部大臣面前，对着他的脸，深吸了口气说道：“今年财政拨款十四兆，可、可你看看你修的都是些什么玩意儿……”

刘娅楠点评一样说着那些工程的名称，只是虽然最近一段时间她做了很多功课，可她记性不好，才说几句，就想不起那些具体的数字了。

那些老奸巨猾的家伙开始窃窃私语。看着那些人投来的视线，刘娅楠知道自己又被他们给鄙视了，肯定当她是小姑娘发火乱撒气而已……

刘娅楠努力控制着自己激动的手指，拿出自己的记事本，在她找到那页前，交通部的大臣已经口若悬河地侃侃而谈起来。那副忧国忧民的样子，就跟受到诬陷的忠臣良将一样。

刘娅楠克制着自己的情绪，找到了那些数据。这些日子以来，她一刻都没有放松过，现在这些都可以用上了。她用手点着那些内容，口齿清楚地详细念着那些豆腐渣工程，有关桥梁的，有关地下通道的……

在对方想要辩解的时候，刘娅楠快速打断了他，把预算跟实际花销作对比："造价超出百分之四十，听说大人您的住所里专门用珠宝造了一条星河是吧？作为天文爱好者，喜欢星空我不反对，但是我很纳闷，以您一年三十四万元的收入，您从哪儿购买了那些东西？"

刘娅楠的眼睛扫了一圈，定在能源部大臣面前。她依旧念着那些数据，语速很快，这些时间积累的压力，让她有种喘不过气的感觉，现在她用尽全力将其反弹了回去。

她不知道究竟是谁在背后指点她的肚子，那些讨厌的消息是让她难过，可是她该做的一点都没有少过。

她知道自己的脑子不如这些人灵活，因此在做事的时候才需要专心致志，不能有丝毫分心，而且她也知道自己做不了大事，所以对能做的格外认真努力，不断用自己的权限去调取信息资料，然后整理分析，把所有东西都做好记录。

她不是做女王的料，可她至少可以把话说出来，就好像一个线团一样，她终于用自己的方式解开了。

她不断说着，走到那些人面前，之前还吵吵嚷嚷的人群，此时都被吓到了一样低下了头，甚至还有人偷偷转过身去，希冀她不要看到自己。

刘娅楠没有声嘶力竭地指责什么，只是打开本子，把自己没日没夜做出来的内容念给这些人听。

有关社会福利部门的内容她刻意放在了最后，她比任何部门都更了解福利部的事儿，所以她平静地望着这个每年花无数的钱，却把养育院做得跟垃圾堆似的大臣。

羌然教过她怎么表现凶狠的眼神，当时她始终学不会那种气势，也做不到那样凌厉，可现在不知不觉间，她的目光已经变得严厉起来，那个大臣被她的视线逼到了墙角处。

在说完这一系列话后，刘娅楠终于有感而发道："各位与其关心我的私生活，不如多检查检查自己的工作，关心别人是不是男人之余，也请各位顺道审视下自己配不配做个男人，还有……"

她目光冷冷地扫视全场，在痛经的作用下，一鼓作气地说道：“请各位务必明白，羌然是我心爱的丈夫，不管未来如何，他也是我唯一的丈夫。”

刘娅楠说得很紧张，她没有这样的经验，可是当她面对众人毫不犹豫地说完那些话后，她真心觉得这感觉超爽的，就跟盛夏吃到最可口的冰一样，绝对是长长舒了口气的感觉。

只是刘娅楠很快发现鸦雀无声的议会厅里，那些人看她的眼神都不对了，没有了好奇试探外带的轻蔑，此时，他们都被这个曾经以为是花瓶的女人逼到了角落里，忽然噤了声。

刘娅楠不再说什么，也不去分析那些人的心理想法，在把想说的话说完后，阴沉着脸走了出去。

主要是肚子太疼了！痛经不是病，可是痛起来真要命啊！

等刘娅楠无精打采地赶回羌家军地盘的时候，她身边的保安都瞧出她情况不对了。

刘娅楠的脸色特别苍白，可即便这样，她还是要坚持去跟羌然“一起”吃饭。

这次等她再去的时候，观止都不忍心了，一个劲地劝她保重身体。不管环境弄得多好，毕竟是在户外，最近天气一直阴沉沉的，温度也不高，她何苦在外面受这个风啊。可是架不住刘娅楠坚持。

刘娅楠多披了件风衣坐在羌然的门口，只是看着端上来的饭菜，之前她多少都能吃一些呢，现在却胃口全无，看见什么都不想动。身体终归是虚弱了一些，这次痛经来得如此汹涌，刘娅楠怀疑跟最近积压的压力有很大的关系。

她坚持着硬塞了两口，可是吃到嘴里没滋没味的，连咽下去都难受。

她终于受不了了，委屈到了极点。之前她使了各种办法，不管是劝也好，鼓励也好，甚至是求着羌然出来见一面，可是羌然就是不为所动，死活憋在木门后，跟缩进壳里的乌龟一样，不见任何人，也不处理任何公务。

她也是不知道该怎么对羌然了，她已经尽自己所有的努力坚强着了，可是他还是不肯放下他的骄傲，他被刺痛了，然后又像刺猬一样把浑身的刺都竖了起来，不管是自己还是别人，他都无所顾忌地伤害着，把自己跟这个世界隔开了。

可这样是不行的……

她难受极了，带着哭腔说了出来："羌然，我不舒服呢，肚子好疼啊……你出来见见……"

那个"我"字还没说出来呢，刘娅楠就看到那扇紧闭的木门竟然一点预兆都没有地打开了。门内站着的正是穿着军服的羌然。

出乎刘娅楠的预料，她以为闷在房间里的羌然必定是颓废到了极点，出来的时候也一定是邋里邋遢胡子拉碴。结果此时站在门口的男人，干净利索，别说胡子拉碴了，连衣服上都没有褶皱，从领口到袖口一丝不苟的，头发也梳得整整齐齐，只是看上去略显清瘦而已。

刘娅楠愣住了，眼睛一眨不眨地盯着他。他的表情大大不同了，至少在刘娅楠看来，这个时候的羌然没有了往日那种神采飞扬的感觉。

他面无表情地看着她，过了半晌才淡淡说道："肚子疼还过来，是嫌不够难受吗？"说完这些，他走到她面前。如果是以前的羌然一定会伸手拉她，可现在他没有这样做。他只是用下巴点着她，让她快点从地上起来。

刘娅楠赶紧站了起来，她本来有满肚子的话想对羌然说的，可真见到本人，一时间却又不知道该怎么开口了。

她是想安慰他的，抱着脆弱的他说没关系。可从门内走出来的羌然，简直像一座冰山。

刘娅楠本身就痛经呢，最怕着凉了，这个时候再被"羌冰山"一冻，她的心都缩了下。

她苍白着脸跟在羌然身后，羌然也不说什么。两人一起回到了夏宫，只是现在的夏宫里再也没有那种甜蜜的氛围了。

刘娅楠心里难过，试图伸手去碰触羌然，可刚刚摸到他的胳膊，羌然就躲开了。

从那之后两人看似又恢复了正常，每天依旧是吃饭工作睡觉，没有任何变化，羌然依旧是那个有洁癖的羌然，会把房间收拾好，会不动声色地把刘娅楠的衣服挂上。

他并没有苛待她，只是不再跟她亲近，不再碰触她，眼神也不再追随她。

刘娅楠的心沉沉的，她也不是多么迫切地想羌然碰自己，如果羌然有心理负担，她可以体谅他，可是现在这样太不正常了。

羌然完全是一副逃避的态度在对待她，明明他俩都没有错，而且刘娅楠有点怀疑那个检查结果，毕竟这个世界有太多不靠谱的事儿了，万一弄错了呢?

在她眼里，羌然怎么看也不像是不能有孩子的男人。

只是刘娅楠也不知道该找谁商量这个事儿，现在别说是劝羌然再检查一次了，就是跟他正常对话都难。

也是该着的，那天刘娅楠检查身体的时候，忽然在那些工作人员里看见了缪臣。

别的人她也不认识，缪臣怎么也算是老熟人了，而且人品也过得去。再说学医的人，总归比她懂得多。

刘娅楠自己不大方便，也不敢麻烦别人，就找了小田七，让他帮自己联系下缪臣。

等刘娅楠在小田七那里见到缪臣的时候，他却跟做贼一样，偷偷摸摸神情恍惚的，还怪不好意思似的，见了她猛地说了些道德伦理、社会学、父子学的问题。

刘娅楠都听蒙了，缪臣停下来又脸红又尴尬、想靠近她又不敢的时候，她才终于纳过闷来——联系之前的那些闲言碎语。她真想踢缪臣几下，他这是以为要被借种啊?

她赶紧一本正经地说道："你别怕，不是找你借种，我就是想问你点事儿。"

这下又换成书呆子缪臣傻眼了，他都做好了借种后，要被羌家军毁尸灭迹的准备了，结果……

他的表情霎时变得失望无比。

刘娅楠没理他，板着面孔说："我就想了解下你们这儿对男的都是怎么检查的，靠不靠谱啊？还有羌然到底是什么问题，你知道吗？"

缪臣一脸失落，为难地回着："我跟您一样也是从电视上看到的，羌然具体有什么问题，我也不清楚，再说我主攻的是女人的身体结构，男人的只是作比对的时候学过一些。"

刘娅楠不理他的那些推托，只要他比她强就行。

现在唯一的问题是羌然太傲气了，要让他答应复查，想一想都觉得行不通。可是有病看病不是很正常的事嘛，看不好就认命，可是什么都不看什么都不做，不是她的性格。

刘娅楠对这个书呆子缪臣的人品还是信得过的，也不管那些了，直接跟他说道：“别的也不求你了，你就帮忙检查检查先天性有没有缺陷总会吧？只是一定要保密……”

缪臣原本不想答应，不过刘娅楠到这个时候也是真着急了，威胁他道：“你要不答应，我可把当年咱们的事儿说出去了哦，我记得你连点了我一个月……”

缪臣吓一跳，他可是吃过苦头的。

就因为当年妩媚那个《我与女人不得不说的故事》披露了他找刘娅楠作陪的事儿，搞得他在研究所里，差点被群情激奋的人给踩扁，现在好不容易换个环境，要是再让人知道自己的黑历史……

缪臣苦着脸答应了。

## 第三章

# 伏击

CHAPTER 3

回到夏宫的刘娅楠心事重重的，想着怎么弄到羌然的那啥给缪臣做检查。明着要羌然肯定不会答应，最近他都不肯看她一眼。那就只有勾引那一个办法了。

吃过饭洗好澡后，以往刘娅楠都是乖乖地睡下，而羌然会在一边的沙发上睡，两人也不会说什么，就跟沉默的室友一样。

这次刘娅楠不那么乖了，而是心事重重地走到羌然面前，羌然已经侧着身子睡下了。

不过刘娅楠猜他肯定知道自己走到他身边了，他耳朵很好使的，而且最近他一直睡得不踏实，她晚上总能听见他翻身的声音。想也知道，他们都习惯身边躺个人了，现在却独自孤零零地睡，一时间肯定不适应。

她的心跳得很快，她从没这么大胆过，以往就算偶尔有主动的时候，也是在羌然的暗示下，而且基本上还没怎么样呢，羌然就已经按捺不住反推倒她了。

这次很明显羌然是抗拒她的，而且自己又带着目的……

她有些紧张，先是看了看羌然的脸孔，不断给自己打气。这么帅的男人，就算是一夜情都赚到了，何况还是自己喜欢的人，主动下怎么了，不丢人的！

做好心理建设后，刘娅楠俯下身亲了下羌然的耳垂。他敏感的地方不多，可是亲他耳朵的话，他会很开心。

羌然明显是躲了下，连眼睛都没睁，这副样子显然是不想她继续。

刘娅楠有些尴尬，进退不得地站在羌然身边。其实有没有孩子，她已经不在乎了。她只想他能摸摸自己的手，能在吃饭的时候看着自己，只要那样就好了。

她伸出手碰触了下羌然的手指，就像受了委屈的孩子一样，一下一下地摸着他的手指，希望对方能回心转意。

不知道过了多久，羌然终于睁开眼睛坐了起来。只是他的眼睛里没什么温情，而是带着一丝愠色。

刘娅楠被他的眼神伤到了，随即又像跟他较劲一样，又去亲他。

这次她直接亲上了羌然的嘴唇。明知道他不开心，她还是跟啃一样咬上了他的嘴唇。

羌然也较劲似的紧紧地闭着嘴唇。刘娅楠努力地吮吸着，用舌头舔他，手指也抚摸着他的身体，就像当年他对自己做的那些一样。不管自己多么抗拒，他都会亲吻自己。

她现在全部奉还给了他，就算用强的，她也得把这事给办了！

只是不管她怎么做，他就是不肯张开嘴巴，不过刘娅楠感觉到了他身体的变化。她胆子也大了起来，开始解自己跟羌然的衣服。羌然想用手推开她，可现在的他跟没了怪力一样，试了几次都没能成功。

刘娅楠整个人更是跟八爪章鱼似的攀上了他，身体完全暴露在羌然面前。

渐渐地情况有些失控，他们用力地抱住了对方。

这是最亲密的方式，两人很快失去了理智，手指身体嘴唇不断亲近着对方，想要更多地占有对方……不是为了延续种族，也不是为了这个世界，只是单纯地想要这样……

等一切都过去后，刘娅楠还在余韵中没回过神来呢，一直抱着她的羌然却跟受了刺激一样，看都不肯看她一眼，起身去浴室内洗澡去了。

刘娅楠心里空落落的，不过她也顾不上羌然的冷漠了，也亏得他去洗澡了，不然她还没时间做这个呢。只是她实在没什么经验，正手忙脚乱的，意外却发生了——刚过几分钟而已，浴室门就打开了。

羌然压根只是冲了下就出来了，所以一出来就看见了这一幕。

看着刘娅楠手边的器皿，不用解释，他也明白她是要做什么。而这么做的目的自然不言而喻。

羌然沉默地走了过去，脸上什么表情都没有。也没说什么，只一脚踢开了她手边的器皿。

器皿滚了两圈应声而碎。

刘娅楠没吭声，眼圈有些红。她努力压抑着眼泪，腿都在打颤，在羌然要离开的瞬间，刘娅楠忽然叫了出来："羌然。"她声音发颤地说着，"我不是非要孩子不可，我也不会要别的男人……"她含着眼泪道，"因为、因为……我很喜欢你，我这么做，只是不想你难过，想着也许是检查结果有问题，而且就算有毛病也没关系的，在我的世界不能生孩子就治嘛，治不了再说治不了的事，总这样消极也不是个办法……"

那次羌然听了她说的那些话后，什么都没说，也没回头看她，毫不犹豫地走了。

之后，羌然又把自己封闭在了办公室的小卧室里，这次连观止都被踢到了办公楼外面，整个楼都空了出来。这下就算刘娅楠要在外面吃饭等他，他也听不到她的声音了。

刘娅楠知道自己这是在他伤口上撒盐了。

以前刘娅楠蛮怕他的，觉着他很恐怖，有时候还无法沟通，其实现在也是这样，他什么话也不说地生气，给她的感觉就跟一个不成熟的孩子一样。不管他多么厉害，在感情上羌然就是那么一个不成熟的人。

刘娅楠明白，她跟羌然挺不合适的，他们都不是感情成熟的人，她自己性格上就有缺陷，羌然更不用说了，压根就不会跟女人相处。

可她还是喜欢他，想让他高兴。刘娅楠也不知道自己是不是太贱了。明明所有人都在议论她可以找第二个王夫或者借个种什么的，可她满脑子想的只有羌然……

她想跟他好好学习，努力磨合，像天下所有相爱的情侣那样生活。

不知道是不是情场失意，职场就能得意。刘娅楠自从那次后又去了一次议会厅，这次那些把她当球踢的大臣算是老实了。

不过议会厅里除了那些实权在握的人外，还有各联邦派过来的议会代表呢。每次遇到着急的事投票都要投个三四回。

刘娅楠现在顾及不了别的，索性大刀阔斧地把心中的不满都发泄了出来。要是稍有不顺心的，刘娅楠就会对着媒体发表个声明谴责言论什么的。她知道自己在发邪火，可是在心情不好的时候，还被一群饭桶推诿着，那滋味简直是火上浇油。

起初她就是想痛快痛快嘴，就算是闲职，可既然已经做了那么多前期工作了，怎么也得往外倒倒，至少要让大众知道问题都出在哪儿。

哪知道不管她对媒体说什么，下面很快就会有连锁反应，先是那些神奇的圣母教徒女神教徒声援她，然后就是普通人针对那个倒霉官员的示威活动。刘娅楠的话简直是给普通大众指明了道路一样，以前各种问题的根源都被挖了出来。

那个不干正事的缺德官员不是被围攻就是被砸车，甚至有家都不敢回……

渐渐地刘娅楠发现自己口头的抱怨威胁，已经变成货真价实的“你要倒霉”的催命牌，说谁谁倒霉。

这么一通口诛笔伐下来，议会厅里人人自危，都要被刘娅楠折磨傻了，只要看见她就会心跳加快手心出汗。

偏偏刘娅楠脸色越来越阴沉，羌然给她的那些负面情绪，她肯定不能对无辜的人发泄，现在只能拣着这些阳奉阴违的人渣发泄了。

那些大员虽不知道女人都该是什么样的，但至少通过刘娅楠，他们觉得最毒妇人心那句话还是很有道理的。真的不能随便得罪女人啊，看着多软的妹子，翻脸的时候，也绝对是唬人一跳。

就在这个时候，西联邦菲尔特家族对刘娅楠发出了正式邀请，说是一年一度的复生节日到了，他们非常郑重地邀请女王殿下出席节日庆典。

对整个议会厅的人来说，这个邀请函简直就是救命稻草啊！大家都抱着赶紧把这乌鸦嘴大瘟神请走的想法，一致积极地撺掇刘娅楠出去参加活动，不能总让东联盟的人倒霉吧，西联盟还有一拨废物等着她去处理呢……

刘娅楠倒是有点心动，她最近生活得太压抑了，也想离开羌然的地盘，出去透透气。可是要出去的话，怎么也要得到羌然的首肯。

刘娅楠强打起精神，去请示羌然了。

现在羌然所在的地方简直跟猛兽笼一样，就差挂个“野兽凶猛请勿靠近”的牌子了。

据说现在连送饭给羌然的人都不敢太靠近，只是把饭菜送到门口就跑。

刘娅楠都觉着自己贱得没边了，自从知道羌然吃饭吃得少后，她就总揪着心，现在她亲自下厨做了一顿饭菜。

她记得羌然的口味，很用心地做着，虽然很久没做过菜了，不过只要上手很快就能熟练起来。

所有的蔬菜都是精挑细选的，所有的工序她都用了心思，做了好多菜出来，挨个用袖珍小碟子装起来，一碟一碟的，满满地摆了一桌子。

在做完这些后，她写了一张去菲尔特的申请函放在了那些饭菜下面，随后又觉着不大妥当，忙又在那个申请函后面小心翼翼地写了一句话，内容是“羌然我们和好好不好”。都做好了，她想了想大概可以了，才让送饭的人送过去。

剩下的时间里，刘娅楠就自己在夏宫里孤零零地吃着午饭。

晚些的时候，观止找到她，带给她一张答复函，上面羌然字迹工整地写了“批准”两个字。

刘娅楠动了动嘴也没说什么，其实这都是预料中的结果。就是观止临要走的时候，刘娅楠还是忍不住贱了一下，忽然问道：“羌然最近还好吗？”

观止倒是不意外，赶紧回道：“今天很不错，自从吃了您做的饭菜后，头儿就开始处理最近一段时间积累的公务了。”

“哦。”刘娅楠现在也不敢自作多情地认为自己的饭菜有打动人心的作用，多半是公务太多了吧。

既然有了答复函，刘娅楠赶紧给缪彦波打去电话，作为政府派在她身边的助理，像这种活动都是要由缪彦波安排的。刘娅楠又在议员名单上圈了几个倒霉蛋,准备趁着出访西联邦,好好找找这几个倒霉蛋的毛病。

做完这些后，天都已经暗了，刘娅楠便想早点休息。她后天就要去西联盟了，为了到时候不露怯，她还得好好准备准备呢，多学点礼仪类的东西，还有衣服还没选好呢。

上次西联盟给她的那个王冠这次要不要戴过去也是个问题，听说这个复生节是为了庆祝什么伟大的人的重生，甚至为了纪念那个人，也是考虑到西联盟的风俗，连她登基后的称呼都只能是殿下，而不是陛下。

其他的那些她自己也看过些资料，可很多都悬乎得跟鬼神似的。虽然后来都有科学的解释，说是时空缝隙啊什么的，不过她还是看得头大，简直跟看走进伪科学一样辨不清真伪。

她想着要不等明天再找小田七给自己科普科普。正在这时，刘娅楠听见了开门的提示音,她纳闷地回过头去,吃惊地看见羌然已经走了进来，正一手解着军服上的扣子，一手按了下身后的控制键。

整个透明的墙壁瞬间变成了一幅风景画。他们以往在临睡前还有做那什么的时候也会把墙壁变成风景遮挡起来，现在见他一进门就做这个，刘娅楠就有点纳闷。羌然的脸色很沉，跟要发火似的。

这是憋了一段时间，羌然要过来教训她吗？

刘娅楠有点紧张，不过她是过分了点，偷偷拿那什么去检测，还是用那种方式……

她坐着没动，听之任之地等着羌然的处罚。

可她等来的不是什么责骂，刘娅楠觉着身体一轻，整个人已经被抱上了旁边的桌子。她的衣服更是被撕了开，羌然捏着她的下巴，在她还没反应过来前，已经吻住了她的嘴唇。她惊愕地张开了嘴巴，羌然顺势攻进去，舌头卷住她的舌头，纠缠着，狂热地亲吻着她。

刘娅楠真觉着自己已经散架了，她像被抛进了大海一样……

她人都傻了，因为从昨天开始，已经整整一天一夜了，羌然还不放过她。刘娅楠都觉着羌然是不是疯了……可是在对上他的眼神的时候，刘娅楠又软化了下来。

羌然的眼神又变成了她熟悉的样子，很温柔，那是只有她能看到的属于恋人间的眼神。

不知道过了多久，刘娅楠终于可以长久地休息下了。她趴在他的身上，看着他的眼睛，他也在看着她。

明明身体已经满足得不能再满足了，可她还是亲了上去，简直是在啃咬一样，最后啃够了，又跟轻啄一样，慢慢地试探地亲着，然后又赶紧停下，又去试探。这么幼稚的动作，他们却乐此不疲地做着。

刘娅楠也有点明白了，所以早先的批准不光是批准她去菲尔特，还批准了他们和好吗？

羌然是怎么想通的，就因为她做的那顿饭吗？

羌然又翻了个身，把她按在身下，已经熟悉得不能再熟悉的身体，很快适应了他的进入。

一切渐渐平息下去后，刘娅楠觉着她得把心里话说出来，趁着羌然心情好，赶紧把他劝开来，便道：“羌然，不管有没有孩子，我都无所谓的，在我的世界里有一种叫做丁克的家庭，他们就是不要孩子的，因为太喜欢二人世界了，还喜欢无忧无虑的生活，所以选择不要孩子，其实这样也不错对吧……”

她望着羌然的眼睛，很认真地说道：“而且我怀疑我能不能做好妈妈，真的，我都不知道妈妈该是什么样的。对了……”

她跟想起什么似的问道：“羌然，你想做爸爸吗？如果想的话，咱们就收养一个吧。我那个世界没有孩子的夫妻代孕也是很正常的事儿，或者收养你的再生人……”

在刘娅楠迫不及待地说完那一通话后，羌然却沉默了很久。最后他才坦然地回道：“我想象不出我做父亲的样子，我没有那个概念。”

他最近都没这么心平气和过，他看着刘娅楠的眼睛，虽然没说道歉的话，可他的眼神里全是愧疚：“可你应该是个好母亲。”

刘娅楠主动坐在他腿上，揉了揉他的头发，简直跟哄埃德加犬一样。

教过两遍的东西，如果埃德加犬还没学会的话，它就会缩在角落里，把头埋在爪子下不出来，每次都要她又哄又安抚好半天，那小家伙才会心情好起来。

刘娅楠真觉着现在的羌然就是大号的埃德加犬，看来一个人太无所不能了也不好，一点点挫折就容易受不了。

她一般是直接称呼羌然的名字，现在却突然不好意思一样叫了他一声：“然然。”

怎么想都觉着这个名字有些女气，而且跟他也很不相配。可刘娅楠还是想这么叫他。

羌然听到那个称呼后，表情明显顿了下，可他什么都没说。

刘娅楠见他没有明确反对，便摸着他的头发，低头温柔地看着他。

他们的嘴唇又亲密地接触在一起。他张开嘴，吸吮舔舐她的舌头牙齿。

“其实咱们都不适合做父母的。”刘娅楠跟解脱一样说道，“我也没有当妈妈的感觉，所以我想没准这是好事儿呢，估计就算咱们当了爸爸妈妈也是不负责的。光为了种族啊世界那些，就把无辜的孩子硬带到这个世界是不对的，咱们就这样挺好的，就你跟我，一直过二人世界也挺好的……”

就在这个时候，桌边的墙壁上忽然出现电话提示，刘娅楠赶紧接了起来，就听里面观止说道："殿下，就要到出发的时间了，计划还要进行吗？"

显然这是观止发现两人在夏宫里憋了一天一夜没出来，除了叫人送了几顿饭外，就没别的事儿了，所以尽职尽责的观止也有点傻眼，眼看着行程时间到了，才特意打来电话。

刘娅楠吃了一惊，她还什么都没准备呢，就到时间了，天哪！

她忙要下床。羌然却拉着她的胳膊，显然是不想她走。可是已经离约定的时间不远了，她出门穿的衣服还没挑选好呢，这不要了命嘛。

刘娅楠用毯子裹住自己，半裸着身体一蹦一跳地跑到了衣柜处。前天他们太激烈了，羌然都不肯解开她的衣服扣子，直接就是一扯，所以现在她还得先找家居服。

她忙着梳洗，等到都准备得差不多了，才又走到羌然面前。

他还躺在床上呢，暴露在外的肌肤充满男性魅力，虽然只是后背，可是那副样子性感到了极点。她忍不住低头亲了亲他的后背。

羌然抬起上身，圈住她的脖子，给了她一个缠绵的吻。

她不舍地跟他碰了碰头，忍不住嘀咕着："要不要跟我一起去？"她要去好几天呢……

羌然明显想了下，不过很快他就摇头道："我还有很多事要处理。"随即眯了下眼睛说道，"我总觉着哪里不对劲，楚灵他们几天前就把收集的资料反馈给我了，我还没来得及看。我先处理，等你回来的时候，我争取处理完，然后带你去度假好吗？"

刘娅楠也不懂那些，哦了一声叮嘱着："那你忙归忙，可千万记得按时吃饭，还有记得给我打电话，我会想你的……"

刘娅楠急急忙忙就跟逃荒一样，穿好衣服，拿好东西跑出去的时候，观止他们的车队都准备好了。

那场面肯定挺大的，不过因为只是单纯出访，所以做安保工作的不多，倒是一些外事活动的翻译和文官挺多的，在忙活着带东西。刘娅楠注意到连医疗组都有几个人在车队上呢。

一看见观止，刘娅楠就闹了个大红脸，她也不知道那些人有没有想那些事儿，比如自己的头儿怎么跟她在夏宫关了一天一夜，两人究竟在做什么……

怕露出蛛丝马迹，她还特意选了高领的衣服，想掩盖下吻痕，胳膊更是露都不敢露。

最后刘娅楠在观止的陪同下，进到了地上车内。

这次出行的人里面还有小田七呢。因为小田七跟西联邦那里的人长得很像，加上小田七研究了很多东西，也熟悉西联邦的情况，所以确定这次出访人员时，刘娅楠特意加上了小田七。就是缪彦波那边的讲究太多，在安排车位座次的时候，听说加了一个穷人区出身的小孩后，硬是把小田七安排到车队最后面去了。

所以刘娅楠上车后，除了司机外就只有她一个人在车后座坐着呢。

结果她气喘吁吁地刚坐稳，就听见耳机响了几声，她还以为有什么情况，接起来后却听见了羌然的声音。

他大概还没起呢，声音沙哑低沉，不过听在耳朵里意外地性感。刘娅楠一下子联想起两人在半睡半醒间的那些亲昵了，很自然地唤了一声："然然……"

观止那边还没替她关好车门呢，刘娅楠那称呼叫出来后，就见一边的观止跟遭了雷劈一样，整个人都僵住了。之后观止看她的表情简直跟看什么怪物一样，目瞪口呆的，一副要被吓傻的样子。

刘娅楠也挺不好意思的，因为就算是恋爱，也觉着叫羌然然然什么的古怪得不得了。那个家伙一向是跟战争狂、好战分子、恐怖大王那些词联系在一起的，然然……这种称呼虽然在情侣间很常见，却感觉像叫什么小猫小狗一样……

刘娅楠也尴尬起来，估计自己刚才打碎了观止心目中神圣的头儿的形象。她不敢再看观止的表情了，赶紧背过脸去，小声问着："我就要出发了，你有什么想说的吗？"

羌然那边停顿了片刻才道："把你在议会厅内说过的话，再说一遍给我听听。"

议会厅内？刘娅楠这下可纳闷了，最近她在那个地方说的话可多了，今天训斥这个明天指责那个的。她努力回忆了下才回道："你是说我跟福利部门的人吵架吗，说他们是吃干饭的，做的事儿还不如狗多呢？"

"比那些要早。"羌然提醒她，"是关于我的。"

刘娅楠这才猛地想起来，是那些话吗？他怎么知道的！

她在议会厅里说的什么我心爱的男人唯一的丈夫的话！这个……

刘娅楠的脑子也转得快了，很快就想明白了，多半是自己做的饭菜让羌然缓了口气，决定原谅她了，随后在处理那些公务的时候，像他这样地位的人，每次议会厅里发生的事情还有决议都会做个整理给他过目的。

刘娅楠挺不好意思的，那样的话一鼓作气说就罢了，现在羌然让她重复一遍，她想起来都觉得脸红红的，观止就在车门边呢。她故意回道："哦，你是说我骂交通部的事儿吗，就是他们工作不好啊，哪有那么做事的，对吧？你看看富人区建设得那么好，偏偏穷人区的路就跟狗啃的一样……"

羌然沉默着也不搭腔。

刘娅楠心里一下没底了，她现在可怕"羌敏感"再敏感了，羌然不说话，她一下就着急了，赶紧说道："喂，你没生气吧，我跟你开玩笑的……"

然后她就听见了羌然的笑声，刘娅楠抿起了嘴，这家伙是故意的吧？

她撇了下嘴，对着电话说道："我不想现在说呢……然然……"她低着头，想象着羌然的表情，忍着笑意，"等我回来再说，好吗，我想当着你的面说……"

她想看着他的表情，想知道他听到那些话的时候会是什么样子……

"好的，我等你。"羌然说完，两人都依依不舍地放下了电话。

挂了电话后，刘娅楠忽然觉得心里空落落的，明明还没离开羌然的地方呢，已经开始不舍了，她只能安慰自己，只有几天而已嘛，很快的，羌然还说等她回来后要带她一起去度假呢……到时候他们就可以在一起形影不离了。

刘娅楠随后跟着观止他们到了富人区，在那里缪彦波的队伍也准备好了。他们的排场比观止的还大，带的文职人员比羌家军的还多。缪彦波更是穿得整整齐齐的，一副政府代表的派头。

刘娅楠早就知道联邦政府好大喜功的德行，遇到庆典就跟打了鸡血一样，像这种露脸的事儿，缪彦波这种人精不多表现表现才怪呢。

她坐在车内都没出去。车队很快出发，在去西联盟的路上，车队行驶得很快，这已经是刘娅楠第二次经过落日山脉了。

上一次自己忐忑不安的，又跟羌然处于那种不尴不尬的状态，可这一次不同了，虽然是自己一个人坐在车内，她的心情却很好。

车队走了有三分之二路程的时候，刘娅楠忽然又接到羌然的电话，一看清楚来电显示的名字，她的脸上就绽开了笑容。这个羌然啊，自己不过提了一句打电话嘛，他就打起来没完了，以前也没见他这么腻着自己啊。

她正要喜滋滋地接电话呢，却见外面的动静不大对。车队已经停了下来，她透过车窗看出去，就见外面的人有些混乱，不知道在跑什么，观止更是不断指挥着车队里的人。

就连那些联邦政府的人也在忙碌着什么，缪彦波急匆匆地打着电话，可是不知道是信号不好还是怎么的，她不断听到缪彦波对电话那头喂喂地喊着。

刘娅楠赶紧按下按键，准备接听羌然的电话，可她只听见羌然说了一个娅字，电话就中断了，剩下的就是沙沙的声音。刘娅楠隐隐觉着不妙起来。

她又低头检查了下通讯器，上面显示一点信号都没有了，这可太不正常了！在这种地方一般不会发生这种事儿的，更何况她跟羌然的联系一向是专线！信号不好更是不可能，除非是有什么故意阻断了他们的联系，这个想法一出现就让刘娅楠紧张起来。

外面的观止忽然抬起头来，看着天空表情明显变了。

刘娅楠下意识地顺着观止的目光看过去，只见天上滑过一队飞行器战机。她真想下车看仔细点，可随即她就觉得有什么地方不对头，那些战机的样子并不是她所常见的，而且颜色也不一样……

在她正诧异的时刻，形势已经彻底不对了。

在他们这队车的附近忽然出现了很多荷枪实弹的人。那些人就埋伏在比他们高的那些山顶上，而且人数太多了。

刘娅楠从车内往外看去，就跟看到了长蛇队一样，她还在那些人中间看到了不同的武器，有些大型武器直接架在离他们不远的地方。

因为这个地理位置，他们的车队完全被对方居高临下地包围了。那些包围他们的人，显然是在试图劝降他们，中间不断有喇叭样的声音喊着什么不要抵抗，小心误伤的话。

她在车内听不太清楚，可是观止明显已经愤怒了，正试图指挥人员应对，而缪彦波那边的人显然在动摇。

羌家军明显要训练有素一些，只是跟联邦政府的人混在一起，简直跟狼被羊拖住了后腿一样，不断有联邦政府的人出状况……

外面的情景乱得不得了，眼看战事一触即发。刘娅楠再也待不住了，毫不犹豫地打开了车门。外面风很大，还都是旋风，她刚出去就被风刮得头发都乱了。她努力压着自己的头发，观止他们就在她的车子旁边。

她看了一眼身边脸色都白了的观止，还有绷着脸的缪彦波，她的腿肚子也有点软。在车内看的时候隔着层窗户，此时走出来，看着四周的包围圈，听着头顶呼啸而过的战斗机的声音，那感觉可要震撼得多。

她努力保持镇定，学着羌然的样子，羌然就喜欢在这种剑拔弩张的时候，漫不经心地做事说话。只是淡定的能力真是天生的，她的手还是止不住地抖动起来。

她只能不断地告诫着自己，不能乱，不能慌，这有这么多人呢，一句话不对，一个反应不及时，就有可能造成很大的伤亡，她一定要保持冷静！

观止明显是要死战到底，她过去的时候，他已经掏出了配枪。羌家军的人也都做着准备。

观止的头脑很清晰，他一直在她的车旁，见她出来，立刻对她说道："殿下，请您回去，有您在这儿，他们不敢用重型武器……"

刘娅楠却觉得不会这么简单，对方既然敢包围他们，肯定就不会只做这么简单的事儿，对方应该也考虑到这点了。

她抬头看了看头顶，太诡异了，那些人在他们准备武器的时候并没有任何动作，那副样子就跟看观止他们胡闹一样……

在一阵诡异的寂静后，刘娅楠渐渐知道为什么那些人无动于衷了，因为她闻到了空气中有一种甜腻腻的味道。

风……他们所在的地方是风聚集的地方。

观止也发觉不对了，愕然地瞪大了眼睛，可还没来得及出声提醒刘娅楠呢，他已经倒了下去。

然后刘娅楠就看见身边的人一个接一个地倒下去。很快她也觉得头晕晕的，跟被人打了麻醉剂一样，腿一软也跟着昏迷了过去。

迷迷糊糊再次醒来的时候，刘娅楠发现自己还在地上车内，她在那一瞬间甚至觉得是不是自己做了噩梦，她怎么会在落日山脉遭到伏击呢！

可是很快她就知道这一切都不是梦了，她睁开眼睛，抬起头来，同时也看到了地上车外的情景。

此时地上车已经驶离落日山脉，他们所在的地方刘娅楠并不认识，只觉得周围的环境很古怪,到处都是枯叶还有干枯的草。景色太过于萧条，而且在她的车子两边跟随着无数的人。

那些人中有士兵也有俘虏。有些俘虏的面孔她还很熟悉，是羌家军和缪彦波的人，他们都被捆绑着，用一种特制手铐把双手铐在了身后，还有士兵在那些人左右看管着他们。

她在队伍中找到了观止。西联邦的人太重视观止了，单他一个人身边竟有三四个人看管着，而且观止除了双手被铐住外，脚下还有脚铐，看管他的人还不断教训踢打着他。

刘娅楠一下急了，试图打开车门。她本以为车子肯定是紧锁着的，结果居然一下就打开了，她也没多想，忙跳了出去，对着那些教训观止的人喊道："你们都住手！"

她的声音很有特色，就这么一声，那些在踢打观止的人就停了下来，队伍更是跟被静止了一样，所有人都看着她。

刘娅楠急急走到观止身边，观止也看到她了。刘娅楠正想说什么呢，却看到观止的目光从她身上移开，看向了另一边。她赶紧扭头看了一眼，就见之前接待过自己的那个菲尔特的"族长"正向她走来。

对方还是那副彬彬有礼的无害样子，见到她后，更是深深一鞠躬，面带歉意地说着："不好意思啊，殿下，为了请您来实在是用了些不好的手段，可是请您相信我们的诚意。"

刘娅楠愣住了，她真没见过脸皮这么厚的人。

她正想着怎么应答呢，队伍后方忽然传来嬉笑声。她循声看去，有几个西联邦的士兵正在嘲笑缪彦波，他们手上好像还拿着什么东西在念，而且随着念的声音不断加大，越来越多的人笑了起来。

一向机敏的缪彦波居然跟受了什么打击一样，不知道回应。

刘娅楠很纳闷，她不知道的是，缪彦波被人搜身的时候，被搜出一本东西，那些当兵的并不知道他文艺男青年的本色，见那东西收藏得好好的，又放得那么隐蔽，还以为是什么政府的机密文件呢。打开后，就看见了些了不得的东西。

刘娅楠走过去的时候，就听念书的人还在念着呢:"女人温热的嘴唇、柔软的身体,都是带有魔力的……他们彼此靠近,他的雄伟已经挺立起来,那是男人力与美的象征，是支撑起这个世界的起点……”

如果恶心能杀人的话，刘娅楠估计自己已经被爆头了。

她还以为出什么事了呢……坏蛋！原来是文青又被曝光了啊!

很久以前她就因为给毫不认识的缪彦波说话，被楚灵他们冲了一身的水。不过这大概就是命运吧，唉……

缪彦波写得是恶心，可是看他那样被人讥笑也是怪可怜的，尤其那些人一边笑他一边还侮辱他。虽然他是挺欠笑的，不过场合不对，人员也不对，显然杀伤力太大了……

刘娅楠毫不犹豫地说了出来：“喂，你们太过分了吧。”说完她走了过去，一把将那个本子从西联盟士兵的手里夺了过来。

那个本子里的内容居然还都是手写的！唉！文艺男青年啊，拿什么拯救你的审美啊!

那些人拿这个本子的动作太粗鲁了，有几页都被折坏了，刘娅楠把被弄折的那几页小心展开，尽量让自己做得严肃一些，显得尊重缪彦波一些。可是在打开那几页的时候,还是很不幸地看到了一些“天雷地母”!

她差点被雷得精神错乱。坏蛋啊！能把性写得这么恶心肉麻的也绝对是天才了!

她沉默地把那个本子递给了缪彦波，其实她真的很想说他一句，缪彦波啊！您还是继续写诗吧……不过场合不对。刘娅楠看着一脸灰白的缪彦波，深吸了口气，昧着良心说道：“你别往心里去，那些粗人不懂得欣赏……我、我能明白那些词语的优、优美动人……”

在说这些话的时候，鸡皮疙瘩顺着她的胳膊都爬到脖子上了，幸好有高领掩着。她咽了口口水继续安抚道：“男人是不会欣赏那些的，可我想，一定会有女人欣赏你的才情的，你只是超越了这个时代而已……”

在她说完这些话后，脸色灰白的缪彦波忽然像是点燃了眼里的小火花，激动起来。

刘娅楠不大明白文青都是什么物种，可她估计每一个似魔似幻的文青的内心深处，大概都住着这么一位等待被人发掘的二百五吧。

刘娅楠扭头看向那个假族长，她在议会厅的时候早锻炼出来了，虽然嘴巴还是笨笨的，可是训斥人的时候，气势是一点都不弱的。

她铿锵有力地说道：“这些人已经被捆绑起来，你们有必要拳打脚踢地折磨他们吗？还是对你们西联邦的人来说，即便被绑了起来，羌家军也是你们惹不起的？”

她这么几句话说出去，那些人也不搭腔，连那个假族长也不吭声。刘娅楠气呼呼地做出愤怒状回到了车里。

缪彦波趁着那些人目瞪口呆之际，赶紧小心地把那本书收在怀里，目送着刘娅楠上车，在刘娅楠的车子开远后，他还依依不舍地看着。

刘娅楠说得有模有样的，其实她也是怕得很，进到车里就一直注意着外面的情况，想着万一再有谁被殴打了，她就尽量出去帮一把。

幸好那帮西联盟的人还算顾及她的面子，虽然她也不知道自己能有什么面子，可是这些西联盟的人显然跟那些劫持过她的海盗不一样，是带点文明地劫持。

从她发了火后，那些士兵对观止他们便没再动手动脚的了。

队伍还在前行，刘娅楠记得很清楚，当初她访问菲尔特，见过的地方绝对跟现在所去的地方不一样。这个方向明显是在向山脉行进，而且之前她出访的时候，菲尔特家族都是高大的建筑，可这里的建筑不光低矮，还大部分是建在山里的，开始还有一些路能走，到后面那些路弯弯绕绕的，简直跟迷宫一样。

刘娅楠在车内检查了下自己的身体，发现衣服倒是都好好的，唯独自己的项圈不知道什么时候被人摘走了。她本来还寄希望于自己的项圈呢，想着其有定位监听功能。

现在发现项圈早不见后，刘娅楠很是失落。在等待的过程中，刘娅楠也紧张起来，之前是不想看身边的人受苦，所以才一鼓作气发了一些脾气，可现在安静下来，她是越想越怕。

都不知道自己面对的会是什么，这么胡思乱想着，车子终于驶入了一道大门。

那个建筑依山而建，刘娅楠留心到观止他们都被留在了外面，只有她跟着那个假族长向山内驶去。

到了再深点的地方，车子就无法行驶了，刘娅楠被那些人客客气气地请了出来。这个地方好像是挖空了半座山建成的，四面都有照明的设备。

人员也比刘娅楠想象中的要少，除了门外有很多士兵外，进到这里后，好像四周就只是一些维持设备正常运转的人员了，士兵则只有她身边的那几个。

假族长一路领着她往里走。刘娅楠心里不断打鼓，不知道自己这是要被带去哪里，这个地方简直跟耗子洞一样，别看有些地方很大，可越往里走空间越小，即便有照明设备，可影影绰绰的还是觉得阴森无比。

她不知道自己是不是要被耗子王抓去当老婆。按惯例来说，她这种情况不被人侮辱就算是幸运了。

走了十几分钟，终于走到了目的地。刘娅楠本以为那是个特别恐怖的地方，等待她的该是门一打开，那个传闻中的菲尔特族长就会狰狞地走出来，一把扯住她，什么话都不说就扒她的裤子……

结果那扇简单的木门打开后，别说表情狰狞的男人了，连只耗子都没有。

那个假族长没有跟进来，刘娅楠进去后找了一圈，发现在她面前的除了一个电脑屏幕似的东西外，就什么都没有了。

她正在纳闷呢，那个屏幕忽然闪了下，一个机械的声音传了出来。那声音很怪，像是合成的。

“您好。”对方还挺有礼貌的。

刘娅楠左右寻了一圈，最后把视线放在了那个电脑屏幕上，还真是这玩意儿发出的声音啊，这个菲尔特族长到底是有多神秘啊，都这样了还不露面！

她愣神的工夫，对方又开口说话了，那话说得很不招人待见：“您比我想象中要差上很多，我以为女人会更优雅一些……”

刘娅楠忍不住翻了个白眼，这位是羌然失散在外的兄弟吧……

怎么这些人都这德行啊，当初羌然也是这副口吻，什么你离我的理想对象差很多啊……这位也是，都把自己绑过来了，居然张嘴就说她不够优雅！

刘娅楠真想回他一句，知道为什么遇不到你理想中的女人不？因为你五行缺德啊！

可情势所迫，刘娅楠没吭声，对方倒是有很重要的话似的，明明看不到人，连声音都是机械合成的，可是那些话一说完，刘娅楠的脑海里迅速浮现一个呆板的机械化男人的脸孔。

“不过还是要请您陪伴我，跟我生育西联邦未来的继承人。”

刘娅楠没吭声，对方也没再说别的。很快那个屏幕一闪，后面就再也没有声音了。假族长走了进来，恭敬地请她出去。

刘娅楠跟着假族长回去的时候，终于忍不住问了一句：“刚才那人是你们的族长吗，他到底是什么意思，是要跟我生孩子吗？可是他干吗不露面呢？”难道他有千里之外取人贞操的本事？

不知道假族长是不是就长了这么副笑面孔，在回答她的时候，居然带着歉意地笑了下：“很抱歉，殿下，族长大人不喜欢跟人有身体上的接触，怀孕的话，大概需要借助外力的帮助。不过请您放心，已经有专人负责这个了，在合适的时候，会对您进行手术。”

刘娅楠仰头看了看头顶，所以说林子大了什么鸟都有……她以为自己已经遇到无数神展开了，可都到这会儿了，居然还有这么一款新型号的来丰富她的人生，坏蛋啊！

不喜欢身体接触的绑架犯啊！要用科学的手段让她怀孕！

她也不知道自己该用什么表情来应对这事了，是该庆幸自己不会被玷污，还是该恶心这种怀孕方式……

不过她已经是人家案板上的肉了，也没做太多反抗。

当年她被羌然囚禁的时候，可不是消极怠工的，为了不被羌然伤害，她还努力讨好过他呢，那感觉就跟得了斯德哥尔摩综合征似的。现在这样刘娅楠觉得自己熊多了。

让刘娅楠意外的是，假族长并没有直接带她到外面跟观止他们会合，也没有将她带去单独的地方囚禁起来，而是到了一个中央控制室似的地方。

在这里，刘娅楠看见了无数闪着数字的屏幕，还有一些图像，甚至还有专门的捕捉电视新闻的显示器。

她好奇地走过去，看见专门有个角落在播放新闻，而在操作台下有专门的工作人员在根据新闻做分析记录。

此时整个媒体都跟炸锅了一样，无数记者主持人跟没头苍蝇一样胡乱播报着，什么据可靠消息，女王殿下在落日山脉遇到了伏击，据说这次事件是精心策划的，西联盟表示震惊等，还说什么这次事件跟琉璃海海盗无关，因为海盗已经被剿灭了……

所有报道都是没营养的。在刘娅楠看来，就是一群嗡嗡乱叫的苍蝇而已。

刘娅楠现在只关心一个新闻，羌然在知道这个事儿时是什么心情？他会很担心吧？

果然在那堆新闻里夹杂了一条羌家军新闻发言人的消息，那人穿着羌家军的军服，面色凝重地对着镜头发表声明：“无论对方是什么人，有什么目的，我方都强烈要求对方能克制自己的行为，不要做出任何伤害人质的行为，我方愿意同对方进行对话……”

刘娅楠无法窥探到羌然的表情，可她的心还是不由自主地揪了起来，羌然这是在示弱吗?

她想起分离前自己同羌然说过的那些话，还有那晚他们那些亲密的举动。

就在她胡思乱想的时候，假族长拿了个东西递给她。刘娅楠纳闷地接了过去，是份写得工工整整的演讲稿，只看了两眼，刘娅楠的脸色就变了。

她绷着脸看向假族长。那人笑面虎一样说着：“这是需要您做的一些工作，请殿下务必在一会儿的谈判上为我们美言，如果不行的话，大概就要苦了您的那些随从。”

说话间，刘娅楠就看见文艺男青年缪彦波被五花大绑地推了出来。缪彦波显然也看到她了，两人的视线不期然地对在了一起。

刘娅楠瞬间松了口气，幸好不是观止他们啊，这下她可放心多了。

“缪文青”却在那个微妙的瞬间产生了一个美丽的误会，刘娅楠在看到他的那刻明显是动容了吧，然后她露出了松口气的样子，是看到他安然无恙所以在开心吗?

他的目光变得更炙热起来。

刘娅楠并不知道文艺男青年已经似魔似幻风中凌乱了，她心里想的都是其他的事儿，不断琢磨着，这些人多半是看她挺维护缪彦波的，决定先拿他来敲打威胁她。

虽然缪彦波被打几下，她是不会心疼的，不过为了避免打完了缪彦波再揪过来个观止，她犹豫了下，回道：“好吧，我会尽量照做的。”

西联邦的人见刘娅楠还算配合，便把她带到一个屏幕前。这个屏幕跟之前那些不大一样，外观要大上很多，而且是弧形的，位置也要高一些。她个子矮，在看里面的画面时，需要抬起头来。

电话视频被连接起来，不久前才和她通过话的羌然，出现在屏幕中。那是比真人要大上几倍的影像，任何表情都会被扩大地播放出来。她以为再见面的时候，羌然必定是激动无比的，可此时她看到的是一个面无表情的羌然。

是的！羌然从来都是冷静的！越是遇到问题，羌然越是冷静得可怕！她得向他学习！

刘娅楠深吸口气，告诉自己要冷静下来，可她的眼圈还是红了，连声音都带上了哽咽。

“羌然……”她艰涩地喊了一声，低头看了眼纸上给她列出的条件，不知道该怎么开口。

倒是那个假族长微笑着开了口，一脸谦恭地对羌然说着：“亲王殿下，这次实在是唐突了，这一切都是因为菲尔特族长很倾慕女王殿下，希望可以跟亲王殿下一起成为王夫才造成的……可事已至此，我们西联盟很想得到亲王殿下的首肯，如果能一起发表声明，是最好不过的……当然您依旧是女王殿下的第一王夫。”

假族长说完，拿眼神暗示着刘娅楠。

刘娅楠深吸口气，虽然对方拿缪彦波威胁过她，可她知道，这些人让她对羌然说的话，简直跟火上浇油一样，她跟羌然相处这么久了，这个家伙受过谁的威胁？

刘娅楠没有照着那张纸上的内容说，而是小心翼翼地说道：“观止他们都被关着呢……”

假族长咳嗽了一声。刘娅楠知道这是在警告她。

她眼睛红红的，停顿了好一会儿才继续说道：“我一会儿会发表声明……”

那张纸上列的条件很多，归结为一句话就是：请你配合。

那么简单的几个字，临到嘴边，她却无法说出口。

她动了动嘴唇，却一点发声的力气都没有，嗓子更是干哑得厉害。就算是这样的境况，她心里也明白，不管自己愿不愿意，也会被逼着说出那些话，可她不想把这种无奈告诉羌然……她始终低着头不敢去看他的眼睛。

羌然却洞察一切般回道：“我明白了，我会配合。”他的语气很冷，表情也没有丝毫变化。

刘娅楠听到他的话后，终于抬起了头，他的视线落了下来，刘娅楠能感觉到他的眼神在落到她脸上的时候，也是冷冷的。

那个会在自己枕边对自己窃窃私语，会微笑着摸着自己的头发亲吻自己的男人，此时就在屏幕的那一侧，穿着笔挺的军服，没有任何感情地看着自己。

第四章

# 守护

CHAPTER 4

刘娅楠被带到了一个休息室似的地方。她很奇怪，一路上看到了观止以及缪彦波他们，却唯独没有见过小田七。

她很担心小田七的情况，当她问那个假族长时，假族长的表情却有那么点耐人寻味。那人也不说小田七的情况，只是笑看着她，就跟她在问多么可笑的事情一样。

在等待电视直播的时候，刘娅楠的心怦怦直跳，这个地方显然戒备森严，有很多电子眼似的东西窥探着她的一举一动，可相对的她身边也就只两个看守看着她。

时间一分一秒地过去，她不知道羌然跟西联邦谈得怎么样了，也不知道她需要念的是份什么样的声明……唯一能想到的就是羌然要被气死了吧？

那个男人别说是受胁迫了，就是被人轻视都会觉得不可思议，现在却要被逼迫着签署那么一份协议，还要做电视直播。

刘娅楠想起来都觉得难过，所以羌然才会面无表情吧？

不过刘娅楠也想到了一件事，跟自己这种看到对方就眼圈泛红的行为比，羌然跟她真的很不相同，冷静得跟没有感情一样。

所以有些人天生不适合儿女情长，即便看上去很喜欢自己，好像两人关系很好，可真遇到事儿依旧可以冷静地分析情况，做出正确判断，情绪丝毫不会受到影响。

刘娅楠一方面觉得羌然好厉害，另一方面又明白了自己跟对方的差距。不管她多么努力，说白了她的思维还有能力，还是决定了她只能是个普通人。

高雅大方的女王气质，她就算再努力，也很难修炼出来，不过刘娅楠也不是那么容易气馁的，她想着就算是普通人，只要努力，总也可以做得好一些。

她胡乱想着，时间一分一秒地过去。期间刘娅楠觉得困还睡了一小会儿，门外的看守也在不断走动着。还有人进来给她送了点零食跟饮品，就是不管是托盘还是装饮料的杯子都是用纸做的。连她所在的地方，桌椅也都是被固定在地上的，显然是预防她自残。

刘娅楠拿着水杯喝了几口，又勉强吃了点点心。不管心情多焦急，她都要坚强起来。

这么一分一秒地熬着，不知道过了多久，刘娅楠忽然觉得整个地震动了一下，有一种闷雷似的声响。她起初还以为是地震了呢，可随后地面又震动了下，这次不光地面在震动，连头顶的照明设备都在晃动，而且有更响的声音响了起来。地震没有配上打雷的道理的！

刘娅楠马上反应过来，这是遭到炮击了吗?

她一下精神起来，忙从躺椅上站起来，往外看去，就见外面的看守也是脸色骤变，其中一个更是用通信器跟什么人联系着。那人不断询问着出了什么事，可是很快通信就中断了。

这个时候那个拿着通信器的看守脸色彻底变了。

随后那两个看守说了几句话，拿着通信器的那个就急匆匆地跑了。

此时刘娅楠的门前只剩下了一个看守。她原本都不敢想逃跑的事儿，实在是这个地方太封闭了，周围的道路纵横交错又到处都是监视器，可现在真的是千载难逢的机会。

不管是不是遇到了攻击，刘娅楠知道自己这是在玩火。

可是地面还在不断颤抖，头顶已经开始落下碎屑了。刘娅楠趁机叫了出来，装作被惊吓到的样子，喊着："我好害怕……我被砸到了，麻烦打开门好吗？"

外面的守卫也看到了里面的情况，除了不断掉落的瓦砾，头顶的照明灯也在不断晃动着。大概也是出于安全考虑，那个看守真的给刘娅楠打开了门。

刘娅楠捂着嘴挤出了门口，剧烈地咳嗽着。那个看守也吓坏了，还以为刘娅楠被伤到了哪里。

就在对方俯身要看自己的那刻，刘娅楠心一横迎面打了过去。刚刚地面抖动，那些原本固定在地面的桌椅都挪动了位置，刘娅楠趁机把椅子上的一根横杆抽了出来。

她这辈子除了打过羌然几下狠的外，就没对别人动过手，更何况是拿木棍去敲人的头了。

可是偏偏就是因为刘娅楠太无害了，看着又是细胳膊细腿的，那个看守没有防备，这一下正敲在他的头上，他没吭一声就倒在了地上。刘娅楠也不敢去看那个看守被敲得怎么样，一看对方倒下了，二话不说，一路狂奔地往没人的地方跑。

这个地方的道路四通八达的，可此时在被炮轰的情况下，不管是照明还是甬道都在晃动，中间更是有无数碎石跟土块掉落。有些地方晃动得太厉害了，还有照明设备整个砸下来，刘娅楠吓了一跳，因为那东西就砸在她面前，只差两步就会把她砸个正着。

她倒退一步，发现在那个安装照明设备的地方，居然还有一个像通风口一样的地方。

她知道西联盟的人发现她不见了，多半会地毯式地搜捕她，与其这样没头苍蝇似的乱撞，还不如在这种通风口似的地方躲一躲，万一能找到出口就更好了！

这么一想，刘娅楠用手抠着四周的墙壁，靠着手脚的力量爬到了通风口内。这个通道还算大，她可以爬着走。只是里面特别黑，她左右看了看，除了有照明设备的地方外，大部分地方都是黑黑的。

这种情况太瘆人了，尤其这还是个密闭的空间。

就在她不知道该怎么做的时候，她整个人跟着通风口颤抖了下，那些轰炸越来越密集了。

刘娅楠深吸口气，不管外面是什么情况，她都得先把自己藏起来。只要不被找到，西联盟的人就不敢对观止和小田七他们怎么样。

可是该怎么走，刘娅楠实在是拿不准主意，只能凭着直觉向着一个方向前进。

随着炮轰的密集，起初还是隔一会儿出现一次颤动，现在已经变成不断地抖动。刘娅楠都要被颠傻了，头顶更是时不时地掉落粉尘碎屑。

幸好都是小块的，可是下面的人就倒霉了，刘娅楠时不时地能听到惨叫的声音，不知道是被砸到还是被什么炸伤的人发出的……

渐渐地连她所在的通风口都不安全了，她正爬的地方，很快出现了一个断口，在又一波的轰炸下，不光是把照明设备轰了下来，连这个通风口都被炸出个窟窿。幸好她爬得慢，不然都不敢想象自己会被炸成什么样。

她在上面偷偷往下看了一眼，下面不断传来惨叫声还有呼救声，有不少人在跑来跑去的。

刘娅楠心里害怕，不管是被炸死还是被那些人发现，都没有好果子吃。她没法，只好返回继续找别的通道。

这一次情况更恶劣了，之前还偶尔有照明设备照明呢，在几波轰炸后，所有的照明设备都失去了作用。

这下不光是通风口，连下面的甬道也是漆黑一片。

刘娅楠现在简直是寸步难行。就在这个时候，一个什么东西还从她手上跑了过去，感觉毛茸茸的，也不知道是老鼠还是什么。

刘娅楠瞬间汗毛都立了起来，因为什么都看不到，被吓得人都傻了，不敢移动分毫。

那些恐怖的想象差点没把刘娅楠吓晕过去，在那之后，刘娅楠就觉得有什么东西在啃她脚上的鞋子。

刘娅楠整个身体都缩了起来，可是有更多毛茸茸的东西绕着她转，这次不光是鞋子，她的衣服边都被那些东西啃上了。

刘娅楠都蒙住了，就在这个时候，一抹淡淡的黄光从她手边散发出来。

刘娅楠起初还以为是照明设备又恢复了呢，可看清楚发光的东西后，她整个人都惊住了！

淡黄色的光是从她的手腕那里散发出来的，这是当初野兽送她的手链，虽然价值不高，可她一直当作宝贝似的戴着，后来小田七说过，这是水晶。

现在看来这个世界的水晶跟她以为的水晶好像不是一样的……

这东西显然有点夜明珠的感觉！也不知道含的什么矿物质，在这种地方居然会发光！

这下刘娅楠终于看清楚围着自己的是什么了，刘娅楠也不确定是不是老鼠，看着倒是有点小仓鼠的感觉，有的只有她的大拇指大。她大概看了看，十几只的样子。

她这才长出口气，又擦了擦冷汗，简直要吓死她了，还以为自己要喂耗子了呢！

这些小家伙显然是害怕光的，刘娅楠的手腕刚靠近它们就吓得吱吱乱叫地跑掉了。

虽然很微弱，不过在这串手链的照明下，刘娅楠的眼睛倒是渐渐适应了黑暗。她深吸口气,心里默念着老天保佑,让我快点逃离这个地方吧!

大概是老天听到了她的祈祷，刘娅楠后面的路就爬得顺利多了，感觉整个通风口再也不是歪七扭八的了，虽然也有抖动，还有震耳欲聋的声音，可是掉落的碎屑好像少了一些。显然她所在的地方工事要比其他地方坚固很多。

不知道爬了多久，膝盖都被磨破了，她终于在前面发现一个出口似的地方,只是被什么封着。幸好有之前的轮番轰炸,那个封口被炸扭曲了,上面警报似的设备也失效了，刘娅楠毫不费力地伸出胳膊，用力扭了两下就把那东西掰了下来。

她心里一喜，还以为自己要爬出这个地方了呢，结果往里爬了几步后，却发现这个地方压根不是什么出口，倒像是个实验室。

外面漆黑一片，这个地方却还在运转着，跟外面兵荒马乱的场景相比，这里跟什么都没发生一样，连照明设备都没有晃动。

刘娅楠心里纳闷，可看着下面又是空荡荡的，等了片刻也没听到有人活动的声音。她刚才爬得太久了，膝盖也太疼了，便尝试着往下爬去。

等她下到里面的时候，惊讶地发现这个地方还真是个实验室，就是不知道是做什么的。

她抬起头来四处打量着，这个地方很大很空，周围还有一些一人多高的玻璃器皿，也不知道里面装着什么，影影绰绰的倒是看到有很多水，有些东西被泡在里面。

她好奇地走过去看了一眼，吓得整个人倒抽了一口冷气！那个玻璃器皿里装的居然是一条人的手臂！苍白得没有血色的手臂！

刘娅楠整个人都呼吸不上来了，她下意识地不想去看周围的玻璃器皿，可眼角余光还是不可避免地扫到了一些，那简直就是恐怖大全里的东西！人的肢体被分散着浸泡在那些器皿里！

刘娅楠都被吓傻了，一反应过来，就疯了似的想往外跑，想回到刚刚那个通风口。

可就在她跑的时候，她忽然注意到这个地方的中央位置居然有一张床。

明明知道不该去看的，可实在是太诡异了。她战战兢兢地停下脚步，大着胆子看了过去。

结果那张白色床上的不是什么恐怖的东西，倒像是个人，就是不知道那是个死人还是活人，那人身上插着各种管子。就像是被无数管子所束缚的玩偶一样。

在那人周围，更是有无数闪动的仪器。

刘娅楠深吸口气凑过去，随后她就惊呆了，因为床上躺着的，竟然是消失不见了的小田七！

小田七的脸色苍白得可怕，也不知道都遭受了些什么，在这么短的时间里就被折磨成这样了……

那些人都对小田七做了什么？这个地方这么恐怖，到处都是那些肢体，他们是要拿小田七做实验吗？

刘娅楠心疼得眼泪都要掉下来了，都不敢去摸小田七的鼻息，很怕小田七已经遭了毒手。

不过没多会儿刘娅楠就知道小田七还活着，虽然他脸上罩着一脸死气，胸口却是起伏着的。

还有呼吸呢……

她的心多少安稳了一些，就是不知道插满管子的小田七能不能动。她正犹豫着要不要碰小田七，忽然听见了闷雷一样的炮轰声。

之前还觉得这个地方固若金汤呢，现在刘娅楠发现，连这个地方都在微微抖动着，显然是被火力集中攻击到了。头顶的照明灯也晃动起来，有些照明设备甚至接触不良似的一闪一闪的，使得这个地方更加恐怖，刘娅楠的汗毛都竖起来了。

同时小田七周围那些设备也发出了红色预警。

刘娅楠很怕头顶正不断掉落的东西会伤到小田七，赶紧过去替他挡住那些碎屑。

这样的小田七真像个死人。有些管子已经被震断了，刘娅楠摸着他的手臂，冰凉得跟没有温度一样。

她的心都缩成了一团，她深吸口气，也管不了许多了，快速把那些管子都扯了去。

就算留在这种地方，也是被砸死，还不如放手搏一搏。

就在她扯开那些管子的时候，病床上的小田七忽然动了下手指，刘娅楠赶紧唤着他的名字：“田七，小田七？”

可是小田七再也没有别的回应了，眼睛更是抬都没抬，一副深度昏迷的样子。

刘娅楠没法，只好试着把小田七拽起来，想着要不要背着他走。

她本来觉着小田七就是个半大的孩子嘛，可等她一试，她就知道不行了，就算是半大的孩子，可男生的身体太沉了，她怎么也背不动，反倒差点让小田七摔倒。

小田七也太能长了，这才几天没见啊，她看着小田七的个子，琢磨着这家伙最近是不是又蹿了小半头！

人到这个时候真是什么都能做出来，刘娅楠也是豁出去了，直接把病床上的床单扯到了地上，把小田七一卷，也亏得那床单质量好，她这么又拉又拽的，居然也没断。

她咬牙拽着床单，拉扯着里面的小田七不断移动着。

这个时候头顶掉的东西越来越多了，更要命的是，她自己能爬上通风口，可是现在带了个小田七，她怎么也没那个力气把小田七抱上去。

刘娅楠到处找着可以藏身的地方。

地面颤抖得更厉害了，不知道是什么地方被炸了，刘娅楠就看见身边的那些玻璃器皿一个接一个地爆开，不断有液体迸溅出来，还有那些恶心恐怖的残肢……

刘娅楠看都不敢看，全靠瞎蒙，就跟没头苍蝇一样，见了路就狂跑，双手还使劲拽着小田七……

这么气喘吁吁地，刘娅楠觉得自己应该是跑到了隔壁的一个房间。这个房间倒是不像实验室了，只是刚才的那通轰炸，把这个地方的能源彻底摧毁了，所以看过去整个地方漆黑一片。唯一的亮光就是那些还在闪动的仪器，不知道都是些什么东西。

刘娅楠大着胆子往里走，开始还能借着那些微弱的光线移动，渐渐地就什么也看不见了，她只能靠着手跟脚去探路，不断摸索着。

也是该着的，乱摸乱碰的时候，真让她胡乱摸着了一个暗门似的东西，要不是狂轰滥炸，那个门也不会露出这么一条门缝来。

刘娅楠顺着缝隙似的东西摸了摸，胡乱摸索中，居然把那个门给按开了！

刘娅楠心里一惊，由于太暗了，她压根看不到里面都是什么样，也不知道这个门通向哪里。在刘娅楠迟疑不定之际，紧接着的一波轰炸中，她惊讶地发现，门内跟个防空洞似的，不管外面怎么震动，在这个门内待着，是不会受到波及的。

她也不多想了，赶紧拽着小田七进到了里面。

知道他们不会被砸死，刘娅楠也累得气喘吁吁地坐在了地上。稍作休息后，她就在黑暗中焦急地摸了摸小田七。她先是摸到了小田七的头，很快又找到了鼻子和嘴唇，探了探小田七的鼻息。

发现有气后，她稍稍放心，可是小田七的身体还是那么冰凉冰凉的。刘娅楠怕小田七体温流失，也顾不上别的了，再说小田七还是个半大的孩子呢，她便凑到小田七身边，把他整个人抱在了怀里，手更是摩擦着小田七的手指。

不知道过了多久，刘娅楠突然感觉到怀里的小田七动了下，抬起手腕照了照，就见小田七的嘴唇好像动了动，却没有说出话来。在她又一次摩擦他的手时，小田七明显瑟缩了下。

刘娅楠下意识地想到小田七一定是被那些家伙虐待了，所以才这么怕人的接触。她小声安抚着他，不断跟他说着："别怕，小田七，有姐姐在你身边呢。"

女孩子特有的绵软嗓音，还有温热的身体，大概真有安抚人心的作用，渐渐地刘娅楠发现小田七的表情似乎变得安详了一些。

不知道过去了多久，刘娅楠听到外面传来了声音，还有混乱的脚步声。

她吓得心都要跳到嗓子眼了，黑暗中，她只看见远处有人拿着手电筒找着什么。

她也顾不上别的了，赶紧把身边的门关了起来。这个门要不是刚才自己摸黑摸出来，光用肉眼找的话还真不容易发现。

刘娅楠提心吊胆地听着外面的动静。隐约中那些人在咒骂着什么，似乎在喊着什么羌疯子连自己人都不顾，简直是个战争狂！

刘娅楠一动不敢动，那些人很快发现了之前刘娅楠来时的通风口，爬到里面寻找起什么了。

刘娅楠这次长长松了口气，看那些人找来找去的，她觉得多半是在找她，幸好幸好！

她现在特别庆幸自己找了这么个地方待着，要不然真是完蛋了，不是被砸死就是被那些人找到。

只是刚才那些人说的话让刘娅楠挺担心的，也不知道这么一通狂轰滥炸会不会伤到观止他们。

时间一分一秒地流逝，那些轰炸一直没有间断，刘娅楠中间还想把暗门打开呢，结果试了几次发现推不动后，她才反应过来，多半是外面已经被炸得乱七八糟了，没准还有什么东西掉下来挡住了他们的门。

刘娅楠不敢乱动了，乖乖地守在小田七身边。小田七的情况一直不好，中间刘娅楠唤了他几声，他也没有反应，身体也一直那么冰凉。

刘娅楠很怕，随后想起小时候她身体不舒服，她奶奶就会用手帮她搓后背的事儿。她伸出手去按摩一样揉着小田七的后背，一开始不敢用力，就轻轻地按一按，顺着脊椎不断推着，渐渐地刘娅楠就觉出古怪来了。小田七的脊椎不是很直，她摸着中间的骨节怪怪的，跟普通人的也不一样。只要稍稍用力就能感觉到咔咔的声响。

刘娅楠不知道小田七都遇到了什么，就不敢再乱按了。她重新把这个倒霉的孩子抱在怀里，愧疚地想着，要不是自己非要小田七当讲解员，非要让他跟来，他也不会遇到这种事儿……

她摸着小田七的头发，他的头发还被那些坏蛋剃断了，以前那么好看斯文的头发，现在就跟小头发茬一样。

那些人到底要干什么？为什么这么折腾小田七？刘娅楠正这么想着呢，一直没什么动静的小田七醒了过来。

刘娅楠感觉到小田七似乎是想动，却没动起来，因为身体不平衡，手更是没有力气似的，除了能动动手指外，整个人都软绵绵的。

刘娅楠赶紧在他身边轻声说着："身体不舒服就别乱动了，有我在你身边呢。"

她的声音柔柔的，在说话的时候更是跟安抚似的，她还摸了摸他的手指，还把他的头挪了下位置，让他靠得更舒服一些。什么男女授受不亲，刘娅楠早管不了了，只一心想着该怎么让小田七舒服些。

只是小田七一点反应都没有，不管她说什么，他都是一副想要挣扎的样子。

他是没听出自己的声音吗？还是被吓坏了？

刘娅楠又一次柔声跟他说着："小田七别怕，姐姐就在你身边呢，别怕……"

这次小田七终于不动了。

看着这么懂事乖巧的小田七，刘娅楠眼睛都酸疼起来。她努力忍住眼泪，心沉得呼吸都不顺畅了。她一定要把小田七活着带出去，然后找医疗组的人为他看病，亲自照顾他……

小田七一定可以恢复的，医疗组里有那么多能人！羌然当初可是把所有顶尖的人都弄过来了，他们一定可以治好小田七的！

她握住他的手心，整个空间除了她手腕上的那串珠子外，其他地方都是黑乎乎的。两人的手指交握着，淡黄色的珠子照得手指都是淡黄色的了。刘娅楠不期然地就看到小田七手腕上原本该是数字的地方，现在却覆盖上了一个家徽似的图案。

那图案黑黝黝的，爬满了整个手腕，而且颜色很深，隐约能辨认出是两只交缠着的蛇形的东西，光看着就觉着恐怖。

刘娅楠下意识地伸手摸了摸小田七的手腕，心里更是一动，有些纳闷地想，那些人干吗还要给小田七弄这么个文身啊？那些人是怎么做到的，这么大一个文身，是文上去的还是烙上去的？小田七疼了吗？

她一边摸着一边心疼地问着："这是他们给你弄上去的吗？还疼吗？"

小田七动了动嘴，发出的声音特别沙哑，如果不仔细辨认的话，压根听不出他在说什么。

刘娅楠不想他太勉强，赶紧说："你别说话了，等好一点再说。"

看着小田七那双眼睛，以往那种纯真的眼神不见了，现在的小田七眼眸有了大大的不同。不知道是不是遭受太多磨难的缘故，她能感觉到，他淡粉色的眼睛空洞洞的没有生机。

可是没有关系，她抱着他，努力说着："别怕，有姐姐在呢，咱们不会有事儿。"

过了很久，刘娅楠听着外面的轰炸声似乎小了一些，又过了一会儿，那些声音渐渐消失了。

她也不知道外面是什么情况，不过没多久，刘娅楠就听见外面有很嘈杂的声音,夹杂着一些射击的声音……渐渐地整个世界安静了下来……

片刻后，刘娅楠终于听到了有人说话的声音。她也不知道那都是些什么人，大气不敢出地听着。

熙熙攘攘的声音中，有一个听着很熟悉的声音似乎大声说着什么，其中更是有无数人跟着嚷嚷着，听着像是在讨论什么行动。

刘娅楠把耳朵贴在门上，努力听着，就听外面的人吵着什么即便是头儿也不能这样的话，中间还有被人喝止的声音，有一个更大的声音像是解释一样回道："头儿这是在赌概率，一方面用谈判来迷惑敌人的判断，另一方面用最快的打击手段瓦解对方。不过……"

刘娅楠终于认出了里面的几个声音，好像有楚灵在里面！她一个激灵，正想敲门大声呼救呢，随后便听见楚灵愤愤地嚷嚷起来："可换作是我，我肯定不会这么做，万一把夫人炸死怎么办？别告诉我死的夫人跟活的夫人是一样的……就算是头儿这事儿他也干得不地道！"

刘娅楠正要敲打门的手顿住了。

外面的人大概也都沉默下来。他们都明白女人意味着什么，尤其更早的时候最后一批女人就是因为战争才消亡的，在经过了漫长的等待时期后，现在终于有了这么一线希望……

在没有万全准备的情况下，就发动这样恐怖的袭击，万一出现问题，别说不是羌家军可以承受的，就是整个世界也都无法接受。

到时候羌家军要面对的，可就不仅仅是西联邦的回击了，联邦政府、各个家族未必不会把怒火烧到羌家军的头上，更别提那些狂热的普通人了。

这种后果太恐怖了，而更恐怖的是，羌然在那么短的时间内就做出了这个决定。

"所以他才是羌然……"刘娅楠默默地想着，刚刚那番话，她也琢磨出是什么意思了，她倒是不意外，她早就有这样的觉悟。因为羌然跟她认知中的男人都不一样，他从来不是儿女情长的人，对他来说最简单最快捷的办法，就是这样，至于死亡误伤那些，只是简单的概率问题，更何况死掉的女人也是女人……到时候不过就是给医疗组增加点麻烦而已……

因为早就明白这点，刘娅楠倒也没怎么难过纠结，沉默了片刻，就敲着门呼救起来。

楚灵那拨人的耳力都很强，刘娅楠刚呼救，就被他们发现了，那些挡着暗门的东西很快就被清理干净。

等刘娅楠出去的时候，就看见外面一片狼藉，虽然没有炮弹直接落下，不过就这个样子，简直跟被推土机推过一样，到处是瓦砾跟坏掉的仪器。七倒八歪的，中间还有很多不明液体，显然是从破裂的玻璃器皿里流出来的，那些残肢就更恶心了……

刘娅楠还差点踩到一条胳膊似的东西。她吓得跳了过去，倒是楚灵他们看见她安然无恙的样子，有几个大男人居然当下就哭了出来。楚灵更是寸步不离地跟着她。

刘娅楠也挺激动的。

这个时候小田七也被楚灵带的人抬了出来，脸色还是那么苍白。楚灵他们以前是见过小田七的，见他这个样子都很吃惊。

刘娅楠也是忧心忡忡的，一行人行动迅速，尤其是找到刘娅楠后，楚灵他们整个队伍都戒备起来。撤到外面后，刘娅楠很快就被周围的人护送到了超大的飞行器上。

在飞行器升空的时候，刘娅楠忍不住问楚灵观止他们呢。

楚灵没有立即回答，停顿了下才说："还在搜救中……"

不是所有人都能跟她一样好运的，她这次的经历简直跟走了狗屎运一样，如果不是自己跑出来了，刘娅楠估计现在楚灵他们找到的多半就是自己的尸体了。

她没有吭声，心里也明白，已经发生的事儿就不要再乱想了，不过多少还是有一些失落。跟自己肌肤相亲的人，在做决定的时候并没有把自己放在一个合适的位置……

刘娅楠心里七上八下的，一会儿看着小田七的脸色，一会儿担忧着观止他们，也没有多少心情去纠结自己的事儿。

被那些人护送着回到基地后，刘娅楠并没有立即见到羌然。

楚灵一直随身照顾着她，见她有些意外忙解释道："头儿还在督战呢，要不我帮你打个电话……"

"哦。"刘娅楠停顿了下，随即反问了一句，"那、那羌然，他知道我回来了吗？"

楚灵并不知道刘娅楠心里的那些弯弯绕，直接答道："我们一找到您，就立即报给头儿了。"

刘娅楠心里瞬间就不是滋味了……

羌然知道她被找到了，也没说给她来个电话问候她一声，这是基本的人情世故吧？

她努力笑了下，装作不在意的样子说道："那你别给他去电话了，他现在肯定挺忙的……”

刘娅楠心里不舒服，可是也没有忘了小田七。她说完就开始找医疗组的人，只是很大一部分医疗组的人都被征调去前线了。倒是政府派来的那些人还在原地待命呢，刘娅楠找了一些剩下的人过来。

那些人来后，刘娅楠一眼就找到了缪臣，她赶紧把小田七拜托给缪臣，让他们帮忙照顾着，无论如何一定要救救小田七。

只是很奇怪的是，在那些人检查完小田七的情况后，却告诉她小田七的生命并无大碍，只是身体很奇怪。

缪臣是这方面的专家，皱着眉头对刘娅楠解释着：“小田七怎么会变成这样的，这简直太不可思议了，虽然说他在基因上有缺陷，可这种情况太严重了……”

刘娅楠听他叽里咕噜地说着，也不懂那些数据和名词，只担忧地说道：“不管他怎么成这样的，缪臣，我都拜托你了，无论用什么办法，付出什么代价，请一定要帮帮他……”

缪臣为难地回道：“我尽量，可是小田七之前不是还好好的吗，我看了他的症状，不像是一夕间就能成这样的……”

刘娅楠心里乱乱的，她只专注地看着看护室内的小田七，那个半大的孩子，脸色苍白，本身又有白化病，想起来她就难受。她也管不了那些了，只求小田七能好起来。

在叮嘱完缪臣后，刘娅楠也真是累得厉害了，只是她还要强打起精神让医疗组的做周密检查。

最后的检查结果倒是没什么问题，顶多是身上有些擦伤，膝盖有点肿而已，刘娅楠本来懒得处理，却被那些医疗组的人硬留着做了治疗。明明就一些青紫小擦痕，可他们那紧张兮兮的样子，就跟她受了多大的伤一样。

刘娅楠觉着好笑，因为跟她同床共枕的人，对她有没有被炸死都蛮不在乎的，倒是这些八竿子打不着的人，吓得战战兢兢，指甲盖大的伤都跟天塌了一样……

等都处理好刘娅楠才回夏宫里去休息。只是心绪总是不宁，一会儿想着小田七，一会儿又担心观止他们，最后刘娅楠终于忍不住打开了电视。

就跟她猜想的一样，这个世界的媒体很发达的，即便是局部战争也有跟踪报道。

她找到军事节目，就听上面的专家在分析这次的事件。

“这是典型的羌然的回应，不讨价还价，不妥协，绝对不退让。”专家言之凿凿，“可同时这样的反应也必然会得到很大的收效，因为任何人在面对这次事件的时候，都会以女王殿下的安危为第一，正常的反应也会是谈判。显然这次菲尔特家族失算了，压根没有预料到羌然的反应会如此恐怖……”

主持人也沉着面孔点头道：“说真的，这次的事件不光是菲尔特家族，我相信包括在座的几位，虽然都曾在军事上研究过历代羌然的行事作风，可估计这次也是切身感受到了战争狂人的恐怖吧……”

“是的。”另一个专家接话道，“他的指挥非常出色，在这么短的时间就能调集军队，进行有效的军事打击，最主要的是临场能力，计算能力也非常精准……”

很快屏幕上出现一张三维地图，那人用指挥棒指着上面的几点分析着：“这是全方位的进攻，在第一波进攻的时候已经扼住了对方的要害，第二波就在大家以为必然会发生局部战争的时候，羌家军却箭头一转，向菲尔特城区，即平民区进行了毁灭式轰炸……当然惨烈程度，大家都从后来的转播上看到了，非常恐怖，这是两百七十年来，第一次有人公然违反战事条约，直接对平民出兵，两次打击时间只间隔了三分钟。大家都知道在空战的时候，这个时间是精确到毫秒的……”

刘娅楠看着那些画面，觉得心口都绷紧了。

之前那些轰炸的感觉还在呢，地都变形了一样，还有闷雷一样的声音……这些打击不光是针对菲尔特家族，还有西联邦的平民……

在军事基地至少还有一些坚固的工事可以遮挡，可是那些平民呢……刘娅楠的脑子有点乱。

这时医疗组的人又找到她，在电话里跟她报告着小田七的情况。

小田七已经做完各项检查了，缪臣在电话那头疑惑地说着：“小田七的情况很奇怪，不知道他遭受过什么重创，脊椎变形得很厉害，他的身体还有肌肉萎缩的情况。我特意找了小田七以前的检查结果，不过羌家军的人对小田七的身体情况好像不怎么重视，我只看到了一些白化病的治疗方案，其他的都没有记录，就目前的情况看，他的身体想要恢复的话需要持久治疗……”

刘娅楠听得心惊肉跳的，她真没想到小田七的情况这么严重。

她很想再过去看看小田七，可是现在局势太紧张了，战争还没有结束呢。很奇怪的是，西联邦的人在经受了那些打击后，却一直没有反击到羌家军的地盘，两边的部队反倒在落日山脉对峙上了。

楚灵一直跟在她身边。看得出来所有人都非常紧张，楚灵更是时不时就会接到确认她安全的电话。显然羌然那边也在关注她的安危，把她当作了战略的一部分。每过十五分钟，楚灵就要报告一次她的具体位置，这下她可不敢随便乱跑了。

她在电话里叮嘱了缪臣几句，让他无论如何都要积极地治疗小田七。剩下的时间刘娅楠只能乖乖地待在夏宫里，不断为外面的人祈祷。

她的胃口也不怎么好，饭菜端上来的时候，她连动筷子的念头都没有，浑身跟没力气似的。

一直熬到很晚了，她终于坚持不住了，就顺势躺在床上睡下了。迷迷糊糊间，她觉着门口有动静，睁开眼睛看了看。

因为在菲尔特的洞穴里被吓到了，即便是睡觉，刘娅楠也把小夜灯开着。

此时在微弱的灯光下，她就看到了一个高大的身影在门口站着呢，只是那人并没有立即进来，而是出神似的，在那里站了很久。

那身影是熟悉的，刘娅楠能感觉到站在那个方向的人应该是羌然。只是她有些不明白，羌然为什么不快点进来看她？

其实刘娅楠也有点紧张，便没有开口说话，逃避似的装作睡觉的样子，一动不动。

羌然站了片刻后，终于动了起来，刘娅楠看着他的动作好像是在脱外套，还有军靴。他的动静很小，就跟怕惊扰到她一样，所有的动作都小心翼翼的。

刘娅楠也不知道要怎么去面对羌然，这个男人压根没估计到她的生死……白天的电视也是把她吓到了，她有点不知道该怎么跟战争狂、滥杀平民的羌然对话。

刘娅楠这么想着闭上了眼睛。

羌然终于换好了家居服，那副样子就好像他没有打过那场恐怖的战争一样。他走到床边，蹲下身来。刘娅楠能感觉到他的呼吸，却并不知道羌然是用什么表情在看她。

她能闻到他身上特有的味道，他很自律，身上很少有男人的汗臭味，她能闻到的大部分也是洗涤剂散发的那种淡淡香气。

洗涤剂是她挑选的，羌然对那些东西都不在意，她选什么他都无所谓地用着。

那种味道不光他身上有，这里的很多地方也都是那个味道，带点花的香气，可是不腻，非常好闻。

偶尔羌然也会说一句，会不会太香了，不过因为她喜欢嘛，羌然那么男人的人便神色如常地穿着一身淡香的军服出去检阅军队。

他在很多地方都是迁就她的。

刘娅楠胡乱想着，不知道要不要埋怨他几句不顾及她的安危。

等了许久，刘娅楠都没等到他的下一步动作。又过了片刻，羌然忽然站了起来，然后刘娅楠听见了很轻的脚步声，还有开门的声音。

她中间睁开眼睛看了一眼，不远的地方浴室的灯是亮着的，这是羌然在洗澡吗？

很快羌然就洗好澡走了出来。这次他没有再蹲在她身边，而是和衣躺在了床上。

明明两个人离得这么近，羌然却没有伸手抱她。

不过刘娅楠还是感觉到自己的一缕头发被他抓到了手里，过了一会儿后，羌然还用手摸了下她的脸。

就在她考虑着要不要“醒”过来的时候，她忽然听见了一声几乎不可闻的叹息。

刘娅楠以为自己出现幻听了呢，因为那是叹息声啊！

难道这个房间里除了她跟羌然外还有别人？或者那声音是她发出来的？

怎么想都觉得羌然不可能会叹息的啊！那种情绪化的东西，压根不可能是羌然会有的！

刘娅楠见过他生气，见过他又气又恼的样子，可是羌然叹气？开什么玩笑？一定是她听错了吧？

她心里跟九转十八弯一样。

羌然似乎一直没睡，刘娅楠能感觉到他好像在翻看着什么东西。手指不断点着身边的触摸墙，好像在计算研究什么。

微弱的灯光照在她的脸上，刘娅楠不敢扭头也不敢转身。躺着躺着，迷迷糊糊间，听着身边人熟悉的呼吸声，刘娅楠真给睡着了。

第二天再醒过来的时候，羌然早已经不见了，也不知道他是不是又跑去战区了。

刘娅楠倒是觉着这样挺好的，真要见面她也会觉得怪怪的，这样彼此避开几天，都冷静下也不错。

在她吃饭的时候，楚灵也过来了，昨天她光顾着担心这个担心那个的，都没多余的精力跟楚灵说话，现在便跟他打听了下外面的情况。

这次有了观止他们的消息。

楚灵也是松了口气的感觉，喋喋不休地跟她说着："观止也真是有运气，不过被砸到腿了，现在正在做手术呢。联邦政府那边死了一些文职人员，现在正抗议呢，不过没人有空搭理他们，跟乱吠的狗似的……"

刘娅楠也没打听缪彦波他们，只要观止他们没事就好。一听说观止在做手术呢，她就想去看看，结果一打听，才知道观止压根没回来。

听楚灵的意思，观止那家伙还想轻伤不下火线呢，似乎要跟菲尔特那边死磕到底。

刘娅楠边吃边听着。

楚灵的声音忽然弱了下去，跟想到什么似的，连声音都变得小心翼翼起来，很谨慎地说着："那、那殿下，其实事情过去就过去了，不管您遇到过什么，都要坚强起来。"

刘娅楠也没多想，她以为楚灵这个直线条的大男人在劝自己不要害怕呢，毕竟那么狂轰滥炸的没死真是侥幸。

她点头嗯了一声，为了让楚灵放心，还笑着回了一句："其实也没什么的，只要不去想就好了，再说我不是好好的嘛。"

"嗯……"楚灵好像还有什么别的想说，他跟观止不同，观止是很自律的人，对刘娅楠对头儿从来是能少一句就少一句，可楚灵并不拿刘娅楠当外人。

他又皱着眉头说道："那个……我虽然不知道头儿到底是什么想法，不过作为男人，我大概能理解他，所以如果他不开心什么的，你、你也别往心里去……"

刘娅楠愣了一下，羌然为什么要不开心？她纳闷地抬起头来。

楚灵被她看得面红耳赤的，连话都说不利索了，不过刘娅楠还是从他随后的话里听出了蛛丝马迹。

刘娅楠差点没被气炸了："你是说在谈判的时候，菲尔特那边的人说，说我跟他们的族长单独……”刘娅楠实在说不出那个磕碜的词来。

菲尔特家的人还要脸吗？这种毁人的话也真敢说？说她已经跟对方的族长发生了关系！就那个合成音，就那个屏幕？他家族长还真千里取人贞操了？

看楚灵那副尴尬得要死的样子，刘娅楠整个人都不好了。

这个事儿羌然多半也信了吧？

其实佣兵那次，她是刚被逮住羌然就赶到了，说真的，那时候她就差点被那些坏蛋给毁了……

现在自己都落到菲尔特家的人手里好久了，刘娅楠忍不住回忆了下当年羌然对她的情景……

这么一想，就这些人的效率，就那个暧昧的时间，那绝对是够的了……刘娅楠很想吐血……

所以羌然才一直避开她，晚上回来的时候也都是轻手轻脚的……他以为她已经被玷污了吧？

刘娅楠也不好跟楚灵解释这个，不过有必要跟羌然说下的！

拜托楚灵打过去电话后，那头却是在开军事会议，刘娅楠听着背景音，那头显然是忙得不得了。

刘娅楠等了半天，结果不知道是羌然故意避着她还是怎么的，最后硬是没接通电话。

这下刘娅楠没法了，叹了口气说：“算了，我还是从后再说吧。”

在楚灵收了电话后，刘娅楠收拾了下东西，反正也没什么事儿做，她就想着去小田七那里看看。

在楚灵他们的陪伴下，刘娅楠到了小田七那里，小田七现在简直跟在重症监护室似的。

刘娅楠问了问缪臣，小田七自从到这个地方后，就一直没醒。刘娅楠听得心情可郁闷了，等进到小田七的病房后，她握着小田七的手，宽慰般同他说了几句话。

开始说的都是一些鼓励的话，可小田七一直没动静，刘娅楠现在烦心的事儿又太多了，不知不觉就把羌然的事儿说了出来。

“田七啊，你说菲尔特的人缺不缺德，我清清白白的，硬说我被玷污了！他们还是人吗？这下我怎么解释啊……”

她叹了口气，低头看向小田七，不料一直昏迷的小田七却在此时睁开了眼睛。

刘娅楠一下给惊住了，太尴尬了，她刚才稀里糊涂地说了那么一通清白不清白的话，这不是教坏小孩子嘛！

她赶紧盯着小田七的眼睛，不过停顿了片刻后，她就开心地说道："田七，你醒了，感觉好点了吗？"

倒是小田七怪怪的，眼神更是冷冷的。

刘娅楠以为他是被吓坏了，心里不忍，忙伸出手去，很自然地摸着他的胳膊，安抚他一般说着："田七，别怕啊，姐姐会保护你的，绝对不会再让那些菲尔特的浑蛋伤害你……"

只是不明白为什么小田七听到菲尔特三个字的时候，整个人僵了一下。

刘娅楠不敢再说那些了，心里想着，多半是菲尔特的浑蛋们把小田七刺激狠了。

不过小田七醒了总是好的，刘娅楠赶紧找了缪臣过来帮小田七做检查，自己则在小田七身边小心翼翼地守着。

其间刘娅楠能感觉到，小田七的表情很冷，看四周人的样子也是审视谨慎的，倒是在看向她的时候，目光很复杂。跟对其他人的冷漠态度比，对她明显要好一些，就是中间会看着她皱眉头，跟想什么心事一样。

刘娅楠尽量温言软语地安抚他，跟他讲积极治疗的事儿。虽然缪臣说他伤得很严重，但也没说这个病是不能治的。

现在羌家军内可是聚集了这个世界上顶级的医疗专家，简直就是王牌中的王牌。

像小田七这样的情况，虽然复杂，只要有充分的耐心跟毅力的话，也不是没有康复的可能的。

"最主要的是病人要有乐观的心情。"缪臣在查阅了很多资料后，对刘娅楠忧心忡忡地说着，"我记得以前小田七很乐观的，可现在他的情况很不好，对人也不友善。他这种病最怕这种情况了，不管用多么好的治疗手段，没有积极的心态，是不可能战胜病魔的。"

刘娅楠也挺担心的，她觉得很奇怪，一向开朗可爱的小田七怎么忽然就这样了？就算受了再大的刺激，都这么多天了，怎么也没见他缓过来。

刘娅楠叹了口气，她现在只能发挥自己絮絮叨叨婆婆妈妈的哄人法了。从那以后刘娅楠白天只要有时间就守在小田七身边，跟哄不听话的孩子似的哄着他。

一直忙到很晚，再回到夏宫的时候，她又一次打开了电视，现在她只能通过这些媒体来知道外界的情况了。

电视里主持人正在焦急地说着："这次羌然的反应太出乎意料了，尤其是在西联邦要求谈判的情况下，他还在不断部署着……"

专家更是点头附和道："现在羌家军倾巢出动，就目前情况来看，局势很不乐观，而且就羌家军内传出的传言看，羌然本人曾放话，要把西联盟杀到耗子都不剩……虽然羌家军一直没明确表示这些谣言是不是真的，不过参照历代羌然的作风，还有之前琉璃海海盗那次，大家都很清楚，羌然是多么恐怖的一个人……可西联盟也不会束手就擒的，只是很奇怪，此次西联盟的回击很不成气候。现在大家唯一能做的就是祈祷这个疯子不要把战火烧到东联盟来……"

刘娅楠听着"倾巢出动"这四个字就明白主流媒体是多么厌恶羌然了。没一个说羌然好话的，战争打到这个地步，其实已经应该收手了。

刘娅楠心绪不宁地等着羌然，想着这次无论如何也要把误会解释清楚。

只是她一直等到很晚，羌然都没有回来。

她也没有气馁，第二天一早就跑到小田七那里去了。自从小田七苏醒后，治疗也逐渐上了轨道，只是小田七现在还不能吃饭，只能喂流食，不知道是不是之前受了刺激，他很讨厌别人的碰触。

上次就因为有个人帮他扎针，他的脸色就不好了。

刘娅楠试了试，发现小田七倒是不讨厌她的碰触，所以一些可能会碰到他的事儿，刘娅楠就都揽了过来。喂他吃东西的时候，她更是亲力亲为。等喂完了，刘娅楠知道他身体不方便，起码的清洗都做不到，她又找了毛巾跟水，要给小田七擦擦脸做做清洁。

只是不知道为什么，以往跟孩子似的小田七，这次却在她握着他的手擦的时候，脸忽然就红了，还一直盯着她看。

刘娅楠觉着奇怪，小田七可是打心眼里当她是姐姐的，要不然她也不会对他全无防备。可现在他是怎么了，这个眼神，她就算再喜欢小田七也不敢昧着良心说，这是弟弟看姐姐的眼神……可也不是男人对女人的，倒像是猎人对猎物那种。

她疑惑地低下头去，询问道：“田七，你没事吧？”

小田七也没说什么，只是淡淡地笑了下。

这下刘娅楠更觉得不对劲起来，小田七可绝对做不出这种表情来……

刘娅楠叹了口气想，这孩子现在简直跟个陌生人似的。

她这边照顾着小田七，可羌然那里，她也没有松懈，不断地试图联系他。

只是不管她多么努力，不管是打电话还是找人捎话，最后总是被打了回来。

刘娅楠渐渐明白了，这是羌然死活要躲着她啊！刘娅楠实在是等不下去了，这都什么玩意儿啊！她的心思就够弯弯绕绕的了，要是羌然再不成熟点，两人的日子简直没法过了！

就算她被玷污了，也犯不着躲着不见吧？

这么一想，刘娅楠心里起急了，所以在等着对方再来确认电话的时候，刘娅楠一把抓住那个通信器，对着那头的人喊道：“你告诉羌然那家伙，如果他再不肯接我的电话，我、我就……”

刘娅楠也不知道该怎么威胁羌然，之前倒是有个西联盟的试图威胁了下，那下场电视上天天播着呢……

刘娅楠语塞地迟疑了下，最后还是硬说了一句：“我就再也不理他了……”

对方沉默了片刻，很快刘娅楠就听见一个喑哑的声音淡淡地说了一句：“我还有事儿要处理。”

刘娅楠愣住了，她一直以为每过十五分钟就要确定自己情况的应该是什么工作人员，她真没料到原来这些日子以来，一直是羌然在亲自询问自己的情况。

可是为什么又不肯接她的电话呢？是因为她被“玷污”的事儿吗？

那些不甘心委屈埋怨瞬间就都淡了，刘娅楠哎了一声，可是她还是想把话说清楚。因为有楚灵他们在，刘娅楠压低声音道：“然、然然……我是想解释一下的，我是被带去见菲尔特的族长了……”

因为隔着电话，也不知道羌然那边的表情是什么样的，可是在没有任何杂音的通话中，刘娅楠唯一能感觉到的就是对方的缄默。

她努力解释着：“不过我见到的只是一个屏幕，对方说的话也是合成音，至于那些很恶心的事儿，别说发生了，压根就是不可能的，因为我连那人长什么样都没见到。而且很快我就跑了，然后跟小田七一直躲着，所以你别相信那些谣言……”

刘娅楠不知道羌然信了没有。

在停顿了很长时间后，羌然终于出声了，他的声音听上去有些疲惫，还有无奈：“我知道了，我还有很多事儿要处理，现在我可以挂电话了吗？”

这个反应太出乎刘娅楠的预料了，她以为羌然不是惊喜就是怀疑。刘娅楠不死心地继续解释着，她真的不明白，为什么只要遇到羌然，不管发生什么事儿，她立刻就变成了弱势的一方。

现在更是这样，别说什么都没发生，就算真有其事，也不能就怪她吧？

本来就是中了对方的奸计，出了问题，她也是受害人好吧？羌然干吗搞得好像她做错了事儿一样冷着她？

泥人还有三分火气呢，刘娅楠别的都忍了，可是羌然这个态度太让人生气了。

刘娅楠也没再说别的，迅速挂断了电话。她不想再纠结那些了，现在后方还有许多事儿是需要她做的。

前方不断有伤员运送过来，刘娅楠就算没什么医疗知识，可是给大家鼓舞士气，在医疗组的人手忙脚乱的时候，帮着看顾一些，提高大家的效率，她还是能做到的。

刘娅楠把那个不讲道理的羌然甩到了脑后，一心一意地照顾起了大后方。

没几天，刘娅楠休息的时候，再看电视，发现所有的电视台转播的内容都变了。

之前还死气沉沉一副世界大战一触即发的主持人跟专家，此时就跟打了鸡血一样，不断分析着羌家军新发表的声明。

“据可靠消息称羌家军已停止攻击，并已提出同西联盟代表谈判……”

主持人分析了无数种可能，其中有谋略篇，有不少战略分析家认为羌然这是打算虚晃一枪，准备又一波的恐怖袭击。可也有部分人称这是羌然战线拉得太长，后续无力……

不管怎么说，羌然这个世界第一的怪人疯子称号算是跑不了了。

刘娅楠也是懵懵懂懂的，她知道羌然喜欢吃什么，有什么小的生活习惯，可是对这些打仗的东西，她就什么都不懂了。不过羌然倒是没断了打电话确认她的安危，依旧是每十五分钟就会打一通。

有时候刘娅楠特别想接过去说几句，可一想到羌然的态度，她的心又冷了起来。

这个人肯定是把她当作战略部署的一部分了，就跟需要确认火力够不够，基地安不安全一样，如果真在乎她这个人的话，干吗不在电话里跟她说几句话，哪怕是问问她好不好都成啊……

两人一直各忙各的，刘娅楠也当没羌然这个人一样。三天后，一切尘埃落定的时候，羌然终于带着观止他们回来了。

大概是考虑到各家媒体还有联邦政府的脸面心情，羌然并没有高调地返回基地，依旧跟之前那次一样，深夜悄悄回来的。

刘娅楠事先也并不知道消息，白天在医疗组累了一天的她，早早就睡下了。她现在忙得跟陀螺一样，不是去看望那些伤员就是去照顾小田七。

小田七的情况一直不怎么好，不过在她的照看下，他的表情倒是柔和了许多。看她的时候，则是似笑非笑似的，刘娅楠总觉着小田七有什么事儿瞒着她。

刘娅楠睡得迷迷糊糊的，脑子里更是跟过电影似的想着最近发生的事儿，然后她就觉着门口有很微弱的动静。

她睁开眼睛，就看到门口站了个人。不用说，这是羌然又趁夜回来了。这次羌然依旧是小心翼翼的，脱靴子的动作都跟慢镜头似的，那姿势看上去既古怪又滑稽。

刘娅楠却一点都笑不出来，她从床上坐了起来，摸了下床头的按键，把整个房间的灯都打开来。瞬间房间内仿如白昼一样，她特意将灯光调成了太阳光，就是想这次好好地看看羌然的表情！

在门口已经脱了一只军靴的羌然，显然愣了一下，不过他也没什么太大的动作，依旧按部就班地脱掉军靴，又把外套等都脱了下来，找了家居服换上。动作不紧不慢的，就是表情看上去非常疲倦。

刘娅楠双手握成了拳头，在他走近的时候，更是积攒了十足的力气，想着跟他好好地理论一番。结果她还没开口呢，羌然整个人就跟晕过去似的，一下趴到了床上。而且正趴到了她身边。

刘娅楠这下可愣住了。她都怀疑这是羌然又要躲她，试着推了他两下，没什么反应，片刻后就听见羌然的鼾声了。

这个……

羌然平时睡觉可是无声无息的，现在居然都会打鼾了……这是真被累惨了吧？

刘娅楠皱着眉头琢磨着，要不要再使点手段把他折腾醒。只是在她想那些办法的时候，她看到了羌然的睡脸。

她就知道自己不该去看他的脸，毁就毁在羌然的这张脸上了，尤其是他乖乖睡着的时候……那副样子已经不能单单用一个帅字来形容了，她也说不出那是什么感觉，就是这么好看英气的一个男人，不管外界怎么形容他怕他，可在他睡着的时候，也跟大部分男人一样，可以睡得跟个孩子似的……

刘娅楠无声地看了一会儿，最终于心不忍地把被子扯过来盖在他身上。

刘娅楠也跟着躺下了，明明心里还有气呢，可在睡着后，还是不知不觉地抱住了身边这个人。沉睡中的羌然也条件反射似的，在她凑过去的时候，下意识地伸出胳膊把她环在了怀里。

在天蒙蒙亮的时候，刘娅楠就觉着有谁在脱她的衣服。她半睡半醒间睁开眼睛，就看到羌然正俯身亲吻自己的胸部呢。

他的动作很轻，很多地方都跟轻啄一样，亲到她肚脐的时候，刘娅楠实在忍不住了，痒痒得她直往旁边躲，羌然却一把搂住她，把她拽到了怀里。

他捧着她的脸颊，他以前没这么亲过她的，他会偶尔亲她的脸颊，也会偶尔亲她的耳朵，可更多的是亲她的嘴唇，现在这种亲吻太奇怪了……

他亲得太激动，也太密集了，不光是嘴唇，还有脸颊耳朵，有些地方简直跟舔一样……

刘娅楠觉着很不舒服，也很怪，因为羌然亲得她脸上湿漉漉的……他以前可没这么迫不及待过！这样急色的羌然，让刘娅楠有点无所适从，可是她根本躲不开。

想到还有好多事儿要说呢，刘娅楠在意乱情迷间努力抗议起来：“你别亲我了，我有话要说的……”

“不用说了。”羌然打断了她的话。

他的手已经托起了她的臀部，她知道他下一步要做什么。

他望进她的眼睛，一字一句地说着：“我相信你。”

刘娅楠也不知道羌然是真相信了还是假相信，不过能在一起就好了！

刘娅楠摆正态度，比羌然更缠绵更用力地吻了回去，不断亲吻着羌然的嘴唇。

这次的情事真的挺奇怪的，以前羌然不是这么黏的。刘娅楠也不知道自己怎么就想到了黏人的这个黏字，明明羌然是个大个子，别说武力值爆棚，就单单在体格上就跟黏人这两个字差了十万八千里，可她就是觉着他有些黏人了。

这真是很奇怪的感觉，就好像那天早上她急急忙忙穿好衣服准备去菲尔特出访，他在床上拉扯着她的样子……

忽然之间他们就变得黏黏糊糊的了，这种黏黏糊糊不是因为性，也不是因为想要撒娇，而是一种本能似的……

刘娅楠用脸摩擦着他新长出来的胡楂，痒痒的又有点扎人，可是很好玩。她低下头去亲吻他，手指跟他的手指交缠着。

两人腻了一会儿，羌然就从床上坐了起来，忙着穿衣服。一边穿衣服一边告诉她，他还有很多事儿要处理。在说话的间隙，羌然还拍了拍她的屁股，催着她也赶紧起来。

刘娅楠知道这位是独裁范，什么事儿都亲力亲为没一刻闲的，便什么都不说开始穿衣服。

大概是停战的缘故，再吃饭的时候，刘娅楠发现这次的早餐格外丰盛，之前还只是简简单单的清汤小咸菜呢，现在却满满地摆了一桌子。

不知道为什么，刘娅楠忽然就觉着没胃口。按说不该会有这种情况的，她跟羌然关系都这么和谐了，小田七的情况也好了一些，至少现在不用担心他会死掉了。

可她就是觉得胃不舒服，尤其是看到那些油腻腻的东西，还没吃呢她就先倒了胃口。

不过羌然在呢，刘娅楠不想让他担心，便勉强吃了一些。

羌然真是挺忙的，在吃饭的间隙他还通过触摸墙在查找文件。大概是看她还没吃完，羌然没有立即离开，而是继续坐在位置上等了她一会儿，陪着她吃。刘娅楠不好耽误他的时间，赶紧把白米粥喝了下去，那些水晶烧卖什么的，刘娅楠都没怎么动。

两人之间怪怪的，像是没什么话说的样子。羌然对她的态度更是小心翼翼得很，会为她夹菜，也会为她拿筷子，却唯独不问她在菲尔特的事儿。

刘娅楠大概是想打破尴尬的气氛，吃过饭后，她一边穿鞋子，一边自言自语般对羌然说着："不光是你要忙，其实我也有好多事儿要做呢，我还得去看看小田七呢……"

她知道羌然对她身边的人都不太在意，可还是絮絮叨叨地说了起来："你不知道那孩子多可怜，我是在实验室里找到他的，他浑身插满了管子，现在还说不出话来了……唉，可怜死了，据说肌肉还萎缩了……"

已经穿好军靴的羌然动作一顿，转过身来看着她，问道："你在什么地方遇到他的？"

刘娅楠也没多想，一五一十地说着："就在一个实验室似的地方，那个地方别提多恐怖了，到处是玻璃器皿似的东西，里面装了很多肢体，我现在想起来还害怕呢。小田七手腕上还被烫了那么个东西……对了，就是两条蛇交缠着，也不知道是谁设计的，那图恶心死了。昨天我还特意问过缪臣，看能不能给去掉，不过缪臣说悬，那东西文得很深……"

等她抬头的时候，就见羌然皱着眉头，好像在想什么。

刘娅楠以为他是着急要走呢，她一边输着密码开门，一边道："你要着急的话，就别等我了，你知道我事多，出门前要拿这个拿那个的，还喜欢照照镜子。真的，下次你没必要等我的……"

刘娅楠都出门了，却发现羌然并没有跟上来，她心里纳闷，忍不住问了一句："哎，你怎么了？"

羌然这才若有所思地瞟她一眼："我在想为什么西联盟会迫不及待地要求和谈，也许我应该去见见你说的这个'小田七'……"

刘娅楠也正要去看小田七呢，见羌然的样子神神秘秘的，表情更是高深莫测得很，刘娅楠就疑惑地看着他。

羌然却不说什么。

刘娅楠稀里糊涂地走了几步，很快就觉得不对劲起来。

最近发生了太多事情，她也是关心则乱了，一看到小田七就只想着怎么帮他，可是……刘娅楠静下心来，又把自己刚才说的话重新过了一遍……

其实她早就有所怀疑的，觉得小田七跟变了个人似的。先不说他怎么在那么短的时间被弄成那样吧，可过后的检查明显有些病不是短时间内能得的……

还有小田七的表情也不对……难道？

刘娅楠瞬间被浮出的念头给吓到了，她救回来的那个家伙不是小田七！

刘娅楠忙看了一眼身旁的羌然，只是他沉稳多了，不是什么事都会露在脸上的。

事关小田七呢，刘娅楠也不敢乱说。她一路沉默地跟在羌然身后，心里七上八下的，不断想着，不能吧，不能吧？

可是这里本来就是再生人的世界……

小田七胳膊上的的确确有过一个数字，他也说过那个数字代表有人曾复制了一千六百多个同样的人，那么偶尔遇到一个相似的也不是不可能……

这个事实让刘娅楠都不知道该说什么好了，所以她的小田七其实还在那个地方？

那她最近抓心挠肺地照顾那个人到底是图什么啊，而且那个被救的人干吗不说出自己的身份啊！

到达目的地，羌然并没有立刻进去看“小田七”，而是先找医疗组的人要了一些他的资料慢慢看着。

刘娅楠实在是憋不住了，凑过去，焦急地问他：“你是在怀疑他的身份吗？”

羌然并没有直接回答她，而是指着一组数据说：“基因可以是一样的，可是身高体重没可能变化这么大吧？”

刘娅楠不吭声了，所以说她是有多傻，才会没瞧出眼前的压根不是小田七啊！

她心里跟打鼓似的，手更是不自觉地摸索着手腕上的珠子，脑子里下意识地想到了野兽，如果野兽在的话就好了，至少他肯定一眼就能瞧出不对来……

刘娅楠郁闷死了！满脑子都在想着如果被她救回来的不是小田七，

那真正的小田七在哪儿呢?

她一直跟在羌然身边，等着他帮自己辨认“小田七”的情况。

等羌然找了幕僚过来后，她听到了一些关于菲尔特家族的分析，比如那个建在深山中的基地，为什么故意要建造在那种地方；比如小田七的白化病，还有那个人也有同样的病，还有菲尔特族长的深居简出……

在进行一系列分析后，就有一些医疗组跟羌家军的人找了测谎仪过来。这次的测谎仪可不是简简单单的一个盒子了，一看就专业得很。

刘娅楠看着那些仪器都觉得紧张，看来羌然这是有一定的把握跟推测了。

这对她来说却并不是什么好事，她惴惴不安地看着这一切，唯一能想到的就是她的小田七呢？谁能告诉她小田七在哪儿呢?

那些人终于进入监护室，刘娅楠不敢跟进去看，傻了一样等在外面。透过窗户，她看见那些人在给那个酷似小田七的人弄着测谎仪。还没弄好呢，里面有一个组长似的人就出来了。

那人表情特别严肃，像是被惊到一样，见了羌然后，先是很郑重地行了一个军礼，随后字句清晰地报告着：“头儿，他都说了，正如您推测的那样，他就是那个人。”

这句话瞬间引起了一片哗然。刘娅楠的胸口更是蹦了几蹦!

她下意识地抬头瞟了羌然一眼，他的表情倒是淡淡的，也没说什么话，只扭头看了她一眼。

刘娅楠总觉得他的表情有点似笑非笑的意味。

“所以……”羌然调侃一样，刻意顿了顿才说道，“想劫持你的菲尔特族长，反倒被你弄回来了。”

刘娅楠真的很想哭啊！坏蛋！谁想要菲尔特族长啊！她要小田七好吗!

她哭丧着脸，可周围的人显然不那么想，刘娅楠能感觉到，虽然大家没有欢呼，可这个结果让所有人都出了口气，简直太找回场子了。

打仗是没吃亏，可是戴绿帽子不可以有，之前菲尔特家族还信誓旦旦地说菲尔特族长已经那什么夫人了……这简直是羌家军的奇耻大辱!可现在那位就躺在这里呢，看菲尔特家族的人还有谁敢不要脸地说是这位把夫人玷污了……

就他这模样，夫人玷污他还差不多!

刘娅楠却闷闷不乐，她没觉得这事有什么好高兴的，她不知道后世会怎么评价她，不过她和羌然在监狱的事，还有劫持了菲尔特族长的事儿，估计是怎么也洗不白了吧！

就她这小胳膊小细腿的，居然也有女悍匪的命？最主要的是她能拿这个人换回自己的小田七不？

后面的事儿就跟她没关系了，她很快就被人请回了夏宫。

刘娅楠紧张地待在房间里，左思右想始终觉得跟做梦似的，所以自己一直搂搂抱抱弄回来的是菲尔特族长……所以当初那个假族长才说不能用身体接触的方式生孩子……因为正牌族长压根就是心有余而力不足啊！

可是说一千道一万，她最关心的只有小田七。

刘娅楠终于忍不住给羌然去了一个电话，在电话里急急地问着："既然你已经确认了他的身份，那小田七呢……能知道小田七的消息吗？"

羌然那头显然很忙，他只是言简意赅地回了一句："我努力查一下。"然后挂断了电话。

刘娅楠呆子一样坐在床上，简直傻了一样。她的人生充满各种不可预料的神展开，可是这样的她有点扛不住啊！一个可爱的小田七进去，换了个变态回来！更要命的是她还当宝贝似的照顾了那人好久，每天喂水喂饭的！

她真想掐着那人的脖子让他把东西给她吐出来！

她自虐一样打开电视，眼泪却忍不住流了下来……她的小田七啊……简直要气死她了！

自从签署停战协议后，电视上又恢复娱乐八卦医疗各种乱七八糟的节目了。刘娅楠木呆呆地听着，只想房间里多一些人气，让她的脑子不要乱乱的。

只是该她倒霉，居然让她听到这么一则广告。

主持人用激动无比的声音嚷嚷着："真的，真的，这是真的！你想在二十年后跟女人相遇吗，你想拥有岁数优势吗？"

另一个声音更夸张的主持人附和着："哎呀，这可怎么办，马上就要有女人了，可是我已经三十岁了，二十年后，我不就五十了吗，五十岁的男人啊！我还是处男呢，我该怎么办啊！我不要，我不要死在遇到女人的前夕！而且五十岁的我还能生孩子吗？某人二十多就不能生了，我要是等到五十岁还有希望吗？这漫长的等待太可怕了，简直度日如年啊！天哪！我该怎么办呢……”

“不要怕不用愁，太宇医疗有限公司的休眠工程为您解忧！这是一款最新型的休眠仪，可以在不伤害身体的情况下进行休眠，一年只需要三十三万！您就可以具有一年的优势，您还在等待吗？您还在期盼吗？请来太宇医疗有限公司！我们为您保驾护航，让您……

刘娅楠一下就精神了，坏蛋！她发现了，这个世界永远比她想的还神。

她深吸口气，忙打起精神来。不管多担心，该面对的还是要去面对，她现在唯有耐心等待羌然那儿的消息。就是不知道是因为太激动还是太紧张了，刘娅楠忽然有些想吐，她忙到洗手间扒着洗手台吐了一会儿，再抬头的时候，眼圈都是红红的了。

她忍着强烈的不适感，又在房间里等待了会儿，期间忍不住又去了一个电话询问。只是依旧没什么结果。

刘娅楠觉得干等着也不行，会急坏的，她便打开之前做的那些东西，努力让自己静下心来。她不太习惯用电子设备处理那些，她反应慢，还是习惯用纸跟笔写写画画的。

她用笔打着草稿，主要是一些简单的想法，具体的设计还需要找专业的设计师建筑师。她不过是给出一个理念，把自己想要的都写出来而已。

规划得更多的是养育院的事儿，简直像她当年玩的那个模拟城市似的，有一种不大真实的感觉。可是她知道只要她想，那些建筑都会变成现实，还有那些她想做的事儿，是可以影响很多人的人生的。

如果以后有她的再生人的话，她还得多做准备，现在这个世界连无良商人都鼓捣出什么休眠仪了，准备对着二十年后的女再生人们来劲。她要再不行动的话，到时候真有女再生人了，还不定是什么样呢。

她这种大学本科毕业的，都被人当傻子似的糊弄，说不好听点，她够不灵光的了，就这个没什么闪光点的基因，再不受点教育，简直是不能看了。

这么一想刘娅楠开始着手再生人的基础教育问题，具体课程还有年级那些，她都可以仿照她以前的世界来做。就是教育机构要怎么弄她不太懂，更重要的是女孩子的结婚年龄要有一定的规定！

不能十六七岁就被弄去结婚，怎么也得岁数大一些才行，而且不能强迫，要自由恋爱，婚姻要是自主独立的，这就需要建立一些保护法规。

只是她自己的婚姻都不是自由的，她觉得她肩上的担子一下重了好多。她还有很多很多事情需要做呢……

她渐渐安静下来，尽量把小田七的事儿压在脑子里，努力克制自己的无力感。

这个时候刘娅楠难得地接到了一通电话，自从羌然跟西联盟谈好后，她就可以接到外界的电话了。这次找她的不是别人，正是那个文艺青年缪彦波。

刘娅楠早把这个人忘了个干净，接到对方的电话，她还纳闷了下，赶紧全副武装起来。

打开视频电话后，她就看见被五花大绑似的缪彦波，正一脸忧郁地躺在病床上呢。看他那样子，刘娅楠估摸着这人多半被伤得不轻。

出于人道主义，刘娅楠问了一句："你伤得挺重的啊，还好吗？"

"谢谢您的关心。"缪彦波居然还不好意思似的抿嘴笑了下。

刘娅楠莫名其妙的，不过倒是想起个事儿来。她记得早些时候就是这个缪彦波挂羊头卖狗肉地弄了个什么女人保护法案，现在她倒真需要这么一部法案了。

刘娅楠趁机说道："对了，我想参照我那个世界的妇女儿童保护法写一些东西，有机会的话，咱们好好讨论讨论吧，你是这方面的专家，我需要你的一些专业知识。另外我觉得以后这个世界会有很多女人跟孩子的，没有一部完善的法律也不行，所以这个事儿能不能尽快做一些……"

刘娅楠天生是个温和无害的人，所以说出来的话，带着很自然的暖意。缪彦波也蛮吃这套的，两人倒是正经八百地讨论起来。

别看"缪文青"看着不着调，其实人还算靠谱，刘娅楠起初还纳闷呢，怎么让这么个文青上到那个位置的，现在看来此人就是青春期没女人给憋的，真做起事来面面俱到，专业得很。

跟人精混久了，尤其是在羌然身边待久了，刘娅楠对人精的认知已经有了自己的理解，别看这些人在某些时候可以独当一面，其实在另一方面没准是个白痴呢。

刘娅楠一旦开启工作模式，就会变得很认真，两人心无旁骛地研究起来。

只是一休息，刘娅楠就又忍不住惦记起了小田七。就跟有心理压力似的，她的胃口变得越发不好，就跟吃坏了东西一样，到最后她又跑到洗手间干呕了几次。

最近正是多事之秋呢，她也不想给别人添麻烦。她把胃清空了，又喝了一些水，觉得实在不成，又在床上躺了会儿，才终于休息过来。

第五章

# 秘闻

CHAPTER 5

晚上羌然回来，刘娅楠正等得着急呢，一见他就快步走过去，忍不住问着："然然，事情处理得怎么样了？"

因为白天提太多次了，晚上刘娅楠没敢再提小田七，可她的眼神早已经泄露了自己的焦虑。

羌然没有立即说什么，只是低头换着鞋子衣服，都换好了，才抬头看向她。

"还在谈。"他并没有详细解释什么。

刘娅楠哦了一声。

看到刘娅楠失望的样子，羌然难得地主动抱了她一下。

刘娅楠心里难过，用力回抱着羌然，想对他撒撒娇，让他帮她找小田七，可是她知道羌然这个人别看话少，其实该做的事一件都没少过，估计这次是真的不好办……

刘娅楠没再说什么，只是情绪很低落，吃饭的时候都没吃进去几口。

羌然不擅长安慰人，刘娅楠沉默着，他便跟着沉默着。

不过到了上床休息的时候，他没再同刘娅楠做床上运动，大概是体谅她的心情，知道她没有情绪，刘娅楠刚躺到床上，羌然就把她抱在了怀里。

刘娅楠枕着羌然的胳膊，心里更是后悔得都要吐血了。她怎么就能那么脑残呢，硬是把小田七丢在了那种地方……

没多久她就知道那事儿有多麻烦了，她一直在担心小田七的事儿，所以隔三岔五就会找身边的人打听。渐渐地她了解了一些眉目，原来不管是羌家军还是菲尔特那边，都打起了哑谜，也不知道菲尔特家族是出于什么目的，并不肯承认族长的情况，也没有一点要换人的意思，甚至不肯透露小田七是死是活。

刘娅楠到此时大概猜着了一些，这种权力争斗从来都是瞬息万变的。兴许此时菲尔特早已经换了主事的人，这个时候自然是不愿意旧族长回去的，只是可怜她的小田七……

更要命的是，她误打误撞带回来的那个菲尔特族长自从被发现身份后，就闹起了绝食。

刘娅楠自从知道无法得到小田七的消息后，就存着一肚子火呢，此时从楚灵口中知道菲尔特那个病秧子族长居然闹起了绝食，二话不说，挽起袖子就准备找他算账！

这次她也不管医疗组的人拦不拦她了，直接就到了那人面前。

一看到对方的脸，刘娅楠的心情就变得复杂起来，这个人跟小田七太像了。她纠结了会儿，才对那人说道："你这是要干吗？你这样的身份死在这里不觉得太可笑了吗？你难道就不想想办法回去吗？"

他要真把自己折腾死了，她拿谁去换回小田七啊？

没想到她说完后，这个菲尔特的族长看着她，反倒笑了，已经装上发声器的合成音箱里，发出了金属感十足的声音："你觉得现在的我算是活着吗？"

刘娅楠听后没有吭声，说真的，就这人的生活状态，其实跟死了没什么区别。更主要的是此人也是人精中的人精，估计自从被带到羌家军来后，他就知道自己的情况了，而且多半猜到了菲尔特那边的应对方式了……

只是刘娅楠有点不明白，因为按说敌军首领被弄过来了，不可能上上下下都当没这回事吧？

她疑惑地问道："这怎么就不叫活着了，再说你肯定有关系不错的属下吧，你就不能联系联系他们？我有一个很重要的人在你们那儿呢，让他帮忙找找人，如果能找到的话，我愿意拿你去换……"

"你可真蠢。"躺在床上的菲尔特族长，脸色苍白得没有一丝血色，在同她说话的时候，更是带着冰凉的笑意，"我只是再生人，菲尔特有专门的基因库，他们只需要重新再生一个首领就好了……"

看着刘娅楠皱眉不解的样子，他淡淡地说道："菲尔特家族是一部机器，所谓族长也不过是中枢的一个部件，在坏掉的时候，就要找别的部件来替补，这是最简单不过的道理。"

刘娅楠却不是那样想的，她蹲在他身边，过了片刻才感慨地说了一句："所以说，你也只是个倒霉蛋，现在连家族都不要你了……"

这个菲尔特族长却没有丝毫难过的意思，好像那是天经地义的一样，而且他还很好心地告诉刘娅楠："其实有个很简单的办法可以让你找到小田七。"

刘娅楠一听这个，瞬间人都精神了，眼睛更是晶亮起来。只是她却听到菲尔特族长讲了这么一通歪理。

"用我的身体做再生人，做很多很多个，选择最像小田七的那个培养，然后给他起名叫小田七不就好了嘛。"

刘娅楠听得脸都绿了，这人是都什么驴脑子啊？她气愤地说道："你以为那些都是什么？"她急急说着，"那是人啊，是生命啊，还多弄几个在里面选……那又不是衣服鞋子，活生生的人能当物件似的随便选随便弄吗，那剩下的呢，就是残次品？"

她想起小田七手腕上的数字，想起当年小田七对她说的那些话，还有小田七在养育院的那些生活，她无法认同地反驳道："人不是简单的数字，也不是概率，没有哪一个人是可以被替代的，就算是一样的基因，依旧是不同的个体……小田七只有一个，就算有一千一万个相同基因的人，可是没有相同的记忆，没有那些一起经历的事儿……"

"记忆也是可以移植的。"菲尔特族长淡淡地告诉她，"当年侯爷找人做过试验，据说还成功了，可以通过再生人不断移植自己的记忆，达到重生……可是大概是厌倦了那样的生活，后来侯爷把一切都重新启动，将所有的财产捐了出去，更是毁掉了当初的试验基地。如果你想的话，其实是可以做到那些的……"

刘娅楠觉得她跟这些人真是两个世界的，简直无法沟通。

她瞪着这个菲尔特族长，过了好一会儿，才固执地说："你什么都不明白。人不是那样的，从来不是……"

倒是这个菲尔特族长，不知道怎么的忽然意有所指地问了她一句："那么你喜欢羌然吗？我听人说你曾经在议会厅宣布羌然是你唯一的丈夫，那么你应该是很喜欢他吧？"

刘娅楠不明白他怎么会问这个，不过她也没什么好隐瞒的，回道："是喜欢。"

羌然那么优秀，她很难不喜欢他，再说他们同床共枕那么久了，总归是有感情的。而且羌然也是目前所有男人中最适合她的……

“可是你想过吗，当你的再生人大量出现的时候，羌然还会选择你吗？会有更年轻的再生人出现，跟你一模一样的女人，气质会更好，会受到更多良好的教育，羌然甚至可以根据自己的喜好去培养……你觉得那时候他还会把你放在身边，而不是找一个更年轻的再生人来替代你？”

刘娅楠真觉得这个菲尔特族长嘴巴挺贱的，她瞪着对方。

菲尔特族长继续说着：“你说人不一样，也不是概率问题，可时间会告诉你，其实都是一样的。”

合成的声音带着冰凉的感觉，可他说的每一句话都直指她最脆弱的地方。她不是没想过那些可能……

等这个菲尔特族长说完后，刘娅楠沉默地望着他的眼睛，他才跟她接触多久啊，却像可以看透人心似的，说出这么一番话来。刘娅楠忍不住想，就算他是个瘫子，就这个脑子和心眼，那可真是名副其实长在茅坑里的石头，又臭又硬，还阴险恶心……

过了好久，她才淡淡地回道：“我明白你的话，你不是第一个也不会是最后一个这么说的人，我也有自知之明。”

她顿了顿，继续道：“虽然那些事儿很伤人，听了也很难过，可是说句托大的话，喜欢一个人，或者不喜欢一个人，我是会纠结，也会郁闷，却并不真的很在乎。如果在乎的话，我早就伤心得死掉了。虽然恋爱很重要，不过我想我的人生不应该只有那些东西，更何况我现在真的很忙，我什么都不懂，偏偏我又想做很多事儿，所以我才要努力去做去学习。我也没有太多精力去考虑那些男女情爱的事儿，我只要顺其自然就好了。对现在的我来说，不管能不能做好，既然有小孩子叫我妈妈，既然有人欢呼着叫我女王殿下，那么我就要用心去做，做一些力所能及的事儿。我不是适合谈恋爱的人，我本身性格就有问题，所以就算最后像你说的那样也没关系，在我以前的世界里，不合适的男女分手离婚也是很常见的……”

更何况她在羌然身边一直很有压力，也许羌然不要她后，她反倒能找到更适合自己的男人呢……

刘娅楠说完也不管这个菲尔特族长是什么表情，直接站起来走人了。

为了防止这家伙真的绝食死掉，耽误了她换小田七的事儿，刘娅楠特意找了医疗组的人，叮嘱那些人看好了这个嘴贱的家伙。

在那之后，刘娅楠继续弄着养育院的事儿，工作间隙她也会考虑一下养老院的事儿，只是大概是受了病秧子菲尔特族长的启发，刘娅楠发现用这个家伙做模板来研究养老院好像也不错。

反正她最近正在考虑这个世界的养老问题呢，也正愁没合适的试验对象呢，现在有这么一位又瘫又病的家伙在岂不是很好。

她拿菲尔特族长当起了试验中的老年版再生人。

不知道是不是上次她说了那么一通话，让这个家伙有了点触动，刘娅楠再去见他的时候，他倒是不那么嘴贱了。

在接触中，刘娅楠发现这个家伙真是怪可怜的，只能吃流食来维持生命，因为长时间食用流食牙齿都退化了。

不知道是因为她太聒噪了，总是问他关于养老设施的事儿，还是这个菲尔特族长只是喊喊口号而已，反正从那之后，他倒是不折腾着绝食了，也知道积极地吃饭配合治疗。

在初步的按摩治疗下，菲尔特族长倒是能活动手指了，甚至还可以按下那些操作键，比如想喝水什么的，都可以提示身边的人。

刘娅楠别的地方又傻又笨，在照顾人上却是极其有心得。而且她最近在研究养老的问题，遇到不解的问题还可以跟菲尔特族长探讨一二。

倒是中间一心一意跟菲尔特族长探讨的时候，粗神经的刘娅楠还被对方翻了白眼。

不过菲尔特族长倒是难得地有才。不知道再生人是不是真有这种特性，她发现只要用对待小田七的态度去应付这个菲尔特族长，她就很容易掌握到对方的情绪，也能变着法子地让他帮自己。

刘娅楠发现环境真的可以把人塑造得完全不同。

以前她觉得这个菲尔特族长可恐怖了，不知道是不是那张小田七的脸的原因，现在再见了这个菲尔特族长，她就觉得也不是那么恐怖了。

就是她的胃口越来越不好了，到后来简直是早上晚上都忍不住想吐一吐。

刘娅楠怕羌然发现她身体不舒服，会找医疗组的麻烦，便私下找了楚灵，想让楚灵帮自己拿一些治呕吐的药。只是她身体的问题，不管是小小的伤风感冒还是别的什么，哪怕就是手上划个口子，那都是绝对最高级别的医疗问题。楚灵刚把她的情况说了下，就有几个医疗组的骨干过来了。

最近一段时间，刘娅楠一直没让那些人检查身体，现在见他们气势汹汹地来了，刘娅楠再也推不掉检查项目了，便乖乖地让那些人做了一番检查。听他们的意思，如果真是吃坏了肚子还要追究一系列责任呢，从配菜师到主厨一个都不能跑……

刘娅楠赶紧为人家说着好话："估计是厨师长他们前段时间太忙了，所以忙中出错，闹肚子而已嘛，又不是什么大事，再说只有我自己不舒服啊，我看羌然一点事儿都没有的，估计是我哪里吃得不对了，要不就是受了风……"

只是刘娅楠在解释的时候，发现那些人的脸色跟看到了什么可怕的事情一样，整个变了。

刘娅楠也跟着紧张起来，不明白自己到底是出了什么问题，怎么这些人这么严肃。

很快就有更多的医疗组的人跑过来，有几人在做检查的时候手都是哆嗦的，其中一个更是哆嗦得没握住仪器，直接把测试用的东西掉在了地上。

刘娅楠被砰的一声吓了一跳，下意识地捂了下胸口，然后那个掉东西的人就被其他工作人员给架了出去。刘娅楠就看见在那人被架出去的时候，几个看着很斯文的医疗组成员，还生气似的踹了那人几脚。那家伙更是一副追悔莫及悔不当初的倒霉样子，好像刚才那一下犯了多大的错误似的……

就因为吓了她一下吗？刘娅楠正纳闷呢，那些人却已经走了，只留下楚灵他们。

刘娅楠注意到，之前自己身边只有两个安保人员的，现在一下围上来七八个，而且那些安保人员个个绷着面孔一脸严肃。

刘娅楠吓得够呛，赶紧问楚灵："哎，他们怎么走了，我的药呢？我是吃坏肚子了吗？到底是怎么了？你告诉我好不好？"

楚灵神情复杂地看着她，最后被她追问得实在没办法了，才小心翼翼地说道："殿下……您应该是怀孕了……"

刘娅楠当下紧张得咽了口口水！

她这个月的月经是有点延迟，到现在还没来，她还以为是最近发生的事儿太多闹的……

可是怀孕啊！她这么简单就要当妈妈了吗？

不过这应该是好事儿吧，她怀孕了，那么羌然不育的事等于是不攻自破了嘛！她就知道这个世界的检查手段不准，在一个都不知道自然生产为何物的地方检查什么生育能力，那不是扯呢吗？

这个事儿羌然应该很快就能知道了，他会很开心吧？

刘娅楠的心跳得特快，简直想立刻见到羌然。

只是现在她被保护得这么严实，只好在夏宫里等着，等着羌然飞奔过来看她。

结果刘娅楠左等右等，都过了一个多小时也没见着羌然，倒是在等待的时候，夏宫里的设备又被检查了一遍，包括椅子的承重力等，地上更是铺上了软软厚厚的毯子。

只是一直没见到羌然，刘娅楠等不下去了，她原本想给羌然打电话的，可是刚按了几个按键她就停了下来。既然山不就她，她就去就山嘛，再说隔着屏幕她也不能直观地知道羌然的情绪。

刘娅楠这么一想站了起来，只是她刚动了下，就发现包括楚灵在内的那些安保人员都倒吸一口冷气。楚灵脸色苍白地问她："夫、夫人，不，殿下……您这是要去哪儿啊？"

"我去见羌然啊。"刘娅楠很自然地说着，她理解这些人的大惊小怪，毕竟她是几个世纪以来唯一一个怀孕的女性嘛，紧张是肯定的。她安抚地对楚灵说道，"你放心吧，走走对孕妇挺好的，再说哪有那么多流产的事儿啊，没必要太小心的……"

哪知道她随口的一句流产，差点没把楚灵吓晕过去，激动得当下就呸了一口，狂说着什么："不灵不灵，好的灵坏的不灵！"

刘娅楠也有点被惊到了，原来男人小心起来也能这样啊！

在她的坚持下，楚灵倒是不敢怎么拦着她，只是刘娅楠这次再从夏宫出去，算是见识到什么叫夸张了。这些安保人员是前两名后两名地保护着她，还有一组专门开道的，路上哪怕只是有一颗小石子，那些人都会小心地为她剔除了，更别提遇到有阶梯的地方，那简直是恨不得抬着她过去了。

她就算想自己走过去，那些人也是七手八脚地过来扶着她，跟她要做多么危险的动作一样。在她走过阶梯的时候，还有两个人躺在旁边准备随时当肉盾呢！

刘娅楠也被弄得紧张兮兮的了。让她更意外的是，她刚到羌然的办公区，就看见办公楼外齐刷刷地席地坐着好多人呢。那场面简直跟电视里演的一样夸张。

她走近的时候特意辨认了一下，发现那些人居然都是医疗组的。这是怎么了，他们是被罚坐吗？

可是明显羌家军的人正在不断劝着那些人呢。刘娅楠走近后，找了熟悉的缪臣，好奇地问着："哎，缪臣，你干吗要坐在这里啊……"

缪臣原本还是一副宁死不屈的表情，见了她就跟受到了多大的鼓舞一样，整个人的情绪瞬间就膨胀了。

刘娅楠也注意到了，在她到来的瞬间，那些医疗组成员都跟魔障了一样，个个坐得笔直笔直的，那表情绝对是视死如归，大义凛然得很。缪臣更是一字一句地跟她说道："殿下，您放心吧，有我们医疗组誓死保护您，任何人都不能伤害您和您腹中孩子的一根汗毛……"

刘娅楠这下更是摸不着头脑了，谁要伤害她跟孩子啊？就羌家军这保护得密不透风的劲头，谁敢啊？

正在她疑惑不解的时候，羌然身边的观止已经一瘸一拐地走了过来，见她亲自找来了，忙恭敬地把她迎到了羌然的办公楼里。

刘娅楠也是好久没见过观止了，之前知道他没事的时候，在电话里跟他聊了几句，此时见他都已经在工作了，赶紧问他的身体状况："哎，你现在身体怎么样了，腿还好吗？"

"还好，估计一个礼拜后就可以彻底恢复了。"观止一边回答一边小心地把她往里迎。

刘娅楠倒是在要进到羌然的办公室前，忽然压低声音问着："那观止……外面的人是怎么回事，你方便告诉我吗？"

观止的眼神一直挺微妙的，虽然跟以前似的一直低着头，不过这次他的目光时不时地就往刘娅楠的肚子上瞟，就跟刘娅楠的肚子里藏了什么了不得的东西一样。

见刘娅楠问他，他倒是没隐瞒什么，对他这种打过大阵仗的军人来说，医疗组简直是吃撑了的典范："殿下，这不是什么大事儿，医疗组的把您的情况报告给头儿后，头儿当时很开心，还说要去找您。可是医疗组那些人不知道抽了什么风，非要求头儿搬离夏宫，因为……”

说到这里观止大概是不好意思再说下去了，尴尬地用了别的词替代：“因为怕头儿在有些时候会控制不住地伤到您和孩子……”

刘娅楠一下明白了，是怕他们小夫妻同床，然后伤到孩子吧？医疗组的人也太有超前意识了……刚知道她怀孕，就琢磨出这些事儿了，是该夸他们专业细致呢，还是骂他们一句吃撑了闲的呢？

就在她不知道说什么好的时候，观止已经推开了羌然办公室的门。刘娅楠走进去就看到了正在低头研究古籍的羌然，看他的样子学得蛮认真的，他身边堆着一堆书呢，这是准备研究出东西来跟外面那些学究派的家伙 PK？

那些书一看就是年头很长了，刘娅楠走近的时候，就看见书皮上都是什么孕妇的产前知识还有育儿百科啊孕妇的饮食禁忌等……

对一个女人怀孕都是传说的世界，刘娅楠早已对各种神展开习惯了。

对面的羌然也察觉到有人进来了，忙从书堆中抬起头来。在看到刘娅楠的时候，羌然的表情瞬间变了，那是一种很微妙的情绪，既是喜悦又带着一些疲倦。

刘娅楠不知道他跟医疗组的人争论成什么样，不过那些学究型的人，现在还在外面跪着呢，要命的是，她以后生孩子还要仰仗他们，再来他们也是真心实意地为她好。

刘娅楠坐在他面前，同样露出了个无奈的笑。羌然的动作倒是很快，他下一刻就把书推到一边，几步走到她面前，一把掀开了她的衣服，在刘娅楠还没反应过来前，羌然已经把耳朵贴到了她的肚子上。

刘娅楠吓得往后缩了下，羌然却抱着她的腰，疑惑地问：“我怎么感觉不到他？”

“什么他？”刘娅楠问完才明白过来，赶紧解释，“孩子还太小呢，要怀孕很久才能感觉到的，你不是看了那些书嘛……”

“我看不懂。”羌然坦率地告诉她，“理论明白，可是太神奇了……”

他之前是俯下身体的，此时他站直了些，视线却没有离开她的肚子，就跟看到新鲜事物的孩童一样，充满了好奇跟期待。他终于受不了诱惑般，伸出手来，小心翼翼地抚着她的肚子。

“不用培养液就可以孕育生命吗？不是在器皿里，通过这个肚子就可以有孩子？”他皱着眉头，就跟陷入巨大的谜团一样，“你我的基因会混在一起，变成一个全新的、这个世界从未有过的人。任何技术也无法破解的东西，你这个肚子却可以做到……”

刘娅楠没那么多想法，她对怀孕的理解还仅仅在要有小宝宝的感觉上。不过羌然的目光太炙热了，简直像要把她的肚子烫出个窟窿来。

他又一次俯下身来，这次他特别仔细地观察着她的肚子，不过估计还是有些闹不明白，他又伸出手摸了摸，就是摸的动作太轻柔了，就跟搔痒一样。

刘娅楠觉得痒痒的，忙推开他的手，询问道：“羌然，别总说这些了，外面那些人呢，你想怎么办？”

羌然原本还热烈的表情瞬间就黯淡下去，过了片刻他才回道：“我一会儿再跟他们谈。”

刘娅楠还以为这个世界已经没有人能威胁到羌然了呢，她刚才还在担心他会不会一气之下把那些人“突突”掉。现在看来倒是自己想多了。

就是他的表情怎么看都像是不情愿，刘娅楠摸了摸他的头，总有一种不真实的感觉，不过语气已经很自然地软了下来，安抚般告诉他：“他们也是好心，就当为了小宝宝……”

本来她也有点犹豫的，在以前的世界也没听说过怀孕后小夫妻要分床睡的，不过想到羌然的精力，刘娅楠真心觉得自己肚子里都有货了，还是安全第一吧……

羌然倒是没再说什么，他不是不明白其中的道理，估计有些不甘心，所以静下来后，也通情达理起来，迅速处理起了她怀孕所引起的一系列事儿，比如对外公布消息啊，还有安保的问题。

羌然一旦工作起来就跟变了个人一样，简直就是一部运转得特别精密的机器，效率高得出奇，却也跟没有感情一样。刘娅楠见他忙碌起来，便赶紧告辞走人。

回去的时候，刘娅楠发现自己之前来时那条很平坦的路，此时已经铺上了厚厚的毯子似的东西，两边更是弄了类似护栏的防护措施。

更有意思的是一级阶梯都没了，她也不知道这么短的时间那些工兵都是怎么做到的，简直把所有她能走到的地方都弄成了舒舒服服的平地。

刘娅楠简直佩服死羌家军的小题大做了，自己不过是过来看一眼羌然，他们居然就能这么迅速地弄出这么条通道来……更夸张的是，刘娅楠回到夏宫后没多久，羌家军就对外公布了她怀孕的消息。

且不说那些手忙脚乱争着报道第一手消息的新闻节目，就连联邦政府的那些人都亲自打来电话祝贺她。缪彦波更是在电话里口不对心地说道："您有孩子总是好的，我应该为您感到高兴，只要您是快乐的，我的快乐与否又有什么关系呢……"

刘娅楠被恶心得牙都酸了，等她再打开电视的时候，就见各节目简直跟庆祝什么了不得的大事一样，不管是换上了漂亮衣服的主持人，还是喜上眉梢的专家们，都在议论着新生儿的到来。

所有人都笃定她一定很快就能生出个健康快乐的女儿！刘娅楠真有心给这些专家去个电话，提醒他们一句孩子怎么着也要在妈妈肚子里待上十个月呢，他们以为这是母鸡下蛋呢，立刻能见着东西？

对这个"纯男世界"来说，这些乱七八糟的事儿刘娅楠倒是早有预料，在她转台看着各地反应的时候，忽然注意到了一条很特别的消息。

某地方台正热烈地演着未来公主殿下的预测节目，几个号称什么遗传学专家的人正用电脑合成未来公主的外貌。那些也就算了，问题是父亲那一栏里并不仅羌然一个选项，还有一些刘娅楠认识或者不认识的人。

什么观止啊楚灵啊都榜上有名，那些专家更是用各种数据组合着那些人的后代，并乐此不疲地讨论着，比如楚灵的眉毛太浓，观止的眼睛太冷峻，嘴唇太薄，缪彦波的脸型不够理想，还是何许家族的要好一些，只是个子太矮了，而且贪钱也是个弱项，要是被遗传了，也很痛苦的啊……

于是挑来选去，最后那些专家不得不得出这么一个让人绝望的消息——还是羌然的基因最好啊，虽然暴力了点！可是颜值太无敌了啊有没有！

拥有羌然基因的公主殿下，那画面一出来，别说那些专家、主持人了，连屏幕外的刘娅楠都给看呆了！那绝对是男女通吃，漂亮得想让人去死一死的长相啊！

羌然的样子原本就无敌了，现在来个女版，不管是秀气的线条，还是丰满的身材……刘娅楠身为女人，都要被那副长相的女孩迷住了。光是漂亮就算了，可问题是有羌然那气质的女人啊！绝对是正统女王范啊！

刘娅楠都没想到要是羌然有个女儿的话能长成这样……

于是不管羌然之前多么惹人讨厌，多么没有人性，可是在那个台播报了这个消息后，那幅名不见经传的公主合成图瞬间蹿红。开始还只是几个娱乐台转一转，几个专家看后，纷纷捂着嘴说，如果自己未来的妻子是这样的，那么他们会觉得自己在做梦一样……

渐渐地味道就变了，在某娱乐台，有一个专家在看到那幅合成图后，激动得手都哆嗦了，也不管是不是在录节目呢，不断地搓着手，心猿意马地说着："哎呀，我未来的老婆就是这个样子的吗？这可太好了……"

刘娅楠看得真想找人泼这流氓一脸狗屎！

所以晚上羌然回到夏宫，就看见了闷闷不乐的刘娅楠。

刘娅楠简直闹心死了，那幅合成图不光是娱乐节目在说了，现在连很正经的主流媒体，也把那幅图当作未来公主的标准长相大肆宣扬，与此配套的就是各色男人不是流着口水就是脸红害臊、摆手摇头地说着："哎呀这个，太漂亮了！当老婆的话，实在有点……哈哈哈……"

刘娅楠原本就反胃呢，现在更是恶心得扛不住了。孩子还没出生呢，已经被人意淫了啊！要不要这么过分啊！

在吃饭的时候，她一边没精打采地扒拉着饭，一边比划着电视里那些人的行为，气愤地嚷嚷着："这些人是什么意思啊，我有说我会用自己的女儿当基因提供者了吗？开什么玩笑啊！还在我肚子里呢，他们就打这种龌龊主意，真是气死我了！"

羌然的情绪倒是挺稳定的，不急不缓地为刘娅楠夹着菜，只遇到电台播放人名的时候，才会抬头瞟上一眼，然后继续为刘娅楠夹菜，看顾着她尽量多吃些。

凑合着吃过饭，刘娅楠就准备休息了，她最近瞌睡得厉害，简直是沾床就睡。可她走到床前的时候，发现羌然并没有跟过来，往常只要她有想休息的意思，羌然就会主动过来帮她整理枕头薄被那些，因为她整理的羌然总不满意。

此时羌然却跟动作迟缓一样，过了好一会儿才走过来，先是把枕头从放寝具的柜子里拿出来，放在指定的位置。

刘娅楠知道他这种人就是这样的，不管做什么都有一定的规矩，就连铺床都要参照这个程序。只是看他无精打采的样子，刘娅楠忽然发现一个问题，他这次只拿了一个枕头。

就在她要问出口时，羌然已经跟生闷气一样说道："我晚上要在隔壁睡。"

"哎？"刘娅楠忙抬起头来看着他。

羌然也不多做解释，只说了一句："医疗组的要求。"

刘娅楠这才明白，原来战无不胜的羌然竟然没跟医疗组的谈下来……

她失落地哦了一声，羌然也颇为不痛快地帮刘娅楠整理着床铺。

刘娅楠见他心情不好，走过去帮着他收拾，中间还低声问着："那你怎么睡啊？不会晚上就我一个人吧？"万一她有个不舒服的话怎么办？

"一会儿楚灵他们会送简易床进来。"他淡淡地说着。

刘娅楠这才放心了些。

等着楚灵他们送简易床来的时候，刘娅楠坐在床边，跟羌然聊着白天的事儿。自从他们知道有孩子后，还没这么心平气和地待在一起过呢。

刘娅楠趁机问："知道自己要当爸爸了是什么感觉？"

她微微抬起头来看着他，留意着他的表情。

羌然迟疑了下，很仔细地想了想，才如实回道："不知道，感觉怪怪的，可很开心。"

刘娅楠哦了一声，其实她也是这种感觉，很开心，对母爱父爱什么的，却是没什么概念。

她估计羌然比她还要茫然呢。她起码还有参照物，他则是什么都没有，压根不知道父亲为何物。

她低着头，正想着孩子的事儿呢，羌然突然伸出手来握住了她的手。

他们离得很近，羌然很自然地就俯下身来亲了亲她的嘴唇。那是很神奇的一件事，很温情的感觉。

刘娅楠愣了一下，随即回亲起这个男人。

她肚子里有了他的骨肉，他跟她的骨血融合在一起会成为一个全新的宝宝。她觉得很奇妙，也很期待。

她把他的手放到自己的肚子上，笑着说："我问过缪臣的，既然再生人也有小孩子，为什么不能用再生的小孩组成一个家庭。缪臣告诉我，因为看着跟自己一模一样的孩子，会觉得生命总在不断重复。自然孕育的孩子就不同了，他们有太多的不确定性，可是也充满了期待。你有这种感觉吗？就是不知道自己面对的是什么，反倒很期待……"

羌然点了点头。

刘娅楠想起之前看的那幅公主合成像，虽然她觉得那样的女孩很完美，可是就科学理论来说，她未必一下就能生出那样的女儿。先不说性别，万一那个女孩长得像她，脾气秉性像羌然呢？有太多可能了……

她把自己的想法说了出来，孩子不是简单的加减乘除以及排列组合，刘娅楠讲了一些以前的事儿，亲戚家的，还有自己身边的人。

“很奇怪，我知道有夫妻都很漂亮的，结果孩子生出来却那么丑，很像那个雇来看孩子的保姆，简直就跟保姆偷偷把孩子换了一样……还有一些孩子特会长的，简直取了夫妻双方的优点。我就曾在街上见过，夫妻俩都很普通，可孩子漂亮得就跟小天使似的，大大的眼睛，可好看了，简直想抱回去自己养……”

羌然低头看着她的脸，刘娅楠说话的时候表情特别丰富，肢体动作也很多。

刘娅楠总是这样，不管遇到多少挫折，总能很快又变得热情起来。他却个性阴沉，平时对外从来是喜怒不形于色，所以这样的刘娅楠起初让他很不适应，最主要的是她明明平时废话那么多，偏偏又总喜欢把最该说的那些话藏在心里，让他去猜。情绪更是莫名其妙得很，无法用逻辑去推理。

他专注地看着她的脸，看着她不断说着有关孩子的事。

其实很多他都没有听进去，他只是看着她的嘴唇，想着要不要再吻吻她，同时也在琢磨着，女人就是这样的物种吗，会说很多没有意义的废话来消磨人生？到底是什么生理结构让女人能说出这么多废话来的，她就不累吗？

刘娅楠终于停下，大概是察觉到了羌然的安静，她又握了握他的手。她知道羌然一直看着自己，她低下头去，心里却是甜蜜的。

两人安静地坐着，只是很快难得的平静就被打破了。

羌然接到了催促的电话，显然是医疗组不放心他，很怕他会“兽性大发”，在夏宫里做出什么有害孕妇的事儿。

刘娅楠都听见那头医疗组的组长豁出性命的大吼了。羌然挂了电话后，无奈地叹了口气，眉头都拧在了一起，忙又给楚灵他们去了电话，催他们赶紧把简易床搬过来。

等楚灵来的时候，刘娅楠才终于明白为什么单单一张简易床要等那么久，本来应该是直棱直角的简易床，此时四个角都被磨成圆边了，而且腿也很短，更主要的是这张简易床也太简易了，长度都不够似的，而且不是放在中间的位置，而是靠着另一边的墙，简直跟把羌然发配边疆似的。

刘娅楠看了都于心不忍起来。

不过连楚灵在内的人都觉得这样挺好的，刘娅楠跟羌然商量要不要换张大点的床时，羌然更是回绝了她。

晚上刘娅楠就一个人躺在超大的床上，即便是大床，早先也被改造了一番，四个边都被弄出了个坡度，一旦她不小心掉下床，并不是直接落到地上，而是在这个床跟地面连接的坡上滚一下才会落地……这个设计简直太厉害了。

刘娅楠躺下后，因为床太宽了，更主要的是平时会把自己搂在怀里的人，此时正缩着腿脚躺在一块木板上。

刘娅楠借着夜灯往墙角的地方看了看。就见让很多人闻风丧胆的恐怖大魔王，真跟虾子似的蜷着身体睡呢。

她也不知道羌然睡着没有，轻声唤了一句："羌然……"

羌然迅速从床上弹跳起来，同时回问着："怎么了，你身体还好吗？"

"没、没事儿的。"刘娅楠没想到他这么警觉，赶紧解释，"我就是看你睡得很不舒服……"

"没事儿。"羌然这才重又躺了回去。

刘娅楠还是有点不忍心，从床上坐了起来。

反正地上有毯子嘛，又那么软，要不让羌然在地上睡吧，把被子找出来铺在地上就行了，这样至少他可以把腿脚伸直，不然就那么缩着多难受啊，也休息不好。

这么一想刘娅楠就去找被子了。

羌然听到动静跟着起来了，刘娅楠也不管羌然是怎么想的，反正她就是坚持在地上铺了厚厚的被子，还把备用的枕头拿了出来，特意把被子铺得离自己很近。

这下羌然才过来了，有些担心地说："晚上会绊到你吗？"

"不会的。"刘娅楠笑着半蹲在地上帮他拍着枕头，她记得他喜欢睡这种四平八稳的枕头的。

这下两人算是离得近了，刘娅楠伸手还能够到他的胳膊呢。

两人就在半空中握了握彼此的手指，然后刘娅楠看羌然睡觉的姿势跟以前一样，终于心满意足地说了一句："那现在睡吧，晚安……"

之后的日子，羌然跟刘娅楠过上了这种床上床下的生活，虽然没有床上运动，刘娅楠却没觉得两人距离远了，反倒比以前近了似的。至少在医疗组的要求下，羌然变得很体贴人，在很多地方都做得特别好，会问她冷不冷热不热。

刘娅楠也努力吃着饭菜，就算再觉得想吐，也努力吃着，有时候刚吐完，她漱漱口就又开始吃。所以别看她胃口不好，在最初的那段日子却并没有瘦下来。

只是她心情并不是太好，主要是一直没有小田七的消息，而且刘娅楠也觉得挺有压力的，明明她刚怀一个月，可这个世界已经笃定她会生女儿，完全忽略还有一半概率是男孩的事。

不过现在普天同庆倒是真的，就算隔着电视，可电视里不管是主持人还是专家们，甚至街头随拍的路人都是喜气洋洋的，就跟个个都会娶到漂亮媳妇一样兴奋着。

据说一时间连礼花都脱销了，各地都在放礼花庆祝，甚至有人将合成的公主图像印在了T恤上。

而除早些时候的圣母教神女教外，又迅速崛起了什么超级美女教、公主教，据说短短几天时间，公主教众都快要超过圣母教众了……

刘娅楠听到这个新闻的时候，真是哭笑不得，所以说不管是什么时代什么背景，男人都是视觉性的产物啊。

更别提连羌家军内都有人把她当丈母娘看了，楚灵那种光棍派的还能理解，问题是连观止都心动了，在见到她的时候，还旁敲侧击地问她，如果岁数相差二十七岁的话，对公主殿下来说是不是太大了……

刘娅楠的表情可尴尬了，心说二十七岁都能当爹了，您老说大不大啊！

各地奸商也都出动了，何许有钱还算是腼腆派的呢，这家伙只是想要索取未来公主殿下的出生照片而已，其他奸商可就厉害多了，什么周边都有，甚至连成人用品都有新货了！

还有为公主争风吃醋的！短短几天时间，就发生了好几起为公主殿下吃醋的案子。不光是这些事儿，很快就有更凶猛的人物出手了。

没多久各地电视台就传来了噩耗，先是之前合成公主像的那几个专家，遭到了不明人士的袭击，据说都是被罩上袋子打的闷棍，打得鼻青脸肿的，还被扒了个精光丢在路边。

那些做成人用品的就更倒霉了，不是库房被人烧没了，就是本人被扒光了吊在警察局门口。

刑事案件简直是层出不穷，只要在电视上 YY 过公主的男人就没一个幸免的，从主持人到专家，甚至连观众都惨遭毒手。

这下联邦政府没办法了，缪彦波亲自出马，在电视上呼吁大家冷静追星,文明追星,不要因为公主长得太过于漂亮,就做出不文明的事儿……可以像他一样嘛，写点歌颂公主美貌的诗篇什么的，还是可以被某人容忍的……

自从有了那些净化媒体的“黑拳行动”后，刘娅楠再打开电视，就发现现在的媒体都文明多了，提到公主的时候也知道用敬语了，个个都跟正人君子似的，嘴上再也不会挂着什么老婆媳妇的了。

刘娅楠重新找回了看新闻的热情。她现在每天无所事事，打开电视就能看到各种好玩的新闻，不管是哭笑不得的还是讽刺型、警醒型的，她每天都会看上几个新闻节目作为调剂。

奈何没几天刘娅楠就又看到了闹心的东西。就跟要给她添点堵心的事儿似的，小田七没消息就够她烦的了，偏偏在这个时候一直沉默的菲尔特忽然出来发表了个声明。

本来这次她怀孕就怀得很蹊跷，之前还说羌然不能生呢，怎么她去了一趟西联盟就能生了？说是羌然的孩子你信吗？

羌家军倒是信了。可有不少人的反应都是嘿嘿，具体孩子是谁的，我不说，我怕羌家军打我……

要不是因为羌然的颜值太给力了，刘娅楠估计指不定主流媒体都要说什么。

那个西联盟的发言人也很有意思，并不直接回答记者提出的关于孩子的问题。人家是这么说的：“关于女王殿下怀孕，我们表示衷心的祝福和期待，那不仅仅是女王殿下的孩子，也是这个世界的孩子，更重要的是，也是我们西联盟一致拥戴的、属于西联盟的孩子……”

那兴高采烈的样子哪里像是仇人有了孩子啊，倒跟自己“喜当爹”一样。

于是一时间各种小道消息起来了，乱七八糟的说什么的都有。甚至还有人用西联盟某个长官的样子也做了幅公主合成像，奈何颜值实在差太远了，最后那幅相貌平平的合成像被民众否决了，都不用刘娅楠他们说什么，大家纷纷表示，丑成那样也配做公主……

刘娅楠也不理那些满嘴喷粪的了，他们爱说孩子是谁的就说，反正只要羌然信她就好。她风风雨雨地锻炼过来后，早已宠辱不惊了，过自己的日子让那些渣子去说吧。她只要美美地当孕妇就好。

时间一分一秒地过着，刘娅楠发现夸张的事儿每天都在发生。在各种心惊肉跳不可思议的情况下，连飞行器都停止飞行了，据说不知道哪里来了个所谓的专家，硬是声称那玩意儿是有辐射的，会对胎儿不好……

于是刘娅楠所在的方圆百里，甚至千里内都不得有任何带辐射的东西出现，以防公主殿下在她肚子里不舒服。

刘娅楠都觉得那些人吃太多撑着了，哪有那么娇气的孕妇啊。

在这样万众瞩目的情况下，刘娅楠再去医疗组做检查的时候，却发生了一件让所有人都跌破眼镜的事儿。

因为月份大了，所以检查的项目要比以前多很多。她躺在那个机器前，身边的医疗组成员既兴奋又紧张地等着知道公主的第一手资料。那副样子，简直跟盼着多大的惊喜一样。

不过很快那些人的表情就都不好了，刘娅楠首先注意到的是那个一直盯着屏幕看的工作人员，忽然就僵住了身体。

然后那人身边的几个人更是跟受到惊吓一样，变成呆若木鸡状。

最后还是医疗组的副组长当机立断又对她做了一次检查，这下不光是副组长了，连在前面指挥的组长，那个都四十多的中年男人跑了过来，气喘吁吁的，哆哆嗦嗦地看着那些数值……

刘娅楠的心都要跳到嗓子眼了，她紧张得都觉得肚子疼了。这是怎么了，难道是肚子里的孩子有什么问题？可她最近一直在好好吃饭啊，也很注意身体，睡觉都没敢压肚子的……

羌然也很注意的，对她的照顾更是细心体贴得不得了……

最后在焦急的等待中，刘娅楠都看见几个医疗组的人在偷偷抹眼泪了。

她的脸色也跟着白了。

在经过漫长等待后，终于有医疗组的成员过来告诉她噩耗，而所谓的噩耗，就是她怀的并不是什么公主，而是一个健康的男孩……

刘娅楠当下都想骂街！差点没吓死她！她还以为孩子出什么事儿了呢！

她当下简直跟捡回半条命似的，长长地松了口气。

孩子安然无恙就好，女孩男孩又有什么关系啊，健康就好嘛……

不过看着这些跟丢了漂亮媳妇似的人，刘娅楠也真不知道该怎么安慰他们，她这种母亲心态也真理解不了这些男人丢媳妇的感觉。

但显然这事儿对这个世界的人来说，还真是个了不得的大事件！

等刘娅楠回到夏宫再打开电视的时候，发现跟变了天一样。羌家军把孩子的性别公布出去后，之前每次节目都要换着衣服穿的主持人，现在统一穿上了黑色的跟丧服一样的衣服，声音更是跟死了爹似的："据羌家军刚刚对外公布的消息，女王殿下……"说到这里，主持人都忍不住哽咽了，就跟无法接受这个事实一样，声音都是颤抖的，"女王殿下怀的是男孩……"

与此同时，还有狡猾的菲尔特家族的掺和。

之前还语焉不详的菲尔特假族长，此时简直跟撇清关系一样，义正词严地说道："对于女王殿下的孩子的性别，我们深表遗憾，果然羌家军地盘的水土不好，只能生出同样具有破坏力的男孩，如果换作温和的菲尔特人的话，应该就能生出完美温柔的公主了吧……"

说得好像她跟菲尔特人就会生女儿一样，跟羌然就只有生男孩的命。

刘娅楠简直觉得莫名其妙，这个世界还想重女轻男是怎么的？

不管男孩女孩不都是自然孕育出来的唯一的孩子吗，他们干吗忽然就变了脸？

在刘娅楠还没反应过来前，她已经被这个世界翻书似的态度给吓到了。

那速度，铺天盖地的负面言论就都跳了出来，之前刘娅楠的肚子还在云端徘徊呢，此时就跟跌到地狱里似的。

她哪里是在怀孕啊，简直就是在制作二号大魔王啊！坏蛋，一个羌然还不够，他还要有个儿子！这还给不给爱好和平的人活路啊？这已经不是坑爹，这是坑世界啊！

管他是不是自然孕育出来的，此时还在肚子里的小家伙，已经被人骂得一文不值了。

之前还充满期待及各种向往的公主画像，此时纷纷下架，在哭爹喊娘，各种毁天灭地的巨大哀嚎中，公主的画像就跟绝世美人遭了横祸一样……

此时不管是娱乐频道还是主流媒体，统一地都拿另一张合成图来刺激大众的视觉。

那是一张漂亮得跟天使似的小正太图，该正太没在做什么好事，而是手握着什么按键似的东西，牙齿尖尖的，简直就跟兽牙一样，更有过激的人还在那幅画旁边加了一句：“愚蠢的人类，都去死吧！”

虽然在刘娅楠眼里，电脑合成的男孩也是好看得不得了，是个既帅气又萌萌的小正太，可是自打那画像出来后，各种歹毒的言论就没停的时候，什么小暴君啊，独裁后备役啊，羌然二代啊……

简直都把刘娅楠骂傻了。她就不明白了，这个世界是怎么了，怀个男孩也跟犯了多大的错一样！

刘娅楠都要被这些人活活气死了，有这么现实的吗！生个女孩就各种开心，怀个男孩就毁天灭地，好像她肚子里不是出仙女就是出恶魔一样！

幸好她的性子早磨出来了，要是在意这些人的话，她早不知道气死多少回了。

刘娅楠按部就班地等着当妈妈。

跟刘娅楠的表现比，羌然对孩子是男孩显然触动更大一些，他倒不是重女轻男，实在是不知道跟自己个性相同的男孩要怎么教育。别看他从不觉得自己有什么问题，可是仔细一想会有一个跟自己脾气性格相似的雄性出现，他一下了悟当年的初代羌然为什么要规定再生人只能是一个了。

实在是怎么想，都觉得两个羌然相逢是世界大战的苗头。

刘娅楠倒是每天都喜滋滋的，直到后来发现羌然在看育儿方面的书，她才明白羌然的疑虑。

刘娅楠真觉得特别奇怪，按说她算是小心眼的，不知道为什么在怀孕这事儿上却心很大，什么都不往心里去，只一心想着孩子健康平安。

倒是这个世界，甚至连眼前这个什么都不会放在眼里的男人都纠结开了。

刘娅楠在他身边，让他摸着自己的肚子，同他解释：“生出来的孩子跟再生人是不一样的，也不是他们说的那样，不是像你就是像我，甚至可能不像咱们中的任何一个……这才是生命最奇特的地方……”

见羌然表情疑惑，刘娅楠努力解释着：“就好像黑色毛的狗狗，跟白色毛的狗狗，对了，就好像小加加跟小毛球一样……”

当初养那两只狗的时候，她也没觉得怎么样，养就养了，中间狗狗变大变壮，她也都挺欣慰的，只是唯独忘记了检查一下两只狗狗的性别，也是真疏忽了。结果某一天，她才猛地发现那两只狗居然是一公一母……

明明品种不一样的，也不知道是不是日久生情，最后那两只狗狗居然背着她这个主人谈起了恋爱，更神奇的是小毛球比她还早当妈妈呢。

现在她怀孕了，医疗组连只苍蝇都不放过，更别提让她养狗了，最后刘娅楠没办法只好把那两只狗狗给了楚灵他们第二军的去养。

刘娅楠现在拿两只狗狗打比方：“我听楚灵说啊，小毛球一窝下了四只呢，有一只看着像小毛球，有一只看着像小加加，另外两只就瞧不出来了，毛色也是混的，而且小加加毛色很正的，结果出来的狗狗没一个像爸爸的，性格也不一样，都顽皮得很。这个就是自然孕育的结果，即便是双胞胎也是各不相同的。”

刘娅楠也不知道他明白没有，她开玩笑地安抚着他：“而且很可能会出现这样的情况，就是长得像你的男孩子，脾气性格却很像我，我想到时候肯定会有很多人跌破眼镜吧。”

结果没想到这话刚说出去，羌然的担心就又转了个方向，儿子厉害些他顶多闹心，担心担心世界和平国家稳定，可是要赶上个刘娅楠这种脾气秉性的儿子……

羌然想想都觉得自己后脊梁在冒冷汗……

不知道是不是有人也跟着纳过闷来，在一片嘈杂的反对声浪中，刘娅楠居然听到了某些不同的声音，跟当初的公主教一样，不知道从哪个地方又冒出个王子教来。

刘娅楠还没来得及高兴呢，就被真相又一次刺激到了。

那些沉寂很久的幸运者，自从女性出现后，处境一直挺微妙的，加上他们本身人数并不多，大概也是处于自保的目的，对刘娅楠的任何事儿都是讳莫如深的。

可此时刘娅楠一怀孕，尤其是“魔王二世”的照片一被弄出来，那些幸运者忽然变了态度。

当世第一美男子，羌大魔王是再没人敢YY了，不过他儿子这么可爱，加上孩子他娘是有名的圣母，怎么想那也应该是个有着倾国之貌兼顾各种温柔善意的王子吧？

想当年在羌然身上没有达成的奢望，没准可以通过儿子实现……

于是王子教如星火燎原般在幸运者区壮大。

刘娅楠真不明白自己前世到底是造了什么孽了，不管生儿生女都这么糟心。

不过跟之前那些 YY 公主的比，这次羌然算是被彻底激怒了。

刘娅楠也算是知道什么叫美得祸国殃民了……

果然羌然二话没说，直接把第二军调过去，重型武器一字排开，就准备把幸运者区轰平。

最后还是缪彦波急匆匆地赶过去调停，又吓得刘娅楠赶紧劝了劝，羌然才在炸了一些标志性建筑后勉强收兵。

虽然没有伤亡，不过看着一片狼藉，幸运者的首领们，也是吸取了之前的教训，立刻在幸运者广场上竖了个纪念板，上面直白地写了这么一句警言："色字头上一把刀，防火防盗防羌然。"

在一片喧嚣中，刘娅楠跟羌然的小日子倒是照旧，只是刘娅楠挺奇怪的。

在以前的世界里，经常有老婆怀孕就会以生理需求为理由出轨的男人，虽然羌然没出轨的条件吧，可是他怎么就能一直这么忍着呢？她偷偷观察过，发现羌然别说憋住那种事了，简直跟没了那种想法一样……

哪有这样的男人啊？

明明怀孕前简直折腾得她都没法休息，可现在一怀孕，对方马上停下了，别说言语暧昧动作亲密了，除了很好地照顾她外，羌然现在简直跟没了性别一样，对她搂搂抱抱都是温情而不色情的了。

这也太自律了吧！

还是怀孕后她肚子变黑了，所以没有魅力了？

可是再没有魅力他也没得选吧？

刘娅楠小心地观察起羌然来，可是不管怎么看，夏宫里的羌然都是好好的，脾气性格举止行为，没有任何不同的地方，小说电视里常演常说的那种欲求不满压根显现不出来。

这可就太让人意外了。刘娅楠有一天终于憋不住了，脸红红地问他："羌、羌然……你最近都没想过那、那什么吗？"

被问话的羌然正在打地铺呢，倒是不紧不慢地，如实回道："我尽量不想。"

“尽量？”这事也能尽量的？

刘娅楠一愣，她的肚子已经鼓起来了，所以显得有些臃肿。她挪了挪位置，一边看着羌然的表情一边小心地问：“你是……自己偷偷解决了吗？

“我在学长号萨克斯、钢琴、鼓。”

“啊？”刘娅楠有点反应不过来了。

羌然用手比画了一下：“最初是长跑拳击射击，可是耗费时间太长，还不能达到消耗体能的目的，医疗组就建议我学学我最厌恶的东西来消磨我的意志，我选了音乐。”

这个也可以啊？

刘娅楠真是觉得三观被开辟出新境界了。原来男人可以靠学音乐消磨那方面的想法啊……

刘娅楠愣了几秒后问他：“那结果呢？”

“还好，开始很想打人，现在已经可以演奏一些复杂的曲子了，教我乐器的教授说我进步很快，下一步我想尝试看看古筝或者三弦琴。”

刘娅楠哦了一声点了点头，所以说有时候羌然看上去很疲倦，不是因为累，而是学乐器被恶心的……

在羌然铺好床铺后，她低头看着这个安静地躺在地上守护着自己的男人。

内心有陌生的情绪弥漫着，很温情很好玩，有点类似于心悸，却并不强烈。

她坐在床上，知道羌然也没睡着呢，便小声问着：“你现在还讨厌那些乐器吗？”

“还好。”羌然的声音没什么起伏。

刘娅楠却被他勾起了好奇，忍不住扒着床边看着他，问道：“那下次你再学的时候，我能过去听听吗？”

她真的特想知道羌然弹奏乐器的时候是什么样的。

羌然也没拦她，痛快地答应了下来。

刘娅楠第二天晚些的时候就被带去听了，地点简陋得很，只是一个很普通的房间，看得出羌然真的只是想消磨精力而已，里面除了椅子外空荡荡的。

跟刘娅楠想象中的一点都不一样，羌然的演奏很是震撼。

她还以为这么短的时间，此人又不是诚心想学，必定是乱七八糟，结果听后，发现是非常流畅非常标准的演奏，不过没什么情绪在里面就是了。

大概看刘娅楠进去了，那个专门教授乐器的老师被楚灵他们叫了出去。

刘娅楠坐在椅子上听了两首。

羌然演奏得很认真，只是曲子她没听过，她也说不出哪里好哪里不好，只知道很顺，听着很精确似的。

她安静地在旁边歪着脖子听，虽然音乐没有情绪，她却跟受到感动般，一眨不眨地盯着羌然看。

渐渐地一直弹奏得很稳定的音符有了错音，一直顺得好像流水一样的曲子，忽然有了不一样的节奏。

刘娅楠还以为他是弹到了不熟悉的地方，便用手拄着脸，微笑地看着他。

羌然虽然低着头，不过肯定能感觉到她的视线。

她跟着节奏打着拍子，遇到喜欢的地方就会应和般轻轻哼着。只是曲子越来越磕磕绊绊，不再那么流畅。到最后简直跟无法演奏下去一样，羌然忽然停了下来。

刘娅楠正跟着哼呢，不明所以地就哎了一声，然后她就看到羌然走到她面前，深吸口气，无法再忍受一样，双手捧着她的头就开始吻她。

刘娅楠被这个吻惊到了，可很快她就更用力地吻了回去。

当天晚上两人回到夏宫后，就睡在了一张床上。

刘娅楠觉得既紧张又兴奋，可又很担心肚子里的孩子。羌然也很小心。

他们只是亲吻着对方，大部分时间都是羌然在亲吻她，他会细细地亲吻她的肚子。

刘娅楠仰着脖子，手指跟羌然的手指交握着。

一整个晚上两人都没有睡着，不知道这是折磨还是欢愉，不断在克制跟疯狂中转换。

第二天再出去简直就跟做错事儿的孩子一样，尤其是再面对医疗组的那些学究时，刘娅楠生怕会被他们发现，幸好孩子什么事儿都没有。

不过下一次刘娅楠可是不干了，为了克制那该死的欲望，刘娅楠挺着肚子，跟羌然一起学起了钢琴。

这下刘娅楠算是知道羌然的意志力有多厉害，这么一个武力值爆表的男人,要坐下来弹奏他最讨厌的磨磨唧唧的音乐,还要弹奏得缠绵悱恻，简直就是灵与肉的折磨啊。

别说羌然了，她学了几天都觉得烦了。幸好羌然比她有毅力多了，刘娅楠就把控制欲望这事交给了羌然去处理。她则每天舒舒服服地当孕妇。

不过在面对铺天盖地的负面言论下，刘娅楠倒是难得地接到了一份恭喜她怀孕的礼物。礼物经过层层审批，在检查无误后才送到她手里。

刘娅楠挺意外的，也不知道是谁会给她的宝宝送礼物。早在说她怀的是女孩的时候，她倒是收到了一些漂亮的裙子啊首饰之类的礼物，可等她怀的是男孩的消息一公布出来，那些送礼物的人就绝迹了。

她看到礼品盒上的名字后，眼睛就是一亮，野兽！居然是野兽送她的!

她赶紧打开来，盒子里面是一个漂亮的海螺，那海螺倒不是很大，可颜色很艳丽，简直跟被人涂上去的一样。而且整个下方都是红色的，在海螺的左下方，更是有一个印记似的东西。

刘娅楠仔细辨认了下发现是一个野字。她笑了笑，心里甜甜的，就跟收到家人的礼物一样。

她身边做安保工作的楚灵，一眼就认出了这种海螺的来历，大惊小怪地说着：“这种海螺很稀有的，只有在琉璃海很深的地方才会有，自从侯爷把他的秘密武器藏在琉璃海后，有些深海区就成了无人能靠近的禁区，导致这种海螺更为稀有珍贵。”

刘娅楠哦了一声，有些意外，不知道这么贵重的东西野兽是怎么弄到的，估计花了不少钱吧……

那么野兽现在混得挺好的吧，就是这个家伙既然能送礼物给她，怎么就不知道给她打个电话啊?

她叹口气想，如果野兽来电话，至少能排解排解她找不到小田七的郁闷。

虽说最近外事部跟菲尔特再联系的时候，那头终于松口说没有见到小田七的尸体，她听后多少放心了些，可要是野兽在就好了，很多时候她都不知道该把自己的心情说给谁听。

刘娅楠一边想着野兽的事儿，一边把那个海螺小心翼翼地收了起来。

剩下的时间里，虽然被安保人员还有那些医疗组的人把她当国宝似的看着，不过刘娅楠还是趁着休闲的时间处理了一些事。她也不会做别的，趁着怀孕反应不大的时候，把之前卖头发的钱花了出去，建了更多的养育院。另外因为有了做母亲的自觉，刘娅楠难得地对现行的法律产生了兴趣，跟缪彦波探讨了一些关于暴力型犯人的事儿。

这个世界都是以穷富来区分再生人的，即便是一个罪大恶极的人犯了错，可只要那是个富人，依旧可以通过生物工程把自己的基因再生，刘娅楠觉得这个政策很不好。

虽然后世很多人称呼她为圣母女王，不过刘娅楠还是在跟缪彦波商议后，修改了这一项法律，支持对罪大恶极者实行基因摧毁的措施。

大概是被她女性的外表迷惑住了，在漫长的岁月里，刘娅楠当日所做的这一切都被时光所掩埋，包括她曾经致力于摧毁一万六千名反社会人格基因的文件也都被封存了起来。

后世对刘娅楠的论断始终是善良温柔没有个性的圣母女王。包括她在整合议会程序上，对那些权臣要员所做的一切也都被淡化了……

因为跟那些相比，一个孕育着生命、可以提供女性基因的女人，她本身就是一个奇迹，谁还会在乎她做过什么。

刘娅楠本人并不在意别人怎么评论她，她的想法很简单，目标也很明确，因为知道自己不聪明不优秀，所以即便是在怀孕期间，她还是尽可能抽出时间去做这一切。在呕吐的间隙，在那些烦琐的检查间隙，抽出尽可能多的时间，在医疗组跟安保人员容忍的范围内，坐在铺满各式文件的桌子前，一点一点地处理着……

这个世界是一棵大树，她是一只小得不能再小的蚂蚁，她知道自己爬不到树顶，她只是尽自己所能地攀爬着……

自从怀孕后，她有了更多的感悟，以前她做这些事，仅仅是觉得自己应该做点什么帮助别人，可现在的她有了更明确的目的。她不是开创盛世的伟人，她只是一个准母亲，所能做的，也仅仅是一个母亲能为孩子做的那些……

刘娅楠努力做着事儿，不过月份大了，肚子也跟着大，不知道是不是吃太好了，她的肚子看着圆乎乎的。

妊娠纹也跟着出来了，看着怪怪的，一切都那么新奇。

大概是怕检查出现错误，后来医疗组又做了一次性别测试，这次的结果彻底打消了那些人的期盼，刘娅楠怀的绝对是货真价实的男孩。

在那次检查的时候，一个捎带的检查项目，却引起了一个小检查员的注意，早先因为阻断者二号，刘娅楠一直不能被克隆。可是现在不知道是怀孕还是什么原因，病毒的检查出现了很大不同。

早已吸取教训的医疗组成员并没有立即把这个报告上去，而是秉持着严谨的态度又做了一次检查。这次的结果很快证实了他们的猜想，刘娅楠怀孕后身体出现了变化，体内的阻断者二号居然在不断减弱，这就意味着原本需要三年才能完全消失的阻断者二号，很可能在孩子出生后没多久就消失……

所有的医疗组成员都被这个消息震惊得忘记了呼吸，他们定定地站在那里，瞬间热泪盈眶。

刘娅楠还在等检查结果呢，就看见这么一群大老爷们，忽然脸冲着太阳升起的地方，个个眼中隐含着泪光。

她纳闷不已。在被那些人压抑着兴奋喜悦告诉她这个消息后，刘娅楠却没有高兴的感觉。她太震惊了！

自从开始接触政治后，刘娅楠的思维已经不像以前那么简单了，知道这个消息的瞬间，她忽然觉得时间紧张了，她还有好多事儿没有做呢，这个时间比她预想的要早上一年。她简直太被动了！

鉴于羌家军跟联邦政府的协议，再来医疗组内还有联邦政府的人员，缪臣他们也绝对不会隐瞒这么大的消息的。所以很快这个消息就通过羌家军的新闻发言人传播了出去。

于是原本还沉寂在羌然二世的打击中的世界，瞬间又被激活了。那已经不仅仅是礼花脱销的问题了，据说一天之内就有许多锅啊盆的被敲烂了。人们纷纷涌上街头，或号啕大哭或扯着衣服大喊。

早已经见惯风雨的刘娅楠二话不说，赶紧找了联邦政府开始商议女性再生人的抚养问题，还有关于结婚的法定年龄，自由婚恋等问题更是重中之重。有句话说得好，男人在没追到女人时，要什么给什么，等真到手了，就只能是给什么要什么了！

所以丑话说在前头，趁着男人还有这个热火劲呢，她得把那些优待女性的条款谈出来。

在所有人都震惊的那一刻，刘娅楠则在玩命地做着未来女性的守护者。就跟菜市场的大妈一样，磨破嘴皮子般，不断为未来的女性争取各种条件，从十四岁结婚，谈到十六岁，又连喊带嚷地嚷嚷到十七岁，最后终于敲桌子敲得安保人员脸都绿了，谈到了十八岁。

还有教育问题也是，最主要的是不能让这些男人来抚养女性再生人，那样肯定会引发一批性骚扰案的。就这些憋了十几代的老处男，她得跟防贼似的防着他们。

刘娅楠不得不费尽心思地想着，晚上连做梦都能梦到这些事。

跟这相比，大着肚子会产生的腰部不适等问题都是小意思了，她都懒得理自己身体出现的那些变化了，什么手肿脚肿的，换双大点的鞋子不就得了！

最后是她之前招来的那些宫廷变性人提醒了她，于是她紧急征调了不少变性人，又找了一些心理学专家，做心理健康测试，还有种种应聘需求，一一顺了下来，准备为日后女性再生人找到合格的抚养人。

可是人员还是不够，最后刘娅楠不得不又想到了那些幸运者。

跟她所做的这些比，大家的关注点显然不是这个，所有人不是关注她的肚子就是关心她的阻断者什么时候消失。

在这种手忙脚乱的情况下，倒是也有好事情发生，那天刘娅楠终于接到了小田七的消息。

一直讳莫如深的菲尔特家族大概是稳定住了局势，刘娅楠终于知道为什么对方一直隐瞒小田七的消息了。尤其当有着菲尔特族长身份的小田七出现在屏幕上的时候，刘娅楠惊讶得张了张嘴巴，半天说不出话来。

小田七倒还是以前的样子，隔着屏幕，带着很温和的笑。他一向很懂事的，即便身份有了巨大的变化，他也是很和气地唤了她一声："姐姐。"

刘娅楠真有点哭笑不得的感觉。这是哪儿跟哪儿啊，所以说她弄过来个族长，又给对方送过去个族长？小田七因为是同一个基因的，就被对方架起来当了新族长？

好在小田七平安无事就好。

她还是挺担心的，她很清楚那种感觉，杀机四伏，众敌环伺，想起来她都为小田七捏一把冷汗。

"小田七……"她不知道有多少人在监视他们的对话，她也不敢说得太明白了，只担忧地看着他。

小田七却明白她的担忧，安慰她道："没关系的，我是拥有菲尔特基因的人，跟以前那人比我的身体要健康很多。姐姐，其实这都要谢谢你，如果没有你，我是不会活到现在的……”

他停顿了下，大概是有什么想要对她说，只是一时间不知道该如何启齿。

刘娅楠却机敏了一把，她跟小田七很熟悉的，立刻明白他的心情了：“没关系的。”她快速说道，“我知道那种感觉，就是在那个位置上就要努力做好，所以没关系的……”

因为羌然跟菲尔特开过战，她跟小田七好像就站到了队伍的两端。

虽然不见得会有什么直接分歧，可是私交再好，遇到大是大非也是没得谈的，她都明白。

小田七倒是没再谈这个话题，只带着歉意地点了点头。

她笑道：“小田七，你是好人，所以你也会是个好族长，我想以后咱们两边肯定会很好的，大家一起发展壮大。”

小田七没再就这个说什么，话锋一转忽然问道：“对了，恭喜你有孩子，是个男孩吗？”

见刘娅楠点头，小田七皱了下眉头。他一向想得很长远，这次更是主动提醒道：“那以后孩子长大了，如果跟你的再生人结合，血缘会不会太近了？也不知道伦理委员会的会不会同意。”

刘娅楠知道小田七这是在为她着想，不管他是不是站在菲尔特家族那边，他始终是那个温柔的小田七。

其实刘娅楠也想过这个问题，在全世界都要解决光棍问题的时候，她家的宝贝却要打光棍了，因为不是自己的“亲妈”就是自己的“亲妹妹”……

怎么想都浑身起鸡皮疙瘩。

可是孩子都有了，又不能一直塞在肚子里不让出来。刘娅楠摸了摸肚子，叹了口气。

小田七倒是很诚恳地提议着：“姐姐，我听说您已经制定了相关规则，就是再生女性只有年满十八岁后方可结婚，之前出现的任何事件，都将视为犯罪。大概也是受这条法规的影响，我不知道你们东联盟怎么样，但在我们西联盟已经有百分之十三的人在考虑甚至实行休眠计划了……”

刘娅楠认真地听着。

小田七继续说道：“姐姐，不知道您考虑过血缘关系没有？即便有了第一代自然生育的人，可是都是有着同一个基因的母亲的话，其实还是会造成下一代血缘关系太近的问题，这对遗传还有伦理都是很大的挑战。但是我想，如果把现有的男人休眠一部分，这样到时候有适龄的女人出现的话，其实是可以避免血缘太近的可能的，只要在自然生育的时候，有条件地选择性别。所以您是可以考虑休眠计划的，包括您肚子里的孩子。在孩子到适龄年龄后就休眠，等有血缘关系远的女性出现再苏醒。”

刘娅楠明白小田七的意思，之前听电视广告的时候，她还觉得夸张呢，其实最近别说西联盟了，连羌家军都有想休眠的人，观止那种人都怕十八年后太老了，不好追小姑娘了，更别说这个世界的男人的想法……

她最近一直在努力制定各种规矩，现在有了小田七的提醒，她有点如梦方醒的感觉。她难得地又跟小田七探讨了一些问题。

以前她没想过，血缘那些也是才注意到，现在她也想起了自己的处境，还有肚子里的孩子……她体内的病毒已经在减弱了，很多事情她都得提前做好准备，多做打算。

还有一件事像根刺一样扎在她的心上。

不管她当初在菲尔特族长面前怎么嘴硬地说过，不管羌然态度如何，她都要活出自我来。可其实她心里明白，再生人的出现就意味着她将会被打回原形，所有的“金手指”都会被切去。

那些吹捧过她的什么圣母教神女教也都会化为乌有，大家很快就会发现，其实她就是一个普通得不能再普通的女人。

最近从她怀孕的事儿上就能瞧出来，民意是多么不可捉摸，一会儿风一会儿雨的。

所谓女王，说到底不过是个称呼罢了。

在某次饭后散步的时间里，刘娅楠沉默地走在软软的垫子上。羌然一直跟在她身边，配合着她的脚步放慢步伐，亦步亦趋地跟着。

海风吹着她的头发，刘娅楠难得地惆怅了一把。

在那么多“金手指”中，明明知道就这几年好日子，她还过成了这样，既不知道享受，也不知道多干点指点江山的事儿。哪怕弄个倾城一笑美人绝世也成啊，结果最后别说被男人爱得死去活来的，连唯一的这个，自己都怀了对方的孩子了，她还闹不清楚对方对她是什么感情……

哪有她这样把“金手指”做成“手指饼干”的！

作为孕妇该有的娇气还有该享受的备受呵护，她也没有太多感触，她总觉得有一块巨大的石头压着自己，她就跟被追赶着一样，不断闷头做着那些事儿，她甚至不知道自己做的那些会得到什么。

羌然一直陪着她，看她跟被压垮肩膀似的走着。可是不管她现在是什么颓废的样子，羌然知道，只要这家伙回到夏宫里，就又跟满血复活一样，折腾起那些事儿来。

第六章

# 休眠

CHAPTER 6

时间过得很快，临盆的日子终于要到了。

刘娅楠不喜欢把自己的命运交给别人，别看她柔柔弱弱的，个子也不高，早在生孩子前，她就做好了各种准备。她才不会那么傻地把自己跟孩子交到那些看育儿大全的专家手上。

不管是体重还是各项检查，包括为了顺产做的活动，她一个没落下。

她知道自然分娩会很痛，可是在这种情况下，她更愿意相信自己。既然连全是男人的世界她都适应了，作为女人顺产生个孩子又算什么呢？

就是起初阵痛来的时候，差点没把她给痛晕过去，不过她挺了过去。那种痛是一阵一阵的，她开始还会喊会叫，慢慢地她怕体力透支，就忍住了哭喊，只用力握着羌然的手。

孩子终于生了出来，那过程惨烈无比，比想象中还要糟糕。刘娅楠都不知道过来了多少拨医疗组成员，基本是过来一个就“灭”一个。

她估计这些没见过女人的大小光棍，都会对女人有心理阴影了。

幸好孩子很健康，体重甚至比想象的还要重一些，其间羌然一直守护在她身边，她不知道羌然有没有被吓到。他的表情倒是没太大的变化，看上去一直很镇定，在那些医疗组的人手忙脚乱的时候，他总能快速稳定住局势。

估计羌然是见惯了血腥的场面，早就习惯了。

只是小婴儿的样子并没有合成图好看，皱巴巴的一团，而且小手也太小了。刘娅楠担心地挨个数了数，倒是一个都不少，而且很神奇的是，那么小小的手指上还都长着指甲呢。她忍不住伸出自己的手指，跟小婴儿的手比了比，她的手瞬间显得粗大无比。

她简直一根手指就能拎起小婴儿的小手，怎么会有这么小的小东西呢？她的心都软成了一团，明明体力已经严重透支，眼睛还是一眨不眨地盯着小婴儿看。

小家伙除了开始哭了一声外，后面就一直在睡觉。动他的话，他就会很不高兴地打个哈欠，那么小的嘴，张开的时候，刘娅楠都能闻到一股奶香味。明明只喂了他一点点奶，竟然可以浑身散发这种奶香的味道，简直太不可思议了。

刘娅楠小心翼翼地抱了下，发现小孩子太软了，好像没有骨头一样，简直就是一团小肉肉。

虽然孩子还小呢，不过看得出来，他的睫毛很长，很有小号羌然的感觉，只是不知道眼睛是什么样的，是羌然那种亮亮的眼睛，还是她这种温柔爱笑的眼睛呢?

她一直低头逗弄着孩子。羌然只在旁边看着，刘娅楠让他抱抱孩子，他也不抱。

刘娅楠知道羌然这是还没适应呢，也就没有勉强他。他们都是初为父母，需要慢慢来。

小孩子的到来，让刘娅楠跟羌然都手忙脚乱的。

刘娅楠不肯把小孩子直接交给医疗组的那些学究，而是小心翼翼地照顾着小孩子。幸好孩子有羌然的基因，身体非常健康，也很乖。

那种乖是一眼就能看出来的，非常讨喜，在大人伸出手指的时候，他会笑着抓住对方的手指。那么小小软软的小东西，躺在特制的婴儿床上，露出让人心都要软成一团水的笑。简直就是个会呼吸的小萌物。

刘娅楠的身体彻底痊愈了。在她生产后没多久，再次检查身体的时候，医疗组的人经过反复确认，终于确定她体内已经没有阻断者病毒了。

整个世界都在翘首以待。刘娅楠都能感觉到这些人的热烈目光，可是还有很多问题需要解决，人口的变化，再生人是否应该取缔，还有伦理血缘那些。

先是小田七所在的西联盟很郑重地提出了休眠者计划，紧接着第一奸商何许家族，也谋划着非常有商业前景的休眠者仪器。

在这样的背景下，刘娅楠也跟着心动起来。不光是她，羌家军内部也有人开始做那个打算，甚至已经有人向羌然正式提出了申请。

刘娅楠一边照顾着小孩子，一边不断关注着外界的消息。在这个压根不懂坐月子为何物的地方，刘娅楠早早就为自己收拾出了一个坐月子的地方。她躺在床上，一边摇晃着摇篮里的小宝贝，一边看着电视上的那些东西。

羌然的工作也繁忙起来，除了休眠者那些事外，现在女性再生人也在紧锣密鼓地做着准备。作为所有计划的重头戏，羌然本人在这个计划中的分量不可谓不重。

唯一的例外大概就是羌家军内养的那个菲尔特，刘娅楠不知道是不是有人天生嘴贱，那人现在只要有机会就在她身边说些有的没的。

不过她真是被锻炼出来了，那些话听听就过去了，不往心里去。

让她意外的是，她以为只他们这些人会考虑休眠的事儿呢，没想到连奸商何许有钱都想要休眠。何许有钱还亲自给她打了个电话，笑着跟她说："我会跟您一起苏醒的。"

刘娅楠心里纳闷，不知道这个家伙在搞什么，她不得不告诉他："你怎么知道我就一定会休眠，就算我选择休眠，多半也是因为我生了男孩，想要为孩子找血缘关系远的妻子，那么我肯定要休眠很久才会苏醒的，那可是很漫长很漫长的时光。女人只要二十年后就有了，你确定要等那么多年？"

"满街一样的女人吗？"何许有钱显然是个机灵鬼，跟羌然这种只关注军事的人相比，何许有钱家族能做得这么好，估计背后多半拥有庞大的分析师团。

他胸有成竹地说道："黄金时代并不是二十年后，也不是四十年后，而是一百多年后。殿下，虽然您是很优秀的女性，不过……"

何许有钱微笑着，跟绅士一样微微鞠躬道："一百年后的世界，女人将像现在的男人一样，充满整个世界，一想到这个，我就觉得浑身充满了期待啊！那么殿下，咱们百年后再见……"

所以说改朝换代总有一些人精能存活壮大，刘娅楠真是佩服何许有钱的脑子。而且他也真猜对了，她是挺想休眠的。

一方面是因为自己生的男孩，还有一个原因是她也无法面对满街都是跟自己长相相似的合成人的情景，这么一想，还是两眼一闭，过个百来年再醒来的好。

就是不知道羌然会怎么想，在晚上羌然回来后，她一边哄着孩子一边同羌然说起了这件事儿。

最近羌家军提议休眠的人越来越多，大家都在考虑跟再生女性的岁数差。即便羌家军在选取配合上完全不受她那些规则的制约，但毕竟那是这些男人所不能理解的物种，尽量让自己获得更多的优势才是关键。

羌然表情平平的，他心思很深，很少表露自己的想法。

刘娅楠举起小婴儿的小手，孩子还太小，别看眼睛睁开了，可是据说现在还看不清楚呢。她用小娃娃的小拳头对着羌然戳了两下，逗着羌然：“爸爸，爸爸，我是羌然二世哦，我好可怜的，我没有老婆可以娶怎么办啊，爸爸、爸爸……”

羌然终于被逗得笑了下。

刘娅楠没非要他怎么样，羌然这个人还真不是你撒娇折腾，他就会乖乖听你的。

刘娅楠闲聊似的说些休眠后的生活，再说现在休眠已经是潮流了，还有比他们更着急的呢，有些四十多岁的男人，简直恨不得把自己回炉重造，重得青春。

何许家族更是抓到了这个商机，卖的什么修颜面霜，还有可以去除皱纹的那些东西，据说都卖断货了。

她每天在家里坐着月子，照顾着自己的身体，按时做着检查。

终于在满月的时候，刘娅楠从羌然那里得到了肯定的答复，在经过一系列分析准备后，羌家军包括羌然在内的这些人，将集体进入休眠状态。

在那瞬间，刘娅楠心口都怦怦直跳。

虽然早有想法，可是在得知这个念头要实现后，她还是下意识地想到那些专家说的前女王时代跟后女王时代。虽说那些人都言之凿凿地说将来依旧是她的天下，可她怎么想也觉得到时候，自己早不知道是什么地位了。

就跟大熊猫一样，如果大熊猫跟耗子似的满街都有，那跟狗还有什么区别啊？

家家户户都有，国宝也成宠物了。

只是不管怎么样，也是箭在弦上了，更主要的是，为了小宝宝刘娅楠也要休眠！

在消息公布出去后，刘娅楠很快就接到了一批人的电话。

缪彦波自然是少不了地哼哼叽叽，作诗吟对地抒发感情，直说她是多么重要，多么与众不同。刘娅楠实在被他烦得够呛，哦了一声淡淡地回道：“既然我那么重要，那你要不要在心里永远怀念我啊？”

“怀念？”缪彦波不明白似的反问。

刘娅楠一边逗着小娃娃，一边笑眯眯地对着屏幕中的缪彦波说：“就是为我终身不娶啊！既然我是你的太阳，失去我你就要失去永远的幸福，那你干脆表明心迹吧，为我终身不娶，永远怀念我啊！不然干脆你跟我一起休眠得了，对吧……”

这下缪彦波迅速说了些事业啊人民啊身不由己的理由。

刘娅楠听得直想笑，挂了电话后，她又接到小田七的电话了。

只有小田七在电话里，很直接地告诉她，他想跟她一起休眠陪伴她。

只是刘娅楠打断了小田七的话，告诉他：“你不要跟来了，田七，你的世界来临了，你不知道吗？”

跟那些三四十岁的男人比，小田七具有天生的年龄优势，更主要的是在羌然、何许有钱这些人都休眠的情况下，还有比这个时代更适合小田七的吗？

他会更成熟、更出色，最主要的是没有人比小田七更熟悉她的想法政策。

刘娅楠在屏幕里看着他的面孔，这个正在从少年向青年转变的孩子，是她一直带在身边的小田七。

她努力控制住分别的伤感说着：“在我休眠的时候，麻烦你帮我照顾那些孩子好吗，之前养育院的事还有很多没有做完……”

小田七没有立即答应，过了许久之后，他才郑重地点了点头。

不过被小田七的样子提醒到了，刘娅楠想起羌家军的地盘里还躺着那么一位呢，她决定去看看那个全世界已经没人再理他的菲尔特族长。

“喂。”她觉得自己真是倒霉，偏偏把这么个狗皮膏药弄到了身边，关键是因为小田七已经取代了他的位置，她还不能把他送回去。

“我要休眠了，你有什么要求吗，趁着我还能做，我尽量满足你。”她也没有瞒着他。虽然这个家伙没小田七可爱，嘴巴又很坏，不过总归是自己的责任，就当是日行一善了。

“要求？”菲尔特族长不大像传闻中的阴险家伙，到这个时候他只是回望着刘娅楠的脸孔，出声刺激她，“这个世界唯一的女人，真的要休眠到到处都是女人的时代吗？”

刘娅楠没理他的挑唆，直接提议道：“百年后，肯定医疗更发达了，羌家军大部分会选择休眠，你要没异议的话，就跟我们一起休眠吧，到时候也许有办法治好你。”

“知道吗？”那人叹了口气，回道，“你可真婆婆妈妈。”

刘娅楠也不往心里去，只笑着回了一句：“没办法。发现没，婆婆妈妈四个字都带着女字呢，我一直觉得这些字很有歧视意义，好像男人就不会婆婆妈妈似的，可我看见你们我才明白，其实真得有个婆婆妈妈的女人看着你们……”

说完刘娅楠就想赶紧回去看孩子。只是还没走出去呢，身后的菲尔特族长又开口了，这次不知真假地同她说了一句：“喂，傻瓜，你就没想过再感染一次阻断者吗？这样你依旧是这个世界唯一的女人。”

刘娅楠倒是无所谓得很，“金手指”那些是很好，美男江山，还有各种爽得不得了的事儿,要风得风要雨得雨。可是没有她也没觉得怎么样，她本来就胸无大志，放在什么位置，她都能好好地活着。说真的，反倒因为在这个位置，她还倍觉有压力呢，简直一刻都不敢放松，每天都要提起精神来。

她笑着，发自内心地告诉这个家伙：“很多女人都想，可她们都不是刘娅楠。”

所有事情都在按部就班地进行着，为了休眠的安全性，好战分子们做着积极的准备，除了在羌家军基地做着周密的部署，关于刘娅楠跟羌然的休眠地更是费尽了心思。

那是值得所有人铭记的一天，女性基因提供者，在将两个月大的孩子放入休眠舱后，没多久就进入了一艘特制的潜水船，跟传说中的恐怖大王一起驶入了茫茫大海。

为了预防有人在休眠期找到他们，休眠的地点是随机的。羌然驾驶着潜艇似的东西，刘娅楠透过透视口看着外面，有好大的鱼从旁边游过，还有很多奇形怪状的海洋生物。

她没心思欣赏，心里忍不住担心着，不知道小宝宝怎么样了，这两个月来她寸步不离地守在孩子身边，还没多会儿呢她已经在想念孩子了，那小小的手，还有奶香的味道……而且她的胸口也在涨奶……

她想起医疗组的人一度想要取她的奶去做检验，幸好羌然考虑到孩子的吃饭问题没有答应。

刘娅楠不无担忧地想着，万一休眠期后，自己没奶了怎么办啊？不过到那时肯定有能替代母乳的东西了吧……

其实等孩子过了哺乳期再休眠就好了，这样是有些仓促……可是不管等多久，她都是要跟小家伙分开的。

小宝贝是她亲自放到休眠舱内的，看着小家伙沉睡过去，她的心都缩成了一团。

在没有孩子前，根本想象不到这样激烈的感觉，那是她身体的一部分，是比她的心都要重要的存在，是她最宝贝的小家伙。

她默默地想着，等到了那个到处都是女人的世界，她就会重新找回她的宝贝。

就好像把世界封存起来一样，羌家军的成员们一起被封存了起来，等他们苏醒的时候，羌然会带着她一起找回曾经的一切。

只是刘娅楠不是太有把握，因为那个世界不再只有她一个女人。那是一个全新的世界。

不过无所谓的，她对这些不是很在乎。

她正这么想的时候，羌然走到她身边，从后面圈住了她。两人一起看着外面，有很大的鱼游过，还有漂亮得不得了的珊瑚。

刘娅楠不知道他们到了什么海域。她已经看不到海面透过来的光了，只有微弱的灯光照着他们附近。其他地方一片漆黑，就好像未知的未来。

刘娅楠摸着手链有些遗憾地想着，她跟那么多人都告别了，却唯独没有见到野兽的踪影。她真的很想对那个一直默默陪伴着自己、安慰着自己的男人道一声再见。

大概此生都不会再见了吧……她的心微微刺痛起来。

沉默了许久后，刘娅楠终于开口对身后的羌然说道："我去睡觉了。"

她转过身体，望着这个男人，比任何时候都要明白一个道理，她压根配不上他。

羌然陪着她走到休眠舱旁，她躺了进去，金属罩笼住了她的全身，她在一片漆黑中，慢慢合上眼眸。

在关闭舱门的时候，羌然想到了什么……

那是很久很久以前的一天，那个时候他并不知道这个世界会有女人……

他至今记得那一天，他跟那个总爱出状况的家伙坐在座位上，他忽然就兴起一个不可思议的念头。他想，如果未来注定是无趣的，那么他可以为自己找一点乐趣，比如把眼前这个矮家伙通过变性手术改造成异性，这样在漫长无趣的人生中他总归有了一个伴侣……

只是羌然不知道的是，当时光流逝，当环境改变，斯德哥尔摩综合征终是会被治愈的……

世纪大片《我与女人的十个约定》刚刚上映，几个穿着时髦的女孩子，大概是刚看了这部大片，此时在小甜品店里一边休息，一边聊着片里的内容。

这家甜品店，别看开在最不起眼的地方，可是不管是内部装饰还是甜点的味道，都很不错，所以早早就坐满了人。

店主人刘娅楠正低头打理着手边的东西，临近她坐的那些客人，大部分在讨论这部火得不能再火的片子。

这部根据第一当事人缪彦波的回忆录改编拍摄而成，让所有人跟着流泪的缠绵悱恻的旷世爱情电影，不光有传说中的俊男美女倾城一笑，更主要的是还是超级大制作……

战争、英雄、美女、爱情、悲剧，简直集所有狗血于一身。

最近不是一直有传闻说恐怖大王羌然就要苏醒了吗，羌然这种亦正亦邪的人物，也是吸引大批女性观众的超级看点。

电影本身更是制作精良，女演员是当世第一美女，不管是气质还是脸蛋都是拔尖的，男演员也绝对是要脸有脸要演技有演技的实力派大帅哥，故事也煽情到了极致。

尤其是扮演缪彦波的演员眼含热泪地目送心爱的女人沉入海底的那个镜头，简直美得让人窒息。

而羌然的冷酷邪恶，又意外深情的属性也在瞬间俘虏了不少女性的芳心。

“所以缪彦波在以后的岁月里才会不断寻找刘娅楠的影子，只是不管遇到什么样的女人，他都无法深爱，因为心里始终忘不了那个人，所以才会结十六次婚，却每次都无疾而终啊。为什么我就遇不到这样的男人呢……”受到片中感情渲染的女观影人纷纷感慨着。

“是啊，好凄美哦……不过我也好喜欢羌然啊怎么办，那么厉害的男人，可以跟整个世界对抗啊，为了得到心爱女人的倾城一笑，即便女主不喜欢他，也要倾尽所有地得到她，最后甚至不惜把自己葬入深海……”

“唉……”

也有持不同意见的女性观众：“我倒更喜欢片里的刘娅楠，绝世风华，气质又那么好，人也长得那么漂亮，据说历史上的刘娅楠比这个赵曼还要漂亮好几倍呢！那得是多漂亮啊！怪不得男人会为她痴迷呢，尤其是她的舞姿多美啊，在没有女人的世界里，她简直就是照亮黑暗的灯塔啊！”

“哎呀，太感人了！”

“这种假惺惺的爱情片，有什么看头啊。就我看啊，这个刘娅楠简直就是个笨蛋！”有独树一帜的观众批评道，“她哪里是什么女王啊，简直就是被男权社会洗脑的白痴！全世界就她一个女人啊，她具有多少优势啊！像那个楚灵啊，还有观止、小田七对吧，都会拜倒在她的石榴裙下的，随便使点手段，就可以统治这个世界了，哪有她那么白痴的女人啊，只会哭哭啼啼的，最后还被羌然带到海里去了，女人的优势她一点都不会用！”

“可是羌然好厉害的，那么喜欢她，压根不可能的吧……”

“是啊，那么喜欢她，为了讨好她，让她当女王，为了保护她，琉璃海还有西联盟，他都毫不在乎地摧毁了，还为了她选择深海休眠……如果她跟别的男人在一起了，羌然一定会毁灭这个世界的！”

刘娅楠有一搭没一搭地听着，就跟在听别人的事儿一样。

等忙完了手里的活，趁着休息的空当她翻了翻手边以缪彦波的《我与女人的十个约定》为模板所写的一系列传记类书籍，《羌然与刘娅楠》《唯一的女人》《强者永生》……

各种猎奇的故事都有，各种狗血各种爱恨情仇，比如书中的“羌然”捂着胸口哀伤地对“刘娅楠”喊着：“我的爱，你怎么可以不爱我……”

书中的“刘娅楠”更是捂着嘴悲戚地回道：“因为我爱缪彦波啊！我的心已经给了他，怎么还有另一颗心给你……”

刘娅楠面无表情地把书合上。如果缪彦波地下有知的话，她真想踹他一脚。

来到这个世界已经有两个多月了，自从苏醒后，她就一直被这个世界雷得死去活来的。

刘娅楠怎么也无法想明白，百年后，世界会变成这样，自己当初死活瞧不上的文青缪彦波，过了一百年后，居然能留下这么些东西继续给她添堵。

而且这个世界已经完全超乎她的想象，刚苏醒的时候，她简直吓坏了，不知道为什么本来应该跟她一起苏醒的羌然居然没有苏醒。

虽然休眠仓已经停止运转，可是不管她怎么推怎么掐羌然的人中，他都是一副沉睡的样子。

刘娅楠紧张兮兮地等了很久才敢从水下船里出来。

她还以为自己一出现就会被人认出来呢，所以刚上岸的时候都是小心翼翼的，头垂得低低的，还戴着帽子，生怕被人认出来。结果别说被人发现了，连被人留意到都没有。

这个世界别说会明目张胆地抢女人了，就她这模样的走在路上都没人会多看一眼。那真是满大街的女人啊。

让刘娅楠觉得奇怪的是，她的长相并没有引起那些人的注意。

她起初还以为是她这种长相的再生人太多了呢，可隐姓埋名地在这个世界生活了一段时间后，她才明白过来，此时整个世界早已经物是人非，跟她所知的那个世界完全不一样了。

不管她曾被多少人欢呼喜欢着，当这个世界并不缺少女人的时候，她的影子还是被抹了去，此时此刻连头像都不是她原装的了，因为后世的人觉得能跟那些风华绝代的男人在一起的女人，就算没有倾城的美貌，也该是艳丽得让人不敢逼视的吧。

跟邻家小妹似的女人？开什么玩笑！

大概是出于这种心理，起初只是一些装饰画公司偷偷做些微调，比如眼睛可以更大一些，鼻子可以更挺拔一些，这样可以增加下销量。

可慢慢地这世上女人越来越多的时候，大家发现，原来刘娅楠真算不上什么优秀的女人嘛，尤其是在化妆整容技术突飞猛进的近几年，以前把刘娅楠当作女神崇拜的男人，都发现了这个事实。这种女人有什么好崇拜的啊，满大街都有！

就算胸大点，可是脸太普通了有没有啊！动作也不够性感啊，气质也不够出众啊！

更主要的是以前没发现，现在再看，就会觉得羌然那样风姿卓绝的男人身边待着这么一位连背景都不搭配的女人，简直是怎么看怎么别扭。

原本还成双成对出现的画像，在女人日益增多的时期，大概是考虑销量的问题，渐渐变成了只有羌然一人的画像。

后来大概是有些机构觉得实在不妥当了，终于有人用电脑合成了一个刘娅楠“应该”有的样子，取代了那个邻家小妹般的女人。

于是渐渐地大家看到的画像就成了那一位连刘娅楠本人都不认识的大眼睛美女。

刘娅楠有些失落，虽然没想到会被人一直记着，但是脸都变了这种事儿，就算她心胸再宽也是备受打击。她怎么也算是清秀佳人吧，偏偏被羌然比得跟不是人似的。

其实知道这个世界的情况后，刘娅楠一度想过要不要曝光自己的身份。

不过不管是最近电影里宣扬的那些，还是缪彦波在书里对羌然的描述，这个世界的人对羌然真是又爱又恨的。

爱是因为羌然不管在小说传记里还是真实的历史中，都是一位备受争议的人物，优秀是肯定的，世间少有的美男子也是真的。

恨则是因为他无休无止的杀戮行为，不管是穷凶极恶的恶徒，还是手无寸铁的平民，他都是恐怖大王般的存在，更主要的是他的回归意味着尘封百年的羌家军将会被唤醒。即使过去百年，可就当时羌然召集的那批武器专家所设计制造的杀伤性武器来说，就算是放在当世，那也绝对是让人胆战心惊的存在……

为这个每过两年就会有议员提议用摧毁性武器铲平羌家军的基地，只是碍于当年羌然对基地的部署，也慑于羌然的手段，每次提议都被驳了回去。

一打听到这个消息，刘娅楠二话不说就把自己跟羌然的身份隐瞒了起来。

幸好当初休眠的时候，她留有后手，特意找了一些可以换钱的首饰放在身边。她这个时候拿出一部分兑了些钱，找了个不起眼的地方，先安顿了下来。

等把客人都送走后，刘娅楠就把店门合上了。

刚上岸的那段日子手忙脚乱的，以前都是羌然保护她，这次则换她要保护羌然的安危，她做什么都得小心翼翼的。为了不被人发现羌然的行踪，她特意给他戴了个不透明的呼吸罩，这样就算有人看到她房间内躺着个人，一时间也不会瞧出端倪来。

就是羌然总这么躺着也不是个事儿。刘娅楠每过两个小时就会帮他翻一次身，为他擦擦身体。

她自从从休眠状态苏醒后，就觉得自己对什么都兴致缺缺，一切都按部就班地做，对着羌然也是很木然的态度。以前不是这样的，她会努力讨好羌然，会觉得羌然是她最重要的人。

可自从知道羌然不会保护她，反倒躺在那里需要她的帮助后，刘娅楠就觉得有什么从她心里一点点地流淌开了。

只是习惯一时间还是改不了，她帮羌然擦洗着身体，就跟解闷一样说着："我又找了一些书看，不过靠谱的历史书太少了，大部分是胡编乱造。对了，有一本书不知道是真的还是假的，说我沉睡后没多久，出现过一个人，到处寻找我，甚至还做了一个逆天工程叫什么填海，据说现在的迪斯特岛就是当初填海填出来的。结果不知道为什么十年后那个工程被叫停了，估计是那时候已经有数量很多的再生人了吧……"

她最近都是这样的，有空没空就会跟羌然说说话。

倒不是为了唤醒羌然，主要是她太想说些什么了，很多曾经很熟悉的人都成了历史中的一个词。她有段时间总泡在各种书籍中，在知道那些人的平生后，她的心情更是久久无法平静。

"还有小田七，他真的好厉害。他果然就像答应我的那样，做了好多厉害的事儿，女性基础教育计划推广，还有生女孩给的各种福利措施，他都做得那么好……只是小田七肯定没想到，他当初那么大力推行的培养女性计划，会有这样的后遗症。"

起初是政策性地引导，想要有更多适龄的女性出生，跟休眠后苏醒的男人结合，丰富基因库。可渐渐地因为福利跟各种措施的实行，以及大部分家庭对女性的偏爱，于是女孩的出生率多过男孩，这个世界的性别比有了小小的偏差。可是度过了漫长的没有女性的"寒冬"后，这种数据差异并没有引起相关专家们的注意。因为女性增多，社会治安相对稳定了很多，最后这种情况便被放任了……

直到现在男女比例已经达到一百比一百二，其后果就是大批适龄女性无法找到合适的男性配偶，只是除了发展出各种婚介所、精子银行，跟各种女性魅力补习班外，似乎这个世界还是相安无事的。

刘娅楠默默地说着那些稀奇古怪的事儿，比如有豪爽派的女客人，曾经在店里嬉笑着说什么真想组团去抢男人……刘娅楠说着说着，忽然觉得寂寞起来。她轻轻抱了抱羌然，在说到缪彦波的时候，明明那个人很讨厌的，可是说起名字的时候，竟然也觉得亲切起来。

“那个家伙就喜欢胡编乱造，还说我喜欢他。对了，他的小说改编的电影都上映了，我看到演你的演员了，连你的十分之一都比不上，不对，不是十分之一，是万分之一都比不上。脸虽然也一样好看吧，不过还是不对，他不知道你生气的时候压根不用吼的……”

虽然那人的演技很棒，长得也非常帅气，可是刘娅楠很清楚羌然跟那些帅哥间的最大区别是什么。

她低头瞧了瞧羌然的面孔，真是太帅了！

她忽然动了心思，所谓饱暖思淫欲，之前忙着隐藏羌然，为生活奔波，怕被认出身份来，她手边那些绝世珍品的首饰，她也不敢乱卖。

现在倒是安安稳稳的了。说真的，如果不是有这么一颗定时炸弹在身边，她都觉得这样的生活就是自己想要的了。有自己的小店，每天能够安安静静地生活。

就是很想小宝宝，也不知道羌然什么时候能苏醒。当初休眠的时候，就有人提过这种问题，说这是什么休眠惯性，就是身体的机能已经适应了休眠状态，大概会有一段时间的休眠调整期。

可是都两个月了，调整期是不是太久了？

她郁闷地摸了摸羌然的脸蛋，嘀咕着：“唉，你快点醒吧，我想小宝贝了，你醒了，我就可以抱孩子了……”

她的手顺着他的脸颊又摸索到了他漂亮的锁骨处，她一边摸一边点评着：“都说女人露锁骨显得性感，其实你的锁骨也很好看。尤其是你穿军服的时候，露出一点点来，可你总把扣子系得好好的……”

她的手又摸到了胸口，羌然是典型的脱衣有肉穿衣显瘦，摸起来手感好得不得了，怪不得那些幸运者总觊觎他呢……

就是他身上的伤疤多了一些，看着有些狰狞吓人。

不知道是她的动作引起的，还是男人的身体都会有这样自然的反应，很快刘娅楠就注意到了羌然的生理变化。她当下就脸红了，赶紧别开头。不过她立马又想到她尴尬什么啊，现在又没有别人，连羌然都是昏迷不醒的。

她有什么好紧张的，而且她连孩子都生了，还矜持个什么啊！

刘娅楠迟疑了下，忍不住想，不知道羌然这种情况还能不能做那样的事？

她也是闲得无聊，玩笑似的爬到了羌然的身上，笑着一边摸着羌然的胸口，一边想着当初他和她在一起的情景。

她正回忆着呢，就对上了羌然茫然的眼神……

过了几秒后，大概是反应过来，苏醒后的羌然微眯了下眼睛问道："你这是打算对我用强的？"

刘娅楠吓得从羌然的身上掉了下去。

丁零当啷一片狼藉之中，羌然动作缓慢地从床上坐了起来，一边活动着手腕和胳膊，一边说道："把鞋子拿给我。"

刘娅楠手忙脚乱，脸更是红红的，赶紧弯腰找羌然的鞋子，结果找了一会儿才想起来那时候他昏迷不醒，别说鞋子了，袜子她都忘了给他拿了。

幸好她把水下船里的东西挪了一些到店里，她赶紧跑到储物间里翻箱倒柜地找了一通，终于翻出一双休闲鞋，递到羌然面前。

羌然示意她把鞋子放到地上，他已经开始活动脚踝了，过了五六分钟后，他才从床上起来，穿上鞋子。他并未急着做什么，而是按照休眠前那些医疗组成员教的健身动作，做了几组，才把身体活动开。

刘娅楠也经历过一样的休眠恢复期，知道这个时候浑身没有力气，不过她那时候早不记得那些休眠锻炼操怎么做了，这么看羌然的记忆力是真强大。

在等羌然恢复身体的工夫，刘娅楠也没闲着，大概是想起什么来，忙跑到前面去给羌然倒了热水，又拿了一些好消化的小蛋糕进来。

刚经历休眠的人，身体还处于恢复中，吃东西都要小口小口的。

她在递给羌然的时候提醒了几句，羌然沉默地接了过去。他皮肤白皙，相貌更是好看到爆，刘娅楠一时看得都移不开眼了。

最近一段日子她见多了长相平凡的人，自从这个世界有了女人后，那长相就多样化起来，什么基因优化压根是想都别想，都是自然选择。

所以刘娅楠发现这个世界的男人，反倒没有当年的好看了。

女孩子倒是个个漂亮得很，据说是因为近些年整容业很发达，加上女多男少，所以女性为了增加竞争力普遍想提高容貌分。

羌然休息了半个小时，身体才算是缓过来，喝了水吃了小蛋糕，羌然又去洗漱了一番。

再出来的时候，让世界为之震惊恐怖，同时又有着第一美男子威名的男人算是彻底复活了。

只是再相见的两人，并没有那种跨越时空恍如隔世的感觉，至少刘娅楠从羌然的眼神里看不到喜悦，也看不到激动。他的表情和眼神都淡淡的，就跟早已苏醒似的，而此时不过是又一个普通的一天。

在她还没理清思路的时候，羌然已经像一台恢复运转的机器一样，问了她一句："水下船你藏在哪儿了，一会儿带我去。"

"哦，好……"刘娅楠知道他需要用水下船去基地，不过他怎么一点都不好奇这个世界是什么样的啊？

她刚到这个世界时简直好奇死了，羌然现在都不问问的吗？

刘娅楠小心地抬起头来，偷偷地看着他。

羌然的目光落在她身上，嘴角至此时才终于翘起来一些："我肚子饿了，给我弄点吃的吧。"

刘娅楠跟反应不过来似的，因为这种重逢有点脱离她的认知。

就在刘娅楠去准备吃的东西时，羌然打量了下房间的布置。

其实早在休眠仪器停止的那刻，他就苏醒了，只是不知道为什么身体一直动不了，连眼皮都抬不起来。

其间他感觉到了刘娅楠在动自己的身体，在推他挪动他。他还能听到很多种声音，刘娅楠在跟人商议房租，盘下店面，然后就是空气中弥漫的甜腻腻的味道，还有刘娅楠靠近时特有的那种甜香气味。

以前他就知道刘娅楠爱唠叨，他躺在床上不能动的时候，却希望刘娅楠能更爱说一些。

起初她的声调还小心翼翼的，渐渐地就不一样了，跟从笼子里偷跑出来的兔子一样。

虽然房间里时不时会发生一些状况，可是刘娅楠的声音总是快乐开心的。她的话也不再翻来覆去就那些，再也没有了那些沉甸甸的压力，她会开心地同他说店铺多么受人喜欢，她新设计的蛋糕又多么受欢迎……

羌然在打量过这个房子后，坐在电脑椅前，随手点开了桌面上的一个操作键，操作起来。除了刘娅楠在他耳朵边絮絮叨叨说的那些信息外，他还想更深入地了解这个世界。

在铺天盖地的消息中，他很快被电脑桌面上的一个视频文件吸引住了目光。文件标题非常醒目，"羌然与刘娅楠的一夜"，扫了眼发现上面还有刘娅楠的浏览记录，随手就点开了。

等刘娅楠端着热菜热饭进来的时候，就看见羌然正用给全军开会时的严肃表情，盯着电脑上的画面出神。刘娅楠好奇起来，不知道他看什么看得那么认真，扫了一眼，顿时差点没把手里的盘子扔出去。电脑屏幕上正上演着少儿不宜的画面……

刘娅楠以迅雷不及掩耳之势的速度冲过去，二话不说拔了电脑电源。

这可太毁人了，她的脸都红透了！她绝对不是会专门下自己跟羌然同名的小黄片来看的变态啊！她真的只是偶然看到了，很好奇啊！然后看了两眼发现里面的男的太丑女的胸部太瘪就没再看了啊！

刘娅楠都不知道该拿什么表情去看羌然了，她还能更倒霉点吗？

不过在她又窘又羞的时候，羌然神色如常地瞟了她一眼，什么都没说地接过她手里的饭菜，慢条斯理地吃了起来。大概是害怕会伤到胃，他吃得并不多，咀嚼得也很仔细。

刘娅楠下巴都快掉了，就算不在意，但是……一个休眠了百年的男人，在看了那么一部热血沸腾的片子后，怎么还能这么无所谓地吃菜吃饭啊！

她刚刚只瞥了一眼都觉得面红耳赤口干舌燥啊！

她偷眼打量着羌然，他的表情一直淡淡的。

羌然还是跟以前似的，吃完后，并未立刻离开，而是安静地等着她吃完。

刘娅楠吃了几口，觉得自己实在是应该解释下，不然自己这个女流氓的帽子就算戴瓷实了。

她咽了一口口水解释着："羌、羌然……那片子是我偶然下到的……我看了个开头……"

"我知道了。"羌然语气轻描淡写，一边等着她，一边活动着自己的手腕。

刘娅楠真不知道说什么好了！

当初刘娅楠为了安全起见把水下船藏在了附近的海域里，这个时候趁着夜色倒是可以神不知鬼不觉地找回来。

刘娅楠收拾了几样东西，又找了帽子跟墨镜给羌然戴上，两人这才从店里出去。外面街上已经没什么人了，只是他们所在的地方离那片海域还有段距离呢。

路上刘娅楠招了一辆出租车，羌然是戴着墨镜的，不过那个上岁数的男司机一眼就注意到了他的鼻子，说道："哎，先生你的鼻子长得很不错啊，这个是天生的还是整的？很像早几年流行的那个羌然鼻呢，听说最流行的时候想整一个羌然式的鼻子，要好几万呢，稍微上档次的美容医院都要十几万，我看你这个就很像啊……"

刘娅楠以为就羌然那种阴沉的性格必然不会跟对方搭话，结果羌然居然淡淡地回了一句："我花了四万。"

"哦，哦，我就说呢！不过这四万花得很值啊，你这个效果是我见过最好的……"

刘娅楠嘴巴都要合不拢了，侧目看向羌然。

羌然的表情还跟以前一样，可是他这么和气地跟人聊天实在太出乎她的意料了。

羌然是怎么知道这么多这个世界的事儿的？很多话说起来还都头头是道的，刘娅楠都听傻了，他是刚刚醒过来没错吧？

难道在她做饭的时候通过电脑查到的？可这个速度也太夸张了，她熟悉这个世界可是足足用了两个月啊！羌然再天才也不能只用十几分钟就都掌握了吧？

让刘娅楠奇怪的是，羌然跟司机聊的那些都不怎么重要，至少在她听来都是些很普通的事儿，比如这个世界的夫妻关系啊，有了孩子后的抚养问题啊，而现在谁当政，具体政策那些羌然提都没提。

羌然的话题显然打开了这个司机的话匣子，那人也跟着摇头晃脑地抱怨起来，从自家老婆太啰唆了，婆婆妈妈的，什么钱都要抓紧了，他想买包烟都不行，说到孩子不懂事，老大不小了也不着急找对象，现在男女比例这么恐怖了，他女儿都上大学了还不知道着急！

羌然大部分时间是倾听，也不打断那人的话。

刘娅楠本以为羌然听着听着就会觉得没意思了，可就她的观察来看，羌然显然听得还挺带劲的。

随着车子的行驶，过了半个多小时，出租车终于停了下来。

因为靠近海边的地方有相关的政策，再往里只能是环保车才通行。刘娅楠他们下车后，步行着往里走去。

离着大海还有段距离呢，却已经能闻到海的味道了，还有阵阵海浪的声音，只是这个地方实在太空旷了，就算有些照明用的路灯，还是觉得空荡荡黑乎乎的。

刘娅楠一步步往前走着，想起刚苏醒时的无助跟寂寞，尤其是羌然一动不动的还需要她的照顾，她简直觉得自己要被压垮了。

不过很快她就镇定下来，很多事儿都是这样的，往回看的时候，才会惊觉自己这一路走来忒不容易，可在走的时候，只会想着，再加一把劲就可以了。

就跟现在一样，看着离海边很远，可是真走的话，十几分钟就到了。

羌然也不说话，其间一直在活动自己的手腕。其实他恢复得算快的了，当初她可是身体发麻了一整天，最后又是跳又是蹦的，折腾了一个礼拜才算是彻底缓过来。

现在见羌然在捏手腕，她想起自己当初的难受劲，也是感同身受。她伸过手去，把羌然的手腕拽了过来。其实光揉是没用的，有几个穴位似的地方需要用力刺激几下才会有效果。

她这可是当初试验了好多次得出的结论，她找到那几个关键的点，左手用力按着，右手掐似的不断帮羌然放松手腕。

还有肩膀，她也捏了几下，就是羌然太高了，她捏的时候需要他低下头来。

他身上是淡淡的沐浴乳的味道，她上周才从打折的超市里买的。

他的目光是平静的，可刘娅楠在对上他的视线的时候，还是感觉到了不同。他的表情给她的感觉，还有他眼睛里蕴藏的那些情绪……她真的觉得他就要在下一刻吻上她了，羌然却始终没有行动，也没有抱她。

他很冷静地直起身体，把自己的手腕从她手里抽了出来。

此时两人已经走到了海边，对着一望无垠的大海，刘娅楠赶紧寻找水下船的具体位置，她当时做了记号的。

就在她低头找着当初的记号时，忽然听到了机械般的嘀嘀声。

她抬起头来，就看见羌然正拿着军徽似的东西做着什么。她当初挪动昏迷的羌然时，还以为那就是个装饰品呢，现在才知道羌然身上压根没有单纯的装饰品。

水下船很快恢复运转，刘娅楠进去后很老实，乖乖地坐在副驾驶的位置看着羌然操作那些按键。

羌然的手非常快，他们面前的屏幕不断变换着数字。刘娅楠安静地等着他们驶入基地的那一刻。

她的情绪也跟着澎湃起来——她的小宝贝正等着她，她心里最柔软的一块复活了。

水下船终于驶入基地，整个基地都被黑暗笼罩着。这是百年来这个地方第一次被人进入。

刘娅楠跟着羌然从船舱内出去时，被眼前的一幕惊呆了。经过百年的腐蚀，整个基地变了个样似的，之前整洁漂亮的围栏此时已锈迹斑斑。

悬挂着羌家军军旗的旗杆上也是空空荡荡的，从不曾熄灭的指示灯，此时灰暗无光。

除了潮汐的声音什么动静都没有，这个地方安静得好像坟墓。

羌然找到应急灯，不知道是不是年代太久了，应急灯的光线很不稳定，时断时续的，使得这个地方有一种阴森森的感觉。就连天上的月亮都被遮盖在乌云下,加上海风本来就有些凉,刘娅楠下意识地抱住了自己。

羌然见状脱下身上的上衣，披在了她身上。羌然的衣服带着他的体温很快温暖了她，刘娅楠快步靠过去，跟寻求慰藉一样紧紧地挨在羌然身边。

他们继续走着，曾经熟悉的地方，此时空荡荡的，没有一丝光线，只能在黑暗中猜测那些轮廓曾经是什么地方……

刘娅楠以前不觉得基地有多大，因为不管去哪里她身边都会跟着一群安保人员。这个基地总有无数的人，每一个部门都有专门的人负责，就算是路边的照明设备都是定时检修的。可此时一排排路灯孤零零地立在那里，锈迹斑斑……

休眠区域分了好多地方，医疗组跟第一军第二军，包括她的小宝宝分别在不同的地方。

刘娅楠所有的心思都跑到了她的小宝贝那里，恨不得下一刻就能抱到小宝贝。羌然却并没有立刻带她到小宝宝的休眠地，而是先去了医疗组的休眠区。

刘娅楠明白羌然的用意，不管是要苏醒谁，只有医疗组的人安然无恙了，才能应对各种医疗问题。刘娅楠没说什么，只安静地跟在羌然身后，看着他为医疗组的那些休眠者操作着仪器。

羌然做事非常沉稳，就像运转精确的机械，动作步骤都是那么规范有序。

他才刚从休眠中醒来，精神却比她都要好。都这个时候了，别说显出倦意来，连一丝懈怠都没有。

刘娅楠却只待了一会儿就忍不住打了个哈欠。

原本忙碌着的羌然停下了手中的动作，转过头来看着她。刘娅楠忙不好意思地缩了下脖子，道歉道："我有点困……"

羌然这次干脆离开操作台，走到刘娅楠面前，说了一句："我带你去夏宫休息。"

说完他重新找回应急灯，一边打开灯，一边伸手握住刘娅楠的手。

说真的也幸亏有羌然陪着，要让她自己走到夏宫去，刘娅楠估计自己都能被吓出精神病来。

不过等走到夏宫时，刘娅楠还是被吓到了，以前那么漂亮的夏宫，此时跟个大型博物馆一样，里面黑洞洞的不说，还有一股霉味。

由于年代太过于久远，夏宫的照明设备坏了不少，羌然也没时间一一检查，打开了所有的照明设备。幸好枕头被子那些床上用品都放在真空储物柜里，羌然打开储物柜找出新的寝具，简单地布置了下，跟刘娅楠说了声就又匆匆地去干活了。

刘娅楠知道自己什么忙都帮不了，估计在那里等着只会给羌然添麻烦，便抱着被子耐心地等着。但是实在是太困了，她坚持到半夜的时候，连衣服都没脱就睡了过去。

其实这次的事儿真的让她有点意外，因为太平静了，不管是羌然回到基地的表现，还是他对自己的态度，都是那么冷静淡然。

她的情绪却起起伏伏来回绕了无数个弯，虽然明白羌然的安排，也理解他的想法，可是刚刚在路上的时候，她还是止不住地想跑去小宝贝的休眠室看看……

她抱着被子，实在是太想念了，即便是在睡梦中，还是忍不住想着她的小宝宝。

迷迷糊糊间刘娅楠觉得胸前一软，一个小小软软的小家伙被放到了她怀里。

刘娅楠一下惊醒了，她还以为是在做梦呢，整个人傻了一样。被放在她怀里的小家伙睡得好好的被人吵醒了，很不开心，哇哇地哭着。

刘娅楠赶紧抱住孩子，把小婴儿的头放到自己的胸口。据说在妈妈肚子里待过的小孩子，只要听到妈妈的心跳就会安静下来。

果然很快小家伙就不哭闹了，刘娅楠不知道他肚子饿不饿，兴奋地抬起头来，原本困得睁不开的眼睛，这个时候简直都可以当照明灯了。

她用唇语问着羌然："他肚子饿吗，有奶粉吗？"

羌然拿出一些东西来，他那种人拿着奶瓶的样子真的太奇怪了，总觉得跟最不和谐的画面一样。尤其是刚刚见过他那么沉稳地操作那些机械，现在再看他动作标准地冲着奶粉，刘娅楠的眼角都带上了笑意。

没多久奶粉就弄好了，只是刘娅楠有些不放心，小声地问着他："这个安全吗？"

"真空储物箱里的。"羌然说完躺了下去，好像累到了极点，在刘娅楠喂孩子奶的时候，他就睡熟了。

等刘娅楠哄小家伙睡下后，转过身才注意到羌然刚刚在入睡的时候是扯着她的衣摆的。

刘娅楠低头看着床上一大一小两个家伙，觉得就是大小版羌然一样，连睡觉的样子都那么相似，不管是羌然还是自己怀里的小宝贝都那么乖。

刘娅楠小心翼翼地把自己的衣摆从羌然的手中抽走，怕自己睡熟了会压到小家伙，就把小婴儿放到了床边的小婴儿床上。

放好小家伙后，她怎么也睡不着了，跟打了兴奋剂似的。看了不知道有多久，到最后困意上来了，她才打着哈欠躺在了羌然身边。

这一觉一直睡到天亮刘娅楠才醒，第一件事就是起身去看小婴儿床上的孩子。结果这一看不要紧，刘娅楠差点没被吓死，小家伙不知道哪儿去了。

她从床上跳了下来，光着脚正要跑出去，在浴室检查设施的羌然听见声音，忽然出声阻止了她，告诉她："孩子在医疗组那里做检查呢。"

"啊？"刘娅楠赶紧走到浴室，就见羌然把袖子高高地卷起，把手伸到装满水的超大浴缸内，一边检查那些百年不用的设备有没有问题，一边找着毛巾沐浴露那些东西。

刘娅楠不放心得很，着急地问道："小宝贝怎么了，为什么在医疗组那里？"

"昨晚已经做过检查。"羌然的回答很简洁，"不过当时医疗组的人刚苏醒，精神都不太好，为了保险起见，我让他们再检查一次。"

一直背对着她的羌然说到这里，忽然回过身来对她摆了摆手说："你过来一下。"

刘娅楠还以为他遇到了什么需要帮忙的地方，一边往里走一边卷着袖子问："需要我做什么吗？"

结果她刚走过去，就觉得身体一轻，她整个人被羌然抱了起来，在她还没反应过来前，羌然就把她连人带衣服地放到了浴缸内。

刘娅楠下意识地挣扎着要起来，嘴里更是叫着："羌然，你要干吗……"

她还想去医疗组看孩子呢！

很快羌然也跟着进来了，而且她都不知道他是什么时候脱掉的衣服，这速度也太快了吧。

她看过去，忽然不好意思地红了脸，扒着浴缸的边缘，热气熏得她心跳直加快。

羌然的手在她身上抚摸着，虽然隔着衣服，可她还是战栗起来。很奇怪的感觉，就好像有预感一样，身体慢慢地苏醒。在这个地方，在这个浴缸里，他们曾经无数次亲密过。

她忽然口干舌燥起来，羌然的手钻到了她的衣服里，摸索着寻找她的敏感点。

他们太熟悉彼此了，任何细微的变化都能很快知道。

他贴近她，体温、呼吸还有肌肤，都跟记忆中一样，他们并不是分离百年的恋人，他们是空虚了很久的男女，现在迫切需要发泄……

一切结束后，刘娅楠趴在羌然身上，虽然已经累垮了，却有点舍不得就这么离开他的身体。

羌然也搂着她的腰抚摸着她。

刘娅楠随手点开了屏幕，她本来是想问问医疗组小家伙的情况的，结果大概是时间太久了，触屏出了点故障，并没有连接到医疗组，而是把电视选项打开了。

没想到这个触屏作为电视质量是真好，在百年后的今天，除了音质有点走形外，居然影像都没有什么变化。

刘娅楠本来想再找找医疗组的电话的，看到电视里演的那些，却被吸引住了。

一个年轻英俊穿着羌家军军服的年轻男子，此时正一脸严肃地对着镜头阐述立场："对侮辱性的言论，表示强烈的不满和抗议，并保留追究的权利……"

刘娅楠这才知道外面已经得到他们苏醒的消息了，而且看样子羌然对外面各种乱七八糟的传闻好像很不满。

不过刘娅楠总觉得那个发言人的表情太过于夸张，她不是头一次见到这个发言人作声明了，她记得以前他作声明的时候没这么严肃夸张啊，现在跟上台表演一样，动作僵硬，脸上的表情更是少得吓人。

刘娅楠顿时有些紧张，不知道是不是外面的情况很恶劣，这个发言人也感觉到了不友善。

果然到了提问阶段，那些问题一个个都是咄咄逼人的。羌家军成员自然是不怕那个的，就见那个英俊的发言人，简洁有力地应对着各种问题。在发言人身后是作为保安出现的羌家军，几个身材挺拔的年轻男人站在一起，跟一尊尊雕像一样，都绷着个脸，那目光像是在应对多大的阵仗一样。

刘娅楠的心都悬了起来，她记得当初羌家军跟西联盟开战的时候，羌家军的发言人还能谈笑风生地表示蔑视呢，这个……

是情况太恶劣了吗？

在一片不友好的提问中，忽然有一个二十多岁的女记者红着脸站了起来，小声提问着："据传闻你们羌家军在集体休眠前，曾经跟联邦政府达成一项协议，被称为选择权协议。就是所有羌家军的成员都可以根据个人的心意选择一名适龄的女性与之婚配，不管对方同意与否，都有相应的权利，而这项权利早在二十年前就被女权组织要求废除了，甚至有女议员提出这项协议跟蒙昧时期最臭名昭著的初夜权是并列的，罔顾女性人权。那请问在面对现在男少女多的情况下，你们羌家军还会保留当初的权利吗？"

发言人显然没想到会被问到这个离题的问题，不过年轻的发言人迅速反应过来，用外交辞令回答道："首先我想重申的是我们羌家军对女性是绝对尊重的，关于之前的协议只是作为战略政策……"

在得到回答后，那个女孩却没有立即坐下。在众目睽睽下，她像遇到多大的难题似的，踌躇了许久，终于鼓足勇气问了一句："那……那能问下您的私人联系电话吗？"

刘娅楠注意到，原本还摆得正正的镜头忽然晃了下，瞬间那女孩的脸就被放大了。

发言人的表情也愕然了一下，然后发言人的脸就红透了。

随后刘娅楠听到电视里面的发言人在沉默了两三秒后，声音紧绷着，气势全无地说出了一组数字。而之前脸还绷得紧紧的羌家军保安们，表情裂开似的，不管是嘴巴还是脸都有点向着“老子就要绷不住”的方向发展……

更让人惊讶的是，立刻有更大胆的女性站了起来，其做派不让人觉得讨厌，反而是落落大方的。就像没有那些镜头一样，那个穿着很职业化的女性，大大方方地掏出一张名片来，一边递给离得最近的那个羌家军安保人员，一边自我介绍着：“你好，我是《今日有你》节目组的特派记者，我对羌家军充满了好奇，也想同你交个朋友，方便的话就电话联系我吧。”

大概是被那两位女性提醒了，在那之后八卦节目、娱乐节目的记者们都像被点燃了一样激动起来，场面也跟着失控，无数人不顾顺序地提问着：“你好，我是《女性半边天》的记者，请问你们羌家军这次一共苏醒了多少男性？其中适龄男性有多少人？还有，你们的婚恋是自由的吗？你们是一夫一妻制的拥护者吗？”

“你好，我是大型相亲类节目《非诚不要扰》……请问你们羌家军有兴趣参加我们的节目吗？我们愿意为你们做一次专题……”

“你好，我是《唱唱唱》节目组的，不知道羌家军里是否有文艺兵，有的话欢迎……”

刘娅楠愕然地看着这一切，之前对着西联盟咄咄逼人的威胁，对着整个世界的谩骂眉头都不带皱的老道英俊的羌家军发言人，甚至那些武力值绝对不容小觑的羌家军，就像受到刺激似的，脸上挂着各种窘迫表情，似掩不住兴奋，又像被吓到似的……

不知道是不是被他们羞涩的表现所激发，有些女记者开始还算矜持，到最后就控制不住地想要逗弄这些羞涩的男人！

刘娅楠已经在这个世界待了两个月，她很清楚这个世界的女人作风多么大胆豪放，而且她们并不认为主动追求喜欢的男性有什么不可以的。

大概是受了男少女多的影响，整个社会也不觉得追求真爱的女性有什么问题，只要不是主动破坏别人的婚姻跟感情，那么大胆追求爱情反倒是受人追捧的。

这些没见过“世面”的羌家军倒霉蛋，就这么被那些女记者围了个水泄不通……

已经有嗅觉灵敏的男记者，对着各自的电台把这次一本正经的发言当作花边新闻一样报道了，各种羡慕嫉妒恨、各种歪七扭八乱七八糟的言论都出来了。

什么羌家军威胁论、拜金无脑论啊、女权的倒退等。

刘娅楠看得傻眼，心说这还是她记忆中的羌家军吗？她当初可是特别害怕这些兵痞子会出去强抢民女的，现在看来她是不是害怕错了方向啊？

第七章

# 复　苏

CHAPTER 7

最早的时候羌家军里也并不都是高大帅气的男人，只是那时代的人吧，尤其是当兵的，平时都比着个头呢，一代代优化下去，再赶上基因公司搞促销，保不齐就附赠个双眼皮大眼睛什么的。

再说男人个子高高的，干干净净利利索索的，不用怎么捯饬就会觉得顺眼。

于是新出炉的羌家军帅哥们，差点被女记者们包了饺子。

其实很多女人都是起哄架秧子的，就跟一群少不更事的少年遇到漂亮的女孩总忍不住吹几声口哨调戏调戏一样。

于是等这些站不稳的羌家军回到基地的时候，那饱受摧残的样子，外事部的领导二话不说就把他们弄去做心理辅导了。

刘娅楠目瞪口呆地，正想跟羌然说这个呢，结果羌然压根不在意那些事儿，一翻身又把她压在身下痛痛快快地做了一回。

等刘娅楠再起来的时候，羌然已经神清气爽地穿好了衣服。这个时候小宝贝也被抱了过来。

刘娅楠赶紧从医疗组的人手里接过小家伙，小家伙已经会咯咯地笑了，举起来的时候，就跟知道事似的，跟着动四肢，小脚小拳头怎么看怎么可爱。

刘娅楠抱着小家伙，举着小拳头跟爸爸再见。

到此时，电视上铺天盖地的都是羌家军的新闻。

不久后来了一拨专家，这些灵敏的爆料人早就研究羌家军很久了，从战略到里面的大概部门，还有人员配置什么的，都如数家珍。

随着爆料羌家军内部情况的加深，在那些纷杂烦琐的资料中，大家都得到了这么一个认知。首先是个子都高，其次是身材都好，然后羌家军纪律很严，除了羌然本人抽烟外，所有羌家军都是不抽烟的！他们也绝对不酗酒，不赌博！

架呢倒是经常打，但没听说过羌家军有打输过的情况……

收入这块呢，因为每个部门不太一样，所以具体的不太清楚。但是据说那些男人在金钱上都是大大咧咧的，把钱往银行一扔就不管了。

平时除了出基地聚会，其他时间只会在基地里锻炼，所以大概几百年来的薪水大部分还都存着呢……

其他像嫖女人耍流氓的情况吧，因为没有客观条件，自然也是没有的。

再来就是身家各种清白，据说文职人员的智商尤其高，当初羌家军可是招募了一批顶级人才……

于是在分析了这些材料后，某大型婚恋网站直接打出了这么一组标语：我们网站有大量可以媲美羌家军的优秀男会员……

很多事都是会引发连锁反应的，在众目睽睽下要去电话号码的那个女孩，自打私下跟发言人联系上后，两人居然很快就干柴烈火般陷入了热恋。

在这样的情况下，鉴于女孩的背景太过于复杂，于是产生了一系列后续问题，比如该女孩的好朋友好姐妹啊，什么表妹表姐的啊，什么舅舅隔壁家的王奶奶的亲孙女的同班同学啊，也想找个羌家军的男人啊，就图不抽烟纪律性好，身体棒收入稳定。

于是拐弯抹角再加上热恋中的男人智商都偏低，很快羌家军内部的电话就被套了出去。

当然那些电话五花八门的，什么部门的都有，于是这事变得复杂起来。

原本还算单纯的私人活动，现在搞得都上电视了。

主持人用严肃的表情播报着买卖个人信息的事儿，并把这样的行为所产生的后果描述了一番，最后举了一个跌掉人眼镜的例子。

鉴于被害人身份特殊，做过声音处理的男人，背对着镜头诉说着自己悲惨的经历：“开始有一个女孩说她很想跟我交朋友，我就跟她聊了几天。然后那个女孩说她家里很困难，她弟需要做手术，我想女人不都是需要骑士保护的嘛，咱不能让女人受苦自己干看着吧！作为一个合格的骑士，我就问她需要多少钱，她告诉我后，我也没多想就把钱汇给她了。

过了几天，她又说她爸病了，也要做手术，我也把钱给她了，接着又说她奶奶需要做手术……后来……”

最后主持人用这样警醒性的语言做了结束语：“这个世界在悄悄地改变着，在以婚恋为借口使女性被害者陷入陷阱的今天，因为不熟悉当今情况，被骗失财的男性也日益增多起来。为了更好地保护您的权益，请电视机前的观众，尤其是新苏醒的那些人，在熟悉这个世界前，不要轻信那些连面都没见过的聊友，更不要跟那些女孩去不熟悉的场合消费。《每日两性》节目到此结束，谢谢您的收看。”

当然不全是倒霉的，也有走桃花运的，比如约会排得满满的，女人太多不知道怎么下手的观止。

自打观止代表羌然去跟政府部门商讨恢复选择权协议之后，他那张略带忧郁，又具有欺骗性的脸一被曝光，瞬间那求爱信就跟雪片似的飞来。

奈何观止是个闷骚，他早已度过了那个渴望女人却得不到的困难时期，当然不可能倒在这个花花世界。那眼界也是水涨船高，居然很有我自花丛过，片叶不沾身的感觉。

不管外面怎么乱糟糟的，刘娅楠的生活始终按部就班，每天都是忙碌着照顾小家伙。就是小家伙的名字一直没起呢，刘娅楠也不知道叫他什么好，跟羌然也商量不出个结果来。

最后刘娅楠只能先叫他小宝贝。

跟之前刘娅楠每天都有忙不完的事比，现在是羌然忙得跟陀螺似的，她反而清闲起来。

不管之前联邦政府多么尊重她，可这次她重新回归的消息没有激起任何反响，早在十年前这个世界已经更改了女王的监督权。现在联邦政府是否会承认她的身份还是个谜呢。

在这点上刘娅楠是无所谓的，跟那些有官瘾的人比，她可不觉得当女王有什么好的，每天愁死还不落好，整天跟被什么压着一样，哪有她现在轻松自在。

只是没多久，联邦政府就派人员过来探她的口风。大概是考虑到她的情况，这次来的都是女代表。

对方领头的是个非常干练的女性，不管是外表还是语言表达都非常出色。

只是见到刘娅楠本人后，大部分女代表都愣住了，只有这个领头人表情淡淡的，显然是亲自做过功课，找到过历史中刘娅楠的真实样子。

别看这个领队一副女强人的样子，可见到刘娅楠非常客气，非常热情地主动握了握她的手，之后就把头低了下来，对待刘娅楠的态度，跟对待一个长辈一样。

刘娅楠则显得很不专业，在面对这一拨女性代表团的人时，她穿得也不怎么正式,就一件太过于休闲的浅绿色裙子。因为实在舍不得小宝贝，这次会面她还抱着小孩子呢。

这么不专业的做法显然让有些随行的女性鄙视了。那个领头的人则是很理解的样子。

对方也没多绕圈子，直接开诚布公地说道：“您好，我这次来是想跟您探讨下关于您身份的问题。其实早在二十年前就有议员提出废止女王制度，您也知道那是历史的产物。现在有传闻说您打算重新入住波特帝皇宫，不知道是真的吗？”

刘娅楠想了下才想起那个波特帝，曾经是她在基地外的办事处，当时她只去过几次而已。虽然那地方是她找人建造的，不过现在早已经成为博物馆，里面陈列的都是一些历史性的东西。之前的影子已经荡然无存了。

她想明白那些后，摆手说道：“我没有那样的想法，做女王太累了，我其实更想当一个好妈妈。”

她最大的梦想就是跟她的小宝贝在一起，看着小孩子长大，如果能再做些自己喜欢的事儿就更好了。想着她便逗弄了下孩子。

女领头人被她的动作吸引了，下意识地看了眼她怀里的孩子。一向表情严肃的女强人，在看到那个孩子时，竟然也被这个漂亮得跟小天使一样的家伙给吸引住了目光，难得地露出了温柔的笑容。

这孩子太招人喜欢了。

不过还有其他问题需要解决呢，领头人整理了下思路，又开口道:“那您知道最近正在热议的选择权协议吗？”

刘娅楠哎了一声，她知道那个，当初自己为再生女性做各种努力的时候，羌然也没少为他的部下谋福利，比如这个臭名昭著的选择权协议就是当初定下的。协议的内容很霸道，只要羌家军看上的女性都可以直接弄来当老婆。

要不然当初也不会有那么多高端人才哭着喊着要加入羌家军，只是物是人非，谁能想到啊……

现在刘娅楠都不知道是谁绑谁了，据说一直很受欢迎的观止差点被女流氓下药。楚灵那种马大哈，做梦都想逃离处男身份，居然也被一个要精子来提升后代基因的女富豪吓得电话都不敢接了。

“那您知道观止已经跟政府达成协议了吗，其他人的权利都被废止，只有羌然保留了选择权。”

刘娅楠有些疑惑地看着对方，不明白对方特意说这些话是什么意思。对方再次投来的目光中隐隐带着怜悯。

领头人身边的副手上前一步，这个中年大妈大概做过妇联工作，忽然握住刘娅楠的手，语重心长地说着：“唉，我知道您就跟我奶奶似的，可是我岁数也在这儿摆着呢，按岁数来说，您又这么年轻，不是我说啊，您得早做打算啊……”

这个大妈说得也是绝对真诚。

做人难，做女人更难，尤其是在这个世界。男少女多把那些老爷养得跟熊猫似的，女人什么工作都要做不说，还要面对巨大的婚恋压力，稍有不合心意的，男人就会嚷嚷着离婚。

女人都要被逼成十项全能了。

所以做惯了妇联工作的中年大妈是深有感触啊：“女人啊，别管是赶上男人多还是男人少，到哪里都要自强自立。不管男人怎么想的，咱们在经济上一定要独立，就算男人不跟咱们过了，咱们也能自己活下去，还要活得好好的。”

刘娅楠到此时才反应过来，这是对方以为羌然要甩掉她呢?

其实一想她明白了，要是羌然没这个外心，完全没必要保留这个选择权!

刘娅楠收紧了胳膊沉默着。

气氛忽然变得压抑起来，有一个年轻的女代表见状，赶紧从最后的位置走了出来，主动介绍自己：“您好，刘女士，我是女性维权组织的干事，我能问您一些私人问题吗？”

刘娅楠还没回答呢，这个年轻的女孩已经问了出来：“您跟羌然的第一次是出于自愿还是被胁迫的？”

刘娅楠张了张嘴巴。

大概是刘娅楠的反应印证了自己的猜测，那个年轻的女孩瞬间用看受害人的目光看向刘娅楠：“我们都知道当时那种情况，作为唯一的女性您肯定承受了巨大压力和非人的迫害，可是时代不同了，您应该勇敢地站出来，您要知道他那样是重罪，是需要化学阉割外加终身监禁的，就算对方是权倾一时的羌然，您依然可以为自己讨回公道。更重要的是，作为新世纪的女性，尤其您还是基因提供者，您的行为也将是我们所有女性的表率，让那些男人明白，女人即便体力不如他们，也绝非天生的弱者！”

在那通慷慨激昂中，刘娅楠真不知道该回答点什么。过了好一会儿，她才回道：“也不能说是羌然强迫我的，我……”

“我觉得您的情况是典型的斯德哥尔摩综合征，您没发现吗？”年轻的女权代表非常肯定地告诉她，“当您说到羌然的名字的时候，一点都不像个妻子，而是像个属下，请您考虑一下，是否要结束您跟羌然的这段不正当关系。只要您想通了，您随时可以跟我们女性维权组织来电话，我们会是您坚实的后盾。”

刘娅楠真不知道说什么好了，孩子还在怀里抱着呢，就有人劝她化学阉割了孩子他爹，这事儿闹得……

那些人临走的时候，忽然有个随行的人拿着照相机站了起来，很客气地问刘娅楠：“能给您拍张照片吗？”

刘娅楠知道自己被曝光是早晚的事儿，于是她把孩子交给一边的安保人员，对着镜头笑了下。

刘娅楠照相的时候也没多想。哪知道很快她的照片就见报了，还引起了连锁反应。

自从羌家军出现后，各地的女性都沸腾了，直嚷嚷着什么终于有优质的男人出现了！

什么偶像组合、男明星的，统统被丢到了一边。

羌家军也真是打了大部分男人的脸，那些男人这个窝火啊！就不明白了，大家都是男人，怎么就能区别这么大呢？难道长相这事也要分地域的吗？

可自打刘娅楠的真容被爆出来后，瞬间那些男人都悟了。众丑男可算是找到根了啊！

原来如此啊！我就说我爷爷的爷爷是帅哥，一米八的个头有没有啊！怎么到我这里就一米七都不到了呢！对吧！

因为这女人就是个矮子啊！我说我怎么眼睛越长越小呢，原来这个女人的眼睛也不大啊！

我说我怎么皮肤不好爱长疙瘩啊！虽然这个女人脸上没疙瘩，不过她肯定是个爱长疙瘩的女人！虽然她脸上没黑斑，可她肯定是个爱长黑斑的女人！

刘娅楠倒不至于丑得天怒人怨，只是对比太强烈了。

尤其是当羌然跟政府的选择权协议正式签订后，大家的议论就更确凿了，羌然都想换媳妇啊，我就知道！这是为换媳妇做准备了吧！

于是原本还只是猜测的事儿，现在已经是板上钉钉了。

谈论的话题已经从路人刘娅楠转到了另一个微妙的方向。

这个一直没露面的羌然，是不是也跟刘娅楠似的，其实都被过度美化了啊？

本来这个世界就不可能有长成那样的男人！那种武力男，至少也该是虎背熊腰，长得满脸胡子什么的，跟个黑熊似的吧？

优秀的男人还需要什么选择权啊，必定是有问题的，要真长得画像里那样，别说媳妇了，估计身边的女人赶都赶不跑。肯定是有问题才非要保留那个权利的。

小道消息传播得很快，也不知道是炒作还是真的，曾经出演过《我与女人的十个约定》的娱乐界第一美女赵曼，参加综艺节目的时候，跟主持人聊到最近网络投票羌然要祸害的女性中，她位居第一时，赵曼当下眼含热泪地对着镜头说道：“如果将来羌然真的要对我行使这世界唯一的选择权，那么我宁愿死也不想有男人来玷污我的身体……”

一副怕声明晚了就会被恐怖大王抓去当压寨夫人的样子。自打赵曼说了那通话后，那个网站上出现的女性们纷纷发表了各自的声明。不管是名门闺秀，还是那些数得上号的漂亮名媛，有一个算一个地，都言辞激烈地声明自己不畏强权，绝对要捍卫自己的人身权。

在跟羌然吃早饭的时候，刘娅楠看见了那些声明，她的手指点在屏幕上，快速地浏览着。

政府不能轻易剥夺公民的婚恋自由权……不会屈服……

刘娅楠看完了那排长长的签名后，下意识地偷瞄了眼坐在她对面的强权派代表，货真价实的世间第一美男子。

显然羌然压根没留意到这种花边新闻，他的关注点从来都是政治军事经济那些。

不过在刘娅楠半天不动筷子的情况下，羌然还是开口说了一句："别看了，把菠菜吃掉。"

刘娅楠赶紧把菠菜往碗后边藏，结果羌然的视线从手边的屏幕上调了过来，淡淡地扫了她一眼。

刘娅楠瞬间像做错事的孩子似的，赶紧吃起了菠菜。

最近医疗组给她做了一次体检，说什么她缺铁。虽然有各种营养药剂，不过羌然还是信奉食补的理论，认定她缺乏元素，必定是平时吃饭太挑食导致的。

于是只要在一起吃饭，羌然必定逼着她吃这吃那的，要是她偷偷藏着没吃，一旦被发现，羌然就会罚她吃双份。

刘娅楠心想，再这样逼我，我也要发表声明啊！坏蛋！吃饭自主权也是人与生俱来的基本权利好吧！

随着刘娅楠和羌然的苏醒，老熟人也一个接一个地复活了。

之前的菲尔特族长因为身体不好，这次复苏的时候花费了不少时间。也算是因祸得福，现在医疗要比当时发达很多，据说已经有医疗组的成员在跟外面的专家联系了，试图寻找治疗他的办法。

刘娅楠这期间抱着孩子散心的时候，去看过他一次。

不过这个菲尔特族长还真是不招人待见，别看顶着小田七的样子，说起话来真是句句诛心，比外面那些娱乐记者的嘴巴还要毒辣，一见面就跟刘娅楠说："哎，我说万千丑男的罪恶之母，你还没被羌然甩掉呢？"

刘娅楠气得回道："在哪儿都是身心健全的男人受欢迎，你这样的家伙，我看你治疗身体的时候应该顺便把你的烂心也治治。"

遗憾的是现在老熟人真不多了，刘娅楠生气归生气，大概是移情作用，面对那张跟小田七一模一样的面孔，她还真没办法把这人踢出去。

她抱着孩子回到夏宫的时候，不知道怎么的，这些苏醒的老熟人都跟她联系起来。

之前她早就在新闻上看到了何许有钱快要苏醒的消息，没想到这么快就接到这个世间第一守财奴的电话。

何许有钱还是跟以前一样八面玲珑，而且从来是无事不登三宝殿的。闲聊了几句后，话锋一转就说到了商机。

跟以前撺掇着她做这做那不一样了，这次何许有钱的着眼点显然已经不在她身上了。

他居然把主意打到了精子库上，一脸高兴地通知她：“你不知道现今商业性精子库已经把羌家军列为一等品吧？因为羌家军内的血统很纯正，身体都是顶尖的。我们在市场上做了调查，百分之八十选择独身的女性在考虑精子库的时候，会优先考虑羌家军……这真的是个超大的商机！希望您能把握住！”

刘娅楠嘴角抽抽，这家伙真是什么都能卖，他当这是卖骡子卖马呢！

刘娅楠赶紧打断他道：“打住打住，这种事儿你还是找相关的人谈吧，我可没权力替人决定。”

何许有钱碰了钉子也没生气，趁机向她卖了个关子，“说起来，我们何许家族有一个很重要的合伙人，那人可是您的旧识呢，只可惜那家伙因为休眠惯性，还得等一段时间才能醒过来。”

刘娅楠纳闷地问：“这个人是谁啊？你就不能别卖关子，现在就告诉我吗？”

“据说我这个合伙人每十年就会苏醒一次，这些年他都已经来来回回休眠十多次了，所以休眠惯性要久一点。此人究竟是谁，请容我暂时卖个关子，不过我保证，您在见到他的时候肯定会大吃一惊的。”

听了这番话，有一个名字突然让刘娅楠触动了下。这么久以来她一直试图找寻野兽的痕迹，只是不管她怎么努力总是找不到。她怀疑野兽是不是已经改名字了，或者压根就像普通人一样生活着，平平淡淡的所以什么都没留下来……

现在何许有钱的话提醒了她，她忽然有些期待起来。可是又不敢期待太多，万一不是野兽的话，她想自己一定会特别特别失望的。

自从来到这个世界之后，她一直刻意避开以前熟悉的人的消息，不管那些人生活得多么波澜壮阔，多么幸福，对她来说还是再也见不到了。

包括小田七，她除了简单地看看生平外，都不敢细看，每次都觉得眼睛酸酸的。

刘娅楠很快把这事淡忘了，努力让自己平静下来。过了没几天，有事儿找上门来了。

之前政府代表只是单方面确认了她的意见，具体操作还需要一些手续呢。所以过了几天后，政府那边就派了正式代表要求她签署正式的女王退位书。

本来刘娅楠不当回事的，还想着让那人把那些东西拿来，她抽个空签了不就得了嘛，哪知道一向对此事无所谓的羌然忽然给她定了个外出的行程，连具体的出行人员还有时间都帮她定好了。

刘娅楠很是奇怪，自从定下时间后，刘娅楠发现羌然忽然变得忙碌起来。

羌然做事一向不防着她的，只要她想知道，哪怕是问到基地的顶级机密他都会毫不掩藏地告诉她，这次做事却神神秘秘的。

刘娅楠这是真锻炼出来了，就算看见羌然这样，还能随遇而安，逗弄小宝贝的时候，她也不会胡思乱想。

不管外界说什么，她都不为所动，不是对羌然有信心，而是她有把握，就算最坏的事情发生，她也能保护自己全身而退。说白了好聚好散，只要把小宝宝给她就行。

到了那天，刘娅楠很早就起床了，把小家伙送给专门的养育人员，她就上车了。

观止他们陪着她，只是现在的联邦政府跟当年的可不一样了，之前在门口做安保工作的都是荷枪实弹的军警，现在却是几个穿着制服的高个子女生，戴着臂章。当年那些荷枪实弹的军警都没做成的事儿，这次这几个干净利落的女生却做到了。

不管观止他们说什么，那些娘子军都不为所动，人也真是尽职尽忠，一点都不被男色所迷，硬是把这些无关的人挡在了外面。

观止他们也都蔫了，以前他们还能吆五喝六地吓唬威胁那些政府机关的保安，现在人家来文的，还来这么一群女人……

他们总不能挥拳打女人吧？已经不是那种是个人就会抢刘娅楠的世界了。

刘娅楠一见这架势，跟观止他们说了一声，大大方方地独自一人走了进去。

到了政府大楼后，刘娅楠就发现这个地方对她的不友善了。她没想到这次的活动会有电台直播。

虽然之前很低调，可等她走进大厅才发现这个地方依旧被人为地分成了两个部分。

一部分是新时代，一部分是旧时代。

她就是旧时代的代表，她走过去的时候，就看到自己的那一边空荡荡的，只有她的这一把椅子。对面坐着无数政府官员。

这种跨时代的场合，不光是政府官员，一些民主人权的组织也到场了。

刘娅楠真的很想迟钝一些，这样她就可以不用看那些人脸上的藐视目光了。

流逝的除了那些时光，还有拥护和爱戴……无数的欢呼，还有那些抛向她的鲜花，那些脱销的礼炮。那个曾经被万众期待喜爱的女人，此时原原本本地站在公众面前。

她并不漂亮，也没有多优秀，她的神情甚至是紧张尴尬的。

需要签署的文件很多。刘娅楠就坐在那个位置，不想对方递什么过来就直接签署。

早在执政的时候，她就养成了一个习惯，不管是什么文件，只要递到她面前，她要吃透看懂，才会做下决定。哪怕是那些晦涩的内容，哪怕是那些烦琐的数字，她都会努力弄明白……

可这个习惯明显拖慢了程序的进程。大概是瞧不上她这么认真的态度，有些递送文件的人就跟整她一样，故意打散了那些文件的顺序。

这边只有刘娅楠一个人，她真没料到需要签署的文件会有这么多。她手忙脚乱，原本梳理得整整齐齐的头发都散了。

其实她的速度不算慢，可是架不住那些人对她一点耐心都没有。

起初他们还能矜持地不说什么，到了后面，就有几个急脾气的人忍不住开始催促她了。

刘娅楠能感觉到那些不友善。她如今是真被打回原形了。她深吸口气静下心来，翻阅文件的动作自始至终没有一丝紊乱。

一上午签署了那么多文件，等刘娅楠走出政府大楼的时候，整个人都没精打采的。

也该着倒霉，她没想到还有记者等在门口呢。她一出现，好几个闪光灯就对着她闪了下，她一个没踩稳从台阶上摔了下去。

台阶吧倒是不高，可是那姿势忒不雅观，嘴啃泥不说，她还是从上往下栽倒的，裙子都翻起来露出了里面的内裤，虽然不算走光，可是……

刘娅楠被观止他们搀扶起来的时候，怄得要死地想着，明天肯定有无良媒体用这个当标题！

女王退位露内裤肯定是跑不了了。

刘娅楠这个闹心啊，刚想赶紧上车溜呢，忽然有人唤了她一声。

刘娅楠纳闷地看过去，那些人可都是穿着西服，样子看着也特别严肃。

她愣住的当儿，那群人里有一个上年纪的人拿着公文包走了过来。

来人表情有些严肃，刘娅楠一下紧张起来。

那人也不说自己的目的，先跟刘娅楠确认了下身份，在得到回答后，还很客气地请求刘娅楠最好出示一下证件。

因为对方态度很客气诚恳，刘娅楠正好刚从政府大楼那里拿了普通的居民证，她将其拿出来，递给那人看了看。

在正式确认完后，那人才掏出一份东西，递到刘娅楠面前说道："您好，刘女士，这是您的孩子留给您的礼物……"

哎？孩子？

刘娅楠有些反应不过来，什么孩子啊？

那人找出照片，提示着刘娅楠："这是先生的照片。"

刘娅楠纳闷地接过去看了看，却发现照片上的人很陌生，她真的一点印象都没有。

她摇了摇头，心说这人不是弄错了吧，还是跟她恶作剧？

那人慢慢地对她解释道："李先生是在您修建的养育院内长大的，因为成绩优秀，曾得过几次奖学金。您当年写的那本自传是李先生最喜欢的书，他曾对他的后代说，当年您给他吃的甜点是世界上最美味的东西。长大成人后，他一直试图复原当初的美味，因此开了一家甜品店。因为女性消费者的增多，他的连锁店越开越多……"

刘娅楠这才恍然大悟，她已经注意到这人衣服上那当世最大的连锁店的标示了。

这家连锁店的创始人，曾经吃过她做的甜品？

当初她是给好多孩子做过小饼干，有时候自己不方便出去，就会找野兽帮她送去……

“这是他留下的遗嘱，IF 甜品店百分之十的股权，他留给了他的母亲，也就是您，这是他作为您的孩子送给您的礼物，希望您能接受。”

刘娅楠的眼圈一下红了，她没想到经过漫长的时光后，还会有人记得她。

她吸了下鼻子……

等刘娅楠回过神来，发现她身边不知道什么时候已经围上来很多人。那些人跟这个什么 IF 甜品连锁店的律师一样，有着同样的目的。

其中的大部分人刘娅楠都没印象，她不记得那些她帮过的孩子了，她记忆中只有那些大大的眼睛，还有温暖的小手，他们在望着她……

过了很久后，刘娅楠终于认出一个孩子。她曾经救助过一个独眼的孩子，跟他说过正常生育的孩子也不是都健康的，上天在关上门的时候，一定会打开一扇窗户……

“艾先生因为身体残疾，后来做起了残疾人用品公司，现在很有名的光复之家就是艾先生的产业，他把位于三区的康复中心送给了您。”

刘娅楠的手有些打战，刚才在里面签署那些文件的时候，她只觉得累，并不激动也不紧张。

可是现在她连笔都要握不住了。她深吸口气，却泪眼婆娑怎么也签不下自己的名字……

无数文件递了过来。她抑制不住地流下了眼泪，很没用地哭了起来。

她想起那些小小的叫她妈妈的孩子……她做那一切的时候什么都没有想过，也曾有过一点点后悔，甚至在里面签署文件的时候，还想了下，如果当时能为后世的自己谋划点什么，也许现在的自己就不会这么狼狈了……

事后有一位在场记者大概是有感于那个场面，在那些女王露内裤的报道中，唯独此人写了这么一篇新闻稿——《母亲回归》。

他详细地描述了那天的情形，无数家族为自己的母亲献上了礼物，这个让世界失望的女人，在瞬间成为世界上最富有的人。可她依旧是那个人，并未因此变得有什么不同，她只是低着头，不断说着谢谢。

新闻稿写得很简单很朴素：“我们以为母亲应该是美丽大方、富可敌国，还是风华绝代？她也许只是灶台前那个普通女人，会懦弱，会唠叨，也可能压根称不上美丽，可她所给予的是任何人都无法替代的……”

当天晚上刘娅楠再回到夏宫的时候，时间已经不早了。

她饥肠辘辘的，情绪也起起伏伏，进到夏宫后却发现里面压根没有开灯。可是在门口又有羌然的鞋子。

这是羌然看时间不早了，自己先睡了吗？

刘娅楠有点失落，她还以为羌然会等她回来呢，没想到他早已睡下了。她本来还想吃过饭后把小家伙接过来呢，现在看来还是等明天吧。

为了不打扰到羌然，她蹑手蹑脚地往里边走，想着悄悄洗漱后就赶紧睡觉。

她刚摸到洗手间的门，忽然觉得身后有什么亮了下。

她诧异地回过头去，就看到了让人吃惊的一幕。

在她身后的餐桌上，居然燃着一根蜡烛。羌然已经把火柴收了起来，手撑着下巴提醒她：“洗好手过来吃饭。”

刘娅楠有点蒙住了，心想这是停电了？

可是不能吧，她回来的时候没看见别的地方是暗的啊，还是夏宫的线路跟别处不一样？

刘娅楠纳闷地进到洗手间，里面的声控灯立马自动亮了。

刘娅楠脑子里一激灵，外面的蜡烛不会是传说中的……烛光晚餐吧？

她吓得往外看了一眼，主要是烛光晚餐跟羌然放一起的概率简直跟彗星撞地球似的，不能说绝无可能吧，也绝对是惊人一跳。

刘娅楠觉得心扑通扑通乱跳着。她努力装作淡定，对着镜子的时候，却还是龇牙咧嘴地露出了眉开眼笑的表情。

她赶紧做了个打住的表情，深吸了好几口气，等她从洗手间里慢吞吞地再走出去的时候，她的表情已经变得八风不动了。

她一言不发地坐在烛光前，乱瞄的眼神还是泄露了她的情绪。

她快速扫了一眼摆着的晚餐。餐饮没有任何不同，既没有心形的煎蛋也没有插着玫瑰花的花瓶，饭菜的内容还是那些健康食品。她就知道羌然不会做这个的。

刘娅楠顿时像泄了气的皮球一样。不过她正饿着呢，见饭菜还有温度，便闷头大口吃了起来，羌然也不怎么说话。

吃得差不多了，刘娅楠才听到对面的羌然淡淡地问了她一句：“今天还顺利吗？”

刘娅楠还真有一肚子话想跟人说呢，她抬起头来，兴奋地说道：“岂止是顺利，简直是超级顺利的！对了，羌然啊，你知道吗，我以前帮过的人，有好多都在感谢我呢！我当时真的没想那么多的，我就是觉得我得做点什么，就去做了……你看我眼睛都肿了，我太没用了，当着那么多人的面哭了出来……”

她语速很快，越说越激动，因为刚吃过饭，她这么叽里咕噜地说了一通，突然跟说岔了气似的，打起了嗝。

羌然已经习惯了她的状况不断，见她忽然捂着脖子的尴尬样，他抿嘴笑了下，低头倒了杯水给她，淡淡问道：“那开心吗？”

“超级开心。”刘娅楠一边喝水一边说着，眼睛笑得都要眯起来了。

羌然点点头，表情淡淡地附了一句：“你开心就好。”

他本来就是难得一见的超级帅哥，这个时候就着烛光欣赏下来，更觉得帅得让人心跳都要停了。

在刘娅楠愣愣看着他的时候，羌然从桌下拿出一瓶酒来。

刘娅楠有点意外，因为羌家军一向是明令禁止饮酒的，除了特殊情况特殊日子，其他时间别说喝酒了，连看到酒都不容易。

羌然给她倒了一杯，酒是淡绿色的，刘娅楠纳闷地端起杯子抿了口，甜滋滋的，没什么酒味，倒是蛮好喝的。

“听观止说，女孩都喜欢这种酒。”他看着她的脸，又从桌下抽出一瓶来。

刘娅楠掀开桌布，就看见自己脚下居然塞着好几瓶酒，她一下笑了出来：“你这是干吗呢，以前一滴酒都不让喝，现在像是都要把酒厂搬家里来了……”

羌然应该是想说什么的。不过这些酒提醒了刘娅楠，她说道：“哎，对了……我可以拿它们试试调酒的，也不能叫调酒，就是试试这些酒搭配起来好喝不……”她当年学烹饪的时候，顺便学了点调酒的基本知识，主要是想了解下什么食材跟酒配上去会更可口。

在她拿着两瓶酒研究的时候，忽然注意到羌然欲言又止的表情，她赶紧直视着羌然的眼睛问他：“你刚才是不是想对我说什么？不好意思啊，我看见这么多酒，就想起以前学烹饪的事儿了。你有什么要说的吗？”

羌然被她那么注视着，反而像遇到什么难题似的，过了好一会儿才说：“没事儿，你先忙你的吧。”

“哦……”

刘娅楠觉得怪怪的，羌然可不是有话不说的人。她迟疑了下，想到了什么，忽然变得紧张起来，一脸焦急地追问着羌然：“不会是小宝贝吧？他没事吧？你这个样子，是不是有事儿瞒着我……”

“不是。”羌然的表情都有些无奈了，“小宝贝很好。”

刘娅楠又认真地看了两眼羌然的表情，确认他不像是骗自己后，她心里的疑惑更大了。

羌然今天这是怎么了？真的没事儿吗？不会又是自己胡思乱想了呢？

她之前不就是因为想多了，跟羌然闹得南辕北辙的，那可是无数次的误会跟血泪教训。刘娅楠这么一想，赶紧把那些乱七八糟的念头赶了出去。

羌然做事可是直线条的，哪可能有什么不好启齿的事儿啊。

刘娅楠摒除杂念，全心全意地研究起了那些酒。她一边回忆着一边挨个品尝那些酒，然后拿着差不多的按照调酒的顺序调制。

什么样的味道都有，有的意外地好喝，有些又怪怪的。她每配出一样，就让羌然帮着鉴定。

羌然很配合，来者不拒地给一杯喝一杯。

酒的度数低，完全可以当饮料喝，所以刘娅楠没怎么在意羌然喝得是不是多了些。

每当她全力以赴地做什么的时候，她就会特别认真。那副全神贯注的样子就跟身边坐的不是羌然，而是试酒师一样。

终于刘娅楠配出了一款很好喝的酒，她掩不住得意地显摆着：“其实调酒不是我这样的，哪有随便几种酒混在一起就算调酒的，调酒的动作啊调酒器啊，那可是有讲究的，而且我手边的东西也不全，都没有苏打水果汁那些。就算这样，你尝尝看，就用这些酒我还是做得很不错的哦，没准儿我真是个天才呢，对吧……”

“刘娅楠……”羌然显然是真有话要说，只是刚一张嘴就跟干呕似的呕了一下，他皱着眉就往洗手间的位置跑。

刘娅楠也被惊到了，赶紧追了过去，洗手间的灯也跟着亮了起来。

刘娅楠怕光线太暗会磕碰到，也管不了什么烛光不烛光的了，把所有的灯都按亮了。

之前还洋溢着浪漫气息的房间，瞬间成了酒鬼的所在。

来到洗手间的刘娅楠就看见这个外界传闻中的恐怖大师，对着洗漱盆那个吐啊……

不管男人女人，就算长得再帅，吐的时候也绝对是气质全无美貌拜拜。

刘娅楠赶紧找了水杯，又拿毛巾在旁边准备着，等他停下呕吐，便递过去水让他先漱漱口。

漱完口刘娅楠又拿着湿毛巾给他擦了擦嘴角。

洗手间内的灯光打下来，他的脸微微向她倾斜着，所以有那么一小片阴影，昏暗不明中，她能看到他的眼睛一眨不眨地看着自己……

羌然还没把想说的话说出来，下一波呕吐又来了。

等他吐完再直起身的时候，刘娅楠发现这次羌然的领口沾上了一些污渍，也才注意到一向喜欢在夏宫穿家居服的羌然，这次居然穿得这么正式，刘娅楠忙帮他把外套脱下来。

她一直不知道羌然的酒量怎么样，下意识地便认为他必定酒量很好。

看来人真是不能太自信啊，这么强的羌然居然也有这样的软肋。

刘娅楠也没心情管别的了，赶紧叫羌然先到床上去休息。

羌然真是醉了，刚沾上枕头就一副要睡下的样子。

刘娅楠把东西收拾干净，也准备睡下的时候，忽然觉得特别不对劲。

今天羌然是怎么了，又是蜡烛又是酒的，他的样子怪怪的……

“哎……”刘娅楠在床上小声问了一句，“你今天干吗点蜡烛啊？”

羌然迷迷糊糊地哦了一声，呢喃一样回了一句：“想哄你开心……”

“哦……”原来是这样啊，这个家伙还真是弄的烛光晚餐啊……刘娅楠抱着被子笑了，随即转过身去，摸着他的脸说，“我已经很开心了，不过还是谢谢你啊，然然……”

让刘娅楠奇怪的是，第二天羌然再起来的时候，整个人看上去都不怎么精神。

刘娅楠估摸着他这是还宿醉呢，便找了热水给他喝，同时想起昨晚羌然说的话，她也是觉得好玩，同羌然说道：“羌然，昨晚谢谢你啊。”

羌然诧异地看着她的脸。

刘娅楠以为他是不好意思呢，笑眯眯道："谢谢你昨晚哄我开心啊。昨晚休息的时候我问你干吗点蜡烛，你说想让我开心的嘛。"

羌然很快恢复到以前的表情，不再说什么，只按部就班地换着衣服。

自从刘娅楠重回富豪榜后，何许有钱非要邀请她去什么新年宴会。刘娅楠知道那个，那是个经济上的盛会，据说一年一次，去的人非富即贵，简直是权贵的大狂欢。刘娅楠却兴趣缺缺的。

就在她要拒绝的时候，何许有钱提醒她道："夫人，这次您的老熟人也会在宴会上出现，难道您就不想去见见吗？"

刘娅楠这才想起这茬来，她真是好奇死了，便爽快地答应下来。

她把这个事儿告诉羌然后，羌然竟主动提出要陪她一起去。

虽说这个世界早已经不会有人再绑架她了，不过刘娅楠发现羌然对她还是跟以前一样，她进进出出的那些安排甚至连那些安保，也还是老样子。

刘娅楠不是没跟羌然提过这个，她觉得太浪费资源了，现在她身份不同了，羌然没必要看着宝贝似的看着她……

羌然每次都是哦一声，然后该干吗干吗，一点改变都没有。

虽说这次是羌然主动提出要跟她一起去，刘娅楠怎么想也知道他对那种场面有兴趣才怪，可是要说他是为她才去的，是不是又有些夸张了？刘娅楠挺犯愁的，自打羌然说要跟她一起去后，她就不知道该怎么穿衣服了。

她发现不管她怎么打扮自己，怎么挑选衣服，只要站在羌然身边，瞬间就跟端盘子的似的。到最后刘娅楠都气馁了，爱咋地咋地吧，就长这样了，对不起观众就对不起吧……

刘娅楠最终选了一件不怎么起眼的礼服。结果那天到地方后，她才发现这个盛会比她想的还要正式，连进门的地方都要经过三道岗，邀请函还有人数都要一一核实才会放进去。

之前刘娅楠被人混着叫什么夫人女士的，她也没在意。可这个时候她携着羌然到场后，专门负责登记的人员看了看她身边的羌然，确认似的问道："刘女士您好，您携带的是您的……"

"啊……"刘娅楠没想到这个地方这么严，因为之前没人敢询问羌然的身份的。

这叫她怎么回答啊！

刘娅楠哎了一声，脑子就跟死机了似的，一时间不知道该怎么说了。

要说丈夫的话似乎太厚颜无耻了，可是说男朋友……好像也没那种具体的关系。

孩子他爹？

想想就觉得别扭。刘娅楠哎了半天，最后终于憋出了一句："他是我、我朋友……"

刘娅楠估计羌然肯定也跟她似的挺尴尬的。

这次的事儿还真是提醒她了，羌家军的人还是沿用以前的称呼叫她夫人，可其实刘娅楠这次取的那个公民身份证件上标注的是未婚……

历史原因什么的，其实她跟羌然还是姘居状态了吧？

刘娅楠偷瞄了羌然一眼，羌然的表情淡淡的，她也瞧不出什么端倪来。

其实她也明白，对羌然这人来说这种事太细枝末节了，他压根不会在意的。

刘娅楠却不得不纠结了，挠着头想，哎，闹半天她还是未婚生子呢。

幸好她想得开。

饶是见过世面的人，进到里面后，刘娅楠还是被浓浓的奢华风给震了下。这个地方简直就是暴发户显摆的所在，恨不得在每一个地方都贴上金箔显摆有钱似的，什么东西都是金灿灿的。

当她走进去的时候，瞬间吸引了所有人的目光，那副样子像是惊呆了一样。

刘娅楠被看得挺不好意思的，心说她这种退位女王原来还有这个影响力啊，这是被大家无情地认出来了吧……

那些人像对她行注目礼一样，刘娅楠努力让自己的动作显得自然，表情和气。

她往里走了两步，就发觉不对劲了，那些看向她的目光还是直直地看着那个地方呢，并没有因为她的移动而有丝毫变化。

刘娅楠这才反应过来，他们其实不是在看她吧？

她扭了下头，就看见一直跟在她身后的羌然了。

这次羌然为了配合她的礼服款式和颜色，跟情侣装似的，也穿了同款的男装，只是再简洁朴素的衣服也掩不住羌大魔王的天生丽质。

所以刘娅楠一下明白了！这些人在看他吧……

这是都看傻了啊？

虽然早有心理准备，不过在面对这个情形时，刘娅楠还是被深深地打击到了。

所以真实的情况是，当她跟羌然一起出现时，她连个背景都够不上啊。

她默默钻到被晃得失神的人群里，找了一个不起眼的角落，随便一窝，等着一会儿见到何许有钱赶紧让她见老熟人。

她刚闷在那里，羌然也跟着走了过来。

这个地方挺不起眼的，她身边是一个小小的边角桌，上面放了花瓶，她则找了把椅子坐着。

羌然走过来后，从上而下地看着她，对视了一眼后，他忽然俯身对她说了一句："想喝什么饮料我去取。"

"哦……果汁……"刘娅楠都能感觉到，在羌然说出这句话时，附近那些人的表情有多惊悚。

羌然也没细问什么果汁就去取了，原本还不起眼的角落瞬间又成了这个宴会心脏般的存在。在羌然去取饮料的时候，简直就跟摩西分红海一样，他人还没到呢，那些人已经让开了通道。

等他回来的时候，手里拿的正是她平时最喜欢的苹果汁。

刘娅楠接过去，小口抿了下。

整个场所顿时响起窃窃私语的声音。

刘娅楠不用去听都能猜到那些人在说什么，多半是她跟羌然不合适……

就跟当年那些人PS她跟羌然的合影一样，肯定觉得她给羌然丢脸了呗……

刘娅楠发现，不光是女人爱看羌然，连几个穿着很鲜亮的男人也对羌然左看右瞄的。

羌然可是轰炸过幸运者广场的。

她默默地想着："这是幸运者广场上竖的纪念板倒了吗……"

刘娅楠闷头喝着果汁，心里乱乱的，甚至有点后悔带羌然来这种场合了。

这种地方本来就人很多，这个世界的女孩又挺开放大胆的，在她跟羌然没有任何关系的情况下，说真的，万一有女孩过来说什么，或者表示出追求的意思，她是阻止还是祝福啊……

怎么想都觉得跟一团乱麻似的，这可是自己孩子的爸爸……

奇怪的是，自打他们待在这个地方后，别说没有过来跟羌然套近乎的，连有些女孩从他们这边过的时候，都跟躲避传染病似的，刻意躲开他们的位置。

刘娅楠有些纳闷，这些人看羌然的样子明显是看呆了，怎么在接近他的时候又跟被吓到了一样?

难道对现在的人来说，羌大魔王的威名依旧没减吗?

刘娅楠扭头打量着身边的羌然，感慨着真是美丽又充满危险的男人啊!

这个时候忽然来了个很干练的女人，几步就走到了他们面前。

刘娅楠都被对方的表情惊了下，那女人的样子有点咄咄逼人。对方显然是冲着羌然来的，对刘娅楠连看都没看一眼。

刘娅楠心说真是怕什么来什么，这人不会是要对羌然展开攻势吧?到时候她该怎么做怎么说啊?

就在她嘀嘀咕咕磨磨唧唧胡思乱想的时候，刘娅楠却听到那个女人非常严厉地指控道：“羌先生，我是人权协会的理事长，我查阅过您的一些卷宗，发现在琉璃海事件中，您曾经对那些被俘虏的琉璃海佣兵刑讯逼供，而且使用的手段极其令人发指。您先是让您的手下把其中一个人扔到食人蚁中，让其他犯人观看整个过程，然后您对其他人许诺，只要他们说出实话就会放他们一条生路，可在他们所有人说出实话后，您却命令您的手下把剩下的人全部杀死了。”

羌然跟没有听到那些话一样，刘娅楠却是脸都绿了。这事儿真有点出乎她的意料，她没想到在这种地方还能遇到示威游行的人权派分子。

不光是这个人权组织，很快西联盟也有代表过来了。

要说琉璃海事件还能说成是羌然除暴安良，对恶徒以暴制暴，可是到了西联盟那里，就完全没有任何借口了。

那个代表西联盟的中年男子，用沉痛的语言指责羌然没有人性，公然对手无寸铁的民众使用武力……

这下刘娅楠明白了，就算羌然长得再好，再帅气得逆天，还是有一道无法逾越的鸿沟摆在那里，那就是比他的脸还要让人惊悚的恐怖魔王战争名声。

刘娅楠都不知道那些人是打哪儿冒出来的，一个接一个地，把他们给包围了，各个都是血与泪的控诉，各个都是各种不容易，一个比一个激动。

就跟给羌然开批斗会专场一样。刘娅楠都看傻眼了。

她这么侧耳听着，就里面那几件事儿来说，羌然也真是挺没人性的冷酷刽子手！

别人叫他魔王可是一点都不冤的！搞得刘娅楠也被连坐了。

她真想离开这个地方，可是羌然一直没那个意思，刘娅楠尴尬得头都抬不起来地闷在那里。

在被那些人围追堵截，被质问了那么多问题后，羌然却始终面色如常。既不恼也不怒，对那些人的态度更是一副不屑一顾的样子。

渐渐地那些人发现就跟一拳拳打在棉花上一样。

过了很久，羌然终于有了动作，难得地动嘴说了一句话。只是在说出那句话的瞬间，那些抗议人员就被气得歪了鼻子。

因为羌然压根没理那些人，只矮下身体，轻声问了刘娅楠一句：“有想吃的东西吗，我去取。”

“啊？”一直闷着的刘娅楠有点愣住了。

她这次出来是没怎么吃东西，因为自打生了孩子后，她的肚子就鼓起来一块，这次为了穿礼服漂亮点，她故意饿着肚子来的。

显然羌然一直注意着她的饮食情况。

刘娅楠哦了一声点了点头。

这下包围着他们的抗议者们跟受了奇耻大辱一样，那副样子就像要活吃了他们似的。

在羌然走过去的时候，奇异的一幕出现了。他压根还没靠近呢，那些人就吓得躲了起来。

羌然看都懒得看他们，到了冷餐区，仔细地选了几样刘娅楠爱吃的放在盘子里，回来就把盘子放在了刘娅楠旁边的桌子上。

刘娅楠在众目睽睽下，在四面八方投来的那些抗议视线中，别说是吃那些冷餐了，她甚至觉得自己对不起人类对不起政府，怎么就能不要脸地吃恐怖大王送来的食品呢……

她没去动那些东西。

这个时候，之前一直维持秩序调节气氛的主持人，忽然情绪激动地喊了一组形容词。

刘娅楠知道，每次有重要的人进来主持人都会喊一两句，不过这次因为主持人喊的速度太快了，她没听清楚主持人喊的是什么。

等她看过去的时候，刘娅楠真觉得这个场面有点夸张。

无数的灯光聚集在入口处不说，连音乐都变了。场面瞬间变得庄严起来，跟迎接国王似的。

这次刘娅楠听清楚主持人报出的人名了，来的人里还有何许有钱。

唉，这何许有钱真是太能显摆了。刘娅楠从座位上站了起来，等着迎接他。

最先出来的却不是何许有钱，刘娅楠离得远，并不能看清楚那人的五官。

可是那人一出现，她忽然就屏住了呼吸。因为他给她的感觉太熟悉了！

自从到了这个世界后，她一直想去查找野兽的情况，可是不管她怎么找都找不到……

她还以为野兽跟大部分普通人一样，痕迹都没有留下就消失了呢。

此时那个很像野兽的人就站在那里。刘娅楠在仔细思考前，已经抑制不住激动地冲了过去。她的动作太莽撞了，以至于都没想到身边还有羌然给她拿的食盘跟果汁，她不管不顾地就把那些东西掀到了地上，在噼里啪啦的声响中，她的动作不仅没有减慢，反倒加快了。

她不顾形象地越过那一层又一层的抗议人墙，用力地挤了过去。

那些抗议的人也都被她忽然暴起的样子吓到了，不知道发生了什么。

在她冲出去的时候，因为闹出的动静太大，不光那些抗议团的人，连其他的人都注意到了她的样子。

刘娅楠气喘吁吁的，终于跑到了这个人面前……在这一瞬间，刘娅楠却顿住了。

因为站在她面前的野兽……不，刘娅楠不敢肯定这个人就是野兽……

他穿着精致的礼服，岁月磨砺了他身上的棱角，那个曾经孔武有力的男人，在岁月的沉淀下变得内敛沉稳，就好像发酵后的酒一样，变得香醇起来……

此时站在她面前的再也不是曾经的野兽了，岁月在他的脸上留下了痕迹。他已不再是那个二十多的男人了，变成了另一个人。

可是这个变得陌生的野兽，见到她时，却露出惊喜的表情，看向她的目光就好像穿越了时空一样，没有一丝犹豫和改变。仍旧是那个会温柔看着她的野兽。

他没有迟疑地迅速做了一个单膝跪地的动作，眼圈因为激动变得通红起来，他压抑着激动说道："殿下，您还好吗？"

刘娅楠已经激动得说不出话来了，她愣了足有五六秒，才叫了出来："野兽……"

虽然已经当妈妈了，可刘娅楠还是跟兔子似的蹦了一下，几乎是跳着扑到了他的怀里。

他稳稳地半跪在那里，刘娅楠俯身用力抱着他。

两人分开百年后的相遇，在这一刻被有心人永远定格住了。

已经有嗅觉灵敏的记者摸了过来，对着两人一通狂拍。

激动中的刘娅楠压根留意不到这些，连随后进来的何许有钱她都没注意到。

她全部的精力都放在了野兽身上，她激动得不能自已，急急地问着："你这个家伙，我想死你了！你跑哪儿去了，你也休眠了吗？"

说完那些话后，刘娅楠却又觉得有些不妥，眼前的野兽已经不是那个跟她同龄的小伙子了，不管是感觉还是外表，都是一个沉稳得让人觉得安静的男子。

在场面这么激动的情形下，作为野兽合伙人的何许有钱忽然凑了过去，对她说道："现在可不好叫他野兽了，知道吗？"何许有钱别有用心地告诉她，"这位可是曾经大名鼎鼎的侯爷。"他故意顿了一顿，"可是生不逢时啊，在您休眠后，他才找回自己的身份，后来他跟我们何许有钱家族合作过逆天的填海工程，一做就是五年……"

"五年？"刘娅楠倒是知道这些，真不知道该说什么好了。为了寻找她就做这种事儿吗？

她皱着眉头看向野兽，野兽笑得挺含蓄的。

刘娅楠真被这些事儿给震住了，她不安地同野兽确认着："所以是你做的填海工程？"

"也不全是，当时也有一部分原因是想建造新城。"野兽说得很慢，望着她的眼睛，“另一面觉得很遗憾，在您休眠的时候没能跟您告别……”

刘娅楠有点不适应，这个中年版的野兽，让她有种见到长辈的感觉。那种见到亲人的感情却是没有弱下去，之前努力压抑着的眼泪也要泛滥似的，她不由得想起了小田七，闷声说道：“我也好想小田七。我看了他的生平，虽然知道他生活得很好，可我还是想他……”

她怀念他们在一起的日子，互相依偎互相安慰，就好像相依为命一般。

野兽曾经跟小田七一起共事过，他是不断休眠苏醒的人，对这个世界非常熟悉了解，在听了刘娅楠的话后，用带着暖意的话宽慰着她：“他曾经想过休眠，可是后来遇到了很喜欢的女孩。”

刘娅楠眨巴着眼睛，一下来了兴趣：“很喜欢的女孩？”

她是在历史书上看到过小田七跟其夫人的一些介绍，不过具体的她还真不了解，她想要知道更多的事儿。

虽然他们被很多人注目着，野兽却很自然地握着她的手，把她带到一边的位置，那里有一张专门给他们这些巨头预留的圆桌。

野兽过去的时候已经有侍应生把座椅抽了出来，请他们坐。

对方的殷勤对比之前的冷淡，加上之前刘娅楠还在边角桌坐呢，现在一比，待遇简直是一个天上一个地下。

刚才她还被骂得头都抬不起来呢，可跟野兽在一起后，转眼的工夫，不管是殷勤的侍应生，还是各种过来问候寒暄的人，都要把他们包围了。那些上岁数的人，很多跟野兽有过来往。这也就算了，还有一些很年轻的人在对这个神秘的富豪权贵表示钦佩。

刘娅楠惊得瞪大了眼睛，野兽微笑着同她解释：“我只是延续了您以前做的事儿，当时跟小田七做了很多福利工作，后来因为生意需要又跟很多人建立了联系。”

刘娅楠明白了，野兽这种不断休眠的人，跟何许有钱这些断代的休眠者不一样，他一直在布置着自己的人脉，控制力也没有松懈过。

他还真是厉害啊，能够面面俱到的人太难得了。更重要的是，不管他多么厉害，对人的感觉还是那么温和。

以前的野兽未必能做好这个，这大概就是岁月带来的改变吧？

她欣喜地欣赏着这个全新的野兽，听着那些人叫他青侯。

刘娅楠记得这个名字，当初羌然跟她说过侯爷的原名是这个，没想到复苏后野兽用起了最初基因提供者的名字。

她也不好意思再叫这个功成名就的家伙野兽了，总这么叫，她觉得怪别扭的，便同其他的人一起叫他青侯。

曾经的野兽现在的青侯，都全然不在意刘娅楠怎么称呼自己，他看向她的时候，目光从未曾变过，一直是温柔的。等那些人寒暄完后，他终于抽出时间来，继续着刚才的话题："田七喜欢上的是您的再生人，他一度因为工作关系，体力严重透支，身体很不好，在那段时间，他遇到了一个护士。他们有六个孩子，按照当时的政策六个孩子全是经过人工筛选的，是六个性格各异的漂亮女孩，后来那些女孩又嫁给了不同的人，只有他的大女儿继承了家业……"

刘娅楠点了点头，跟着说道："西联盟有过女王的传统，估计会很喜欢那个女孩吧？"

"很喜欢，她是非常优秀的女性，我上一次苏醒还见过她一面，她去世的时候是一百零三岁，当时整个西联盟都停止了娱乐活动。现在很多大集团的拥有者都是他的后代，连锁酒店金日就是他后代的产业……"

刘娅楠知道这些，笑着点点头。

她亲密地挽着野兽的手，有太多话想问他了。他们又说了好多叙旧的话，不过比起那些，刘娅楠对野兽的私生活同样感兴趣，便问了出来："那你呢？你遇到喜欢的人没有，是什么样的女孩子？有的话一定要介绍给我……对了，还有孩子呢，有小宝贝了吗？野兽，我当妈妈了呢，我有一个很可爱的小家伙了呢，有时间你一定要去见……"

她在这个世界寂寞太久了，现在简直跟重新找回亲人一样。要是野兽也有了家庭，她没准又多了别的亲人呢。

在说这句话的时候，刘娅楠忽然想到什么，忙回头看了一眼。羌然早已经不在之前的地方了。

她有些意外，不过想着被那些抗议人员围追堵截的，羌然多半是厌烦了。就在她想着给羌然去个电话的时候，她戴的那个袖珍电话响了。她还以为是羌然找她呢，接起来才发现是基地那里的号码。

她忙接了起来，随后在电话里听到观止焦急地说着："夫人，您赶紧回来吧，您留在基地的宝贝一直在哭呢，不管育婴组的怎么哄，小家伙都不停……"

刘娅楠当下吓了一跳，电话里面隐约还能听到小娃娃的哭声呢，她一秒都不敢耽搁，马上站了起来。野兽显然想要送她，她却已经顾不上那些了，一边往外走一边抱歉地说：“对不起啊，我得先回去看孩子。对了，我的电话还是以前那个，记得给我来电话啊……”

野兽也听到她接的电话了，他并没有看着她离开，而是一直跟在她身边，到了外面更是殷勤地说：“我送你回去把。”

刘娅楠已经看到外面的羌然了，赶紧跟野兽告辞，随后向羌然跑了过去。到了羌然身边，刘娅楠很自然地扯着他的手臂催促着：“咱们快走吧，小宝贝哭呢。”

地上车在此时也开了过来，羌然打开车门，让刘娅楠先进去。

奇怪的是，刘娅楠记得羌然一向不把野兽当回事的，这次却很给野兽面子，在她进去后，羌然并没有立即坐到车里，而是在外面待了一下，还很有礼貌地对着车外的野兽做了个手势。

只是有车门挡着，刘娅楠也不知道具体是个什么手势，应该是在跟野兽打招呼吧。

羌然再坐进车内的时候，面色平平，他也不问刘娅楠刚才都做什么了。

刘娅楠可没他沉稳，可着急了，满脑子都在想小宝贝的事儿，又急忙给观止去了个电话,不断问着小娃娃为什么会哭,是不是身体不舒服了，有没有测体温……

路上她都要担心死了，到了基地，连跑带颠地跑到小宝贝那里，刘娅楠却发现小宝贝正在吸吮手指玩呢。

观止一脸尴尬地解释：“抱歉夫人，这次我反应过度了，一看到小娃娃哭，就给您去了电话。小宝贝本来哭得挺厉害，不知道怎么的忽然就不哭了，所以我猜大概是刚才做噩梦了吧……”

刘娅楠长长松了口气，忙把小家伙抱起来，贴着自己胸口搂了搂。

这小家伙可真是自己身上掉下来的肉，她刚才吓得心跳都要停止了。现在看着小家伙没事，她赶紧逗了逗他，小家伙情绪很好，看着眼睛也没有哭肿的样子。

观止他们本来就是帮忙的，再说未婚的大男人能把孩子看成这样，已经很不容易了。刘娅楠体贴地回道：“没事的观止，我反正也没什么事儿要做，早点回来晚点回来都一样的。”

等再晚点的时候，大概是不好意思提前把她叫了回来，观止怎么都不肯把孩子交给她，非要帮着再看一晚上。

刘娅楠知道他这是想将功补过，便跟着羌然先回到了夏宫。

这个时间点还有些早呢，何况她刚见过野兽，现在别说睡觉了，脑子里都是乱的。

为了让自己平静平静，刘娅楠把自己常穿的几件衣服拿了出来，重新打散整理……

可是脑子还是安静不下来，不断想着以前和野兽相处的画面，还有乖巧聪明的小田七……很多事儿都跟做梦似的。再有何许有钱在旁调侃的那些话，说什么野兽生不逢时，早知道这样当初的那个侯爷肯定不会推倒重来，现在就算有最强契约，也都白瞎了。

虽然那是玩笑话，可是刘娅楠注意到野兽听到时并没有说什么，只是很清浅地笑了笑，好像自嘲一样。

要说野兽对她有暧昧感情，刘娅楠又觉得不会。

虽然中间有段话野兽说得很怪，可是刘娅楠并不觉得休眠过无数次的野兽，会对自己有那么强烈的感觉，毕竟时光可以磨掉很多东西，比如当年那些什么神女教圣母教成员，现在早已都烟消云散了，更别提那些高呼女王的场面了……

就算野兽曾经对她有感觉，那也是因为她是这世界唯一的女人，而现在跟那时已经完全不一样了。

她就是爱胡思乱想，等她照照镜子就明白了，野兽做的那些肯定都是有原因的，绝对不是她怀疑的那样！

刘娅楠一边收拾着床，一边同羌然闲聊着："羌然啊，今天时间太紧张了，我都没来得及问野兽现在在做什么呢。"

一直在沉思的羌然，难得地挑眉看了她一眼。

刘娅楠犹不自知，还在说着呢："我也没问他的电话号码是多少，你不知道我还有好多话想跟他说呢。看他眼角都有细纹了，你说他现在有三十五了吗？你说我多傻啊，居然没问他现在到底是多少岁，不过真是没想到啊，他居然变得这么成熟了……"

她倒是没生观止的气，不过要是晚个一两分钟多好啊，至少能多说两句话。

刘娅楠遗憾地对羌然说道："改天我一定要问清楚。"

结果她铺好床单再回头的时候，就见羌然的表情冷了下来。

羌然生气的时候，连观止楚灵他们也会被吓得大气不敢喘。

刘娅楠就更别提了，条件反射似的，整个身体都绷紧了，就差跟观止他们似的来个稍息立正了。

对面羌然的表情真是严肃得让人肝颤。刘娅楠大气都不敢喘，也不知道自己犯了什么错，她不断想着，自己都做了什么说了什么，让羌然这么生气。是因为野兽吗？

因为她回来后不断说野兽的事情，所以他不高兴了，生气了？

刘娅楠赶紧解释："羌然，对不起啊，我实在是太激动了，因为许久没见了，有点得意忘形……"

羌然打断她的话："我有话同你说。"

刘娅楠咽了口口水，就跟做错事儿的孩子一样，忙低头等着羌然劈头盖脸的训斥。

可是等了许久都没动静。

她纳闷地抬起头来，就见对面的羌然表情挺不自然的。

这个屠城都不会皱一下眉头的男人，此时面临着他人生中最难以逾越的一道高峰。

漫长的等待过后，羌然终于收敛所有情绪缓缓说道："请你嫁给我。"

他的声音平稳得没有一丝起伏，表情更是严肃到了极点。

可是因为内容太过于惊悚，还是把刘娅楠惊得嘴巴都张开了。

刘娅楠很清楚自己没有出现幻听。"你……"她都不知道自己要问什么……

问羌然这是开玩笑的吗？可羌然绝对不是会拿这种事儿开玩笑的人！

可若是认真的，有在这种情况下说这个的吗？

刘娅楠下意识地看了看自己所处的环境，还有两人的动作姿势。她是半跪在床上铺床单呢，羌然则是坐在一边的椅子上面朝着她，那动作要说吊儿郎当是有些夸张，可要说是正襟危坐严肃得很，又绝对称不上。

两人这副居家到了极点的样子……还有这个环境就更不用说了。

这就是他们平时用来睡觉的卧室，因为羌然喜欢简洁，所以卧室里只有很简单的几件家具，而且那些家具还都是安全系数顶级的那种，也因为如此，整个房间绝对是一点浪漫的感觉都没有的！

这个时间也很奇怪啊！在她刚铺好床单的时候说这个吗？他以为这

是吃完晚饭后问她要不要吃一个苹果呢?

在她迟疑着不知道该怎么回应的时候，羌然没有任何表情地补了句:“你最好答应，不然我会使用选择权。”

第八章

# 求婚

CHAPTER 8

在漫长得让人窒息的沉默后，刘娅楠抖了抖手里的床单，跟回复对方她要不要吃苹果一样，也用平淡的口吻回了一个“哦”字。

羌然挑了挑眉头。

刘娅楠那句哦绝对是在赌气，不过一看到羌然挑眉，她又条件反射似的咽了口口水，心虚地说了一句：“我、我知道了。”那副样子就跟面对家长的孩子似的。

羌然的脸色变得不大好了，他直视着她。

刘娅楠这下更紧张了，赶紧补救似的说道：“我很开心。谢谢你、你的求婚……”

只是不管她说什么，她脸上的表情都跟死了爹似的。

羌然这次憋不住了，走到她面前，刘娅楠还以为他会吼自己几句呢，因为她有点给脸不要脸是吧，还有反应太过于敷衍什么的。

结果羌然停顿了下，跟不知道该怎么办似的，长久地、沉默地盯着她看，然后扳着她的下巴，很用力地吻住了她。

刘娅楠瑟缩了下，还是在他的亲吻下，渐渐软化下来，才铺得平整的床单也被弄乱了。他把她推倒在床上，没有一丝迟疑地扒下了她的衣服。

刘娅楠被他折腾了一晚上，早上迷迷糊糊的，还没睡醒呢，就听见身边有窸窸窣窣的声音，随即她就听见羌然催促地说着：“快点起来。”

刘娅楠揉了揉眼睛，身体简直跟要散架似的。她无力地趴在床上，抬头看了看他。

羌然正在整理衣领呢，见她看向自己，便低头看着她，提醒道：“别睡懒觉了，婚姻登记中心的人就要准备好了。”

刘娅楠哎了一声，大脑就跟死机了一样。

她昨天被羌然蹂躏了一晚上，这个时候头发跟鸡窝一样，眼睛更是有了黑眼圈。

在对上刘娅楠迟钝的表情后，羌然也不解释什么，扭过头去，一边系着军服的袖扣，一边声音绷得紧紧地催促着："收拾一下，吃过早饭就去办公楼找我。"

说完羌然就走了。

刘娅楠挣扎着从床上起来，稀里糊涂地洗漱好，又穿着家居服慢吞吞地吃着早饭，就是胃口不是很好，她捂着肚子唉声叹气了几下。

在换衣服的时候，她习惯性地拿起了平时爱穿的那些素色衣服，刚要穿上身，她忽然顿住了，犹豫了再犹豫，她忍不住又走到夏宫外的衣柜那里，里面的衣服颜色、款式都是超级漂亮华丽的，只是她平时不常穿。

现在她就站在那个衣柜面前，小心翼翼地挑选着，试图找出一件得体的红色衣服。

她一直努力在羌然身边保持着低调，因为如果太高调了，或者穿得太鲜艳，和他一比，简直跟丑人多作怪一样。

可这次场合不一样嘛，不管羌然再怎么淡定，也是一生中少有的大事件。

她深吸了口气想，就算又被比得跟端盘子的似的，她也要穿红色的衣服。

她穿好衣服后，觉得很是紧张，出去的时候更是心虚的。

外面风平浪静的，没有婚礼惯常会见到的鲜花，也没有恭喜的声音。

所有事情都按部就班地进行着，大家见了她还是跟以往一样，没有任何改变。

刘娅楠知道自己又犯傻了，只是领证嘛，看羌然这么随意的样子，估计是走个过场而已。没准他只是忽然想起两人的宝宝还是非婚生子，所以现在着急补一个呢。

到地方后，刘娅楠走进去就看见在简单的办公楼里，原本空空的一楼大厅，早已经布置出了专门照相的地方。照相的背景是羌家军的军旗，对面也有专门负责的摄影师候着呢。

羌然已经坐在对面的椅子上等着了，刘娅楠不知道他等了多久，赶紧跑过去，充满歉意地说道："对不起啊，羌然，我来晚了。"

羌然嗯了一声，用下巴示意她坐到自己身边。

所谓的座位是在他的办公楼里随便搬的两把椅子。羌然很讨厌繁复的程序，对办公用品也都是力求简单实用。所以那两把椅子都是特简单的木椅子。

她坐在上面，因为个子比羌然矮很多，而且不知道为什么，以前坐姿还可以的刘娅楠，这次忽然就直不起腰来了，跟被人一拳打在胸口上似的。

负责照相的人从镜头里看到的就是正襟危坐了半个小时都没换过表情的羌然，还有笑得比哭还难看的刘娅楠。

这就更难为人的了，偏偏那两人的头也不是向着一个方向的。那种感觉，就算知道自己被叫来只是应付差事的办事人员也都怕了。

他尽量语气温和地对那两人说道："这个结婚照嘛，要笑一笑的，来，看着镜头……"

刘娅楠这次笑得更难看了，羌然则是扯了下嘴角。

这下负责照相的人都不知道该怎么办了。

一旁的观止见状，机灵地找了个垫子递给刘娅楠。

大概是坐在垫子上后，刘娅楠的高度跟羌然持平了的缘故，两人的头终于不再各自歪自己的了，而是向中央方向拢了拢。

凑合地照过相后，羌然也不耽搁，站起来领着刘娅楠到一楼的一个临时办公区，里面早已经有婚姻登记的办事员等着了。

那些人没招事儿没惹事儿，结果硬是祸从天降，昨晚不是被羌家军从被窝里掏出来的，就是被联邦政府紧急调过来的工作人员，此时都是一副木呆呆的表情。

不过既然当事人到了，自然是不能麻烦。其中一个办事员按照程序对两人宣读着："您愿真心诚意与刘娅楠结为夫妇，严格遵行一夫一妻制，与她一生一世，无论安乐困苦、富裕贫穷，你都尊重她、关怀她，一心爱她，终身忠诚于她不离不弃……羌然先生，您愿意吗？"

在对上羌然的视线后，那个宣读人差点没咬了自己的舌头，都没等羌然回答就哆哆嗦嗦地替羌然回了起来："您、您当然愿意……"

等到再面对刘娅楠的时候，那个宣读人就识趣了，赶紧说着："您呢，刘娅楠女士，您肯定也是愿意的吧？"

刘娅楠死气沉沉地哦了一声。

倒是一边的羌然忽然开口问道："愿意什么？"

"愿意……愿意一夫一妻制……"刘娅楠小声嘀咕着，"还有一生一世那些……"

当年她可是霸气侧漏地对很多人说过羌然是她唯一的丈夫的，可是现在看来羌然给她的婚礼就是这个了……

“那、那……”负责下一道程序的工作人员简直恨不得挖个洞把自己埋起来，汗津津地小心翼翼地询问着羌大魔王，“那、那你们还需要交换戒指吗……”

刘娅楠张了张嘴巴，她早忘记结婚要戴戒指了。

幸好观止准备得很全，跑到两人面前，跟证婚人一样，递上一个盒子。

盒子里的戒指很普通，只是素圈而已。这个风格倒是羌然会喜欢的。

刘娅楠拿起一个大的，先是给羌然戴上。拿的时候她才注意到戒指都是死圈的，不能调节大小，她不禁有点担心那个女士戒指自己能不能戴上。

等羌然给她戴的时候，倒是意外地合手。

然后两人在工作人员的指引下，分别在婚姻切结书上签下了自己的名字，又按上了手印。

那些工作人员不敢有一刻怠慢，很快大红本子就递到了两人面前。

刘娅楠拿到手里一点兴奋的感觉都没有，打开来，就看见里面的照片要多难看有多难看，不是说两人的外表，其实今天她穿的衣服还挺上镜的，只是那表情……

唉……

那些工作人员一做完事儿就跟逃命似的陆续离开了，其他的羌家军成员也在收拾着办公楼。

羌然是很讲究效率的人，几分钟的工夫，刘娅楠就看见整个地方已被收拾得干干净净的了。要不是自己刚刚在这种地方领了个红本，刘娅楠都怀疑刚才那些是不是自己的幻觉。

她正说要走呢，羌然忽然说了一句：“你过来一下。”

刘娅楠很听话地跟在他身后，两人很快到了羌然的办公室。

里面还是跟以前一样简简单单的，只有桌子椅子那些。羌然也不招呼刘娅楠，只点开桌子上的电脑，往里快速输入着什么。

刘娅楠也不知道他叫自己来干吗，不过看他做得那么认真，她也不敢打扰他。在等待的时候她四处瞄着，然后就看见在一堆文件中间，有一本花花绿绿的书。她心里纳闷，正想抽出来呢，却被羌然神色紧张地拿走了。

刘娅楠还是眼尖地看到了封皮上的字——《让女人爱你的十个办法》。

刘娅楠闷闷的，不明白他怎么好好的看起了这个，而且那副样子显然是不想让她知道……

刘娅楠坐在椅子上愣神一样发着呆。

羌然终于忙完，停了下来，又挨个确认了一遍后，他才伸出手去，直接抓住她的左手，把她的手指挨个按在屏幕上。

屏幕中央有一个识别器似的图形，在她的手指按上去的时候，会发出各种已输入的提示音。

五个手指挨个输了一遍后，羌然又拿着她的右手，挨个扫描着。最后还有一个需要对眼睛的，羌然让她低着头，不断提醒她："别闭眼睛。"

低着头的刘娅楠就觉得那个东西好像闪了下。她的眼睛倒是没觉着不舒服。

她纳闷地看着那些东西。她知道指纹密码那些，还有虹膜……不过好好的让她输入这些干吗？

就在她纳闷的时候，羌然告诉她道："刚才已经录入了你的虹膜跟指纹，你需要的话，可以在联邦银行直接输入指纹提取我账户上的金钱，超过一亿的话需要输入虹膜，超过一百亿则需要我的同意。"

刘娅楠被惊了下，随即想起，这个只是结婚后的一种手续吧……

紧跟着她想起自己的身价来，迟疑了下说："我那里也有些股票证券，那……那我改天也给你写个授权吧……"

"不用。"羌然打断她说，"那些是你自己的私人财产，你自行支配。"

他又点开了什么程序，详细地告诉刘娅楠："我把你的权限从D级提升到了B级，基地内的一些部门你可以不通过我直接调用，具体操作你回去熟悉一下，有不清楚的就问我。"

刘娅楠哦了一声，她也不懂D级跟B级的区别……是不是这意味着以后需要用车的话，不用请示羌然，只要给司机去个电话，就会有人载她出去？

刘娅楠正想着呢，就听见礼炮般的声音从外面传了进来。那声音可真大，而且很密集，刘娅楠很吃惊，赶紧往外看去。

她对面的羌然表情平静，双手合十地放在桌子上，淡淡地说道："今天你先好好休息一下，后面的行程会累一些。从现在开始庆典会持续一周，中间你要跟我去巡视其他基地，还有几个地方也需要咱们过去一下，正式的婚宴则要等到最后一天。”

刘娅楠从羌然的办公室出去的时候，人都晕乎乎的。

外面的礼炮声响过一阵后，停了下来，等她再出去的时候，差点没被眼前的一幕给惊到。

以前绝对是阳刚系的基地，现在简直被柔化了一样，不光是路边的彩旗、草坪上布置的鲜花，她目之所及的地方一片喜气洋洋。不知道是哪些人布置的，有些地方还被贴上了绝对不相称的大红喜字。

刘娅楠之前还觉得这个地方太风平浪静了呢，现在她发现连外面那些士兵的衣服上都别上了代表喜庆的胸花。

黑色镶嵌着银边的军服，别了那个后怎么看怎么怪里怪气的。

她在路过训练场的时候，还见着楚灵正带着不少人在用花盆摆造型呢。她纳闷地走过去，就看见都是些漂亮的红色玫瑰，中间还配了一些具有象征意义的花。

一个好像什么造型师的女孩子，声音大大地吆喝着这些兵痞子，很不客气地喊着：“哎呀不对，绢花不是这么弄的，笨死了，早知道我把我的团队带上岛啊！你们这些当兵的就没一点审美观吗……”

刘娅楠靠近的时候，那人回头看到了她，眼前一亮，赶紧介绍道：“夫人好，我是被紧急聘请来的婚礼策划师明兰，专门负责这次的婚礼活动，我很荣幸能参与这次世纪婚礼。对了，您的礼服尺寸已经交到了专人手上，有二十七名员工正在为您赶工，我估计最迟三天后您就可以试穿了……”

说话间这个策划师把工作丢给了自己的副手，她则紧跟在刘娅楠身边，把具体的策划内容复述给她听。

“化妆师三名，还有服装造型师两名，对了，还有伴娘呢，一共是六名伴娘，人已经找好了，等您过目没问题后，就让她们正式上工……”

说完明兰想起什么似的，一把抓住刘娅楠的手指，哎呀惨叫了一声，一边拍着自己的头一边嚷着：“我真是猪，还没有专业的美甲师！等我下啊，我马上把最最厉害的美甲师请过来！”

刘娅楠看着这个策划师手忙脚乱地打起了电话。

中间明兰一边问她喜欢什么系列的，古典的还是华丽的还是雅致一些的，一边跟电话那边的人谈着，都谈妥后，明兰又给羌家军负责进出的安防部门打电话，请求对方能给通融下。

因为要想进到羌家军基地是需要审批的。

结果很快明兰就被羌家军的榆木脑袋给气到了，对方死活不给她行这个方便，气得明兰直嚷嚷："你可以搜身啊，看对方有没有危险品，只有指甲油锉子啊！那也能算危险品吗！你别跟我较劲啊！我深夜两点就被揪起来了，赶鸭子上架一样，到现在可是一口水还没喝呢……你以为我想伺候啊！要不是为了这个世纪婚礼，要不是因为我很喜欢你家刘娅楠！我才不接这活儿呢，我可是世界排名第一的婚礼策划师好吗？"

刘娅楠看她争得面红耳赤的，忽然想起自己刚刚被授权到了什么B级的事儿，便伸手把明兰的手机接了过来，轻轻喂了一声，对里面的人吩咐着："你好，我是刘娅楠，制度该怎么执行就怎么执行，等人过来你们可以搜身，对对方的身份进行核实。我记得你们跟联邦政府的身份认证系统是联网的，不过现在情况特殊，能先通融一下吗？通行证那些，过后会尽量补给你的……"

这下对方像被吓到了，连连道歉道："夫人，属下马上就去执行。"

"哇，你说话好温柔啊。"明兰笑嘻嘻地收起电话，别看她才到基地，走起路来却是风风火火的，很快就将羌然带到了临时的婚庆策划室，里面造型师还有化妆师早已经等着了，就是七倒八歪的看着跟困得不得了似的。

明兰对着刘娅楠解释道："不好意思啊，夫人，大家都是昨天半夜被挖起来的，您不知道当时吓死我们了，还以为来了绑匪呢……"

其他女孩也都醒了过来，附和着："可不是，吓死我了，我还以为要被抢了呢……"

"得了吧，看到脸后是不是恨不得被抢啊！"

那些女孩嬉笑着说着玩笑话，气氛一下变得活跃起来。

刘娅楠已经很久没跟同龄的同性在一起了，之前为了隐藏身份开店的时候，她一直小心翼翼的，也不敢和人交往太深，现在跟这些女孩凑在一起，渐渐被唤起了那种她从小就很熟悉的叽叽喳喳的环境，调侃男生说八卦，互相询问衣服款式的感觉……

在做头发的时候，刘娅楠听到那些女孩子议论着什么精子银行。

"那些烂男人以为男人少了，我就非要找他啊，开什么玩笑！幸好咱们都有肚子，大不了就自己生呗，要不就攒钱做休眠，反正有的是办法。"

刘娅楠听后还是忍不住纳闷地问道："可是独自带孩子的话会很辛苦吧？"

"没有啊，有专门的互助小组，就是精子库组织的，那些妈妈生活在一个区域，需要出去工作的时候就把孩子放在专门的育婴区，现在很多女性都是这么做的。"

刘娅楠还是觉得很不可思议："可你们就不担心吗？一个女人……"

"担心什么？"美甲师笑着说，"法治社会啊，而且不是有女性保护法规吗，当年……哦，对了，就是当年您跟缪彦波制定的那些，暴力伤害女人还有性侵女人的条款，每年都有男议员抗议那个，说什么太重了。不过现在女性议员已经有六成了吧？"

负责为刘娅楠的头发做造型的女孩一边弄着一边点头道："是啊，其中还有您的功劳呢，您不知道，我刚接到这个工作的时候可开心了，您可是我的偶像呢……"

"偶像？"

"对啊，您是前女王啊！虽然见到您本人有点失望吧……"那个女孩子倒是坦率得很，"没想到您的相貌不是画里那样，不过一想到您在全是男人的世界还能未雨绸缪地做出那些事儿，就觉得您好厉害。我们都以为您会离开羌然的，毕竟那时候您是被……"

那几个女孩的声音忽然低了下去，其中一个胆子大的，小声问着："对了，这次结婚您真是自愿的吗？"

几个女孩子齐刷刷地望着她，这已经不是第一次有人问她这个了。

刘娅楠哦了一声，停顿片刻后才犹犹豫豫地说："孩子都有了，肯定是要结婚的啊。"

结果之前叽叽喳喳个不停的女孩们忽然不说话了，像是知道了什么了不得的事儿一样互相看了一眼。

刘娅楠也有点尴尬，跟这些经济思想独立的女孩比，她好像是上一代的人。

不过也亏得有这些女孩在，原本她还担心衣服怎么办呢，自从有了明兰的团队后，那些就都不是问题了。

那些女孩子会快速为她选出最合适的衣服。

刘娅楠以前穿衣服只求合体、符合自己的身份，大部分是很正式的衣服。

可明兰她们觉得刘娅楠长得很可爱，又这么年轻，干吗把自己打扮得那么老气。加上刘娅楠有那么多漂亮衣服呢，不穿不是可惜了嘛。

刘娅楠一件又一件地试着。中间休息的时候，养育组的人把小娃娃抱了过来。

这些女孩都被震到了，就跟看到了不得的东西一样，哇哇地尖叫着。然后就宝贝似的抱个没完。原本小宝贝的婴儿服很简单的，结果这些女孩子手是真巧，很快就做了各种漂亮的装饰品，还把素色的婴儿服做了修改。

这下小娃娃更是可爱到让人惊叫连连了，还有女孩拿着手机狂拍照片。

这么忙碌了一天，刘娅楠倒是不觉得累。她心情很好，也挺感动的，没想到羌然会在这种出其不意的地方给她惊喜。

现在她对婚礼都充满期待了，也终于有了要结婚的感觉。

她回到夏宫的时候，羌然还没回来呢。她能理解，这次的婚礼如此仓促，行程又那么紧张，羌然肯定也挺忙的。

等羌然回来后，别说含情脉脉的洞房花烛夜了，刘娅楠还没说那些婚礼策划的事儿呢，羌然就先说了起来，简直跟布置任务一样，还对她介绍起了那些需要去的地方。

刘娅楠以前只听说过羌家军的其他基地，现在她才知道那些基地居然都不小呢。当初休眠的时候，只有他们主基地休眠了，其他基地大部分保留着，几代下来，加上女性的引入，那些基地简直跟一个又一个的小王国似的。

刘娅楠觉得很不舒服，这明明是两人领证后的第一个晚上，就算再认真对待婚礼，也没必要搞得跟正式的外事活动一样吧？

她低头装作认真的样子听了一会儿，忍不住想把自己白天的成果给羌然展示下。

她换上了那件漂亮的小礼服，现在天气热，策划组帮她选的小礼服是淡粉色的，上面镶嵌了很多碎钻，很雅致很漂亮，最主要的是衬得她肤色特别好，跟她的气质也相符。

她以前是不敢穿这样的衣服的，不过明兰她们都说很适合她，她自己也照过镜子了，除了感觉礼服裙子短了些外，其他都太合适了。也因为短，把她那双漂亮的腿显了出来。

羌然看到她光光的小腿后，皱了皱眉头回了一句："不太合适。"

满心欢喜的刘娅楠换来这么一句，她失望地哦了一声……

本来想争辩下，最终还是没吭声地将礼服脱了下来，又找了一件别的，这件也很好看的，还是她以前不敢穿的那种。

她满怀期待地穿了，以为这次总可以了吧？这么正式又漂亮的礼服，把她的线条勾勒得可好看了。

结果羌然看到她露出的那一片背后，还是只点评了一句："不合适。"

这下刘娅楠扛不住了，试图沟通："这是婚礼策划师帮我选的，我觉得很漂亮啊，你不觉得我穿上后很显身材吗？"

羌然也不同她争辩，只低着头做出一副毫不关心的样子，又把那些需要刘娅楠熟悉的东西，重新仔细地给她讲解。

刘娅楠就跟被晾在了那里一样，她无语地脱下衣服。这婚本来就结得憋屈，现在她更是不开心了。更过分的是，第二天她再去婚礼策划室准备化妆换衣服的时候，迎接她的再也不是那些活泼欢快的婚礼策划人员了，取而代之的是几个穿着灰黑色衣服的中年老大妈。

"我们是女子修身自律会的，我们偶尔也会负责婚礼。"其中一个大妈见了她后这么介绍着。

然后刘娅楠就被那些人拉了过去。美美的指甲油没有了，漂亮的发夹也不知道去了哪儿。

那些大妈一边给她穿衣服一边絮絮叨叨地说着："女人穿衣要得体，不能露胸露腿的，那多伤风败俗啊，女人的身体只能给丈夫看，有些女孩子啊，就是年轻不懂事，以为那叫美呢……"

刘娅楠被叨叨得脑袋都大了，凑合着化了个压根瞧不出有什么不同的妆后，再一看对方给自己选的那套衣服，她当下咽了口口水。

当年她怀孕穿的孕妇装都没这款的啊！跟昨天的衣服比，这简直就是加厚版的囚服啊！别说显示腰身了，就那个直筒的样子，刘娅楠都怀疑自己穿上后就跟套了个面口袋似的！

她的脸一下变了颜色，这都要结婚了，羌然偏偏在这个节骨眼上找了这么一拨人来。看这些修身自律会的大妈，显然是想给她讲点什么三从四德的……

刘娅楠不好对这些大妈生气，便跟那些人说了一声，就出去找羌然算账了。

按照行程里安排的，没多会儿他们就该出发了。刘娅楠却觉得脑袋鼓鼓的，跟充了气一样。婚礼是两个人的事儿吧，求婚搞成那样就算了，领证那么做也凑合了，现在连婚礼上的一件衣服他都要管！管就管了！还要她顺便穿个小鞋是怎么的?

刘娅楠绷着脸，很快找到了羌然，不过羌然也挺忙的，她过去的时候他正在给属下分配任务呢。

如果以前看到这种情况，她会主动等着。这次刘娅楠却没有等待，直接打断了羌然的工作，对那些人说道："不好意思，麻烦你们出去一下，我跟羌然有话要说。"

那些人倒是很配合，一听这个纷纷走了出去。

羌然看到她的样子也有些意外，不过他什么都没说，只望着她，等着她要说的话。

刘娅楠努力控制着自己的面部表情："羌然……"

她深吸口气，在面对羌然的时候，很少有人能有勇气说出这些话来。这个让世界惊惧的魔王，当他面无表情地看向某人的时候，真的可以把对方吓得屁滚尿流的。

刘娅楠的心也怦怦直跳，她也被吓得直打鼓。

可是现在的世界跟以前已经不一样了，当时只有她一个女人，也没有任何权益可以保护她。现在有那么多法律呢……

她现在不说的话，以后就更不敢说了！

刘娅楠豁出去地直视着他的眼睛，一鼓作气地说道："羌然，我不是你的部下，也不是一个口令一个动作的士兵，我是要跟你共度余生的女人。你不能不经我的允许，就把我的婚礼策划师弄走，给我换来这么一拨大妈！"

羌然望着她，四两拨千斤地回道："是养育部门向我投诉。"

看着刘娅楠不明白的样子，他表情淡淡地告诉她："昨天那些人给咱们的孩子穿了裙子还戴了头花。我不知道你是怎么做母亲的，但看着一个男孩被打扮成那样还能无动于衷，你是不是想把孩子培养成一个娘娘腔？"

刘娅楠在羌然面前压根不够看，两人的段数差太多。简直是把兔子放在头狼面前，等着头狼下嘴。

羌然几句话就把刘娅楠堵得说不出话来了，一顶“你怎么做母亲”的大帽子瞬间把她给震歪了。不光是羌然说的无动于衷，其实，在那些人抱孩子的时候，她还帮孩子擦了红脸蛋……

虽然不擦小宝宝就够粉嫩粉嫩的了，可是擦了后，真的好漂亮！大大的眼睛，还有好长的睫毛。她跟一群怪阿姨玩了足足半个小时，小娃娃也一直被她们逗得咯咯直笑。

她当时也没觉得有什么不妥当，可现在对着羌然的质问，刘娅楠连反驳的话都不敢讲了。

母亲那顶帽子太大，她只是个二十多岁还有玩心的小妈妈，觉得小婴儿被打扮成小女儿也没什么。

只是那些人大概是犯了羌然的忌讳吧，没组织性没纪律性，还给他儿子化了妆……

刘娅楠也有点心虚，昨天她的确没有考虑小宝贝的心情，虽然小宝贝才几个月大……

她低着头往后退了一步，走到门口的时候，心里还是挺委屈的。她眼圈红红地回头对羌然说道：“羌然，我们没恶意的。女孩聚在一起有时候就是那样的，我以前给亲戚家带孩子也那样做过，把我的帽子给几岁的小表弟戴……我也没说让他当娘娘腔，就是玩笑。自从知道要出巡，还有那个婚宴后，我一直挺紧张的，平时选衣服化妆都是我来，以前只有我一个女人，我把自己化得跟鬼一样，也没人会说我什么，可是现在不一样了。我也想漂漂亮亮的，不要总被大家说是背景都不配当的女人。昨天我真的觉得她们很专业，对我也挺好的，只是年轻，可能犯了你的忌讳，可是羌然，你真的不觉得昨天的我比较漂亮吗？”

羌然望着她红红的眼睛，回了一句：“我知道了。”

刘娅楠也不知道他知道什么了，吸了吸鼻子走了出去。

她也没回去找那些大妈，而是蔫头耷脑地回到了夏宫，准备随便找件礼服，凑合着给自己化化妆。正在此时，她接到了明兰的电话。

明兰在电话里急急道着歉：“对不起啊，夫人，都怪我，一看见漂亮宝宝就控制不住了。我已经警告其他人了，我现在正在往您那里赶。时间真的很紧张，衣服也要推倒重选，夫人，麻烦您先从衣柜里选一些您觉得可以的，我们到了后再商量好吗？”

刘娅楠放下电话后，都有点不敢相信自己的耳朵，这是羌然答应自己了？

不过时间太紧了，她也没有细想，赶紧去找衣服。找衣服的时候，刘娅楠忽然纳闷起来，她是给小宝贝裹了个跟裙子似的小围巾，可是，这事跟她的衣服有什么关系，干吗都要推倒重来？

刘娅楠顿住动作，琢磨了下昨天试穿衣服的情形，很快她就理出两条思路来，一个是男女审美有差异，她选的那些衣服羌然真的打心眼里不喜欢，另一个……则有点让人难以相信了，是因为露了小腿跟后背吗？

刘娅楠仔细想了下，她以前穿衣服一直很保守，在那种男多女少的世界，她恨不得给自己穿个盔甲，所以其实大概可能，是羌然那个……不喜欢她穿那种露肉的衣服，哪怕只是露个小腿？

刘娅楠都被这个想法给惊到了！

绕了这么一个大圈子啊，要真是这样的话，羌然扯什么孩子被化妆被穿衣服的啊！还说得那么振振有词一脸严肃的！

明兰她们来得挺快，在她想着那些的时候，已经连跑带跳地赶到了夏宫，然后她们就被夏宫琳琅满目的衣服还有首饰给震到了。

一个个都是一副“哇你原来住在超级宝库里”的样子。

尤其见到那种难得一见的，据说比黄金还要名贵的超级明纱衣的时候，那个负责挑选衣服的人差点没跳起来，一边摸着一边惊叫道：“这种衣服只有德塞耳博物馆里有啊！据说全世界只有三件啊！您居然就有两件！”

刘娅楠哪里懂那些，当初她休眠的时候，很多衣服首饰都被搬到了真空室内，她苏醒后，也想着找一两件穿，奈何她那肚子啊，总是鼓起来一块，所以她又添置了一些衣服……

上次明兰她们来，她带她们到外围的地方看了看。这要不是着急选衣服，她都想不起这个需要密码才能进入的地方了。

“哇！这是火狐吧，据说已经灭绝了，不过最好不要选，有些环保组织的看到了会抗议的……”

刘娅楠任由她们帮她选着衣服，自己则坐在椅子上努力保持着头不要乱动。这个给她化妆的女孩可厉害了，简单几下就把她化得漂漂亮亮的。

“您的脸型很漂亮的。”那个女孩一边帮她修眉毛一边说，“我看您挺爱笑的啊，干吗每天绷着面孔啊，来笑一笑，您笑起来特别有亲和力的。”

在被修饰了一番后，刘娅楠抿嘴笑了下，觉得自己就像穿上水晶鞋的灰姑娘一样。

她都有点不敢相信镜子里那个人是自己，更主要的是她以前走路虽然不是很难看吧，但也算不上多优雅，尤其是在羌然身边的时候，她就习惯性地蔫头耷脑的。

现在有专门的造型师礼仪师在呢，她们都会在旁边及时提醒她。

经过仔细挑选后，虽然选出来的衣服有点不合身，可有现成的造型师和服装设计师在，两人二话不说挽起袖子就开始微调。

很快刘娅楠从头到脚都收拾妥当了。在穿戴整齐后，刘娅楠还确认似的问了下明兰她们："对了，这次你们选的都是很保守的衣服，是被提了要求吗？"

"可不是。"明兰还没说呢，负责化妆的女孩已经说了出来，"来的路上挨个叮嘱了我们一遍，这还不算，就跟不放心似的，又让我们写了保证书，保证不管是选择的衣服款式还是化的妆都必须庄重得体，不能媚俗不能暴露挑逗，更不能带有暗示性！问题是不性感的话，怎么突出女性的美啊，难道要穿得跟个修女似的？幸好你这里有个超级衣柜，不然我们真要愁死了。"

刘娅楠原本还只是猜测，现在她已经有了八成的把握。

以前她是不敢多想的，都是羌然给她什么，她就要什么，羌然不允许的，她便压抑着自己。可现在不同了，她发现自己的脑子动了起来。在面对羌然的时候，她会下意识地想，为什么他要这样……

她都觉得这种情况很新奇。

时间已经很紧张了，刘娅楠不敢耽搁，拿了些随身的东西，就急急往集合的地方赶。

到地方时，羌然已经在车上等了。刘娅楠也没有手表什么的可以看时间，不过她猜着自己肯定是迟到了有一会儿了。

奇怪的是，一向时间观念很严的羌然居然一直没叫人去催她。

她很不好意思地坐到了车内。里面的羌然扭过头来，视线落在她的脸上。

刘娅楠挺感激他又把明兰她们找回来，笑着说了一声："谢谢你啊。"

羌然很轻地嗯了一声，伸手准备给刘娅楠的耳朵贴个什么。

刘娅楠纳闷地看着他。

羌然的动作很轻，不过东西贴到她耳朵上的时候，刘娅楠还是觉得耳朵疼了下。

看她皱眉的样子，羌然很轻地解释道：“这是防止眩晕的，地上车开太快的话，你会受不了。”

“哦。”上次他们出访西联盟的时候，她就因为坐地上车不舒服了。刘娅楠没想到，都那么久的事儿了，羌然还会记得，还给她准备了这种东西……

羌然的手指摸到了她的脸。刚刚化好妆的刘娅楠忽然起了逗一逗他的心思，侧头对他说了一句，“我这个样子还算漂亮吧？”

羌然轻点了下头。

刘娅楠仰起脖子来，附在他耳边小声说了一句：“其实之前的那些衣服也不难看吧，以后我只穿给你看好吗？”

她缩回脖子的时候，故意眨了眨眼睛。

她以为的表情却没有出现在羌然的脸上，这个男人到了这个地步，居然还能表情不变地点点头。

刘娅楠歪头盯着他的脸，心里忍不住琢磨着，这个人就不能坦白地说句话吗？

地上车的速度很快，还好有那个防眩晕的耳贴，刘娅楠觉得好了很多。

时间过得很快，在行驶了三个小时后，地上车已经驶出了城市的范围，两边的景色也变得越来越不同。

又行驶了一段路后，地上车渐渐停了下来。

长长的车队就那么统一停在了不知道是哪里的路旁。

刘娅楠正纳闷呢，就听羌然对她说道：“休息一会儿，跟我下车看看。”

刘娅楠没有多想，她也正好想下车活动下四肢呢。

这个地方看着蛮荒凉的，不知道羌然是怎么回事，特别喜欢往草丛里走。

刘娅楠的裙子有点长，里边的野草又很高，她提着裙边小心地跟在他身边。

开始那些安保人员也亦步亦趋的，谁知羌然下了命令，让那些人不要再跟过来。

刘娅楠觉得很奇怪，看样子羌然还要带她走一段路呢。

足足走了有五六分钟，刘娅楠才跟着羌然到了一小片树林。

“地理杂志介绍说这儿的风景很好。”他指给她看。

刘娅楠原本还不知道要看哪儿呢，在他的指点下，才透过那片树林看到了那一片花海。

她都要被惊呆了，那么多的花，因为地形的原因，那些花随着那些坡度自然地分布着，形成了天然的色差……

她奇怪地问他：“你怎么知道的……”

羌然这种大男人是不可能注意这种花海似的景色的，要说是壮观的落日还有大海奔腾之类的还能理解，这种花海对他来说估计一点欣赏的价值都没有……

她看着却喜欢死了，简直想跑进去打个滚！

“昨天晚上就跟你说过。”羌然低头看着她，目光不是指责，只是有些无奈，“我们要经过的地方，有什么特色风景我都跟你讲了两遍。”

刘娅楠不好意思地笑了笑，她昨天光顾着不高兴了，都没有好好听。

现在看来羌然真的是动了心思的，那么这次出巡，也不光是为了做做样子，是要带她看这些漂亮风景的嘛……

两人第一站要去红色山脉那里的基地。

那个基地也才一百多年的历史，当年还是因为需要攻击西联盟才特意建立的，然后羌大战争狂发现此地的地理位置绝佳，进可攻退可守，虽然被西联盟无数次地抗议，羌然还是毅然把此地划为他的军事据点。

等他们到了地方后，刘娅楠看到的再也不是荒山野岭，而是一座依山而建的超级漂亮的小山城。

很多地貌都被改变了，早些年她跟羌然曾用来度假的那个地方，也都被改了样子，曾经唯一的建筑物，此时成了小山城边一处小小的纪念性的建筑了，而且年久失修。他们经过的时候，刘娅楠看见那个小别墅还被围栏围了起来，在显眼的地方挂了牌子，写着修复中……

刘娅楠原本还想进去看看呢，看到那行字便露出了失望的表情。

那个充满回忆的温泉也不知道怎么样了……

羌然像知道她的心事儿似的，在旁边说了一句：“等修好了，咱们再带宝宝一起过来度假。”

刘娅楠马上笑了，对啊，到时候可以带宝宝一起来的嘛。

她开心地看向羌然，只是自从羌然带她看过风景后，只要跟她对视，就会迅速别过头去。

刘娅楠就觉得很好玩，简直都要误会他是在害羞了。

自从到了这个地界后刘娅楠就有点紧张，主要是这地方不光是红色山脉，还紧挨着西联盟呢。

毕竟羌家军当年和西联盟可是有过大过节的，那场战争的影像资料可都保存着呢。铁证如山，刘娅楠很怕会有西联盟的人权组织过来抗议。

结果抗议没等到，在她刚到基地的时候，却接到了一封邀请信。

那时候刘娅楠正在房间里休憩呢，羌然则要为晚些时间的活动做准备。

突然就有专门的人过来请示她说，有西联盟的官员要见她。

刘娅楠一下紧张起来，还以为真是讨债的来了呢。她赶紧收拾妥当，努力做出体贴明白的样子，想着尽量做做和事老。当初在宴会上，那些人权派分子可是差点没把他们骂死。

结果她出去后，却惊讶地发现，来的人并不是代表政府声讨他们的，而是给她递送邀请函。

写信人是西联盟最高长官，刘娅楠接过后，看见上面盖着非常正式的印章，里面的字句也是恭敬到了极点。

过来送信的人微微鞠躬，望着她的眼睛解释道："我们西联盟的前女王殿下非常喜欢您，她一直听她父亲说起您的事儿，在去世前，还特意下了这道命令，如果有机会的话，一定要请您到西联盟做客。"

刘娅楠张了张嘴巴，一下回过味来，虽然西联盟的人很恨羌然，可是西联盟是小田七的地方。小田七跟她却不是仇人。

看过那封信后，刘娅楠有点心动，这个时候离晚上的庆典还有段时间呢。

他们这个地方离西联盟那么近，快去快回压根不会耽误什么。刘娅楠想去看看田七的地方，毕竟以后再找机会出来挺不容易的。这次可是有正式邀请函呢。

她估计羌然听见这个肯定会皱眉头。可是都过去一百年了，满大街都是女人了，哪里还会再出现抢人的事儿啊。

刘娅楠想着不管怎么样，都要试试看。

如果是以前她一定会小心翼翼惴惴不安地跟羌然请示，这次刘娅楠却长了个心眼，特意让人领她去了厨房，她挽起袖子做了一盘水果拼盘，很用心地弄成漂亮的形状，看着就觉得可爱。

她端着水果给羌然送去，这样闷热的天气吃点解暑的东西是最好不过的了。

刘娅楠去得也是时候，羌然刚处理完一部分公务，她到的时候，临时办公室内恰好没有人。

刘娅楠把自己准备的小凉菜端了过来，讨好地对他说："羌然啊，我刚做的果盘哦，漂亮吧，来，尝尝看喜欢吗？"

羌然其实挺好讨好的，刘娅楠发现只要自己用点心，他就会变得心情很好。

果然一看到这个，羌然的表情就放松下来，她更是讨好地拿着特制的水果叉子把果肉叉起来喂给他吃。

就是羌然这么高高大大的男人低头吃她喂过去的果肉，总有点不协调的感觉。而且羌然吃东西的表情很怪，很不自然。

主要是刘娅楠很少这么做，两人都有点不适应似的，很快表情都变得怪怪的了。

刘娅楠只喂了一块就不好意思再喂了，她把水果叉子放下。

趁着他心情不错，刘娅楠赶紧说道："那羌然，能麻烦你个事吗？"

羌然闻言瞟了她一眼。

刘娅楠咽了口口水，心里犹豫着，自己这样献殷勤，也不知道羌然会不会松口。不过看他那一脸戒备的样子，估计是悬……

她还没说呢，羌然已经要绷起面孔了……

如果是以前碰了钉子，她顶多端着果盘蔫蔫地回去。

这次刘娅楠却胆子大了一些，在准备说出要求前，先转到羌然身后，一下搂住了他的脖子，撒娇一样说道："羌然，西联盟的人邀请我过去呢，就让我去嘛，你要是不放心就让观止他们跟着我好了。再说都和平这么多年了，何况那是田七的地方呢，他不会害我的，我只是过去看看。"

刘娅楠这么做的时候，都觉得身上要起满鸡皮疙瘩了。

很神奇的是，虽然羌然还是那个慢条斯理的样子，但在吃完果盘里的水果后，终归松了点口风，最后只叮嘱她不要去太久，还设定了特别苛刻的时间限制……

不光让观止跟着她，还把楚灵也叫了过来。

刘娅楠满意到了极点，因为真的是太太太难得了！

羌然以前做过的决定几时修改过啊！这可是头一次她能求出什么事儿来，且是连着两次啊，一次把婚礼策划的人叫了回来，这次也绝对算是法外开恩了！

等她跑出去准备坐车去西联盟的时候，却被跟随的人给吓到了。

那长长的车队哦……

刘娅楠觉得特不能理解，这又不是去攻打西联盟，就是去拜访下老朋友的家而已啊，值得弄这么多车啊人的吗……

幸好一直等着她的西联盟官员什么都没说，一直很和气地跟他们当着向导，还配合车队的前行，跟西联盟的交通部门打了招呼。

等他们驶入西联盟后，街面上干干净净的，也没有发生堵车的情况。

虽说没有很隆重的欢迎仪式，刘娅楠到的时候，还是受到了政府机关非常周详的接待。

刘娅楠一直看着四周的建筑，大概因为都是石头建的，刘娅楠发现很多建筑还跟她记忆里的一样。在见到对方的长官后，刘娅楠甚至在那人的脸上找到了小田七的影子，尤其是眉眼……

知道对方算是小田七的重外孙后，刘娅楠觉得更亲切了。当她问起对方，小田七有没有给她留言的时候，得到否定回答的刘娅楠多少有点失落。

刘娅楠跟小田七的后人，这个叫做菲尔特田梓的闲聊了一会儿，看得出这个人继承了小田七的善解人意，一直跟在她身边跟她讲小田七的生平。

在听那些事的时候，刘娅楠觉得这个地方似乎不一样了，她能感觉到生活在这里的田七似的。

在说到历代族长的事儿时，刘娅楠忽然想起什么来，趁机把前任菲尔特族长的事儿说了一通。那个菲尔特前族长一直被人遗忘着，不过她可不敢忘，那个人讨厌是讨厌，毕竟是自己带过去的。

菲尔特田梓听到后，居然微笑着说："没问题的，遗留的问题我们都会妥善处理的，关于这个前族长我们会按照旧时贵族的规格来接收他的。"

说话间两人已经走到长长的走廊里了，观止跟几个安保人员亦步亦趋地跟在他们身边。

刘娅楠抬头看着那些画像，她上次来还是跟羌然一起呢。他们也曾在这个走廊里散步聊天……那些回忆苦乐参半，现在回忆起来却觉得分外亲切。

里面的画像多了很多，有田七跟他妻子的，还有那些女儿的。

她一幅一幅慢慢地看着，每次走到田七的画像面前，都会停一会儿细细地端详……

忽然刘娅楠听见有人在喊她的名字。她诧异地回过头去，见到不远处的走廊口站着一个人。

她叫了出来：“野兽。”

野兽怎么在这里？她诧异地走到他面前。

野兽站在原地没动，安静地等着她走到自己面前。他定定地看着她的脸，脸上也没有意外的表情，在她靠近后，开口说道：“听说您结婚了？”

“啊……”刘娅楠这才想起自己都没有通知野兽呢，赶紧解释，“对不起啊，因为是仓促决定的，我现在还……还跟做梦似的呢。”

“那……您幸福吗？”

“不要叫您了。”刘娅楠觉得怪怪的，野兽干吗对她这么客气啊，她笑着对他说，“叫你就好了。其实还好啦，反正我每天也都是那样生活的，结婚不结婚好像也没什么差别……”

野兽不动声色，回忆一样又问道：“还记得您曾经对我说过，如果遇到喜欢的女孩，就要尊重她、爱护她。那他有那么对您吗？”

刘娅楠有点迟疑，今天的野兽怪怪的，而且这个问题也挺难为她的，羌然那样的人，一直是上位者的思维模式，要说尊重爱护那些，不能说没有，但也绝对不能说是情人间那种……

最后刘娅楠轻声回着：“有吧……羌然那个人，其实相处下来，还是不错的，慢慢来就好了，真的。”

“那过去这么久了，您现在可以随意去您想去的地方了吗？”

野兽表情平静地又问了一句。

刘娅楠下意识地看了眼旁边的观止他们，她也不知道该怎么说。

其实，还是不可以……

虽然世界上不是只有她一个女人了，羌然还是要求她想去哪里时务必跟他报备等他批准。连需要出去的时间都要标注好，一旦超过，她身边的安保人员就会提醒她，超过得多了，她还要详细地同羌然解释为什么会浪费那么多时间。

也不是总会被批准的……

野兽望着她的脸什么都没说。

就跟要印证野兽的话一样，观止已经急匆匆地过来催促她了：“不好意思啊，夫人，时间已经要超过了……”

刘娅楠还有很多话想同野兽说呢，现在被观止打断，她便无奈地看向野兽，为难地笑了笑说：“有空去找我吧，或者给我打电话。”

她往外走的时候，野兽并没有送出来，而是难得地一直站在原地望着她远去的身影，跟在思考什么似的，一动不动地站在那里。

第九章

# 圆满

CHAPTER 9

刘娅楠回来得其实不算晚，观止是提前叫她的。

等她坐着地上车穿过小城街道的时候，还是被两边的布置给惊艳到了。这个地方因为是山城一样的建筑，所以看着古色古香的，路边的小房子跟袖珍的一样，远远看去还不觉得有什么，身临其境后，就觉得特别好玩。

不过她没有太多时间看那些，车子到了地方后，她就被明兰她们一窝蜂地拽了进去。

又是梳头发又是化妆的，一直到庆典快开始前，明兰她们还在不断帮她看哪里有不合适的地方。到还剩最后几分钟的时候，那几个女伴才一路陪着她款款走了出去。

盖住膝盖的长裙，带有流苏的上衣。

羌然穿着一身军装，在她走近后，微微俯下身，把胳膊伸给她。

她心跳很快地把手搭在他的小臂上，深吸口气，跟着他走到了万众瞩目的露台上。

场面很盛大，从他们露面起，烟花就不断燃放着，整个天空都被映红了。

盛典很隆重，就是有点像检阅军队。

明兰她们探头探脑的，也都被这样严肃的场面给惊住了。作为设计婚礼的人，不是没见过大场面，但是吧……

按说这是婚礼的庆典不是该喜庆点吗？

明兰看了直吐舌头，等刘娅楠回到里面补妆的时候，几个女孩凑在一起，小声说着："哇，军人的婚礼都要这样吗？"

刘娅楠也不知道该说什么。

"场面是很大，不过真叫人紧张啊。也没有结婚誓言、新人祝词吗？"一向喜欢别出心裁的明兰都忍不住嘀咕着，"这也能叫婚礼庆典，这边管事的人脑袋进水了吧？”

刘娅楠赶紧说：“各地风俗不一样吧……”

说真的这样的婚礼庆典，刘娅楠没觉得感动喜悦什么的，就是觉得挺累，每一刻都要小心谨慎不要出差错。她的压力好大。

她习惯了每天都跟孩子待一会儿，今天忙了一天还没有给孩子去个电话呢。在等待宴会的时候，刘娅楠偷偷躲在角落，忍不住跟养育院那边去了个电话。

小宝贝还小呢，都不能说话，只会对着电话咿咿呀呀的，刘娅楠的心都要融化掉了。当初她是想带孩子出来的，不过不管是育儿部门还是明兰她们都劝她，这么远的路程对孩子不好，她也办不好庆典……

她正愣神呢，羌然就找到了坐在角落里的她，低头看了她一眼。

刘娅楠赶紧正襟危坐，因为刚给孩子打完电话，她眼睛还酸酸的呢。她鼻音重重地解释着：“不好意思，我不是故意躲起来的，我是想孩子了，给那边去了个电话问了问情况。”

“还好吗？”羌然一点责备她的意思都没有。

刘娅楠哦了一声，回道：“挺好的，今天喝了奶还吃了一点辅食，也没有哭闹，估计一会儿就会睡了吧。”

羌然把手递到她面前，看样子应该是想拉她出去见这个基地的那些负责人。

其实之前已经打过照面了，被介绍的时候，因为人太多了，刘娅楠听得脑袋都大了。

这次估计是除了那些在编的军人外还有些当地的商家望族需要见吧。

刘娅楠伸手的时候迟疑了下。

羌然回头询问一样看着她的脸。

刘娅楠其实挺吃力的，她早已经不是当年那个被人千呼万唤的女王了，自从被打回原形后，她就很想做点普通人做的事儿，这样的场合她总觉得很不适应。

见羌然看自己，刘娅楠鼓起勇气，慢慢地说着：“羌然……我、我跟不上你的脚步的……”

羌然的手依旧递向她说：“我知道了，我会慢一些。”

刘娅楠迟疑了下，终是伸手握住了他的手。

会有一些男人深情款款，把女人视为唯一，可是也有这样的男人，从来不会停下留意什么。

刘娅楠低着头跟他走了几步：“不是走路的问题，咱们好像不是一个世界的一样。就像歌里唱的，你是那种天上飞的鹰吧，我呢，喜欢在小水洼里游一游就好了，所以有时候老鹰想要巡视地盘的话，挺好的，要是拽着小金鱼去就会……”

羌然停下脚步皱着眉头看向她。

刘娅楠深吸口气，不知道别的妻子在面对丈夫的时候是什么样的，她每次跟他讲话都跟要玩命一样。

她努力鼓起勇气，继续说道：“其实跟刚才那种外事活动，还有马上要进行的宴会比,我更喜欢这座古城里的小食街,还有这里的风土人情、特色的小点心……”

刚才明兰她们给她化妆的时候，她听到了那些人的议论。在她去西联盟的时候，明兰她们跑出去看了一圈，还说因为有这个庆典，这次的特色小食街也是百年一遇的，更主要的是还有什么嘉年华呢……

刘娅楠听后也很喜欢，还让明兰她们不用一直跟着她了，想去玩就去玩吧。

等明兰她们一走，刘娅楠才觉出寂寞来。就跟别人都在休息，偏偏自己要加班一样的感觉。

“我是那种会被小食街吸引的女人，你吧，是伟人级别的，我呢，小鱼小虾而已。就是有孩子了很麻烦……”刘娅楠也不知道自己想表达什么意思，絮絮叨叨地说着。

对羌然来说听刘娅楠的絮叨要比分析战况难一百倍，因为没有重点。这个女人说话，从来是想起什么说什么，千头万绪的，每一条线里又能抽出更多的线来……

不过他还是在那些繁复的信息中抓到了一点点好像是重点的东西。

他这次没把她带到宴会厅，而是往之前的卧室拉。

刘娅楠听着羌然一边走一边跟观止打电话，好像是吩咐观止去应酬，又叫来了楚灵。

楚灵来的时候，羌然已经在催促刘娅楠换上普通的衣服，他则脱下了军服，拿起楚灵带来的衣服换上。

都弄好后，羌然又取了女士面具。

刘娅楠知道这个地方庆典很多，也的确有很多戴着面具狂欢的人，而且这个面具很简洁，只挡住了脸的上半部分而已。

这是要干吗？羌然忽然让她换上朴素点的衣服又是什么意思？

有一个念头萌生出来，刘娅楠都被这个念头吓到了。

羌然不会是想扔下这一拨人，带她出去逛什么小食街吧？

她又觉得不可能，可衣服都换好了，羌然还向楚灵要了一些兑好的现金。

楚灵出去后，刘娅楠一脸紧张地问道："羌然，你这是要干吗？"

羌然为她检查着头上戴的面具。

"带你去逛夜市。"

刘娅楠被这个答案吓了一跳，赶紧说道："可是……"

她紧张地指着宴会厅的位置，那么多人等着呢……

"我的任务不是讨他们开心。"羌然上下打量了下刘娅楠的衣着鞋子，皱了下眉头，催促她，"再去换双鞋，这个地方石子路很多，不小心会伤到脚踝。"

刘娅楠捂着胸口换了双鞋子，跟受了多么大的惊吓一样琢磨着那句话：我的任务不是讨他们开心。潜台词是不是指，他的任务是要讨她开心？

有楚灵一路跟着，两人倒是神不知鬼不觉地从后门走了出去。

安保人员还是没少，只是羌然给他们下了命令，都在外围保护不用太近身。

在他们换衣服的时候，那些安保人员也都换了衣服，要是走在路上刘娅楠也不见得能认出来。

刘娅楠觉得心口怦怦直跳。夜市离这个地方还有段距离呢，而且因为是禁区，那些民间的庆典都在百米外。

趁着夜色两人很快找到了那些小牌坊似的地方。

跟那些军方的庆典比，民间的活动要有趣得多。刘娅楠发现一个奇怪的现象，很多地方会在房顶点上蜡烛。

一两家自然不算什么，家家户户都有，就太神奇了。

他们戴着面具混到了人群里。刘娅楠总有点不真实的感觉，人头攒动的，到处是热闹的声音。有烧烤的香味飘了过来。

为了穿漂亮的衣服，不破坏脸上的妆容，刘娅楠晚上都没敢吃东西，只抿了几口水，这个时候一闻到这个味道就食指大动。

在买那些烤串类的东西前，她被旁边的一家特色小食店给吸引住了目光。

那地方不少人围着呢，广告牌上写着什么特色只此一家。

过去后，刘娅楠闻着那味道怪怪的，有点像臭豆腐。她挤过去买了一串出来，小口地尝了尝，脸就变色了，这玩意儿可真难吃……

吃到嘴里火辣辣的味还特怪，不过在那一刻刘娅楠忽然兴起了促狭的心思。

她举着那串东西逗羌然："喂，要吃吗？"

羌然居然都没迟疑，表情未变地就低头吃了下去。

刘娅楠这才想起此人在野外生存训练的时候，别说臭豆腐了，生肉都吃的……

虽然这个地方到处是特色食品，不过在被"蹂躏"了几次后，刘娅楠发现自己已经被羌家军的大厨惯坏了胃口，偶尔吃点特色食品还好，一旦吃多了，肚子跟味觉就会抗议。

刘娅楠凑合着跟羌然吃了些口味淡的东西填肚子。

在吃过那些东西后，刘娅楠想再去尝尝甜品。她听明兰她们说，这个地方有一种甜品很有趣，吃起来甜甜糯糯的。

找到一家差不多的店后，刘娅楠选了一张桌子刚要坐下，羌然就问她想吃什么。

刘娅楠也是初次来，不知道能点什么，便自告奋勇地把羌然按在椅子上说："我去买吧，我正好可以看看这儿的特色。对了，你吃什么？"

"随意。"羌然的视线一直留在她身上。

刘娅楠走过去，看着那些甜品的介绍，肚子是有限的，好吃的是吃不完的，她在红豆口味和芒果口味中间犹豫起来……

那个负责收银的女孩凑过去，笑眯眯地用手捧着脸，一脸夸张地跟她说："哎，你男朋友很喜欢你嘛，自从你过来他就一直看着你呢。姐姐教教秘诀吧，怎么把男人迷成这样的？你男朋友个子好高啊！身材也棒！现在这世道，这样的男人不好找了……"

刘娅楠这才回头看了一眼，果然见羌然看着她这边呢。

她的脸一下就红红的了。

她坐下慢慢地吃着甜品，不知道是因为特色还是因为心情，她觉得嘴里的甜品特别好吃，特别糯，她吃得心里甜甜的。

不知道从什么时候开始她不那么怕羌然了。其实以前也不能叫怕，就是在那个环境下，看着别人都对他恭恭敬敬的，下意识就会有一种从众心理，好像矮了半头一样，在他面前一下就显出服从的样子……

等他脱下那身衣服，这么随意地跟她吹着凉凉的风，吃着甜品的时候，刘娅楠就觉得这个人，其实只是一个男人，一个会陪着她吃甜品，会把她不喜欢吃的东西都吃下去，让她觉得感动的男人……

两人出了冷饮店，刘娅楠又看到路边做一种糕点的，看着五颜六色的糕点怎么被人用手工做出来，刘娅楠眼睛都看直了。

她最喜欢烹饪类的东西了，看了好久。

羌然也不催促她，只安静地陪着她。

回去的路上，刘娅楠他们走到了那个露天游乐场。

这个地方人声鼎沸，到处是年轻人的呼叫声尖叫声。

刘娅楠也被其中一样东西吸引住了，那是个鬼屋似的东西，在售票口排了好多年轻人。

她只在上学的时候玩过一次鬼屋，这个世界的鬼屋是什么样的？

刘娅楠有点跃跃欲试，拉扯着羌然的衣角，撒娇道："我能去玩吗，羌然，让我玩吧，很有意思的……"

羌然那表情已经是无语的代名词了。

在羌然要陪她进去的时候，刘娅楠却阻止了他。开什么玩笑，玩鬼屋的时候带这么个世界第一好战男进去，她怕他就够了，还有什么好玩的啊？

刘娅楠摆手道："没事儿了，我很快就出来的。"

很快刘娅楠坐的小车就启动了，沿着轨道向里面驶去，刘娅楠不断对着外面的羌然挥舞手臂。

进去一小段路后，刘娅楠发现自己的小车毫无征兆地停了下来，她赶紧屏住呼吸心说这是要有吓人的东西出来了。

她紧张得脖子都僵硬了，然后就看见几个黑影向她走来，她吓得叫了出来："你们不要太过分啊！我知道你们都是人扮的……"

那些人却没有停下动作，而是非常快速地跳到她的车内，刘娅楠只觉得嘴上一紧，有什么堵到了她的嘴上，她的四肢随后也被人按住了。

刘娅楠到这个时候终于反应过来，这些人不是鬼屋的工作人员！

她用力挣扎着，然后听见了杂乱的声音，那些人没有丝毫犹豫地扒起了她的衣服，刘娅楠的恐惧在这一刻达到了顶峰。

在很近的距离下，刘娅楠看清楚了那些人的长相，不是什么穷凶极恶的匪徒，反倒是一拨长得很漂亮的妹子。

妹子们压低了声音，对她解释道："夫人，我们是来解放您的！得罪了！"

随后刘娅楠就觉得有什么喷雾似的东西喷到了她的脸上，她眼前一黑就晕了过去。

刘娅楠从昏迷中醒来，慢慢地坐起身，在脑子还没有完全清醒前，看见了坐在对面的野兽。

野兽的表情很平静，看姿势好像是坐了很久一样。

刘娅楠当下哎了一声，不知道这是什么情况，她记得她在鬼屋，然后有人过来脱她的衣服，还把她弄晕了……

一想到衣服，她吓得赶紧摸了摸自己身上，身上倒是穿着衣服呢，只是那些衣服都很陌生。

她一声不吭地从床上起来，打量着这个房间。很大的窗户，还有漂亮的窗帘……

房间的布置非常女性化。

在她的印象里，这个地方她绝对一次也没来过。她几步走到窗前，往外看了一眼，窗户对面居然是一片如碧玉般的湖水。

湖水的两边还有很多垂柳一样的树木以及绿地青草……

她被眼前的景象弄迷糊了，扭过头去，充满疑问地看向野兽。她不敢去想那种可能，她视为亲人一样的野兽绑架了她?

两人都沉默着，没有人想打破这种静默。

刘娅楠找了一把椅子，离野兽远远地坐下。哦，对了，现在这个人不再是野兽了，大家都称呼他青侯。

迟疑了很久后，刘娅楠终于忍不下去了。就算逃避也没有用了，现在这种情况，她只能硬着头皮去面对这一切，虽然想明白这些后，她会很尴尬。

怎么着野兽也是因为爱慕自己才做出这种糊涂事儿的。这么一想刘娅楠的心情更复杂了。

“野兽，我知道你的心情，可是你不该是这样的人……”刘娅楠都觉得自己好像掉进了什么狗血的电视电影里了,这事儿还能再白痴点吗?

她说话的时候嗓音紧巴巴的，她都不知道该怎么开口了，这也太尴尬了啊，她这种小白菜似的笨蛋，也值得这么多人惦记啊？又不像当年世界上只有她一个女人，对吧?

“刘娅楠，我带你去看样东西。”野兽打断她的话，站了起来，彬彬有礼地做了个请的动作。

刘娅楠心里纳闷，不知道他要给自己看什么。这是要给她惊喜，然后表白吗?

在穿过阳光很充沛的走廊后，刘娅楠跟着野兽到了一个放映厅似的地方，里面的东西都已经准备妥当了。

野兽示意她坐在屏幕对面。

刘娅楠深吸口气坐下。

在野兽的操作下，屏幕上渐渐有了光影，在片头的几秒停顿后，一个画面显现了出来。

已经苍老的田七，在屏幕上直直地望着对面的刘娅楠。

那一瞬间刘娅楠的心都揪紧了，她一下站了起来，几步走到屏幕前，可触手所及的只有冰凉的屏幕……

她的田七已经是个老人了，他站在那一面，眼神好像能穿透屏幕一样看着她。他微笑着用苍老的声音唤着她：“姐姐，您还好吗？我很想念您，一直想为您做些什么，作为我离开这个世界后留给您的礼物。漂亮的衣服首饰，可以永远流传下去的艺术品，还有财产土地……我想了很多，一直在想，一直到我的妻子去世后，我才忽然明白我该送您什么。您所需要的不是那些财产土地，作为女人的您，最好的礼物就是给您一个可以呵护您、爱护您的男人，还有给您一直梦想的自由。所以姐姐，我做了这一切，我把这些交给了我的后代去执行。我想野兽哥哥应该是最适合您的人了，那么请您接受我的这份礼物吧，这是我能送给您的最好的礼物……”

刘娅楠努力压抑下眼泪。她坐在椅子上，半天说不出话来，所谓好心办坏事大概就是这样了吧……要是他还活着……

刘娅楠眼睛酸疼得很，她一直纳闷，为什么田七会一句话都不留给她，她现在明白了，这个家伙把自己后代的命都豁出去了，就为了给她幸福给她自由。他难道不知道那些人要面对的是战争狂羌然吗？

这就是她的小田七啊！这个熊孩子啊！怎么老了，还这么……

刘娅楠什么都想不下去了……

她的心口被什么溢满了，她的眼睛酸得都睁不开了。

野兽望着她的眼睛，把屏幕关上，然后走到她面前，俯下身同她说："刘娅楠，我们这么做没有任何私心，我承认我喜欢你，但我还不会这么没品地去绑架你。你告诉我的，要尊重爱护女性，我都记在心里，今天所有的一切都是因为田七，我只是作为他的朋友帮助他满足心愿而已。"

刘娅楠沉默了一会儿，抬起头来："可是野兽，羌然的情况你知道的，你们在出访的时候绑走我，他会……"

"这个你放心。"野兽又打开了屏幕，不过这次他直接把屏幕转换到了电视的频道。

于是屏幕上开始播报新闻。

刘娅楠就看见在一片混乱的画面中，记者随着摇晃的镜头不断跟进着……

气喘吁吁的记者对着镜头大声播报着："不知道出现了什么情况，现在现场一片混乱，之前的露天游乐场已经被紧急封锁，大家应该已经听到了不少抗议声……从我现在所处的位置，已经能听到抗议的声音了，里面好像使用了水枪。已经有人权组织，还有政府部门提出严重交涉，希望羌家军做出解释。但是到目前为止，没有任何羌家军成员出现解释这次事件因何而起。"

就在这个时候记者注意到已经有通过审核的女孩从里面被放了出来，他匆匆抓住那个女孩快速采访着，那女孩看到镜头，怕怕地回忆着刚才的一幕："几个小时前吧，我跟朋友正在玩投掷类游戏呢，就听说鬼屋那里好像出了什么事故，有人被里面的什么怪兽压死了，反正据说场面很恐怖。因为鬼屋嘛，肯定有这种噱头的，我跟朋友都没在意，以为是商家故意弄的宣传呢。没多久那些当兵的就来了，等我们说要走的时候，他们已经把路都封锁了……"

女孩身边的朋友也跟着插嘴说："嗯，听说好像是什么大人物死在里面了吧？不知道是被暗杀的还是真的事故，反正很恐怖的样子。我们每个人的身份都要经过核实，然后记录在案，据说鬼屋附近的有些人直接被叫去调查了……对了，就在我们等着的时候，我看见有很多军衔很高的人在往鬼屋那个方向跑，那么一排，吓死人了……”

“不过在封锁露天游乐场后，那些当兵的态度还好，没有用到水枪。就是场面太吓人了，不知道出了什么事儿。”

刘娅楠咽了口口水，心里打鼓一样，肯定是羌然知道自己被人绑了。

正想说什么呢，现场画面一转，切到了导播室，主持人非常激动地对着镜头说道：“刚刚接到消息，羌家军发言人已经正式对外发言了，在被封锁了五个小时后，这是羌家军第一次对外发布消息，此次婚礼庆典全部取消。羌家军的发言人刚刚还发表了沉重的发言，羌家军首领羌然的新婚妻子在此次鬼屋事故中已被确认死亡……”

刘娅楠诧异得嘴巴都合不拢了。这是被死亡了吗？这是什么神展开啊？

野兽知道她的疑问，不紧不慢地解释道：“还记得你给过我的头发吗？我用它做了再生人，只是试验失败，那个再生人压根没有意识，只有身体是可以正常生长的。不过我一直没有舍弃它，就那么培养着，当时并不知道可以做什么，只是当作一个纪念品，在我休眠的时候也让它一同休眠了。这次还是田七的后人联系我，才提醒了我，可以用那个做出这个局。”

所以就用她的那根头发弄的再生人代替她，在鬼屋里被压成肉饼，怪不得当时要脱她的衣服呢，是为了弄得跟真的一样吧？

脱得干干净净的，连鞋子都不放过！

刘娅楠真的挺难接受的，她以前最喜欢的两个人，现在合伙帮她制造了死亡的假象，就为了让她离开恐怖大王？

可问题是对方不光是恐怖大王，还是她孩子的爹、她的丈夫好吗？

像是猜着她的想法一样，野兽宽慰着她：“羌然是很恐怖的男人，他占有的东西从不主动退让，只有不断进攻夺取。同样，想通过和平手段让你恢复自由也是不可能的，所以只好采取这样极端的手段了。关于您的孩子，我们会想办法的。等事情过去后，羌然肯定会去结识其他的女性，到时候他对孩子的控制力就会减弱，我们再伺机而动。”

刘娅楠看着电视发呆，大脑一片空白。

这种情况总不能去踹田七的棺材吧？人可是穿越了时空来帮她的

呀！虽然是帮倒忙！可这事儿有地方说理去吗？

而且野兽这副“我是为你着想”的表情啊……

刘娅楠简直跟吞了苦胆一样，田七还不如就送她条裙子当礼物呢，坏蛋！这叫什么破事啊！

她动了动嘴巴，无力地说道：“可是你们想过没有啊，我、我压根不需要你们这么做的，我并没有觉得不幸福……羌然那个人看着是很强势，可是我跟他关系还算融洽，你们一路跟踪的话应该也看到了，他对我也不全然是不好，也有很多关心我在乎我的时候。夫妻间的很多事儿外界是无法了解的，你们做这些真的是多此一举。在事态还没扩大前，野兽你们别再犯错了，赶紧让我回去吧……”

就在她想继续劝野兽改变心意的时候，电视画面一转，自打她“死亡”的消息传播出去后，社会各界都开始发表言论了。

大家的反应速度都很快，首先是那些轻视过她、逼着她退位的政府官员，居然在电视上表示了哀悼，并深切地追思，希望能有纪念活动，呼吁大家捐款，修建纪念馆啊还有慈善基金啊……

发言的官员跟死了亲娘似的，眼圈红红的，不断说着什么人类之母啊，修建养育院的圣人啊，一直被世人所轻视的非常重要的女人啊，当之无愧的卫冕女王啊……

刘娅楠听了都觉得害臊得慌，虽然她是做了不少事儿，可也没伟大成那样吧？

何许有钱集团也不甘示弱，在何许有钱的带动下，紧跟着发表了一篇声明，表明何许有钱家族准备推出一系列纪念册来追忆人类母亲的伟大生平，而且纪念册是限量版的，有镶钻石版、白金版，还有黄金版……绝对是世间绝无仅有，可以流传的超级纪念品……

因为这么伟大的女性在世界的历史上也独此一份了，不买你就亏了哦亲！

各种民间组织也纷纷发言，各种溢美之词都要把刘娅楠捧傻了。

那些女权组织更是打出了“我们伟大的启明灯”这样的标语。

更让刘娅楠觉得不可思议的是，连之前发表过誓死不嫁，还登报启示的那些女演员、女明星、白富美、闺秀什么的，这次也纷纷发表言论，不能说有一个算一个吧，但高达百分之七十的人，在第一时间表达了对羌然的同情……

那个号称娱乐界第一美女的赵曼对着镜头，哭得梨花带雨的，不断说着：“孩子还那么小，又是新婚，我一想起来都觉得那是人间悲剧。作为刚失去妻子的男人来说，羌然该是多么需要有人支持安慰他啊……”

观止是在事发十分钟后才知道夫人去世的消息的。

羌然并没有及时告诉他情况，一切都是由外围那些安保人员通知他的。

观止赶去的时候，却没有见到羌然本人。

场面混乱得很，安保人员聚集在一起跟着那些鬼屋的工作人员移动着巨大的掉下来的装饰牌。那是一张狰狞地露着獠牙的鬼脸，一般只会在小车路过的时候，忽然探出头来吓人一下。

只是很遗憾的是，在刘娅楠的车经过的时候，那个鬼脸是探头了，可紧跟着掉了下来，那重重的一块金属板子，正砸在刘娅楠的车上……

等那些工作人员紧急找来工具把巨大的鬼脸移开后，看到的就是那样一副惨不忍睹的现场。

血早已经流干净了，那地上烂泥似的一摊，正是之前还见过的活蹦乱跳的夫人。

饶是见惯生死的观止，都被眼前的一幕惊得倒退了一步。

他迅速别过脸去，不舒服到了极点。

他甚至有些反胃，那血淋淋的一幕对他的刺激太大了。

他带来的那些医疗人员早已经回天无力了，在那里站了几秒后，纷纷苦着脸蹲下去，最后做了几个抢救的姿势后，又无奈地抬起脸来。

观止没想到现场能惨烈成这样，他忙挥手示意那些医疗组的人离开。

其实早在过来前他就预料到是这种情况了，不然安保人员也不会等他过来处理……

观止脸色铁青地走了出去。

鬼屋的经营者也被五花大绑地绑到了他面前，观止恨不得把人一脚踹死。

这都是什么事啊，这不要人命了吗！花好月圆的，硬是出了这样的事故……

那个鬼屋老板也是吓得腿都站不直了，不断叫着饶命，见了观止更是告饶似的解释道：“我们每天都会做检查的，真的没想到会这样，也、也太巧了……”

观止懒得理他，一挥手让安保人员把这倒霉的小子带了下去。

鬼屋外本地的高官都被临时调了过来，整齐地排了一排，等观止出去的时候，那些人吓得脸都白了。所有人都在等着羌然的雷霆之怒。

这个传闻中的恐怖战神，谁也不知道当他震怒的时候会怎么样。

结果等来的不是羌然，而是观止这个倒霉的被叫来的办事员。

他精疲力竭地做着布置，封锁现场，还找人过来检查鬼屋内部，连夜提审鬼屋老板……很快场面就被稳住了。

和战场相比，这实在是小得不值一提的事件。

可是观止的心脏被压得沉沉的，本该在第一现场的头儿，自从出事儿后就再也没有出现过。

这个事儿怎么想怎么让人头皮发麻！

可是大家都是见惯生死的人，观止也不敢想别的。

毕竟那是羌然，是他们所有人都敬重的头儿！

为了保险起见，在参谋部的提醒下，观止最终还是匆忙给育儿部的人去了个电话，让他们把头儿在这个世上唯一的亲人，那个还没有起名的小家伙赶紧抱过来。

万一真有那种狗血雷人的事儿发生，有这个小家伙在，总能让头儿冷静冷静。

观止忙完这一切后，也终于知道头儿的具体情况，据说他在事发后没多久就回到了寝室。

这个情况怎么想怎么反常得让人肝颤。

观止大着胆子过去敲门，结果敲了半天都没个回音。

观止正琢磨着要不要召集应急小组，研究研究怎么安慰头儿的事儿。医疗组的一个成员却过来跟他报备了一句，头儿在进寝室前曾经向医疗组要了麻醉类的药物。

观止听后吓得脸都白了。

幸好那个人一五一十地解释说：“是在安全剂量里的，只会让人沉睡一到两天，真的，再大的剂量我也不敢给，我知道那个安全条例的，所以放心，不会出事儿的……”

观止长出一口气。

他又急急地跟楚灵那头联系了下，两人都是愁眉苦脸的，楚灵那小子更是差点没哭出来。

观止也是唉声叹气的，两人都不知道该怎么办了。

连女朋友都没固定下来的两个大光棍，压根没有安慰鳏夫的经验。

观止和楚灵唯一能做的是赶紧把事情都处理好。其他的那些检查后续，包括吊丧委员会什么的，观止都不知道自己是怎么熬过来的。

就在新闻发言人说完那些沉痛的话后，羌家军差点没被吊唁的人给淹没。

生前没被人重视过的夫人，此时却忽然成了这个世界最伟大的女性，什么溢美之词都用在了夫人身上。

很诡异的是，那些跟夫人绝对没有一丁点交际的什么演艺圈的女演员啊，什么女人修养协会的啊，包括养生协会的那些什么代表，纷纷对羌然的情况表示了关心，甚至提出愿意过来陪伴羌然，希望能够安慰他，陪伴他渡过这个让人伤心的难关……

甚至还有几位极有地位的女性，提出要给孩子当干妈的……

观止真是一个头两个大，在找人打发走那拨人后，他也犯愁，很多事儿他能处理的就处理了，可是有些事儿他实在是没办法啊！

该把墓地选在哪里就是个问题，头儿在房内闭关的时候，他只能按部就班地处理着手边的事儿。

幸好一天后，羌然从寝室里走了出来。

观止一听到这个，二话不说就给育儿部门打去电话，让他们务必赶紧把孩子抱过来。

其实最近小家伙也跟有心灵感应似的，以往刘娅楠都会给孩子去一通电话，在电话里跟孩子讲故事唱儿歌，可昨天大概是没有按时听到妈妈的声音，小家伙哭得可厉害了。

育儿部门的人玩命地哄玩命地逗也逗不好。

所以等抱着孩子赶到时，小家伙虽然没哇哇大哭，也绝对是眼圈红红的，小腿小胳膊挥舞得就跟要抓什么似的，中间更是咧嘴哭了几下。

羌然看到孩子的时候，脸上什么表情都没有，就那么愣愣地看着。

沉默了五六秒后，羌然终于动了。他从口袋里拿出一样东西，那是刘娅楠用来绑头发的发带。

这次出行的时候，对外刘娅楠都是被打扮得漂漂亮亮的，可只要进到寝室内，她就会把头发松下来，扎上这个发带，穿着家居服蹦蹦跳跳跟兔子一样。

所以等他回到寝室的时候，第一眼看到的就是这个放在桌子上的发带。

浅蓝色的，也没有什么装饰。

羌然把手里的发带小心翼翼地塞到小家伙的手心里。

小家伙的手心软软的，紧紧地握住了妈妈留下来的发带。大概是嗅到了熟悉的气味，小家伙咯咯地笑了起来，小手挥舞着那根发带自娱自乐起来。

在那一刻所有人都屏住了呼吸。

在让人压抑的沉默后，羌然转过脸来，声音平缓地吩咐着："带我去停尸间。"

观止大气都不敢喘一下，也不敢多看头儿的表情，就跟受到惊吓一样，迅速走上前带路。

在等待头儿出来的时候，他提审过鬼屋老板两次，那老板一副要吓尿裤子的德行，不过在提审的时候，观止倒是知道了一些细节。

比如刚出事，头儿就跑了进去。然后在其他人试图挪动那个鬼脸的时候，头儿也上前挪动过。其实那个分量的东西对头儿来说真不算什么，就算再重一些，头儿只要有技巧地挪动还是可以挪开的。

不过刚挪开一点，大概是看到了被砸在下面的夫人……

按当时老板的形容，那个闯进来的人忽然跟没了力气一样倒退了一步……后面的场面太混乱了，老板也没注意那个人去了哪里，光顾着救人了，他还当那个人是搬不动了呢，忙着找人调来大型机械……

而此时他带头儿去的停尸房，里面摆放的正是夫人被砸后的尸体。

观止很怕看到头儿崩溃的场面……

果然在要进门的时候，观止就看到头儿迟疑了下，站在门口停下了脚步。

观止也不敢催促，紧张地低头等着头儿的下一步动作。幸好很快头儿就往里走去，里面的气温骤然降低了好多度。

后面的情形就有些出乎观止的预料了。

羌然机械地戴好无菌手套，走了过去。空旷的地方只摆着一张手术台，孤零零的。

一个已经不能称之为人形的东西被白色的盖布盖着。

羌然走过去的时候，在场的人都下意识地绷住了脸孔，每一个人看上去都是那么严肃。

这个场面太诡异了。不知道是灯光照的，还是羌然的脸色本来就这么苍白……

他的动作就跟慢镜头一样。所有的目光都循着他的手指看了过去，羌然平静地掀开了白色的盖布。那下面是让人不忍直视的一具尸体。

观止都不敢直视，可是羌然就这么看了过去。不光是看，他的目光还在那具尸体上停留了很久。他平静地做着这一切。羌然不是专业人士，可有专门的人陪着他，他中间会询问几个问题。剩下的时间羌然不断检查着尸体，动作非常精准快速。

在翻动尸体时手指也平稳得不见一丝颤抖。

不知道是不是里面冷气太冷的缘故，观止觉得心脏都不舒服了。羌然却能一直语调平稳地询问着问题。

观止也不知道头儿这么做到底是要干什么。

就在此时，本来该被尸检的刘娅楠，也正面临着一场深入心灵的解剖呢。

大概是鉴于刘娅楠中毒很深，这次田七的后人们给她请来的可不是简单的人物，而是特别权威的心理学专家，对斯德哥尔摩综合征更是有着极其丰富的经验。

这个专家从外表上看和气得很，只是一个上岁数的知识女性，她的口吻也很友善，只是每一句话都是别有目的的。

在跟刘娅楠闲聊了几句后，这个专家话锋一转问道："你平时有自由吗，当然自由有很多种，比如你可以自由呼吸，可以自由安排自己的时间，但大一点的自由应该是思想上的，就是如果你跟羌然有意见分歧的时候，你们都会怎么处理，会吵架吗？他允许你有不同的意见吗？"

刘娅楠迟疑了下，不得不回道："我们不怎么吵架……"

主要是她不敢，别说吵架了，偶尔看着羌然的眼睛提点建议她都得跟豁出性命似的，要真吵起来，那得什么样啊……

那个专家并不下论断，只和蔼地笑了下，继续问道："那平时你们有矛盾的时候会怎么处理，你跟羌然不管是从外在还是内在来说都不是同一类型的人，起初的磨合很多吧？"

“哦……”刘娅楠也不知道该怎么说了。

好像出现问题的时候，都是她妥协的。

“那你对他的认识和看法呢？”对方用鼓励的眼神看着她。

刘娅楠犹豫了下，小心翼翼地回答着：“他啊，蛮厉害的，有点洁癖，做事很勤快、很利索。衣服服服帖帖的，头发也是一丝不苟的，给人的感觉永远都是不出错的那种……反正比我厉害多了，很果断，很有头脑。”

“那在其他方面呢？”对面的心理学专家提醒着她，“比如他平时对人的态度，你有什么感觉？”

“哦，因为他是军人嘛，又是在军队里，所以他好像从来是说一不二的，在羌家军里也没有人能反驳他，反正从我认识他开始，他就是那个样子的。对了，其实在他不知道我是女孩的时候，我们的关系倒是还好，我记得我们一起被困在很危险的树林里时，他还会跟我开玩笑。他也没那么严肃，后来让我进他的军队保护我的时候，他还会偷偷带我出去玩，让我看好多有意思的事儿，还会请我吃好吃的。不过等他一知道我是女人后……”

刘娅楠的声音弱了下去，她想起了那些不愉快的回忆。

她沉默了片刻，才继续说道：“我知道你是怎么看我们的关系的，我知道我们跟普通的情侣不大一样，可是吧……”

除了那些不好的回忆外，也有一些很好玩的回忆，她慢慢地想着，很不自信地小声解释着：“其实我们也没你们想的那么不好，真的，比如晚上睡觉，我挺喜欢踢被子的，他就常常会起来帮我盖被子。还有，我们住的地方室温是可以调节的，其实羌然不喜欢太热的环境，但是因为我很怕冷，他后来发现我在屋里还穿很厚的衣服，就主动把温度调高了一些。他还很照顾我的口味，午饭晚饭吃什么，都是让我选的，不管我选什么食材，他都会跟着吃，哪怕他不怎么喜欢，也不抱怨。有时候我生他的气了，就会选他不喜欢吃的东西，故意使点小坏，可是他从不往心里去，也从没说过我什么……”

刘娅楠说话时看了眼那个专家的脸色，那个人没有打断她的意思。

刘娅楠的胆子大了一些，她想起了很多小事情，因为两个人生活在一起就是由那些小事情组成的，“有一次我泡热水澡嘛，结果泡睡着了，估计是那时候着了凉，肚子很不舒服，他就用手帮我轻轻地揉。他的手心很热的，揉的时候很舒服，我稀里糊涂地就被他揉睡着了，等我醒来的时候，发现他居然一直没有停，就那么给我揉了好久……”

刘娅楠不好意思似的压低声音说着：“虽然有时候我挺怕他的，可是仔细想想他一手指头都没有碰过我。在夏宫的时候，其实他白天需要处理很多事儿的，可是回来后他还会坚持去做家务，收拾房间，把被子叠成豆腐块那种。虽然主要原因是我做的那些他看不上眼，不过他真的蛮好的，作为一个男人、一个丈夫来说，他真的很好了……”

刘娅楠说完那些话后，忽然福至心灵似的，了悟一个事实。

她一直不自信，一直也不敢那么去想，可是现在这些话说出来后，她忽然明白，羌然应该是喜欢她的吧，因为他是羌然嘛，当他不爱她的时候，他是做不出那些事儿来的。

所以她不用那么自卑的，因为不管对方是什么样的人，地位怎么样，其实他们已经互相喜欢上对方了！

在听了刘娅楠的那番话后，一直还算和蔼的心理学专家在本子上刷刷写下了诊断：“病得不轻。”

那之后这个专家就开始系统地对刘娅楠进行治疗了。

绝对是精心为刘娅楠安排的治疗方案，中间还有野兽他们亲友团的辅助治疗。

不断聊啊谈话啊，进行各种辅导，比如要正确认识她和羌然的关系啊，要明白平等自由的重要性啊。

小田七的后人们也非常尽力，在这个事上简直苦口婆心一样想要拯救她这个“失足”妇女。

这还不算，为了让她能够明白这个世界的残酷性，野兽他们还特意让她时不时看点电视，了解些这个世界正在发生的事情。

铺天盖地的追悼活动倒是进行得如火如荼。

刘娅楠对那些不怎么在意，不过只要电视一开，她就会聚精会神地看，看得眼睛都酸疼了，也不肯放过哪怕一小点机会，努力在电视上找羌然的身影。

可是她找遍了所有台都没有看到羌然。

她特别想知道羌然到底怎么样了，在知道她“死亡”的时候羌然会是什么反应。

她一想都心疼死了。

到这个世界以后，自从被发现是女人，她一直在羌然身边，除了那仅有的几次绑架外，她每天的行踪都要跟羌然说的。

结果不管她怎么努力地看，玩命地找，始终看不到一丁点关于羌然的消息，更别提有关羌然的画面了。

社会各界对这个事儿越来越关注，在纷纷表达了哀悼和惋惜后，那些很不合时宜的八卦也都出来了。

没多久，刘娅楠就在电视上看见了长长的女性名单，她的嘴角有点抽抽。

名单上的人名都是民间臆断的，可是架不住八卦是民间最喜闻乐见也最能提高收视率的元素。

于是就有新闻媒体邀请了一些假模假式的专家，消遣一样说道："大家都知道这个事情很微妙的，羌然现在还不到三十岁吧，正是不能没有的年纪，而且他手里的选择权还没行使过呢。不管怎么想他下一任的夫人也是万众瞩目的，只是他会更倾向美貌还是才学这个就很难讲了……"

"就目前的调查显示，羌然的人气很高啊，自从他本人在公众场合露面后，不得不说羌然当世第一美男子的称号还真是当之无愧，他本身又是很强悍的男人，所以怎么想他的下一任妻子也是万里挑一，不，估计要千万里挑一了……"

就像起哄似的，在铺天盖地的哀悼后，很快就有不同的声音出来了。

也不知道是怎么开始的，起先还是一些女人在电视上表示哀悼，然后就是去吊唁，再然后就有无良八卦记者跟着追拍……

随后就是某某女士进入羌家军领地这样暧昧的谣言……

一直靠着电视来了解外界情况的刘娅楠，听到这些乱七八糟的消息后很难不生气。

那感觉简直就像，她费尽力气找来了各种食材，酸甜苦辣都尝试了一遍，最后大汗淋漓，冒着各种烟熏火燎，被菜刀割伤的危险，做好了一桌子佳肴，正准备坐下来品尝品尝呢，结果转身去取盘子的工夫，就有拨无良的家伙把她的椅子搬走了，还嚷嚷着要换人吃！

有这么坑爹没有啊！

哪怕把她坟头的土踩实了再上手好吗？

不过不管那些人怎么嚷嚷，刘娅楠生气归生气，心里倒是不着急，也不担心。

她太清楚羌然是什么样的人了，什么大美女啊什么聪明优雅的女性啊，他估计都懒得看那些人一眼……

那个面对世界唯一的女人都不曾低头的男人，现在老婆尸骨未寒呢，怎么想他也不会这么快变心的。

让刘娅楠觉得奇怪的是，没两天电视节目的口风就变了，一直不肯公布情况的羌家军新闻发言人，主动开了新闻发布会，在会上宣布了羌然想要重新来过的意思。

那话说得可冠冕堂皇了意思却明明白白地摆了出来。

旧人换新人啊，从头开始，希望再起航程啊……

刘娅楠在看电视的时候，并不只是她一个人，还有野兽他们陪着她呢。

她听了那些话后，第一反应是张了张嘴巴。

倒是她身边的人，都用同情的目光看着她。

野兽在那些人走出去后，走到她面前，俯下身同她说："刘娅楠，我知道你长期被他控制着，并不能真正释放自己的情绪，可现在你不管有什么样的情绪，都可以发泄出来。你只要看看我就明白了，这个世界还是有很多关心你的人的。"

刘娅楠静静地等着他说完。

她眼睛一眨不眨地看着屏幕，脑子里想的却是别的事儿。

她最后迟疑了下才说道："野兽，这个事儿很不对的，真的！你不知道羌然是什么样,他不是那种没有女人就活不下去的人,他是很理性的。羌家军这个发言太怪了！他肯定不会这么干的，除非……"

野兽叹了口气。

刘娅楠却已经想到了什么，羌然一定是察觉到了什么。她紧张地握紧双手，着急地说道："障眼法！肯定是这个！他做这个肯定是为了让你们放松警惕！他这个人很可怕的……"

见野兽无动于衷，刘娅楠急急地同他说道："他肯定察觉到了什么！野兽，你们现在悬崖勒马还来得及，真要等他杀过来，就很麻烦了，他那个人不知道什么叫手下留情的！"

野兽他们这么做是过分了点，可罪不至死啊，最近一段日子不管是治疗她的心理疾病，还是照顾她的饮食起居，这些人都特别用心，野兽就更不用说了，一直对她嘘寒问暖的。

到时候羌然过来了，还不得一个炮弹扔过来都把他们炸成灰啊！他们可是野兽跟田七的后代啊！

只是野兽听后仍不为所动，大概是太自信了——野兽同她解释过这个地方的防御系统还有各种防卫措施。

刘娅楠知道野兽也不弱的，可问题是野兽打过几次仗？再说从小到大，羌然受的什么教育……

成长的环境也不一样，就算基因再强悍，生活在和平年代的人，和一路战斗过来的战斗分子也是不同的啊！

可是不管刘娅楠怎么说，野兽他们都不肯听她的。

刘娅楠原本还想着经过治疗，让这些人接受她跟羌然没问题的情况呢，可现在她真怕事态发展得不可收拾了，着急得想找出点对策。

等再吃饭的时候，刘娅楠的态度变得果决起来。

她绷着脸对送饭的人说："对不起，如果你们还不肯放我出去的话，我就绝食。"然后她摆出了一副很坚决绝对不回头的样子。

那个送饭的人劝了好半天见劝不动，只好端着饭菜出去了。

没多会儿，野兽走了进来。

刘娅楠看了眼他手里的饭菜，其实她的肚子早饿得咕噜噜叫了。

自从她发现那个情况后就一直没吃饭也没喝水，现在嘴巴都裂开了口子。

刘娅楠努力心平气和地同他商量着："野兽，不，青侯，我不是故意对你们耍脾气的，你们真别这样了，你要再囚禁我，我可就真饿着自己了。你要真为我好的话，就请你放了我吧，你一直说要尊重我，可你现在做的事儿，跟以前的羌然有什么区别啊？"

野兽把饭菜放在一边的桌子上，绅士一般走到她面前。

刘娅楠还以为他是要劝自己呢。

她绷着面孔，不知道自己最近在治疗的时候，野兽有没有听到过她说的那些话，但凡听过的人就不会武断地认为她跟羌然没有感情……

就在她想着怎么去辩驳野兽的话时，野兽却没有劝她什么，而是忽然低头吻住了她的脖子。刘娅楠当下没反应过来，吓得往后退了一步。

只是房间很小，她只退了一步，小腿就碰到了床腿上。

她吓得想转方向向外走，可是青侯突然抱住了她，把她按到了床上。

刘娅楠吓坏了，用力挣扎，可是她的挣扎压根不够看，她被对方狠狠地压在了床上。

她激动地叫着："不要……"

野兽不紧不慢地抬起头来，并没有别的动作，他的身体也没有太紧密地贴近她。他只是斯文地提醒她："麻烦您还是吃饭吧，您不吃的话，我只能这样一口一口地喂给您吃，您要这样吗？"

刘娅楠一直对他没有防备，等野兽一放开她，她就吓得缩在了床尾，紧紧地抱住枕头缩成了一团。

野兽也没别的动作，他把桌子上的饭菜重新端过来递到她面前。

刘娅楠这下可不敢嚷嚷着绝食了，赶紧把碗筷拿过去，不管不顾地大口大口吃着。

她吃得很快也很狼狈，开始的时候因为吃得太快了还噎住了，还是野兽给她倒了水，压了压才好的。

一直看着她吃完，野兽才满意地点点头。

他看上去一直是这么彬彬有礼的样子，刘娅楠都有点忘记他曾经在地下拳击场上狰狞的样子了……

这个人面孔太多了，此时在岁月的磨砺下，就变成了这样一副不动声色的样子……

等野兽走后，刘娅楠赶紧关上了房门。她的身体都在瑟瑟发抖，自从知道她被绑架后，一直只是生气郁闷，还没有害怕过，因为绑架她的都是她的亲人，也都是为她好，她一点都不担心自己的生命安危，可是现在，她开始害怕了……

刘娅楠心绪不宁，晚上也不敢睡觉，总是想起那一幕来，陌生的男人压在自己身上，自己却一点办法都没有，还有他的唇舌在自己脖子上做的那些事儿，让她觉得难受死了！

在夜深人静的时候，一直不敢睡下的刘娅楠，忽然听见有什么响了一下。黑暗中她紧张地瞪大眼睛，用力瞪着门口，果然是门口那里传来的声响……

似乎有什么在外面扭动着，试图打开她反锁的门！

刘娅楠的心都要跳出来了，这是野兽真化身"野兽"要进来吗？她吓得握起了桌边的台灯。等对方进来后，她深吸口气，在对方靠近的瞬间，使出全力举起那个台灯砸了下去，在砸下去的瞬间，她高声喊了出来："野兽！你别乘人之危！”

然后刘娅楠就看见灯光一闪，应该是那人按开了她房内的灯。

在一片光亮中，刘娅楠看到了最不可思议的一幕。她日思夜想以为再也不会见到的羌然，此时全身全影儿地站在她面前，只是他的样子显得有些狼狈，四周都是破碎的玻璃碎片不说，大概是没想到自己会被人突袭，或者是太心急了，以至于忘记了防御……

反正最后的结果就是，这个英明神武、战无不胜的羌大魔王，此时头上顶了一个搞笑的粉色灯罩……

刘娅楠手上还握着那个灯罩的底座呢……她张了张嘴巴，注意到羌然头发上的玻璃碎片，她赶紧从床上跳下去，急急地帮羌然清理着头发上的玻璃碎片。清理完后，她又小心翼翼地分开他的头发，想要帮他检查下有没有受伤。

检查过后，刘娅楠松了口气，这个羌然还真是结实，她那么重重的一下下去，玻璃都碎了一片，他居然什么事都没有。她刚刚可真的要被吓死了！

不过她还是挺心疼的，她刚才可是吃奶的力气都使出来了。她后悔得直说：“打疼你了吗？我不知道进来的是你……”

一边说刘娅楠一边帮羌然拿下头上的灯罩。

羌然的反应怪怪的，并没有见到她后的喜悦。刘娅楠靠近他的时候，他也没有动，一直等她把灯罩拿下来后，羌然才终于动了。

只是那动作也不正常，他就跟确认一样忽然捧起她的头，望着她的眼睛。

刘娅楠被他抓得很疼，他的视线在她的身上巡视着，不断看着。

刘娅楠被他吓到了。

很快这个古怪的羌然停下了检查，像是已经确认这个人就是他要找的那个，用力地抱住了她。

刘娅楠觉着自己就跟被钳子钳住了一样，半天动不了丝毫。她唯一能感觉到的只有羌然有力的心跳。

在这样诡异的重逢后，刘娅楠终于在浑浑噩噩中清醒过来，她的心也跟着怦怦直跳。她努力从他的怀抱中挣脱出来，回望着他，伸出手去，摸着他的脸。只一下刘娅楠就知道他身上的变化了，他瘦了。

自从两人在一起后，羌然不能说胖吧，可是脸上的气色一直很好，摸起来也是软软的。现在的羌然气色很不好，人看着也清瘦了很多。

刘娅楠更心疼了，回抱着他，把头靠在他的胸口。她让他担心了……

她呢喃一般说着："能再见到你真好，我可想你跟孩子了，我都要想死你们了！"

就在这个时候，刘娅楠忽然听见外面传来很嘈杂的脚步声，隐约还有一些人的尖叫声，她顿时紧张起来。

幸好其中没有枪声，不然她一定要担心死了。

她赶紧从羌然的怀里挣脱出来，急急地对羌然解释道："羌然，事情没你想的那么严重，那些人也不是坏人，他们没想伤害我……"

羌然没有开口说话，只是沉默地盯着她脖子上的一处，眉头微微挑了一下，随后表情又恢复成那副样子。

刘娅楠太了解他这个不动声色就把人整得哭爹喊娘的个性了。

她急急地求着："这事儿你真别冲动！我也是生他们的气，可你看！"说着刘娅楠倒退一步，在他面前左右摆动了下身体，然后举起胳膊又做了个动作，还拉着他的手摸了摸自己的脸，"你看我没事儿吧！其实他们一直好吃好喝地招待我呢，没有难为我。而且他们所做的一切也不是想要威胁你，更不是为了谋取私利……"

"我知道了。"羌然并没有回复她的话，就跟不耐烦一样，忽然把她扯过来，整个抱了起来。

双脚一离开地面，刘娅楠整个人都惊住了，下意识地搂紧了羌然的脖子。

羌然的动作很快，他大踏步地走出了卧室，穿过外面的走廊，然后来到恍如白昼的大厅。

此时的大厅已经一片狼藉，不管是白天辅导过她的心理学专家，还是那些照顾过她吃饭的大妈，还有一些爱管闲事的田七的后人也都被扎堆地推到了一起。

大概是有过打斗，在被羌然抱着经过大厅的时候，刘娅楠看见好几个人脸上都挂了彩。只是那些人没有一个求饶的……

地面上有打碎的装饰品，有破碎的桌椅。所有人都在沉默地等待着恐怖魔王的报复。

早在他们决定做这件事的时候，就知道自己会面临什么，可他们依然为了先人的遗愿豁出性命去做……为了解放那个帮助过他们祖先的女人，这是他们田七家族的道义！

刘娅楠却不能眼睁睁地看着这些人倒血霉啊，她是不喜欢这些人爱管闲事，可是羌然下手太黑了。

在路上，刘娅楠不断求着羌然："羌然，你别生气了，也别冲动，这个事儿其实是小田七做的，他以为我不幸福呢，所以找他的后人帮帮我而已，挺乌龙的一件事，细想起来还会觉得可笑。那些人真不值得你这样打打杀杀的！"

羌然一直没有回答她，走到外面后，刘娅楠就看见之前的草坪上此时已经停满了那些战斗机。

羌然抱着她走到最近的一架战斗机面前，一直在外面等候的观止看到后，立刻跑过去打开了战斗机的驾驶舱门。

羌然走路虽然很快，放下刘娅楠的动作却是很轻很小心的。

在他抽出胳膊的时候，刘娅楠赶紧握住了他的手，急得都要哭出来地哀求着："羌然，你别冲动啊，别误伤了那些人！"

羌然沉默地抽出自己的手。

刘娅楠看着他又转身往大厅走去，心都揪紧了。她赶紧询问身边的观止："观止，羌然不会是去枪毙那些人吧？"

一旁的观止表情严肃地回道："不会的，夫人。"

就在刘娅楠要松口气的时候，观止又说道："头儿特意吩咐的，不能枪毙这些人，他要用鬼屋的那种死法处死他们。为这个头儿还特意把重型锤弄来了。"

刘娅楠的脑袋里当下嗡了一声，她吓得脸都白了，心慌意乱地就要往战斗机外跳，嘴里激动地喊着："我、我得去阻止羌然！"

观止的任务是好好看着夫人，他正想拦刘娅楠呢，就觉得身边有人靠近，只是他的视线都在刘娅楠身上呢，反应终归是慢了半拍，那人瞬间一个劈手把他劈晕了。

刘娅楠也被这个意外吓住了，忙看向那个人。

在那身军服军帽下，露出的是一张熟悉的面孔。

刚才她还纳闷呢，怎么没在人群里看见野兽，原来他这么机灵，已经换上羌家军的军服潜伏进来了！

刘娅楠很庆幸，她正想让他赶紧跑呢，就听野兽压低了声音同她说道：“殿下，不好意思，我想麻烦您一下，用您来跟羌然交换那些人……”

看着野兽掏出刀子的动作，刘娅楠一下明白了，野兽是想用她当人质去解救那些人啊？

她也正想着救那些人呢，便立刻说道：“没问题，我会帮你的。”

到了这个时候有些外围的人已经察觉到他们这里不对了，野兽也没有多余的时间做什么，只把刀架在了刘娅楠的脖子前。

这么一来那些人谁也不敢靠前了。

野兽半搂着她往里走的时候，刘娅楠心里挺没底的，谁都知道羌然是从不妥协的人，那个男人压根不知道什么为妥协吧？更别提被人威胁了……

可是眼前情势紧急，压根不容她多想，刘娅楠只能配合野兽，一路跟被挟持着似的，动作别扭地往里面走去。进到大厅后，刘娅楠紧张得都不知道怎么走路了。

羌然他们显然已经知道了消息，他们刚进到里面，羌然他们就迎了出来。

一对上羌然的表情，刘娅楠的心就咯噔了一声，羌然是可以伪装成满不在乎的样子，可是现在的样子绝对不是伪装出来的，看着羌然的眼神，刘娅楠觉得心口拔凉拔凉的。

别说关切紧张那些了，此时他的脸上甚至带上了不快，在见到他们后，羌然更是皱着眉头看着她跟她身后的野兽。

野兽倒是挺专业的，到了这个节骨眼上，还不紧不慢地用刀子在她脖子边比画着，语气彬彬有礼客气得不得了：“麻烦您放人好吗？这样我也会放开她。”

刘娅楠赶紧配合地喊着：“羌然，一夜夫妻百日恩，你看在小宝贝的分上……”

羌然平静地看着他们，刘娅楠觉得他好像还抽了下嘴角。

这可太意外了，刘娅楠没指望他会紧张痛苦，而且她有过经验的，这个男人，遇到威胁的时候，反倒是“你动下试试”的态度。可是这样的羌然，总让她觉得怪怪的！

她看了眼羌然身边的人，还有那些恐怖的大锤……又看了看被捆着的那些倒霉蛋，这些田七的后人是讨厌，可是人家不图权不图利的，遇到这事儿，怎么想她都觉得挺过意不去的。

这么一想刘娅楠豁出去了，忽然激动起来，伸手去够刀的位置。她知道野兽是不会真伤她的，可是如果不见点血，羌然才不会轻易妥协呢，她只能假装反抗。

果然她刚摸过去，锋利的刀刃就划破了她的手。

她身后的野兽肯定也被她的动作惊到了，动作顿了一下。

刘娅楠用力抓了下刀刃后，也怕干扰野兽的动作，就又放开了，只是手上还是流出不少血来，滴落在地上，很快就红了一小片……

刚才她的动作太剧烈了，连她的脸颊和脖子上都被那些血给染到了……

就在这个时候，一直沉默的羌然终于出声了，他喊了一声："够了。"

他转过头去，迅速吩咐着下属："把人放开，给他们安排飞行器……"

然后羌然连看都没有看她一眼，头也不回地走了。

田七的后人还有那些帮忙的人陆续被松开，大家都被安排到了飞行器上。野兽放开了她……

等刘娅楠按照互换原则，被换回来后，羌然也没有过来看她。

在被医疗组的人简单地包扎后，刘娅楠难过地缩在角落里。没多会儿观止走到了她身边，欲言又止地看着她。

刘娅楠心里也很不舒服，为了救那些人，野兽还把观止打晕了……

一想到这个刘娅楠就满怀歉意地说道："你刚才没事儿吧？"

观止终是忍不住提醒道："夫人，这次出动的机型是C57型，您知道这种战斗机有一个什么功能吗？"

刘娅楠纳闷地看向观止，好好的观止怎么跟她科普起这些东西了？

"这种战斗机是电脑控制的，可以监视监听飞行器方圆五百米内的任何声音以及画面，还可以自动过滤任何危险情况，所以……"

见刘娅楠还没明白，观止只得用简洁的话说道："所以你跟对方联合哄骗头儿，威胁头儿放人的事儿，其实头儿在屋内就已经知道了。"

刘娅楠哎了一声，不敢相信地回道："可是羌然还是……"放人了啊……他知道是假的还给放了？

观止望着她，迟疑着，最终还是说了出来："我听屋内的士官说，其实头儿再进到大厅后，已经改变了最初的计划，只想吓吓那些人就撤退。结果您……"

刘娅楠愣愣地看着观止。观止也没再多说什么。

刘娅楠跟呆掉一样看着自己的脚……飞行器很平稳，她知道羌然就在隔壁房间内。

这个飞行器再大也是有限的，她只要走过去几步就可以看到羌然了……

她犹豫着，还是站了起来。他在知道她骗他的情况下，还放了那些人一马，就为这个她也要过去道歉。

刘娅楠低着头走过去，羌然正望着外面的景色发呆呢。

此时天色已暗，原来不管是在陆地还是天上看到的星星都是这样的……

刘娅楠侧过头去也跟着看了一会儿，她真不知道该说点什么好，实在是羞愧得无地自容。

她小心翼翼地走到羌然身边，紧张地握着拳头，结果不小心牵动了伤口，疼得她倒吸了口冷气。

羌然大概听到了声响，抬头看了她一眼。

刘娅楠赶紧检讨："对不起，羌然，我太蠢了……"

"我习惯了。"羌然说完，拍了拍自己身边的位置示意她坐下。

刘娅楠老实地坐在他身边，低头认错："我不知道……"

羌然没有听她讲话，而是沉默地把手放到她的脸上。

刘娅楠立刻被他的手给凉了一下，她吃惊地握住他的手，他的手也太凉了吧？

她吓得摸了摸他的额头，还好，他额头的温度是正常的。她长出口气，把他的手握在自己的手心里。

她正想继续好好忏悔呢，就听见羌然淡淡地开口道："不知道为什么，看到你沾染上血后，我的手就变得很凉。"他低头望着她的脸庞，大概是明白了什么一样，"我不想再帮你验尸，也不想再看到你的尸体……"他看着她的眼睛拜托着，"别再吓我了，好吗？"

“羌然……”刘娅楠以前不敢这么跟他说话的。听了羌然的话后，过了好久好久，刘娅楠才小声回道，“我一直以为你没那么喜欢我……我现在有点感觉了，你是不是也像我喜欢你一样，喜欢着我……”

刘娅楠没听到任何声响，抬起头时，就见羌然已经头靠在仰椅上睡熟了。刘娅楠不死心地推了推他，结果羌然还是那副样子。

刘娅楠难得想打开心扉，跟他来次深入心灵的探讨，一时间千言万语都被堵到了心口。这个时候观止推门走了进来。

大概是想报告什么事情，一看羌然睡熟了，观止就要离开。

刘娅楠正在担心羌然的身体呢，说着话就能睡过去，他最近几天都怎么过的啊？

她赶紧压低声音问观止：“观止，羌然最近是不是很辛苦？”

观止被叫得停下脚步，回过头来，如实地告诉她：“夫人，头儿一直很担心你的情况，自从尸检后，他一直没有好好休息。现在应该是见到夫人后忽然放松下来……”

刘娅楠心里更是过意不去了，赶紧找了条毯子，小心地为羌然盖上。

其实她一直有个小疑问。趁着羌然熟睡，刘娅楠问观止道：“观止，你知道羌然是怎么知道那具尸体不是我的吗？”

“夫人，头儿亲自做的尸检，而且在尸检前，他已经发现不对的地方了。”

看着刘娅楠不明白的样子，观止把视线放在她的手指上。

刘娅楠莫名其妙地低头看了一眼，她还真没觉得有什么不对的。

观止没法了，伸手指了指她无名指上的戒指。

刘娅楠这才恍然大悟一样，嘴巴不可思议地张了张。

这也太无厘头了！她手指上一直戴着那个小素圈戒指呢。不过不特别留意的话，一般人是发现不了的，主要是太不显眼了，那些人在脱她的衣服鞋子时也给忽略了。甚至她在那些人面前来来去去的，他们也都没有意识到这个问题！

可是这个戒指自从她戴上后，洗澡洗脸她都没有摘过。就算这个戒指再简单朴素，当初怎么应付似的戴在她手上的，她还是很宝贝地一直戴着，因为这是货真价实的结婚戒指……

“这个戒指是头儿亲自做的。”观止比画了一下，“所以头儿印象很深。”

刘娅楠哎了一声，她真的不知道，因为羌然一直没跟她说过，当初结婚时那么随便就戴在她的手上了，样子又这么简单。现在刘娅楠才想到一件事，这种朴素简单的款式，不正是羌然喜欢的吗？

他那个跟她的是配套的，这么想不喜欢配饰的羌然，自从戴上那个戒指后，也跟她一样一直戴着了。那么多的细节她都忽视了……

说话间，观止看到了什么，忽然用手指了指刘娅楠脖子的地方。

刘娅楠一时间没有反应过来，观止忙找了一面镜子给她照了照。等刘娅楠看到镜子里的东西后，脸瞬间就白了。

她脖子上面有非常明显的一处吻痕。

她尴尬死了，手忙脚乱地解释：“这是野兽……”可是好像更乱了，她又着急地还想说点什么。

观止却小声告诉她：“头儿已经知道了，放走的那些人发了信息给头儿……”

刘娅楠诧异不已。

观止笑了笑：“大概是那些人看见头儿布置在外围的远程炮了，反应过来头儿这是要放他们一马，所以作为回报解释一句。据说里面有一个心理治疗师还把您的诊断情况及治疗结果也发了过来，希望头儿不要放弃对您的治疗……”

刘娅楠嘴角抽搐。

观止走后，刘娅楠无声地坐在那里，看着自己的戒指发了一会儿呆后，又把头埋在羌然的怀里听了一会儿他的心跳。

她有好多话想对羌然说，不过其实这样挺好的，当他清醒的时候，刘娅楠都要怀疑自己还有没有勇气说这些……

她肯定会害臊的，现在她就可以毫无负担地说那些话了。对方不是清醒的，有些话反倒能说出口。

她想了一会儿，终于小声地说了出来：“我总是不敢相信你会喜欢我，因为那时候我是世界上唯一的女人，我估计我就是母猪变的，你也会要我。可现在不一样了，不管你脾气怎样，光靠这张脸，就可以把我秒杀得跟渣一样了，我就不敢再想那些事儿了……其实我很早的时候应该就喜欢上你了，只是我不敢承认，心里总想着，你不会喜欢上我这个人的。我现在好像还在做梦一样，以后咱们能再好好地沟通就好了，我知道你不习惯跟人说你的想法啊情绪啊，可是那样会出现很多误会的，而且你跟我说了，我也才敢跟你分享我的想法和情绪……”

刘娅楠一口气说了好多，她的不安、犹豫，还有她对羌然的喜欢。最后，她红着脸偷偷亲了羌然一口。

路上很顺利，终于回到了基地，育儿部的人早已等在舱门外。

飞行器一落地，刘娅楠就急急跑到窗口向外看，想要在人群里找到小宝贝的影子。

一直没睁开眼睛的羌然，也跟被飞行器降落的声音弄醒了似的，从座位上抬起头来，在看到那个脸都要贴在窗口上的刘娅楠后，羌然的嘴角不自觉地勾了下。

他从座椅上站起来，走到她身后，轻轻揽着她的腰提醒她：“跟我出去吧。”

刘娅楠赶紧摆正姿势跟在羌然身边，被羌然扶着腰往外走去。

外面夜色更浓了，小家伙却兴奋得一直没睡，大概是知道妈妈要回来了，一直在外面手舞足蹈地等待着。

一到外面刘娅楠就扑向了小宝贝，把孩子紧紧地搂在怀里。小家伙也感觉到妈妈回来了，高兴得咯咯笑着。

刘娅楠就看见小家伙的手腕上居然绑着她最喜欢的一条发带，她把头埋在小家伙身上，嗅着小家伙的奶香，眼睛酸酸的，这才几天啊，她做梦都在想孩子……

刘娅楠抱着小家伙亲来亲去的，舍不得分开一下。羌然却以刘娅楠还需要休息为由，让那些育儿部的人把孩子抱走了。

刘娅楠挺郁闷的，她还想晚上抱着小家伙睡呢。

不过等两人回到夏宫，看着羌然熟练地放水要沐浴的样子，她一下就猜到这个家伙想要做什么了。就是小别胜新婚那些呗。

刘娅楠有些羞涩，不过在准备换上家居服的时候，她还是甜甜地叫了羌然一声：“然然。”

在帮刘娅楠挂衣服的羌然，表情忽然顿了一下。他想起什么似的，转过头来。

已经换好家居服的刘娅楠纳闷地看着他那副被噎到的表情。

过了足足两秒，羌然才表情古怪地说道：“其实我不喜欢你叫我然然。”

刘娅楠有些尴尬，她觉得那样很亲密啊，因为这个世界只有她能这么叫他。

在刘娅楠试图说什么前，羌然已经把胳膊举给她看了。他的语调也怪怪的，主要是他还不大习惯，这种说话方式就好像抱怨一样，可他从不需要抱怨什么，这次他的话里却带上了这层意思，他说起来也是分外艰难：“每次听你这么叫，我都会很冷。”

刘娅楠尴尬地嘀咕着：“我以为你会喜欢，每次叫你，你好像都在害羞……”

“我是在尴尬。”

“哦。”刘娅楠低着头想了下，所以他们真的是一直沟通不良地生活在一起……

不过从来不会跟人说情绪，也不会跟人商量事情的羌然，怎么现在知道跟她说他的感受了？

刘娅楠觉得很奇怪，下一刻就疑惑地抬起头来，望着羌然的面孔问道：“不过你以前为什么不跟我说，现在却又说了呢？”

“不是你要求的吗？”羌然一副理所当然的样子。

刘娅楠哎了一声，然后想到了什么，那副样子简直是难以置信，她追着羌然到了浴室内。

在回来的路上，她是趴在他身边，趁着他睡觉的时候说过很多话，什么沟通啊，什么她想知道他的想法啊……

可是当时他是在睡觉啊！

刘娅楠纳闷地问了出来：“那个……回来的时候，你不是睡熟了吗？”

“没有。”羌然表情无比正经地回答着她，“我在闭目养神。”

刘娅楠瞬间脸红得就跟煮熟的虾子一样，都不知道该说什么好了，简直不敢去看羌然。

已经放好水的羌然走到她面前，笑着把她抱了起来……

# 番 外 一

最近一段时间，不光是观止他们，连其他部门的人也觉出不对劲了。

一向表情很少的头儿，现在脸上的表情不能说有什么太大的变化吧，但明显柔和了一些。而且每天都要见面的两个人，现在电话打得也比以前勤了很多。

以前头儿也给夫人去个电话什么的，可大部分是跟工作似的，说的话也都是公事。

哪怕是问一下晚上想吃什么，头儿在电话里也绝对是那副“你晚上想怎么款待我”的样子。

可现在大不一样了。观止已经不止一次地听到头儿用很轻的口吻跟那头的夫人说话，那副样子简直都要把观止吓到了。

不过大部分时间羌然还是很注意的，也尽量避开他的这些下属。

就是不知道是巧合还是天意，自从解救回夫人后，没多久医疗组在例行检查身体的时候，发现了夫人又怀孕的事实。

所以每次被绑架，每次救回来都会怀孕什么的……

也因为这个，羌家军都没有把这个消息对外公布，很低调地保密着，生怕有人会有什么不美好的联想。

羌家军低调归低调，刘娅楠这次回来后，却比以往高调很多。以前她都是得过且过，被政府人员鄙视，被人说什么不配当女王，她都从没往心里去。

可是她不跟人计较，不代表可以让人随便利用。

所以她一回来，立刻找人开了新闻发布会，那情景简直就跟看见死人复活一样，甭管她是什么身份，瞬间所有的八卦点都被点燃了。

刘娅楠轻描淡写地回答了记者的提问，随后箭头一转揪住政府里的什么慈善基因还有她的纪念馆的问题开始质询了。

她以前可没少找那些议员的毛病，只是大部分人都忘记了，她曾经也是这样一个女人。

在政府机构手忙脚乱准备推卸责任的时候，刘娅楠二话不说拿出当年对付那些政治流氓的劲头，盯住就不松开！

不过何许有钱是真机灵，一看这情形，还没等刘娅楠张嘴呢，就主动上缴了那些纪念币的收入，还对刘娅楠的回归表示欣喜，并在可视电话里热泪盈眶地说道："感谢天感谢地，幸好您平安无事，在知道您去世的消息后，我是夜夜以泪洗面……"

刘娅楠也是真服了这个人了。

要不是自己怀着孕，她是真想亲自找到这钱串子好好给他几下。

刘娅楠忙着处理这些事，她倒是有经验了，那些挖出来的钱，她也没留下，既然是当初大家捐出来的善款，她就放在了之前她跟野兽弄的那些养育院慈善基金会里。

在处理这些事务的时候，刘娅楠还要小心自己的身体……

其实怀孕这个事吧，她是开心，只是多少有些郁闷。她听说生完孩子后不会那么快怀孕的，结果没想到自己又怀上了。现在可好了，她原本还算计着有空和羌然出去度个蜜月什么的，现在看来什么都泡汤了。

不过这次怀孕比上次好多了，上次她妊娠反应可厉害了，又是吐又是手脚浮肿的，这次她顶多是恶心恶心，都没怎么正经地吐过。

羌然还是那副八风不动的样子，不管怎么样都是那副淡淡的表情。

不过刘娅楠能感觉到，他最近心情很好，看她的时候也比以往爱笑了一些。

两人依旧每天饭后散散步什么的。以往两人都是挨在一起走，现在刘娅楠会特意握住羌然的手。到后来大概是习惯了手牵着手散步，在她偶尔忘记的时候，羌然就会主动牵着她的手。

其实羌然是很害羞的一个人，只是不表现出来。刘娅楠一直对上次羌然装睡的事耿耿于怀，不过后来有一天，她忽然想到一种可能。

也许当时的羌然并不是想装睡骗她，他是在不好意思吧？因为他对她说了那句不要吓他的话，所以害羞了，就装作熟睡的样子？

刘娅楠自从这么猜想后，就很喜欢说点甜蜜的情话逗羌然，不过大部分时间羌然都是表情淡淡的，顶多勾起嘴角笑笑。只是他的眼睛还是泄露了他的情绪。

刘娅楠能感觉到他在努力维持自己的形象，可其实这样的羌然已经是以前没有过的了。

两人在散步的时候，又商量起了他们第一个孩子的姓名。

羌然没给人起过名字，刘娅楠也不敢随便起，她总想起出一个既好听又了不起的名字。因为名字等于是一个人的标记。

两人商量来商量去，其实大部分时间是刘娅楠在嘀嘀咕咕的，自言自语般说着。

"你觉得羌强怎么样？还是羌卓、羌不凡？"刘娅楠说出几个后，还没等羌然反馈意见，她自己就先摇头否定了，"都不好听，总感觉怪怪的……"

"你觉得呢？"她眼巴巴地瞅着羌然。

羌然如实地告诉她："难听。"

刘娅楠就知道他会这么说，她闷闷地挽着他的胳膊，这次很努力很努力地想了好久，她才说道："那羌然，咱们不起那些了不起的名字了，我想不出伟人的名字，而且……"

她迟疑了下，以前羌家军都是再生人，所有的位置都是固定的，因为基因代表了一切，可是现在的世界不一样了，这不是个基因决定一切的世界，他们的孩子未来也未必会成为一个军人。

"其实只要孩子健健康康、平平安安的就好了，就是叫羌安羌壮壮羌健康这样的，会不会太简单太俗气了？"

"你喜欢就好。"羌然从容地看着她，刘娅楠估计自己给孩子起名叫羌狗剩他都能泰然处之。

刘娅楠抿嘴笑了笑，忽然想起什么来，赶紧抓着羌然往育儿部走去。其实起名这事儿很简单的，她干吗不让小家伙自己选呢？

最近一段时间她挺想亲自带孩子的，可因为她又怀孕了，大概是怕她身体不方便，羌然给育儿部安排了非常详细的看护时间。

不过羌然在安排这些的时候，也让人把育儿部挪到了夏宫附近，这样刘娅楠想看孩子的话，随时可以看到。

刘娅楠便不好再跟羌然提什么了。

现在见到小家伙后，刘娅楠就试图抱起婴儿床上的小宝贝。她刚俯下身还没抱呢，羌然已经走过去，替她抱了起来。

刘娅楠郁闷地看他一眼，其实抱一下孩子又不会导致流产。

不过看羌然那么笨拙地抱着孩子，刘娅楠心软得一塌糊涂。她摸着小家伙肉肉的小手，问小家伙："喂，宝贝，妈妈给你起了几个名字哦，你是喜欢羌壮壮呢，还是羌安呢，还是想叫羌一凡呢？"

已经能发出单音节的小家伙跟遇到很大的问题一样，嘴里嘟哝着什么。

刘娅楠侧耳听着，她知道小家伙还处于模仿阶段，不能说出什么话呢，据说这么大的孩子怎么也要十个月才能发出差不多的音来。

不过在那些稀里糊涂的发音中，刘娅楠忽然听到了什么，当下就惊住了。

她抬起头来不可思议地说："羌然，是我耳鸣了吗？我好像听到宝贝叫我妈妈哎！"

羌然听得很清楚，点点头，提醒着她："小心肚子。"

跟他的淡定相比，刘娅楠就太激动了，要不是羌然在旁提醒她，她差点就要跳起来了。她捂着嘴巴"耶耶"地叫了两声，笑得嘴都合不拢了。

最后刘娅楠又问了问小家伙，这次终于选了一个名字。

因为小家伙在听到那个名字后，特别开心。

刘娅楠不管俗不俗气的，就给她跟羌然的第一个孩子起名叫羌安了。

刘娅楠每天不是安胎就是看小家伙。

小家伙肉肉的，不知道是不是羌然的基因太好了，没到时间，小家伙就能坐起来了。看着白白嫩嫩的孩子，就是不知道哪儿来的那么大的力气。刘娅楠每天都会过来看看小家伙，那天再来的时候，她随手拿了一个玩具逗孩子，结果这小家伙几下就把那玩具拆坏了。

看她那么目瞪口呆的样子，育儿部里的工作人员很快找来那些金属玩具递给小家伙，同时笑着对刘娅楠说道："夫人，遗传真是有趣的东西，据说头儿小时候就是这样的。"

"这样的？"刘娅楠脑子一时间没转过来，纳闷地看着对方。

那人估计也是听别人说的，见刘娅楠感兴趣，解释道："听说头儿小时候也是这个样子……"

"这个样子？"她家宝贝可是很爱笑很可爱的，怎么可能会跟羌然像呢？她忍不住嘀咕道："可是我的小家伙很喜欢笑啊……"

"小孩子都是喜欢笑的。"

刘娅楠这下真是被惊住了："可是，我记得你们当年的那些再生人，小时候都会被水冲，然后还要……"

基本上那时的童年是凄惨得不能再凄惨了……

“头儿天生胆子大，被水冲的时候还以为在玩水，听说他笑的时候还把当时的教养员吓坏了，以为他精神有问题……”

刘娅楠惊得嘴巴都合不拢了，低头看了看这个同样爱笑的小家伙，虽然他是她肚子里出来的，不过这个白白嫩嫩，可以被怪阿姨围着抹红脸蛋的小家伙，难道也是个恐怖大王的苗子？

可是看着他大大的眼睛，可爱得让人想尖叫的样子，刘娅楠赶紧把那些念头抛到脑后。

她家小宝贝可是又乖又可爱的！在她的爱心浇灌下，是绝对绝对不会成为大魔王的！

# 番 外 二

日子一天天过着，刘娅楠的肚子也一天比一天大了起来。

开始刘娅楠还在羌家军内的医疗组做检查，不过随着月份的增大，一切都稳定后，刘娅楠就有了别的想法。

羌家军的医疗组是厉害，缺胳膊断腿的都能给修补好，可是……

说真的，一群大老爷们围着她检查肚子，偶尔还得那什么地检查下……刘娅楠觉得可别扭了，而且妇科也不是羌家军的强项啊，眼看着月份大了，刘娅楠把自己的想法跟羌然提了提。

羌然倒是没意见，马上就要找人在羌家军内安排设立专门的医院。

刘娅楠吓了一跳，她真的只是想像普通的女人一样，出去做做检查，然后顺便逛个街什么的，虽然逛街是主要目的……

刘娅楠赶紧拦住羌然，把自己的想法和盘托出。她算是发现了，面对羌然的时候，真不能说一半留一半，这个家伙，哪怕她有一点点小心思，只要有所隐瞒，立刻会弄得南辕北辙的。

羌然这才明白是怎么回事，原来刘娅楠这家伙，想要出去体检是假，打着旗号逛街是真啊。

他也没说什么，很快把时间压缩了下，准备抽出一天时间来，亲自陪着她去。

刘娅楠挺怕劳师动众的，到时候观止啊还有安保人员啊排一队，还有那些车队什么的，再把交通给弄堵塞了。

羌然又把那些安保都撤换掉，最后亲自开车载她。

刘娅楠好久没出过羌家军的基地了，这次出来见到什么都觉得有趣。她哪里有要体检的样子，扒着车窗不断往外看着。

羌然一直表情平平，体检的事观止已经都安排好了。两人这次很低调地出行，为了这个羌然还特意戴上了墨镜，刘娅楠也把自己稍微修饰了下，不过她估计自己这张路人脸，也未必有人会注意到。

到了地方，刘娅楠立即进去检查身体，因为有观止，结果很快就出来了。

刘娅楠出去的时候，看到了很意外的一幕。穿着一身便装的羌然，此时正跟这个世界的其他丈夫一样，在妻子做体检的时候，老实地坐在等候席上耐心地等着。

神奇的是，他坐的地方左右两边各空了两三个位置。可明明其他地方都坐满了人。正在刘娅楠纳闷的时候，正巧来了一个新人，那人大概没留意到羌然的情况，瞧见有一处有很多空位呢，便挤了进去，准备坐到羌然身边。

等那人坐下后，神奇的一幕又出现了。

那人刚坐稳，结果一抬头，就看到了身边戴着墨镜的羌然，紧跟着那人就跟被惊到一样，刷地站了起来，又挤出去了。宁愿站着都不肯坐在羌然身边……

刘娅楠怀疑是不是羌然曝光了，被人发现了身份。

她过去，神情紧张地低声对羌然说："羌然，你是不是被人认出来了，你没发现大家都躲着你吗？"

羌然奇怪地往身边瞄了一眼，习以为常地摇头道："你多心了。"

刘娅楠心里怪怪的，不过见羌然这么淡定，她也没说什么，依旧按照计划去了附近的购物中心。

那个购物中心是刘娅楠亲自挑选的，里面不光是衣服服饰那些，还有很多特色的餐饮店。

刘娅楠早就对里面的一款小糕点动了心了，因为耳闻很久，到了地方后就拉着羌然找到那个地方准备尝尝。

坐下没多久，刘娅楠就想去上厕所。

羌然习惯地站起来要陪她，不过这个特色店很小，刘娅楠不好意思让羌然这么个大男人在女洗手间门口等着，便摆手让他原地等着。

结果刘娅楠再回来的时候，那神奇的一幕又出现了。

原本还靠近他们的位置，不知道怎么的，忽然就空了，而且进门的时候还算热情的服务员，这个时候居然都没有招呼羌然。

刘娅楠这下可紧张了，又一次压低声音说道："你确定你没有被认出来？"

羌然很肯定地告诉她："确定，认出我的话，不会是这种反应。"

刘娅楠还是嘀嘀咕咕的。

羌然也没理她，只招手叫来一个服务员点了刘娅楠一直想吃的小点心。

刘娅楠疑惑得很，就跟做贼心虚似的。

在商场里逛着时，总觉得好像有无数双眼睛在看着他们一样，而且大部分视线是落在羌然身上的。

可是她左瞄右看，也没觉得羌然哪里会曝光，他那个墨镜可是能把半张脸严严实实地遮住的。在她看来，此时的羌然，只是个看上去很有型的戴着墨镜的帅哥而已……

刘娅楠逛了一会儿，走到休息室的时候，忽然想体贴下羌然。

主要是羌然不大喜欢买衣服，对逛街更是没有任何兴趣，她让他干陪着也是过意不去，就让羌然在休息室里坐一坐，反正那地方等着不少男士呢，而且她要逛的婴儿用品就在附近。

当初他们有第一个孩子的时候，什么都是现做的，东西质量虽说好，可是哪有现在商店里的花样多啊，分门别类的哪怕是孩子用的棉签都有那么多种类可以选。

刘娅楠低头细细挑选着……

羌然就坐在休息室里一直观察着她的动向。

等刘娅楠挑好东西再过去的时候，所谓事不过三，此时在休息室的座椅上，原本可以坐下七八个人的长条沙发上，早已经空荡荡的只剩下羌然一个人了。

之前还坐在那沙发上的那些男士，都挤在了一个个小转角沙发里……

刘娅楠走过去，特别肯定地对羌然说道："你肯定被人认出来了。"

羌然也不辩解什么，在刘娅楠说完后，沉默地把自己的墨镜摘了下来。

瞬间，不用羌然说什么，刘娅楠就感觉到，原本还有声响的大厅，在那一刻没了任何声响，就好像被按了静止键的电视屏幕一样，所有人、所有动作都停了下来。

倒是，那个摘下墨镜的羌大魔王，在那些人还没做出反应前，又把墨镜重新戴好，然后很自然地站起来，伸手接过刘娅楠手上的购物袋子。自从她怀孕后，他就习惯了在走路的时候扶着她的腰。

在两人出门的时候，刘娅楠懵懵懂懂的，迷惑地问着："那些人好像很怕你的样子……你明明都没被认出来……"

羌然也不知道该怎么解释，他没有那种意识，因为从他有记忆起，这种现象就是常态。

此时的他倒是对刘娅楠买的那些东西挺感兴趣，在启动车子后，就问了她一句。

刘娅楠正想跟他说呢，见他问，就笑眯眯地把自己买的东西一一告诉他："我买了好多小孩子用的东西哦，有小孩子睡觉穿的睡衣，还有专用的小枕头。对了，还有小孩子用的碗筷呢，都是特制的哦，我看着很可爱就买了，还有这个……"

刘娅楠说着拿出一只可爱的兔子，因为车子是自动驾驶的，她显摆一样在羌然面前晃了晃。

晃动过后，她还得意地按了按兔子的鼻子。那只玩偶兔子就嘴巴一动一动的，发出了很甜蜜的声音："小朋友，我叫小兔乖乖哦，很高兴能跟你做朋友，我们一起来听故事吧！从前……"

刘娅楠得意地说着："这是最新型的学习机哦，可以训练孩子的反应速度，还可以讲故事……"

羌然淡淡地告诉她："他有专门的训练课程。"

刘娅楠"啊"了一声，赶紧追问着："你给小宝贝设置课程了，都教什么，我怎么没听你说过？"

是不是按摩后背、教小孩子说话、幼儿开发智力那些啊，她倒是一直想做的，据说那些活动不仅可以增进亲子关系，还可以让小孩子心情很好。

"都是一些最基础的训练，身体协调能力、韧性、野外生存……"

……刘娅楠张了张嘴巴，在确认羌然不是在开玩笑后，她不敢相信地问道："你说的那个野外生存，是……字面上的那个野外生存吗？"

羌然淡淡地回道："就是字面上的意思。"

刘娅楠抱紧了怀里的兔子，所以说最近她去见小宝贝，发现小家伙越来越活泼，手脚越来越多动作，还喜欢扑啊抓的，不是因为孩子大了活泼了，而是孩子他爸在把孩子当野孩子训呢？

刘娅楠动了动嘴巴，巴巴地看着羌然的面孔，心里多少还存了一丝侥幸。不可能真是那样吧，孩子还不会走路呢，怎么可能被带去弄什么野外生存。估计所谓的字面意思，就是给孩子搭个草棚子玩吧，或者让孩子在草地上爬一爬什么的……

回去后，刘娅楠直奔着小家伙去了，不过见到自家的可爱宝贝，刘娅楠忽然觉得自己刚才真是太傻了,这么可爱的孩子,哪里会像小野人啊。

这么可爱、爱笑，对什么都有好奇心的可爱宝宝，对吧！刘娅楠用手里的小兔子逗着孩子。结果孩子接过小兔子玩偶后，并没有被憨憨的兔子造型逗笑，反倒疑惑地研究了一番。看着小短胳膊小短腿的孩子在那里摆弄着兔子玩具，那副表情真是要多可爱就有多可爱。

羌然那家伙真是吓死她了，她就知道所谓的野外生存，都是噱头啦！多半孩子只是被带去爬了爬草地而已。

就在刘娅楠以为孩子已经要找到兔子开关的时候，小家伙大概也认出了这东西是个兔子。于是等着可爱宝宝逗弄兔子，按开兔子开关的刘娅楠，就看到小家伙用粉嫩粉嫩的小手抓住了兔子的耳朵，然后像是确认一样准备去啃兔子耳朵。

刘娅楠看到这幕后，赶紧劝着自己，小孩子嘛，估计还以为这个东西可以咬呢，都说了小孩子喜欢用手跟嘴巴去感觉这个世界的嘛……

可看见一向乖巧可爱的小宝贝袭击兔子的肚子，给兔子“开膛破肚”的时候，刘娅楠终于明白过来，这孩子算是被教出来了啊！

然后在办公区值班的观止，就看见抱着兔子，脸色很不好看的夫人，步态狂暴地走了过来，激动地询问道：“羌然没在开会吧？”

观止吓了一跳，赶紧说道：“头儿没在开会，不过……夫人，您是有什么事情吗？”

“有！”刘娅楠高举着兔子，一字一句地说道，“我要跟羌然好、好、谈、谈、孩、子！”

# 番 外 三

刘娅楠气冲冲地走了进去，见到羌然，立刻鼓足勇气说道："我不允许你这么对我的孩子！"说完把手里的玩偶兔子扔到了羌然的办公桌上。

羌然的桌子一向被整理得整整齐齐的，现在刘娅楠这么气呼呼地一扔，羌然放在桌角的一沓文件，就被甩得七零八落的了，还有他的水杯也被波及，虽然没有被碰倒，却也晃了几晃，洒了一些水出来。

羌然的表情没什么变化，即便是在刘娅楠把玩偶兔子扔到他面前的时候，他也没有显露出什么，只低头收拾着桌面，其间也没开口说什么。

等擦拭干净后，他才抬起头来，眉头微挑地反问了一句："你不允许？"

一对上大魔王的眼睛，原本还气呼呼的刘娅楠，气势瞬间弱了一半，条件反射似的就想往后缩。不过她是孩子的妈妈，她今天就算豁出命去，也不能让羌然那么对她的宝贝！

她鼓了鼓气，一边给自己打气，一边说道："是，我是不允许！你要再那样对我的宝贝，我就……"她捂着肚子，努力想着威胁的话。

只是羌然太有威慑力了，在他面前很难保持气势，她紧张得手心都在出汗了。

羌然表情平静得很，看着她的眼睛，只淡淡地问了一句："你想要威胁我？"

刘娅楠瞬间觉得腿肚子有点抽筋。

明明他的脸上都没有震怒的表情，可她就是吓得大气都不敢喘一下。

不过隔了一会儿后，她还是鼓起勇气瞪了回去："我、我就威胁你怎么了？"

从未被人直面威胁过的羌然，此时并没有因为刘娅楠的话，表现出什么不同来。他把双手交握在一起，用拇指点着下巴，表情依旧是那副漫不经心的样子。

他的动作也没有什么太大的变化，他依旧坐在自己的办公桌前，语气反倒比以往要客气许多：“你可以试试。”

刘娅楠却要被吓死了。

羌然就是有这个转眼间把人吓得心脏病发的本事，他这么客气，还不如直接吼她几句呢！

刘娅楠一下弱了下去，因为她知道，在这个地方，羌然是羌家军核心的核心，他随口的一句话就能让她举步维艰、寸步难行。哪怕她要闹出去，可有他羌大魔王拦着呢，又有选择权挡着，她依旧什么也做不了……

刘娅楠迟疑了下，委屈得眼泪直在眼眶里转。这么久以来，她一直努力不跟羌然起争执，可现在她迈不过去了，她是做妈妈的，怎么可能让孩子被那么教育。

她眼圈红红的，努力平稳着自己的情绪，试图跟他沟通：“可是孩子还那么小，正是玩的年纪，他懂什么啊！而且那样的训练方式对他有什么好处啊，难道你想把孩子也教育得跟你一样吗？就不能用更有爱心的方式去教育咱们的孩子吗？”

“教他用爱心拯救世界？”羌然此时的语气明显已经带上了讥讽。

刘娅楠知道他的嘴巴很毒，虽然他话很少，可跟他有分歧的时候，哪次不是被他句句诛心！

她一想起来就觉得头皮发麻，她困难地咽了口口水，试图辩解道：“我也不是那个意思，只是现在是和平年代嘛，你有必要教给孩子打打杀杀的东西吗？”

“现在不是和平年代。”羌然毫不留情地打断她的话，告诉她，“从来没有和平年代，只有休战期。”

他的目光沉沉的，看向她的时候更是无比锐利。

刘娅楠被他的目光看得无所遁形，很少有人能在这样的目光下坚持己见。

刘娅楠努力不去妥协，试图跟他讲道理：“可是教孩子有爱心、体贴并不是错误吧？我不否认我们需要力量去保护自己，可是我想拥有爱心善意那些，也不应该是被谴责鄙视的吧？而且你也在慢慢改变啊，你以前总喜欢打打杀杀的。我记得我被西联盟绑架的时候，你还不管青红皂白，就对着西联盟狂轰滥炸呢，别说平民了，连在西联盟的我，都差点被你炸死。可是这次你去救我的时候，就变得温和了许多，别说杀掉那些人了，你还放野兽他们一马，我真的觉着……”

“我不是被感化，我只是喜欢你。”

“哎？”刘娅楠原本还沉浸在自己的话里呢，此时猛然听见这个，她顿了一下，因为似乎有什么了不得的话被羌然说了出来……

她眨巴眨巴眼睛，然后努力回忆着，她应该没有听错吧，她好像听见羌然说什么喜欢她？

她简直不敢相信自己的耳朵了！

因为自从认识羌然后，他可从没跟她说过这样的话，这种可以算是表白吗？

就在刘娅楠心花怒放的时候，羌然却跟失言一样，他原本还气定神闲地坐着呢，这下迅速站了起来，手忙脚乱地整理着井井有条的办公桌，整洁的办公桌很快就被他整理乱了。

然后他像着急翻找什么东西一样，低头整理着手边的东西，就跟有多么重要的事情需要处理似的，随后他更是无比严肃地对刘娅楠说道：“要是没事的话，你可以出去了。”

刘娅楠懵懵懂懂的，站在原地并没有立刻走开。她已经不会傻乎乎地以为羌然这是在生气……

其实这家伙是在害羞吧？刘娅楠觉得这太不可思议了！从没在她面前吃过瘪的羌然啊，这可是羌然啊！

她大着胆子走了过去。

羌然一直低着头忙碌着。

刘娅楠看着他的样子就很想笑。他之前在飞行器里的时候，肯定就是在装睡……

这次没办法用装睡挡了吧，所以，就装作在忙工作？

她弯下腰，把头压得低低的，故意去看羌然的表情。让她失望的是，羌然的表情还是那个样子，并没有尴尬啊不好意思的痕迹显露出来。

刘娅楠有些迟疑，她自卑惯了，下意识就怀疑是不是自己又在自作多情了。

看着原本整整齐齐的办公桌，此时被羌然翻得跟地震现场似的，刘娅楠忽然明白了什么。

她也没有再逗留，而是转身走到门口，随后她故意停了下来，扶着门框对羌然说道："我觉得不管是被爱心感化，还是被爱情感化，其实是一样的哦！"

在羌然回话前，刘娅楠已经跟得胜一样，抱着肚子大踏步地走了出去。

晚上在夏宫的时候，刘娅楠还以为羌然会害羞得不敢回来了呢，结果到时间后，羌然就跟没发生过任何事似的回来了。两人都没有再提孩子教育的事儿，自然也都没提羌然那句喜欢的话……

两人照常吃饭，然后散步……

刘娅楠真是佩服死这个人的城府了，真是羌然的心思你别猜，猜也猜不出来……

在临睡前，羌然却出乎意料地主动提起了白天的事儿。

刘娅楠还以为他要说什么冠冕堂皇的话，把白天的事儿抹过去呢。羌然却破天荒地跟她剖析了下自己的想法，不足的是他在说话的时候，显得太严肃了，严肃得刘娅楠都跟着紧张起来。

"其实我想过即使炸死你，也不将你拱手送人。"

刘娅楠木讷地听着，不过羌然的话多少有点打击到她了。虽然心里隐约明白，羌然这是在解释之前的事儿，而且她也早有心理准备，不过心里多多少少还是难受了一下……

"可在那之后，我很庆幸我的冲动没有伤到你。"羌然看着她的脸孔道。

两人的视线胶着在一起，刘娅楠很专心地看着他的眼睛，听着他的话。她把他的每一个动作每一个表情都记在心里，这是无比珍贵的一刻，一向不会跟人解释什么的羌然，此时正在对她解释……

"我讨厌被人威胁，可你应该是个例外。"羌然顿了下，下一刻露出了让刘娅楠为之动容的笑容。

"那么你有什么想威胁我的吗？"他的口吻到此时已经变成了调侃。

刘娅楠知道他这是在向她妥协，她可以趁机提出白天的事儿的，关于孩子的教育那些……

刘娅楠伸出手去，握住了羌然的手，激动得半天说不出话来。可她也没有全然否定羌然的那些教育方式，她迟疑了下，低着头仔细想了片刻后，摇了摇头，手指轻轻地钩着他的手指，语气早已经软软的了："羌然……我、我没有想要威胁你的事儿，我只有想同你商量的事儿。关于孩子的教育，我不是不能接受你的方式，只是希望在你的方式里，是不是也可以加上一些我的方式……”

# 番 外 四

自从跟羌然谈好了教育孩子的问题后，刘娅楠算是放下了心里的一块石头。

看来小宝贝注定要吃点苦头了，不过慈母多败儿，刘娅楠也知道羌然的教育方式看似野蛮，其实还是很实用的。她只要多注意小家伙的心理健康就好了。

随着时间的流逝，她的肚子一天比一天大起来，眼看着生产的日子就要到了。

跟第一次比，这次的生产可真是简单容易多了，刘娅楠早有了经验，再来不管是助产士还是相关的专业人员，也比她那时候多多了，经验丰富多了。

所以到生产那天，没怎么折腾刘娅楠就顺顺利利地生下了一个女儿。

跟羌安比，这个刚生出来的女儿，看上去却没有当初羌安那么好看，不管是皮肤还是毛茸茸的头发，总体感觉都跟一只小猫似的，连哭的声音都没有羌安洪亮，只是“呀呀”的两声，然后就睁着大大的眼睛，一副被吓到的样子……

打呵欠的时候，小嘴也是鼓鼓的，跟受了委屈一样……而且看上去皱巴巴的，似乎还有点黑。

不过不管小宝贝的外表怎么样，对于羌家军来说，这个小女孩所代表的意义也是非同寻常的，这真的是货真价实的第一位小公主。

尤其在羌家军大部分人只是刚刚谈婚论嫁，还没正式有孩子的情况下，小公主的降生，好像瞬间柔化了这个纯男人的世界。

而对羌大魔王来说，这个孩子的降临也跟他的第一个孩子有着截然不同的意义，这个可爱的女儿不再是他要苦心栽培的继承人，而是需要呵护宠爱的小女孩。

看着全军上下这么宝贝小女儿，简直都要当作掌上宝了，对自己的儿子却又是另一个态度。

按说应该心满意足的刘娅楠，却想到了什么，原本还笑着的表情也变得严肃起来，她对羌然说道："羌然！为什么男孩子就要是继承人，我们的女儿就不能是？"

她是受过重男轻女思想的苦头的，对这些事儿敏感很多，虽然女孩被宠看着不错，可是这种宠是被建立在不可以成为继承人的基础上的，怎么想刘娅楠都觉得这样的事儿很别扭！

女孩子又不是什么玩偶跟花瓶！

羌然直截了当地问出了很实际的问题："你是要她学习那些生存技能，还有杀人的技巧？"

刘娅楠迟疑了下，她哪里舍得，便忍不住嘀咕着："我当然不想。可是，用性别来区分孩子的未来……"其实对于小羌安来说她都不愿意，可是没办法，恶魔爸爸在这里摆着呢，不学好像也不安全，可是……

"万一咱们女儿的梦想就是当一名军人呢，万一她也有这样的野心呢，你不能因为她是女孩就剥夺她的理想吧？"刘娅楠现在不管有什么想法，都会跟羌然沟通。

羌然定定地看着她，那样子应该是在思考，过了片刻，他才点头回道："我答应你，在孩子们长大后，他们可以自由选择自己想走的路。"

刘娅楠还以为他会拒绝或者跟她争吵呢，没想到在这点上羌然却出乎意料地好说话。

她一下笑了出来，挽着他的胳膊看着婴儿床里的小家伙。

已经学会走路的小哥哥羌安，虽然还在被各种军事化地教育着呢，可大概是刘娅楠教导的一些基本礼仪起了作用，所以在小哥哥靠近妹妹的时候，并没有表现得像个小野人，反倒探头探脑的，想看又不敢看的样子，那副样子像极了羌然。他第一次看到他们的孩子时就是这样，既欣喜又有点不知所措。

刘娅楠凑过去，一手抱着小娃娃，一手搂着自己的大宝贝。

怀里的小娃娃被她抱得扭动了下身体，然后睁开了眼睛，大大的懵懂的眼睛眨巴了下。跟羌安不同的是，怀里的小娃娃虽然外表不像哥哥那么让人惊艳，可是那双眼睛，刘娅楠在看到的时候，发现这个小女儿的眼睛跟羌然的可像了。

不是那种外形上的相似，而是神态上的。虽然在小家伙嘟起嘴巴的时候，有点娇娇的感觉，可是那副样子还真有点小小版羌然的感觉。

就在刘娅楠仔细打量小女儿的时候，对面的小哥哥羌安好像看到了什么，凑了过去，用小小的胖胖的手指，去碰触妹妹的脸蛋，随即个性开朗的小羌安咯咯地笑了起来……

自从生了女儿后，刘娅楠变得比以往忙碌起来，她收到了很多祝贺的礼物。

不光是羌家军内部的人对她的小女儿宠爱无比，连之前那些婚礼策划的姑娘，也都嚷嚷着要过来看超级可爱的宝宝。

刘娅楠不得不又安排了专门的看宝宝时间，那些怪阿姨，这次可过足了怪阿姨的瘾，把小家伙打扮得跟粉色的小公主一样，不管是漂亮的裙子还是各种发饰都派上了用场，还有一个怪阿姨给小家伙拿了漂亮的假发……

然后就是何许有钱那个狡猾的家伙，虽然刘娅楠不大喜欢他，可也不能说多讨厌。这个何许有钱，实在是太会做人了，刚知道她生了女儿，立刻找人送了她精美的礼物，还附赠了各种好听的祝福。

在五花八门的礼物祝福中，刘娅楠也收到了一些来自小田七后人的礼物。

那些人大概也察觉到了自己所做的事儿太过分了，此时借着这个机会，就跟补偿一样，送来了各种各样的礼品。

刘娅楠本来就不讨厌他们，再说又有小田七这层关系呢，她挨个给那些人回话表示谢意，甚至还回送了礼品。

在被礼品包围的时候，刘娅楠拆开其中一个礼品盒的瞬间，屏住了呼吸。

那礼物让她眼前一亮，倒不是那东西多么名贵，而是因为那是一串纯手工做的项链。

那项链的价值也并没有多高，光项链的外表来看，也不是最漂亮的，可是等她拿出自己珍藏的那串手链后，她便认出这串项链跟她的手链明显出自同一个人之手。

这是野兽送给她的礼品，虽然有段时间她挺讨厌野兽的，不过她还是当宝贝似的，把那串项链收了起来，她没有办法真正讨厌野兽。

从小田七后人的嘴里，她已经知道当初野兽不断休眠苏醒，其实都是为了寻找她，跟她重新开始……

对这样的野兽，她没有办法讨厌，自从上次分别后，刘娅楠也不知道野兽现在怎么样了。前段时间她还曾偷偷询问何许有钱，只是何许有钱什么都不肯告诉她。

此时看到这串项链，刘娅楠一下变得轻松起来，这么看来野兽一定在这个世界的某个角落里生活得好好的。

他们之间需要的只是时间，等野兽重新找到喜欢的女人，到那时兴许他们就会再相逢的，没准还会成为很亲的一家人……刘娅楠这样期待着，把那些野兽送给她的礼物，小心地放在最底下的抽屉里，小心翼翼地合上抽屉，告诉自己，一切都会好起来的。

随着这个世界的影响，羌家军也在逐渐变化着，之前纯男人的世界，自从重新苏醒后，渐渐也在被这个世界同化着。虽然现在羌家军还不对外招收女性军人，不过刘娅楠听说已经有些文职部门，提出要吸收一些优秀的女性进入军营了。

还有军队的婚恋状况也在改变着，越来越多的人选择了婚姻，包括楚灵那些骑士团的家伙，那些看似吊儿郎当的兵痞子，居然是最早提请婚姻审查的一批,看他们那副被幸福冲晕头脑的样子,刘娅楠都觉得好笑。

倒是看似沉稳的观止挺出人意料的，那么可靠成熟的一个人，不知道是太挑剔还是怎么的，一直没有正式安定下来。不过听说他在外面的红颜知己多得很，甚至因为他的选择面太广，导致外面的那些女人因为争风吃醋还大打出手，最后让观止左右为难。那场面，刘娅楠听着楚灵他们唾沫横飞的描述，简直跟影视剧似的狗血夸张。

与此同时羌然需要不断修正军队的规矩，不管是婚嫁还是出行，甚至还需要借鉴政府军的一些情况，为此羌然还特意找机会去参观了政府军新建的军营。

刘娅楠也帮不了他什么，跟羌然的工作比，刘娅楠发现自己也在被这个世界影响着，因为她身边的女性越来越多了。以前是纯男性的育儿部门，现在吸收了一批专业的女性保姆。

跟之前羌然要求的所谓军事化育儿要求比，刘娅楠自有一套婆婆妈妈的育儿方式。反正他们是典型的严父慈母嘛。

小羌安被带去训练的时候，刘娅楠就会偷偷地给他送上那些小衣服，小点心。

刘娅楠知道他有被教育怎么徒手狩猎，不过没关系，狩猎和跟小动物交朋友也不相矛盾吧，刘娅楠就会偷偷地帮他养一只小狗小猫的，让孩子尽量在有能力的时候，也要有爱心。

其实羌然一直知道她的那些小动作，可是鉴于两人的协议，羌然始终是睁一只眼闭一只眼，当作什么都没看到。

刘娅楠用当妈妈的小心思行动着，每天都在忙碌着，除了忙碌小宝贝们的事情外，她还想做好多有意思的事儿，像是监督她跟野兽做的那些慈善基金啊，还有她还想努力再学习一些新的食谱，还有就是周游世界……如果可以的话，跟羌然好好出去看看这个世界，幸福地生活在一起……

# 番 外 五

刘娅楠常年奋战在带孩子第一线，不管是准备被训练成羌家军未来继承人的羌安，还是她后来生的小女儿。

在这样的情况下，一年一度的东联盟盛会就变成了她可以喘息的一个机会。

那个盛会规模很大，之前羌然并没有在意，即便有请柬，也从来没去过。现在大概是想带她出来散散心，这次安排了时间。

只是这个活动很盛大，刘娅楠一进到会场就有些晕头转向的。而且与这些非富即贵的女人在一起，刘娅楠忽然觉得“鸭梨山大”，这些女人跟她以往接触的人都不一样。

不管是开朗的婚礼策划师，还是羌家军里那些勤快的后勤大妈，每一个都那么和气简单。刘娅楠也是简单的人，只是一到这个环境，她就发现自己跟这些贵族圈里的女人好像不是一路的。

光从动作表情来看，刘娅楠就觉得自己笑得不如那些人好看，那些人的笑简直像是雕琢出来的，她笑起来是怎么看怎么傻，而且还会把牙齿露出来。

而且那些人谈论的话题她也不懂。

其中一个高个子贵妇人，也不知道怎么的情绪很坏地抱怨着：“我以后再也不要去帕耳度假村了，那度假村号称用的是蓝雅得的深海泥，结果我从别处知道，居然是火山灰泥……”

另一个贵妇人像被吓到一样，当下捂着嘴巴喊了出来：“天哪！火山灰泥！”

其他几个跟着叫了出来：“怪不得我做了疗养后什么效果都没有呢。”

刘娅楠茫然地问道：“两者有什么区别吗？”

那些人的表情马上就变了，都闭上了嘴巴，皱着眉头瞥她一眼，而且没有一个人要给她科普，顶多就是勾勾嘴角好像要表示什么意思似的，眼角间也是意有所指的笑容。

偏巧就在这个时候，有侍应生走了过来，非常恭敬地问道："夫人们想喝什么饮料，我们这里有特莱尼庄园出产的绝世名酒，也是卡迪尔地区的陈酿……"

那些贵妇人很快都点出了她们想要的饮品。

轮到刘娅楠的时候，刘娅楠就有点迟疑。她不懂那些，虽然她很喜欢烹饪，也专门学习过一些关于酒的知识，不过这些她还真没什么涉猎。

她附和着点了一个什么据说很有名气的酒。

结果那个侍应生提醒道："夫人，您刚才要了口味很甜的点心，一般来说这种酒是要避免跟甜味的食品一起食用的。"

刘娅楠瞬间脸红了，她没想到自己这么小心翼翼的还是露了怯，明明她连调酒都研究过，只是她喜欢研究学习那些常见的酒类，对于那些知识都以实用性为第一考量。

她红着脸问那个侍应生："那麻烦您给我推荐一款吧？"

对方很快推荐了一种，她也不敢多问，点头要了。

只是等酒端上来后，刘娅楠发现那些酒都被放在专门的托盘内，而且那些杯子里面酒的颜色也不一样。因为她的位置靠外，她都不知道要去拿哪一杯，最后还是在侍应生的提示下，她才端了起来。

于是刘娅楠就感觉到其他人对她的态度从开始的好奇，到此时已经变成了冷淡，也不再跟她谈论什么。

刘娅楠觉得自己好像是闯入天鹅群的丑小鸭一样，半天说不出一句话来。

在这个时候，忽然有个穿着很讲究的男人走了过来，低声问道："请问刘女士在吗？"

刘娅楠觉得奇怪，忙看向那人，那人一认出刘娅楠来，就立刻语气温和地说道："夫人，我们找您很久了……"说着，那人很快命人端上来一些漂亮的瓶子。

刘娅楠纳闷地看着那个人，不过那些瓶子好漂亮啊。

刘娅楠被那些瓶子的造型给迷住了，玻璃制品能做到这种程度真的很难得的，最主要的是里面好像还盛着什么液体。

在瓶子被端过来的时候，那些液体晃动着，在玻璃瓶子本身的装饰下，有一种流光溢彩的感觉。

就在她奇怪这些人要做什么的时候，那人已经解释开来：“夫人，这是田七先生的后人送给您的。”

刘娅楠当下站了起来，忙左右看着。之前她收到那么多祝贺的礼物，现在还没有机会跟对方道谢呢。

不过那人很快说道：“夫人，他们现在还不方便过来，还有这些酒并不是他们本人所有的，他们只是代表田七先生特意为您送来而已……”

刘娅楠知道田七的后人肯定是被羌然吓到了，羌然那家伙直接拿了重锤过去要把这些人锤死，换作是她，肯定也要跟老鼠避猫似的避着羌然的……

不过这是田七给她的吗？

看着刘娅楠那诧异的表情，那人赶紧解释道：“这是当年田七先生特意为您酿造封存的酒，希望您能喜欢。”

刘娅楠张了张嘴巴，其实她不怎么喜欢喝酒的。可是这是田七送给她的，跨越了时空，田七当初做这个的时候肯定也考虑到了这点，有些酒是越陈越香的。

果然在打开其中一瓶酒的时候，刘娅楠这种不大懂酒的人，都被那股香气给迷住了。

她尝了一小口，一喝到嘴里，刘娅楠立刻明白了，这绝对是田七特意为她准备的，因为这个味道正是她喜欢喝的。口感一点都不冲，香得也不过分，更主要的是微辣的感觉不会呛到喉咙，而且喝到嘴里，越到后面越有回甘的感觉。

她感动地看向那人。

那个田七家族的代表，在告辞的时候，也微笑着告诉她：“夫人，其实田七先生还有很多东西留给了您，不过他有遗言，这些都是他为您准备的惊喜，所以请您耐心等待。作为田七家族的代理人，我们会陆续为您送上那些不一样的礼物的。”

刘娅楠的眼圈都有点红了，当年她努力保护的孩子，居然为她做了那么多，明明当时她只是举手之劳而已……

等羌然应酬完过来的时候，就看见在角落里，对着一瓶酒眼圈红红的刘娅楠了。

他走到她身边，微微俯下身去。

一直在刘娅楠身边，把刘娅楠当作外来人士的那几个贵妇人，都被这突如其来的一幕给惊呆了。

原本还暗淡无光的宴会厅，忽然走出来这么一位丰神俊朗的男人，那些夫人下意识地都屏住了呼吸。

谁也不敢说话，也不敢过去攀谈。

刘娅楠却没留意到那些，她还沉浸在刚才的事情里呢，嘴里明明喝着那么美味的酒，心里却是难过的，她特别想田七……

一见到羌然，刘娅楠也不等他问，就把自己的想法跟羌然说了，她还把酒倒给羌然，让羌然跟她一起喝。

羌然迎着她的目光，在对上她兔子一样的红眼睛后，他的表情很快柔和下来，他在外面的时候一向是扑克脸的。

此时他这么柔和，刘娅楠都不好意思了，轻轻地握住了他的手。

羌然没怎么安抚她，他也不再去应酬，反而带着刘娅楠往外走去。

上车走了一段路后，刘娅楠就觉得奇怪起来，车子行驶得越来越偏僻，她不知道羌然要带她到哪儿去。他不是要带她回基地吗？

她纳闷地问了羌然一句，羌然倒是平静地告诉她：“顺道带你去个地方。”

刘娅楠奇怪地看着外面，不知道羌然这是怎么了，不过幸好没过多久车子就停了下来。

那地方怎么看怎么古怪，黑压压的，都没什么路灯似的。

她发现这个地方寂静得诡异。

羌然下车后，并没有让安保人员跟过来，他拉着刘娅楠的手，一路小心地带着路。

其实路面很平整的，只是这个地方怎么看怎么古怪。

终于到了目的地。

趁着夜色，刘娅楠才知道为什么她会觉得古怪了。

因为这个地方居然是墓地，不知道是谁的，建得特别好，占地大不说，连墓碑都超级气派。

羌然并不解释什么，他那个样子好像她还会感激他似的。

其实刘娅楠都要吓死了，她最怕这种地方了，尤其是深更半夜过来，可看清楚墓碑上的字迹后，她的眼睛渐渐湿润了。

她深吸口气，找回了自己的声音。她没有想到羌然会带她来看田七的墓地。

羌然没有一直跟在她身边，在她认出那是谁的墓碑后，他就主动避让到了一边，特意把空间让给她和田七。

刘娅楠的心情很复杂。在羌然走开后，过了好久，她才小声说道："田七，我收到你送给我的酒了，谢谢你对我的关心。你一直在为我着想，哪怕死后还要为我准备那些东西。我现在想告诉你一件事儿，当初我总在你面前抱怨，大概给了你一种错觉，觉着我跟羌然不是那么合适。其实，感情的事真的很难说的，我想对你说的是，田七，我现在很幸福，真的，因为我找到了我爱的男人，那个男人同样喜欢着我，虽然我跟他的关系有些奇怪，甚至我们都不像普通的夫妻那样，可是我们还是彼此相爱着。请你放心吧，不要再担心我了。"

她一直想找机会告诉小田七的，她亲口告诉过野兽，现在她又亲口告诉了她的小田七……

她断断续续地说着……

她哭得眼睛红红的，等她出去的时候，羌然看到了并没有说什么安慰的话，只是如以往的每一次一样，在她哭泣的时候，安静地守护着她，小心地把她抱在怀里……

# 番　外　六

那已经是很久很久以前的事儿了，很多人都问过他同样的问题："那是怎样了不起的人？她有没有很特别的地方？"

每次他都会沉默片刻，然后回道："说实话我并不觉得她有什么了不起。"

这话总会让来人吓一跳，毕竟整个世界的人都在称颂着"那一位"的与众不同，这种话从她最亲密的朋友亲人嘴里说出，总是让人感到不可思议。

看到那样的目光，他一般会温和地笑道："我明白你的意思，可对我来说……"随后他便会陷入沉思，好像真的在努力思考接下来的话一样，每次都要过上很久，他才会轻轻说道，"不管她对你们是什么样的存在，可对我来说，她只是我最爱的姐姐。"

这几乎成为一个惯例，他的家人，他最宠爱的孩子，都不曾在私下同他说过那些，因为所有的人都潜移默化地知道，"那个人"是不同的。没有人可以肆无忌惮地说出关于"她"的一切，哪怕是他最亲密的亲人，也不能令他打开心房。

只是所有人都没想到，有一天，他会在这样一个严肃的节目上，探讨关于她的那些事。

巨大的直播间内，无数台准备就绪的机子等待着，追光灯随时就位，准备运作，忙碌的工作人员不断在四周穿梭，声音嘈杂……

这是一个将面对全世界直播的节目，为了纪念那个改变了整个世界的"伟人"。

一切都是高规格的，没有人敢有丝毫懈怠。

不知为什么，在听到"伟人"这个称呼时，他真的很想笑，忍不住想，如果是刘娅楠听到这样的话会怎么吐糟。

想必她一定会皱着眉头说："这些人是不是没正经事可以做了？只是五十周年而已，有什么好纪念的！"

在一阵响亮的提示音后，明亮的灯光打在了他的脸上，地上是被拖得长长的影子。

他望着自己的影子一瞬间有些晃神。

随着倒计时开始，正襟危坐、一脸严肃的主持人，无比谨慎地问道："您是当时她身边非常亲近的人，这次特意请您过来参加这个节目，是想请您回忆下当时与她相处的点点滴滴。"

在那瞬间，全世界不知道有多少双眼睛望着他。

在众目睽睽之下，他沉默了下，像是想起了什么，很轻地笑了下："其实第一次相识并不怎么美好，我还吓到她了呢……"

如果时间有印记的话，在若干年后回忆的时候，他可以打开那个叫做沉默的孩子的标签。

在遇到她之前，他的人生只能用"乏善可陈"四个字来形容。

跟许多基因有缺陷的孩子一样，他一出生便被遗弃。

他不知道自己是谁，从哪里来，这里的每一个人都会知道自己的基因起源，唯独他是一个谜。便是福利院的人从庞大的数据库中都无法搜索出他的一丝信息，甚至连相似信息也没有，那便意味着他不光追溯不到自己同基因的上一代，甚至连上一代的亲属也是完全没有的。

那是一种无所适从的茫然，好像心里空了一块，永远也不可能填补上。

随着时间一分一秒地过去，身体在渐渐长大，可在大量的回忆下，他完全想不起那段日子的记忆，在潜意识里，那好像只是生存，而不是活着。

孑然一身没有任何人会关心在意他，他也完全不懂得快乐笑容是什么。

也不知道从什么时候起，完全不懂什么是寂寞的他，会在古旧的图书馆里走动。

有时候，他会在大理石地面上看到自己的倒影，惨白的脸上，没有一丝血色。

他的基因是不完美的，他不懂得这会给自己带来什么，可等那些医学界的人找到他的时候,他还是答应了参与那个实验,完全没有一丝犹豫，似乎那就是他应该做的一样。

因为即便自己死去也无所谓吧……

那是一个很普通的日子，普通到他完全不记得究竟是哪一天了，如果能记起的话，他一定在自己大脑里找一处最宝贵的地方，把那一天的记忆一帧一帧地记录下来。

先是隐约听到书本挪动的声音，沉静的空间里，能够听到那人低声说着：“烹饪烹饪！天哪，这么多书怎么找啊……”

不知道她找了多久，他从书柜间隙中看着她。

很奇怪，他一点都不排斥这个人来到自己的世界，那人好像没有攻击性,所有的注意力都在书本上,不知过了多久那人终于找到了要找的书。

自己也不知道看了她多久，时间流逝，光影在这个空寂的图书馆内，不断变换着。

一直到天就要暗下来的时候，她才意犹未尽地离开。

图书馆总有很多过客，本来是没什么的，可那一天过后，他便觉得心里空落落的。

幸好很快那人又来了，还在那个位置，找着类似的书籍看着。

这次他没有远远看着，而是坐在离开一些的隔壁，也找了一本书，只是自己翻找书籍的声音打扰到了那个人。

那个人走了过来。

穿过那些光影，很奇妙，她身上没有一丝阴霾，只有温暖的阳光洒在她身上……那些透过窗子照射进来的光线，那些在静谧空间中悬浮飘逸的粉尘……

她穿过那些光线，从另一个他完全不懂的世界进到了他的世界。

略感诧异的目光，很小心地望着他。

无数个日子，只要回想起这一幕，他都会觉得心悸。

“那先生，后来呢？在您把她吓到后，我特意翻找了许多文献，按那些文献记载，当时是她将您带回了住所吧，听说她还救了您的命。”

他点了点头，这次没再说什么。

脑子里只不断想着，如果她在这里，正坐在自己对面的话，她该是什么样的表情？只怕早已经坐不住了，浑身如同长了草一样难受，忍不住对他使眼色，似乎是在抱怨："要不要这么长、这么无聊啊，还不如回去看本书，学学怎么烹饪呢！"

记忆好像溢满了，因为离得太久，甚至分辨不出哪些是真实的哪些是自己的想象。

只知道从惊恐到亲近，她用了寥寥几个很简单的动作表情。

她拥有那种魔力，很奇特的一种魔力，可以让人轻易信任她，那种魔力他至今没从第二个人身上看到过。

完全不知道她是怎么做到的，她会低头皱着眉头说："你疼吗？"

以前不懂得什么叫做寂寞，可当她说到寂寞的时候，心里会抽痛；以前不懂得什么是痛苦，似乎对一切都麻木了，可是渐渐会疼起来，知道什么是伤心什么是难过。

会在忍不住寂寞的时候找到她，会在难过的时候想要从她身边得到一点温暖。

她好像不会真的害怕什么一样，永远在努力地振作坚强。

不管是书本上还是别人说起的，女人都是娇弱需要呵护的生物，可她在被人当作男人的时候，好像从不需要人呵护……

记得有次她正在做菜，不小心切到了手指，红色的鲜血冒了出来。

他看在眼里都觉得很疼，忍不住难过的时候，她不仅没露出难过的样子，还留意到了他的表情，笑眯眯地揉着他的头发说："没事儿的啦！"

说完用水把伤口的血冲下去，很随意地找了东西贴上，然后就好像没被切到手指一样继续做菜，一边做还一边说："都怪我自己太笨了，下次还是要小心一些！"

乐观快乐似乎可以传染，不知道从哪天开始，只要望着她便会觉得快乐。

喜欢看着她哼着歌做菜，喜欢看她活泼地做着所有的事情，她的微笑，她对自己和声细气地说话，还有从她眼中流露出的关切，都让他觉得温暖。

以前总是冰凉的手指，不知道从什么时候开始不再冰凉了，手指渐渐有了更多的感觉。以前完全不懂得的情绪，也慢慢生根发芽，会明白原来人可以那么痛苦，也可以那么快乐……

一切都变得不同了，很奇怪，在自己还不知道她是女人的时候，她已经改变了自己的人生。

她虽然总说自己笨手笨脚的，可他从没觉得她哪里笨过。

不过……

目光有些迷茫起来，他似乎又不敢肯定她是不是很笨。

那个人啊……他有一点感慨地想着，其实她真的是很笨哎！

真的是做梦都没想到，她会为那样的事儿曝光身份！

起初自己知道的时候也是吓了一跳，完全不明白她怎么会是女人！当时的感觉简直都要疯了，不过还只是孩子的自己，完全只是震惊而已。倒是身边的人完全不一样了，都当刘娅楠姐姐是什么必须得到的战利品一样。

整个世界变得混乱不堪，还记得那段日子，要不是羌家军的人，自己只怕早已经被当作曾经接触过刘娅楠的人而被暴民折腾死了。

不过随后的日子里，他跟许多人一样，开始担心姐姐的安危，不知道姐姐在那种地方会不会被人虐待，会不会被欺负。不过所有人都劝他说不会的，她是那样宝贵的存在，没有人敢伤害她的。

只是很奇怪……

他就是觉得她不会开心，跟被人囚禁的生活比，还是每天快乐地做菜的刘娅楠姐姐最幸福了。

在被主持人问到曝光事件的时候，他忍不住笑了笑："哦，你说那件事啊，她的确是笨得可以！"

这样的话把主持人吓坏了，毕竟是纪念日的超大节目，所有人都是一副崇敬的心情，即便是田七长老，即便他身份尊贵也不能用笨这个字来形容"那一位"吧！

"还不够笨吗？明明已经是最珍贵的存在了，只要随便撒撒娇就可以生活得很好，可你看她后来做了什么，明明什么都不会，可是立法做各种慈善……"

当时为什么没说出来，为什么一直在默默地支持她？

他转过头去，望向一边被刻意放大的照片，里面的人栩栩如生。

为什么不肯等到他长大……如果长大的话一定要好好骂她！

一直正襟危坐的主持人忽然不出声了，握着话筒的手顿在那里，脸色微微涨红。

无数个镜头面对的人，从来以强悍风格著称的田七长老，声音里带出了不可抑制的哽咽。

五十年过去了……

明明已经消失很久的人，却好像还坐在那里，一脸无奈地看着他，说着：“小田七，你是不是觉得我很傻……”

“是的，你一直很傻！”

这张照片不知道是在哪里找到的，那时候的她还是一脸明媚的笑容。

不知道什么时候，她的笑带上了哀伤。

“那个傻瓜。”他重复着，努力咽下嘴里含着的苦涩，“虽然你们说她是个伟人，可其实你们谁都不了解她……”

望着照片中的那双眼睛，终于想起这是什么时候的照片了。

他忍不住笑了下，淡淡说道：“跟做女王比，其实她更喜欢别人品尝她做的菜，一旦露出好好吃的样子，她就会眉开眼笑。”

他指了指一边的照片：“如果你们留意到的话就会发现，戴着皇冠的她从来没有这样灿烂的笑容，对她来说皇冠只是责任。”

想了想，他继续说道：“不管她是谁，做过什么，把这个世界改变成了什么样子，可对我来说，她只是我最爱的姐姐，她有没有历史书写的那样伟大那样夸张，对我都没有意义，在我心里，她只是我唯一的亲人……”

说完这些，他目光清浅地望向主持人：“你还有别的想知道的吗？”

主持人已经惊讶得说不出话来了，还是经过后台的提示，才赶紧微笑着说道：“谢谢您说出心目中的刘娅楠女王。”

有些不知该如何开口，主持人紧张地握紧话筒：“您应该看到过一些历史学家的争论，可是不管争论的过程是什么样的，对我们来说，她的到来改变了这个世界，让人拥有了希望。”

主持人把面孔扭向下面的观众。

除了台上，台下各种名流学者也在场呢。

“我想每个人都会有自己的判断，其实我在很小的时候，并不懂得她有多伟大，我只知道我的父母会把她的照片贴到我的床头。对了，我的妈妈便是第一批再生人，所有关于刘娅楠女王的事迹，我都是从妈妈嘴里知道的。对于我来说，那不是一个很遥远的人，因为妈妈对我说，那时候的她，一直觉得那应该是母亲……”

深吸口气，主持人努力微笑着：“在这个很有纪念意义的日子里，我衷心希望在若干年后，当她苏醒的时候，这个世界会如她所希望的那样美好，充满生机……”

图书在版编目（CIP）数据

全世界只有一个你 / 金大著. -- 南昌：百花洲文艺出版社，2016.5

ISBN 978-7-5500-1705-4

Ⅰ. ①全… Ⅱ. ①金… Ⅲ. ①长篇小说—中国—当代 Ⅳ. ① I247.5

中国版本图书馆 CIP 数据核字 (2016) 第 074280 号

---

出 版 者　百花洲文艺出版社
社　　址　江西省南昌市红谷滩世贸路898号博能中心20楼　邮编：330038
电　　话　0791-86895108（发行热线）0791-86894790（编辑热线）
网　　址　http:www.bhzwy.com
E-mail　bhz@bhzwy.com

书　　名　全世界只有一个你
作　　者　金　大
出 版 人　姚雪雪
出 品 人　刘运东
特约监制　肖　恋
责任编辑　王丰林　陈　蓉
特约策划　肖　恋
特约编辑　萨　萨
封面设计　程　然
插画绘制　xiao晶儿
经　　销　全国新华书店
印　　刷　三河市南阳印刷有限公司
开　　本　1/32　880mm × 1230mm
印　　张　18.5
字　　数　580千字
版　　次　2016年6月第1版
印　　次　2016年6月第1次印刷
定　　价　49.80元
书　　号　ISBN 978-7-5500-1705-4

---

赣版权登字：05-2016-88

KUWEI

酷威文化

图书 动漫

全大

金大 作品

# 全世界只有一个你 / 上

百花洲文艺出版社
BAIHUAZHOU LITERATURE AND ART PRESS

# 目录

CONTENT

## 第一章

# 乱 入

CHAPTER 1

到了这份上刘娅楠也没什么好说的了，她往左看了看，又往右看了看，最后一咬牙闭着眼就把上衣给脱了。

如果不明就里，只看表面的话，刘娅楠现在就跟置身在女洗澡堂子一样，不过这里的人大部分只在腰上围了条浴巾。

就是水打在浴巾上面，透过浴巾，还是能隐约看到那引人遐想的线条。可刘娅楠知道，这就是一屋子的伪娘……

她也不知道自己怎么就那么倒霉，不就吐糟了几句重男轻女，外加跟她妈拌嘴的时候嘀咕了两句，既然大家都这么喜欢生儿子，以后就都是男的多好啊！然后她就拿包跑出去，本来是想找个闺蜜逛街的，可不知道怎么的一拐弯，忽然就发现街道跟以前不大一样了。

她还以为是城建部那些人又在东拆西补呢，正说多走几步看看，结果很快她就被眼前的场景给镇住了！好家伙，灯红酒绿啊，就跟到了红灯区一样，更让她吃惊不已的是，她长这么大，即便知道城里有红灯区，但也没见过这么纸醉金迷的地方，更没见过这么猖狂的，青天白日就敢在大街上拉人的小姐……

然后……她莫名其妙就被人硬拉进这个叫“最女人”的店里……

在莺声燕语里，刘娅楠这才知道自己到了了不得的地方！她居然误闯到一个全是男人的平行世界来。饶是她父母当年想儿子想疯了，把她当半个儿子养，她也没想到会这样，要说这个世界都是男人也算了，为什么在都是男人的世界里，这些男人还要找女人啊？

这不科学啊！刘娅楠来的这些天，就通过她的观察来看，这个世界跟她以前生活的地方，在很多生活习惯上是一样的。比如外面的路上开的车啊，还有红绿灯那些，只是那些地名她都没听过，找大家的衣服也跟她那个时代差不多，可是那些人说话的时候偶尔还会蹦出贵族啊血统啊那些很怪的词……

她初来乍到的，说真的，要不是被那个做中介的误打误撞地给介绍到这个“最女人”里，她没准当下就会被人发现呢……

现在想起来她都觉着后怕。

只是此时的情况也没好到哪里去……

她现在待的这条街，还真是个红灯区，只是他们这还不算最繁华的地方，周围的店铺档次也不高，都是些以次充好的什么最女人、真女人、柔软女人……

这家店也不怎么好，要不然她当初进店的时候也不会被吓出一身汗来。五大三粗就算了，五大三粗兰花指就算了，五大三粗还穿裙子抹口红外带走路一扭一扭的，而且是成排的……那场景现在想起来，刘娅楠都想把隔夜饭吐出来……

事情发生后，她虽然勉强有了个落脚的地方，可还是一心想着回家。为了这个她几次跑到之前来的地方兜圈子，可不管她走得多么多么认真，到最后脚底板都疼了，周围的景色始终不会发生变化。

她正一边冲水一边发呆呢，忽然觉得有人用力地拍了下她的肩膀，那人拍完后还手贱地捏了把她的胸部。本来她不想脱光上衣洗澡的，在都是男人的世界，一旦被人发现她是货真价实的女人……

她估计那后面发生的事儿，就连上帝都能恶心吐了，所以哪怕会被人看光光胸部，在刚才那种情况下，她也是拼了。只是没想到她都躲在最角落的地方了，还是没躲过咸猪手。

她当下吓得大气都不敢喘一下，很怕自己会被人发现端倪，毕竟真的绝对假不了嘛。结果很快她就听见一个嫌恶的声音说着：“你在哪儿做的丰胸手术，要是我就不给钱，哪有这么忽悠人的，这都没东西嘛……”

说完那人还贴了过来，一双精明的小眼睛眨巴眨巴地看着刘娅楠，小声地撺掇着：“我认识一个专门做丰胸手术的，绝对的3C不打折。真的，你得抓紧时间做做了，不然就你这样的，真影响生意的……”

在这种妖魔鬼怪的地方待久了，人就容易三魂出去俩。

刘娅楠总觉得自己跟做梦似的，比如现在的这个女人训练中心，很容易让她想起当年跟同事一起去的减肥修身中心，只是当初去的那地方一水的真女人，现在这个……她默默无语地看着，实在是怎么挑拣都没法昧着良心说那些玩意是女人，也太五大三粗了。饶是减肥整形，可说

真的，女人的身材真不是靠减肥吃激素就能搞出来的。

真的也要分人的，李逵就是豁出去练葵花宝典，那也绝对是个汉子……

唉……看着那些老爷们龇牙咧嘴地除毛，刘娅楠也只能低调地沾些除毛膏之类的东西。

她所在的那个“最女人”倒是各项福利都有，不管是洗浴还是后期的锻炼培训，绝对是良心企业。

妈妈桑是个哑着嗓子的瘦子，大家都叫他柔柔姐儿。刘娅楠开始叫的时候，牙床子都酸得倒吸气。后来她想了个辙，发现每次叫人的时候，不看着对方的脸，她还是能一鼓作气地喊出来的。

比如那些叫什么妩媚啊娇羞啊的同事……

在这种地方起个女人点的艺名是免不了的，天可怜见的，刘娅楠就连自己的正经名字都没多女性化，让她起如花什么的，她不如直接找根绳子把自己吊死算了。最后思来想去，幸好还有个小小没人要，赶上刘娅楠还真是里面最矮小的一个，她赶紧把这个名占下了，虽然她一直被那个叫妩媚的撺掇着要改个人比花娇……

等除了毛就要练形体了，刘娅楠这些天早被打击得分不清楚东西南北了。她以为自己的承受力已经够强大的了，不过等看到教他们的那个老师一边扭胯一边翘手指的时候，她还是捂着胃难受了半天。

合着没有女人，他们就可以这么肆无忌惮地糟践女人了！她长这么大，怎么就不知道女人走路是这样啊！要是有哪个女的敢在大街上这么走，估计那回头率不说唰唰的，也绝对是不进精神病院都觉得冤的级别！

可是不学又不成，他们那个良心企业可是要考核业绩的，一天三顿饭都要按业绩来。

刘娅楠还不知道自己被培训完，会遇到什么非人的事儿呢，但现在顶重要的就是先把饭碗保住，说白了，这个红灯区也没表面看上去那么安全。再说她人生地不熟，在这么个世界，还有比在伪女人堆儿里更安全的地方嘛……

刘娅楠强忍着扭了几腿，她每次都是能靠后绝不靠前，能靠边绝不居中，可就这样，还是被教练无情地揪了出来，很严厉地训斥着：“你不对，女人不是这样的……”

刘娅楠不敢翻白眼，但心中的草泥马已经开始跑了……

她努力地用当年练瑜伽的劲头摆着胯骨，可手指翘得就不那么理想了，她翘起的手指幅度总不大，而且她经常会忘，现在两者并在一起，又要扭胯又要翘手指……

刘娅楠早知道有这么一天的话，当年就该拜隔壁二椅子为师啊……

幸好对方也没怎么难为她，毕竟她的努力在那儿摆着，笨是天生的没办法。所以在多方同情的眼神下，刘娅楠算是被放过了。

她默默地退到后面，有一个跟她一起的，就是之前撺掇她丰胸的那个“妩媚”凑过来，小声地安慰她说：“小小，别难过，柔柔姐儿说了，你虽然先天条件不好，可是你矮啊，听说有客人专门喜欢这款的，知道最红的那个“黛儿”吗？”

刘娅楠木讷地摇了摇头，她现在两眼一抹黑，别说戴尔了，她连苹果都要忘了。

“‘弱柳千丝’那儿的红牌，靠的就是小巧玲珑，据说生意好得不得了，要想见一面都要提前预约的。”

刘娅楠“哦”了一声，她一直努力屏蔽那些信息，也还是扛不住啊！不过眼看着上岗前的培训就要完成了，到了这个时候，她该怎么办啊！

等课程结束后，“最女人”的那些人陆续走了。刘娅楠前段时间只要有空都在寻找回家的路，所以她独行惯了，那些人也没怎么问她，就叮嘱着让她多注意安全。

其实她很胆小，最近这段日子，只敢在“最女人”附近走走，现在实在是因为临近上岗，她想着多看看情况，看自己能不能独立生活下去，比如逃跑什么的。

不过就她自己的话，她还真不敢到处乱走，幸好最近跟“妩媚”关系处得好些。这个人吧，要在以前的世界里，她绝对会唾弃一万遍，可是现在……跟那些还有点杀伤力的人比，妩媚虽然是滑头了些，不过好在娘得纯天然……不那么招人讨厌。

“最女人”里的人都当刘娅楠是从乡下来的，其实刘娅楠压根不知道乡下是什么样的，不过既然能解释自己什么都不懂，她就应了下来。

现在妩媚就充当起了向导，一边带她闲逛一边跟她说周围的建筑都是什么。她看着四周与自己以前住的地方很像的建筑，什么蛋糕店，还有咖啡店那些，连蛋糕的味道也没差，她甚至能隐隐闻到很甜腻的味道，真是怀念啊。她刚想进去吃吃看，就透过橱窗看见里面几个粗犷的男的，

穿着裙子翘着兰花指，正在谈笑，她又默默无语地扭过头去。

路上走得倒是很顺利，只是他们走了没多久，就遇到了一个关卡。刘娅楠看着很像她那个世界里的高速收费站，有栏杆，又有专门做记录跟维护秩序的人，不管是人还是车都是分开行走的。

她刚说要过去，就被妩媚一把拦住了，原本还嘻嘻哈哈的妩媚，表情一下变得严肃起来，警告她说："哎哎，你瞎闯什么，小心被宪兵抓起来。"

刘娅楠也被吓了一跳，赶紧问："被抓起来，为什么？"

她没看到有什么怪异的地方啊……

"那是富人区啊！"妩媚表情夸张地举了举手腕。

刘娅楠纳闷了，她跟妩媚手腕上都有那个身份认证环的，那东西的作用就跟暂住证似的，上面还有条形码什么的，就是为了需要的时候被人刷下做记录，其实就跟她以前的身份证似的。

现在见妩媚这么举着那玩意，刘娅楠眉头皱得紧紧的。

妩媚没办法了，遇到这种乡巴佬就是得有耐心，他只好耐着性子跟她说："咱们是穷人好不好，知道什么是穷人吗，就是穷得连再生都不能做到的人，所以咱们只有暂居证明，连户籍都没有……"

见刘娅楠还是那副表情，妩媚无奈地叹了口气，这人得有多傻啊："再生知道不？就是富人到岁数后，可以通过纳税的形式买到一个名额，然后通过基因工程克隆自己。"

克隆？刘娅楠终于明白这个世界都是男人……还怎么能存在了，她当初就觉得纳闷，如果都是男人的话，怎么这些人都不带灭种的……原来还有克隆啊……

她正琢磨着呢，就听妩媚继续在那儿问着："那永生人你总该知道了吧？"

见刘娅楠傻不拉几地摇头，妩媚"哎"了一声，不得不继续解释道："永生人就更可怕了，他们已经不光是有钱了，还是贵族，就是超过十代都超级有钱，有钱到可以影响军界政界，甚至可以操纵总统选举的那些大家族。那些人才是神话级的存在呢，而且他们的基因都超级好的，在再生的过程中，他们不仅是克隆自己，还在不断地优化自己的基因。按现行法律，只有做出特殊贡献的人才可以优化基因……其实这项政策就是专门为那些大家族设置的。不过最近这一百年不知道怎么了，已经

连续有好几个家族的人开始拒绝克隆自己……其中最有名的‘何许’家族据说人丁已经很少了……”

见刘娅楠一副要听晕过去的表情，妩媚没办法了，只好敲了敲她的脑袋，一脸语重心长地说：“哎，你这家伙，跟你说了这么多，我就是要告诉你,咱们穷人的活动区域很有限的,还有咱们一定一定要努力工作，努力赚钱，只要咱们在老的时候凑够了再生的钱，咱们就可以变成有户籍的人了，知道吗……”

说真的，刘娅楠听了半天还是跟做梦似的，什么基因啊再造再生那玩意儿。

反正最近她看到的那些场景都是很普通的房子和公交车，感觉就跟她以前的世界一样，除了偶尔会在天上看到那种造型夸张的飞船外。不过大概是打开了妩媚的话匣子，这小子的话也多了起来，显然是一副“你这么无知，我就帮你科普”的样子。

听了那些话后，刘娅楠忽然有了疑问，虽然她是纯文科生，不过既然基因可以优化，那为什么不通过基因创造女人呢?

妩媚一脸“你傻啊”的表情，科普道：“你不知道基因阻断者吗?就是在很久很久以前，当时世界上还有很多很多女人，可不知道为什么当时的人只喜欢生下男孩，有些极端的家庭甚至会把生下的女孩淹死。在这种情况下，有一个叫卡琳娜的女博士，做出了一种叫生子丸的东西，怀孕初期的孕妇吃下这种药就一定会生下儿子，虽然当时这种药物的安全性还没有认证，可依旧有大把人想通过这种廉价且简单的方式生下儿子……”

这话勾起了刘娅楠的回忆，说真的要真有这玩意的话，就算知道会有副作用，估计她父母也一定会吃的。而且估计不光她父母还包括她的什么表哥啊表妹的，反正大家都会想，我家有儿子就成，别人家又不见得也跟我一样，再说就算生了女儿不跟没生一样嘛，这样起码还有儿子……

妩媚说到这里叹了口气：“其实所有的人都被阻断者卡琳娜算计了，从小被父母虐待的卡琳娜对那个重男轻女的世界厌恶到了极点，她有很深的自我毁灭情结。在把生子丸推广后，她就在家中自杀身亡了。在那之后又过了很长的时间，才有人意识到生子丸中的玄机，通过生子丸出生的孩子，下一代也只会生下男孩，那时男女比例已经达到了严重失调

的程度，很快生子丸成了禁药。可还是有很多人认为这样的药物很好，不仅不会对人的身体产生什么不好的影响，反倒可以保证家族代代有男丁出现,所以这种药物一度在黑市里很盛行。等比例变得更加失衡的时候，人们才意识到事情的严重性，但就当时的情况，想要找到一个通过纯自然生育方式出生的男孩已经很难了，大部分男孩都是通过阻断者出生的。于是当时的几个国家为了人类的延续，紧急召开了阻断者会议，希望把那些有限的女孩和还未受阻断者感染的男孩聚集在一起，通过自然生育的方式保存人类的基因。但是很快第五次世界大战爆发了，随之而来的战争摧毁了一切……”

刘娅楠听得目瞪口呆的，没想到男多女少这事儿还真是小孩没娘说来话长。

不过两人一边说话一边走路，倒是走到了一个跟广场似的地方。

瞬间妩媚眼前一亮，赶紧拉着刘娅楠说：“哎，小小，快，咱们到女人世界了，你有五十块钱吗，有的话咱们进去看看吧？也让你这个小土包子开开眼，见识见识什么是真的女人……”

刘娅楠莫名其妙地跟过去，这个广场是很大，不过里面的花草很奇怪。她知道穷人住的地方是好看，但绿化率很低的，很多看上去漂亮的花花草草其实都是人工的假东西，然而她现在待的这个广场，所有的花草都是真的。

这手笔可就太大了，而且在广场边上有一个建得非常有气势的博物馆。

妩媚很快买好了票，刘娅楠晕头转向地跟着妩媚走了进去，博物馆的建筑倒是没什么特别的，就是里面陈设的东西很不一般，像是女人用过的梳子……

为了防止有人弄坏它，那个梳子上还罩了个玻璃罩子。

还有梳妆台等女人用的东西……

刘娅楠看过去也没觉得有什么奇特的，大部分是她从小到大都会接触到的东西，倒是身边的妩媚一直兴奋地大呼小叫着说：“哎呀，那是卫生巾，你知道吗？你知道吗？”

刘娅楠闹心地扭过脸去，她能不知道吗，再过两天她就要来那什么了，她正为这事闹心呢，没想到在这里见到了久违的卫生巾……她正说不知道从哪里弄去，这玩意就进博物馆了，这是讽刺呢还是讽刺呢？

在这个博物馆里转来转去的，刘娅楠半天也没看出好来，倒是到了一个门口的时候，妩媚忽然变得很严肃起来，还特意花了十块钱买了一枝红色的玫瑰。

刘娅楠跟着排队的人往里走的时候，就觉得很怪，果然排队排到一半的时候，她就看见那个介绍的荧屏了。

荧幕上在描述一条千辛万苦寻找女人的路，大战时期，仅剩的那些女人成为珍贵的资源，被几方势力抢夺着。只是很可惜，在一次意外中那些女人全部死掉了，那之后便是人类的黑暗时期。幸好何许家族的人通过基因工程开始了生命再生行动，才使得生命得以延续，在那之后又过了若干年，逐渐恢复秩序的各地政府开始到处寻找女人，哪怕是已经腐朽的尸体，哪怕只是一根头发，都会承载着女人的基因。无数的人期盼着等待着，在雪山在海底，在所有不会被核污染到的地方。但是一次次的寻找换来一次次的失望……就这样又经历了一百多年，最后通过基因工程的进步，通过无数人的努力，终于有人发现了破解阻断者的办法，只是那办法还不成熟，可心急的工作人员已经按捺不住激动开始尝试制作合成女人，于是夏娃出现了……”

队伍已经排到刘娅楠他们这里了，刘娅楠这才赶紧低下头去，看样子刚才那些是在介绍里面这个女人的来历。不过她就奇怪了，既然已经有办法了，为什么妩媚那小子还说不可能啊？

等她随着人群再往里走的时候，就看见在道路两边用醒目的超大字写着：“请勿手淫！违者将追究刑事责任！”

就像怕起不到警示作用似的，那牌子每隔几步就会出现一次，不过越是这样，在刘娅楠他们进到大厅的时候，还是有个裤子半褪的小子被几个宪兵抓着往外推搡。那人居然还能一边被推着一边跟神经病似的，扭着脑袋，手脚做着夸张的动作，不断地高声叫着：“夏娃，我爱你！你是我的女神！”

刘娅楠吓得用胳膊环抱住自己，鸡皮疙瘩也争先恐后地跑了出来。

终于排到了大厅中央，早在之前刘娅楠就隐隐瞧出那东西的形状了，好像是个什么水晶棺似的东西，等她走过去的时候，才看清楚了里面摆放的人。

那是一个皮肤苍白的女人，容貌呢，因为对方的皮肤太惨白了，外加是闭着眼睛的，她也说不出那个女人是漂亮还是不漂亮。不过这明显

是个失败的产品嘛，就跟当年电视里疯狂报道的那个什么多利羊一样。

刘娅楠聚精会神地看着，倒是她身边的妩媚，无比惋惜地说着：“要是咱们能早几年过来的话，看到的就是裸体的夏娃了。不过据说当时出现了很混乱的骚动，所以现在的夏娃被穿上了衣服……”

刘娅楠坐在电视前，旁边是一面透明的玻璃墙，只要进到“最女人”里，就一定会注意到这面被打了柔光的玻璃墙，也一定会看到里面各色等着买卖的“女人”。

在每一个“女人”的椅子上都有一个醒目的名牌，有客人进来了，看到顺眼的就会直接告诉领班，很快那个人就会被送到包厢里接待客人。

这是个货真价实的风月场所，刘娅楠蜷缩着身体，手脚冰凉地握着个热水杯。从昨天晚上起她就来“大姨妈”了，不知道是情绪太过紧张还是怎么的，这次的“大姨妈”比往常还要疼上很多。她那副愁眉苦脸的样子，很快就被周围的同事解读成开不了张的痛苦。

是的，已经连续两天了，刘娅楠也不知道自己是走的什么狗屎运，居然从开始上岗起，她就一直没被客人点过。她皱着眉头的样子，很像是在发愁，于是很多一起进来的人都安慰她说：“你放宽心，客人的口味千奇百怪，总有喜欢你这口的。”

有的岁数大资历深的，难免就会以过来人的身份点拨一阵：“有空还是做做胸吧，咱们这行就是靠胸，你这样……客人怎么点你？”

妩媚本来还以为自己会是那个买卖不好的呢，没想到现在刘娅楠比他还凄惨，都上班两天了，别说没客人点了，就是妈妈桑柔柔给客人硬塞都没人要……

到了这步，妩媚小声地对刘娅楠说道：“小小啊，实在不成你问问柔柔姐，看能不能拨你去跳舞，据说那地方也很赚钱。”

刘娅楠没精打采地抬了下眼皮，所谓跳舞的就是在不远的台子上跳钢管舞，且不说那是技术型工种，就自己这没身材的也没戏。刘娅楠肚子疼得懒得说话，拿手点了点自己的腰。她的线条肯定是女人的，也不能说不美。

妩媚一下明白她的意思了，屁股太平。妩媚也无奈地叹了口气，再这样下去小小就得被解雇了，解雇就算了，按当初他们签订的那个条款，小小还得补上培训费，那可是一笔不小的数目呢。

刘娅楠又何尝不知道，再说正式上岗的那天，她才明白所谓的陪客人什么的,还真就是纯陪喝喝酒而已,虽说被喝多了的男人揩油是一定的，可毕竟普通的男人对同性也是排斥的。所以他们这个地方，说白了就是男人们用一拨假女人哄自己开心的，可真要对方发生点什么，那种情况不能说是没有，但也不会轻易发生。

这可比她原先预想的好很多了，至少在这个地方机灵点，混个一日三餐还是没问题的，可是就这么一个地方都不容易待下去了。

她也不知道自己的问题出在哪儿，要说她不够娇柔，不够女人，可现在“大姨妈”疼得脸都发白了，还能不够娇柔?

她一边闹心着，一边无聊地看着电视里的节目。电视也没什么意思，大部分演的都是那些政治家，各种演说演讲，各派纷争看得她头都晕。不过也有一些很有意思的东西，每次报道富人区的时候，那些画面就跟她以前看到的科幻片一样，飞来飞去的汽车，还有一层楼那么高的屏幕。不过妩媚说那个不是真的屏幕，只是全息影像而已，反正在妩媚的嘴里，那都是些他们怎么努力也享受不到的东西。

刘娅楠倒是没什么太多的感触，反正她以前的世界就这样，要真让她去那种漫天飞汽车的地方，还不如在这里过着舒服呢。倒是妩媚被这个话题勾得伤感起来，苦笑着说:“土包子，知道咱们都是怎么来的吗？”

妩媚停顿了下，故意卖着关子说:“最早的时候，各国为了发展国力，不断地克隆生命体，可是随着政局的稳定，大家忽然发现资源变得紧张起来，而且社会治安也出现了问题。于是新的政策出台了，需要靠对社会的贡献来决定这个人是否有再生的权利，没有缴纳足够的再生税款的人，在年老的时候会直接被清零。在那样做之后的很多年，人口又在不断锐减……于是咱们就跟一群羊一样，又被赋予了新的身份——破产者，咱们都是那些破产的富人的再生，明白了吗？咱们在上一次轮回的时候都是失败者，现在因为新政策，又被当做缓冲地带，如果有能力呢，就玩命地再混回富人阶层，如果没能力的话……就什么都没了……”

有些东西真要身临其境才能感觉到，刘娅楠也是在这个世界很久后，才渐渐明白其缺陷的,没有女人,意味着维系大家关系的只有基因那东西。

没有父亲母亲，所谓的亲戚，只是有着相同基因片段的人，而且随着一代一代的再生，之前维系大家关系的血缘关系早已经淡掉了，作为独立的人的话，那种孤独感自不必说。

两人沉默下来，刘娅楠也不知道该说点什么去劝妩媚，这个男人虽说名字起得恶心了点，人却是不错的，就是太精明了，什么都向钱看。

现在听他这么一说，她多少明白了一些。

不过在死亡还是生存上，她倒是看得很开。可能是因为她从小生活的世界，大家都是那样过的，人老了肯定就要死掉的，没有人可以例外，她自然理解不了妩媚他们的感觉……

电视上的画面渐渐多了起来，而且除了那些政要外，那几个古老的家族也是被额外报道的对象，每天的新闻几乎有一半是在讲这些家族的动向。只是被无数人关注的那些家族，刘娅楠不知道是自己看漏了还是怎么的，反正在电视上，各国政要长什么样她都看到了，唯独没见过那些家族的人。

刘娅楠顺嘴问了妩媚一句。

结果很快她又被妩媚嘲笑了，妩媚说："那些人是不会露面的，他们可是会影响历史进程的，随便一个表情一句话都会产生连锁反应。据说当年麦基族长跟菲尔特家族争夺谷神星的采矿权，菲尔特家族的人就动用了上万的分析师分析麦基……"

刘娅楠每次听到这些都觉得自己是在某个科幻大片里。

两人正聊着呢，忽然听见叮的一声，这个声音是提醒那些坐在玻璃墙里面的人注意形象，因为客人就要到了。妩媚反应很快，不过这次他显然是想照顾下小小，这个小个子家伙，要再没客人要的话就真会被解约了。他把脸对着墙，不断用眼神示意刘娅楠："快，笑一笑，坐成大S形，挺胸……"

不过玻璃墙里也有一面镜子，虽说妩媚脸是冲着里面的，但还是能看到走进来的人是什么样。

客人来得很快，只是身形有些瘦削，脸色也不是很好，脸上甚至还挂了一副黑框眼镜。

看相貌倒是斯文得很，甚至算是个难得一见的帅哥呢。

不过妩媚心里清楚，这种客人一般都不怎么受欢迎。在这个靠脸就能知道贫富的地方，越是长得好的人，越是意味着收入高，只有在有了一定的经济实力后才会在基因改造的时候，把钱花在最没价值的外表上。

可同样，那种有钱人一般是不会到这种地方消费的。他们这种平价的地方，只受那些日子过得去的低端富人，以及一些有闲钱的穷人欢迎。

一旦某天店里来了这么一位，那就意味着这是一位即将破产的倒霉家伙，对于这种没钱还想买醉的客人，店里一般不怎么欢迎的，因为他们往往会点最便宜的酒，还唠叨个没完没了。

妩媚正想给小小说别理这个客人呢，刘娅楠却已经从椅子上站了起来。

其实还真不是刘娅楠自己想站起来的，而是那个人进来后，就跟没头苍蝇似的，对着领班往她这个方向点了下，刘娅楠估计对方连自己什么样子都没有看准。果然等她跟着领班过去的时候，那人已经点了酒，只是除了低价酒以外，连个下酒菜都没有。在被培训的时候，刘娅楠就知道店里收入最高的就是那些华而不实的下酒菜。

她刚开始知道店里没有那些小甜点的时候还纳闷了下，过后她就想明白了，一般的男的喝酒，配瓜子果盘的很少吧？

她估计要不是店里有规定，必须得有店员作陪，这个人连她都省了。

刘娅楠正乐于既能开张又能免被人吃豆腐，她找了个靠边的位置坐下，因为肚子还在疼着，她蜷曲着身体，还将手握成拳头顶着肚子。

结果动作太大，不知道怎么的就把手里装饰用的小包给掉地上了，很快包里那些乱七八糟的东西就都撒了出来，口红、扑粉、还有她在博物馆买的纪念品——卫生巾。没办法，实在是紧要关头，就算是按纪念品的变态价格买，她也只能认栽了。

只是也太不是地方了，居然在这里掉出来了，她赶紧弯腰去捡，不过显然已经被那个客人看到了。

那人扫了一眼那包东西，一直沉默的客人，忽然就打开了话匣子，小声地说着：“我在夏娃实验室工作过。”

刘娅楠哦了一声，赶紧把带着夏娃标记的卫生巾收在提包里。那人倒是跟想到什么似的拍拍身边的位置，示意刘娅楠过去。

刘娅楠只好硬着头皮挪过去，还职业化地给对方倒满了酒，同时也给自己倒了一杯。

其实只看外表的话，她倒是不讨厌这个人，再说了，自从知道不会发生什么实质的关系后，她对这些“嫖客”吧，就又无奈又同情，总觉着这些人在做着特别二的事儿，还透着一股可怜巴巴的劲儿。

而且刘娅楠看到这个客人的外表后，有点犯嘀咕，因为这个人吧，太像她当年大学时的那个校草了。就是后来一毕业就出国的那个，很腼腆很斯文，白白净净的没法拿这么个人跟嫖客联系在一起。

说不好听的，要换在她所在的世界，就眼前这人，还不定多少女孩子为他打破头呢。

刘娅楠也是紧张，早先培训的那些她都丢狗肚子里了，这个时候她就犹豫着，自己到底是热情点，还是这么陪着客人就好。

她正犹豫的工夫，估计是之前的劣质酒起了作用，那个客人忽然话就多了起来。他低着头没精打采的，说话声音也不大，而且说话也不连贯，似乎是想到什么就说什么，自言自语一样……都不用灌酒的，跟喝水似的狂喝着那些低价酒。

刘娅楠奇怪地听了一会儿，就听那人嘀嘀咕咕地说着夏娃实验室的那些事儿，没日没夜的努力，还有不断失望，资金短缺，不断被人缩减经费没有薪水也在坚持……

刘娅楠猜这人准是平时压抑得太多了，才会找这么个地方倾诉，因为大家都不认识嘛，没什么不好意思的，再说出了门谁知道对方是谁啊。

"知道吗，现在上面那些人认为与其把钱花在那些没有任何进展的事儿上，还不如去推行幸运者计划。"

那个幸运者计划，早些时候刘娅楠倒是听妩媚他们那拨人说到过。

说起来也挺讽刺的，在她那个世界同性恋们为了权益想着法地游行示威，要不就是隐瞒性取向……可在这个世界里，真是风水轮流转，同性恋成幸运者了。

相比较那些娶不上媳妇的光棍，同性恋们该是多么稳定的一个群体，且不说他们可以组成稳定的家庭，就是代孕也不是不可能的。

现在再生基地专门有一个收养处，就是为同性夫夫们设立的机构，只要同性夫夫跟再生人彼此满意，就可以签订协议，这样等再生人再生成婴儿的时候，同性夫夫就可以顺理成章地作为养父去照顾那个人的生活。且不说这些都已经成了制度化的东西，单就他们之间的联系，也比直男之前要亲近很多，所以越来越多的同性夫夫成了社会主流。

"可是幸运者计划不完美。在再生的时候通过改动基因片段，达到修成性取向，看似很完美，可实际上完美实验室有人专门做过调查，那种修改生效率只有百分之十三，而且就算生效也是偏向弱的一方……其

实这种修改相当于人为阉割……而且大批偏向女性化的基因修改者加入，也会破坏现有幸运者的平衡……”

刘娅楠听得晕头转向的，她终于明白妩媚那些穷人，跟这种富人的区别了。

其实她早就有这种感觉，她跟那些同事生活在一起一点不适应的感觉都没有，就好像她还在以前的那个世界似的，大家不管是思维还是说话办事都差不了多少，就连智商她也没有被对方比下去的感觉。

这个人明明已经喝醉了嘛，可说起话来，这些内容，就里面引用的那些数据哪里像个醉酒的人啊。

她拿手抵着脸，时不时地给那人倒酒，不过这个人喝得也太猛了吧，简直就跟要醉死一样。

“今天我们实验室有人自杀了，经费被缩减场地被占用，我们所做的一切都被否决也没关系，可现在我们都陷到迷宫里了，没有出路。我不知道自己还能撑多久，每天的生活就像上了发条，不断重复着，可前面什么都不会有……”

刘娅楠没遇到过这种事儿，她长这么大，还是头一回有大男人在她面前暴露出这么脆弱的一面。她的心又不是石头做的，看人这么倒霉颓废，她觉得自己多少得说点什么。

可一时间她也不知道该说什么，而且这人十句话里九句离不开女人女人的，她也是心虚……

她不是没想过当救世主啊什么的，主要是自己怎么想也该是个珍稀物种吧。所以她也想过，万一回不了家，就凭她这么珍贵，不求做什么世界第一女人，但在这个地方混个舒心总还可以的吧，到时候指望政府跟保护大熊猫似的保护下总行吧。

可现在她心里很打鼓，之前夏娃死了都要被脱光了让人轮着看，谁知道到自己会遇到什么事儿啊？

而且跟几个同事旁敲侧击地聊过后，大家统一的说法都是，要真有女人那不得世界大战嘛，先不说几方势力争夺……

更有甚者，还在那里插话说，到时候肯定会签订分享条约的，就是不知道能不能像夏娃似的给人参观，要摆出来参观的话，多少钱都乐意。

最后刘娅楠也没说出什么劝人的话来，不过既然是客人，那就按照

对待客人的方式去应付吧。她打开了 K 歌的东西，正想叫客人唱唱歌发泄发泄呢，结果等她再转过身的时候，就发现这个客人早已经醉倒在地上了，嘴里还跟念咒似的念着什么女人女人，她就知道自己不会那么幸运。

等她气喘吁吁地跟妩媚抬着客人往外走的时候，妩媚气得嘴巴一张一张的，刘娅楠也是累得都直不起腰了，明明把吃奶的劲都使出来了，可还是被妩媚骂不出劲。

同时妩媚还在大声地教训她："这种客人你管他干吗，直接丢给保安，让他们扔出去就好了，带三百块钱就敢出来玩？当咱们都是慈善家吗？"

"还好吧。"刘娅楠觉得这个客人还算老实啦，至少没逼着她喝酒也没动手动脚的，要真把人扔出去，在这么个鱼龙混杂的地方，再出了人命案怎么得了。

她为客人说了两句好话，倒是她这话一说，妩媚一下皱起了眉头，怀疑地问她："哎，我说你这小子不会是喜欢男的吧？"

她倒是喜欢男的，不过这跟那个绝对一点关系都没有，刘娅楠没好气地白了他一眼："我有那么幸运吗？我要是幸运者我犯得着在这里讨饭吃啊？"

妩媚一想也是，要有那么好运气，还犯得着跑这种地方受罪嘛。

"不过这小子是不是姓缪的？"妩媚倒是忽然想到什么似的。

刚才两人在结账的时候翻过这个人的钱包，虽然这个地方很多字都跟汉字似的，不过很奇怪的是这个人的名字写法很奇怪，在名字边上还有一个跟图画似的东西配着。

刘娅楠想起后，忙问了一声。

"哎呀，你可真是土包子，那是缪家的家徽，我就说我刚才看见他姓缪了呢，看来这小子还蛮有来头的。"

听妩媚这么说，刘娅楠忽然想起这个人说的那个什么夏娃工作室了，她忙复述了一遍。

妩媚听得眉头也皱了起来，在那儿跟着叹气说："怪不得呢，其实有时候他们这种人活得未必有咱们这些穷人开心呢，咱们至少还能为活着啊未来那些折腾折腾，好歹也算是有个目标。你说他们是要物质还是要前程啊，不管得到什么，最后还不都是老哥独一个嘛……光说那些大家族人口不断萎缩，我估计越是顶尖的那些人，活得越是没劲儿……"

刘娅楠跟妩媚费死劲才把这个沉甸甸的缪臣弄回他们的住所。

刘娅楠他们所谓的宿舍是个叫猪窝都要侮辱猪的地方，以前刘娅楠虽说知道男生宿舍各种邋遢，但也绝对想不到会邋遢得如此逆天，那里面压根就不是人能弄出来的味道。她以前并不觉得自己多勤快，可现在跟这些袜子和面条都分不出的假女人真汉子比，她觉得自己简直勤快得就跟田螺姑娘似的。

他们把人放下，刘娅楠一边擦着脑袋上的汗，一边跑去开窗户，屋里这股子脚丫子跟汗臭混在一起的气味，简直能把人熏死。倒是妩媚觉得人已经给弄过来了，就回自己屋休息去了。

这下刘娅楠有点犯嘀咕了，给她再大的胆子也不敢跟个陌生男人睡在一起，就算可以分开那也很危险。她所在的地方压根就不是什么强奸案高发地，而是强奸案必发地，现在她唯一自保的办法就是别露馅儿。

她打开墙上的电视，想着看下电视打发时间，反正现在已经凌晨两点了，等天一亮，她就可以赶这个人走。

没什么正经电视节目，偶尔有的电视剧也没什么看头，就刘娅楠分析的，不是男人的奋斗史就是男人的奋斗史，大部分是怎么扩展版图怎么折腾着发达，故事情节她看多了都能背出来了，都是主角因为意外被人陷害失去所有，然后通过努力开金手指一统天下。

不过最厉害的还是前天的那个大制作转播电影，很有科幻背景，里面的科技做得炫目。她以前看过的阿凡达跟它一比都小儿科了，只是内容太让人无语了。

逆天的科学家冲破千难万险，九死一生地终于研究出了女人，在故事结局的时候成千上万胡子还没刮干净的男人，穿着裙子从天而降，做如花状跟主角一起展望到处是女人的世界，然后所有的人热泪盈眶，一曲忠诚的赞歌……

这种电视看多了会影响智商，倒是有些文艺节目看着还算有点意思，有些可以以假乱真的假女人在上面唱歌跳舞，还蛮不错的，就是不管怎么努力，那些人的嗓子总跟卡着似的，不是太尖就是太细。

刘娅楠有一搭没一搭胡乱看着，哈欠连连地熬了五六个小时，那个缪臣终于醒了过来，只是那人睁开眼睛后并没有立即辨认出自己所在的地方。

刘娅楠打了个大大的哈欠向他解释："你昨天在店里醉得很厉害，

我就把你带回来了。”

“不好意思。”这个叫缪臣的倒是蛮客气的，坐起来后还仔细地看了看她。

刘娅楠一晚上没刷牙没洗脸，估计自己这个样子也好看不到哪儿去，不过她也没怎么在意。

她摆了摆手，实在是困得都要睁不开眼睛了，直说道：“那没事儿你可以走了吧，我昨天把床让给你，现在还没睡呢。”说完她就迷迷糊糊地睡了，这一觉她一直睡到下午两点多才醒。

过后她把这事给忘了，店里人来人往的，也没听说哪个客人会跟哪个员工发生故事的。

三天后，她在店里的时候那个客人又来，而且这次玻璃墙里的人可不少呢，那个客人就跟专门为她来的一样，很快点了她的名字。她莫名其妙地跟那人到了包厢里，结果他也没什么特别的表示，依旧是喝酒发闷。中间不管是她给对方倒酒还是给他放歌，他都没什么太大的反应，就在那里闷着。

刘娅楠心里嘀嘀咕咕的，不过有人捧场总是好过没买卖强，再说对方喝酒这么斯文，也不揩油，她巴不得多来几个这样的。

就跟想什么来什么一样，渐渐地这个缪臣不光自己来还带上了同事和朋友。虽然点的酒依旧没什么牌子，提成少得可怜，不过这些人在一起的感觉很不一样。那是精英的感觉，刘娅楠在那些人身边陪久了，耳濡目染地了解了一些不一样的东西。

以前跟妩媚他们在一起的时候，她每次问到像她这样的人还有没有别的生存方式时，妩媚他们必定会笑话她，说她异想天开，他们这种人什么都做不了，只能干这个。

可现在听着那些人的话，刘娅楠有一种被打开视野的感觉，原来还有很多别的职业是她可以做的，服务行业哪怕是端盘子都可以啊，渐渐地刘娅楠动了心思，想打听看看有没有合适自己的。

只是这个缪臣来得也太频繁了，每次又只点她，刘娅楠隐隐想着，是不是自己女性化的一面迷惑到了对方。虽然对方还不知道自己是女人，但是，她怎么也是个货真价实的女人嘛，肯定跟那些假女人比有很多先天的优势啊，比如温柔啊，比如很善解人意啊，所以让对方心动什么的。

电视里小说里也都是这么说这么演的啊，男主角还要纠结一阵自己的性取向是否正常什么的。

果然那天缪臣来了后，又跟往常似的跟几个朋友聊了些实验的事，等刘娅楠过去给他倒酒的时候，她又一次捕捉到了缪臣欲言又止的目光。每当她过去给他们倒酒，缪臣就会用这样的目光看她。

她赶紧低下头去，躲过对方的目光，忐忑地想着，哎呀，那什么眼神啊？就跟有什么话想对她说又不好意思似的，不会是对方对自己有那什么意思了吧？虽然你长得不错，看着人品还行，可我冒不起这个风险的……

刘娅楠这么忐忑着又过了一段时间，发现缪臣看自己的眼神越来越有深意了。只要她靠过去缪臣就会用这样的眼神看她一次，她很担心，但真是千怕万怕也没躲过去。

那天店里刚刚开门，缪臣就来了，那副样子简直跟专门来找她谈话的一样，表情还是从未有过的严肃。两人默默无语地待了一会儿，缪臣犹豫地看着她，那眼神简直要吓死她了。

她紧张得双手都搓在了一起，不要这么恐怖啊，她已经很努力地在压抑自己女性的那面了。

她正纳闷着呢，就听缪臣非常不好意思地说道："对不起啊，小小，其实我对你们这个行业一直是很排斥的。最近实在是喝酒的地方太少，你们这里相对便宜一些我才来的，选择你也是因为你看上去很安静，也没那么女性化，跟你在一起不会很别扭，所以能不能麻烦你维持原样，别那么频繁地给我们倒酒了……"

刘娅楠气得要吐血，不过从那之后她倒是拿定了主意，琢磨着找别的事儿做，不然总这样，也真不是个事儿啊。

就是这个念头刚跟妩媚一提，妩媚就劝她了，语重心长地说："小小，能挨下去还是挨下去，你知道那种工作有多辛苦吗，钱赚得又少。再说了做咱们这行的，你以为转行那么容易啊，得受多少白眼你知道吗？"

可是总不能靠被人吃豆腐过日子啊，刘娅楠也没一根筋地把自己的后路绝了，她想得挺好的，主动提出解约是要付违约金的，现在她这样反正也没什么买卖，不如就晚上在玻璃墙后偷懒睡觉，白天出去找工作实习。

自从有找工作的心思后，她忽然发现工作没想象中那么难找，有那

么多适合自己做的事情可以供她选择。比如幼儿园啊，她看到招聘启事的时候，脑子里立刻想到的就是好多可爱的胖嘟嘟的小家伙，像软软的小团子一样，虽说那是照顾再生人的地方，不过都是孩子嘛能有什么差别。而且她也做好心理准备了，照顾小孩子是辛苦了些，可靠劳力吃饭，怎么也比坐台强，于是她打定了主意跑去应聘。

到了地方后，招聘处的人懒洋洋的，看见她过去连眼皮都没抬一下就递给她一张表格，她还以为自己要过五关斩六将呢，结果填了表，立刻有人领她过去工作了。更让她意想不到的是这种地方居然是日结工资的，看孩子也可以找临时工的吗？

她忽然觉得不对劲起来，果然再往里走，她就看见跟生产线一样，这个所谓的育英楼里被分成了无数区域，什么洗浴区，什么喂饭区。她迷迷糊糊地往里走，领着她的人直接给她安排到了洗浴区，这地方顾名思义是给孩子洗澡的。

她深吸口气，有点紧张。她没照顾过太小的孩子，早些时候只是帮着看过亲戚家的小孩子，不过耐心和爱心她肯定是有的。

她吓得倒退了一步，那个带她来的人没耐心地催促着她："快进去，按小时算工费的，你耽误的时间可都是自己的。"

刘娅楠头皮发麻地走了进去。虽说这个育儿楼养育的都是穷人，但也是活生生的生命啊……

她照着那些人的样子拿起水管，被倒吊的孩子显然感到不舒服了，有很大声在哭泣的，也有抽噎的，但更多的像是麻木了一样，表情木然地等待着水流冲过身体。她手里的水管明明很轻的，却跟拿了很重的东西一样，当一排光屁股小孩被传送带送过来的时候，她怎么也抬不起胳膊来。等她逃命似的跑出那个地方后，还是觉得心里特别难受。

再回去的时候，她难免就要跟那些熟悉的同事吐糟一番，结果大家反应都很淡定，无所谓地说："都是这样的啊……"

刘娅楠只好另想办法，以前她也工作过，虽说还在实习期，但基本的办公室操作她都懂的。可是这个世界别说办公软件了，就连那些电脑她都不会用，一朝一夕的她也学不出来，放眼看去，她就只看到一些招服务员的启事。

她琢磨着也许这个可以有，便大着胆子去应聘了。结果对方看都不看她，直接给她个白眼。这下她终于明白妩媚他们的话了，果然一朝是"假

女人”终身是“假女人”，这个世界上最瞧不起“假女人”的偏偏是那些男人。

于是刘娅楠很快发现，她要是继续这样呢，那些客人觉得她不够女人，她要准备做个爷们呢，那些人又对她挑挑拣拣的，嫌弃她太娘底子不好。

那天她正在玻璃墙后打盹呢，有一段时间没来的那个缪臣又来了。只是白天忙着找工作的刘娅楠在包厢的时候哈欠连天的，等他们走的时候，缪臣大概是对自己上次说的话感到不好意思了，难得主动问了她一声：“你最近看上去很没精神？”

“哦。”刘娅楠蔫蔫地回道，“我找了一天工作……”

缪臣纳闷地看了她一眼，带着点意外地问：“你要换工作？”

“嗯。”刘娅楠点了点头，不明白怎么今天缪臣的话这么多。

缪臣迟疑了下，又一板一眼地问道：“是因为我之前的话吗？”

刘娅楠正困着呢，用手掩着打了个哈欠，实在是懒得应酬了，随口说道：“是我生意一直不好，想着转行。”

“这样……”缪臣理解地点了点头，鼓励地说，“你是不适合做这行，那你有什么想做的吗，也许我可以帮你介绍。”

刘娅楠一下没了睡意，要是有人介绍工作那是最好不过了，再说缪臣是富人，怎么也比她人脉广。于是她充满期待地望着缪臣，倒是缪臣从身上拿出一个跟手机似的东西，用手点着。刘娅楠也不懂那个，只知道是个类似于电脑的东西，据说可以进行很多操作，不过价格也很贵就是了。

很快缪臣点出了一个程序，对刘娅楠说道：“这是一组测试题，可以测试人的智商，我要介绍你去的地方有智商要求，麻烦你测一下，合格的话我再帮你引荐。”

看刘娅楠一脸担忧的样子，缪臣忙宽慰她道：“很简单的，只要不是弱智都可以通过测试，你别紧张。”

刘娅楠深吸口气，她能不紧张嘛，谁知道这都是测试什么的啊，她又没在这个地方学过基础教育那些，要是问她那个星系这个星系叫什么名字，她能知道才怪呢。

等她过去看的时候，就见那些测试题都是什么三角四角圆形、无数个点，她当下反应过来，这是公务员的逻辑题。

她是典型的发散性思维，早些时候要不是这些玩意，她就硬着头皮考公务员了，现在又见到这类题，那种被命运作弄的感觉，让她眉头都拧巴在一起了。

她闹心地乱点着答案，脑子里就跟糨糊似的，越搅和越稠。

终于点完了最后一道题，她还存着一丝希望，尤其是看到那个六十分，她忍不住带着期盼问道："这个……我是不是算是及格了？"

都六十分了！

缪臣望向她，不忍地回道："及格线是一百六十分……要不你试试体力工作？"

刘娅楠已经不是要吐血了，而是直接往外喷血了。发散性思维伤不起啊，要不然她当年也不会选文科的。再说她从小到大虽不是什么天才儿童吧，但至少也是一路上学上过来的，大学也是211好吧，现在一通题做下来成弱智了。于是从今天开始她只能做卖力气的纯爷们了。

刘娅楠也不知道是她可悲还是这个世界可悲，她好好的一个女人，现在被挤兑得去做体力活了。招聘上这种工作倒是铺天盖地的，只是生理上真的决定了她力气不大，哪怕她还算女的里力气大一些的。

她尝试着做了几份工作后都不行，最后还是一家洗衣房的工作她勉强胜任。不过她就纳闷了，这个世界都进步成这样了，怎么洗衣服还得半机械半人工啊，她家现在都用上自动洗衣机了，没理由这个地方连个自动洗衣机都没有吧，每次洗好的衣服还得手动着送去烘干。那一篮子一篮子的衣服，每次提的时候她都要绷直身体，使出吃奶的力气。

她满肚子的疑惑，最后倒是带她的人告诉她，这种工作都是政府特意保留下来给他们的，而且他们所在的这家公司是侯爷当年留下来的慈善公司。

刘娅楠听了很纳闷，不明白公司里的人说的侯爷究竟是个什么人，而且为什么政府要专门留下这些工作给他们？

不过她也没多余的精力去弄清楚那些，她现在做的事简直能把她给累死，才做了一天她的手就磨出血泡了，稍微一动就疼，每次去搬那些洗衣篮的时候，都能感觉到手心里钻心的疼。

她长这么大，从没吃过这种苦头，现在疼得她觉得自己的心脏都被拉成一条线了，呼吸都是急促的。她咬牙坚持着，觉得自己已经很坚强很厉害了，可到最后还是被人给嘲笑了。几个长着大胡子的彪形大汉总

在一旁嘲笑她长得娘，还说她一根胡子都没有。她知道自己是受歧视了，纯爷们对那些卖弄风情的假女人是很厌恶的。

刘娅楠几度想到放弃，可她要是放弃的话，别的更干不下去。于是她咬着牙干了下去，可就是这样别人一下能搬三个洗衣篮，她一次只能搬动一个。所以等别人都休息聊天的时候,她还在累死累活地搬洗衣篮呢。她唯一的指望就是多长劲儿，多出力气，多吃饭，没准哪天就能把三头肌练出来了。

大概也是适应了这种劳动强度，等再去更衣室换衣服的时候，她终于不再跟丢了半条命似的了。只是每次别人都是脱个精光地换衣服，她则动作很慢很谨慎地还穿着秋衣秋裤地换。

为这个那些老爷们还笑话她娘们兮兮，还说她细皮嫩肉的皮肤太白了，一看就是雌激素吃多了，吃不回来的“二椅子”。

这次换衣服的时候，她因为不像之前那么累了，扫了眼左右，然后就发现在左边的墙上贴着一幅画像呢，只是那幅画像一看年代就很久远了，上面落满了灰尘。

那是一个特别英俊帅气的男人，脸上的五官分开看也并不觉得多美，可是组合在一起怎么看都近乎完美，最主要的是那个眼神。刘娅楠在墙下换衣服的时候，在那双眼睛的注视下，没来由地就觉得脸红耳热心跳加快。那真是非常非常出色的一个男人。

她赶紧把头调回去，可还是跟受不住诱惑似的，又忍不住看了一眼，而且很奇怪的是，这个地方她时不时就会看到“假女人”的画报，贴男人的却很少。所以在她匆忙换好衣服后，终是忍不住好奇地问了身边的人一句：“请问……墙上贴的这个画像……”

“哪个？”那个人起初并没反应过来刘娅楠说的是什么，等看清楚那个画像后，那人就跟看怪物一样看向了刘娅楠：“你装的吧？这不就是侯爷嘛。”

“侯爷？”刘娅楠有点愣住了，每次别人提起侯爷这么个称呼，她脑子里浮现的都是一个满脸胡子，然后不今不古的老家伙，她真没想到对方这么年轻的！

看着刘娅楠一脸愕然的样子，那人跟看神经病似的说：“开辟了三大星域，整合了琉璃海地区的海盗，并且将所有财产都捐出来推进穷人

项目的侯爷！你还真是……居然都不知道，要不是这个人，当初奥德提出的‘缓冲地带’就不会顺利实行，我们也都不可能生存下来。虽然奥德提出的政策很好，可是按当时的国力来说，不管咱们这些穷人再生的费用，还是咱们成年后需要的工作机会，靠政府财政压根负担不起，可是人口数又在不断下降。就在政府一筹莫展的时候，就是这个最伟大的赌徒侯爷，把自己所有的财产捐了出来……传闻说他还把自己再生成了穷人……”

刘娅楠目瞪口呆地又忍不住回头看了那人一眼。这也太传奇了，在做了那么多强大的事情后，还能把自己的财产都捐出去，然后重头开始，这简直就是传奇中的传奇人物。

她在穷人堆里混久了，偶尔遇到的精英也都是缪臣那批的，在她眼里，总觉得这个世界上的男人缺了点很重要的东西似的。说白了，女为悦己者容，一个缺失女人的地方，男人会显得不那么男人。可现在这个人，刘娅楠光听那些人说的，就在心里忍不住赞了一句，这才是真爷们啊，虽然这人长得很秀气吧，不过真的是太厉害太厉害了！

刘娅楠每天早出晚归，外带跑去玻璃窗那里熬夜，虽说辛苦，可做惯了也不觉得怎么样。

这么过了一段时间后，忽然有一天不知道为什么那些“最女人”的同事都欢天喜地的，刘娅楠也留意到不少商家都在门口弄了彩带啊气球那些装饰品。她很纳闷，可又不敢傻乎乎地问出去，毕竟有些事她不知道就算了，要是连重要的节庆日都不知道的话，肯定就会有人怀疑她了。不过很快就知道这是要过什么节日了，她最想不到的妇女节！

明明这个世界都没有女人了，竟然还保留着这么一个节目，而且早几天各地的庆祝就开始了，那情形简直不亚于过年。更有意思的是这个世界居然还评选了前十位的“女人”，这些“女人”为了上这个节目，还有去做变性手术的。

此时电视里正直播着女人节的节目，十名票选出来的“最佳女人”被陆续请到了台上，看着主持人那一脸神秘又诡异的表情，刘娅楠就跟看什么综艺节目似的。倒是妩媚跟几个同事在那里打赌，刘娅楠也顺耳听了几句，可很快她就被那堆名字给弄头晕了。

“这次肯定会请羌然……”

“不、不，多半是卢其……”

“哎，你说何许家族的人会出来吗？”

“不可能的，这几百年来，你见何许家族出来过吗，再说他们要想跟这些人玩，用得着参加这么无聊的游戏吗，估计一个电话就把人叫去了……”

“也对……”

刘娅楠迷迷糊糊地听着，电视里却已经开始叫价了，好像是三千万一个号码，只要出钱就可以选一个号码丢到摇奖的池子里，陆陆续续地不少号码都被放了进去。

最后摇奖的池子封死，在众目睽睽之下开始滚动，尖叫呐喊各种配乐齐发，这期间，刘娅楠都要被妩媚他们的吼叫声嚷得耳朵聋掉了。

刘娅楠听着身后的人不断品评着那些被摇出来的富豪，到这个时候才明白这是个什么游戏，原来就是大家交钱摇号，看谁能取得跟“十大女人”共度一天的资格。

“那些钱呢？”刘娅楠奇怪地问道。

那些号码可是都到六十多了，折算下来都破十亿了。

“参与抽奖的那几个‘女人’会平摊。”

哇！一个人一亿呢……

对于月薪现在还在五百块左右浮动的刘娅楠来说，有种想默默流泪的冲动啊！果然等摇出九个号码后，主持人停了下来，用那种努力表现严肃但又按捺不住八卦的口吻，紧张地说着：“观众朋友们最激动人心的时刻来了，十号嘉宾没有参与抽奖，现在让我们揭晓他想要的是——缪彦波！对，就是那个史上最年轻的仲裁者缪彦波！来镜头转过去……”

随着这一声，下面的观众也跟着激动起来，不断重复着缪彦波的名字，还有人吹口哨呐喊，很快镜头就转了过去，显然被钦点的人很意外，那是个表情很严肃的年轻人，黑色的短发，亮亮的眼睛，五官非常端正，只是表情很不好。刘娅楠隔着镜头都能感觉到那人又窘又恼的情绪，而妩媚他们也在嘻嘻哈哈地看热闹，这副样子怎么就跟这个人是被强迫的一样？

可是明明之前那些都是要花钱才有机会的，这个人可是免费的，刘娅楠纳闷地问了妩媚一句：“这个缪彦波不愿意吗？”

“愿意什么啊！”妩媚早习惯了刘娅楠的无知，耐着性子解释，“可是按惯例只要被点就得去,那是多大的荣耀啊,只有真正的男人才会被‘女人’钦点，再说只是吃顿饭而已，不去不就太不男人了吗！”

只是现在电视上正播着的那个缪彦波似乎挺受刺激的，表情都僵住了。不过这事儿倒是给了刘娅楠一个启示，她忍不住问道：“那……那如果他们要选……选侯爷那样的人呢？侯爷也不能拒绝吗？”

“开什么玩笑，侯爷那种人他们是请不动的，几大家族的族长都是例外中的例外，要请那些人，估计怎么也得是夏娃又活过来吧。”

刘娅楠哦了一声，其实她就是好奇而已。

不过就着女人节的热度，刘娅楠倒是难得地得了一天假期，跟着妩媚他们去逛街了。现在满大街都在搞专门针对“女人”的折扣，性感丝袜比以前便宜了一半不止，有些酒店甚至打出了“女人”免费的告示。

她的同事都买了好多，有些生意好的，胳膊上都挎满了购物袋。没想到乐极生悲，他们这拨人浩浩荡荡正要过马路呢，突然发生了意外。

刘娅楠压根没看到那车是打哪儿来的，她突然就觉得有人推了她一把，不过幸好她比较靠后，所以只是前排被撞到的人压到了她而已。可是妩媚就倒霉了，他是最先过马路的，结果一个躲闪不及就被对面的车撞了个正着。

虽说那车是有紧急避险功能的，可开车的人把车速提得太快了，虽说减速减得很厉害了，到最后还是一个没刹住，把倒霉的妩媚给撞飞了出去。而且让人意外的是，那车压根没有停下，拐了个弯很快就消失不见了。

等大家七手八脚地扶起妩媚的时候，她脸上都是血，腿更是碰都碰不得。那血糊糊的样子，刘娅楠吓得直捂眼。等大家把妩媚送到医院的时候，刘娅楠想起个事来，着急地问周围的人：“对了，那车呢，有人记住车牌号了吗，得赶紧打电话报警吧？”

“报什么警啊，折腾那闲事呢。”

刘娅楠不明白为什么大家的态度这么冷淡，在等妩媚的时候，平时关系不错的同事说的也都是妩媚真倒霉啊，这下要旷工很久了的话题，可对于撞人者，大家再也没有提过，那表现简直就跟妩媚遇到的是自然灾害一样。

没有一个打抱不平的，反倒都是一脸自认倒霉的样子。

不过等妩媚治疗完，她再进去的时候，就连妩媚都不想追究。

这下她就更不明白了，问道："喂，你被人撞了，至少也要一下医药费吧？"

"要什么啊？"妩媚无动于衷地回道，"你没看见那车上有标志嘛，那多半是缪彦波的车。"

"缪彦波？"刘娅楠特别惊讶，上一刻还在电视上看到的人，下一刻就跑出来撞人了。

妩媚显然没看错，他说完很快就有人接话说："是缪彦波的车没错，估计是十佳女人特意上咱们穷人区显摆来了，结果太高兴了，车速才没控制好。"

其他人也跟着议论纷纷的，刘娅楠这才知道十佳女人也是他们这种穷人出身，虽然心理上是男人，不过为了荣华富贵，还是豁出去做了变性手术，现在算是火起来了，不光钱赚得多，还进了演艺界，总之火得不得了。

"那种人，咱们压根惹不起的。"几乎所有的同事都这么议论着。

刘娅楠没想到在这种地方还会有这样的人。

在晚上工作的时候，恰好缪臣来了。一想到对方也是姓缪的，刘娅楠就觉得气不打一处来，她索性豁出去那少得可怜的提成了，特意问缪臣。

缪臣挺意外的，过了半晌才说："对不起，同姓只是有基因上的关系，除了在同一个基金会上领取存活金外，就没有别的联系了。而且我想当时开车的也未必会是缪彦波本人，他没有那么闲开车到处玩，你不知道他的工作有多繁重。"

刘娅楠却仍觉得不满意，急急地说："就算不是他本人，可是他也是在车上的，下来看看被撞的人，把人送到医院也是应该的吧……"

她正这么嚷嚷着呢，忽然听见外面传来很喧哗的声音，然后周围几个包厢里的人似乎都在往外跑。她也跟着好奇起来，跟着那些人出去后，就见所有的人都围着大厅的某一处在看呢。

刘娅楠很快注意到，在包围圈里有一个穿着黑色制服的年轻人，精神抖擞的，跟她平时接触到的那些人不管是表情还是气质完全就不在一个层次上。

此时在那人面前站的正是被撞伤的妩媚，不管是表情还是口吻都是

纡尊降贵的感觉，戴着白色的手套，表情淡淡地陈述着："您好，我是缪彦波先生的助理和疏，对您所受的伤，缪彦波先生深感遗憾，关于医药费还有之后的治疗费廖先生都会负责的，请您放心。"

说完客套话，那人跟演戏似的，排场很大地就要转身走人，围观的那些人，都是一副大气不敢喘的样子，在那人转身的时候，明明压根碰不到的人，都很快让开了路，那劲头就跟那人身上罩了个防护罩一样。

刘娅楠看不得这个，忍不住吐糟了一句，装模作样搞什么啊……道歉嘛，一点诚意都没有就算了，还这幅德行。

结果不知道怎么的鬼使神差地说了出去，偏巧那人的耳朵还特好使，在这么嘈杂的环境里居然听见了，还很快转过头来找寻说话的人。

刘娅楠吓了一跳，对方的眼神又那么锐利，她很怕节外生枝，赶紧往后缩了缩。她也不知道对方看到自己没有，不过明显那人脸上的表情从傲气变成了不屑，就跟嘲笑她这个只会小声嘀咕不敢露头的家伙一样。

刘娅楠其实也很郁闷的，如果换个场合换个世界，她早就站出来骂这种人了，可在这个世界，她最不能做的就是抛头露面。不过等那人走后，妩媚倒是蛮高兴的，周围的同事也都是一副这个缪彦波很不错啊，果然是贵族范啊，如何如何的表情，刘娅楠听了满耳朵的赞美之言，简直都要三观扭曲了。

刘娅楠叹了口气，没想到哪里都有这么让人生气的特权阶级。不过既然当时妩媚都觉得蛮好的,她自然也没什么好说的。妩媚最近胃口不好，大概是身体受伤后活动量太小，再加上他们平时吃的饭都跟学校食堂似的那种大锅煮饭，也实在没什么吃头。

刘娅楠看在眼里，就想着要不自己做点什么给妩媚吃，不然妩媚正需要营养呢，总不吃饭可不好。她去附近的菜市场看了看，只是大部分的菜是那种速成的，只要用微波炉热一热就好，她以前买过一些，发现吃起来还不如泡面好吃呢。最后走了两三个菜市场，她才终于买到一点鲜菜，就是排骨价格很贵，她看了又看，最后只买了一点点。

厨房都是现成的，他们住的地方就有，只是这些大男人没有一个会想起主动做饭，里面堆满了乱七八糟的东西，像个垃圾堆一样，她费了半天的劲儿才收拾出来。

最后把油盐那些东西都摆上，她在家的时候跟妈妈学着做过一次菜，这次她就依葫芦画瓢地做了起来。菜色都是很普通的家常菜，不过真是

很久没吃过了，这段时间在这里，不是吃的大锅饭就是在外面那种餐馆里的饭菜，像这种带着家的味道的家常菜却是很久没有吃过了。

她在炒菜的时候都觉得口水直流，明明都是很简单的菜色，可是说真的，要长久吃下去，还就是这种家常菜最对味儿了。她刚说把炒好的菜盛盘，已经有同住的家伙闻着味过来了，流着哈喇子问着："这什么味啊，你怎么炒得这么香啊？"说完连筷子也不用了，直接下手抓菜吃，结果被刚出锅的热菜烫得哇哇直叫。

刘娅楠被吓了一跳，赶紧护着自己的的菜，只是躲得了饿狼却没避开猛虎，她还没把菜盘端出去呢，门口已经站了一圈饿鬼了，二话不说就把她手里的盘子抢了过去。

刘娅楠压根没看清楚那些人是怎么做到的，一转眼的工夫，盘子刚离手，就已经空了。她嘴巴张了又合，那些很熟悉的同事，此时看她的表情都不对了，那副"我饿"的样子，简直雷死个人。

等她再回去看排骨汤的时候，就见很普通很家常的排骨汤也没有了，她记得那个好像还没熬好呢！

起初刘娅楠还以为这些同事只是饿了，可等他们又催着她去买菜，甚至不等她去买，就已经打听好地方主动买回来后，刘娅楠才忽然觉得不对劲起来。

要说大家都是平时吃不上饭也罢了，可问题是这些同事里可有好几个生意很好，能总下饭馆的，他们也是缺吃的吗？

再说她对自己做的菜很清楚啊，就是普通的油盐酱醋那些，一点都不夸张，是最普通的家常味……等等！

刘娅楠忽然瞪大了眼睛，对呀！

家常菜……除了那些有限的幸运者家庭外，这个世界上其他的人已经没有家这个概念了，那么是不是对他们来说，家常菜……也都是很罕见的东西了呢？

一想到这个，刘娅楠忽然心动了起来，对啊……她怎么没想到这个呢，她很小的时候想过要当个厨师的，可她妈告诉她，大酒店里顶级的厨师都是男人，很少有女人能做到那个位置。当时她就很纳闷，不明白为什么那么多女人做饭，反倒在顶级的地方就只有男厨师了。

不过后来等她大了些才知道，在中餐厅做饭是需要一定体力的，而且女孩子单枪匹马地混在纯男人的厨房也挺难的。再加上她爸又总打击

她，说那种地方压根没有女人的位置，女人只适合在家里做做菜，所以到后来，她就把那个梦想慢慢地放下了。

可现在，她既然做不了别的工作了，那么，那个梦想，是不是就可以拾起来了！

当初她爸说的，女人只适合在家里做家常菜，登不了大雅之堂，可现在她看到的是不同的东西。也许妈妈们做出来的菜不算什么，也没多少花哨，可是，那也是最简单最可口的，不管吃多少次，妈妈做的菜永远不会落伍。

现在整个世界只有她是吃过妈妈菜的人，那么是不是只要她把妈妈菜复原，就可以混口饭吃呢？至少有了这点手艺后，她就可以不显山不显水地开个小饭馆什么的，怎么也比每天搬洗衣篮要好吧。

这个念头一出现刘娅楠就有了动力。她把这个想法一说出来，连一直劝她不要改行的妩媚都支持她去做。只要吃过她做的菜的人都觉得这家伙有点意思，做的饭菜既不夸张也不敷衍，反正吃到嘴里不能说多好吃吧，就是特别舒服，味道很平和很朴实。

只是要做厨师也不是那么简单的事儿，她问过妩媚他们，都说想做厨师的话是要考试的，除了基本功那些，还要掌握一定的烹饪知识。所以刘娅楠就想着去报一些学习班，只是刚打听了下价格，她就被吓到了，对她来说简直跟天价一样。最后她就想着要不自学吧，只是自学也不是什么简单的事儿，要想找资料就得去那种跟网吧似的地方，那里环境不好不说，收费也不便宜。倒是跟妩媚他们聊天的时候，他们忽然想起有一个什么图书馆了。

妩媚随后对她说道："小小啊，在'女人世界'旁边倒是有一座国立图书馆，是当做古代遗址特意保留下来的，据说那还是侯爷投资修建的。就是图书馆里面的东西都是复古的纸制品，学习的话也不能检索，只能靠手翻，所以很少有人去那里学习，里面的东西倒都是免费的，你要不嫌翻纸麻烦的话，可以去那里看看，据说资料很全的。"

刘娅楠一听兴奋起来，原来在这个世界她还可以看纸质的书啊，她没想到那个叫什么侯爷的，居然这么伟大，她真是太高兴了。虽说她所在的世界平板电脑等早就普及了，可她长这么大，学习背东西那些，可都是看的纸质的书。说真的，现在要让她对着电脑屏幕学习，还不如给她本书呢，所以对别人来说是不利的地方，对她来说反倒成了优势。

她赶紧把白天洗衣房的工作辞去了，一心准备着初次厨师的考试，据说只要考上那个，就可以享受国家补贴的学习款，从而进入下一阶段的学习。

这种入门级的考试，她一定要全力以赴！

第二章

# 初遇

CHAPTER 2

刘娅楠兴高采烈地找了过去，果然在“女人世界”旁边找到了一栋不起眼的建筑物，倒不是那个地方小，相反那个地方还很大呢，只是那楼外观看上去黑漆漆的，一点美感都没有，那造型就跟个大字典似的。

她进去后里面更是冷冷清清的，除了一个看门的老头，都没见到别人。不过倒是真像妩媚他们说的那样，这里的所有设施都是免费的，而且也不需要什么手续，就是太冷清了，里面空空的，有点瘆得慌。

书架更是高高的，她仰头看了看，一人多高的书架上摆着一排排厚厚的书籍，黑压压的让她觉得都要窒息了。

她赶紧打起精神，在那按首字查找着：“烹饪烹饪……”

不过很快她就发现自己弄错了，这个地方的书太多了，压根不是靠字母查找的，而是分区域的，什么社会科学，还有应用那些。在翻找书籍的时候，还真有点大学图书馆的感觉。

渐渐地她就平静了下来，在这个没有人的地方，她不再是那个一事无成的倒霉鬼，也不再是那个智商低的废物，她是努力学习知识的刘娅楠。她深吸口气，努力查找着……

阳光透过窗子照射进来。

她找到了一本关于烹饪的书，坐在有阳光的窗户旁看着。时间一分一秒地流过，自从到了这个世界后，她脑子里的弦就是绷紧的，不敢有一丝一毫的懈怠。

此时她却思绪万千起来，这个地方太像她所在的那所大学了，大学时的那些事儿一一划过她的脑海，一起逛街的宿舍室友，最要好的朋友，大家一起看电视小说，讨论衣服化妆品，课间去厕所的话也会互相问一声，虽然很多男生都会吐槽说“你们女人啊”……

可那是她从小就习惯了的生活，一群女孩子就跟一群鸭子一样，还有那些甜腻美味的甜品店，毛茸茸的玩偶，她终于有点理解那些男人的

感觉了。

他们都在不知不觉间失去了生命中的一部分，而对她来说，女人不光是同性，还是可以笑闹着躺在床上聊天的朋友闺蜜，她也在不知不觉间缺失了那部分。

她正走神呢，就跟幻觉似的，听到身后传来翻书的动静，她身体瞬间一震。

有人进来了？也跟她一样在看书吗？

她下意识地回头看了一眼，可是身后什么人都没有，只有空空的过道，两侧摆着一排排书架，向另一个方向延伸着，除了她所在的地方，其他的地方都暗得很，她忽然觉着头皮发麻起来。

所有的场景都跟从恐怖片里的一样，这种式样的建筑，很容易让她联想到早些年她看过的那些古堡吸血鬼的电影。很快她又听到了声音，好像是有人在挪动书籍，她浑身僵硬地探出头，歪着脖子往更远处看去。

真有那么一个不高的影子，看身形倒像是个半大的孩子，瘦弱的怀里不知道抱着什么正往另一边走去。

不知道是对方察觉到了她的视线，还是怎么的，那个孩子慢慢地转过头，昏黄的灯光照亮的是一张堪称惊艳的面孔，但是她并不觉得秀气，只觉那孩子的眼神冰冷刺骨。他脸上的皮肤也太苍白了，一点点血色都没有，那双眼睛，压根就不像是人类该有的！

她吓得啊了一声，赶紧又坐到椅子上，心跳都扑通扑通的。

过了好半天她才缓过神来，壮着胆子走到走廊那里，探出头看出去的时候，就见走廊上早已经空荡荡的了。

她也没有胆子去找人，犹豫了会儿，越想越后怕。她家就有十几岁的堂弟表弟，可没有哪一个小男孩会有那种眼神的，再一联想对方苍白的脸色，还有诡异的银色头发……

她赶紧收拾了东西，往图书馆外走。不过等走到门口的时候，她终于抵不住心里的好奇，问看门的老人："老先生……这个图书馆里是不是有个银色头发的小男孩啊？"

"啊？啊？"那个看门人用手护着耳朵，一副"你在说什么，我咋听不到"的样子。

刘娅楠又喊了两声，结果看门人依旧护着耳朵，像是什么都听不见。

这下刘娅楠更觉得毛骨悚然了，不能吧？

难道这地方真有猫腻!

所以等再回去的时候，她二话不说就跟同事们打听起来：“那个图书馆那么老了，里面是不是有闹鬼的传闻啊？”

“闹鬼？”妩媚他们一副什么是闹鬼的表情望着她。

她战战兢兢地复述着：“就是那个鬼啊？银色头发的，看着很吓人的……”

大家一下都笑了，就跟看傻瓜一样看着她。

“哪有什么鬼啊？你还真当自己是女人了……”

刘娅楠郁闷地想了会儿才想起来，也对啊，对这些人来说人的来生什么的已经跟鬼魂那些没关系了，都是再生基因。

她叹了口气，看着大家笑她的样子，都觉得自己像是表演单口相声的。

倒是妩媚他们想起什么似的，忽然说起一个传闻来：“听说几大家族的人偶尔会到图书馆去。”

“是有那样的说法，说他们再生的时候都会保留一些上一世的记忆，所以这个世上要是还有人保留着读纸书的习惯，就是他们了。记得我上学的时候好几次在那里等着，就想看看那些人都什么样……不过我们一个人都没看到过，估计都是大家瞎传的……”

刘娅楠却是一下往心里去了，忍不住想，那个小孩不会是什么了不起的大人物吧？就那个表情，一看绝对不是一般的孩子，所以自己遇到的不是什么鬼，而是那些大家族的人？

这下刘娅楠有点犹豫了，不是鬼的话，她倒是不那么怕了，也有胆子去学习了，可是，如果对方是那些很厉害的人，自己不是随便几句话就会曝光吗?

不过犹豫了没几秒，她觉着自己的想法太多了，妩媚他们不是特意等过吗，他们都没等到，说明那些大家族的人都是有意避着人的，估计她去的话，那些人也会主动避开。

这么一想，刘娅楠又兴起了去图书馆的念头。只是再去的时候，她格外留心起来，想着要是有个什么，就赶紧躲开。

可就像跟对方有了默契一样，她去了好几次，却一次都没有再看到过那个少年，渐渐地刘娅楠放下心来，每天都按时跑到图书馆去学习。

只是总学习理论也是不行的，反正有妩媚他们每天催着她做菜呢，

刘娅楠心安理得地用妩媚他们买的材料练起了手。

渐渐地她在来图书馆的时候会带上一些自己做的饭菜，最近一直在图书馆吃面包简直都要把她吃吐了。结果那天她刚选了本书回来，就发现自己放在桌子上的饭盒找不到了，她开始还以为是自己找错了桌子呢，可明明书都在啊，之前翻到的那页也没有变化。

这下她可是被惊住了，而且等她走的时候，她以为消失不见的那个饭盒居然又找到了，饭盒完好无损地摆在入口处的一张桌子上呢，只是里面的饭菜一点不剩，还被刷得干干净净的。

这是怎么个情况啊？她有点纳闷，这是有人偷了她的盒饭吃？问题是那盒饭她都吃了一半啊！这个贼还真挺不讲究的。

刘娅楠百思不得其解，等再来的时候，就又带了一个饭盒，这次她故意假装去选书，想看看这究竟是个什么样的人。不过她也没想着自己能抓到那个贼,毕竟一般人不会再那么傻了吧。结果等她快速回去的时候，还真把那个贼逮住了，而且那个笨贼不是别人，正是之前她以为是鬼的小正太。

那人不过十一二岁的样子，之前在那种情况下，刘娅楠光顾着怕了也没看仔细，等现在看清楚了，她才发现这个孩子看着脸色苍白，不过其实仔细看就会发现，他脸上的皮肤颜色不均匀，就跟阴阳脸似的。

对方显然也被她吓了一跳，手里紧紧地捏着饭盒，嘴角还残留着一些米粒，明明那么漂亮的一张脸，却因为吃得太大口而鼓了起来。

刘娅楠有点不知所措，要是大人她肯定直接就骂了，可是对方只是个小孩子，再看这吃法，这孩子就跟饿了多少天似的。

她缓了口气，既然饭都被人吃了，那她就好人做到底吧，于是她跟哄小孩子一样俯下身去，笑着说："哦……没关系的，你吃吧，别怕……"

那个孩子迟疑了下，似乎还在确认她到底有没有恶意一样，那双望向她的眼睛，锐利得就好像能穿透人心。刘娅楠是没有攻击性的人，再来她的眼神很纯良，一点恶意都没有，所以很快这孩子就不再犹豫了，大口大口地吃了起来。

那饿狼似的吃法，还把刘娅楠吓了一跳，果然是饿急了才会偷她的饭吃。

刘娅楠趁着他吃饭的工夫，忍不住上下打量了下这孩子，洗得发白的衣服，还有脚下已经露指头的鞋子，仰起头来把最后几颗米粒都要吃

到嘴里的狼狈样子……

这家伙，不会是那什么……流浪儿吧？

刘娅楠头次跟这个世界的孩子接触，她也不知道该说点什么，除了觉得对方古古怪怪外，这个孩子给她的感觉，就是特别沉稳，简直有点不像十几岁的小孩子了，而且对方也不解释为什么会偷吃她的饭菜。

刘娅楠的位置是靠着窗户的，那个孩子就跟有意要避开阳光一样，坐在一个很隐秘的角落里，要不是刘娅楠的视线一直跟着他，都会觉得那个移动的不是什么人类而是类似幽灵的东西。

他的眼眸是淡粉色，脸上虽然颜色不均匀，可是那双翻动书页的手都是白色的。

刘娅楠不好一直盯着对方打量，看着对方一副小心翼翼，又充满警备的样子，她收回了视线。只是自己肚子终究还饿呢，学习了一会儿，她的肚子就不争气地咕噜噜叫了起来。

那个坐在角落里的孩子，在听到她肚子的叫声后，带着歉意地小声说道："对不起，把你的午饭都吃掉了……"

"没什么啦。"刘娅楠没想到对方还蛮有礼貌的，见对方主动跟自己说话，她的好奇心大起，忍不住试探地问了一句，"你父……"

不过话一说完她就知道自己问错话了，这个世界哪来的什么父母，她赶紧把那个母字咽了下去，改口说着："抚养人呢……"

那孩子表情很少，说话的时候都没有抬头看刘娅楠，沉默了片刻才回道："我是养育楼里的孩子。"

因为不懂那些是什么，刘娅楠也没敢多问，不过养育楼，不会就是妩媚他们曾经提过的那个穷人成年前的收容所吧……里面环境很恶劣，因为上面的人总苛扣粮食，那些孩子经常会吃不饱……

只是这个小正太的颜值太高了，刘娅楠心里难免要奇怪一番，这个世界都是靠脸来区分穷人富人的，像这个孩子长得这么标致的，她估摸着不能说是巨富也得是个富豪吧？

所以等她回到店里的时候，趁着大家休息，她把白天时看到的事儿都给妩媚他们讲了讲。

那些同事告诉她："那个啊，不是什么病，是再生时基因出现了问题，不过既然他长得那么好，估计是什么有钱人的再生人，只是因为基因缺

陷所以才被丢到养育区了吧。”

前面的话刘娅楠还能理解，后面的她就有点晕乎了，什么叫有钱人的再生人，然后丢弃，这又是怎么个意思啊？

反正大家都习惯刘娅楠屁都不懂的样子了，一边八卦一边跟她解释着：“再生基因又不是一次只能克隆一个，虽然法律上规定只能是单次进行的，而且是唯一性的，但这些规定只制约普通的老百姓。那些特权派的家伙，很多自己还活着呢，就开始克隆了，据说几大家族的人，还会把自己的再生人当做继承人一样养育。不过就算是同个基因，也不代表着对方就会跟自己的理念一样，于是再生人被原始基因者杀掉的案例也不是没有过，还有一些有缺陷的再生人，据说不是被秘密地杀掉就是扔到养育区……像你说的那个估计要不是白化病早就被杀掉了，毕竟他那个缺陷太明显了，肯定不会影响优秀再生人的地位，所以就被扔到养育楼里自生自灭，反正在养育楼里的都是没有来生的穷人。”

刘娅楠真被绕晕了，她皱着眉头想了半天觉得这事太神了。

所以说那个小孩子没准还是某个大人物的再生人，只是因为有生理缺陷才被扔掉的？

这么说来那孩子也是怪可怜的，也许有着同样基因的家伙正在某个地方吃香的喝辣的呢，倒是那个小家伙一看就是一副营养不良的样子。

她也理解不了这种基因选择，优秀的有着自己基因的再生人就可以继承自己，有缺陷的，哪怕都是自己基因克隆出来的孩子，就要被丢弃。这种方式也太残忍了，哪怕克隆跟怀胎十月来的不一样，可也终归是条生命啊。

刘娅楠倒不是多么有同情心，只是遇到这事儿了，再带饭的时候，就顺便给那孩子多带上一口。

渐渐地大概是吃多了刘娅楠带的饭菜，那个孩子再面对刘娅楠的时候，就没了那副戒备的样子。其实刘娅楠以前不怎么喜欢这种半大不小的孩子，她家里的表弟就总让她觉得烦，可是这个孩子不一样，他很安静，也很有礼貌。

刘娅楠渐渐地就跟这个孩子混熟了，也知道他就在附近的养育楼里，只是这个小家伙也不知道自己叫什么名字，长这么大，他有的只是一个叫做237的代号。

刘娅楠就叫了他两天237，只是每次叫人数字的时候她都觉得别扭，

最后她想起二三七中的三七在她的世界里不是一味药材吗，也叫田七，还是个不错的药材呢，她就问那个孩子要不要改个名字叫田七。

那个孩子没说什么，既没有高兴的反应也没有不喜欢的表示。

刘娅楠尝试着叫了几次，那孩子也都应着，刘娅楠就那么叫了下来。偶尔她看书看得大皱眉头的时候，那孩子还会过来帮着刘娅楠解释几句，这时她才发现田七智商高得惊人，还能过目不忘，找起书来速度快得很，她之前每次找书都跟大海捞针一样，就算有目录，可书太多了，图书馆这些年来又没什么工作人员打理，很多书都是乱放的。

可有田七在，她需要什么，只要跟这个孩子说一声，很快田七就能帮她找来。

这下刘娅楠更要给田七带饭了。

就是这孩子出奇安静，几乎不怎么说话，大部分时间是面无表情的样子，偶尔看到灯光的时候还会不舒服地眯起眼睛。

刘娅楠好奇地打听了下：“你皮肤的颜色是怎么回事啊？”

“我最近在吃治疗白化病的药，药是新开发的，需要做人体试验，我就报名了。”田七表情淡淡地说。

刘娅楠哎了一声，还以为自己弄错了意思，不确定地问着：“试验？这个是免费治疗吗，政府给穷人弄的福利？”

她边说还边想呢，田七这么小，不可能被叫去做试验吧？那样可就太不人道了。

结果田七很快回道：“是试验，我签过协议的，这种试验可能引起内出血还有内分泌紊乱，肾脏负担也会加大……目前我是试验结果最好的一个，已经有部分皮肤在恢复正常了……”

“不行！”刘娅楠一下急了，着急地说，“那也太危险了，你还做这种试验干吗？”

“也许能治好我。”田七表情淡淡的，那神情一点都不像个孩子，“我想站在太阳下看看。”

刘娅楠无语了，不知道是只有田七这么早熟，还是这个世界的孩子都这样。

她叹了口气，等晚些的时候，她多走了两步想去看看田七的住所。

总听妩媚他们说养育楼里的事儿，她每次都不敢插话，就怕露了馅儿，现在她一方面是想看看田七住的环境，另一方面也想了解了解情况，

省得以后别人问自己养育楼的事儿，自己再说漏嘴。

可等刘娅楠到了地方后，虽然是有着心理准备，也还是被那场景给吓到了。那密密麻麻排着的都是睡人的地方，没有床板，只有地上铺着的一块块跟塑料布似的东西，杂七杂八散发着臭气的床单乱堆着，其他的就只有水管了，这里提供的只是一个避雨的地方，连保暖都说不上。

刘娅楠终于明白，为什么她接触到的那些穷人，不是妩媚那些一心想发达的，就是斤斤计较，除了长了个男人的外表，没一处像男人的男人了。

现在这里到处是那样的孩子，她刚进去就听见了各种不堪入耳的话，还有好几拨打架的。那些孩子看上去一点点童真都没有，个个像小恶棍。

看得出来田七挺受欺负的，因为他睡觉的地方紧挨着水池呢，那地方又潮又冷，地面还是湿的。

刘娅楠真不忍心看了，在这种环境下长大的孩子，素质能高起来才是奇迹呢，这么一想，这个田七倒真是个例外。虽然他也会偷吃她的饭盒，却是个有礼貌的让人心疼的孩子。

刘娅楠从那后对田七又好了几分，偶尔还会给田七带一些她做的特色菜品，让他帮着品评。

接触得多了，她也发现这个孩子蛮不一般的。别的事儿就罢了，在烹饪上，她有不明白的地方，田七都能解答出来。

她开始还以为是她问的问题简单呢，可有一天她拿同样的问题问妩媚他们，却发现没有一个人能回答出来。

到这个时候刘娅楠才留意到，这个孩子的知识面是真广，估计是这孩子有白化病，不好在外面玩，就总泡在图书馆，所以才不知不觉地学到了好多好多东西。

那天刘娅楠学到了一个段落，想着休息下脑子，见田七也抬起头来了，她难得地跟田七说起了闲话，最近他们不是说烹饪就是聊菜品，此时刘娅楠忍不住起了八卦之心。

她翼翼地问着："田七啊，你大概知道自己的身世吧？说起来有没有这种可能啊，就是那个跟你有着同样基因的人，一旦出了什么问题，你就可以回去啊，然后被当做继承人什么的……"

狗血的电视里不都是这么演的，双胞胎兄弟，一个被弄出了家族，然后若干年后，本应继承家业的那个出了问题，这个时候就要找寻另一

个了。所以像田七这样的，兴许也有天上掉馅饼的事发生呢……

然而田七只是表情顿了顿，很快回道：“不会的。”

就跟要证实自己的话一样，田七还掀起了袖口，露出手臂来，手臂上一组数字清晰地显露出来，显然那组数字是被什么人烙上去的。

田七表情平静地告诉刘娅楠：“这是我出生的序列号。”

他眼神里有一种情绪，不是悲愤也不是哀伤，他只是很平静地陈述着。

“一个可以制造出一千六百一十三个再生人，宁愿抹去一千六百多条生命也要选出一个优秀继承人的基因提供者，是不可能让那种事发生的。”就跟要告诫自己一样，他声音低了下去，小声说，“我只是残次品。”

刘娅楠很用心地准备着考试，开始还是因为考试才学习的，后来还真就学上瘾了。她逐渐对各种烹饪的方法还有技巧上心起来，不过她还是觉着最好吃的饭菜就是保留原始味道，用最简单的食材做出来的那些。

也因为临近考试，她学得用心了一些，再加上她跟田七混久了，每次看到那个孩子，就总觉得他很孤独似的，便想着多陪陪这个可怜的孩子，以至于等回去的时候天都黑了。

结果夜路走多了，她一个没留神就遇到劫道的了。她被人扯住头发的时候，差点没被吓死，尤其是几个形容猥琐的人正上下打量着她呢。

她吓得三魂去了两个，下意识地抱住了胸部。

结果对方只是把她硬架到一个隐蔽的地方，用小匕首戳着她的肚子，威胁着说：“快，把钱都掏出来！”

刘娅楠瞬间就有了一种热泪盈眶的感觉，她还以为这些是劫色的呢，现在才反应过来，都是男人的世界，谁劫完道还会闲得没事再劫个色啊。

倒是她掏出钱包后，对方一看钱数就给气着了，气呼呼地骂她：“就这么点钱，你比我还穷呢，也敢在路上晃！”

刘娅楠真不知道说什么好了，她是天然穷没得治啊！

等回去的时候她就开始唉声叹气，本来就穷，现在钱包还被劫了，钱倒没多少，可问题是钱包比钱还值钱呢，真是雪上加霜，简直是赤贫了。

倒是妩媚他们一看她这个颓废样子，非要拉她去散散心。她最近一门心思地学习，简直连点休闲的时间都没有了，她也觉得闷得厉害，所以就跟着去了。

不过她以为妩媚他们要带自己去逛街呢，结果到了地方她才发现自己上当了，这些人压根不是去什么购物中心，而是地下拳击场。

她以前也听妩媚他们说过的，这个地下拳击场各种血腥恐怖，每周都会有拳手被打死，里面赌额高得惊人，他们每次去都要堵上一把。

刘娅楠发现不管妩媚他们表现得多么像女人，可是体内的嗜血因子还是改变不了，明明那么吓人的场景，他们竟然还能激动得嗷嗷叫好。

她却吓得跟小鸡仔一样，眼睛都不敢睁开一下。她闭着眼睛被人推来搡去地过了一会儿，忽然整个大厅就跟被什么浇灭了热度似的，突然安静了下来。

她不知道发生了什么，茫然地睁开眼睛，随即就看到在角斗场里不知道什么时候已经站上去一个人。

那人看着身形并不高大，半裸着上身，身上虽说肌肉纠结，个头却差了对手不止一个量级。

她正纳闷呢，就听妩媚他们兴奋地叫着："野兽来了！这次真是赚到了！"

她下意识地以为另一边高高壮壮的魁梧男人外号是野兽，毕竟那人长得那么凶，又壮得跟大猩猩似的。

就跟要印证她的推测一样，那个魁梧的家伙上去一拳就把那个身材瘦削的男人给打倒在地了，那人简直要飞出去了。

离得那么远，刘娅楠还是能一眼看到那人鼻子里流出来的血。那人也是身经百战的样子，居然表情都没变一下，只抬起手来擦了一下，瞬间整张脸都是血糊糊的了。

刘娅楠有点晕血，看了这个险些没直接晕过去。妩媚他们却兴奋得直抓她的胳膊，狂叫着："野兽！野兽！"

那个魁梧的壮汉接着又给了那个男人一下，那人依旧动都不动地承受了下来。

刘娅楠觉着自己牙齿都酸疼了，那一下她都觉得疼，对方是怎么承受下来的。

被打倒的那个人，却跟没事似的甩了下手臂，随后，刘娅楠还以为是自己眼花了呢，那个男人一个箭步就跳了起来，膝盖直直地撞击到壮汉的头上，没有花哨的动作，简单利落的一下就结束了战斗。

这下满场就跟被点爆了一样，不断狂叫着，野兽野兽！

刘娅楠这才瞧出来，原来那个个子不高的男人才是野兽啊！只是后面发生的事儿，让她不舒服起来，直觉得胸口发憋，人发晕。

妩媚他们出去的时候还在兴奋地议论着。刘娅楠脑子嗡嗡的，一方面是里面闷热得厉害她有点缺氧，另一方面她是被吓到了，那血淋淋的样子，被打倒的人，还要被拗断胳膊，骨骼破碎扭曲的声音让人毛骨悚然。

她不断深呼吸才能平静下来，所以一等到外面，她就忍受不住坐在地上大口地喘息。

妩媚却一点同情心都没有地笑话她："你现在装什么女人，你在店里要有这出息还用得着去混厨子啊？"

刘娅楠这个后悔啊，本来是为压惊的，现在倒好，反倒受惊了，幸好这事没影响后天的考试，不然她一定要被妩媚他们气死了。

考试那天一切都很顺利，在填写名字的时候，她还特意填写了自己的本名刘娅楠。

她以前总觉得自己的名字是重男轻女的父母想要儿子才起的，可现在她觉得有这么个名字蛮好的，至少这么中性的名字，叫出来别人也不会猜她是女孩子。

只是考完后，她也没放下学习的事儿，再说图书馆那里还有个小田七在等着她呢。虽然小田七不说，可她还是能感觉到那孩子的寂寞，哪怕他们没什么共同语言，可是有个人陪自己说话总是好的，更何况那个孩子压根不能在太阳下出现。

带孩子这种事情，时间长了就跟有了责任一样，只是她自己的生活就够艰苦的了，要不是妩媚他们喜欢吃她做的饭，愿意主动负担食材那些，她估计连自己都养活不了。

很快考试成绩就发下来了，原本刘娅楠还高兴呢，以为通过考试就可以有免费的学习机会，结果看到通知书，她就傻眼了，什么免费的学习啊，让她去某某酒店当帮厨，不就是白给人干活吗？

可是好不容易通过考试争取的机会又不能放弃，这下刘娅楠有点上当受骗的感觉了。

"最女人"这边的工作也不能放下，就算她不赚钱，毕竟也是签了合同的，妈妈桑虽然觉得她就是个赔钱货，可要是放了他，下面的人怎么管啊。所以妈妈桑跟刘娅楠说好了，白天她怎么安排都好，到了晚上

还是要过来上工……

刘娅楠也知道靠自己现在这样，想要赚到租房子的钱都不容易，于是她痛快答应了下来。

只是她两头跑多少有些辛苦，而且这么一忙起来，都没时间去图书馆了，她挺惦记田七的，只是实在是分身乏术没有办法。

帮厨听着好听，可真做起来一点都不简单，很多是纯体力活，大部分时间，刘娅楠都在刷盘子，所谓学习是自己长心眼偷学。

不过那个地方蛮高级的，属于她跟妩媚他们绝对不敢去消费的地方。在里面她发现除了有身份的那几个穷人外，过来的客人大部分是富人区那边的。

这里的穷人富人除了可以靠脸区分外，还可以看手腕上有没有身份环。像刘娅楠这种人就需要手腕上的身份环，随时应付抽查。

最初的学习让人一点都兴奋不起来，全部是些端菜刷碗的活，哪怕是切菜她都认了，至少还可以进进厨房呢，像她这样每天不断刷着盘子能学到烹饪的技巧才怪呢。

所以很快就有一些帮厨退出了，刘娅楠不是不想退出，只是她实在是想学到些东西，哪怕是能偷偷看到呢，所以她坚持了下来。

大概是看她长得细皮嫩肉，人又相对老实低调，话也不多，到后来，那些负责人就给她安排了个端盘子的活，还是专门伺候高级 VIP 房的。

其实那种地方一点都不好，富人倒还罢了，有些穷人出身的超级难伺候了，简直跟暴发户一样，态度恶劣得很，而且稍微有不小心的地方就会被骂得很难听。

她没想到在这种地方她居然还遇到那个野兽了。近看，那个野兽虽然不那么吓人，可是一想到对方是徒手拧断敌人脖子的凶手，她就觉得不寒而栗，连正眼看对方都不敢。

这个野兽对人一点都不客气，坐在沙发上一副唯我独尊的样子。也不知道他是怎么吃饭的，把桌子弄得那么脏，跟垃圾堆一样，她每次收拾都很麻烦。其实她速度已经很快了，但对方还嫌弃她慢，用很难听的话骂她，甚至有一次还喝得醉醺醺地要踹她，就因为她过去收拾了下餐盘。

刘娅楠对他印象很差，觉着那个家伙可真是货真价实的野兽，简直不是人！

稍晚的时候，她把这事跟妩媚他们说了。他们一听都八卦起来，有

人跟她说："哎，知道吗，好多人说野兽就是侯爷的再生呢，不然就这个战斗力，一般人都比不了的，对吧？"

大家也都点头附和着，好像认准了那个野兽是什么了不得的人的再生一样。

刘娅楠对侯爷不侯爷的不是多么上心，不过一想起那幅贴在墙上的画像，她就觉得这个野兽和那个侯爷差太远了。

以女孩子的直觉，她觉得就算没有记忆，人也完全是另一个人了，可是基因那种东西也会传下一些特质的。

侯爷就算再生成了穷人，也不该是那个样子。不管那个野兽拽得多么厉害，可说到底不过就是个武夫嘛，那个能开拓星图，打击海盗的男人怎么可能没脑子呢？刺激跟冒险是不一样的，有着茂盛的好奇心，喜欢冒险的男人，跟那种光图刺激喜欢杀戮的男人应该也是不一样的吧。再说了对着投降者还无动于衷地虐待，折断对方的手臂，最后还拧断脖子这样的……怎么可能做出放弃所有财产的行为？

刘娅楠想到这里才忽然意识到，自己对侯爷的评价可真高啊。

不过在这个世界听多了那个人的传闻，就跟洗脑一样，不知不觉间就觉着那应该是个很厉害的人，简直不是人类一样。

只是对方到底该是什么样的人呢？刘娅楠想了半天也想不出个所以然来，不过不管对方是谁，反正都跟她没关系就是了。

穷人的世界这么大，她能遇到对方的可能性简直跟彗星撞地球一样小。

等她再去帮厨的时候，忽然有个帮厨过来，塞给她一包东西，她有点摸不着头脑，赶紧推托着，那人却坚持说道："这是还少航给的。"

"哪个？"她怎么不知道有这么个人啊。

"就是菜贩子啊，咱们这里的菜都是他供应的，他不打点好咱们能成嘛。"

刘娅楠更不明白了，菜贩子也要发东西的吗？

那人见她傻乎乎的，只得又告诉着她："你就收起来吧，还少航一向大方，这点意思不算什么，就是菜要有问题的话，看在礼物的份上，先别给上面说，直接告诉他，懂了吗？"

刘娅楠这才明白过来，原来还有这样做生意的，把上下都打点到了，就连她这种切菜的都提前打点好，这手笔，可真不是一般的大啊。

刚听到还少航这个名字的时候，刘娅楠还觉得那个人离自己很遥远呢，可下午面点师傅让她去看烤箱的时候，她就看见在烤箱前站着一个眉头紧锁的男人。

他就跟遇到多么大的烦恼一样，站在烤箱前眉头紧紧地皱着，见她走近了，也不躲开，只自言自语着："里面究竟是什么……"

刘娅楠拿不准对方是个馋鬼还是傻子，迟疑了下，把棉质手套戴上，小心翼翼地打开烤箱，蛋糕的香气很快就弥漫开了。

倒是那个古古怪怪的男人，趁着她在弄蛋糕的时候，忽然凑了过来，低声嘀咕着："做蛋糕都要鸡蛋面粉，只用鸡蛋不行吗？"

"只用鸡蛋还能叫蛋糕吗，那不是鸡蛋羹吗？"刘娅楠瞥了对方一眼。

这人脑袋里都是糨糊吗？不过看长相倒是不让人讨厌，五官虽不是多漂亮吧，可是很精神，尤其是那双眼睛，炯炯有神的，看人的时候，让人觉得里面燃着一簇火似的。

"用米粉替代面粉会怎么样？"

这个人脑子没问题吧？她头次遇到这种脑回路的人。

问她稀奇古怪的话就罢了，可是这个人不知怎么的，在走近她的时候，身体忽然顿了顿，随后很稀奇地把鼻子凑了过来，那动作太明显了，她想忽略都难。

他这是在嗅自己的味儿呢？

这太过分了吧？

她本能地躲开。

可是这个人没完了，还疑惑地皱起眉头问："你身上什么味？"

刘娅楠还以为是自己好几天没洗澡有臭味了呢，没办法，在这种地方洗澡跟裸奔似的，她每次洗都觉着心理压力巨大。

她嗅了嗅自己，没有什么味道啊，她都有注意卫生的。

对方却跟闻不够似的，又凑近些，恨不得把鼻子都贴上来似的，犹自说着："你可真香，我从没闻过你身上这种味道。"

刘娅楠没理这个神经病，她猜多半是自己沾染上了蛋糕的香气，正想着离这个人远点呢，就听有人在叫那人的名字。

居然是还少航！

刘娅楠当下就给愣住了，不会吧，这人是还少航？那个昨天才给她

礼物的还少航？

她很有跌破眼镜的感觉，她还以为那人超级有手腕，会来事，然后一脸精明呢。

可眼前这个人，要不要这么二啊？

不过对方跟自己的上级关系蛮好的，看着他跟自己上司寒暄的样子，刘娅楠再傻也知道这样的人是不能得罪的，就算觉得对方二，也不能表现出来，只是这个还少航还真是个怪胎。

真不知道他脑回路是怎么长的，她已经很努力地忍着了，还是被他那些稀奇古怪的问题问得头大，这人简直就是活动的十万个为什么嘛，脑子里除了好奇还有别的吗？

这个还少航看她的样子怪怪的，每次都是那种研究琢磨，不确定的样子，就好像她身上有什么不一样的东西似的。

她虽然心虚，可是来这个世界这么久了，她很清楚，随便在“最女人”里拉一个爷们都比她胸大，都比她要夸张一百倍。

这要还能瞧出她是女人，那绝对不是一般的眼力了，简直就是 X 射线！

不过被人那么看着，总是不舒服的。

她很想避开这个还少航，只是这家伙是不是时间太多了，没事儿总跑厨房就算了，总往洗碗柜这边跑又是怎么个意思呢？

对待她的态度也很古怪，她在别人那里可是一点优待都没有的，不管是三号厨房的负责人，还是她的那些同事，对待她都是该怎么样就怎么样，再多的盘子也毫不怜惜地丢给她，哪怕盘子都堆得一人高了，她该刷还是要刷。

可是还少航很奇怪，那么多人见她吃苦都无动于衷的，他却很照顾她。别看他嘻嘻哈哈的，可看她做得吃力了，马上就能帮她挡回去大部分，有那么几次还亲手帮她干活来着。

还少航看着那么二的人，可真做起事儿来，利索得不得了。脏活累活也没有一点怨言嫌弃，反倒还能自娱自乐地边干活边哼歌，这个心态体力，刘娅楠就算是女人都羡慕死了。

她本来还纳闷呢，他一个菜贩子，干吗厨房里从上到下的人都那么听他的。

起初她还以为那都是还少航拿钱买出来的交情呢，可是看大家对他

的态度，什么义气啊爽快的评价，那夸人的话就跟不要钱似的。

她疑惑起来，不明白这么二的人哪儿来这么大的魅力，还是男人跟女人的眼光有差别？比如对男人来说，豪爽啊开朗啊是很不错的品行，可是对她来说，那些跟没心眼没脑子一类词等同？还是这个家伙只在自己面前犯傻？

最让她受不了的是，还少航做得太明显了，很快大家都注意到他总喜欢追着她跑了，于是那些唯恐天下不乱的人纷纷开起了玩笑。

这些男人八卦起来也是要命着呢，还调侃地问还少航是不是忽然改喜欢男人了，不然干吗好好的追着刘娅楠转啊。

还少航居然还能很正经地跟人解释："没有，我还是喜欢女人，只是不知道为什么就是很喜欢他。"

刘娅楠一个头两个大，她就在旁边呢！这么不要脸的话能不能不要当着当事人说哇！哪怕是玩笑也请注意点别人的感受啊！

可是不管她怎么生气，都架不住还少航没脸没皮，只要见到她，还少航那绝对正统的五官，立刻扭曲了走形了，就跟会开花一样，瞬间变得眉开眼笑嬉皮笑脸起来。

不知道怎么的刘娅楠就觉得他这个人可像那种浪子型的流氓了，天生的荷尔蒙爆棚，喜欢在女人面前卖弄。

不过这个还少航别看长得一般般，笑起来却很有味道，有那么点痞痞的感觉。

不管是坏坏地笑，还是故意做出俏皮的样子眨眼，都跟挑逗一样。

刘娅楠有好几次都被他逗弄得心跳扑通扑通的，倒不是动心，就是跟被调戏了一样，又不能明目张胆地骂他。

连还少航周围的人都觉得他的行为反常，纷纷说他虽然是个怪胎，可绝对没有对男人着迷的可能啊，今儿这是犯了什么魔障了。

听还少航身边的人议论，他之前还考虑过做手术呢，说要把那根烦恼根去掉，然后去寻找宇宙的真谛，可自从遇到刘娅楠后，连提都没提过了。

再加上还少航很喜欢凑到她跟前来闻她身上的味，渐渐地刘娅楠也有点纳过闷来了，都说生物界里可以通过嗅觉区分雌雄，男女的体味肯定也是有区别的，只是现在还有鼻子这么灵的人吗？只靠鼻子就能闻出她是女人？

这下刘娅楠可真是怕了这个人了，对方明明在她面前表现得像个白痴，可是该机灵的时候一次也没有落下。

上次她拿了一堆盘子，本来还烦还少航跟进跟出的呢，结果脚下一滑刚要摔倒，就被他一把给扯住了。

那些从手里滑出去的盘子也一个没少地被他接住了。

这么一想，刘娅楠就担心起来，这个还少航她是瞧不上，可是这人吧，接触得多了，就会觉得有点不对头，像是打拳击的那个“野兽”，可怕是可怕，可那是一眼就能望到底的。

这个还少航不一样，别看他嘻嘻哈哈的，脾气也好，这么久以来，从未见他跟谁闹过不快，可是吧，刘娅楠就是觉得他挺瘆人的。

倒不是他会吓唬自己，或者打她，而是这个人看上去粗，可其实内里很有东西。刘娅楠私下留意过他，平时嘻嘻哈哈的，跟大家开玩笑也百无禁忌，可她发现，他不管看上去多么开心多么爽朗，却从未说错过一句话。

这个就太难得了，人在兴奋得手舞足蹈的时候，很容易顺嘴就多说两句，但还少航就不会。他所有的玩笑都是适可而止，既不会让人觉得他不好亲近，也不会把玩笑开过。厨房里的人还都很喜欢他，说起他来，每次都是还少航这人没心眼……

刘娅楠挺忌讳这个人的，她总觉得他就跟个假寐的老虎似的，谁知道什么时候就把吃人的牙齿露出来了。为了不让事态恶化，她闲着没事的时候就琢磨对策，最后还真让她给琢磨了出来。

等回住所的时候，她二话不说捏着鼻子拣了几双袜子，跟这么多男人同住的好处就是随时被臭袜子臭衣服包围着，渐渐地嗅觉都要迟钝了，她估计自己都已经练到天下无臭的境界了。

所以她忍着恶心把臭袜子塞在衣服内，倒是没被那股子恶臭给熏倒。她早就觉着自己的裤子不如其他男人的鼓了，现在她特意在内裤的位置塞了这么一双袜子，只是那么恶心的袜子，她怎么也狠不下心直接贴身塞着，就隔着内裤那么随便一放。

等再见到还少航的时候，刘娅楠发现他看向自己的表情变得复杂起来，鼻子跟不甘心似的，还在不断嗅着，围着她嗅味道的样子，就跟失魂落魄的大尾巴狼似的。明明他的样子滑稽得很，可是刘娅楠一点也笑不出来。因为缺德的还少航已经揪起她的脖领子往她衣服里嗅了。

不过很快他就遭了报应，被妩媚他们的袜子熏得差点没昏过去。

从那后还少航终于消停下来，每次都孤零零地蹲在角落，看到她的时候，就可怜巴巴的，想要过来又很踌躇，还有段距离呢，就已经在抽鼻子了。

那副样子，不知道怎么的就让她联想起了她曾经养过的那只大笨狗，傻乎乎的，歪着头的时候更是傻得可以突破天际了。

只是这边刚处理好，就又有别的事情发生了。

她最近一段时间都没怎么见过小田七，等再去图书馆的时候，就看到小田七脸上的皮肤在溃烂，那样子，刘娅楠都不敢直视了，就跟恐怖片里的场景似的。

小田七表现得倒是很平静，一副看破世事，不在乎生死的样子，哪里会是个十多岁的孩子该有的。

倒是刘娅楠在那儿大呼小叫："你不疼吗，这个你怎么受得了，那你睡觉呢，还是靠着水吗？你皮肤成这样了，你得去看啊……"

他仍旧无动于衷的，不是消极应对，是没有别的办法。

最后等刘娅楠激动地说完那些话，他才淡淡地带着无奈表情解释着："是实验出了问题，治疗白化病的药副作用太大了。"

"那停药呢，这个那些药厂要管的吧，这么厉害的副作用……"刘娅楠急急地说着。

可不管她多着急，小田七都只是带着歉意地冲她笑，最后还温和地回一句："对不起，我让你难过了。"

刘娅楠终于说不下去了，她在这个地方待了这么久，怎么能不明白呢，像他们这样的穷人，在那些人眼里，只是生命的缓冲地带，死不死活不活的都不是什么值得关注的事儿。

可是面对这样的孩子，又很难不动容，就算再不想多管闲事，像田七这么可怜的该帮也得帮一把。

刘娅楠不懂他这个药的副作用会有多大，她小时候吃海鲜吃多了过敏过，那时候身上又痒又疼的很难受，她记得她有吃扑尔敏，可是这个世界哪里去找扑尔敏？再说食品过敏跟这种药物的副作用肯定不一样。

只是不管她会不会，都不能再让田七一个人待着了，这么小的孩子再成熟，也得有个人照顾！

她二话不说就把小田七领回了自己的住所。养育楼那么恶劣的条件，小田七的皮肤不恶化才怪呢。

她找出干爽的床单重新铺在床上，为了防止他的皮肤继续恶化，还找了一些棉花跟消毒药水。

尝试着在最厉害的几个地方给他擦擦看，虽然买药的时候，卖药的告诉她这个直接涂到伤口上会疼，可是都到这会儿了，哪里还顾得了。

她咬着牙，很怕小田七会疼得受不了，就让小田七抓着被套，要疼的话喊出来也没关系。结果小田七别说疼得叫了，连被单都没扯，只是表情平静地看着她的眼睛。

刘娅楠觉得奇怪，维持着碰着小田七脸的动作，小心翼翼地问他："没事儿吧？"

"没事的。"小田七浅浅地笑着，那副安静从容的样子，真的一点点都不像个孩子。

这下刘娅楠更难过起来。

等再去帮厨的时候，她就想弄点蛋白质和胶原蛋白给小田七补补，像是猪皮那些，都说吃什么补什么嘛，没准小田七多吃点就会好了呢。

反正她是刷碗的嘛，那些客人没吃完的肉皮啊鸡蛋的，有些压根没动就又端了回来，这个时候就别嫌弃这个嫌弃那个的了，热一热消消毒不是一样吃嘛。

她想得挺好的，等再有那种整盘端下来的，她就找了袋子打包。

赶巧那天还少航也没在，她正乐得清闲呢，就遇到监察小组的抽查来了。

其实这个酒店一直这样，隔三岔五就会有监察小组的过来看看，大多数时间是看看盘子刷没刷干净，有没有及时送到消毒室去。

刘娅楠自认为自己做得还是蛮不错的，她把盘子都晾了出来。只是那些监察组的人显然对她的盘子不那么感兴趣，统一注意到了她放在台子下面的塑料袋。

刘娅楠这才想起那里还有自己打包的剩菜呢，因为害怕有误会出现，她才赶紧解释："哦，不好意思啊，那是我今天打包的剩菜。我看着都是整只整只的鸡端出来，还有那些肉都蛮可惜的，我就……"

话还没说完呢，她就吓得闭上了嘴巴，那些监察组的表情忽然都变了，就跟她犯了多大错一样，很快就有人过来拉扯她了。

刘娅楠被那场景吓到了，试图辩解着：“这个没什么的吧，你们可以打开检查的。对了，有人可以为我作证的，这些菜都是从前面端回来的，真不是我偷的，都是那些客人不吃的剩菜，我觉得扔在垃圾桶里也是浪费了，还不如……”

监察组的人很快打断了她的话：“酒店里的东西都不准拿回去的，你不知道吗？就算是客人不要的，也只能扔在垃圾桶里，你的行为已经严重违规了！”

说完那人就吩咐着左右的人：“把他带出去移送警察局。”

天下还有这么倒霉的事儿，刘娅楠简直都要疯掉了。

她最怕招事了，平时一步都不敢多走，这个时候却莫名其妙地把自己弄到了警察局里。

可是她也很冤啊，进到酒店帮厨的时候，那些培训的压根没有提过剩饭不能带出去的，现在却告诉她，哪怕是剩饭，如果想带走的话，也等同于偷。

她的脑回路真的转不过来，不管是从小到大的环境，还是她受过的教育，都没有这个道理啊，就算是触犯了行业的规矩，在酒店内部处理处理就好了，有必要送警察局吗？

可是她嘴皮都要磨破了，不管她怎么诚恳地承认错误，怎么愿意赔偿损失，虽然在她看来压根就没什么损失，她还是被人硬拉扯着送到了酒店隔壁的警察局。

那个地方她每次去酒店的时候都会路过，门口大大的，里面摆放着很多警车，酒店里还经常会有一些警察过来吃吃喝喝的，只是她做梦都没想到自己也有进去的一天。

等进去后，她整个人都被吓傻了，奉公守法了这么多年，她做梦都没想到自己会因为这么个事儿进来。

倒是接收她的那个警察嘀嘀咕咕的，就跟抱怨似的，跟酒店的人说：“你们真是添乱，现在的人都怎么了，有事没事就把我们这儿当垃圾回收站，今天这都第几个了，有完没完啊？”

刘娅楠这下赶紧委屈地说道：“那能不能私了？像我这样的情况就不要浪费警力了……”

可是接待的小警察瞥都没瞥她，直接握着她的手指按了个手印，然

后就叫人把她送去禁闭室，先关一晚上，明天才会有人审查她。

刘娅楠还想抵抗一下的，求着押送她的人："拜托，让我通知下朋友，这个能保释吗？我想找人……"

可那个押送的人压根不理她，直接按着她的头就把她塞到了一个小黑屋里。

小黑屋的空间很小，而且没有窗户，一进去就一股子发霉的味道，刘娅楠都吓傻了。这个地方别看小，可是挤满了人，而且也是该着她倒霉，她进去得很不是时候，正好有一群人围着一个人一通拳打脚踢，同时骂骂咧咧的。

被打的人显然也不是什么善茬，居然在被这么多人闷揍的时候，还能毫不在乎地笑出来，就是那个笑声很瘆人，就跟嘲讽一样，于是很快又被人加倍打了回去。

渐渐地那个人不笑了，刘娅楠听着那些声音都觉得头皮发麻。

那个被打的人要不要那么倔强啊，都这个份上了还不知道求饶。

她吓得缩在墙角里。

后来那些打人的家伙终于停了下来，到这个时候刘娅楠才看到被打的家伙什么样，不过那人的脸已经被打得青一块紫一块的了，上面还有血迹。

等打人的那些都退开后，他慢慢地扶着墙壁站了起来。

明明身形都在晃动，可还跟找死似的往地上吐了一口带血的唾沫，嘴角微挑，对那些混子挑衅着："你们这是给爷挠痒痒呢，还是没吃饭啊？"

没有窗子的空间，只有头顶一个昏黄的灯泡照着下方。

刘娅楠不知道怎么的就对上了那双眼睛，没有情绪、空洞洞的一双眼睛，可是那人在笑，让人毛骨悚然地笑着。明明他刚刚被人打得那么狠，明明这个人一点威胁都没有，可是刘娅楠在对上那双眼睛的时候，还是跟有中电似的，心脏瞬间缩紧了。

打人可以让人感觉到疼，可是如果对方不在乎的话，疼就没有了意义。

这是个连自己的身体都不在乎的家伙，而且一点理智都没有。

但凡有点脑子也该知道，这个时候是不能再刺激那些混子的。

果然很快那些混子又被他激了起来。

"想当爷们是吧？"那些混子就跟想到什么恶劣的事似的，忽然都

哄笑起来，下一刻那人又被围攻起来。

刘娅楠都怀疑那人要被打死了，只是那些混子只打了那人几下就停了下来，然后扯着那人的衣服要把他捆起来。

这个不是要让她目睹什么凶杀案吧？

那她以后还睡不睡觉了。

她正怕着呢，那些混子忽然视线一转，纷纷看向了她。

她隐隐约约听见他们刚才好像在商量什么似的，在商量的间歇，好像还笑了两声。

现在他们统一地看向她，她当下连呼吸都忘了，很快就有一个混子过来扯住了她的头发，硬将她往包围圈里扯。

这个……怎么忽然找上她了？

刘娅楠吓得连话都不敢说，禁闭室这种极端的环境，什么事都可能发生，她很怕拉扯的时候，对方会发现自己是女人……

她吓得跟筛糠似的，抖得牙齿都在打架，胳膊更是不自觉地抱住了胸部。

结果下一刻她就呆住了，那些人并没有怎么她，而是把她扯到了那个被揍的小子那里，按着她的头去贴近那个人。

一边按她还一边吩咐着："快，给我好好教训教训这个小子……"

刘娅楠哎了一声，等再睁眼看的时候，就见被揍的小子不知道什么时候已经被人扒光了！

虽然那人脸上跟开了染坊一样，不是青就是紫，要不就是血迹，可是这个身材，干吗要给她特写啊！她还是大姑娘呢！

她吓得一动不敢动，那些人却在不断催促着她，甚至还有人踹了她的屁股一脚，威胁着："快点！"

刘娅楠眨了眨眼睛，一时间没反应过来。

很快又有人冲着她的屁股去了一脚，催促着："叫你上你就上，你磨蹭什么？"

刘娅楠简直吓惨了，这时才反应过来，原来这些混子是想出这么个损招来折磨这个人啊！

她吓得都不知道说什么好了，只哆哆嗦嗦地说："我、我不……"

可是那些人压根不给她机会，推搡着她，在她身后威胁着："你找打是吧？快亮家伙！"

刘娅楠都要吓哭了，她那是袜子啊！可是不亮的话，那些等着看好戏的混子，已经要过来帮她了！

到这个地步，刘娅楠已经顾不上别的了，不是她糟践这个人，就是她被这些人糟践！

这么想的话，刘娅楠把心一横，还是由她来吧，虽然在这个事上最吃亏的还是她……

因为有等不及的混子要扯她的腰带，这下刘娅楠实在没法了，吓得爬到了那人身上，这样至少可以挡住那些混子的手。

只是她刚压在那人身上，就感觉到对方的身体一僵。

其实她很理解对方的感受，被同性用言辞侮辱，还要被她这样糟践，是个男人就忍不了……

可是都到这份上了，刘娅楠默默地想，大哥啊！其实你是中彩票了好哇！

她深吸口气，忍着各种不适，无奈地低下头，对方的手脚都被衣服捆绑了起来，她以为他怎么也要试图挣扎几下意思意思。

结果对方压根没有反抗，只是看着她，之前还死水微澜的眼眸，此时却忽然像被点燃了一般，直直地盯着她，只是那火焰也是没有温度的，目光很冷。

在她试图抚摸他的身体的时候，对方的嘴唇一挑，那副样子就好像在笑，可眼里连一丁点笑意都没有。

“我记住你了。”他说。

在这样的屈辱前，他的表现让刘娅楠觉得意外，一般的人都不会这样的。

就这个人刚才的反应，她真觉得他是个没脑子的莽夫，明明知道自己的话会引起更大的反应，可还是跟找死似的去说。

现在被侮辱了，却又能用这么冷凝的眼神看着她。

这究竟是个什么样的男人啊？

刘娅楠深吸口气，作为这个世上唯一的女人，现在被人逼着对一个男人用强的，她一定是挖了命运他母亲的坟头吧！

她闭上了眼睛，给她个胆子她也不敢去看那人的眼睛了。

不知怎么的，那双眼睛单单那么看着她，就让她心惊肉跳的。

她窘迫地带着歉意靠近那个人，小声地对他说着："对不起……"

嘴唇轻轻地碰触着，她紧张得都忘记了闭上眼睛，所以在靠近的时候，她看进了对方的眼睛，那里面一片冰凉。

她很有分寸的，并没有真的贴上去，但她估计就这个距离，在这个角度，很容易会被错认为她已经亲上去了。

她本来以为随便亲几下摸几把就可以蒙骗过去的。可到后来，她不知道是对方被折腾得太激动了，还是怎么了。明明开始还僵硬的身体，忽然就有了反应！这可就太惊悚了！这人知不知道这是在做什么啊？大哥啊！

刘娅楠简直都要疯了，而且看那人的眼睛，显然也很惊讶自己的表现，原本还冷冰冰的眼神，忽然变化起来，愕然地看着她的脸庞。

刘娅楠躲都没地方躲，她深吸口气，觉得自己简直是圣母光环普照大地了，都这份上了，她居然还能忍着恶心帮对方挡一挡。

好吧，其实这人也是倒霉，没准男人就是这种没有节操的生物！

她都不知道自己怎么熬过这夜的。

心理身体双重受创，最后还要被那些混子挤兑着跟这个人抱在一起。

可是那个人被打得跟块破布一样，她都不知道该怎么抱。

在做了很多恶心得让人头皮发麻的事儿后，只要贴近这个人，她就觉得各种反胃想吐……已经这样了，还能怎么办？

她郁闷地侧过身，这个人太沉了，她压根抱不动，只能侧着身体半搂着对方。最后还是两个混子过来，硬抬起对方的身体压在她身上的。

她差点没被压断气，看着这人不胖，没想到沉成这样，而且这人骨头都是铁板吗，简直硌死人了。

刘娅楠很清楚自己有多软，没办法，女人天生脂肪就是比男的多一些。

所以这些混子还想用这个方式惩罚这个人呢，现在看来简直就是给他找了个软垫。

她从没跟男人这么贴近过，此时被人压在身上，不适的感觉让她很别扭，可是对方又是受害者，刚才还被自己……

虽然这事儿她比窦娥还冤，可是对方受害者的帽子是妥妥地戴上了。

这么忍着过了好一会儿，她真想躲开这人，只是放眼看去，那些混子早已经把禁闭室的各个角落都占下了，没办法，她只能继续忍耐着。

只是不知道是被自己折腾的还是这个人受伤闹的，没多会儿刘娅楠就觉得不对劲，压着自己的人身体好烫，简直就跟发烧了一样。

这人是生病了？

本来就受那么重的伤，又被自己那样这样的，所以现在发烧了？

这么一想刘娅楠就有点别扭了。

她也怕再惹出乱子来，万一这个人就这么发烧烧坏了，到时候一追查，她还要不要活了！

所以她趁着那些混子都睡着的时候，努力扭了下身体，把自己的外套脱了下来，不管对方听不听得到，在帮他披上衣服的时候，她还是小声地说了句："对不起啊……我不想这样的……"

此时，她又一次看到了那人身上的伤。刚才那些伤倒没什么吓人的，无外乎就是青紫，还有一些血迹，然而真正吓人的是他身上原有的那些疤痕。

纵横交错的，简直不能直视，真不知道这个人是怎么活下来的……

她随便一看就能看到那些吓人的疤痕，怪不得这人不把被围殴当回事呢，就这身伤，这人不知道经历过多少生死，估计早已经不在乎了吧。

她也不知道该说点什么好，就这么过了一晚上，终于熬到了白天。大概是刚刚天亮，便听到了门被打开的声音，而后有一个小警察在门外叫着她的名字。

她抱了那人一晚上，这个时候手脚都麻木了，站起来的时候差点没摔倒，等她颤巍巍地站起来，刚往外走就见在外面早已经有人等着她了。

她有些意外，因为她没想到还少航会过来，此时的他正笑眯眯地跟警察局的人聊着什么。

她见多了还少航跟人呼朋唤友的样子，倒是不怎么惊讶，只是以前很讨厌还少航的，没想到到了这种时候，会是这个人过来救自己，一时间心情很复杂。

还少航的装扮跟往常不大一样，平时大大咧咧的人，不知道怎么的今天鼻梁上却架着一副眼镜，镜片是淡绿色的。这样的还少航有点奇怪，跟他平日的形象也不大像，她总觉得哪里有古怪。

刘娅楠纳闷地看了还少航一眼，他倒是什么表示都没有，见到她后，也没开口说什么，依旧是那副漫不经心的开朗样子，拿着笔简单地填写着那些资料，等填写完后，他才把眼镜拿下来。

两人出去的时候，还少航什么话也没说。

刘娅楠觉得自己得说点什么才好，她断断续续地把自己拿剩菜的事儿说了出来。

还少航哦了一声也没多问。

刘娅楠觉得奇怪，不过很快她就想明白了，还少航是个心很大的人，而且对男的来说进个警局待一晚上也不算什么，只有她才会觉得是天大的事儿。

后来还少航主动说起了眼镜的事儿："看我戴防护镜吓到了吧，这是去年受的伤，在航行的时候出了点意外，被强光晃到了眼睛，医生让我在家休养一年。那时候好像瞎子一样，不过我嫌那个麻烦，再说不戴眼镜的话，正好可以锻炼自己的嗅觉跟听力，可最近我的视力已经恢复得很好了，就连医生都觉得我恢复力好得惊人。"

刘娅楠挺意外的，没想到他还是个伤残人士，可是跟他接触这么久，她真没察觉到他眼睛不行的。

现在回想起来，第一次见他的时候，他会贴那个烤箱那么近，看自己弄蛋糕的时候更是贴过来，还有总喜欢围着她，大概都是他眼睛看不太清楚的缘故？

他们正在路上走着，忽然看见一队车队冲了过来，吓得刘娅楠赶紧躲开。

那些车速度很快，就跟行军一样冲了过去。

刘娅楠心烦意乱的也没在意，倒是还少航歪着脑袋嘀咕："这些羌家军来这里干吗？"

刘娅楠也没往心里去，什么葱啊姜的，一点都不会引起她的注意。

她现在心乱如麻，简直自我厌恶到了极点。

她知道自己该好好谢谢还少航的，可是她真没有那个精力了。跟还少航告辞后，她一回到住处，先找了个脸盆，好好地洗了洗自己，随后又把手洗了好几次，这才终于不觉得那么恶心了。

只是这次的事还有个后遗症，因为严重违纪，她失去了酒店的帮厨身份。虽然还少航说可以帮她说说让她继续去，可她实在是怕了那种地方，随便带点剩菜就被送去警局，谁知道以后还会出什么幺蛾子啊，她索性哪儿都不去了。

等她告诉妩媚他们的时候，他们倒是表现平平，好像对这些男人来

说进出警局都不算大事，甚至还鼓励她不要被这么点小事吓倒，能去还是坚持去。只有小田七宽慰她，让她别再去了。

刘娅楠是真被吓破胆子了，她吃多少苦受多少累都能抗住，可是那种事儿，她的承受力真是太有限了。

她又退缩到了最初的心态，哪里都不敢去，一句话也不敢多说，每天都老实巴交地活着，生怕会出一点点差池。这段时间小田七也需要人照顾，索性她就在家里照顾着他了。

其实小田七很乖的，她顶多照顾照顾他，具体能帮他的事儿她做得很少，反倒是因为小田七的到来，把他们这个猪圈样的地方给改变了。

不管小田七身体舒不舒服，他都在努力干活，努力为周围的人减轻负担。

刘娅楠看在眼里，更是心疼起这个乖巧的孩子了。她努力照顾着小田七，把最干爽的床单被子都留给他用。

白天的时候，她就跟小田七在一起，晚上则继续干着没什么油水的坐台工作。

那天赶上缪臣带着朋友过来喝酒。她早习惯了这样的情形，一动不动地坐在沙发上陪着，缪臣他们也不唱歌，最近总喜欢看屏幕上的新闻，就是不知道最近出什么事儿了，乱哄哄的，似乎是有什么很厉害的花边新闻。

刘娅楠有一搭没一搭地看着，她现在特别庆幸自己是女人的事没暴露出去，她才发现自己在那种事上的承受力很低。就那样没实质性的事，她都觉得跟遇到了灭顶之灾似的。

这要是被人发现她是女人，再被人扒光了研究，估计她直接就抹脖子死了算了。

此时她闲得无聊，就听缪臣他们议论的内容。

“这个羌然这次又搞什么了？”

“好像是什么侵犯丑闻吧。”

“他不是天下第一直男吗，当年有幸运者暗恋他，在幸运者广场做了他的半裸雕塑，他二话不说直接拿炮给人轰了，搞得市政大厅的人跑去跟他理论，他见都不见直接回了一个滚字，这样的人也会侵犯别人？”

显然这个羌然是个话题人物，一有人挑起话头来，那些八卦就没完了，连一旁的刘娅楠都被那个人的八卦给镇住了。

那人简直就是个神经病嘛！买下富人区最贵的地皮什么都不做，在群楼环绕中，就那么荒着，最后不知道为什么又抽疯地找人挖了个水塘，在那里天天拿根鱼竿玩垂钓，玩了一个月不想玩了，又叫人把水塘填上开始种花种草。听说他跟市政厅有争执就买下几家媒体，天天追着市政厅找毛病，边拍边骂，搞得市政厅的人一听见他的名字就脑袋疼。

刘娅楠听了都觉得不可思议，这个世上真有这号神经病的吗？

可都神经成这样了，居然还可以胡闹，而没有把自己整破产吗？

她忍不住问道："这个人既然折腾得那么厉害，怎么还不破产啊？"

"离破产还远呢，要不是他自己胡作非为，那几大家族也许压根不会出现呢，当年他可是跟侯爷齐名的大人物。那几大家族都是几千个克隆人里挑选一个当继承人，或者是在自己还在的时候就开始培养继承人，这样才能不断发展壮大，基因也在不断优化。唯独这个羌然吧，太任意妄为了，每次只克隆一个，而且从不优化，也从不教养，就那么放任着，每一个都还叫原来的名字。你想啊，只有一个继承人自然就没得选了，好坏都是他，又不好好教育，那结果可想而知。遇到好的自然是不错，可遇到不上进的，立刻成了败家子。再加上羌然的基因本身就不适合和平年代，他是天生的好战分子，所以后几代的羌家首领就跟个没头苍蝇似的，什么荒唐事都敢做，什么乱子都敢惹。据说上一代羌家首领，还偷过夏娃，后来联邦政府亲自出面跟他谈判。对了，'女人世界'的展览每月都会休息一天，对外说是需要休养，其实就是把时间让给他了，可是这些年折腾下来，当年的一代霸主，混成了现在的流氓头子。"

缪臣也跟着插话道："其实他这样的变化也是没办法的，他是那种开疆拓土型的人，当年就有人预言这类人会消亡，上一代羌然只活到二十九岁吧，这一代的估计这几年到头了。"

其他的人也附和着："是啊，开拓者最倒霉了，历尽千辛万苦，远征回来想要跟爱人共度余生，却发现压根找不到爱人……就连自己的成就都没人分享，于是自我放逐堕落……"

"说起来还是侯爷的基因厉害。"其他的人想起什么似的说着，"简直就是基因的升级版，每次都会更加完善一些，只是不知道这次他会以什么形式出现。要是他能进化出可以不需要女人的基因就好了，这样也省得那些幸运者总搬出种族灭绝论恶心咱们。"

刘娅楠一边听着缪臣他们的八卦一边盯着电视。

就听主持人不急不缓地播报着：“一直负面消息不断的羌然现又被曝出侵犯丑闻。前日有人爆料，有羌姓男子，在被关入三号警局禁闭室时，曾被同室的嫌犯侵犯，随后还有相关视频被散播出来，此事仲裁机关已介入调查。虽然羌氏家族的公关部门声称这是一起恶作剧，画面中的并非羌然本人，可昨日仲裁机关依然例行发出了传唤令，希望羌然能协助调查。目前羌然本人并未发表任何声明，本台将跟踪报道……”

然后昏暗不明的画面被播放了出来，一个很瘦弱的人正趴在一个男人身上不断动作着……

刘娅楠张了张嘴巴，就听缪臣他们在旁边议论：“这应该不是真的，要真有那么个人，肯定早被羌大流氓大卸八块了，还用得着仲裁机关介入调查？”

对于一个侵犯了世上第一好斗男的女人来说，她压力好大啊！

刘娅楠觉得脑袋都不是自己的了，自己像在做梦似的。

不过缪臣他们普遍认为这事是瞎传的，一个可以单手劈死奥德的人能被那么瘦小的人给侵犯了，那其他男人还活不活了？

刘娅楠心烦意乱地听着，她也不懂什么是奥德，不过听缪臣他们形容的，好像是蛮厉害的一种东西，这个羌然简直就跟个异星怪物似的，武力值爆表。

听到最后她都有些动摇了，忍不住又看了眼电视。没准真是弄错了呢，那么厉害的人被那么几个混混就打倒了然后捆上让她侵犯吗？

就跟介绍事件背景一样，很快电视画面一转，又有新的照片被放了出来。

照片里的人，脸隐在一片阴影下，晦暗不明的眼眸冷冰冰的。

那是非常出色的一张脸，在全身照里，照片上的人修长的手指轻轻地放在一把装饰用的手杖上，没有刻意摆出什么姿势表情，可是气宇非凡这样夸张的形容词，放在这样的人身上一点都不会过分。

刘娅楠看得有些入神，总觉得那个人的眼神孤高得很，就像在蔑视这个世间一样。她想起缪臣他们的形容，这个羌然还真是个肆意妄为的家伙，所以对方不会被自己这样那样的，肯定是误会啦！

她正想着呢，忽然听见有人敲包厢的门。

刘娅楠离包厢门最近，她以为是服务员过来打扫卫生，就过去开门了。

结果她把门打开后，进来的却不是什么服务员，而是几个穿着黑色制服的政府工作人员。

领头那人刘娅楠隐约还有点印象，好像是妩媚被撞的时候，代表什么缪彦波过来道歉那个，她一时间有点想不起对方的名字了。

倒是对方很快自我介绍道："你好，我是仲裁院的刑侦人员和疏，请问刘娅楠在吗？"

刘娅楠哎了一声。

其实对方在问话的时候，就已经认出了刘娅楠，见她一副懵懂的样子，和疏很快把公函拿了出来，对她念道："根据《仲裁诉讼法》第三十一条之规定，兹决定由我院侦查人员和疏对居住在 ×× 区的刘娅楠执行拘留。"

念完和疏还把拘留令给刘娅楠出示了下，随后吩咐左右给刘娅楠戴上手铐。

刘娅楠彻底傻眼了，不过有了上一次的经验，她倒也算反应快，回头对缪臣他们喊着："拜托你们告诉我的室友，让他帮我联系……"

她一时间语塞，联系谁？她的父母还是她的朋友？

在这个世界，她没有可以依靠的人，唯一想到的还少航还是个菜贩子。

还少航有没有那个能力先不说，就算是有，那人又凭什么救她啊？

刘娅楠犹豫了下，又把后面的话咽了下去，她沉默地跟着对方往外走。

只是她这次并没有被带到警局，而是上了一辆车，说真的，这么久以来，这还是她第一次坐车。

她以为这里的车都跟她那个世界的一样呢，等看到驾驶座的人压根没有在驾驶，而是车子在自己行驶时她才忽然想到这些人跟妩媚他们那些穷人不一样。

车窗外的画面不断变换着，这车子的车速很快，他们很快就驶离了穷人区。

这是她从未进入过的富人区，平日里只在电视上看过，每次都如同看科幻大片一样，现在身临其境，她却一点兴奋的感觉都没有。

摩天大楼高耸入云，若隐若现，这是跟穷人区完全不同的两个世界。

车子一路开着，在大楼林立的超繁华地段，她意外地看到对面有一块大得出奇的草坪。要说是专门用来给人休闲的也行，可是那草坪整个被围栏拦住了，她有些纳闷。

旁边的和疏适时地告诉她："那是羌然的地方，四周都被他装上了安保设备，只要有人进入，就会立刻被射杀……"

刘娅楠这才想起缪臣他们说的那些八卦，还真有这么一块地。听的时候，她的感触还没这么深，此时车子沿着那块草坪行驶，她才明白这个羌然有多疯狂。

终于到了目的地，刘娅楠跟着下了车。她就跟走进了什么立体电影里一般，"仲裁院"三个大字简单大方地摆在那里。她抬头看了看，有点意外，这里跟之前的警察局比，简直就是超豪华的五星级酒店。

漂亮的自动旋转门，还有超高速的电梯，就是不知道是什么原因，电梯虽然很平稳，可是她的耳朵还是跟被堵住了似的难受，和疏却一点反应都没有，坐电梯就跟呼吸空气一样轻松。她没办法，只能跟缺氧的鱼一样大张着嘴巴，才能缓解耳朵的压力。

电梯在一百七十三层停了下来，她一点准备都没有就被带入了审讯室。

不管这个地方外表有多漂亮多像酒店，可里面该是什么样还是什么样，简单的桌子椅子还有很亮的灯。准备审讯的人已经到了，拿着超薄的电脑做着记录。

刘娅楠心跳得很厉害，她已经不知道该用什么表情去面对这事了。

脑子里不断想着这是要曝光了吧，进到这种地方，随便一搜身她是女人的事就会被发现。

结果很意外的是，那些人并没有搜身也没有把她怎么样，反倒对她的态度很好。

中间和疏还留意到她没有喉结，问她需不需要开一些雌激素过来。

其他人的态度更是跟酒店服务员似的，简直像款待贵宾，还搬了把很舒服的椅子给她坐。

她都怀疑是不是自己是女人的事曝光了，不然这些人的态度哪里像对一个罪犯啊，简直跟对待什么了不起的英雄似的。

她正纳闷的时候，和疏已经开始工作了，他先是拿出几张照片让她辨认。她大概看了看，发现那些人都是之前逼她那什么羌然的混混。

和疏笑着告诉她："本来还以为你也会像他们一样被处理掉，因为等我们找到这些人的时候，他们只剩下这些部位了。"

随后和疏再拿出来的照片，吓得刘娅楠当下从椅子上蹦了起来，照片上是已经辨别不出任何东西的残肢。

和疏倒是很无所谓地说："这种社会垃圾死了倒是没什么好可惜的，反正他们犯的罪真查起来也够死几次的了，就是不明白羌然那种人怎么会独独把你饶了。"那话说得就跟她不该活着似的。

随后和疏又把监控录像放了一遍，经过特殊处理的影片，看上去可比电视上播的那些清楚得多，包括那昏暗灯光下的人脸。

她为对方盖上身体的动作非常清楚，她那时候也没多想。此时看去那画面不知道怎么的，特别暧昧别扭。

到了这个份上，与其等对方一点点地逼问自己，还不如主动承认了，反正事实都在那里摆着呢，刘娅楠一五一十地说道："就是那些人逼着我过去……我很害怕，不过我没有真的怎样他，镜头没拍到的地方，我都是避开的。那个镜头看上去我好像亲到他了，其实只是轻轻蹭了一下……还有，裤子也没有完全褪下去……真实发生的事儿跟监控里录的其实是不一样的……"

自己怎么进的警察局，又怎么被人恶作剧地推到羌然身上，然后被逼着做出哪些事儿的。

虽然她是加害者，可是让她把当时的情景用语言详细描述一遍，简直能要了她的命。

偏偏她只要有记不太清楚的地方就被要求再重复一遍。

她也不知道是不是自己想太多了，她总觉得审讯这些事儿的人，在听她叙述的时候，各个都是一副兴奋的表情，就跟围观八卦一样……

在一个拿了剩饭都算犯罪的地方，现在对她却是意外的宽容，中间还有人给她倒水，问她饿不饿。她心里隐约觉得这事挺蹊跷的。

再来她也是好奇，那个羌然既然武力值很高，怎么会进到那种地方被自己这样那样……

后来她便将心中所想问出口，当她看到和疏回答她问题时，那幸灾乐祸的表情，她就知道这事肯定有问题，和疏说："因为巴特勒。前段时间进出口局才发表声明不允许走私进口巴特勒，因为那东西有很强的致幻成分，在开花的时候尤其厉害，结果羌然不知道怎么想的，法令刚

出台就走私了十株……等开花的时候，那效果就跟吸食了致幻剂一样……”

所以才跟吸食了毒品一样到处乱跑，然后被人当做吸毒的人抓到了禁闭室里。然后又稀里糊涂地被自己这样那样……

刘娅楠听了都挺无语的，她之前还乱猜了一些原因呢，什么虎落平阳被犬欺，被家族内的人陷害，现在看来，这个羌然简直就是吃饱撑的啊！

然而她心里总有些惴惴不安，虽说她被送到禁闭室的时候，和疏很轻松地对她说，像她这种被胁迫的从犯，只要受害人不追究的话，一般是缓刑，还说她这种情况就算被追究也不太严重，顶多一两年就出来了。

可她总觉得不对头，这些仲裁院的人不是该站在受害者一方处罚他们这些犯人的吗？怎么现在倒好像是站在她这一边的？

果然没几天她就知道问题出在哪儿了。

同样是禁闭室，可显然仲裁院的禁闭室要比警察局高级了不止一个级别，每个人都有单间单独的卫生间就算了，在房间里还有一个小小的电视，可以随时看到外面的新闻。

刘娅楠那天打开电视的时候，就看到这样的一组新闻。

镜头上的人虽说被打了马赛克，可她还是一眼就认出了那是自己。

画面中被打着马赛克的人紧张地复述着：“那些人就逼我上去，让我用手摸他……然后，让我握住他的……”

审判员刨根问底地问道：“请用具体的词说明。”

“男人的东西……”

“男人的东西多了，具体名称是什么，说明白一点。”

“就是……男人的东西……”

一旁的和疏板着面孔，嘴角却隐含笑意地提醒着：“是 ××× 吗？”

“是……”

看电视的刘娅楠倒吸了口冷气，嘴巴更是惊得都忘了合上。

这些播出的内容显然是有选择性的，后面自己复述的那些错位没有碰到对方的话都没有播放出来，倒是她道歉的话播了出来。

什么我真的很后悔，我并不想伤害他，如果能见到他本人的话……

如果单单看新闻内容的话，很容易让人误会那晚究竟发生了什么。

这断章取义得也太可恨了！

再迟钝她也明白这是怎么个情况了。

缪臣他们也都说过的，这个羌然不知道得罪了多少人，平时无法无天的，估计仲裁院这种地方，羌然也是不放在眼里的。

所以，第一好斗男人被她这种人侵犯，还有比这个更丢羌然面子的事吗！

一想明白这个道理，刘娅楠就傻眼了，所以那些仲裁院的人才对她客客气气的，所以羌然才始终不肯回应，公关部门也是死不承认，因为这种事儿压根不能承认！可是她什么都承认都说了。

一想起那些混子被鱼吃得乱七八糟的尸体，刘娅楠头皮都在发紧。

她不会就是下一个被喂鱼的吧？她吓得晚上都不敢睡了，失眠就算了，胃口还变得不好起来，每天看见饭菜一点胃口都没有，脑子里总浮现那些恐怖的事儿，被人踩着脖子说你去死吧。

就这么心惊肉跳地等了几天，那天刘娅楠终于等到了结果。

等和疏来提她的时候，她整个人跟鬼似的，俩大黑眼圈就算了，头好几天没梳，脸更是没心情洗，那副样子换谁见了都会觉得她跟个要饭的似的。

她也不知道自己会被怎么处置，和疏也什么都不对她讲，她耷拉着脑袋一路走着，可等到了地方后，她才发现这里不是什么正规的审判庭，倒是像个会议室。

只是里面敌我分明，一边坐着她跟和疏他们，一边坐着……羌然！

虽然他们之间隔着一条长桌，刘娅楠还是觉得羌然比之前在照片上见到的惊艳多了，那张面孔简直完美。

所以说优化基因那些，第一代羌然肯定也是觉得没那个必要吧！毕竟任谁长这么一张面孔都会觉得没什么需要改进的地方。

可是不管对方长什么样，刘娅楠心里都明白，这是个能把人喂鱼的家伙。

她紧张地坐下，不敢发出一点声音。

只是很快场面就变得嘈杂起来，先是羌然那边的律师跟这边的和疏理论着什么。然后两边就跟约好了似的开始乱斗，男人要吵起来也跟菜市场大妈一样没完没了，那乱哄哄的声音，也是够让人受不了的。

羌然这边的代理人认为这事完全就是污蔑，和疏则坚持认为自己是秉公办理，要为被侵犯的羌然讨回公道，还要作为典型案例，写入法典，永远记录下来！

然后羌然那边的人怒不可遏地吼了出来，什么让你们的头子缪彦波滚出来，有本事单挑之类的。不知道的还以为羌然这边是要被严惩的罪犯呢。

两边争得脸红脖子粗的也没争出个结果。

刘娅楠大气不敢出地坐在那里，头更是连抬都不敢抬的。

人们口中的好战分子、大流氓头子，此时就坐在她面前。

虽然她没抬头，可还是看到了那只摆在桌面上的手，没想到这人连手指都长得这么好看……

可此时手指的主人在不耐烦地敲着桌面，木桌被他敲得发出有规律的嗒嗒声……

刘娅楠吓得把身体往后缩了缩，默默地想，对面这个人不耐烦得只看手指就能觉出来。

她现在最后悔的就是自己太乖了，让坐哪儿就坐哪儿，早知道这样的话就该离他远点的。

不过，她忽然想起个事儿来，之前电视上断章取义的那些，她可以对这个人解释解释的吧，不然这个羌然再以为她是跟这些仲裁院的人联手的就麻烦了。

至少她得告诉他，自己也是被牵扯进来身不由己的。

这么一想她努力清了下喉咙，旁边吵闹的声音太大，她又不想让自己的话被那些人听到。

她往那边凑了凑，压低声音，小心翼翼地解释着："对不起啊……电视上演的都不是真的，是那些人故意剪出来的，其实我……"

"你认错人了。"羌然的声音很好听，只是没有温度，就跟在水平面上滑行一样。

刘娅楠顿了顿，下意识地抬头对上了那双墨色的眼睛。

那里面是满满的厌恶，刘娅楠默默无语地又缩了回去，大气不敢出地等着结果。

那头跟菜市场吵架似的男人们终于吵出了个结果，只是挺让人跌破眼镜的。

刘娅楠也不知道那是什么，就听那些人嚷嚷什么测谎仪，好像是想通过那个把整个事件梳理一下，做个定性。

这些人的行动力很快，已经有人开始准备了，房间还是那个房间，所谓的测谎仪也不过就是一台很袖珍的机器。

有一个调试员过来测试了一番，不知道是不是故意的，她发现那个测试仪一点遮掩都没有，就连被测试的人都能看到上面的结果。

既然对方不稀罕隐藏，她好奇地问了一句，那个测试员倒是不避讳这些，回答她说："遇到说谎的话这个仪器就会闪灯警示，不过这种设备太简单了，对某些受过专门训练的人来说是不起作用的，要想取得准确的结果，还是真理林那的仪器更完善一些。"

刘娅楠听这人话里的意思，就跟暗示那个羌然似的。

不过看样子，房间里的所有人都觉得桌子上的袖珍测谎仪测她已经足够了。

屋内的椅子也都被重新排列了一下，原来还是壁垒分明的，现在成了一个半圆形。

刘娅楠先照着调试员的话戴上了耳机似的东西，耳朵里的声音也被放大了一倍。

就听测试员在问她："我先问两个问题调试一下，你回答的时候只要回答是或者不是就行，先听第一个问题，你是女人……"

刘娅楠脑袋一下就大了，张了张嘴巴，最后哆嗦着说了个是字。

等了半天测试员也没等到报警的灯闪，纳闷地从椅子上站了起来，又反复调整了一遍机子。

等再开始的时候，幸好不再问男女的问题了，而是换了天气啊白天黑夜那些来测试，不然她真要被吓死了。

这么反复测试了几遍，没问题后，测试员才对一边的和疏他们点了点头，示意可以开始了。

不过先问问题的倒不是和疏他们，而是羌然带来的人。

刘娅楠一个人就独占了一个桌角，所有人的目光也都在她身上，只有那个羌然离得远远的，就跟个旁观者似的。

羌然带来的人也不客气，直截了当地问道："你侵犯过男人吗？"

"不是。"

测谎仪好好运转着，没有报警。

刘娅楠更是忍不住吐糟，侵犯也没硬件啊，侵什么侵啊！

羌然那边的人就跟有了倚仗般，带着得意口吻又问道："那么这次

的事充其量是个闹剧。”

“是。”

依旧没有报警。

这个结果蛮鼓舞羌然他们那边的，只是高兴了没多久，和疏就过来了，似笑非笑地问刘娅楠：“你觉得羌然的裸体恶心吗？”

刘娅楠知道这是和疏在故意恶心羌然他们呢，她郁闷地回了一个是字。

结果这次话音刚落，报警的灯就闪了两闪。

这下不光是刘娅楠了，就连随口一问的和疏都露出了吃惊的表情，刘娅楠更是张大嘴巴，这个……她明明是很恶心的啊！回家的时候还洗了好几次手，难道是因为现在看到脸了，所以就不那么恶心了？

和疏疑惑地看向刘娅楠，刚刚还无所谓的样子呢，现在不知道怎么就又羞又无奈，脸更是红红的。

和疏这下更觉得不对劲了，犹豫着又问了一句：“你……你很喜欢羌然的外表？”

刘娅楠这次不用看测谎仪都知道答案是什么。

长成那样的男人，很少会有女人不喜欢吧？

这次不光是和疏了，就连羌然那边的人都意外起来。

和疏的眼神当下就亮了，跟知道了什么有趣的事一样，再接再厉地问道：“那你回忆过羌然的裸体吗？”

坏蛋！

就知道不该随便乱测这个测那个的！她能感觉到在和疏问出这句话的时候，所有的人都屏住了呼吸，作为男人要不要这么没下限地八卦啊！

刘娅楠也是豁出去了，就跟要证实自己的清白一样，用力地回答：“不是！”

她应该没有过吧，可该死的警报灯还是臭不要脸地闪了两闪。

于是本来只是想取笑羌然的和疏，此时就跟发现了新大陆般说：“原来是这样，所以那天表面上你是被胁迫的，可其实内心也是很想那么做的吧？不然那些人连打都没打你，你就主动过去了……”

随着和疏的话，周围的人也都一副被解惑的样子，纷纷用异样的眼神看着她。

大哥啊！

刘娅楠欲哭无泪啊！

要不要这么泼人脏水啊！

你在现场不，你在现场不！

等刘娅楠被送回禁闭室的时候，她一直没有勇气打开电视，就跟有预感一样，她知道情况要不好了。

因为测谎还没结束呢，羌然就带着人走了。

她郁闷了一天，不过随后就又想开了，不管是被胁迫的侵犯犯还是主动的侵犯犯，她反正都是有罪的，左右都是那个结果她还有什么好闹心的啊。

现在唯一等着的就是她什么时候会曝光吧。

反正审判的日子一天比一天近了。

大概是沾了羌然不招人待见的光，最近几天和疏蛮照顾她的，本来一次只能会见一个人，结果因为有和疏的招呼，妩媚和小田七她都见到了，就是没有见到还少航，估计他是不想沾惹上麻烦。不过她也没往心里去，那个家伙本来就嘴上跟抹了油似的没一句正经话。

她一直努力屏蔽外面的信息，可自从跟妩媚他们见面后，还是从他们口中知道了一些外界的传言，反正怎么传的都有。

估计这个羌然是真得罪了不少人，有些传得还有鼻子有眼的。

刘娅楠听了几句都觉得脏耳朵，她都想象不出羌然作为当事人得什么心情。

她就纳闷了，就算是打着马赛克，那些人也该知道她细胳膊细腿的吧，自己有那么强壮吗。

妩媚他们也是挺同情她的，可是又忍不住觉得这事让人发笑。

大家平时都混熟了，刘娅楠什么样他们还不清楚嘛，很安静很斯文的一个家伙，就是装女人失败点，不过对人是没得说。

妩媚劝她说："大丈夫能屈能伸，你把心放开，再说你真挺幸运的。据说当初跟你们同一禁闭室的那几个死了都没个全尸，你这样的能活到现在，绝对是对方手下留情，不然就算你在这里，想要你的命一句话的事儿……"

其实大家也是挺奇怪的，现在各种话满天飞，就羌然那号人，怎么反倒一点动静都没有了？说白了就羌然那无法无天的样子，真要把刘娅楠杀了，哪还会有后面的审判啊。

刘娅楠现在倒是什么都想开了，主要是不管她愿不愿意，露馅儿是早晚的了，她算过日子的，“大姨妈”最近几天就该驾临了，到时候她拿什么掩过去？所以当一天和尚撞一天钟，混一天是一天吧。

这么打算着，开庭的日子最终来了，虽然之前被打过招呼，说要去外地庭审。可等和疏带她到飞艇那里的时候，她才发现自己对这个世界的认识还是太少了。

不知道为什么，那么大的一个飞艇，等她进去后才发现里面只有她跟羌然两个人而已。

难道这个是专门运送当事人的？

刘娅楠心里纳闷得很，越来越不明白这种设计是为什么了。嫌犯跟受害人放在一起，那些法庭的人可真放心，就不怕两人在路上掐起来掐死对方？

她不敢靠近羌然，就找了最靠边的位置坐下，羌然自始至终没有抬头看过她。

自从进到飞艇里后，她的脸就火辣辣地烧着，她觉得特别不好意思。一想起测谎时说的那些话，她就想找个地缝钻进去，也没注意到羌然是什么态度，就知道他走得很快，现在想起来一定是被自己恶心走的……

飞艇的速度也没多快，可从飞艇上看富人区，地面的人小得都跟蚂蚁一样。

行驶了一会儿后，渐渐地富人区变得越来越小起来，刘娅楠也不敢乱动，坐在座位上不停看着下面的景色，只觉得一切越来越袖珍。

和疏告诉过她，本来庭审很简单的，可因为羌然的身份特殊，所以开庭的地点要远一些，可她没想到那个地方会远成这样。

到后来她都有点困了，正在打瞌睡的时候，就觉得身体在不断晃动，等她再睁开眼睛的时候，就看见不光是自己在晃动，整个飞艇就跟遇到了气流一样剧烈抖动着。

她吓得哎了一声，刚要站起，身体就重重地摔了出去，几乎是直直地撞击到了飞艇的斜上方，可是刚刚碰到，正以为要碰得很疼呢，身体又反方向地飞了出去，整个人都晕了一下。

她什么都顾不上了，直接抓到了一样东西，那简直就是她的救命稻草，为了不被甩出去，她不管不顾就依附了上去，就跟八爪章鱼一样攀

附在那个东西上面。

随着急速的风声，在巨大的疼痛跟眩晕中，她很快失去了知觉，等再醒过来的时候，她就听见外面是噼里啪啦的雨声。

她的骨头就跟断了一样疼，她深深地呼吸了一口，嘴里有咸咸的味道，她的嘴唇痛痛的，不知道撞到过什么，手臂还本能地抓着那个东西。她稀里糊涂的也不知道自己到底抓的是什么，她下意识地伸手摸了摸，觉着那应该是飞艇上的什么金属框架，结果摸到手里的却不是硬邦邦的金属，而是人的身体。她立刻明白自己刚才搂着的是什么了，她不管不顾抓住的是羌然的腿，然后，她尴尬地赶紧挪开了身体。

黑暗中，她什么也看不清楚，不过在适应了一会儿后她隐隐看到了驾驶舱那边的亮光。她疑心那里还有驾驶员呢，赶紧爬了过去，用力掰开半合着的驾驶舱门。

很快她就看到被挤压坏了的驾驶舱里，只有空空的仪表盘在闪动着，时不时还有火花溅起。

就算不懂这个世界的机器是什么样的，她也一下明白这是飞艇要出问题，万一爆炸可不是闹着玩的。

她赶紧又退回了飞艇内部，嘴里不断叫着："羌然！羌然！驾驶舱有电火花，咱们得赶紧走……"

她以为羌然还躺着呢，结果一转身，就跟看到鬼似的，羌然早不知道什么时候半蹲在那里了。她真怀疑这个羌然刚才一直是醒着的，只是因为自己一直抓着他的腿呢，所以才一动不动的？

不过不管之前两人有什么乱七八糟的恩怨，现在遇到危险了，肯定是要团结在一起去面对的，刘娅楠理所当然地这么想着。

只是他们的处境太不妙了，这个飞艇是半挂在树上的。她往下看了几眼，因为是雨夜，外面黑得厉害，就算有飞艇微弱的灯光，可具体多高，下面是什么环境，一点都不清楚，只能听着外面连绵的雨声，而且最让人害怕的是这个飞艇还不稳，稍微一动就会晃。

她刚才动的那几下飞艇就摇晃得厉害，她吓的趴着都不敢再动了。可不动又不行，她怎么也得想办法从这个飞艇里出去，不然太危险了，这么大的飞艇想也知道不能挂得多牢固，万一爆炸了或者树杈断了呢？

这么一想，她又鼓足勇气去掰舱门。就在做这些的时候，她有点好奇，不明白这个羌然怎么跟傻了一样，按说他应该比自己胆子大吧？

她都敢爬来跑去地看情况，试图打开舱门，他怎么就一点动静都没有呢，难道是撞傻了？

这次的舱门可紧多了，她手脚都上了那门连动都没动。她很不满地扭过头去，喊道：“你过来开下舱门吧，太紧了，我一个人开不了。”

结果她说完后，羌然没有立刻过来，而是过了一两妙才慢慢地靠过来，那样子挺怪的。

刘娅楠也说不出个具体的，就觉得这个羌然不大像这么谨慎胆小的人，她这么爬来爬去就算了，这个人的身手怎么也比自己敏捷吧？

不过很快她就打消了疑虑，自己刚才吃奶的劲都使出来了，那门动都没动，可现在这个羌然只是用手掰着，就跟开罐头似的把那舱门打开了。

她看得清楚，舱门是整个被扭开的，那个缝隙，完全就是被他硬生生掰出来的，这不就是大力王吗？

她很期待地看着羌然，既然他这么厉害，那么第一个下去，爬下树开个路总可以吧？

结果她眼巴巴的眼睛都要瞪酸了，羌然也没有动。

“喂？喂？”刘娅楠这下有点等不及了，着急地催着，“你能爬树吗，我不会，所以你先下去吧？”

可羌然依旧一动不动，这下她纳闷起来，而且很快她就发现问题出在哪儿了。

这个羌然的眼睛平时看着很漂亮，看人的时候不能说是流光溢彩吧，也绝对是非常精神，此时那双眼睛不知道怎么的，变得没精神了，简直跟失明了一样。

她也没多想，当下问道：“喂，你不会是眼睛伤到了吧？还能看见吗？”不然干吗不下去。

可话音刚落，那动作快得刘娅楠都没反应过来，她就觉得脖子一紧，整个人已经被羌然勒住，压在了下面。

羌然靠过来的面孔并不是多么凶狠，相反还是温和的，细细的呼吸拂着她的面孔。

她一时间都迷糊了，不知道这个羌然是要干吗，怎么好好的把她按倒在地，可随后她就觉出不对来。

他的手指虽然不是紧紧抓着她的脖子，可是不知道他是怎么做到的，手指的指腹按着她脖子上的某处，她的大脑就跟缺氧了一样，脖子上虽

然没有剧痛的感觉，可是她的呼吸声音都发不出来。

她吓得挣扎起来，可对方的力气很大。他并没有完全控制她的身体，不管是表情还是动作，都是轻松的，对方并没有因为要掐死她产生任何不适。

人到绝望的时候求生的欲望太强了，她的脚不知道怎么的就钩到了一样东西，她也不知道那是什么，用力地把那个东西踢了出去。

很快失去平衡的飞艇摇晃了下，就失去平衡翻滚着从树上掉了下去。

刘娅楠都不知道自己滚了几圈，直到身体掉在松软的草丛中的时候，她唯一能想到的就是跑！

几乎是刚能站起来她就玩命跑着，跑到精疲力尽整个人瘫软在地上。

她又困又乏，一放松下来，身体的疼痛就显出来了。她渐渐失去了知觉，等听到鸟叫声的时候，她才迷迷糊糊地睁开眼睛，发现自己正躺在原始森林的深处。

枝蔓延伸着，参天的古树就在她身边，她被当下自然的景色惊呆了！脚下的草茂密得可怕，树木遮天蔽日望不到边界。

昨晚她跑得太快，都不知道自己的鞋子掉在哪儿了，现在她怕得很，身上是又冷又潮，还有不少青紫，只要碰到就会疼一下。她努力回想着昨晚的一切，始终不明白羌然为什么要掐她的脖子。

要是为了之前那些乱七八糟的事儿，早在飞艇上就掐了，何苦等到飞艇出事？

她脑袋很乱，唯一能想到的是事发前自己说的那些话，可是又有什么关系呢？

她就问了他一句，他是不是看不见了。这个就值得他掐死她吗？她恍然间明白了什么，是的，就因为那个，就因为他的眼睛看不到了！所以他才想掐死她！因为在他眼里，在极端恶劣的情况下，能威胁到他的反倒是同类的她？天哪，怎样自私的人才能想到这个啊？

她简直都有点无语了，正常人能想到的都该是同舟共济共渡难关的吧？像这种遇到危险的时候，先要防备身边的人的想法，怎么想也不正常啊！

她就知道这个羌然是神经病，果然疯子的思路是正常人无法理解的。

刘娅楠真是无语了，只是在这种密林里乱走也不是办法，她想着冲着太阳的位置走总是没错的。就是不知道怎么的，她走着走着，居然又

回了之前的地方。而且看这个路程，她好像昨天压根没跑多远。

此时的飞艇被摔得七零八落的，最大的那块主体整个扣在一块平地上。

她很怕再遇到羌变态，在树后躲了半天，确定羌然不在后，这才大着胆子走了回去。

估计那瞎子早不知道摸哪儿去了吧？要不就是赶上倒霉从树上掉下来摔死了？要是那样可真是老天开眼了！

她边想边抱着点侥幸心理在飞艇残骸里翻找着，希望能找到点水啊吃的什么。

结果正找着呢，忽然就看到飞艇主体下有一个缝隙。

那缝隙并不大，顶多能伸进去只手臂。

她开始也没注意，可再翻东西的时候，她忽然觉得不对劲儿了，刚才她往那缝隙看的时候，好像里面有东西。

这么一想，她又趴在那儿瞅了瞅。

这一瞅不要紧，等看清楚里面是什么后，她那个解气啊！

该啊！

真是天道有轮回，自己只是掉草丛里了，这个五行缺德的羌然居然好死不死地被扣在这么个地方了，估计是以前地上有个坑，被飞艇盖住了，才露这么个缝隙。

而且也不知道怎么就那么倒霉，羌然就掉在这个坑里，还正好被这个飞艇给扣上了，这不是报应是什么？

刘娅楠当下笑了出来，对着里面的羌然说道：“知道坏事不能做了吧，这个就是现世报？”

羌然倒是没回话，估计心里正后悔呢吧？

刘娅楠也没往心里去，只要他不在外面乱晃害她就成。

她现在可是松了口气，就是还有点担心他会跑出来，毕竟他那么怪力，万一掀开这个飞艇跑出来呢？这么一想她又找了一些石头压在上面。

忙活了半天，她都要饿死了，这才又去附近找东西吃，树林里倒是不缺各种稀奇古怪的玩意，有一些树上结了果子，只是她也摸不准哪些能吃哪些有毒。

最后她琢磨了下，就当废物利用吧，既然有那么个玩意在那儿呢，

她挑些果子扔给他，看他怎么吃，就当试毒也好。

这么一想她凑近那个缝隙，虽然那缝隙不大，不过扔几个果子进去还是没问题的。

里面的羌然倒是没什么表示，大概是眼睛还没好呢，并没有看向她。

她扔进去的果子，羌然都接到了，有一些闻了闻，他就扔了，只有一个他留下吃了起来。

刘娅楠一看，忙把同样的果子也找出来，跟着吃了起来。

哎，味道还真挺不错的。果子还不少呢，这下她开心了，至少有这些野果子吃，暂时是饿不死了，只是一想到自己差点被人掐死，心里总归是有些气愤。

等羌然吃完果子后，她一边咔嚓咔嚓地吃着果子，一边义正词严地教育他说："你刚才为什么要掐我？是觉得你眼睛看不到了，所以我有危险性？"

一回忆起那些事她都想翻白眼，不管他以前被人说得多么多么厉害，可能干出那事的就不能叫个人。

"可你知道吗，我压根没想过害任何人，也不知道你是怎么被教育出来的，或者你压根就是天生的人格败坏，道德沦丧，不过我不是你那样的人。如果我是你的话，我现在就该往你那里面扔东西，砸死你，可是我完全不那么想，因为我有人性……"

她离缝隙远，自以为很安全呢，哪想正说到兴头上，忽然觉着手腕一紧，她整个人都被一股大力拽到了缝隙边。

她刚才说得太兴奋了，都没有留意到羌然不知什么时候把腰带解下来当鞭子使了。

刘娅楠被拉扯着靠近了窄窄的缝隙，羌然的眼睛从下而上看着她。

原本昏暗的眼眸，此时又恢复了以往的样子。

明明大家都这么狼狈，可不明白为什么此时更该狼狈的他没有一点落魄之感，而是淡淡地看着她，看着手腕上的腰带，再看着那个窄小的缝隙。

刘娅楠都觉着自己的神经一跳一跳的。

这是什么武力值啊！要不要这么变态啊！

羌然的表情没什么太大的变化，只是冲她手里的东西勾了勾手指。

刘娅楠很识趣地把手里的果子交了出去。

羌然接过去，倒是不客气，张嘴就咬了一口。

那原本该是很可恶的一个表情，甚至到了这个地步刘娅楠都怀疑在这么近的距离下，羌然会伸出胳膊来掐死自己。

可是羌然没有那么做，而是在吃到果子后浅浅地笑了下，这还是她第一次见到他笑。

刘娅楠都被他笑傻了，不明白他在笑什么。

吃着果子的羌然，这次居然主动松开了手上的腰带。

等束缚一被松开，刘娅楠就倒退了几步，跟躲避什么怪物似的躲开了那个缝隙。

羌然随后却说了一句让她喷血的话："你的屁股受伤了。"

"大姨妈"！

你什么时候不来，非这个时候来！

我不好客的你不知道吗！

她真是要窘死了，脸腾一下就红透了，下意识地转过身，用力拉扯着上衣，就算上衣很宽大，可要挡住也不可能，她都不知道说什么好了，过了好半天才憋出一句："不用你管！"

可是既然那东西来了，她又不能真的不管，不然自己不舒服不说，也怕那么一直流一直流再出问题。

这个地方什么也没有，纪念版卫生巾算是不用想了，她实在没什么可用的，也怕自己受了感染，最后她想起飞艇内的那些垫子来，虽然感觉不怎么卫生，可隔着内裤垫在裤子里总比那么一直流好吧。

她先是手脚冰凉，然后就是肚子疼，出冷汗，再也没有力气动了，最后找了棵树坐下休息。

脑子倒是没闲着，忍不住就琢磨起刚才的事来，那个羌然到底是什么意思啊？刚才他明明有机会杀自己的，却什么都没做，这是想告诉她什么？难道是想告诉她，他武力值爆表，压根不会在意她？所以也没有想杀她的意思？

可是昨天他为什么那副样子啊，眼睛空洞洞的，明明就是一副失明的样子，掐她脖子要说是开玩笑也不可能吧？

正当她百思不得其解的时候，她突然觉得胸口有点冷，她忙想着掩掩衣服，可一低头，她当下就给愣住了。

这个……宽大的囚服不知道什么时候被扯开了。因为衣服很宽大，所以不特别注意的话是瞧不见里面的，可现在她坐着呢，肚皮冲上，所以那个缝隙很快就显了出来，很自然地露出了里面那两团东西。

即便用布条裹了好几圈，可俗话说再小挤挤也总是有的，所以A罩杯硬是挤出了C杯的胸形。

她有点傻眼，脑子飞快地转动着，回忆着昨晚的情形。这个衣服不会是昨晚就扯开了吧？羌然眼睛沉沉的，黝黑黝黑的，不是看不见，而是被自己露出的那什么给闪瞎眼了？

这么一想，她吓得把上衣拢了起来，脑袋更是乱乱的，就常理来说，他要想掐死她的话，她的脖子怎么也不会比飞艇的金属壳硬吧，还能让她胳膊腿乱动地挣扎一番？

可是就算她露了胸部，也犯不着掐她脖子吧？是被她恶心得情绪失控了？可是不对啊，恶心的话怎么还会掐着她的脖子凑近她呢？

她思来想去也闹不明白，唯一能明白的就是对方真要弄死她的话，那么刚才就弄死了，所以，是她想多了吧？但是她又总觉得怪怪的，不知道漏了什么……

现在这种情况，多个朋友总比多个敌人好，不管对方当时是什么意思，羌然既然是当地人，那么在丛林里生活的经验怎么也比她这种菜鸟要多，她想着跟对方和好算了。

一想明白这个，她再次小心翼翼地靠近缝隙那里，对里面的羌然说道："喂！羌然啊，可能咱们中间真有点误会，不过你掐我脖子也是不对的。我也不想深究了，事情过去就过去了，现在这种情况你也看见了，尤其是你现在这样，在坑里肯定哪儿也去不了。我呢，在外面怎么也比你灵活一些，可以摘果子吃啊，可以弄水喝啊，所以咱们合作好不好？只要你帮我辨认食物跟水，我照顾照顾你，这样应该很公平了吧？"

下面的羌然好像是坐着的，她想着只要对方不是傻子，听到这种明显有好处的条件，肯定立刻就答应了。

她等了半天，也没等到答案，她以为对方没听清呢，又把那些话重复了一遍。

结果这次过了好一会儿，才有声音从里面传来。

"我想你搞错了一件事。"对方淡淡地回复着，"需要照顾的是你才对。"

“喂！”刘娅楠真没见过这种人，她可是付出劳动的，还什么她更需要照顾，开什么玩笑，被限制住行动的是他吧？

她生气地说：“什么叫我需要照顾，这个是合作知不知道，就是我付出劳动力，你帮我鉴定指导。要说照顾的话，显然也是我要多照顾你一些啊，毕竟摘果子很累的，还有找水源，谁知道需要走多久啊？”

这次羌然连话都懒得回了。

刘娅楠真没见过这号自以为是的，他以为他老几啊，在这种荒山野岭还搞他那套派头,还以为别人都该让着他啊？他也不看看自己的处境！

刘娅楠嘴里嘀咕了几句不好听的，什么你可别后悔，你要饿了可别怪我不管你那些。

就在她威逼利诱吓唬羌然的时候，她忽然听见树林里有哗哗的声音，有什么在靠近似的。

她起初还狂喜了下，以为是救援的人来了，可等那些东西从附近的灌木丛探出头来的时候，她就知道情况不好了。

几只像是狼的生物靠了过来，虽然个头看上去比狼要小一圈，可是那种野兽的感觉还是让她不寒而栗。

那些东西很快锁定了她，慢慢向她靠拢起来。她注意到那些东西是包围着走过来的，她跑不出去。

她赶紧钻到了飞艇里，可是飞艇是四面漏风的，压根保护不了她，她都要急哭了，虽然知道飞艇里没任何防身的东西，可还是疯了一样翻找着可以防身的武器。

缝隙下的羌然忽然调侃她道：“要不要我照顾你一下？”

这句话倒是提醒了她，她赶紧扑到缝隙那里，也不管是不是病急乱投医了，急急回着：“要要！”

他是这个世界的人，怎么也比她见多识广，万一知道怎么对付那些野兽呢。

“可是……”羌然拉长了尾音，刘娅楠透过缝隙，看到的是一个微微翘起嘴角的可恶男人，不管他长得有多好，说出来的话却让她差点没吐血。

“对不起，我人格败坏，道德基本没有。”

以后还是不叫羌然叫羌小肚鸡肠吧？她之前说的话，现在他也能见缝插针地反过来挖苦她一下，做人要不要这么小心眼啊！什么跟侯爷齐

名的了不起的人物，后来颓废堕落，这个人压根是基因突变出来的吧！

可情况已经越来越不妙了，那些野狼似的东西越来越近，就在她以为没救的时候，下面的羌然忽然收敛了表情，问道："你回答我一个问题，我就救你。"

刘娅楠都吓蒙了，人到这个时候压根没有一点理智可言。

她紧紧抓住缝隙，都要把手指抓出血来，那些狼要是直接把她咬死还行，就怕吃她的时候她还有知觉，所以不管羌然问什么估计她都会回答的。

只是羌然的问题太让她意外了。

"你不是幸运者，为什么还对我有好感？"这是拿测谎仪上的事问她呢。

她还以为那时候他没有在听呢，现在看来他不仅听了还特意琢磨了一番。

可她该怎么回答他啊！适婚年龄的女人看到他这样的面孔，就算不喜欢也会忍不住害羞一下，毕竟那脸有点祸国殃民是吧！

就这么回答他吗？她本能地否决了这个回答，不能这么说。可不说的话一点活命的机会都没有，她豁出去了，为了这么不靠谱的一线希望，她胡乱说道："因为我很欣赏你，我知道你是很厉害的人，虽然没以前那么厉害了，可是还是忍不住心生敬佩、仰慕。对于只能靠装女人生存的我来说，我觉着你生活得很酷，我也想像你一样生活，像个男子汉……"

她完全不知道自己说的是什么，简直是慌不择言地乱说了一气。

她刚说完，那些狼就冲到飞艇前，她只觉得身下一空，整个人就掉了下去。等她再站起来的时候，就看到自己已经在那个坑洞里了，而羌然此时正在拧紧顶上的螺丝呢。

刚刚还跟地板一样稳固的飞艇底部，现在看来显然是可以向上开启的，只是刚才被羌然用螺丝拧上了，所以她踩在上面才跟一整块一样，之前是羌然把螺丝松开了，让她掉了下来。

她张了张嘴，愣了好几秒才回过神来，什么掉下去正好被扣在坑里，压根不会有那么巧的事儿嘛，根本就是这个羌然自己拧开螺丝钻下去的而已。

所以说这个人一早就想好这么做了，因为知道外面的世界很危险，会有各种野兽，所以才躲在下面。倒是她在外面，还以为自己占了多大

的优势呢，不自量力地跟人谈判。

此时那些野狼似的东西也冲到了飞艇内，只是绕了两圈发现撬不动，又在缝隙那里用力刨了刨，也没刨出什么结果后，终于呜呜地走远了。

刘娅楠缩在角落里，等那些野狼离开后，才缓了口气。等危机过后，她很快就发现这个坑洞里的环境还蛮不错的呢，她之前没找到的那整块椅子垫就在这儿铺着呢，而且这坑洞看着也不小，她跟羌然在里面居然一点都不显得挤……

就是不知道头顶的那些螺丝结不结实，她站起来试了试，结果拧都拧不动。这人还真是个怪物，看他刚才拧得那么轻松，她两只手都使上了也不起一点作用。

确认头顶的螺丝没问题后，她又重新坐了回去，只是没多久她就留意到一件事，羌然虽然看上去没什么大碍的样子，可是他腿上有很明显的伤口。在上面的时候，隔着缝隙看不清楚，此时两人都到了坑洞里，可就一目了然了。

他的伤口附近的血迹还不少，看来是伤得不轻。只是他怎么会受伤呢？是昨晚的事儿吗，从上面掉下来的时候摔的？

毕竟不是谁都能像她这么幸运的，会掉到草丛里，明明灌木丛离飞艇还有段距离呢，她简直就跟被保佑了一般。

也真是巧了，她在下落的瞬间，还被什么给撞了一下，虽然那下很疼，可要不是那一下，她估计直接会被拍在地上，就这个硬度，不死也是半条命下去了。

等等！她忽然意识到不对的地方，她之前觉得是飞艇把她撞飞的，可是在下落的时候，飞艇上有什么东西可以撞到她的？

她都不知道自己是怎么萌生的这个念头，不会是在下落的时候，羌然推了自己一把吧？可是她很快又打消了这个念头，不可能的！她这么想就太不要脸了，羌然凭什么那么对她啊？非亲非故的，对方又不是大善人，怎么想也不可能嘛。

她深吸口气，赶紧把那么不靠谱的想法移出了脑海。不过现在羌然救了她一命，不管之前有什么误会，她都不能再计较了，相反她还得努力去报答他呢。现在看到他受伤了，在情理上说，她怎么也要表示下关心。

想好后，刘娅楠客气地问了一句：“你也受伤了，那个……”

“你屁股还在流血……”羌然打断她的话，从一边的地上捡起几片

树叶给她，吩咐着，“擦擦伤口。”

这个不大好擦吧！

她郁闷地接过树叶，闷闷地打听着：“这是……消毒用的吗？”

“是遮挡味道的，血味会招来奥德。”羌然瞥了她一眼。

她估计这是在鄙视她，不过她早被妩媚他们鄙视习惯了，再说她是干了不少蠢事，被人鄙视也是她活该。

她不敢真当着他的面擦什么屁股，再说那地方怎么擦啊，她装装样子，简单地擦了擦后腰的位置。

只是擦了没多会儿，羌然又皱起眉头问道：“你的血还没止住吗？”

她有点呆住了，这个不大好止住吧。

羌然显然已经不耐烦了，不快地催促道：“不想喂奥德的话，就快把血止住！”

第三章

# 横祸

CHAPTER 3

喂！要不要这么过分啊？可是她现在又没法解释这玩意儿为什么不能不流……

正常的伤口差不多也该止血了，有不能止血的伤口她也不能这么活蹦乱跳地跑。

所以到了这步，她只能将小田七的体质硬塞在自己身上，小心翼翼地解释说：“是我体质不好，我争取啊，争取不流”

她很努力地控制着身体，不让自己动，不过那玩意也不是说静止不动就会停下的。

她现在特怕羌然会一时兴起过来看她的伤口，到时候她还活不活了？

幸好羌然懒得理她，而且很快她就不用为这些事烦心了。

不知道是奥德正好路过还是她身上的血气味太大，在临近傍晚的时候，刘娅楠忽然听见外面有很尖锐的叫声，就像是什么在嘶鸣一样。

羌然神色一下变得紧张起来，还做了一个噤声的手势。刘娅楠吓得屏住了呼吸，生怕发出一丝声响。

外面的声音越来越恐怖，她听到了一些攀爬的声音，然后有什么东西进到了飞艇里，他们的上方不时传来爪子摩擦金属的声音。

在缝隙中，她隐隐看到的是一些灵长类的动物，毛发很长，黑色的脚，长长的带着钩一样的爪子。

那些东西可比野狼聪明多了，明明她已经压抑了呼吸，可它们还是寻到了缝隙处，赤红的兽眼顺着缝隙向里窥探着。

她吓得捂住了嘴巴，随后就听到头顶利爪刮擦飞艇的声音。头几下还不怎么明显，等到了后来，她头顶的飞艇已经隐隐有了爪印。

那些野兽的力气真大，这是什么爪子啊，竟然连金属都可以抓破！

那些痕迹凸显出来，金属扭曲变形，然后很快有爪子抓开了金属层。

几乎是同时，她身边的羌然一跃而出，她本来以为羌然受伤了压根动不了，可没想到他的速度竟然可以那么快的。

随着他的跃出，那些野兽都被吸引了过去，她吓得缩在坑洞里，很快就听到外面传来很嘈杂的声音，嘶鸣的兽叫还有各种混乱的声音交杂在一起。

渐渐地天黑了，她不知道为什么那些声音持续得那么久。她想站起来看看，可是她吓得腿都哆嗦成一团了，正在犹豫着要不要鼓起勇气站起来呢。

一个被撕开的兽身被人扔到了坑洞里，她赶紧站了起来，可是又不敢出去。她心想这是羌然在外面跟那些野兽打斗呢，所以才没有野兽冲进来，只是已经很久了，他的体力没问题吗？

不知道过了多久，外面的天色渐渐暗了下来。她终于鼓起勇气哆嗦着向外看去，就见外面空地上，有一个修长的人影。以前看小说里说什么月光如水，她一直以为那是刻意美化的夜景，此时看在眼里的场景，却让她的心瞬间揪紧了。

静谧得诡异的月光，还有在月光照射下，站在那里的人。

那些巨大的猴子似的东西在快速移动着，刘娅楠一下明白这些东西的恐怖了，尖利的爪，还有恐怖的速度，即便是全副武装都不见得能防住。可是羌然比那些东西的速度还快，几乎在它们靠近的瞬间，他单手就能抓住那些兽类，就跟撕开菜叶般把那只靠近的奥德撕成两半扔了出去。

兽类的叫声，尖锐刺耳，血腥的场面，吓得她又缩到了坑洞内。

过了很久那些声音终于弱了下去，可是半天都没有别的动静。

刘娅楠不知道羌然是不是还活着，可是应该没事吧，不然那些怪物早冲过来了，她大着胆子又往外看了几眼。

月夜下的人依旧站在那里，她见过他身上纠结的肌肉，可是只这么看着的话，却并不觉得孤零零站在那里的人有多强壮，可她忽然明白了武夫跟勇者的区别。

地下拳击场的“野兽”可以拧断别人的脖子，那种恐怖让她觉得害怕，可此时站在那里的那个人，她明明之前还觉得他很讨厌很小气，可现在她只剩下心惊。在一片破碎的兽体中，这个人简直就是一柄天然的利器。

只是羌然这是怎么了，半天一动不动的，既然那些野兽已经走了，他怎么也不休息下？

她等了又等，实在是等不下去了，小心翼翼地走了过去。她靠过去的时候，羌然也没什么反应，她迟疑了下，用手轻拍了下羌然的后背，本来想问他那些野兽是不是走了，可随着那一拍下去，羌然居然没有任何回应地倒在了地上。

她吓了一跳，羌然这是怎么了，难道刚才已经死翘了？

她伸手去探他的鼻息，幸好还有呼吸，随后她又摸了摸他的额头，这下她有点明白是怎么回事了。

他的身体好烫。

她一下想起第一次见到他时的样子，当时的他也是在被人殴打后，忽然陷入了昏迷。她不知道这是他自身的一种自我保护，还是他有这个病。

她很怕再有野兽过来，以前的坑洞显然是不能用了，到处都是血，那些奥德既然喜欢寻着血味过来，她很怕这满地的血味会引来更多的怪物。

这么一想，她用力抱着羌然，可是这个家伙太沉了，她压根抱不动，她光抬起他的上半身都累得气喘吁吁的。

她没办法，只好又跳回坑洞找垫子，这次她一小点一小点地移动着羌然，把他移到垫子上。然后她又推又拉的，全身的力气都使上了，连手带脚，有时觉得太吃力她甚至是半爬在地上拽着垫子走的。

把她累得都要虚脱了，才终于扯着垫子把羌然带离了那个地方。

晚上的温度很低，她不明白为什么一直没人找到他们。

她没价值就算了，羌然总归是有手下的吧？那么多人都在干什么啊！

她不敢掉以轻心，羌然的身体跟那夜一样滚烫。她挺担心的，还把所有的垫子都盖在了他身上，可是很快他又在出汗，就跟体温忽然升起来似的，她又吓得掀开些垫子。这么反复了几次，她没办法了，只好用身体去温暖他。

这样的话，至少她可以及时发现问题，在搂着羌然的时候，她还检查了下他的身体，大概看了看，也没看见他身上有什么伤口，所以这是他生病了吧？

这么迷迷糊糊地过了一夜后，天终于亮了一些。羌然的情况还是那样，一点都没好转的样子。

可是她得做点事儿了，这种地方，在坑洞里都危险成那样了，像他

们现在这样，不是等着喂野兽吗？

她也没有人可以商量的，索性大着胆子跑去附近摘果子。以前还觉得那些果子长得太高了，现在她连想那些问题的时间都没有，不管不顾地用力爬上了树。只是等她摘完果子吃完后，想着也要喂喂羌然，结果不管她怎么努力，羌然都不吃。他昨晚流了那么多汗，不补充点东西可不行。

她不得已把果子一小口一小口地咬下来，再慢慢塞在羌然嘴里，这么填着塞着，最后终于让他吃进去一些。

她还发现有些树叶上会有露珠，以前看小说说什么绝世高手喝露水，她还觉得夸张，此时才明白这压根是不得已的。

她接着那些树叶，小心翼翼地把露水聚集起来，在润了润自己的唇后，又给羌然喂了一些，就这样她忙了一上午。

她还是放心不下奥德，主要是她自己就是个定时炸弹，她很怕那些东西又会找来。她思来想去，忽然灵光一闪，想到了一个办法。

她现在就算是移动的血站了，说白了，那些血流了不用白不用。于是她把那些用过的垫子、衣服上的血迹，还有那些死掉的带着血迹的奥德都分散开，到处乱扔。

在做这些事的时候，她知道自己很危险，闹不好半路就会遇到野兽。她倒没什么好担心的了，人到这个时候已经认命了，就是想到羌然了，万一她死掉了，救援的人找不到昏迷的羌然怎么办？

这么一想，她蘸着那些奥德的血迹在飞艇上写道："羌然在左侧五百米处，请速来！"

做完这一切，她才又向各个方向走去。一次比一次距离远，她不断走不断走，中间还遇到了毒蛇，她平时连虫子都怕，见到那么长一条蛇后，她吓得腿都站不直了。

如果是在梦里，她早已经吓哭了，可就因为是现实，才不能懦弱，就算再害怕也得先咬牙坚持着，努力压抑着自己的眼泪，因为人死了就什么都没有了，但凡有一线希望还是要拼一把的。

她都没想到自己会有这么大的勇气，中间累得整个人都倒在地上，连手指都动不了，还以为就要那么死掉呢，结果休息了一会儿，又缓了过来，只是脚跟灌了铅一样。最后重新走回羌然身边的时候，她已经连

呼吸都嫌累了。

可还没有做好呢，她凭着仅有的那点意志力，找了块扁平的石头休息了下。

她想了想，现在最重要的是掩盖自己身上的血味，没有比把自己埋起来更能隐藏味道的办法了。

昨天才下过雨，土壤没那么硬，很快她就挖出了一个小洞穴。就跟当初去海边玩一样，她把自己的下半身埋在了土里，那感觉很不好受，土壤湿漉漉的，她刚坐进去就觉着又凉又黏稠。

可是想要活命就得这样，什么妇科病还有痛经早已经顾不上了。

她把自己半埋着，又找了叶子给羌然挡上，旁边放着她采摘的那些果子。

她实在是太累了，在这样的环境下，居然很快就睡下了，等再睁开眼睛的时候，就看见羌然早已经睁开了眼睛。

她惊喜地叫了出来："哎，你好了？"

羌然没有起来，扭着脖子，打量了她一番，眉头微皱着说："你在做什么？"

"哦，"她傻笑着说，"我的伤没准的，刚以为好了，结果一走路又裂开了，所以我想把自己埋起来也许能掩盖下血味。"

"白痴。"羌然的语气很轻。

可不知道为什么，她觉得他对自己的态度不一样了，似乎亲昵了一些。是因为他们之前共同经历的那些生死吗？

她有点欣慰，至少他们不用再互相讨厌了，在这种地方必须团结，只是羌然的身体还很虚弱。

她从土里爬出来，腰部以下就跟被泥糊住了一样，虽然很难受又脏，不过血气应该能掩盖住了吧。

她蹲在他身边，关切地问："你是受伤了，还是体力透支？"

羌然没吭声。

不过很奇怪，她算不上机灵，可一下就猜出他的心思了，她小声问着："是生病了吧？以前就有的毛病吗？"看着羌然的脸，她尽量让自己口气温和。不过本来就是女孩子的嗓音嘛，就算不用刻意，说出来的话也是绵软温柔的。

"你别逞强，我没照顾过你这样的病人，有什么我能做的你就告诉

我，在这种地方生病可不是闹着玩的……”

说话的时候，她的手指下意识地摸了摸羌然的额头，又抓着他的头发卷了卷。

她没有别的想法，只是觉着有个活人在身边陪着自己太好了，那种生死与共，有难同当的感觉，让人不由自主就亲近起来。在病中的羌然也没那么傲了，似乎比以往好亲近些。

羌然过了好久才说：“我需要喝大量的水，还有吃东西。”

刘娅楠见他这么说挺高兴的，补充营养人才好得快嘛。

她二话不说把那些果子都拿了出来。只是羌然太能吃了，之前还昏迷不醒的人，居然没多会儿就把那些东西都吃掉了。

这可要命了，附近能找到的食物太有限了，她唯一能做的就是把自己的那份压缩压缩，尽量把食物补给羌然。

毕竟羌然比她有用多了，只要他能好起来，去对付那些野兽是没问题的。

就是看着羌然吃东西，她饿得只会咽口水，肚子更是很不争气地叫起来。

羌然停下动作看了她一眼。

她赶紧硬撑着说：“你吃吧，我不饿的……”

羌然的睫毛很长，她以前总觉着他长得好，此时离得近，她才发现这个人的睫毛简直都可以当小刷子用了。

就是明明这么浓密的睫毛，皮肤又这么好，可不知为什么长在这张脸上并不觉着斯文，反倒很有型，很英挺的感觉。

羌然也不同她客气，低头大块朵颐着，很快果子都吃完了。

刘娅楠一见这样，虽然有点舍不得，不过一狠心还是把最后应急的那几个也一股脑地给了羌然，这下他总该可以吃饱了吧！

可转眼的工夫那些又被羌然吃光了，随后又用那种“我还饿”的表情看她。

这人除了是大力王外还是大胃王吗？都吃那么多了，他的肚子怎么还能那么平！

刘娅楠没法了，想说再去看看附近有没有东西可以吃。

羌然却想到什么似的，吩咐她：“你把那些奥德弄过来，要肉多一些的。”

刘娅楠哎了一声，不过很快她就纳过闷来了，对呀，她怎么忘了那些东西！别看是野兽，可也是肉啊！

就是怎么找来火烤呢？不过看羌然这样，是不是他懂得钻木取火之类的方法？

这么一想，她又跑回飞艇那里，找了一些剩下的奥德残肢，捡着肉多的拖了回去。

等把奥德推到羌然面前，她刚想问他怎么搞到火呢，就见羌然已经把奥德拽了过去，两手一抓直接生啃起来。

那个动作那个场景，明明那么怪异，却不知为什么羌然做起来那么熟练那么理所当然。血淋淋的肉被他撕下来一块，随便嚼几口就硬咽了下去。

他吃得很快，而且毫不犹豫，刘娅楠却受不了了，只看了两眼就干呕起来。

寄生虫那些且不说，就这个吃法也太恐怖了吧？生肉啊！

她吓得躲了一会儿，等再过来的时候，羌然已经吃得差不多了。

她怕那些血迹会招来奥德，忍着恶心把剩下的毛皮扔得远远的，又用树叶帮羌然把手跟嘴上残留的血迹擦了擦。

擦的时候，她的手指不小心碰到了羌然的脸颊，她觉得有点怪异，要是换作平时，她肯定早就不好意思了。可现在她没觉着有什么不好的，就跟她忘记了自己是女孩子似的。

是因为在这种地方，性别还有自己是谁都不再重要，唯一重要的只有活下去，互相扶持着，努力活下去，等着救援的人过来带他们离开……

只是一吃完那些东西，羌然立刻又发起烧来，都没说什么，就陷入了昏迷中。

刚看他吃东西的样子，还以为他已经没事了呢，此时见他这样，刘娅楠这个着急。

她没什么照顾病人的经验，现在临时抱佛脚地去想发烧的那些注意事项。她小时候发烧，她妈用凉水帮她擦过手跟脚，好像是说那样可以降温。她现在没有毛巾，只能拿一些树叶帮羌然擦汗。

时间长了，她有些支持不住，迷迷糊糊间一会儿睡一会儿醒，每次醒了都会赶紧去看看羌然的情况。

他的情况一直时好时坏，更糟糕的是，她大概精神太紧张了，加上

受凉，她的肚子又疼了起来。

之前的疼还能凑合忍住，这次却越来越厉害，简直跟拧断肠子似的。

她倒是有些经验，知道对付这种疼法最好的办法就是喝点红糖姜水暖暖肚子，或者贴个暖宝宝。

可这种地方别说红糖姜水了，连热水都没有。

她正闹心呢，忽然看见羌然了。

对呀！羌然的身体热热的，反正也是要给他降温。

这个时候也没什么好顾忌的了，什么男女授受不亲的，一个昏迷不醒，一个满身是泥，还有什么男女好分的！

她直接躺在了羌然身上，反正她分量轻，再来肚子贴着对方滚烫的身体真舒服啊，就跟贴了暖宝宝一样。

她都能感觉到肚子里的凉气在渐渐消散，等肚子好些了，她就累得睡下了。

迷迷糊糊正睡着呢，她忽然觉着身下的羌然动了下。

她打着哈欠睁开眼睛，一抬头，猛地看到在她跟羌然的对面，不知道什么时候多了一只奥德！

这个奥德看着身形要小很多，毛发也不茂密，可是刘娅楠吓得整个人都绷直了，要不要这么倒霉啊！她半爬起来，手拄着羌然的腹肌，下意识地低下头对上了羌然的眼睛，从表情上看不出羌然的紧张。

可是她能感觉到，羌然的身体很虚弱，平时硬得跟金属似的身体，此时滚烫滚烫的。

两人都没有说话，却都明白了彼此眼神里的东西，她只能自己来，能保护他们的，只有她了！

她哆嗦着站了起来，那个奥德看着很小，可是别说奥德了，她这个体格连野狗都打不过。她捡起一根树枝，鼓足勇气用力向那个怪物扔去。本来想吓走奥德，结果那怪物向后跳了几步，俯下身体发出呜呜的声音，还做出一副准备出击的样子。

刘娅楠知道不好了，这家伙压根不怕木棍的。她急促地呼吸着，想着去摸身下的石头当武器，可她刚低下身体，奥德就把尖锐的牙齿露了出来，警告般嘶叫着。她知道自己只要一动，对方就会冲过来了。

千钧一发之时，她都不知道自己是怎么想的，跟被逼急了要跟人玩命似的，她一把抓起那个石头，大叫着冲了过去，与其等着那恐怖的一击，

她情愿搏一把！

就算奥德速度再快，她在移动的时候，对方也是要瞄准的吧！她想冲过去对着那个奥德来几下，结果等她冲过去后，却发现那个奥德居然跑了，果然是横的怕不要命的。

她气喘吁吁地回去的时候，羌然正努力要站起来呢，还对她说："咱们得离开，它会把同伴叫过来。"

她当然知道那个道理，赶紧过去搀扶着羌然。

只是羌然太沉了，她被他压得身体都歪了一下。

羌然也在努力试图站起来，可是没用，他就跟使不出力气似的，试了几下，可每次都没站起来，摇晃着又坐了下去，最后他无力地推了她一下，催促着说："你先走吧。"

她没理他，倔强地还想搀扶他，可是没用，她压根扶不住他。偏偏就在这个时候，他们面前的树丛忽然被什么分开了。

她以为是那些奥德又过来了呢，二话不说捡起块石头，学着之前的样子，低着脑袋就冲了过去。

结果刚冲到对面，她就被人一把扯住了头发，一个粗鲁的声音大声地骂着："你瞎撞什么！"

她差点没哭出来，是人的声音！这是有人来救他们了！她赶紧抬起头来，就见扯着自己头发的是一个年轻英俊的男人。

那人穿着黑色军服，军人的即视感扑面而来，在那人身后还有几个相同打扮的，笔挺的黑色军装，在领口跟袖口分别镶了银色的边，既大方又稳重。

只是后面那几个人显然非常着急，袖子直接挽了上去，她愣了一下，也不知道这些人是什么来历。

倒是那些人很快越过她看向了她身后的羌然，随后纷纷叫出声来："头儿！"

那些人冲了过去，把羌然团团围住，他们都带有工具，很快就有人打开了担架，那训练有素的样子，简直跟军演一样。

其实刘娅楠比羌然还狼狈呢，可是没有人理她，倒是羌然跟重病号一样被抬了起来。

刘娅楠也没觉着自己被人忽视了，只要能活着出去就阿弥陀佛了，

其他的压根不重要。

再说能有人救他们可太好了，她紧紧地跟着那些人。

看那些人紧张的样子，还有刚才的称呼，她猜这些人应该是羌然的手下。她在路上的时候问了几句，只是那些人压根没理她，也没回答她的问题，她觉着纳闷，这些人对她好像很不友善。

那种敌意是先天的，好像这些人压根不喜欢她这样的人，还有就是他们太粗鲁了，把羌然抬起来后，都没有给他盖上毯子，明明那毯子就在一边呢。

走到半路的时候，她很怕羌然会冷到，赶紧上前一步为羌然盖了盖，结果很快她就被领头的那个人挤到一边去了。别看那些人是抬着羌然的，可是走起路来速度奇快，而且担架抬得特别稳，即便遇到不好走的路的时候，羌然的担架连颠簸都没有。

只是当她累得气喘吁吁，站住喘气的时候，那些人也不等她。没办法，她只好玩命地跟过去，生怕那些人把她落在丛林里。

幸好没多久他们就到了目的地，只是这次接他们的再也不是什么客用的飞艇了，而是一个造型很别致的飞行器。那东西简直就跟科幻电影里演的一样，造型流畅极了，跟飞碟一样。

她就跟孩子似的，进到里面后，睁大了眼睛对所有东西都觉着好奇惊讶，可是又不敢乱动乱碰，就睁着大大的眼睛打量着。

这个飞行器跟之前观光用的飞艇一点都不一样，就跟一个超级豪华的居所一样，里面还有不同的区域。他们现在进入的应该是个客厅，不过很快那些人就把羌然抬到了卧室里。

她也不知道自己该做点什么，跟着那些人过去了，只是还没靠近呢，她就被羌然的那些手下给轰了出来。

她讪讪地在门口站了一会儿，就听里面那个领头的人跟羌然汇报着什么，感觉那人好像是羌然的什么副官，说起话来铿锵有力。

很奇怪的是，羌然给她的感觉不像军人，可现在面对那些人时，羌然的声调都变得沉稳了很多。

那个副官汇报完工作再出来的时候，就对着她问道：“是你在飞艇那里留言的吧？”

她挺意外的，因为看对方的态度好像不怎么高兴，犹豫了下，她才小声地嗯了一声。

果然就听那人贬损道："你脑子忘家了吧，这地方能分清楚左右吗，不标清楚位置，我们怎么找？你没参加过军训吗？这是最简单的东西了吧。"

刘娅楠被对方骂得头都抬不起来了，可是心里很委屈，还是忍不住解释了一句："对不起，可我是想做好的。"

那个拽过她头发的年轻副官，冷冷地扫她一眼，就跟看到苍蝇一样嫌恶着，也不理她的解释，蹭着她的胳膊就走了。

她被对方挤得身子一歪，整个人差点没贴到墙上。

这些人的气势都太强，对她的不满，光用眼睛就能看出来。她也不知道自己是怎么得罪那些人的，此时他们都在客厅里坐着呢，她也不知道该去哪儿，最后找了一个书房样的地方躲了起来。

她真的是累了，到书房后她也顾不了身上脏不脏了，直接坐在休息椅上蜷缩着休息。

不知道过了多久，她实在是又渴又饿，正好旁边有一个酒柜样的东西，她迫切地想要喝点热饮。她走过去打开来翻了翻，哪什么热饮都好，当然要是有巧克力啊红糖水那些就更好了。

只是她翻了半天，也没翻到什么能喝的热饮，反倒是翻到一堆堪比艺术品的酒瓶。好在有些封装的点心看着还不错，她拿了一些出来，吃到嘴里甜甜的，还有水，她也找了来，大口大口地吃着喝着。

她吃得差不多想要再去找点心的时候，不知道怎么就看见最下层的花纹很怪，别的地方都是对称的，唯独这个地方的花纹不对称。

她好奇地推了推那个柜子底，很快那个地方就被推开了。

这是一个暗格吗？她吓了一跳，紧张地往里看了看，知道不该好奇的，万一看到什么了不得的东西可就完蛋了。

可她正要重新盖好的时候，却发现里面压根没什么了不得的东西，只是放着一本书而已。要是很严肃的书，她不敢乱动的，可是这本书吧，看着很小清新，就是她上学的时候女同学经常传来传去那种，这不是言情小说吗？

她纳闷地拿起来扫了几眼，封面是很老套的一男一女，翻开后，里面的内容也多是男女情爱那些，还是很文艺的那种。这可真是太神奇了，怎么这个地方会有这种书？

她还以为只有女孩子爱看这些呢，仔细看了看，发现书籍上标注的

日期比现在早了至少三百多年，那么说这还是本古书？古董吗？

她看了几眼，发现不管是什么世界什么人，对爱情的憧憬好像都是那个样子的，就是这书里的故事结局不怎么好，大概讲的是一个男人苦恋着一个女人，非常非常爱对方，为对方挖心挖肝，什么都不要地喜欢着对方,结果那女人得了绝症死掉了,那个男人就抱着女人的尸体殉情了。

其实这本书情节真挺老套的，内容也过于煽情，只是很意外地在结尾的地方，居然有一段手写的读后语，显然是有人看后很受触动。

那字迹端庄得就像是打印出来的一样，而且写得一笔一划的，一股书呆子的感觉。

这个世界还真有男人在看完言情小说后在后面写感悟的？只是写的东西特别让人无语，文艺腔又带上了梨花体，她看后全身都泛起了鸡皮疙瘩。

“最美的梦是同所爱的女人长眠于地下，轰轰烈烈地爱着……我最爱的人 / 是天下 / 最可爱的……”

这样那样的，她看得头皮直发紧，忍不住想这个世界的男人到底懂不懂啊？！

她正无语呢，羌然的那些手下不知怎么的，找到这个书房了，那些人起初都没注意到她，只管在酒柜里翻找着酒。

他们真是粗鲁，她躲在沙发那里的时候，就听这些人在点评酒柜里的酒度数太低，还讽刺说什么仲裁院的都是没用的家伙，一点烈酒都不喝，没点男子气概。

不过等那些人翻过酒后，很快就注意到墙角的她了。其中有一个人还发现了她手中的书，抻着脖子看了几眼，随后直接将其夺了过去。

那人一边翻一边乐，尤其是看见书上扉页的签名后，更是笑得前仰后合的，嚷嚷着：“宇宙无敌的缪大冷脸，居然喜欢这玩意啊？”

“这是浪漫学派的经典书吧？”那个副官也跟发现了什么似的，接过那本书，说道，“这可是古董级别的！这小子品位很高嘛。”

说完就把那本书卷了卷收到了自己的包里，还嘀咕着：“我写的诗，才是世界上，最好的，我要想浪漫的话，浪漫派的都得脱裤子。知道什么是真正的男人不，什么是正经的骑士精神不，我是命不好，没赶上好时候，我要是早出生个几千年，绝对是那种为了淑女的名誉战死的骑士，懂吗，我才是浪漫古典派正经传人！那个缪彦波就一垃圾。”

刘娅楠目瞪口呆地看着他们，自打来这个世界后，她遇到的男人不是妩媚那样的，就是缪臣那种，说真的，她总觉着这个世界的男人有点古怪。

可这么一群男人在客厅七零八落地一坐，嘴里不干不净地说着话。她忽然有一种大学体育课，一拨雄性激素过多的武力男凑在一起的感觉。

只是大学里的男生还知道收敛一些，当着女生的面不那么骂骂咧咧的，可这些人就不一样了，不管是坐姿还是说话都是很粗俗的。

她吓得又缩在墙角不敢动弹了，那些人还在说个没完，她稀里糊涂地听着，就听那些人还在说那本书呢。

“你先别收起来，让哥们都看看，这个缪彦波都写了什么。”

“哎呀，在宇宙的尽头，梦中的女神，这是想女人想疯了吧，还浪漫派，你们这些人都不正常，成天玩邪的……”

刘娅楠又呆呆地听了一会儿，才终于听明白了，原来这本书的主人还真是那个缪彦波？

还有这个飞行器是羌然的手下直接从仲裁院开出来的，知道羌然出事后，这些人就去找仲裁院玩命了，结果没找到缪彦波就把人家的飞行器给抢了过来。

她听了真觉着这些人跟土匪似的，怪不得招人恨呢。这些人说话嘴巴还特毒，拿着那本书嘻嘻哈哈的，还有人说要照下来，发出去，让缪彦波好看。

虽然没见过缪彦波本人，不过一想起十大女人评选的时候，那个酷拽帅的缪彦波，还有那张扑克脸，她忽然觉着自己是不是发现了什么了不得的东西。

但是现在见那些人还要拍下来发到什么网络上，她就很别扭。毕竟那书是她翻出来的，她在墙角怯怯地说了一句：“这样不好吧，发出去的话……”

话音刚落，腿跷在沙发背上的副官就注意到她了。那个副官抬了抬眼皮，那副痞子样，跟个流氓混混一样。

看着那双非善类的眼睛，刘娅楠忽然紧张起来，只是还没准备好呢，那个副官已经从座位那里站了起来，就跟逗弄小猫小狗一样走到她面前，提着她的脖子就往外走。

他个子比她高得多，随便一提，她就不得不脚尖直立着才能平衡身

体。而且他一点都不客气也没有顾及她走路适合不适合，直接提着她走到一个门口，门被拧开，那是个洗浴间。

刘娅楠正纳闷呢，不明白这个人提着自己到这种地方干吗，随后她就觉得身体一歪，自己已经被推到了里面。

在她还没反应前，已经有人拿起了洗浴的花洒，一副看好戏的样子。

她吓坏了，背靠着盥洗台，紧张地望向那些人，之前还喝酒闲聊的人都聚拢了过来，就跟一群恶童一样。

上初中的时候她见过那些调皮的男生怎么整治同性，欺负那些老实的小男生，现在这些人给她的感觉就是那样。

“你知道自己有多脏吗？”那个副官嚼着嘴里的甜点，笑呵呵地吩咐那个拿花洒的人，“给这小子冲冲，看着就恶心。”

拿着花洒的人二话不说打开了水，很快刘娅楠就被淋湿了，那个拿花洒的人很恶劣，不管不顾的，有几次故意冲她的头，她连眼睛都睁不开了。

但那些恶劣的话跟笑声没有被掩去，她还能听到他们在贬损她、挖苦她，笑她没有男子气概，笑她动作恶心，还有长得跟弱鸡一样，吃激素吃多了，连喉结都没有……

冲完了她后，那个副官还很恶劣地用手里的酒瓶戳着她的胸部，一脸厌恶地点评着：“一个男人，好好的工作不做，光知道扭腰甩屁股地装女人赚钱，你说你那脸皮是怎么长的？”

冷水冲得她很难受，那些人走后，她蹲在地上，看着水流不断聚集，旋转着流到一个小孔那里，不明白都到这个时候了，她怎么还能没心没肺地想着，这种飞行器的废水会怎么处理，不会是循环利用吧？然后净化下继续做别的？

有血水从湿透的衣服里渗出来，她哆嗦着站了起来，把洗浴间的门紧紧合上。她在里面找到了卫生用品，把身体擦干净，又把湿透的衣服拧了拧。

只是不知道是被冷水激的，还是身体太虚弱了，她发现自己的月经少得可怜，就跟要没有了一样，心里很疼，有一种委屈，可是无处可说。

她把眼泪用力压了回去，努力不去想那些事儿，找了花洒，把那些血迹都冲掉。

她有条不紊地做着这些，有个很小的声音在劝解着，被冲水总比被

一群人调戏好，再说她也想明白那些人为什么讨厌她了。

其实这不是明摆着吗？那些人的头儿被她侵犯了，能给她好脸才怪呢！

说真的别说因为那些人的头儿了，就算是刑满释放的强奸犯，她都不会给对方好脸，肯定鄙视对方一辈子……

她这样的，虽然很冤枉，可是那些人哪知道她没犯罪工具啊。等她再走出去的时候，客厅已经被那些人折腾得不像样子了，酒瓶乱飞，就跟猪窝一样。

她怕再招惹上那些煞星，顺着墙角往外溜着走，可是一时间又不知道该去哪儿好，她找了个衣柜缩在里面。这个衣柜倒是够大，里面的衣服分门别类地放着。

但没多久那个凶巴巴的副官就探进头来，很不耐烦地催促着她："喂，快出来，仲裁院的过来接你了。"

刘娅楠哦了一声，她知道早晚会有人来接她，只是没想到这么快，不过早走比晚走好，跟这些人比仲裁院的简直就是菩萨。

只是就要走到门口的时候，她忽然想起羌然来，她挺想问问羌然怎么样了。

不过估计自己即便说了要跟羌然告别，也一定会被那些人踹上几脚，所以她没吭声，闷头往前面走。

飞行器慢慢下降，在到地面的时候她觉得身体整个向后倾斜了下，随后舱门慢慢地打开，外面的光线照了进来。等在门口的是荷枪实弹的一队士兵，那架势好像在等江洋大盗一样。

她深吸口气，发现为首的人还是那个和疏，说真的，她多少长出了口气，能活着回来就好。只是她刚走到门口，忽然听见有人在叫她，她忙回头看去，就见叫她的是一个极其俊秀的男人。

她自从上到飞行器里后，就没注意到这个人，此时她才发现有这么一个长得比她还像女人的人，就因为自己长得白嫩就被人说娘，那么这个人呢？明明长得比她还要像女人。

不过这个人表情可不怎么好，特别严肃眼神也特别冷峻，那种军人的感觉比那些浑蛋要强得多，那人声线还很沙哑。他理都不理副官那些人，直接走到了和疏面前，先是敬了一个军礼，动作又酷又帅。

刘娅楠都呆了，不明白这是要做什么。只是把她交出去而已，值得走个交接仪式吗？后来那个俊美的男人开口，口吻平静地告诉和疏：“我是羌家军第一军的军长观止，此人刚刚被征调入羌家军第一军，按 ×67 年的法令，他享有刑事豁免权，如有疑问可以提交军事法庭审议。”

这下不光是和疏那边，就连其他的羌家军都愣住了。

刘娅楠更是惊得不得了，这个征调第一军，怎么个意思？

那些军混子更是跟疯了似的嚷嚷了起来，开玩笑吧！他也配？

和疏那边则喊着什么妨碍司法公正，要求严肃对待，以特权……

刘娅楠正不知所措呢，那个观止已经走到她面前了，吩咐道：“头儿让你过去。”

刘娅楠迷迷糊糊地哦了一声，低头往里走的时候，本来好好的，忽然就被那个副官伸出来的脚给绊了一下。

她郁闷地抬头看了对方一眼，对方那得意的样子，真像个二流子。

对待这种人，她真的很无语，就这玩意还宇宙骑士想着保护女人呢，刚才差点把女人绊个狗啃泥啊！

她没敢吭声，一溜小跑到了羌然的房间。

在路上的时候，她大概已经想明白了一些事儿，这是羌然要保护她吧？想让她免于刑事处罚，所以才让她加入这个什么队伍里。听那些人嚷嚷得好像这个队伍还很厉害，属于很有光荣传统那种。

她稀里糊涂的，一方面觉着很幸运，真被判个几年，她肯定就会曝光的，可是这个什么羌家军的只是荣誉还是什么？

她脑袋里一团糨糊，也不知道这是好事还是坏事。这个什么第一军的，不会真让她过去当兵吧？一想到跟那些军混子在一起，她就怕得慌。

当她走到卧室的时候，病床上的羌然还是那副虚弱的样子，大概是感觉到有人靠近，羌然微微睁开了眼睛。

刘娅楠赶紧挤出一个轻松的笑来，小声问着：“你好些了吗？我刚才听那个什么第一军的观止说了，让我进你的队伍里，就可以不用被判刑。”

羌然没有说话，他太虚弱了，连说话的力气都没有。

刘娅楠下意识地抓着他的手腕探了探他的体温，还是那么高。

她觉得他大概会口渴，就找了旁边的水杯给他润唇，然后就很乖地坐在旁边看着他。

羌然很快就又沉睡起来。她不敢因为自己的事打扰这个虚弱的人，所以她安静地坐在他身边，很多事都掺杂在脑子里，一会儿是那些人说他的坏话，什么霸道什么很狂妄，一会儿是他们在丛林里的那些事。

明明已经紧闭着门了，可在房间里的她还是听见了外面争吵的声音。

隐约是那些人在抗议着什么，都是些被侮辱了被损害了的话。

只听那个观止一板一眼地回复道："这是头儿的意思，你们还不明白吗，这样做可以省了那些仲裁院的人拿这些事做文章。再来头儿说了这个人救过他，让你们都放尊重点，我刚才没出来是给你们第二军面子，其实头儿早猜着你们这些残渣会做什么……"

刘娅楠在里面听了会儿，外面乱哄哄的，她的心却有了暖暖的感觉。

她凑到羌然面前，很是感激地小声说着："谢谢你啊，明明身体那么不好了，还惦记着我。"以前还蛮讨厌他的，谁知道现在却是这个人在帮自己。

他们飞了好久，地面袖珍的建筑物越来越多，她透过窗户往外看去，熟悉的建筑越来越多，他们却没有停下，一直飞过穷人区，又过了好久，外面的景色变成了大海。海水蓝得很，渐渐地陆地都要望不到了，才终于看到一个岛屿。

他们还离那个岛屿很远呢，就看到那个高耸得好像剑戟一样的建筑物了。等飞行器停在空地上的时候，外面已经有一些穿着白色衣服的人等在那里了。

那些人看样子像是医疗人员，等他们下去后，那些人迅速把羌然抬到了病床上，一路推着向那个剑戟似的建筑物跑去。

刘娅楠有点茫然，一时间都不知道自己该做点什么。倒是那个叫观止的人，主动招呼着她："你过来，我先带你熟悉下环境。"

这个观止目前看来只是脸长得很女人，她很快就明白，为什么明明这个家伙长得比她还女人，那些浑蛋却不敢嘲笑他娘了。

这个人身材很挺拔，而且身上有一种气势，就是给人的感觉太严肃太死板了。

她小心翼翼地跟着，其实真的很好奇，不明白这个羌家军到底是做什么的，不会真让她当兵吧？

她好奇地问道："对不起啊，我不懂那些东西，就是羌家军这些，不会真的让我当兵吧？"

观止很快回道："只是挂虚衔，等仲裁院的事儿过去了，就会送你出岛，不过即便是虚衔也是两百年来首次有的，希望你能谨言慎行。"

既然他这么说，她也不敢乱问了，其实她很想问问她可不可以跟外面的人联系的，她很想念妩媚他们，也想知道小田七怎么样了，可是这些事她现在都不敢说。

只要忍耐到仲裁院的事儿过去就好了，到那时候，她就又恢复以前的生活，也不会再有这些乱七八糟的事儿来折腾自己。

她跟着这个人快速地走着，熟悉着四周的环境，只是走了没多久，她就瞧出这个地方有什么不一样了。

怪不得她进到这个地方一点没觉着华丽也没觉着漂亮呢，因为这压根不是什么海上别墅，与其说是海上的住所，倒不如说是个军事基地。她之前听缪臣他们讲的古堡啊什么的，还以为那是个很华丽的地方呢，现在看来，完全跟她想象中的古堡不一样嘛，这个地方根本就是军营。

她起初听着什么羌家军还以为就是他们这些人呢，此时看到军营的规模，还有周围的设施，她真的是倒吸了口冷气，就这个设施，怎么着也该有上千号人吧？

可是走了一会儿，她又觉着很怪异，这个军营太冷清了，都没什么声音的，难道这个地方真就只有他们这些人？那又为什么弄得这么大，就这个规模只住他们这些人不是浪费吗？

一路上这个观止倒是知无不言，只是一句闲聊的话都没有，所有的话都是公事公办的。

他带着她大概看了训练场，还有一些活动区后，在给她安排住所的时候，也是很简单地说了几句："注意军务整洁，早餐在八点，午餐十二点，晚餐六点，每次就餐时间二十分钟，有什么需要的就跟后勤部联系，明天记得六点准时出操。"

刘娅楠习惯性地点头，等人走的时候更是习惯地说了声谢谢。然后她就知道自己又说错话了，那个观止虽然没说什么，但很明显已经打心眼里瞧不上她了，显然她是欠缺了一些军人的气质。

她深吸口气，坐在自己的小房间里。小小的四方形窗户，还有单人床，简单的桌子椅子，隔壁应该是洗手间了。虽然设施很简单，不过比她以前住的地方可好太多了，最主要的是这个地方还是个单间呢。

她跟做梦似的，不知道自己怎么就从阶下囚的位置又变成了现在这

样？简直跟演电影一样。

以前看到富人区，她觉着就跟进到科幻世界一样，现在进到这里，那种科幻的感觉没有了。这个地方不光都是男人，还都是那些荷尔蒙爆棚的暴力男。

墙上的时钟变换着，要到六点的时候，她把自己收拾了下，准备去餐厅吃饭。吃饭的时间那么紧张，她不抓紧的话晚上就会饿肚子的。

她其实挺紧张的，很怕在熙熙攘攘的男人群里被人推来挤去。

不过等到了那个超大的餐厅后，她就给愣住了，里面的人少得可怜，明明摆了那么多的餐桌座位，可是大部分空着，只有中间的两张桌子上坐满了人，一队是观止他们，一队是拿水冲过她的那些人。

吃饭的地方就跟自助餐厅一样，有什么想吃的就自己去拿。她不敢多拿，只取了一点，犹豫了下，觉得还是别给观止他们添堵了，她老实巴交地躲在小角落里吃着。

中间她能感觉到好多人都在看她，观察她，渐渐地她手心开始出汗，嘴里都不知道咀嚼的是什么，完全是靠着本能在吃着，往肚子里填东西，空旷的餐厅里一时间只有餐具碰撞声。

她都不知道自己怎么吃完的，一吃完，她就跟逃命似的往自己的卧室跑。不知道为什么那个副官的目光让她觉着怕怕的，她很怕那些人会找她的麻烦，可她都这么怕了，晚上的时候还是没躲过去。

她正躺在床上休息呢，就听见有人敲门。而且敲门的人很粗鲁，她紧张得全身都绷紧了，但又不能不开门，因为这种门对方一踹就能踹开。

她只得战战兢兢地打开，果然就见站在外面的是副官他们，她吓得身子往后一缩。那个副官倒是动作很快，嘻嘻哈哈地一把扯住她的胳膊，笑着自我介绍着："你跑什么，咱们还没好好认识过呢，我是第二军的楚灵，观止那小子没教过你规矩吗，见了我不知道敬礼吗？"

刘娅楠知道自己是跑不了了，伸手敬了一下，只是动作太快，她又太紧张了，那动作就跟狗熊敬礼一样，还敬反了方向。

那些人憋着笑看着她，这个楚灵倒是没过来打她，而是调侃着说："喂，既然你是新来的，按照规矩就要好好听前辈的话。来，我也不难为你，你穿上这个给我们哥几个跳个舞……"已经有人不怀好意地把东西递过来了。

那些人的表情太恐怖了，她忍不住想这些人不会逼她穿什么带着刺

的衣服，或者是藏着钉子的鞋吧，然后让她一边跳舞一边流血受伤。

她一直哆嗦着，真的很不想接那个袋子，可最后还是被逼着接了过去。到了这个地步她也没什么退路了，干脆一咬牙，豁出去了，不管怎么样，挨整治就挨整治吧！

她一脸决绝，用力地打开了那个袋子，就见袋子里的不是别的，而是一件漂亮的公主裙。

看着那些人幸灾乐祸的样子，她都不知道说什么好，脑电波不在一条线上，真的无法产生共鸣啊，还有就是公主裙什么的，太漂亮了有没有啊！

她拿到房间里看了看，差点没流下泪来，开始还担心是恶俗的那种呢，结果打开一看，居然是特有品位特漂亮特精致的！这么一身穿在身上想不漂亮都不行哇！

她穿上后对着洗浴间的镜子照了照，实在是挑不出一点毛病来，既是修身款，又是气质型，花边也不媚俗，尤其是手感还特别好，她长这么大，为什么要在这种地方穿到这么好的衣服啊！唯一的问题就是脚下的鞋子要是配上一双小高跟就更好看了，现在自己穿着大布鞋总觉着不伦不类，就跟糟蹋了这衣服一样。

等等，自己这个可惜的样子可不是对方要的！刘娅楠赶紧端正态度，对着镜子歪鼻斜眼地想练出一副受委屈的样子。可这身衣服太美了，她忍不住又摸了摸裙子，还顺便转了个圈美了美。等出去的时候，迫于形势，她赶紧又做出委屈可怜的样子。

那些第二军的就看见一个瘦小的家伙从里面慢吞吞地走了出来，很神奇的是原本平淡无奇看了就觉着别扭的家伙，此时穿上这件衣服后，却有一种很怪的感觉。

尤其是当那家伙抬起眼睛时，那双湿漉漉跟小动物似的眼睛，再那么小心翼翼地看着他们，所有人都觉着胸口紧了一下。

并不是多漂亮的样子，但就是那种动作也不夸张，甚至是怯懦的，小心翼翼地站着，半步都不敢迈的样子，让他们感觉都不一样了，忽然就觉着欺负这样的人很过分。

真邪门啊！那些人一时间都忘了要逼她跳舞的事儿了，倒是刘娅楠很自觉地跳了起来。其实她哪里会什么舞蹈啊，唯一会的是大学校庆跳

的那个手语舞。

她跳得还蛮认真的，只是动作肯定很傻，当初校庆的时候，她们这组节目就被评为最无聊的节目之一。只是怎么那些人都傻乎乎的，看得眼睛都不眨的啊？

她紧张得手脚越发放不开了，那副惊恐小心的样子，就跟毛茸茸的小动物在绕圈圈一样，只是她刚跳到一半，忽然听见一个声音从不远的地方传来。

那声音冷得一点温度都没有："你没有自尊吗？"

刘娅楠吃了一惊，停下动作抬起头来的时候，就见不知道什么时候观止过来了。

观止长相很漂亮，而且是那种阴柔的漂亮，比女人还要美。

刘娅楠不知道是不是自己现在的样子，触动了他的某根神经，反正他看过来的眼神很沉痛，就跟恨铁不成钢一样。

观止很快走到她面前，开口训斥道："人的能力不是靠外表决定的，尊重也不是别人施舍的，是靠自己去争取！我不管你以前是怎么生活的，但既然进到我的队伍里，你就得给我堂堂正正地当个男子汉！"

那目光如电，简直就是励志级的，观止随后又大声吼道："知道自己是谁吗？知道自己想要什么吗，告诉我！把你想说的都说出来！"

"我，我……"刘娅楠吓了一跳，不知道这个观止跟打了鸡血似的是为什么，她木讷地愣了几秒，正犹豫着不知所措呢。

观止却并不肯放过她，不断鼓励着她："你的血气呢！是不是男人！想不想做男人了！难道你想一直被那些人藐视吗？想逆来顺受这么窝囊地活着？告诉我，你想要什么？"

刘娅楠大概也知道自己的梦想，她小心翼翼地回答着："我想……想做个厨师，靠自己活着，靠手艺吃饭。"

"大声点！"

"我想做个厨师，我想靠自己的劳动力吃饭！不依靠别人！"

"再大声点！"

"我，我不想被人欺负，被人笑！"她终于喊了出来，她一直如履薄冰，小心翼翼地活着，一直在努力地躲避着，可有些人太过分了！

她用力喊着："我要独立地生活，不要做任何人的附属品！要活得像个人！我要做我自己！让那些笑话我的人知道，我不是人见人欺的！

我也是有尊严的！”

就算在这样的世界，她也要努的活下去！是的，其实她一直明白，只是她还不敢那么去想，她唯一能做的就是躲避，躲避！

不管是在什么样的世界，被父母说女孩子养了跟白养一样，可她心里一直明白，自己不是任何人的附属品，她要做一个独立的人，所以才一直逃避着，很怕被人发现拿去研究。哪怕这种独立很窝囊，很没用，可还是想靠着自己去生活，过自己想过的日子……

观止收敛了怒火，慢慢走到她面前。

她气喘吁吁的，胸口都在不断起伏。

一向冷静的观止此时也激动起来，用力地拍了她的肩膀一下，拍得她差点没岔气，随后她就听观止对周围那些浑蛋宣布说：“我不管你们有什么意见，可他既然是我们第一军的，就算他是个废物，我也能把他练出来！”

他顿了一顿，就跟让她放心一样告诉她：“我会亲自训练你，把你变成一个不输给任何人的男子汉，我言出必行！”

他望着刘娅楠的眼睛许诺着，刘娅楠原本还激动着呢，可又觉得哪里不对，果然第二天她就知道自己掉坑里了。

第二天还没开始体能训练呢，观止就让人把什么激素送来了，一盒一盒地摆好。

送东西的人很严肃地讲解道：“一定要按时吃，中间要有不舒服的感觉就及时去医务室检查，一般正常情况下，吃到两到三盒的时候胡子就可以重新长出来了。”

刘娅楠彻底傻眼了，那个人却表情严肃地同她说着：“你现在还年轻，修正还来得及，真要晚几年喉结都不见得能出来了，所以珍惜机会吧。”

刘娅楠知道这个观止是真的想把她整成爷们了。

她倒是不反对，掩藏自己最好的办法就是把自己变成个小胡子，然后混在一群胡子里。

就是一想到自己长胡子，她就下不去那个狠手，平时眉毛长得散了，她都想拔掉的，现在要是把自己鼓捣成黑熊了，还不如死了算了。

那些药她放着没吃，不过其他的她倒是兴致勃勃的，特别想学好。

当年在大学她就学过女子防身术，现在既然有人要教她擒拿，那真是再好不过了。而且除了那些外，还有像是怎么躲避追捕啊，怎么隐藏

自己那些，简直就是特意为她设计的一样。

她一直很担心自己的身份会曝光。现在既然有机会学到防身的隐藏技巧，那么吃些苦也是应该的。

刘娅楠可是很努力的人，她也这么认真努力学了几天。那天观止从大厅出来的时候，就看见刘娅楠在院子里又是劈腿又是旋步的，那样子就跟个到处乱蹦的兔子似的，所有的错误都犯了，唯独没做对过一次，简直就是一套标准的不要这么做大全，录下来都可以直接给下一届学员讲那些不能做了。

观止皱了皱眉头，呼气又吸气的，他最近一直在手把手地教刘娅楠，不管是动作还是关键点。虽然他能理解刘娅楠的努力，可有些人天生就是废物，尤其是废物成这样的百年奇才，偏偏就让他给碰上了。

等他靠近她的时候就听见她在念叨什么："伸左腿，屈膝，用力，把力气都集中到脚尖，右脚稳住，对！就是这样，刘娅楠你做得棒极了，你好厉害！"

结果步子迈得太大，又没收住脚，等观止过去的时候，就见刘娅楠一个没收住，整个人侧摔在地上。

不过这家伙是有点韧性，居然很快又站了起来，还能笑嘻嘻地拍拍身上的土，接着刻苦学着。

懒还有救，勤奋成这样真是一点法都没有了。

观止无奈地叹了口气，淡淡开口道："你练得很早嘛。"

"是的！"刘娅楠笑着说，"队长，今天还练不练怎么避开追捕了，在巷子里甩开跟踪那些，我都想学。"

结果观止什么都没说，只点点头道："很好，你继续学吧。"

观止真有点可怜这个废物，明明那么努力了，可是架不住腿短力气小，而且不管怎么教都差半截悟性。

但都这样了，这个刘娅楠还能自我感觉挺良好的，这才是真奇葩！

之后观止就再没理过她，刘娅楠过去请教的时候，观止也一直是一副"哎呀你很好了，继续努力吧"的样子。

刘娅楠觉着莫名其妙的，那些动作她都有学到嘛，她觉着自己做得蛮好的嘛。

就是不知道为什么，她明明这么努力锻炼，饭量也比以前翻了一倍，就是想把自己锻炼得厉害一些，看着很有武力值。

结果肌肉没长多少吧，胸前的小馒头不知道什么时候突飞猛进居然变成中号馒头，要不要这样啊？要你雄起的时候，你跟我矫情！现在我都不想要你了，你找什么存在感啊！她以前缠缠布还能挡一下，现在压根压不住了，连屁股也翘了。

她发现最近的锻炼，忽然把她从个扁片变成小 S 型了，就疑心是不是有些动作她做得太大了，所以晚上的时候她就去操场接着练习。

正好赶上第二军楚灵那些人也在操场呢，不过他们跟她不一样，正在玩一种跟篮球似的东西。

她过去的时候，那个楚灵肯定是故意的，专门把球往她身边扣，吓得她叫出声后，那个楚灵还会哈哈笑。

她真的挺烦那些人的，找了个角落，对着那些器械开始练习踢腿动作。结果她练着练着，楚灵那帮人就都围了过来，更很恶心的是她只要一出错那些人就鼓掌吹哨。

那个楚灵是不是有毛病啊，有时候看她看得直磨牙，好像要咬她一口才解气似的，有时候又会盯着她的脸发呆。

那目光也太不加以掩饰了，看得她浑身毛毛的。她就不明白对方这是怎么个意思，就算她侵犯过羌然，当事人都不介意了，这些人还不依不饶的干什么。

她没他们身材高大，腿更是短了一截，踢出去后，那些器材压根够不到，好不容易做出一个完美的滑步，结果一个没收住就跌了个狗啃泥，那些人看后笑得前仰后合。

刘娅楠又羞又恼，可是动作没有停下，依旧努力地练习着，渐渐地那些人就不笑她了。

情绪是可以感染的，不管动作多难看，多不标准，可是那种我在努力我很认真的感觉，还是挺震撼人的。

慢慢地那些人散开了一些，倒是楚灵一直没走，看得还特别专注，简直眼睛都不带眨一下的。中间她又一次摔倒的时候，楚灵还忽然从座位上站了起来，走到她身边，大概是想扶她起来。可她动作很快，早已经自己起来了，看见楚灵站在身边，她一脸防备。

楚灵也被自己的动作惊住了，不过很快他就绷住面孔质问她：“你不是想做厨师吗，现在光踢腿有什么用，你不想找个机会练练手艺做做饭吗？”

刘娅楠不明白他什么意思，全身戒备着。倒是那个楚灵挺自来熟的，抓住她的胳膊把她往厨房拖。她被他扯得很难受，可是这个地方就盛产大力王，她压根动不了。

这个楚灵说的话，也让她挺紧张的，他握着她的手腕，皱着眉头问她："你的手腕怎么这么细，你没吃那些药吗，怎么这些天了，你皮肤还这么白，是不是剂量太少啊，你自觉点行吗？你这样白白净净的让人看了很别扭知道吗？对了，你脚上的鞋子大吧，我看你踢腿的时候好几次差点把鞋子甩出去，有个地方没准有合适你的鞋子。"之后楚灵不由分说就把她拽到了一个圆顶的建筑物里。

最近她一直老老实实待着，哪儿都不敢乱去，那个建筑物她倒是看到过，可是总感觉跟别处格格不入似的。

现在一见自己又被带着乱跑，她就很担心，很怕自己会看到什么了不得的东西。

可进去后，她一下被里面的东西给镇住了。那地方太大了，里面就跟个博物馆一样陈列着很多物品，她粗略看了看，都是些首饰衣服类的。再往里走她就发现还有不同的房间，那些物品都是女人才会用的。

见她这么好奇，楚灵向她讲解着："这是夏宫，上一代的头儿，知道夏娃要成功了，就赶紧找人建了这么个地方，里面的东西都是他到处搜罗来的。对了，上次给你的那件衣服就是在这里找的。"

楚灵领着她看了几间房间，里面的物品很多，都是美得不可思议的首饰衣服还有价值连城的珠宝。

那个人该多喜欢夏娃啊，在试验还没成功的时候，就充满期待地建造了这个无比奢华的住所。

刘娅楠很自然地想起羌然那张脸了，虽然是上一代的羌然，可基因里的东西应该是变不了的。只是所有的物品都看到了，刘娅楠却觉得奇怪，既有衣服也有首饰的，可为什么独独没有住所呢？

她刚要问，就听楚灵说着："还有这个住处，当时也是下了大力气的。"

他指给刘娅楠看的却是一个全玻璃做的玻璃房。她惊讶地哎了一声，她还以为那是什么陈列柜呢，没想到居然是卧室！不过里面倒是有一张中规中矩的床。

她纳闷地看着，就听楚灵继续说道："为了预防夏娃被人偷走，这个住所是二十四小时监控的。对了，还有里面的东西都是没有危险性的，

你摸摸这个玻璃，看着很硬，可其实在撞击的时候，玻璃下侧会迅速弹出一个超大的气垫，可以防止夏娃受伤。”

刘娅楠的手指摸着冰凉的玻璃门，过了好半天才说：“可是住在里面的夏娃能开心吗？干什么都被人监视着，一点自由都没有。”

楚灵压根没注意到自己已经把刘娅楠吓到了，还傻里吧唧地回答：“那无所谓吧，只要我们能保护她就好了，再说夏娃最主要的功能不就是延续生命吗，复制出更多的夏娃，然后跟我们的头儿生出健康的孩子。”

刘娅楠没吭声，不过心里已经打定了主意，能吃药就吃药吧，胡子不胡子的，总比被囚禁在这种地方给人下崽强吧！还有那个羌然她还觉得他是个好人呢！现在看来，她是有多远就得躲多远啊！

这个楚灵一直跟没事人一样，还想着帮她找合适的鞋子呢。刘娅楠都不知所措了。当初使劲欺负自己的是他，现在帮自己找鞋子的也是他，怎么想都觉得这个楚灵不是脑子进水了，就是有阴谋。

不过她的鞋子也是该换一换了，主要是这个世界的衣服鞋子都是给男人做的，尺码都偏大。她难得碰上一双合适的，但样子难看不说，还总觉得鞋底不够软，现在既然这里有这么多鞋子，那么选一双应该没问题吧。这么一想，她就钻到专门放鞋子的衣帽间里选了起来。

只是她刚才受了点刺激，哪怕是换双鞋子，她都不想当着楚灵的面换，就找了个借口自己单独在房间里试着。

这里面的鞋子可真多，一排排地放着，很多都可爱得让人爱不释手，就是她不大敢穿，只能选那种线条粗的，看着款式简单的。有两双休闲鞋倒是不错，她一时间蛮难选的，不知道哪一双更合适。

她低头选着，嘴里也跟着叨念：“这个颜色太艳了吧，这双倒是舒服，就是颜色不好。”

“左边那双。”不知道哪里来的声音，很突兀地插了进来，把她吓了一跳。

她赶紧转头一看，就见自己身后站着个人，当下就愣住了，不大相信会在这种地方见到这个人。

倒是那人走到她面前，俯身看了她一眼，逗她道：“傻了吗？”

刘娅楠这才反应过来，赶紧说：“羌然！你怎么在这儿？”

话一出口，她又想起自己的身份，赶紧改口说：“哦，不对，你现在是头儿了，羌头儿……我、我是过来选鞋子的，我的脚太小了，然后……

然后楚灵说这里有适合我穿的鞋子……”

羌然听后抿嘴笑了下，也不知道是在笑她傻还是被她的样子逗乐了，反正那样子和气得让她都看呆了。

其实前段时间她蛮担心羌然的，曾经想过要不要去打听打听，可是那些人那么讨厌她，她觉得自己要问的话，不知会被那些人怎么说呢，便一直没敢。

现在她见到羌然本人了，虽然心里还是有点怕他，可还是忍不住歪头打量着他，人看着倒是还好，就是瘦了一些。

只是她刚才还见过羌然式的笼子，现在心情就很复杂。

刘娅楠定定地看着他，两人靠得很近，明明应该是很暧昧的一幅画面，如今很简单很单纯的，刘娅楠是发自内心一点私心都没有地在担心着他。而羌然看上去也没有任何暧昧不妥，他以前表情并不多的，现在不知道怎么的，对着她的时候表情就会多很多。

刘娅楠有点心惊，羌然真的太会长了，不管是什么样的表情都那么好看，哪怕只是近距离欣赏都会觉得心跳加快。

“小声点。”他压低了声音同她说，“我是偷跑出来的。”

偷跑的？

她可没办法保密，外面还有一位呢，她赶紧指了指外面的楚灵，既然羌然是偷跑出来的，那么被楚灵碰到不好吧？

羌然却一下明白了什么似的，用嘴形回了她“没事”两个字。然后刘娅楠就看他跑到另一个房间，压低声音打了个电话。

那电话是挂在羌然的耳朵上的，平时不注意的话还以为是个装饰品呢，需要的时候就调一下，跟耳麦似的。

她凑过去的时候，就听见羌然说得有板有眼的，什么第二军最近训练的强度不够，希望能多注意。说得这么冠冕堂皇，是为了支开楚灵吗？

果然没多会儿外面的楚灵就敲了敲门，在外面急吼吼喊道：“哎，刘废物，我不能带你去厨房了，参谋部的那拨孙子说我们这个月的训练度不够，老子现在就找他们拼命去！”

刘娅楠有点无语，再瞧羌然，正在那里东摸西摸地看那些鞋子，居然一点内疚都没有，还一副理所当然的样子。这个人也太厉害了，玩人跟玩手指似的，这得什么心理素质啊。

他不知道怎么的选上高跟鞋了，还把一双跟很高的拿在手里，掰了

下，结果一下就把很漂亮的鞋跟给掰断了。

那是超级超级漂亮的水晶鞋跟啊！漂亮得她都想流口水了！刘娅楠都要心疼坏了，要不要这么糟蹋东西啊！

她赶紧跑过去，一把把那个鞋跟夺了回来，小心翼翼对着，结果怎么也对不上。

她郁闷得直皱眉头，羌然却一点自觉都没有，反倒无所谓地说了一句："别弄了，都是些没用的破烂，再说女人都是怪物吗，那种鞋怎么穿？"

大概是想印证自己的话，他还拿了一只鞋子随便套在自己脚上。他的脚很大，那只鞋子那么小，只能套进去一半，他还不管不顾地踩下去，很快那鞋子就被踩裂了。

他嫌恶地把那只鞋子踢到一边，开始教育刘娅楠："看见没，这种鞋子，除了装饰外，一点别的价值都没有，既不牢固也不会提升战斗力，只有女人那种没脑子的生物才会喜欢。"

刘娅楠把破掉的鞋子捡了起来，却在弯腰的时候偷偷翻了两个白眼。

女人都没脑子的哦，所以你们就不要找女人生孩子了哦！小心脑残传染哦，把你们传染成看见穿高跟鞋的女人就流口水的脑残就不好了哦！

"对了，你不是要去厨房吗？要不要我带你去？"显然这个羌然也不知道要做什么，看她傻乎乎地还在收拾鞋子呢，就问了一句。

刘娅楠可不想跟他在一起，这个人做事这么古怪，她也拿不准他是个什么样的人，再说那笼子她真是挺怕的。

她小心翼翼地回道："不要了吧，你为什么偷跑出来，是身体还没好吗？要是那样的话，你还是回去吧，身体第一嘛……"

羌然瞬间就不耐烦了，从口袋里掏出个东西，一声不吭地把玩着。

那好像是个魔方，他一边玩一边计算着，手指翻飞，速度快得惊人，只是他的表情越来越不耐烦起来。

刘娅楠算不得多机灵，可是看着他的表情还是一下猜着他的心思了，羌然不会是生气了吧，所以用玩这个来冷静下自己？只是也没玩得心情好，最后他把手里的魔方扔给了她。

她手忙脚乱地接了过来，总觉着这个羌然情绪化得跟个孩子似的，喜怒无常的。她正这么想着呢，羌然已经回过头来，对她来了一句："既然不想去厨房，那你还有别的想做的吗？"

他的样子蛮认真的，刘娅楠知道自己是躲不过了，这个人不会就是出来找个人消遣的吧？可看他的样子又不大像，她真有点迷惑了。要说他是为了满足自己的愿望，或者想跟她在一起，她又觉着很可笑。那简直就是火星撞了地球嘛，她怎么想都觉得羌然干不出那种事儿来。

最后她想了想才说："也没什么重要的事儿，就是如果可以的话，我挺想跟外面的朋友联系下的，想知道他们好不好。"

小田七他们，她还是很担心。

只是这个岛从外面看上去没什么，可实际上所有通往外界的信号都是被屏蔽的，要想跟外面联系，只能通过有限的那么几台机子，而且那些机子都是要很大的权限才可以使用。

她说的时候也没抱多大的指望，不过羌然显然是真闲着无聊呢，一听她说这个就很爽快地带她去了。

就是在路上的时候跟做贼一样，躲躲闪闪的，刘娅楠以前光纸上谈兵地学了些躲避的技巧，现在一实际操作才发现自己还真是笨啊，不过幸好有羌然，所以遇到不好的地方，他只要轻轻地提她一下，就能把她提到一边去。

很遗憾的是，好不容易打通了电话，偏巧小田七去图书馆了，只有妩媚在。妩媚在电话里大呼小叫的，一会儿说她好没良心啊，都忘了以前的朋友，一会儿又羡慕嫉妒恨的，说她居然这么命好可以被征调入羌家军。

刘娅楠稀里糊涂地跟人说了好半天，结果放下电话后才想起来，好像正经的话自己一句都没说,满嘴都是闲话,她都没问清楚小田七的情况，就知道小田七身体已经好些了，可后来呢？

她嘟着嘴抬起头来，结果一下就对上了羌然的脸。

羌然在她打电话的时候一直没闲着，低着头听着呢，她不知道为什么被那双眼睛看到后，就觉得很奇怪。

羌然的眼神没有以前犀利了，不知是生病的原因，还是现在她也算是羌然的自己人了，所以待遇不同，看她的时候眼神也变得温和了许多。

就是她总觉得有点不适应，她听过他太多的负面消息了，眼前的这个羌然总让她有种错觉，难道这个人被掉包了？简直跟外面形容的就是两个人嘛。

等两人往外走的时候，羌然也没说什么。在路过走廊的时候，刘娅楠留意到墙上的那些画像，她开始还以为那都是羌然的画像呢，就是见一幅一幅的没完没了后，她忽然发现这些画像不大对劲儿。

有些胖瘦都不一样，而且羌然哪有那么老，还有白头发？直到她看到那些画像下面的石碑后，才知道，这些都不是这个羌然的，而是再生前那些基因携带者。

看明白这个，她赶紧找了最开头的那幅。她忍不住看了起来，在她面前的是第一代的羌然，那时候的羌然还是野心勃勃的，光从眼神就能看出那个执着地在宇宙中寻找女人的羌然该是多么意气风发。

然后是第二代的羌然，努力开拓领地建立基地，第三代战斗战斗不断战斗……

她看到一组组的数字，伴随着那些数字的是敌方的伤亡，还有让人心惊肉跳的称号血色王，黑色的军服，高高在上的眼神已经凌驾一切了。

她屏住呼吸，早已不是刚才那种惊讶好奇的感觉，只觉得自己眼前晃过的是一段一段历史，携带着这个基因的人可以翻云覆雨，在很多关键的点上做出各种恐怖的事情，却又总是站在胜利的那方。

只是渐渐的意气风发不可一世的眼神变了，画像中的人年龄也从最长的七十多岁慢慢减到了二十九岁。如果不知道这是不断复制的人的话，就会觉得这是一个人从充满希望到失去希望自我放逐的过程……

在倒数第四幅画像的地方，她忽然纳起闷来，忍不住问身边的羌然：“这个地方怎么空着呢？”

“那是第十一代，在这里……”羌然修长的手指指着唯一的一段话，“咔塔亚核爆，死亡人数三亿六千万。”

刘娅楠还是不明白，抬头看向了羌然。

羌然淡淡地解释着：“他结束了四十年的混战，可随之而来的是没日没夜的抗议和漫天的咒骂批判。他在隐居十年后去世，在去世前，他留下遗言命令追思堂永不得挂他的画像。有人说他这是对以前所做事情的愧疚，觉着无颜面对。”

刘娅楠哦了一声，没想到这一代再生人还有这样的经历，她也不知道该是同情还是怎样。

倒是羌然无所谓地说道：“其实是他脸上有很难看的疤痕，据说当年在战场上受了伤，左半边脸被烧得很难看，他那么好面子，自然不肯

让人放出来。”那笃定的样子就好像他曾经经历过一样。

刘娅楠觉得好怪，他们在说的不是羌然的什么长辈，而是跟羌然有着同一种基因的上上一代。这种感觉超级微妙，明明是同一张面孔，就连基因都是一样的，可又是不一样的人，但是基因那些东西又很玄妙，这个羌然跟上一代上上代有着某种心灵相通的联系也说不定。只是这个羌然可没那些人的气势，她觉得此时的羌然已经很厉害了，可跟那些人一比，简直就是野猫跟老虎啊。

是被家养了太久吗？所以羌然的基因才一代不如一代的，没落了？

羌然大概是来了兴趣，难得还带她去看了看周围的几个厅。

这次刘娅楠可是看得目瞪口呆了，简直就跟去挖人黑历史一样。

她没想到那个楚灵老了以后会是这样的，按照基因的推断来看，简直就是个粗糙版的大叔啊，还是超级大胖子版本的！

她把这个话告诉羌然的时候，羌然也笑了笑，跟她说：“每一代的楚灵都会嚷嚷减肥，可只要他活到四十岁，身体立刻会发福。”

刘娅楠也笑着说：“还是你的基因好，老了都不会发福的。”而且模样都没怎么变，甚至比年轻的时候还要有气势。

结果羌然听后却没说什么，表情也是淡淡的，他明明之前看着还挺开心的。

刘娅楠不知怎么就想起别人传过他短命的话，而且她刚刚也看到了，羌然的基因在最近几代的时候真的是寿命越来越短，所以这一代的羌然也觉得自己活不了多久？

一想明白这个，刘娅楠就很后悔，她可真是哪壶不开提哪壶。

为了让羌然重新开心起来，等看到堪比女人美貌的观止的时候，她好好地咨询了一番。

不过还真让人大跌眼镜，这个观止还真有点黑历史，因为太像女人，嗓音又特别好听，所以第一代观止是被人阉割过的，为的就是保持什么悦耳的童音！

但是因为太强悍了，被阉割后的观止又一步步熬了过来。

不知道怎么的，刘娅楠在听了观止的黑历史后，忽然就有一种，难道就因为这个羌然才会把自己交给观止吧，就因为在丛林里时，自己曾经对羌然说过，她想要做个男子汉。虽然是应急的话，羌然却记在了心里，想着帮她达成心愿？

刘娅楠也不知道要不要感动了，她忍不住侧头看了眼羌然。

这个人明明一副对什么都不关心的样子，难道是自己想多了？

走了一段路后，刘娅楠发现有一些地方的人她压根没有见过，她正纳闷呢，羌然就已经告诉她了。

“以前这里人很多，最多的时候有三千六百一十三人，可后来很多人选择了休眠。”

刘娅楠不明白地看向羌然。羌然语气平缓地告诉她：“休眠就是把基因保存起来，等未来出现转机的时候再再生。”

刘娅楠哦了一声，猜着所谓的转机，大概说的就是女人啦。

看着那些画像，她就想起那个笼子来，本来还算轻松的话题，一下变得沉甸甸的。

她终是没忍住问了出来，其实心里多少还留着一丝期望，这个人也许跟上一代的羌然是不一样的，至少现在看着也不像传说中的坏人，顶多就是任性霸道点，可也没多恐怖吧？

“那如果，我说如果哦，就是某一天又研究出夏娃了，到时候你会怎样？还会学上一代把她弄过来关着吗？”

羌然沉默了片刻才淡淡地回道：“会的。”

## 第四章

# 开店

CHAPTER 4

刘娅楠的心拔凉拔凉的，估计自己的脸色当下就不好了。不过她发现，这个世界的人好像对别人的情绪变化都很迟钝似的，还是男人都是这样的生物？有时候她的情绪都绕了好几道弯了，可是那些人一点感觉都没有。不过也亏得这些人不懂得察言观色，不然她早就曝光了。

现在她低着头跟羌然走去厨房。厨房里东西倒是很多，因为不是吃饭的时间，里面还没什么人，偌大的厨房里什么都有。

刘娅楠也不知道要做什么，就问了羌然几句，羌然倒是好养活，什么都吃。她找了一些食材，很用心地做了起来。

不管多么想当男人，女孩习惯一时间还是改不了，尤其是做饭的时候，忍不住会跟身边的人闲聊，就跟当年给妈妈在厨房里帮忙一样，会一边做饭一边聊天。

刘娅楠跟人闲聊的时候也没什么目的，就是随口说一些话，最近吃得怎么样啊，身体还有没有不舒服，生病的时候别人照顾得好吗？

羌然倒是有问有答，他说话的时候一点都不像什么头儿啊恐怖大王的，反倒像一个很斯文的男人，甚至彬彬有礼，至少这个时候他表现得很有教养，甚至可以说是风度翩翩。

只是在这个过程中，羌然一直手撑着下巴看她，看得她毛毛的。不管是洗菜还是切菜，他的目光都是追随着她的，这可太怪了！

她本来就觉得今天的羌然很奇怪，就算想找人解闷，这个态度也太暧昧了吧，她觉得浑身不舒服。

尤其她在切葱头的时候，眼睛被熏得直流眼泪，正想用水冲眼睛呢，羌然忽然就伸出手来，很温柔地揉了揉她的头发。

刘娅楠简直被吓呆了，那眼神表情动作，就像在宠着她一样。

这是怎么个状况？

她浑身都僵了，再不花痴的人被这么帅的男人看几眼，也会觉得浑

身不对劲的，更何况这个男人的武力值她也见识过，酷拽狂什么的，猛地变温柔男，很难抗拒的好吧。

只是坏蛋啊，这个羌然不是不断袖吗，难道是……是被自己女性的内涵给吸引了，所以受不住诱惑不自觉地亲近自己，就连他自己都没察觉到，可就是忍受不了开始宠自己了？

幸好羌然很快接了个电话，听着是有人在催着他回去检查身体，这才依依不舍地跟她告辞，只是在走的时候，羌然又揉了揉她的头发。

那勾起的嘴角还有带着笑意的眼神，看她的样子，刘娅楠差点没晕了，刚刚羌然手放在自己头上的感觉，就跟过电一样，帅男人笑起来真的会放电的有没有啊！

她真的心慌意乱了，其实心里怕死了，不知道羌然到底是哪根筋不对，怎么好好地又是满足她的愿望，又是揉她的头发。

正胡乱想着呢，她就听见外面有动静，一下呆住了，本能地躲到了橱柜后面。

很快那群人就进来了，她透过橱柜的缝隙看过去，那些人好像是第一军的，因为观止也在里面。大概是想找个地方休息就跑到了厨房，那些人很随意地找了地方坐。

其中有一个人的嗓门很大，她陆续听见些什么笨蛋、无可救药的话，她也不知道那些人在说谁。

很快她就听见观止对那些人解释道:“没办法,这是头儿吩咐下来的，就算是块石头也得磨出棱角来。”

其他的人跟着叫苦：“可刘娅楠那小子太没用了，我恨不得踹死他，除了丢咱们第一军的脸就是丢咱们第一军的脸。练习踢腿都能把自己踢趴下，还有跑步，才跑一千米就喘，早操就没一次做好的。”

“哎，队长，我就纳闷了，头儿不是最讨厌那种娘娘腔吗？听说这个还对咱们头儿有那么点意思，头儿还不整死他？”

观止也是一脸为难的样子，不得不解释道：“谁让他长得像小虫啊，头儿大概是移情吧。”

“我就说呢，我就觉着刘娅楠那家伙挺眼熟的，这么一想还真是！那就难怪了，头儿有时候就这样……”那些人聊了一会儿，又陆续走了。

躲在橱柜后面的刘娅楠眼圈却有点红，她以为自己很厉害了，能在那么短的时间学那么多东西，现在看来，她依旧是个笑话。不光是楚灵

那些人在笑她，就连她以为是自己人的观止也在背后叫她废物。所以什么都是假的，她以为羌然对她态度好，是因为他们生死与共过，现在看来却是因为她像小虫啊？

她也不知道怎么的就觉得心里堵得慌。等那些人一出去，她就从橱柜里出来，赌气地切着菜，跟发泄似的开始做饭.

只是心里依旧很难过，她对人没有坏心的，也一直很努力地去做事，体力不好就勤快些，一次能搬好的东西，她需要三次才能搬完，可是没关系，就是比别人多跑几趟嘛，她都可以去做的，手心磨出茧子也没喊过辛苦。

一直这样过着，努力着，没指望会被别人夸，可还是以为观止多少会觉得她很用心，会觉得她是可以的人。她想让羌然觉得她有勇气，会想着她在身处绝境的时候不会自私地丢弃别人，可是现在没有人那么想她，她依旧是个什么都不会的废物。

等她做好了饭，正想着自己吃呢，结果好死不死的，那个楚灵居然跟人 PK 完过来了。

他就猜着刘娅楠在厨房呢，进去后果然就见刘娅楠正在低头收拾东西呢，桌子上还摆了盘香气四溢的菜。

他一闻那味就馋了，别看他们羌家军不差钱，可是为了保持战斗力，平时的伙食都是凑合吃饱就行的。像刘娅楠做的这种菜，简直就是难得一见的好物，怪不得这小子说要做厨师呢，还真是有两下子。

楚灵瞬间食指大动，一点都不客气地大块朵颐起来。

刘娅楠这个生气，她转身去刷了个锅，等再回头自己的菜就都进了他的肚子里了。

她气得腮帮子都鼓起来了，可是打又打不过，骂又没胆。

她低着头，委屈闹心得直戳手指头。

楚灵吃得直打嗝，不过看着刘娅楠那副样子，也是良心发现了一些，只是他没哄人的经验，再说大家都是男人，为个菜哭哭啼啼的要不要这么娘啊。

他大手一挥，说："你做的菜不错，别生气了，下次我跟厨师长说好，让你经常过来不成吗？一个男人为个菜闹别扭，你不觉得恶心吗？"

被人贴上标签的刘大废物没精打采地用鼻子嗯了一声。其实菜被浑蛋楚灵抢就抢了，她对那些都不怎么在意，就是刚才那些人的话总在她

耳朵里晃。

被楚灵扯着回宿舍的路上，她终于忍不住问了："二队长，你知道小虫吗？就是头儿很喜欢的那个小虫。"

她真的很好奇，那个小虫到底是什么样的，怎么就会跟自己很像呢？

楚灵哎了一声，大概是没想到刘娅楠会问这么一个问题，不过正好走到那里了，他用手指了指不远处的雕像说："小虫啊，就那个啊，你每天出操的时候都会看到嘛。"

刘娅楠心里纳闷，怎么会每天都看到呢，她不记得操场那里有。

后来她眼睛瞬间瞪大了，一只竖着耳朵的狗雕像就立在那里呢。

眼睛圆圆的，别看只是雕像，可是雕得活灵活现，一脸憨相，萌萌的样子还怪可爱的。

可是她想吐血啊，小虫是狗啊！

她气得走到那个雕像面前，指了指边雕像又指了指自己，大声问楚灵："二队长，你说我跟它像吗？"

两个眼睛一个鼻子她是承认，可是要说她长得像狗狗就太过分了吧，就算再可爱那也是条狗狗好不好！

结果楚灵居然在看过后顿悟，一拍大腿说道："我说怎么总觉着你眼熟呢，那眼神太像了。"

刘娅楠郁闷地皱起了眉头。

这下楚灵更激动了，说道："对、对！小虫也喜欢做这个表情，每次羌然逗它，它都这样，哈哈哈，我说怎么觉着你有时候特好玩呢，原来你像小虫！"

楚灵乐得直笑，刘娅楠却差点没哭出来，原来羌然把她当狗狗了哇！

楚灵却跟想起什么似的，对她说道："说起来头儿宠小虫宠得不得了，那小家伙当初可是观止带回来的，本来说做狗肉火锅的，结果头儿从门口路过，看见小家伙缩在角落里。对了，你那个小眼神也跟小虫特像。我说你一个男人哪儿来的那种可怜样啊，你知道吗，见你那样我们一群人都特想把你欺负哭了，你简直太欠教训了，看得我们那火气啊想压都压不住。"

她被人夸过可爱被人说过迷糊，也被人说过长得清秀，现在就算是说她像男人她都认了，狗，还是长毛小哈巴狗，要不要这样啊！多少她模样没走形吧，也算是中规中矩长得像人吧！

“不过小虫身体不好，生病死掉的时候，我看他难过还问过他要不要克隆小虫，结果头儿说不管克隆多少个小虫也都不是他想要的那个了，然后他就找人把小虫的尸体做了处理封在雕像里，为的就是能经常看到小虫。”

刘娅楠本来离那个狗狗的雕像很近的，一听见这个话，吓得她躲开了两步，这种变态的事不要用这么感动的话说出来吧。

不过她还真想不到，他也有很温柔的一面吗？

她纳闷地问道：“可是你们在他手下不会觉着他那样很怪吗，就是很情绪化啊，然后不够强吗？”

“没有啊。”楚灵一点不掩饰自己的崇拜，“不管外面的人怎么说他，不管他现在是什么样，我们都对他有信心。他的强悍不是和平年代能体现出来的，他是真正属于战场的男人，你要看过那些战役你就知道了，那个人不是人，简直是战神。”

刘娅楠还是觉着太夸张了，她挺理解不了这些人的想法的，即便是有很好的基因，可是在不同的环境下还是会不一样的。

不过为了不被人当狗狗看，刘娅楠回去后按部就班地吃起了那些药。

虽然只要一想起自己要成胡子妹了，她就觉得浑身汗毛都要起来，那药对身体肯定有损伤，没准还得短寿呢，为了不被囚禁，她也真是豁出去了。

就是心里止不住地淌血啊，休息间歇偶尔听到楚灵他们在说女人的时候，她就会觉着特别讽刺！所以男人们啊，你们但凡给女人点尊重，不囚禁的，女人也不至于被你们逼得去长胡子哇！

只是不知道为什么那药吃了没几天，她就觉得胸部肿胀肿胀的，跟有东西在使劲胀一样。她觉着很奇怪，不过想来多半是那个药劲儿很大，所以胸部在往回缩了？

她再接再厉地吃着，就是胡子一直没怎么长，反倒对着镜子的时候，意外发现自己的皮肤居然比以前还要细腻了，看着脸色也是白里透红的。

她不死心，觉得这个大概只是初级反应，等到后面胡子就会出来了。结果日盼夜盼的，胡子没盼出来，倒是在嘴角附近长出俩疑似青春痘的东西。

不光是这些变化，以前她不管怎么运动踢腿也没觉着胸前那两块一抖一抖的，现在不知道为什么，她只要动作剧烈点，就跟共振似的，胸

口就会一动一动的，抖动得她可别扭了。

简直就跟早些年大学里的那个大波妹一样，不管怎么小心翼翼，短跑的时候还是会“汹涌澎湃”的，想停都停不下。

现在对着胸前的两个小山丘，她忽然就觉着很不妙。按理说都吃药了，就算她胡子没出来，也没道理胸还大了吧，这到底是哪门子的雄性激素啊！该不会是给错药了吧？

虽然很危险，可到了这个份上她怎么也得冒次险。于是她二话不说就去找那个医护人员了。她也不敢说得太严重，总归是怕对方检查自己，她旁敲侧击地问道：“这个剂量没问题吧，每个人身上的激素都是不一样的啊，你们随便给我这种药怎么就知道一定合适呢？”

那些人很自然地说：“你放心吧，给你的药都是最安全可靠的，那可是头儿特批给你的。”

刘娅楠愣住了，这个药还是羌然特意给她弄的？还是特批的？

她看羌然的样子马大哈一个，平时什么事都不管的样子，原来自己的事他都在留意吗？

那个医护人员看她一脸懵懂的，还以为她在怀疑呢，忙解释道：“哎呀，你还有什么好担心的啊，那种药你随便去查查就知道了，绝对一点点副作用都没有的。跟那些化学合成的药物比，这种药，只会把你体内的激素激活，唯一的不妥，大概就是在初服药的时期，会有一个波动，不过很快就会恢复正常了。长期服用别说副作用了，还可以促进调节人体激素平衡呢，像你这种长期激素非正常值的人吃这个最合适。”

她听得目瞪口呆的，所以说这个药是促进体内激素生成的！

倒是那个人忽然停住了嘴巴，疑惑地看着她说：“哎，你最近有没有按时吃药，你……”

刘娅楠一见对方起疑了，吓得站了起来，嘴里说着：“哎呀，可能忘了几次吧，我这就补上，我这就补上。”

她跑出去的时候还听见那人在后面喊她：“别疑神疑鬼的，按时吃吧。”

按时吃个屁啊，再吃胸部都要炸了！她这个郁闷啊，之前绑胸的带子她还觉着不错呢，现在压根不够看了，太使劲地勒着又怕勒出毛病，可是不勒又收不住了。

药是肯定不敢再吃了，以前走路抬头挺胸也不觉着怎么样，现在她就跟不敢抬头做人了似的，走起路来都是缩着脖子含着胸的。幸好那些人压根瞧不上她，她现在蔫头耷脑的倒是没人怎么注意她呢。

那个楚灵不知道怎么的，自从上次吃过她做的菜后，就跟被迷住了一样，简直一刻不闲地追着她要饭吃，一个人为了吃点好吃的，能做出来的事儿楚灵都做到了。

她都觉得纳闷，之前还带着一拨人欺负自己的坏人哪儿去了，怎么忽然就成了自己身边的哈巴狗了呢。成天见到自己的第一句话都是："今天吃什么？"

就好像她是专门给他做饭的一样，而且不知道楚灵怎么吹嘘她做的那些饭菜的，没几天他们第二军就都闻着味来了。

这下就连厨师长都惊动了，非要过来看看到底怎么回事。偶尔军长们找人开个小灶不算什么，可开小灶开到一半的人不过来吃饭，可就是大事了。

不过等尝过刘娅楠做的饭后，平时习惯了大锅熬菜的厨师长也被惊了一小下，忍不住打量刘娅楠。

没想到最近风头正劲的废物刘，居然也有这么一副好手艺，不管是什么菜都能保持最原始的美味，做的菜既不夸张也不是多复杂，吃着就是觉着舒服。

只是规矩还得遵守，平时小打小闹的睁一只眼闭一只就过去了，现在这样闹得尽人皆知的，哪有把厨房让出去的道理，最后刘娅楠就被客客气气地请了出去。

这下楚灵伤心了好久，最后不知道他怎么做到的，又偷偷跟厨师长说好了，偶尔让刘娅楠帮他开个小灶。

刘娅楠开始是蛮反感的，不过想想能在闲暇的时候做做饭练练手艺，倒也不错。

她到现在还抱着那个当厨师的梦呢，既然她没别的指望了，那么这个就是她唯一的追求，更何况她觉着自己是真的有些天赋的！

不过也算是有得有失，经此事后，楚灵那些人对她都刮目相看了，话里话外也会偶尔说些别看废物刘武力值不行，可是做饭还算靠谱这样的话。

刘娅楠听了心里美滋滋的，忍不住想不管到哪儿技术工种都是好物

啊。

再见到观止的时候，她难免就有点扬眉吐气的感觉，只是胸还是不敢挺起来。

倒是观止每次见到她都会装作一本正经的样子，刘娅楠发现这个观止还真有意思，满嘴的动员，一脸的热血，可其实肚子里都是算盘。

那些躲避潜伏的技巧，她也在努力地自学着。

就是那天，她正忙着学习潜伏技能呢，楚灵他们第二军的人就过来了。吵吵嚷嚷的也不知道他们在闹什么呢，那兴高采烈的样子就跟要过年一样。

楚灵就跟跟她多熟似的，刚过来就一把揽住了她的脖子，大笑着说："你还磨蹭什么啊，再晚点飞行器可都开走了。"

刘娅楠一边躲着他的胳膊，一边纳闷地问："什么飞行器啊？"

"夏娃啊，你不去看夏娃了？"楚灵一副见了鬼的样子嘀咕着，"你们第一军的都有毛病是怎么的，多少男人做梦都想去看夏娃想跟她亲密接触接触，就你们第一军的人正经。"

"正经个屁，观止不是声称看那么丑的夏娃不如看他自己吗。"有人玩笑地接了一句。

结果很快有人嘘了一声，压低了声音说："不要命了，观止最恶心人说他长得漂亮。"

楚灵倒不怕那些，大着嗓门嚷了回去："第一军都是伪君子，去年团购充气娃娃，观止一人团了六个，我才买俩，他六个！"说完楚灵就拽着刘娅楠往外走。

刘娅楠被这么个没脑子的大力王拽到飞行器面前的时候，才闹明白怎么回事，这还真是组团去看夏娃啊！

就因为羌然跟当权派有协议，每个月可以单独去看一次夏娃，然后他人又很大方，把机会都跟大家分享了，所以现在他们每个月都可以单独去看夏娃，不限时的！

刘娅楠眉头都要拧巴到一起了，那种东西看一次就够了吧，对她实在没什么纪念价值啊！

楚灵他们也太神奇了，明明之前还拿水冲她笑话她，可就因为吃了几顿她做的饭就要跟她当好兄弟了，所以说男人这种生物就是这样神奇。

她还没转过那道弯呢，这帮大老爷们已经一笑泯恩仇，还觉着那都是小破事，真兄弟都得是打出来的。

就这一路上可不怎么太平，刘娅楠发现本来是乘坐飞行器的，不过一到富人区飞行器就停下了。他们这些人明明什么武器都没带，可是飞行器门口还是有很多穿着制服的人等在那里，跟盯贼似的盯着他们。他们一行人上地面车的时候，那些穿制服的人还派了两个人前后盯着他们，生怕他们这拨人乱来。

她纳闷地直瞅楚灵，楚灵倒是大大咧咧不当回事地说："这些人就是事多，以为咱们闲啊，哪能次次打架啊，打又不能打重了，每次只能把人打个半死，我容易吗。"

刘娅楠这才明白怎么一回事，合着这拨人都是挂上号的，怪不得这些政府人员如临大敌呢。

不过在车上的时候，楚灵倒是给了她一个电话，让她挂在耳朵上，说那个号码都是固定的，一人一个。那电话倒也不重，电话来的时候就会有提示音，问她接不接，要接就按一下，不接的话就按两下，据说在电脑上还可以设置很多其他的功能。

车子刚驶出富人区，她忽然看见个很熟悉的影子在车外一闪而过。

她瞬间激动地从座位上站了起来，狂拍着窗户，对着外面大叫着："田七，田七！"

车里的人被她吓了一跳，她身边的楚灵也被惊到了，赶紧叫车停下。

很快车子停了下来，她飞快地跑了出去，气喘吁吁地跑到小田七面前。她没想到会在这种地方看到小田七，只是两人都站在路边，这个太阳会把小田七晒坏的，她忙找了阴凉的地方，拉着小田七仔仔细细地打量起来。

这个孩子之前脸上还有疤痕呢，现在看着倒是好了不少，只是人还是瘦瘦的。

她刚才跑得太急了，喘气都还是急促的，她站在他面前，手撑着膝盖大口呼吸着，脸上挂着开心的笑容看着这个小家伙。

田七的表情从来都是很淡的，不过见到她后，还是高兴得眼睛都眯在了一起。

只是时间太紧迫了，车子还在等着她呢。

她也没来得及说什么，只匆匆地问了小田七近况，这才知道小田七

这是要去图书馆。

小田七很懂事的，知道有车在等她，就跟个小绅士一样同她说：“我很好的，你上车吧……”

“那，那我先走了，”她心疼地掐了掐小田七的肩膀，这孩子还是这么瘦，“田七你等我啊，我很快就回来的。”

她犹豫了下，其实她也不知道从羌然那里出来后自己能做什么，她是想做个厨师的，可在发生这些事后，她不知道自己还有没有机会进厨房。

再说一个侵犯过羌然的人，有哪个地方肯雇她当厨师啊？

等她再回到车里的时候，楚灵好奇起来，追问着她：“那孩子是谁啊，脸那么白不是有病吧？”

“是小田七。”刘娅楠叹了口气回道，“很可怜的孩子，特别懂事，一个人孤零零的，现在在我朋友那里住着呢，帮人打扫卫生，然后别人给他口饭吃。”

可妩媚他们那个地方毕竟不是个正经住所，再说妩媚他们一直是瞒着妈妈桑的，要是让妈妈桑知道，小田七能不能住下还是个问题。

她一想到这个就皱起了眉头，眼神也是软软的，带着担心挂念。

楚灵忽然就觉得心口被什么挠了一下，痒痒的，可要抓住的时候，那种很痒的感觉又消失了。

车子终于行驶到了“女人世界”那里，第二军的人下了车后陆续找夏娃去了。夏娃依旧躺在那个玻璃棺里，刘娅楠发现看管夏娃的那些护卫比上次她来的时候多了一倍，估计是防着这些人。

结果就是这样楚灵他们还是围着夏娃说了各种不堪入耳的话，她真为男人这个物种丢脸，说这些话的小伙子们还各个精神得让人眼前一亮，这是怎么一种自毁不倦、猥亵不息的精神啊。

倒是不知道怎么的，在听了一会儿污言秽语后，刘娅楠忽然想起羌然来，脑子里下意识地想如果是羌然呢？羌然来到这里的时候也这样吗？也会一边围着夏娃一边跟人讨论哪一号的充气娃娃更好使？

这么一想，她红着脸问了楚灵一句。

楚灵回道：“哪能呢，头儿那人很神的，虽然外面传得很难听，不过他对夏娃还真没什么兴趣。我听参谋部的那帮孙子说，头儿当年第一次见到夏娃的时候，在玻璃棺那里待了好久，还自言自语地说了一句，这种东西怎么能叫男人疯狂，所以你没看头儿都不过来看吗。不过没准

是他不懂那些呢，还不明白女人的好处，听说他连充气娃娃都不用。哎，对了，你多少时间？”

说完楚灵忽然睁大了眼睛看着她，那副样子简直跟要吃人似的。

刘娅楠开始都没反应过来，还在纳闷呢，愣了两秒她才猛地想明白，这是指男人那什么啊！

她的脸一下就从红转白了，回的话更是磕磕绊绊的，只是一时间拿不定主意，不知道在这事上自己是低调点好，还是跟大部分男人一样吹着点好。

最后她凭着仅有的那点看书的经验，回道："有、有半个小时吧……"

不知道牛皮会不会吹破，不过男人都喜欢吹的嘛，不吹反倒不正常了。

她别别扭扭地吹完后，却见楚灵一脸不可思议："我就知道你吃雌激素吃多了，你赶紧吃药转过来吧，才半个小时……"

刘娅楠真是被挤兑得够呛，在等着那些人的时候，她耳朵上的电话响了，她有点纳闷，她今天刚有的电话，这么快就有人找她了？不过电话一接通她就什么都明白了，是羌然在找她。

作为头儿来说知道手下的电话不是再正常不过的吗？她赶紧跟楚灵说了一声，就匆匆跑了出去，羌然派来的车已经到了。

她深吸口气，快速坐到车内。羌然刚才在电话里说要请她吃饭，她觉得怪怪的，而且他说只让她一个人过去，她多少有些紧张，不明白这是怎么个意思。

车子行驶得很平稳，没多会儿目的地就到了。不过，并不是她以为的所谓的大酒店，也不是什么吃饭的地方，而是很大的一块空地。这个地方她以前见过的，就是羌然买下来后一直空着的那块，后来被他植上了草坪。此时她下了车，就见草坪上东西已经都摆好了。

羌然很随意地坐在野餐垫上，嘴里叼着一根香烟。这是她到这个世界以来，第一次看到有人抽烟。她走近他的时候，更是闻到了香烟的味道，他跟炫耀似的，见她走近还故意吐了一个烟圈。

淡淡的烟雾散去，她轻轻地咳嗽了两声，有些不满地蹙起了眉头，不过对着羌然，她什么都不敢说，幸好羌然很快把烟掐熄了。

她终于出了口长气，忍不住嘀咕了一句："抽烟对身体不好的……"

羌然没吭声。

她小心地看过去，就见他脸上表情淡淡的，也不知道是高兴还是不高兴。她坐在野餐垫上，见羌然一直没吭声，就瞧了瞧野餐垫上摆的东西，都是很简单的材料，而且都是半成品，估计是在想着边吃边弄。

她倒是知道怎么做，她大概看了看做到心中有数，然后开口询问羌然的意思。羌然依旧是那副好养活的样子，什么都吃。

她也就随着自己心意地搭配起来，只要是做跟厨艺有关的事儿，她就会高兴得忘乎所以。她把刚刚夹好的刘氏三明治送到羌然面前，一脸期待地等着他品评，不过他尝过后没说什么。

过了好一会儿他才说了一句无关的话："你觉得这个地方浪费吗？"

"啊？"她被问愣住了，这个地方的浪费不是明摆着的吗，这么繁华的地段什么都不做就这么摆着，那已经不是浪费了，简直就是烧钱啊！

羌然也没等她的回答，只用手点了点草坪的四个角说道："从那儿到这里，正好是四个发射点，把微型电磁炮拆开运进来。以观止他们的速度，不出五分钟就可以组装好，在那之后富人区到穷人区的核心地段就尽在射程下了，还有联邦政府的基因库，为了对付它我可是给它安排了两个火力点。浪费？那些叫着浪费的人，不出十分钟我就能让他们葬身火海。"

他说完后张嘴吃了一口三明治，那表情平静得就好像他刚才说的不是什么炮火而是在品评她的三明治一样。

刘娅楠有点惊住了，可又疑心他在开玩笑，他一定是开玩笑的，在这种和平年代，他干吗要做那种事儿，准是跟她开玩笑的吧？逗逗她，就跟逗小虫一样？

刘娅楠呆呆傻傻的，眼神更是纯良得可以。

羌然笑了下，伸出手去摸了摸她的头发，软软的头发摸在手里非常舒服，过了片刻他才又开口道："喜欢这个地方吗？"

"啊？"刘娅楠还是那个傻样子，不过被问后就实话实说道："这个地方啊，不错啊，这个位置多好，在这么繁华的地段，附近都是超豪华的大楼，像仲裁院这样的政府机关就在附近呢，还有各种商业设施，寸土寸金的吧？"

"那给你开饭店怎么样？"羌然侧头问着她。

刘娅楠这下更是呆住了，他又在开玩笑吗？可他手撑着下巴的样子，

看着又挺认真的，怎么好好的找了这地方给她开饭店？

她一时间脑子乱乱的，不知道怎么的就想起自己最近给楚灵他们做饭的事儿了，羌然不会也知道了吧？知道自己一直偷偷地在厨房里做饭，所以才带她来这个地方，就为了帮她实现愿望？只是自己真的要在这个地方开饭店吗，在这个大得可以盖高尔夫球场的地方！

刘娅楠真觉得自己苦尽甘来了，现在的生活简直就是做梦！

羌然说的时候她还不敢相信呢，结果等观止找她签一系列文件后，她才终于明白，羌然还真是说到做到啊。

合同不是什么转让的合同，只是租用，可她看了看租期，居然是一百五十年，那跟白给有什么区别啊！她兴奋得都不知道说什么好了，不只让她签文件，观止还问她要开什么样的餐厅和具体的规划，还给了她一些参考，什么带着花园的超豪华酒店，还有高耸入云的超级大厦。

她看得眼都直了，知道羌然有钱，但她没想到羌然会给她花啊！要是没那点性别在里面掺和，她肯定早早就高兴地收下了，可是自己的胸跟屁股都在那里摆着呢。

她现在每一天都过得战战兢兢的，哪里敢高调啊，更何况再好的东西也是别人给的，她也不好意思照单全收。

她很不好意思地同观止说道："不用那么复杂的，我这个人没什么梦想，对我来说在街边有一个小店铺，有一个方便住的地方，我就很满足了。"

本来以为观止会劝她呢，结果观止压根什么都没说，她说什么观止就做什么。

她长出口气，不过也大概明白观止为什么会这样，其实这些人都是这样的脾气秉性，绝对不贴心，可又绝对靠谱，说一是一，很自律很有男人味。

不过在有了建饭店这个事情后，她在羌家军的时间就缩短了很多，大部分时间在草坪那里看着建房子。不过她也帮不上什么忙，观止他们的速度很快，盖得又那么专业，几天的工夫大概的轮廓就出来了。

里面的那些线路啊水管啊，也都有条不紊地做着呢，她看着一天比一天完善起来的饭店，终于松了口气，也忽然想去看看以前的朋友。

妩媚还有小田七他们还不知道她要开店了呢，她还想叫小田七跟她

一起做生意，反正别人她也信不过，小田七的话怎么也是个半大的孩子，比那些成年的男人要可靠多了。

就是回到“最女人”的时候，妩媚一看见她就给惊住了。观止他们每天都能看到刘娅楠，并没觉着她有什么变化，可是妩媚他们好久没见过她了，尤其是做那个行业的，一眼就看出刘娅楠的胸部大了很多，皮肤也白嫩了不少，整个人气色都不一样了。

以前的刘娅楠总是缩在角落里，现在的她可开朗了很多，脸上的笑可自然了，整个人比之前都不知道漂亮了多少。就连妈妈桑都看呆了，忍不住想，这要是刘娅楠还在这里坐台，准是个当红的苗子，估计整条街都找不出一个这么优质的人来，尤其是那双眼睛，看人的时候带上笑意，特别温柔干净，别提多招人喜欢了。

妩媚他们看刘娅楠的眼光倒没那么专业，只是忍不住嘀咕道：“哎，你不是想做厨师吗，怎么还跑去做手术啊？不过你这胸型不错，形状挺好看的，没个几万下不来吧。”

刘娅楠尴尬地笑了笑，她已经把胸缠了又缠，可还是被人无情地揪了出来，胸就是女人的原罪啊！

不过有妈妈桑在呢，她一时间没敢找小田七，倒是妩媚他们难得见到她，忍不住跟她说起了最近那些八卦。林林总总的都是附近的生意啊，还有哪儿出了什么什么事，还有缪臣特意过来问过她的情况。

刘娅楠听了挺意外的，她没想到缪臣还会关心她。

不过最劲爆的就要属地下角斗场了。

“就那个野兽，还记得吗，都说是侯爷再生的那个，知道现在什么样了吗？”以前的同事一脸神秘地跟她说。

刘娅楠倒是对那个野兽有点印象，记得高高大大的，特别狂傲，不招人待见，虽然他样子长得好，可是吧，煞气可重了，她记得当初给他做服务员的时候，她都不敢看那个人的。

此时那个野兽倒成了街头巷尾议论的热点了。

“就那个野兽，不光长得像侯爷，还那么能打，大家都以为他是侯爷的再生呢，反正赌额越来越多，到最后那场都到一百比一了。结果就是那场，野兽出事了，被人打得那个惨啊，血淋淋地被人抬出去的。”

妩媚也跟着呸了一声：“老子还在里面赔了好几千呢，都以为他会赢，结果输得那么难堪，那种人不是吹牛就是喝大酒，我早就该知道他不是

侯爷转世，要真是侯爷再生能跑去打黑拳吗？”周围的人也纷纷应和着，都是一副被人耍了的感觉。

刘娅楠听是听了，可并没有往心里去，野兽打黑拳离她那么远，她现在只关心自己的小铺子。再说见过羌然的军人范，就野兽那样的，真是不够看。

她兴高采烈地问了妩媚他们几个关于怎么采购菜啊，怎么开店的问题。

手续那些倒是好办，观止告诉过她，羌家军的人都有特许经营权的，别说开饭店了，买军火都没人敢管。所以她唯一需要注意的就是帮小田七办个用工通行证，不然小田七压根不能去富人区的。

刘娅楠等妈妈桑走了，立刻去叫了小田七过来。两人倒是一拍即合，刘娅楠别看嘻嘻哈哈的，其实人很心细的，知道小田七怕太阳晒，来的时候还特意买了两把遮阳伞。

小田七跟她去办用工手续的时候，一面抬头看着漂亮的花伞一面说："哥哥，你是我见过最奇怪的人。"

"奇怪？"刘娅楠奇怪地看他一眼，心想这小家伙干吗要说她奇怪啊。

小田七却一点迟疑都没有继续说道："我头次遇到你这样的人，你跟妩媚他们都不一样，你很温暖……"

刘娅楠笑了，知道小田七这是在夸自己。办好手续后，她又带着小田七到了他们的店铺。她当初要求得很简单，只要有厨房有吃饭的地方，有住所就行。

观止最后一合计就设计了这么一个简单实用的地方，方方正正的五间房子，两间卧室，一间储存间，一间工作间，还有一个专门用来做餐厅的地方。

刘娅楠没想做多大的饭店，她考虑好了的，做炒菜那些其实很累的，就她跟小田七可干不下来，这是黄金地段，客流量肯定大，与其做饭店，还不如做快餐，她观察过，这个地方缺少卖早点的摊位。

这边大部分生意是规规矩矩的，她不如就卖点早点、点心热饮那些，既简单不会太累，也好经营。

她打定注意后，就开始进货了，之前观止给过她起步资金。她知道羌然大手笔，不过那么多钱，她一个小小的饭店哪里用得来，只要了里

面的一个零头。

观止以前对她态度很一般，在她做了这些后，观止倒是忽然对她另眼相看起来。

在说话上也跟以前有了点区别，以前观止很端着的，拿腔拿调，可现在观止会有话直说，在房子都弄好后，还问她要不要去基因库里储存基因。

她一下愣住，观止向她解释着："虽然你是名义上的羌家军，不过头儿特意叮嘱过，你要想的话，费用他都会给你出。"

刘娅楠哪里敢啊，那玩意一弄，她不立马曝光了嘛。

她赶紧回绝道："我还是想靠自己的能力，如果我连进基因库的钱都拿不出来的话，那么下一代的刘娅楠继承者也不过还是个废物基因。"

没想到这话倒是让观止难得多看了她一眼，那眼神明显带了上一丝欣赏。

就在开业当天，羌然还专门来了一趟。刘娅楠已经有好几天没见过他了，猛地见到他，就小跑过去，在离近的时候才忽然想到自己太激动了，忙又止住脚步，可还是没刹住，就跟兔子似的往前蹦了两下才停下。

那个样子再加上那傻乎乎的表情，看得羌然连眼睛都带上了笑意。

只是刘娅楠蛮忙的，这些羌家军可是她的第一批客人，只给那些人吃汉堡是不行的，她早早就准备了食材，到时间就忙着炒啊炖的，一时香气四溢。

她忙得脚不沾地，趁着她做饭的时间，那些人就在她门前的空地上放鞭炮热闹热闹，不管科技多发达，好像鞭炮那东西都不怎么会变化。

就是这些人放鞭炮的样子吓死人了，一手拿着烟一手拿着特大的炮仗，在点燃的时候也不放手，还故意炫两下，才向空中一扔。

还有更厉害的就是瞅准了再扔过去，时间掐算得特别好，在靠近的瞬间同时爆开，那声音响得震耳朵，吓得刘娅楠捂住了耳朵。

羌然一直靠在操作台那里，刘娅楠忙起来的时候会像只到处乱蹦的兔子，短胳膊短腿的，却跟上了发条一样忙个不停。他双手抱在胸前，淡淡地笑着，偶尔刘娅楠有做好的菜，就会夹起一些让他尝尝味道。

很奇怪，她已经不那么怕羌然了，在经历这些事儿后，她反倒觉得羌然蛮可靠的。

她估计她要是男人的话，也会喜欢在羌家军里待着，毕竟羌然从不

会把自己的想法强加给别人，对外人大概是问题多多，可对自己人简直是好得不得了。

就是她的胸部很碍事，动作快的时候就会晃来晃去的，简直想找个碗把它扣住。明明该用的东西都用上了，不管是绑还是勒，可就是越绑越大，越勒越翘。

羌然也注意到这个问题了，随口问道："药没效果吗？"

"啊？"刘娅楠吓得差点没切手指上，她就怕被问这种问题。

她赶紧小心翼翼地回道："哦，最近太忙了，我都忘记吃了……等忙过这阵我就好好吃药。"

羌然也没说别的，只浅浅笑了下。

自从小店开业后，刘娅楠觉得春暖花开，自己的人生又变得顺心如意起来，不管是什么样的环境，只要怀抱希望，总有熬出来的一天。就是不知道为什么她都开张很久了，却没什么人过来吃饭，明明她这个位置好得很，过路的人也不少，还都是精英级别的。

她疑心是自己的早餐档次不够，为了这个，她又特意下了一番工夫，找了附近的几个早餐店考察了一番，却发现那些早餐店还不如自己做的好吃呢，价格也没自己的实惠，她就疑心是不是自己宣传不够。

她一大早起来，特意对着过往的人挥手打招呼，希望能吸引来一些顾客。可很奇怪的是，她不挥手还好，这次只要一挥手，那些人就跟见了鬼似的，玩命往远处跑，她叫了几个，那些人各个跑得飞快，那副样子简直跟逃命似的。

刘娅楠纳闷不已。

屋漏偏逢连夜雨，餐饮店不开张就算了，还遇到打劫的了！本来就是小本买卖，结果那天倒好，她正靠着台子发呆呢，冷不丁有人拿了她放在窗口的面包就跑。

等她反应过来再追的时候，那人已经跑没影了。

她气得直跺脚，本以为这种倒霉事过去就算了，哪知道第二天又是临近傍晚的时候，那不开眼的抢匪又来了，又偷了她一整条面包。

太欺负人了，那么多能卖出去货的饭店不抢，非抢她这种不开张的，落井下石是吧,也太没人性了！她终于扛不住了,气呼呼地去警局报了案。

接待她的人起初还以为她遇到多大的事儿了呢，一听说就被抢走俩

面包后，撇着嘴说："丢失了俩面包，还希望我们严惩。"

"不在乎东西多少！"刘娅楠激动地说着，"主要是太过分了，我刚开张。"

"刚开张？"那个警员就跟想起什么似的，忽然噤声了。

之后刘娅楠就觉得那个警员态度变得奇怪起来，之前还很自然地跟她说话呢，结果忽然就变得严肃起来，话也说得少了，公事公办的，最后就跟送瘟神一样把她送了出去。

刘娅楠没精打采的，都不知道自己是走的什么背字，本以为位置这么好，自己又是小本经营，怎么也不至于做不下去，可现在看着那些绕着她走的行人，她觉得脑袋都大了。没过几天楚灵他们来了，那些人起初没瞧出刘娅楠表情阴郁，还调侃着叫刘娅楠刘老板呢。

刘娅楠唉声叹气都不知道说什么好了，她已经连续被抢了五天了，今天再来的话就是第六天了，合着她费尽辛苦不是卖面包的，而是等着人抢面包的啊！

楚灵这才知道刘娅楠遇到麻烦了，别的楚灵不敢说，但向来只有羌家军抢别人的，还没有人敢在太岁头上动土的！

楚灵立刻拍胸说道："你别管了，这事交给我们吧，保管让那小子都后悔生出来。"

很快楚灵他们就布置好路线还有人员，众人一脸专业范，楚灵更是藏在刘娅楠身边，要亲自帮刘娅楠抓坏人。

不知道为什么只要是为刘娅楠做事，他就觉得自己有使不完的劲似的，而且还特别爱嘚瑟，总想手舞足蹈地在她面前显摆显摆。

刘娅楠倒是被抢习惯了，最近为了不被抢走最得意之作，她都把自己做得最不好的那些面包摆在外面，以至于昨天那人再过来抢的时候，把整盘面包都端走了，就这样她还是没追上那个人。

不过显然这次那人没那么幸运了，刘娅楠看着楚灵他们那副不靠谱的样子，没想到那人刚露头，手刚碰到窗口的面包呢，就已经被楚灵他们按住了，而且楚灵他们不由分说就上手了。

他们这些人出手是真狠，打得地上的草坪都掀起一块。

可刘娅楠看得清楚，那人就算在被打的时候还在玩命地往嘴里塞面包。

刘娅楠气归气，可看清楚那人的衣服后，她忽然就不忍心了。

那人明显就是个流浪汉嘛，衣服脏兮兮的不说，还都一条一条的，像是被什么挂坏了一样。

她一下心软了，估计要不是饿急了，这人也不会过来抢吃的。

她赶紧跑过去，劝下楚灵他们。在过去的时候，不知怎么的她阴错阳差对上了那人的眼睛，那是一双有些熟悉的眼睛，像是困兽一样，充满了血色。

在污迹下，她隐约觉得那人很面熟，想了几秒才猛地想起来，这人不就是那个野兽吗，当年在地下拳场那个野兽！

刘娅楠跟野兽没什么交情，不过看他这么落魄还是觉得怪可怜的。

等楚灵他们走后，她还额外给了他一块面包。

那个野兽抬起头来，明明是她递过去的，可野兽那大手一抓，就跟从她手里抢过去的一样。

她犹豫了下，应该走开的，不过这个野兽被打得那么狠，她怕就这么让他走的话，万一有什么内伤就麻烦了。

她小声问了一句："你身上没事吧，要不要进去休息下。"

"我见过你吗？"野兽忽然抬起眼皮来盯着她问。

她哎了一声，才想起估计他早不记得她了，她赶紧说道："也不算是正式见过吧，我以前在帮厨的时候给你端过盘子。"

"不。"野兽像是想起什么似的，说道，"你就是侵犯羌然的那个人吧？我在电视上见过你。"

刘娅楠最讨厌听见这个，她垮着脸，都怀疑这个野兽是故意这么说来气她的。而且这人是不是脑子有问题啊，第二天几乎是同一时间点，他又来抢面包了！

这下刘娅楠郁闷到家了，这个人只记吃不记打的吗？

看着他挨打吧又觉得可怜，可是就算她的面包没人买，也不要这样抢啊。

不过大概是之前被打伤了，这次野兽跑起来可没那么快了，刘娅楠跑了几步居然追上他了。只是这个人，打吧皮糙肉厚的，骂吧人家又不在乎。

刘娅楠看他狼吞虎咽地吃着面包，终于动了恻隐之心，只是面包而已。再说他这么落魄，估计跟穷人区那次豪赌有关系，据说很多人都赔

了钱，然后把火都转嫁到了他身上，所以他才在穷人区混不下去了。

不过他应该早就是富人了，难道之前一点积蓄都没有？

刘娅楠想了下说道：“那个，其实你要吃的话，我不是不能给你，只是你别抢了。”

反正有些活儿她跟小田七做起来很吃力，雇个临时工帮他们搬搬扛扛的倒是没问题。

她说道：“你过来给我干活吧，用劳动力换吃的怎么样？怎么也比抢东西好吧。”

她以为这人多半会感激涕零了呢，结果野兽居然动都没动，几口吃掉手里的面包后，回了一句：“你那破店就要倒闭了，你还想再加个人？”

刘娅楠一下火了，有这么不会说话的嘛，她明明是好心啊。

她气呼呼地反驳道：“什么要倒闭了，刚开的店总要有个过程吧？”

“过程？”那人舔着手指讽刺她，“你等着倒闭吧。”

刘娅楠一听更纳闷了，她最近一直觉得哪里不对，此时听见他的话，觉着他多半是知道点内幕。她疑心是被什么人设计了，不然自己做得那么好吃，为什么连一个上门的都没有？

一见野兽要走，她扯着他的衣服追问道：“不行，你等下，你得告诉我，为什么那些人不肯吃我做的东西，不会是有人在背后说我什么吧？”

“还用人说吗？”野兽上下打量着她，哼了一声，“就你占的那个地方，谁敢啊？”

刘娅楠有些愣住了，野兽见她傻乎乎的，又补充了一句：“以前那地方可是禁区，进去就杀无赦。有一个人拿的文件被风吹进去了，他伸了下胳膊，就被打没了胳膊。这种事几年前一直在发生，每年都出好几起，偶尔有些压根就是过来放风筝的，只是风筝不小心越了下线，就被扫倒了，厉害的时候还引发了很严重的游行，羌然那变态找了他那帮兵痞子向人群发射催泪瓦斯，后来闹得越来越厉害，羌然居然还在这个地方钓鱼。那段时间只要打开电视，这里就闹得跟世界末日似的，在这个地方开餐馆，敢吃的人肯定是疯了。”

刘娅楠以前也听过一些传闻，可是她真没想到情况会这么严重，她以为只会警示什么的，没想到这地方还真的伤过人。她最近跟那个温和的羌然见多了，都有些忘记那是个有着黑历史的人了，一时间，她被野兽堵得说不出话来。

等再回去的时候就跟小田七说了说这个事儿，看她一筹莫展的，小田七也不知道该怎么劝她。

之前不管是发广告还是拉人，他们都努力了，可那些人就是对这个地方有成见，他们能怎么办。

晚上刘娅楠睡不着，把自己关在厨房里忙碌。明明她知道不管自己做得多好吃，还是会被浪费，可是人总要找点事情做。

她做得非常努力非常认真，就连小田七走近都没有发觉，小田七看了一会儿，她才注意到他，笑了下。

她正在用力打着鸡蛋，打得手腕都酸了，她就揉一揉继续打，小田七很乖巧地帮着她，不用她说就知道该做什么。

刘娅楠过了好一会儿才说："我其实很难过，我从小的梦想就是当一个厨师，很小的时候，对了，你跟人玩过过家家吗，就是几个人模仿大人的游戏？"

见小田七摇头，她叹了口气说："我小时候经常玩，那时候最开心的就是用泥巴做出好吃的，给他们，他们会假装吃得很开心，每次我都会被逗笑。后来长大了，虽然知道自己不可能再做厨师，可还是想把饭菜做得好吃一些，像是不同的食材，因为切的角度不同就会有不同的口感，我都有注意到。"

小田七安静地听着。

她叹了口气："心情好的时候做出来的饭菜是最香的，对了，你能吃酸辣味吗，我以前最喜欢吃酸辣粉了，我刚才试着做了点，你尝尝。"说完她让小田七试试看。

小田七很乖巧地尝了一口，他平时不管吃什么，都会夸刘娅楠的，这次却没有，反倒皱着眉头说："这个味道……"

刘娅楠纳闷地看了看他，忙也尝了一口，可是很好吃啊，味道超级正的。

她郁闷地挠了挠头，果然纯男人的世界口味都不大一样了，她以为这种酸辣味的会受欢迎呢。她又尝试了几种，都让小田七一一试了试口感，最后终于挑出了非常简单的几款。

看刘娅楠努力的样子，小田七以为她还在不开心呢，正想劝她几句，哪知刘娅楠已经很有想法地说起第二天的计划了。

"明天我想去买一个小推车，我记得穷人区有人推车卖零食的，既

然这个地方不招人待见，那么咱们推出去卖怎么样？”

刘娅楠说到做到，一刻都不耽误，第二天就干了起来。她也不怕辛苦，带着小田七早早就去采购小食车了，就是在采购的时候遇到了一个熟人。

她没想到在这种地方居然可以碰到还少航，随即她就想明白了，还少航是菜贩子嘛，不在菜市场里混在哪里啊。

她本来想当做没看见的，可这人是属狗鼻子的，居然一下就闻出她的味道了，而且一见她就特别自然地凑到她身边狂闻。

刘娅楠郁闷地直接说：“喂喂，我跟你不熟的好吗。”

还少航哪里肯听，嘻嘻哈哈地说：“哎呀，刘娅楠，你生我的气了？别啊，你当初闯的祸太大了，要能救你的话我早救了，是怪我一直没理你吗？”他那副靠近她闻味的样子，就跟吸食毒品一样，简直都要陶醉了。

刘娅楠被他恶心得够呛，赶紧边躲边说：“你要干吗，哎呀，鼻子躲开啦！”

还少航还在往她面前凑，一边凑一边纳闷地嘀咕着：“你身上的味道太奇怪了，越来越好闻。”

“有什么好闻的！”刘娅楠气得推开他的头，咬牙切齿地说，“你别纠缠我，我是过来做正事的。”

没想到话说完后，这个还少航居然又纠缠着她了，不断问她要做什么正事。

一等她说完，还少航二话不说就帮她张罗起来，而且刘娅楠发现还少航不仅在车子上要价很低，就连那些菜的价格都比别处要优惠不少。

虽然还少航人很恶心，不过大家都是做生意的嘛，再说还少航供应的菜，她都是见识过的，品质没得说。反正只是送菜而已，也不会有别的交集，刘娅楠犹豫了一下，随后把合同签了下来，剩下的就是回去做准备了。

她本来以为野兽那个人没戏了呢，没想到事情特别顺利，等她回去的时候，就看见那大个子在她店前坐着呢。那拽了吧唧的样子，就跟别人都欠他钱一样，明明他都衣不蔽体了。

她笑着打开门，一边嘀咕：“哦，不怕我倒闭了。”一边把野兽带了进去。把需要用力气的活都跟野兽说了，过后她还盯着野兽洗了洗手和脸，觉得卫生了才放野兽去干活。

野兽干活倒是还算靠得住，正好有好多事需要做呢，要准备的食材

很多，她买了烧烤用的东西，还要串很多签子。

这么忙了一天后，其实她开始设想得很好，就给野兽点吃的就好了。可现在自己用了野兽整整一天，这个人除了嘴上毒一些，看着拽一些，其实还是蛮勤快的，就单单给人点吃的，好像有点说不过去。

刘娅楠留下野兽跟她和小田七一起吃饭，只是晚上肯定不能留这么个人在家里，毕竟他是陌生人，再加上是打黑拳的，人心隔肚皮，谁知道人品怎么样啊？

刘娅楠让野兽走了，她则跟小田七收拾了一下屋子就睡下了。哪知道第二天一开门，她就看见野兽居然在她家门口睡觉。

她有点不忍心，不过她跟小田七武力值那么低，在没熟悉前，她肯定是不敢放野兽进来休息的，等晚些的时候，她给了野兽一床毯子，让他多少盖一盖。

野兽这个人很有意思，从不知道道谢的。就跟不知道怎么面对别人的善意一样，你给他东西，照顾他，看他喜欢吃什么菜，特意推着靠近他的时候，他都是一脸戒备。

刘娅楠没见过这样的人，浑身跟长了倒刺一样。渐渐地她就对最后那场比赛产生了好奇心，怀疑野兽是不是被什么人给陷害了。只是不管她怎么旁敲侧击，野兽都不肯吐露半分，每次都是沉默以对。

不过渐渐熟悉后，刘娅楠发现，除了拽拽的不会说话外，野兽看家护院，搬搬扛扛那些还是不错的。最近生意也算是终于有了些起色，至少她推出去的东西能卖出去一些了。推得越远能卖得越多，就是小田七不能一直在太阳下，她一个人又推不动，到最后她叫了野兽跟自己推车。

野兽力气是真大，虽然没羌然他们那么恐怖，不过按普通人的力气来说，绝对算是力大超群的。

只是现在的野兽形象很不好，别看以前高高大大看着蛮帅气的，可现在吧，俩大门牙没了，一张嘴就是俩窟窿。不知道是被打掉的还是怎么的，反正看他那么酷拽帅的样子，偏偏说话兜不住风，说“我知道了”的时候，就跟说“我死掉了”一样，刘娅楠每次听到都想笑。

有一天他们推车出去叫卖的时候，在经过一家牙科医院的时候，刘娅楠就拽着野兽进去了。

这阵子她也没给野兽开过薪水，倒不如趁这个机会给他安俩门牙，至少看着好看，吃饭也方便一些。结果野兽死活不干，还嚷嚷着什么过

几天就能长好，不让她管。

刘娅楠哪里肯信，这家伙当自己长的是乳牙呢。

刘娅楠这个人看着温温柔柔的，可是真到这个时候就会很固执，扯着野兽的脖子往里走。野兽那么高的个子，要放在以前绝对甩开脖子，把刘娅楠甩一边去了。

可这个时候被那只小小的手拽着，把他拽得都不得不低着头，他跟被什么卡住了一样，怎么也抬不起脖子来，只觉得那双手的温度特别高，有热度一直从那只手上传来，而且那些气味越来越浓烈了，那种让他觉得心醉神迷的味道，正从刘娅楠身上传来。他从没闻过那种味道，跟男人的体味不大一样，也不是花的香气，可比花香还要迷人。

刘娅楠最近跟小田七待久了，很有大家长的作风，再加上她也算是个老板了嘛，为职工谋福利也是应该的。

进到医院后，她大手一挥就让医生帮她的职工好好看看。

结果那个医生看后，却跟看不明白似的，把戴着的眼镜摘了下来，用力擦了擦，重新看了看，最后歪着头说："这个不需要再弄了吧，你是不是植了牙，用的最新的植牙术？我听说过这种技术，可以通过钙合成让牙齿重新长出来。"

"哎？"刘娅楠也愣住了，牙齿也能植入的吗，还钙合成，要不要这么夸张啊？

她好奇得厉害，忙把手伸到野兽的牙床下，轻轻地摸着，果然在牙床的位置有很刺手的感觉，就好像有牙齿在往外长一样。

她惊讶坏了，忙又俯下身去，让野兽把嘴巴张大点，可不知道为什么自己在靠近的时候，发现野兽的脸腾一下就红了。

她怀疑是野兽紧张了，忙安慰他说："我就看看，不过你这是怎么回事啊，你不会偷偷跑去做植牙了吧，亏我还担心你呢。"

野兽也太胆小了吧，看他那么大个人，她就把手伸进去摸了摸他的牙床，他就能紧张得全身都僵硬了，要不要这么夸张啊？

等两人从牙医那里出来的时候，野兽还是那个样子，不过比刚才还要拽了，还夸耀似的同她说："所以说你压根不用管我的，我从小就这样，不管受了多重的伤，不用管它，过一阵就好了。"

刘娅楠瞥了他一眼，这个怪牛似的家伙，实在不明白这种事情有什么好炫耀的，她半皱着眉头叮嘱他："就算是那样，也要注意别受伤，

哪有因为愈合能力好，就不把自己当回事的。”

刘娅楠都想问问这家伙，他到底是怎么长大的，还受伤不用管它，能活到现在全靠的是什么！

卖完了东西，等刘娅楠跟野兽推着小车回去的时候，还没到门口呢，小田七就跑了出来。

小田七站稳后就气喘吁吁地给她看了一样东西，瞬间刘娅楠气得嘴巴都要歪掉了。这是一个关于乱发小广告还有沿街叫卖的处罚通知，仲裁院那个标志就在上面印着呢！

刘娅楠也不傻，她记得观止说过羌家军有什么豁免权的，既然连刑法都能豁免，这种乱发小广告应该没问题吧？为了确认下，她忙又给观止打去电话，只是她还不怎么会使那个电话呢，手忙脚乱的不知道怎么的就给按到羌然那里去了。

电话一接通她就傻眼了，赶紧在电话里说道：“啊，对不起啊，头儿，我拨错号了。”

羌然倒没有生气，反而在电话里语气很温和地问她最近开店怎么样，顺不顺利。

刘娅楠没敢说得太严重，轻描淡写地说自己最近正在向外扩大经销规模呢。

明明说的都是好话，可羌然还是听出问题了，他的脑子快得可不是一星半点，瞬间猜出问题所在了，当下问了一句：“是不是在那个地方开店不方便？”

刘娅楠迟疑了下才回道：“也不全是。”

羌然没再说什么。

刘娅楠不知道为什么紧张起来，一想起外界对羌然的那些传闻，她就生怕羌然再在她店门口架个机关枪什么的，敢不进来买的都给你们崩了这事，这个羌然也不是干不出来……

刘娅楠心里忐忑地放下电话后又给观止打去电话，观止倒是说他可以跟仲裁院的那拨人沟通沟通，还让她放心，这么点小事他会处理好的。

刘娅楠心事重重的，不过现在推车的生意倒是好了不少，在边推边卖的时候，她还跟人介绍了自己的小店，只是重点都不在食品上，而是店的安全性。她一遍一遍地跟人说她那个地方安全得很，绝对不会忽然

出来个什么意外。

有时候她都怀疑自己是不是开饭店的，怎么最近一句介绍饭菜的话没有，全是保障别人生命安全那些。

晚上吃完饭后，刘娅楠难得没让野兽再在外面睡，不过卧室有限，刘娅楠把他安排到了就餐的地方，反正最近一直没有客人，那地方空着也是空着。

她帮野兽铺被子的时候，发现他也真是不讲究，居然光着身体就在屋里走来走去的了。

这下可把刘娅楠吓了一跳，自从跟小田七住一起后，她就很少受这种刺激了，不过她还得表现得面无表情，装作没事人一样，想当初她可是进入男厕所都如入无人之境的。

就是野兽身上的伤痕很奇怪，上面有些伤不大像是战斗中来的，反倒像是烫伤。大概是察觉到了刘娅楠的视线，野兽无所谓地拿了把椅子坐下，说："是我逃跑的时候被人烫的。"

刘娅楠纳闷地看向他，忍不住问了一句："逃跑？是在地下拳击场吗？"

"比那个还久。"野兽像在回忆般说着，"有人在养育院挑人，那时候我吃得多，总是吃不饱，那人说他那里管饭，而且管够，我就跟他去了。他把我们几个孩子关在一起，就那么饿着，告诉我们说我们之中只有一个能活着出那个屋，我就不想干了，把门踢开就跑了，被他抓住后，他用烙铁烫我，我都以为自己要被烫熟了，可还是活了下来，然后他就把我送到了地下拳击场。当初那些人都是受过训练的，只有我没有，我就硬抗着，反正我恢复能力强。"

刘娅楠很怕疼，"大姨妈"来的时候都会疼得想流眼泪，她无法想象有人要忍受那么多痛苦，她觉得要是自己的话，她早已经想死了。

可她什么都没说，主要是不知道该怎么说好。她低头继续铺着被子，本来就给他拿了一床，现在她忽然心软了，忙又从自己屋多拿了一套，铺得软软的。她还用手拍了拍，觉得舒服才让野兽过来。

就是第二天早起后，她正想找野兽收拾车子呢，就听见有人在敲门，一打开门她就惊呆了。

站在她面前的居然是羌然！不知什么时候羌然已经把门外的车子弄好了。

刘娅楠惊得下巴都要掉下来了，这是怎么个情况，而且他还一副“你快点”的样子是要做什么？

只是没想到这个战斗狂羌然居然要跟她去做小买卖，要沿街叫卖甜点快餐三明治烤肉串？

这事刘娅楠本能地觉得不成，好不容易避开这个倒霉的地方开了几天张，羌然再跟她干这个，不就成了死神来了嘛。到时候别人要个三明治，好家伙，羌然一递过去，不得把客人吓得屁滚尿流了。

刘娅楠很怕羌然会砸了自己的生意，可看羌然那副要微服私访体察民情的样子，她又不好直接拒绝。主要是羌然蛮帮她的，这么大的地方都免费给她了，还给她投资。

她跟野兽说了几句，然后就想带着他去附近买个墨镜什么的，只是一直表情淡淡的羌然在见到野兽后，皱了下眉头。刘娅楠还以为他不高兴别人进到自己的地盘呢，忙解释说：“他是我雇来的，不然那么多事情，我一个人干不过来。”

羌然倒是没再说什么，就是在买墨镜的时候，她看见那家店门口的显示屏上显示着一个注意阻断者二号病毒感染的告示。

她纳闷地问了对方一句，也不知道那是不是流感啊什么的，既然那么严肃地做了告示，应该需要注意的吧。

结果对方告诉她：“没什么大事，这是早先有人怕自己的基因被人私下克隆了，特意弄出来的一个病毒。当初只有很厉害的那几个人用，后来不知道怎么的这东西传了出来，被感染也没什么，三年后自然就痊愈了，而且只要感染一次以后就有免疫力了。这个告示就是通知那些没做基因存档的，尽快去做，不然传染上这个至少要等三年才能做基因存档了。”

刘娅楠也不懂这个，听得模模糊糊的，就知道这是再生时用的，不过既然对身体没什么影响，她也没怎么在意。

等出去后，刘娅楠把装饰用的墨镜给羌然戴上了。她匆匆忙忙的也没怎么选款式，不过这个羌然戴上后，倒是蛮有型的，酷酷的，她忍不住左右歪着头看他。

在路上的时候，刘娅楠不好意思让羌然一个人推着车子，她总觉着怪怪的。不过羌然做这个倒是不稀奇，他就是这么个随性而为的人，想

做什么压根不会考虑后果。

走到一个拐角的时候，羌然忽然指着一栋好大的楼同她说：“我十八岁前每周都要去那里上一次课。”

刘娅楠好奇地问：“你也需要强制学习吗，你在里面都学什么啊？”不会是义务教育那些吧？

“就是和平友爱那些。”羌然俯下身来，表情带着一丝揶揄，“当初签订那个条约的时候，那些家伙就想好了，想通过这种学习，感动我启发我，想用文明的曙光，把我召回人性的道上。”他扯了下嘴角，“可我天生没人性。”

刘娅楠不知道怎么就笑了，她不大信那些话，耳朵里听到的羌然好像跟她看到的羌然不是一样的。她有时候也会奇怪，不明白外界传得那么恐怖的羌然，她怎么就会觉得亲切，也许是因为羌然把自己当小动物似的宠吧？

两人沿街卖了一些东西后，羌然忽然抽起烟来。其实刘娅楠跟楚灵他们聊天的时候问过羌然抽烟的事儿，楚灵他们都说羌然抽烟抽得很凶。现在很少有人会抽这种烟了，大部分人喜欢含一种提神的小丸子，放在嘴里感觉跟抽烟差不多，还不会对身体有影响。

所以再见到羌然这样，刘娅楠有些犹豫不决。如果是以前给她个胆子她也不敢劝的，可现在两人应该很熟了，所以说点为对方好的话，应该没事的吧？

再说羌然本身又有病，有这种不良嗜好也不好啊，她鼓起勇气说道：“其实抽烟对身体没好处的，你可以试试薵身丸啊，据说那个口味有很多种的……”

话还没说完，刚还被羌然叼在嘴里的烟头已经被塞到了她嘴里。

羌然不怀好意地跟个顽童似的挑唆道：“不一样的，你试试，这么抽要好玩得多。”

说完他又掏出一支烟来，他的手指长得非常漂亮，夹烟的动作更是帅气得不得了。刘娅楠都觉得自己看傻了，倒是羌然笑了下，把烟从她嘴里重新拿走，长长地吐了一个烟圈给她。

她被呛得直咳嗽，这才反应过来，这个羌然啊！

烟被塞到她手里，他掰着她的手指，让她夹着烟。

他的力气很大，她抗拒了几下也没用，被迫地在他的引导下吸了一

口烟，结果呛得脸红脖子粗的。

羌然看着她的样子，明明她都要被呛哭了，他的表情却越来越开心。

刘娅楠真挺无语的，而且羌然放在她手上的手指，让她觉得很别扭。

羌然也靠得太近了，再说她有什么好逗的？是看她傻还是看她呆？

她不爽起来，用力瞪了羌然一眼，结果这次羌然居然笑了出来。

刘娅楠觉得很别扭，很不舒服，她的心在狂跳，在他笑出来的时候，她的心好像不是自己的了，这种感觉很陌生很奇怪。

她很不想去深究自己到底是怎么了，倒是一天结束的时候，羌然忽然拿出一样东西，笑着跟她说："送你个礼物。"

刘娅楠看着那个形状好像是个项圈东西，心都要炸开了，羌然不会是要送她项链吧？

他是什么意思？

看着做工好像还不错的样子，是她以前在那个博物馆里看到过的那样漂亮的特别女性化的项链吗？不要吧？

如果是的话，她……

刘娅楠正天人交战左右为难不知所措的时候，就见那个项圈被展开了，形状跟她想的不大一样，样子也太过于豪放了。

"这是小虫的。"羌然一边打开一边感慨道："我一直没舍得扔，前几天特意找人改了改大小。"

他带着笑意亲切地为刘娅楠把项圈戴上，带着欣喜的表情满意地看着这个让他开心的小东西说："很合适你。"

刘娅楠真想哭啊！作为这世上唯一的女人，对某个男人似乎大概可能有了那么一点点动心后，却被那个男人当狗看啊！

所以男人啊，你活该打光棍啊！你就这眼神脑子，你打一万年光棍都不冤啊！

生意终于渐渐上了轨道，刘娅楠每天都很快乐，之前那些怕得要死的行人现在也敢大着胆子过来买东西了。

她曾经那么担心自己的身份被人发现，现在看来她完全就是紧张过度吧？

她渐渐放松了警觉。再说她跟这个世界的男人熟悉后，很难想象这些衣冠楚楚的男人会做出那么残酷的事儿。

她每天都忙碌着，看着那些排队买她东西的顾客，她觉得大家都是人嘛，男人女人又有什么关系。没准过几年她心情好，觉着差不多了，还会主动给什么基因会之类的地方邮寄几根自己的头发。据说只要有那个，就可以再生女人了。这样的话，她等于是做了个无名英雄呢。

慢慢地她就由原来的不安恐惧，变成现在的安然快乐，她都觉得自己厉害得不得了，就是偶尔也会想起以前的生活、家人朋友。可是人都要向前看的，不管怎么想念以前的亲人朋友，回不去了就是回不去了。

她把傻大个还有小田七当成了自己的家人，就是羌然每次想起来都会觉得很别扭。自从羌然走后，她就一直没他的消息，倒是楚灵他们总来，每次来不是蹭吃蹭喝就是给她捣乱。

那天她听着小田七在看什么关于史上最强契约的书。她看了奇怪，忍不住问小田七这是个什么东东。

小田七很详细地跟她讲了讲这个契约的来历，只是她越听越囧。

“所以发现女人共享？当年的侯爷跟曾经的羌然签订过这个。”

“嗯，当初宇宙探险，他们彼此实力相当，如果一路争斗的话只会两败俱伤，最后两人就协议签署了这个契约，就现在来说这个契约还是被称为最强契约。”

刘娅楠嘴巴都歪后脑勺去了，一想到很多人脸色严肃地谈论着什么共享，她就觉着那些人真是脑残无极限啊，这都怎么想的啊！

难道女人也可以一三五你来，二四六我来，然后周日一起的吗？他们当女人都是什么了！还权利共享，怎么不先把脑子找回来啊，不带脑子出门小心被车撞的哦！

她赶紧把书收起来，手臂挥舞着对小田七说：“小小年纪不学好，这种东西有什么好看的，有时间看点有营养的书！”

小田七从没见过刘娅楠这样，忙委屈地说着：“可这本书是最权威的，现在在法学考试中还是必考科目呢。”

果然立场不同考虑方式都不一样，她无奈地又把书交还给小田七，只是心里很憋气。如今野生动物都不能随便猎杀了，女人那么珍贵的物种，却连个保护法都没有，真不知道这些人都是怎么想的。

日子一天一天平顺地过去了，最近她对野兽的称呼有了变化。她觉得现在的野兽一点都不凶，就是脑子很轴，固执又骄傲。她开玩笑地叫他傻大个，结果弄的楚灵他们也跟着叫，只是傻大个被刘娅楠叫可以，

别人叫野兽就会翻脸，然后就会来一架。

看他们打架的样子，刘娅楠一开始很担心，可渐渐地她发现男人好像就是这样的生物。

就是傻大个压根不是楚灵他们的对手，刘娅楠可知道楚灵他们的训练有多变态，她可是在羌家军待过一段时间的。

见傻大个被那些兵痞子欺负，她想着要帮帮傻大个，晚些的时候，她就把从羌家军学到的那些讲给傻大个听。

看野兽傻乎乎的，可刘娅楠发现只要是跟战斗有关系的，他的脑子就特快，而且她都觉着自己的姿势很标准了，那个傻大个还能挑出她无数的毛病来，最后反过来教她该怎么做。到了后期进步神速的傻大个都可以跟楚灵过上几招了。

不过男人真是不打不相识，后来野兽居然都可以跟羌家军那帮人一起喝酒当哥们了。

小店生意越来越好，她都忙得脚不沾地了。有一次楚灵他们来的时候，忽然说了这么一些话，楚灵揪了她一根头发，嘴里嘀嘀咕咕地说她：“你这家伙是不是被感染阻断二号了啊？就说了让你别总去穷人区采购菜，就之前那个菜贩子送过来多好。”

刘娅楠真的很想问问楚灵，你哪位啊，我亲自过去取菜还不是为了便宜点嘛。

再说阻断者二号她在电视上也看到了啊，对人的身体没影响的，就是不能克隆再生了而已啊，有必要那么不开心吗。反正现在的楚灵对她的态度是越来越不好了，对她说话一点都没有战友的自觉，反倒跟她是他的私有物一样。

随便揪她的头发去输基因库，这种事多恐怖啊！她听着都害怕。

幸好楚灵那拨人傻得一如既往，还在纳闷地跟她说：“咱们羌家军有自己的基因库，我把你的输进去，结果刚把你的头发弄进去，里面就开始闪，我就猜着你这家伙准跑出去被传染了。”

“不过很奇怪，以往报警都是黄色的，这次还有红色的在不断地响。”楚灵身边的人也跟着说。

刘娅楠经历的大风大浪多了，当年测谎仪还说她是女人呢，她不也熬过来了。再说机器就不犯错了？只要不是直接脱裤子，她就不怕被人认出来。

她嘻嘻哈哈地说着：“你弄错开关了吧，你这个人啊，本身就对机器不在行。”

刘娅楠发现人的胆子真是越练越大，经历过那些风雨后，她对自己特别有自信，觉得不管是什么样的情况自己都能安然无恙地应付过去。

那天好久不联系的羌然不知怎么的就说要请她吃饭。

刘娅楠其实心情挺忐忑的，自从上次羌然给她戴这么个项圈后，两人还没见过面呢，再联系也无非就是打个电话，那感觉就跟她是羌然散养在外面的小宠物一样。

羌然那么大的男人也会问她吃得怎么样，长得好不好，那德行，简直就差问她毛色亮不亮了！

不过跟羌然出去吃饭还是蛮有诱惑力的，主要是听楚灵他们说，羌然要带她去的是做菜做得最好的地方，她真蛮想过去开开眼的，如果能顺便偷偷师就更好了。

只是羌然这个人有个毛病，你要跟他在路上走，他就会有问有答，随便跟人聊天，可一旦坐下来，就跟多动症患者被控制住似的，忽然话也少了，表情也少了。

刘娅楠早就发现他这个毛病了，不光是这个，只要坐一会儿，羌然必定会找一些东西把玩，像是餐桌上的小杯子就被他拿着转了好多圈。倒是刘娅楠兴奋地叽里呱啦的，她最近遇到的开心事很多，比如店铺终于走上轨道了。只是那些仲裁院的人很烦人，没事就组织什么卫生部啊商业协会的过来考察她。

叽里咕噜说了一通后，刘娅楠就想去个厕所。她昨天来“大姨妈”了，她怕一会儿出去走得多了，再露出来。

进到洗手间的时候，她发现这个酒店不光布置得好看，就连马桶都设计得那么有意思。里面是素色的瓷砖，还有造型别致的马桶，更神奇的是坐上去的时候还有音乐可以听，还是超级悦耳的环绕立体声。

她忍不住晃着脑袋看了看周围的布置，就注意到有一个什么处理器的东西。她还惊奇了下呢，因为别的地方都是垃圾桶嘛，这个地方居然还有专门的处理器，果然高级的地方就是不一样。

以往她都很小心地把那些用过的东西收好，趁着没人的地方才敢放在一堆垃圾里丢出，这样虽然恶心，可当时不是害怕嘛。现在她就不那么干了，因为她发现垃圾就是垃圾嘛，哪有人会无聊地翻垃圾看啊。更

何况这个地方还有处理器呢，估计所有的垃圾都会被打碎了处理的。

这么一想她把用过的纪念版卫生间直接扔到了处理器里，就是这个处理器造型真怪，还是个漏洞形状的。

再出去的时候，她之前点的菜差不多已经上齐了。她吃得兴高采烈的，这些菜是贵得有道理，果然是大餐级别的。吃到一半的时候，她纳闷地看向羌然，他是怎么了，吃那么少，一副很没味口的样子。

她小心地问着：“喂，头儿，你不是身体不舒服吧？”

羌然摇了下头，就跟哄小狗一样摸了摸她的头发说：“没胃口。”

“那可不成，多少喝点汤啊。”她拿起羌然那边的勺子，舀了点汤，递到他面前，结果羌然直接就低头喝了。

她惊得差点没把勺子扔出去，心里却有一种东西荡开来，很奇妙，不知道为什么就想笑出来。

她又用勺子舀了一口，羌然依旧俯身喝下，就是有些尴尬，她都不知道该说什么了。

她正琢磨要不要打破沉默的时候，羌然的电话响了，他那个好像是声控的，他说了一个数字，很快那通电话就接通了。

刘娅楠也没在意，有人找羌然很自然的嘛。就在她低头继续吃饭的时候，之前还一直懒洋洋的羌然忽然站了起来，那个动作太快了，把他面前的盘子都碰到了地上，发出哐的一声，瞬间那盘子摔得粉碎。

刘娅楠诧异地抬起头来，她敢发誓，她从没见过这样的羌然。她不知道人的眼睛怎么可以在短短的时间里掠过那么多情绪，而那些情绪快得她都分辨不出来。

羌然正急促呼吸着，她吓坏了，怕他身体不舒服，赶紧跟着站起来，下意识地轻抚了下羌然的后背。可是羌然突然冲了出去，连外套都忘记了。刘娅楠被他吓得一惊一乍的，忙跟了过去。

羌然这才想起她似的，用力抱了她一下，她能感觉到羌然在不可抑制地哆嗦着，她都被他的样子吓到了。

“有东西出现了，我得去看看。”羌然语无伦次地对她说着，说完飞快地向外跑去。

刘娅楠觉得莫名其妙的，平时看羌然对什么都不在乎一样，今天真是让她大跌眼镜。幸好这个酒店离她的小店很近，她稀里糊涂地回到店里，楚灵那些兵混子还在呢，七零八落地坐着，不是在喝酒就是在吃东西。

楚灵一边吧唧吧唧地吃着她做的那些东西，一边逗她："喂，那地方很厉害吧，你有没有用那个带自动分析器的小便池？那个造型简直能把人恶心死！"

刘娅楠还在为刚才的事纳闷呢，听见"小便池"三字，她也没在意，随手拿了块面包堵上了楚灵的嘴巴。

倒是楚灵身边的人也被勾起了话头："那个东西我第一次用的时候都吓一跳，简直跟体检一样。"

听着那些人嘻嘻哈哈的，刘娅楠也没当回事，正要扭头收拾操作台的时候，她忽然顿住了，一个画面在她眼前快速掠过，她的手都有点抖，可是又觉得那种可能太傻了，怎么会。

她装作若无其事的样子，努力用尽所有力气扭过头去道："那，楚灵，那个东西是不是个漏斗似的圆口，上面写着处理器……"

"哦，就是那个，既是小便池又是什么身体数据检查器，好像有不少地方装了那个，据说是全民医疗里的一个福利项目，数据都会反馈到体检中心。据说有问题的话，就会根据基因谱找到具体的人。"

"因为怕有人窃取基因信息，所以都是全自动的，只有有问题的时候才会发给需要的人，而且里面的信息轻易不给人看。不过我觉得做这事儿的人太脑残了，谁没事去那种地方啊！"

刘娅楠没再说什么，她迅速把身上的围裙摘了下来，出门的时候因为走得太急，还碰上了要进门的傻大个，傻大个发现她脸色不对，还问了她一句，她也没答话。

她脑子里一片空白，不知道自己该去哪里，之前学的那些东西都白学了。她得冷静下来，也许情况没有那么坏，也许只是她想太多了呢。

就在她沿街往外走的时候，楚灵那帮人也追了过来，只是他们比她还匆忙呢，楚灵倒是停了下，赶紧走到她面前，急急地叮嘱着："刘娅楠，你别到处乱跑，出事了！知道吗！出大事了！头儿刚才来电话，让我告诉你一声，拿着吃的跟水去市政厅！如果情况不好，你就往外围撤！"

刘娅楠眼圈一下红透了，她一把抓住楚灵的手，还是觉得跟在梦里似的，明明早上起来的时候，她还在琢磨晚上吃什么，然后想着该怎么照顾自己的小店。

"楚灵，到底怎么了？"她带着哭腔问了出来。

她好多次都是险些曝光，可每次都能安然过关，没理由这次会因为

这种傻事就被人发现吧！不就是不认识小便池，搞全城围捕不觉得太过分了吗！

楚灵压低了声音，非常非常谨慎地说：“不知道是恶作剧还是计算机出了问题，刚才有一组数据不一般。刘娅楠，这已经不是普通事件了。而且那组数据很大可能就在这附近，全城已经封锁了，如果是真的，那这个地方就不安全了！”

刘娅楠手脚冰凉地追问着：“那楚灵你觉得哪里安全，怎么躲，不不，我的意思是我怎么躲安全些？”

“撤到外围去或者去市政厅，对了，咱们羌家军的通行证不知道还管用吗，你要想出去的话可以试试看。”

“我明白了。”刘娅楠重重地点点头，自我安慰道：“你放心吧，我会努力保护好自己。”

她没敢耽搁，用尽全力向外跑去，果然就像楚灵说的一样，全城已经戒严了。

她到的时候富人区和穷人区之间的通道已经被堵死了，不过尚有一个小口，有一些进进出出的士兵在来回通过。

她大着胆子拿出自己的通行证件，这个羌家军的证件是开店的时候观止帮她办的。

她过去的时候，那些士兵倒没说什么，只是她刚刚通过那些士兵就把那个小口卡住了，有一个头头似的人在她身后嚷嚷：“别放人了，上面又下命令了，所有人原地待命接受排查！”

她长出口气，真的只差一点点她就完蛋了，富人区大部分人都是登记在册的，只要她进入穷人区相对就安全些。可跟妩媚他们在一起会成为重点排查对象吧，那去找还少航。

她一边想一边走着，速度很快，一点都没耽搁。

等她走到菜市场附近的时候，有一辆车飞驰着在她身边停下。

没有她害怕的从天而降的飞行器，也没有吓人的长长的军队，她以为抓捕她的场景至少也该是惊天动地，让她胆战心惊的。

结果只从车里跳下一个人来，就跟拎包似的，将她拎了过去，在她还没反应过来前，她已经被塞到了车里。进去后她才发现抓她的人，还有开车的人她还都认识。

这些人都是第一军的，而抓她的观止此时正在车内，明明车内空间那么大，观止却跟被吓到一样，跟她隔着一段距离。

一向高高在上爱装酷的观止，此时傻了似的看着她，最后经过前面司机的提醒，他才想起扯下她的一根头发放到一个仪器里。

刘娅楠不知道那是什么仪器，不过在将那根头发放进去后，她看见观止的呼吸都停顿了好一会儿，随后变得急促起来。

他不时抬起头来看看她，又不断低下头去看仪器，上面显示的数据刘娅楠看不懂，可她知道自己的身份肯定是曝光了。她吞咽了口口水，把自己缩在车子的最角落。

车子开得很平稳，渐渐到了海边，已经有船在等他们了。车子直接开到了船上，一路上车内的人都没有出声，整个地方气氛压抑得可怕。

刘娅楠已经被吓傻了，她脑子压根转动不了。一直到靠近岛屿，车子重新开回陆地的时候，她才渐渐明白自己这是要被带去哪儿，这是羌家军的地盘。上一次来就是死盯着自己的这个人要当自己的老师，她跟兔子一样在岛上跑来蹦去，努力学习东西，还有楚灵，还有那个她熟悉得不能再熟悉的厨房，可这一切都让她觉得恐怖。

早已有人在空地上等候着了，在那人身后是漂亮奢华的飞行器，岛上风很大，那人的衣摆被风吹得不断掀起落下。等车缓缓驶近的时候，刘娅楠的心缩成了一团，那个在等候她的人，不久前还同她一起吃饭。

等观止他们下去的时候，他没有动，她手脚都吓软了。以前没被发现的时候总自己吓自己地想那些恐怖的事儿，现在真被人发现了，她反倒大脑一片空白。

车门是打开着的，她断断续续地听见外面的羌然说着：“现在还不会，那些人会怀疑追查，可是他们绝对想不到会是这么大一个人，不管是谁保有这种东西也不可能二十年不透出一点风声，他们现在只会认为是我们研究出了什么。”他在布置任务，中间好像还打了几个电话。

他们看上去都很紧张很忙碌，表情更是严肃得可怕，可在那些空隙，刘娅楠还是敏感地感觉到那些人的目光时不时地偷偷看她，就连那个喜欢装模作样的观止都偷瞄了她好几眼。

等那些任务都布置下去后，羌然终于进到了车里，这个车子很不起眼，空间也不大。他进来的时候还刻意关上了车门，瞬间车内的气氛就变得诡异了许多。

她见过他很多次，不耐烦的羌然，任性霸道的羌然，还有强大得可以依靠的羌然，甚至带点顽劣的，她都见过，可这个羌然她没见过。

他看她的时候眼里早也没有笑意了，她能感觉到，自己在他眼里已经变成了某种东西，一种他没见过的生物。她努力缩在车子内部，可不管她怎么努力蜷缩自己，最后羌然还是能靠近她。

他什么都没说，也没有迟疑，虽然是观止用她的头发做了测试，他还是亲自去扯刘娅楠的裤子。刘娅楠用力地把自己压在车后座上，紧紧地抱着车上的垫子，可是很快她整个人都被羌然扯了起来，力量实在悬殊太大，她压根阻止不了。

她闭上了眼睛，努力想着她不在这里她不在这里，难过地以为自己就要被欺负了，可是羌然很快放开了她。

然后她听见羌然在问话，等她睁开眼睛的时候，就见羌然好像在跟什么人打电话。

挂了电话，他就要下车，不过在车门即将被打开的瞬间，他又想起了什么，对刘娅楠说了一句："穿上衣服。"

刘娅楠这才从车后座爬起来，吸了下鼻子，觉得自己要崩溃了。

她什么都不敢想，赶紧穿上衣服，即便她扣纽扣的手指都是哆嗦的。

出去后，观止他们已经不在外面了。

羌然大概是想带她去什么地方，她跟着羌然走了几步后，羌然才跟想起什么似的，忽然俯身抱起了她。那是标准的公主抱，刘娅楠不知道自己到底要被抱到哪里。

有一条线在她的脑子里绷紧了，他抱得很紧，她抬起头来看着他，不知道该说点什么，肥肉递到饿狼嘴里了，还能跑吗？

可是，毕竟算是熟人了，彼此认识，之前还嘻嘻哈哈地吃饭聊天，可转眼就要被扒得一丝不挂，这个她抗不住的！

她带着哭腔哀求了出来："羌然，求求你了，咱们都这么熟了，你还要对我下这种黑手吗？"

羌然没有答话，一路把她抱到夏宫。他俯身把她放到床上，她吓得都哆嗦起来了。然而他没再动她，反倒是快速离开了。

刘娅楠一个人待在夏宫，越想越怕，甚至想着要不就死掉算了。可是这个夏宫实在建得太有水平了，里面任何东西都不能用来自尽，看似很硬的玻璃墙，在她想要撞击的时候也瞬间会弹出软垫来阻止。

刘娅楠最后不得不放弃，趴在柔软的床上。

所以说用过的“大姨妈巾”不要乱扔，乱扔是会遭报应的啊！她就是血淋淋的例子啊，有没有！有没有啊！

正当她心灰意冷的时候，有个人走了进来，她看清楚了那人，是观止。穿着制服的观止，先是手足无措地站在她面前，那种自己被围观被观赏的感觉很恶心！

观止一本正经地询问道：“请问您还有那个东西吗？”说完还用手比画了一下。

刘娅楠不明白他在说什么，观止有些尴尬地咳嗽一声，脸也跟着红了，说：“就是那个‘最女人’里当过展品的……”

刘娅楠当即明白那是什么意思了。

观止努力维持着面部表情，解释说：“我们需要那个做一些骗人的东西。”

刘娅楠吓得抱住了自己！

“难道您就不担心吗？”观止面露难色地解释着，“现在情况很紧急，如果现在就曝光您是女人的话，那么世界大战就在所难免了，所以最好的办法就是把这次的事件处理成恶作剧。”

刘娅楠郁闷地想，她担心个屁，她现在是男人去死去死团的！她一个男人都不想看到啊！

观止见她一直不肯动，有些迟疑地说：“如果您不肯拿出来的话，那我只能找头儿过来。”

刘娅楠呼吸再呼吸，用力地呼吸。其实她该明白的，自己的身体自己都做不了主了，别说这玩意了，要个胳膊要个腿，她也拦不住啊！

她闭了闭眼睛，实在是觉得这事恶心得让她受不了！

她忍着恶心，把手伸到裤子里，将那东西抽了出来。这个玻璃笼子设计得太变态了，专门有一个喂食的口，而且并不是直接跟外面连接的，中间有一段隔离带。

她把那恶心的玩意放过去的时候，那个口打开，等她这边的口关死后，那个东西才在传送带上慢慢到达观止那里。在停顿了大概三四秒的时间后，观止那边的口才打开。

刘娅楠前面还能凑合忍过去，可是看着对方居然伸手就拿，就算对方是戴着手套的，她也是扛不住了，几乎是咆哮着喊了出来：“用托盘

好不好啊！这是能用手接的东西吗！”

吼走了观止后，刘娅楠继续趴在床上，不知过了多久，天色都暗了下来，这个时间了，她觉着肚子有点饿。又过了好一会儿，终于有人过来了，还带着香气四溢的饭菜。

只是来的人，让她很恶心，不过现在也只有这个人能靠近她。他进来的时候，也没说什么，只沉默地把饭菜放在她身边。

刘娅楠虽然很饿，可她一点都不想吃饭。她在考虑绝食而死的可行性，不过想着就算绝食对方也可以给她输营养液那些，她又觉得自己都到这种地步了，就别折腾了。

她挪了过去，这个地方虽然各种变态，设施倒是很全，之前观止拿走她那什么的时候，她以为自己会蹭得哪儿都是呢，结果在床头的位置看见了几包那什么，而且她打开后发现手感质量都比那些纪念版好不少。

她过去吃饭的时候，很快就感觉到这是特意为她做的饭菜了。因为她在羌家军里那么久，这还是她头次吃到这么好的饭菜。

她不管不顾地大块朵颐起来，羌然也没吭声，不过她能感觉到，他一直在看她。她很害怕，不过中间羌然倒是规规矩矩的。

吃过饭后，羌然也没什么动作。刘娅楠多少有些缓过来了，在心里琢磨着，是不是羌然压根没想过那什么她？好好的他看什么书啊，而且那书还是纸质的，一看年头就不少了，之前倒是听见他说要补习什么女人的知识，这是羌然想要熟悉女人性格脾气吗？

只是他边看书边扫她一眼，看得她怕怕的。她装作不在意的样子凑过去瞟了一眼，就看见打开的那页上是一张女性生理图。

羌然在看完那本书后，转过身来，看着她的脸，一本正经地问道：“你胸部发育时会疼吗？你的月经正常吗？一般多久一个周期？”

刘娅楠忽然有一种“混蛋你是妇产科大夫啊”的感觉，你调查这么详细干吗啊！

她半死不活没好气地回道：“说那么多废话干吗！”

她早已经豁出去了，这个时间段，这个场合，还有他看的那本书，她已经明白自己要面对什么了，既然反抗不了不如索性放松了享受！

她深吸口气，忍着眼泪倒在床上，她觉得自己的心都缩成了一团，她的声音都在颤抖，她抑制着自己的颤抖，冷冷地对羌然说道：“要上就上！完了我还得睡觉呢！”结果等了半天她也没等到羌然饿虎扑食。

他反倒慢条斯理地在收拾桌子上的书，见她拄着胳膊看向自己，他才淡淡说道："书上说月经期间不能性交，不然会引发××异位，还有××感染，甚至还可能导致免疫性不孕不育。"在说完那些冠冕堂皇的话后，羌然又略微顿了顿，不知该如何启口地承认道，"而且……"

刘娅楠郁闷地看着他，不明白她都这么大大方方了，他还在搞什么啊？不过看他那个样子又不大像。

刘娅楠看他不自然的表情，忽然鬼使神差地想起自己第一次看到男人裸体图的样子了。

当时是宿舍的人开玩笑，在网上搜了一张让她看，对她这种什么都没经验的人来说是挺惊悚的，她看后恶心了好久。

她觉得自己脑子有一瞬的宕机，难道羌然在看到她那什么的部位后，被吓到了，就跟当年的自己一样？

她诧异地捂住了嘴巴，深吸口气，扯了扯衣摆，又咳嗽了一声才说："你是不是觉得有点恶心？"

羌然不置可否。

不过刘娅楠瞬间就觉得他帅死了有没有啊！再没有比强奸犯转身变纯情男更让人惊喜的了！

她激动地扑了过去，就是扑过去的时候腿有点软。她兴奋地半跪在他面前，从下而上地看着他的面孔，紧紧地握住他的手，她的手指刚刚一直是冰凉的。

可现在事情有了小小的转机，她就知道羌然不会那么恶心的。为了人类为了宇宙为了种族延续撒种那些，那是固执脑残派，羌然可是对着枪林弹雨都能谈笑自若钓鱼的神人，既然他觉得恶心那就好办了。

她心急火燎地同他说着："女人都很恶心的，你也看到那个生理图了，对吧，很脏很恶心的！更别提那什么的时候，你就想吧。"

她眨巴着眼睛，努力做出温良无害的样子。羌然低下了头，她以为他在思考，因为他的眼神沉甸甸的。她看到他眼眸中的自己，那无辜的小表情，连她自己都要同情自己了。可就在她想着也许他会放过她的时候，羌然却已经快速俯下身吻上了她的嘴唇。

下一刻他就将刘娅楠拉扯起来，压在床上，他激动地不断亲吻她，她的嘴巴被他用力地牵制着动不了分毫。

她觉得很不舒服，呼吸都不顺畅了，而且他的力气真的很大，勒得

她生疼。他像着迷了一样亲吻她，不断亲吻着。等他终于松开她的时候，刘娅楠就知道不妙了。

她下巴脱臼了啊，初吻便宜你就算了，你还回赠我个下巴脱臼啊，你还是个人吗?

她真要被气死了，等羌然拄着胳膊由上而下看着她的时候，她甩手就给了他一个耳光，她真的是豁出去了，使出全力打出去的。结果除了她的手被震麻了外，羌然连脖子都没扭一下。

刘娅楠一见没效果，当下更是气疯了，她两只手不分左右劈头盖脸地打了过去。结果打的过程中太激动了，一个没留神手指直接戳在了羌然的胸口上，羌然那一身肌肉简直跟钢板似的，瞬间疼得刘娅楠差点没哭出来，偏偏下巴还脱着臼，哭都哭不出来，她简直都想翻白眼晕过去算了。

倒是羌然终于注意到她下巴的情况了，他也没说什么，只是做了个手势让刘娅楠别乱动，随后他把手伸到了她嘴里，压着她的颌骨向下。

刘娅楠心里明白他这是要帮自己扶好下巴。她一动不动地等着，他手上的力气逐渐变大，将她的下巴缓慢上推。而且真是神奇，在下巴复位的时候，她居然还能听见清脆的弹响声。

一等下巴弄好，她就很不甘心地咬了羌然一口。不过随后她就知道自己又要倒霉了，羌然简直就是个怪物！他连手指都是硬邦邦的，咬得她腮帮子疼。

她捂着腮帮子瞪着他，刚刚戳到他胸口的手指还在隐隐作痛呢。

下一刻羌然又一次俯身亲吻上了她的嘴唇，她吓坏了，赶紧扶着下巴，在嘴唇被堵上前快速喊了一句："小心下巴……"

刘娅楠都不知道自己是怎么熬过去的，被人按着亲就算了，还要随时小心自己的下巴脱臼。

以前就知道羌然力气大得恐怖，现在被他压住，虽然不是全部压着，可她还是有一种要被压断气的感觉。而且他的亲吻也太密集太恐怖了，她又不是棒棒糖，要不要这么没完没了给她舔化了啊！

她用力推了他两下，结果他压根动都不动，跟上瘾了一样亲吻啃咬着她。更要命的是，他这么沉甸甸的一个人压在她身上，压得她很想上厕所。

之前没吃没喝还能扛住，可她刚才吃得那么饱还喝了两碗汤，又被

他这么大个人半压着，她真觉得自己要忍不住了。

刘娅楠被憋得脸红脖子粗的，动了几下却没有挣开，最后她急得带着哭腔喊了出来：“羌然你放开我，我想去方便！”

羌然倒是没在这事上难为她，很快起身，甚至起身后还帮她理了理衣服。

只是等她过去一看见那个全透明的洗手间，她就想跳楼，偏偏羌然还要在门口等着她！

她气得喊了出来：“臭流氓！变态！这种透明的玻璃，你们有没有尊重我的隐私，有没有！”

她正大声地指责呢，都不知道羌然动的哪儿，那透明玻璃样的墙体忽然就跟屏幕一样，一幅山水画现了出来。

这个玻璃墙做的屏幕分辨率很高，至少那些画面在她看来简直跟真的一样，山林中的小鸟的声音更是悦耳得不得了。刘娅楠不知道这个墙体也可以当做屏幕用的，刚才还一览无遗的洗手间也都看不到了。

这个所谓的玻璃墙体其实是一种高科技的墙体，可以当做透明的玻璃采光，可同时在需要的时候放映各种画面，一方面增加美观，另一方面也可以当做实体的墙用。

她在穷人区待久了，到现在为止都没有接触过这个世界那些高级的东西。后来就算在富人区也只是做小买卖,并没有接触过什么厉害的东西，现在见到这个，她惊得说不出话来了。

羌然倒是很有耐心地演示着操作，让她跟着学。刘娅楠脸红彤彤地学着，中间手指被羌然握着的时候，她更是尴尬得不得了。

当羌然用那么宠溺的表情看着她的时候，之前的那种感觉又来了，就跟有爪子挠她的痒痒一样。她真的有些恨羌然的这张脸了，如果不是这张脸，她就不用这么讨厌鄙视自己了。

她被他看得很别扭，学着他的样子操作着，可是脑子里还是不断想起他的眼神手指，还有从始至终带着柔柔目光的眼睛。不管是被他当做小虫的替身，还是现在，羌然的表情都是没有变过的，唯一有变化的只是那双眼睛里有了情欲。

她努力把那些乱七八糟的念头扔了出去，很快她就发现只要用手指连续点上三四秒就会出现一个操作页面，然后上面有音乐还有画面，甚至还有电视直播那些选项，所以这说明她只是个土包子而已。

刘娅楠深吸口气，再进到洗手间的时候，就看见里面的墙体也都是那幅风景画，而且不管怎么努力看，绝对看不到外面的景色，这下她终于放心了。

她知道自己这么兴奋有点不合时宜，可是能不被人看着上厕所洗澡，还能看到电视，真的让她有点喜极而泣的感觉。她望着马桶一边的那个小便池，这次她可是认识这倒霉玩意儿了。她气得踢了那玩意儿一脚，结果发现那东西是橡胶做的，看着跟陶瓷一样，可真踢的时候就会软进去一块。

这地方还真是方方面面都想到了，以后她要有个想不开，想碰马桶而死都做不到。

不过等她出去后，看见羌然，她就纳过闷来了，那个设计还真不能说不对，这个地方估计是想着要住两个人的，就她跟羌然，所以男人的东西肯定也要有配套的设施。

出去后她有点尴尬，这个空间里只有那么一张床，可是床上坐着羌然呢。她要是这么大大咧咧地过去，羌然肯定还会压着她一通乱摸乱亲。

她很是别扭，没有立刻过去，而是用触摸的方式转换了下屏幕的内容，由观赏屏转换到了电视功能。很快一面墙那么大的高清晰电视播放了出来，只是画面很乱，拿着话筒的记者不知道在做什么，跟着人群不断地跑。

然后她看到在那些画面中不断有火还有浓烟冒出来，在一片混乱中，电视主持人的声音响了起来，播报着："戒严已经持续了九个小时，到目前为止，已经有多起游行示威，要求政府公布戒严的原因。据有关人士透露，此次戒严是由体检中心的一次恶作剧引发的，不过具体情况，还要等有关部门……"所以说外面还乱着呢。

刘娅楠长长地叹了口气，忽然觉得自己真作孽，好好的日子，偏偏被自己的一条卫生巾给毁了。她有些认命地走到床边，坐在床边的羌然跟她平视着，等她一靠近就将她拉了过去，嘴唇轻触，她吓得护住了下巴。

还好这次羌然没再那么激动地狂吻她，吻变得很细密很缠绵，刘娅楠努力让自己像死鱼一样，睁着眼睛，保持注意力，告诫自己别被情欲那些东西迷惑了。

在长长的吻后，羌然把她搂在了怀里，他的声音有些沙哑："我没有跟女人相处的经验，你告诉我，我都会去做。"

刘娅楠也不知道自己是怎么了，在听了这句话后，心就小鹿乱撞，口干舌燥。可是她也想过一些事，不管怎么说至少在这个地方她是安全的。

刘娅楠也说不清楚自己现在是个什么情况，羌然白天会去处理事情，中间会跟她一起吃饭。两人大部分时间不知道该说点什么，看到对方的脸都觉得别扭，特别不好意思。

刘娅楠更是羞愧得够呛，因为趁着羌然出去的时候，她又偷偷洗了个澡，主要头天晚上被舔了一身口水，她觉得浑身别别扭扭的，结果洗好澡出来的时候，就遇到回来的羌然了。

羌然看见她湿漉漉的样子，居然当下扯着她往浴室走。刘娅楠吓坏了，结果羌然只是拿了浴室的吹风机给她吹头发。刘娅楠就很怕再见到羌然。现在她最怕的不是羌大流氓对她耍流氓，而是他不耍流氓地对她好。

果然到了晚上的时候，羌然在吃过饭后，又跟讨好她一样，把她从玻璃房里领出去，让她在夏宫里挑选衣服鞋子。那些东西她都见过的，长排的鞋子，各色的衣服，就连珠宝都是分门别类的。

她倒是没什么内衣可换了，便在那些让人眼花缭乱的衣服里挑选着。她不敢挑太性感的，就选了一些棉质的，样子很朴素，还有在玻璃房里总穿着布鞋有些累，她又找了一双猫猫头的拖鞋。那拖鞋的底子很软，鞋子也合脚得很，选好的东西交给羌然就成，他会帮她拿着。试鞋子的时候，他还会帮她拿鞋，只是两人都不怎么说话，就跟两个哑巴一样。

她用手指着她看上的鞋子，他就会拿过来，拿对了她就点点头，拿错了她就摇头。她也不知道自己在紧张个什么，可她隐约觉得羌然好像比她还要紧张，因为他一直在偷偷看她。

她不知道他在看什么，是自己的腰、屁股还是胸？他应该也蛮喜欢她的脚的，在帮她拿鞋子的时候，他摸过她的脚。她的脚是比男人的要小一些，最小的小指头更是小小的圆圆的，而且肤色很白。

不过她还是觉得很神奇，男人真的会对女人的身体这么着迷吗？着迷到什么都一股脑地喜欢，简直跟爱不释手一样？

当初她还以为这地方跟博物馆一样，现在她才明白当初建造者多半就是这么设想的，把夏娃关在里面，她想散心了，就在这个庞大得让人眼花缭乱的房子里找喜欢的东西解闷。完全是一副豢养宠物的态度。

刘娅楠在挑选那些东西的时候，羌然显然兴趣也很大。只是很多东西他都不知道是做什么的，在选内衣的地方，他还拿着胸衣在她身上比

画了半天，又拿着前扣跟后扣式样的研究了半天，最后帮她选了两件后扣式的。等她选完衣服后，他还找了几样珠宝给她，样子漂亮是漂亮，只是太沉了。

尤其是那个皇冠，刘娅楠戴在头上都觉得脖子要被压断了。在她摘下皇冠的时候，羌然又一次俯下身来吻了吻她的嘴唇。

气氛太微妙了，这是被囚禁还是被抓来谈恋爱的啊！

刘娅楠觉得不能再这样下去了，她得问点正事。等回去的时候，她问羌然："羌然，外面现在什么情况，还有你会怎么处理我？"

她明明是想说正经话的，可不知道为什么，说完那些话后，她觉得自己周围都是粉红色的泡泡，而且她还脸红了！

她想踹死自己啊，这种恋爱了的感觉是怎么回事啊，这么少女心不大好的吧！

羌然倒是没瞒她，修长的手指触摸着身边的玻璃墙，输入了一组数据，好像是密码。然后刘娅楠就看见画面一转，一张三维地图样的东西铺展开来。

羌然面色平常地同她说着："你被发现的事暂时抹过去了，不过还要做准备，现在有六个基地需要重新部署，还有大型航母舰太多了，需要配备更多的小型战舰，人员吸收也是个问题，物资信息……传输……"

刘娅楠有点呆住了，一般人谈到战争怎么也该是一副面色凝重不得已而为之的样子，可羌然怎么看起来一副"老子终于等到了"的样子！

刘娅楠过了片刻才问道："你这是准备要打仗吗？"

"是的。"羌然带着笑意说。

刘娅楠瞬间无语了，这个庆祝的口吻，是谁敢惹我他就死定了的意思吗？战争疯子真不是吹的！

羌然在说完那些话后，话锋一转，淡淡地问道："那说说你的情况吧？来历身世我都想知道。"

刘娅楠也没什么好隐瞒的了，坐在椅子上，羌然就在她面前。此时他们已经回到了之前的卧室，这里的空间不大，而且很暧昧。

在她面前的那张床上，昨晚他们那么亲密地搂抱在一起，她被羌然抚摸着，每一个动作感觉只要想起都会让她面红耳赤，又羞又恼，可是心情又很奇妙。不是全然讨厌，也不是一味恶心，总归是有些怪怪的。

现在她却如此心平气和地同他说着话，说着自己的那些过往，她的

家人朋友，还有一些很奇怪的事儿。他一直没有打断，不管她说的那些跟他的问题有没有关系，他只是用那双专注的眼睛望着她。

其实她说的很多事都跟她的出现无关的，可是在那双眼睛的注视下，她还是不自觉地说了出来。

“我的身世还蛮可怜的，就是很小的时候，我父母很喜欢男孩子嘛，然后我一出生就被送到奶奶家了。奶奶对我很好，她说别人不喜欢我没关系，她觉得我很乖的，我就跟着我奶奶一起生活。我们那个世界女人跟男人是一样多的，不像这个世界这么变态，就是那时候老人的退休金都不高。对了，你知道什么是退休金吗，就跟你们这个世界里的那个社会福利一样，不过我那个世界没你们这里完备，老人生病的话还是要掏很多钱的，奶奶生病的时候就忍着，一直忍着。后来在我上初中的时候吧，有一天我在午睡，她忽然拿了一张好小好小的照片给我，跟我说如果她去世了，要用那张照片当遗相。我睡得迷迷糊糊的，我让她把照片放在桌子边，后来奶奶去世的时候，我才想起来，可怎么都找不到那张照片了……”

她一边回忆一边说着：“不管高兴还是难过，反正一路跌跌撞撞地走了过来，跟其他的女孩一样长大，除了小时候那段经历外，其他的都还好。不过大概也是小时候被父母冷淡过，所以我挺会自我安慰的，然后就是那天跟我妈吵架，我说出去找朋友散心，就出门了……”结果到了这个世界，遇到了妩媚他们。

羌然一直很认真地听着，不管她说得怎么乱七八糟，怎么没有逻辑，想起什么就说什么，他都很安静地倾听着。

一直说到她来到这个世界，羌然才渐渐插起话来。中间羌然还跟她探讨平行宇宙的可能性，不过那些理论听得她一个头两个大的。

她继续说着自己的过往，其实有很大一部分羌然是知道的。她把他侵犯了，然后测谎仪，接着飞行器掉落，她身上的血味。

羌然的表情也跟着有了变化，他半抬着下巴调侃她：“所以你就把我强暴了？”

刘娅楠一下脸红了，小声辩解着：“那些坏人说要脱我的裤子，我都怕死了，别说是面对着你了，就是猪在我面前我都得做。”

羌然挑了挑眉头，他那个样子，没来由地让刘娅楠心动了一下。

一直以来她都是战战兢兢地活着，对她来说，到这个世界后最开心

的日子，大概就是推着车子沿街叫卖，自从有了自己的小店铺后，她还把草坪上的野花采下来拿玻璃瓶子装上，摆在窗台。每当那么做的时候，她会觉得自己还是个对生活充满希望的人。

她曾经付出了那么多努力，那么认真地去经营自己的生活，可转眼的工夫一切都改变了。

她忽然难过起来，忍不住对羌然哀求着："羌然！你们要克隆就克隆好了，想要什么拿去好了，把手脚给你都成，就是求你了，我不想失去自由……"

羌然望着她的脸庞，他是话很少的人，此时难得地解释起来："外面的人还不知道你的存在，可是已经在怀疑了，观止他们做了一些工作，把那些人的注意力都吸引了过去，让他们以为只是我们研究出了某种东西。可就算这样，那些人也在蠢蠢欲动，更何况你被感染了，你现在的身体情况还克隆不了，医疗组也正在研究你的康复计划。"他顿了一顿，"所以这段时间，为了你的安全着想，你也要在这里。"

刘娅楠无可奈何地哦了一声，不过随即想起什么来，又问："那、那我的店员呢？"

野兽跟小田七，不知道会不会受到她的牵连，而且她逃跑的时候遇到了楚灵，可最近一段时间，只有第一军的观止他们跟她接触过，她一次都没看过楚灵他们。

羌然表情未变地回答着她："你的店员我暂时把他们转移到了安全的地方，楚灵他们还不知道你的情况，最近有几个基地需要重新布置，我把他派了过去。"

"哦。"她小小地点了下头，不过心里有些纳闷，她以为楚灵他们会知道的，羌然这么做应该是有自己的计划。

她很想问问羌然，能不能让她见见小田七他们，可在羌然的注视下，她忽然有种说不出话来的感觉。在沉默下来后，羌然忽然没来由地说起了自己的情况，两人之间的气氛瞬间诡异到了极点。

"我是克隆人，我的基因提供者是曾经很有名的战争狂人羌然。按照规定，我延续了他的名字，依据联邦法律，在我成年前需要每周接受一次和平教育，条文是第六代羌然订立的。当年他撕毁和平条约私自研究生化武器，导致倍特海湾被污染，迫于压力他签订了这个条款，条款的主旨是通过教育年幼的羌然，改变我们的好战本性。不过到第九代羌

然的时候，那个家伙用他自制的定时炸弹，把负责教育的修正院轰平了，当时他才十三岁，跟那些前辈比，我的成长经历简直不值得一提。”

刘娅楠不知道自己该不该笑，明明是很大的事件，可望着羌然，她能想象到小小的羌然，一个拽了吧唧的顽童，调皮捣蛋，到处给人惹麻烦的样子。

她不自觉地抿了下嘴，脑海里已经勾勒出那个无所不为的小家伙了，应该也是这么好看的样子，就是眼神高高的、拽拽的。如果有母亲父亲那些人教养的话还好，偏偏这个世界压根没有家庭教育那一说。

羌然继续说着：“成年后我享有一段时间的夏娃独享权，不过我对那些没兴趣，就连女性知识课程我都逃掉了。最近我在恶补女性生理学，心理学的书目很多，明天我会把书目发给你，你觉得我需要补充哪些，你就告诉我，我会尽快补全。”

这种专注认真的眼神啊，这种心动的感觉是怎么回事啊！

她简直都不敢看那双眼睛了，解释自我成长经历，又不是在相亲，她害个什么羞啊！她赶紧转移话题，胡乱说着：“我想表明一下我的情况啊。其实我是大学本科毕业，就是在我们那个世界，我的智商绝对是达标的，就是不明白为什么在这个世界的智商测试我会不及格。还有我力气小是天生的，这个真没办法，因为身上脂肪多肌肉少嘛，不管怎么努力都比不过你们……”

说完她还按了按自己的胳膊给羌然看。

羌然却没有摸她的胳膊，而是捏了下她的胸部，很了解地品评着：“这样的构造压根不适合战斗，快速运动都会受到限制，跟专以攻击为目的进化的奥德不同，它们的雌性只有在需要哺乳的时候才会胸部胀大，不过……”

他顿了一顿又补充道：“但从另一方面来说很具有诱惑力。”

刘娅楠刚才还满眼粉红泡泡呢，现在听见这么一句，大脑瞬间死机了。

羌然倒是还不错，在做出更过分的事情前，很有礼貌地询问了一句：“那我现在能看看你的身体了吗？”

坏蛋画面一转，粉色泡泡瞬间破裂了有没有啊！

刘娅楠被恶心得脸红脖子粗的，紧皱着眉头回答：“我要说不呢？”

羌然不在意道：“那我可以自己来。”

话音刚落，她已经被他抱了起来，脚更是离开了地面。

刘娅楠真的觉得气死了！

这不是文化背景也不是教养的问题，而是这狗屁男人压根没有意识到在他面前的，也是一个独立的个体，给点尊重会死啊！可这浑蛋，打又打不过他，骂他，他又不要脸！

他居然还熟能生巧了，抚摸也渐渐变得有技巧起来，在抚摸她的时候他还能抽空同她探讨分析她的感觉和敏感度，这是学以致用呢吧！

她郁闷地问他："你知道这种事是要两情相悦的吗？"

"你在说多巴胺和羟色胺。"羌然半覆在她身上，他的手指看着是漂亮，可在抚摸她的时候却粗俗得可以。

她这是鸡同鸭讲吗！

她还正担心哪一天被那什么了呢，就在她月经要结束的那天。

她正闷闷不乐呢，忽然见观止带了几个人过来，而且那些人表情蛮严肃的。

以前对她爱答不理的观止，现在对她态度简直是一百八十度大转弯，就连说话都不敢直视她，不过她还是能感觉到，其实这些人都有偷瞄她。

鬼鬼祟祟的，她只要盯回去，他们立刻把头扭开，那副我想看你，可又怕看到你的样子哦，这些二十多岁小三十的大老爷们做出来，会恶心死人的好不好！

刘娅楠很纳闷，之前羌然对她的行踪很在意的，别说观止了，其他人连进都不能进到夏宫一步的，现在怎么一下子来这么多人接她。

她记得之前要想打开她这个玻璃门需要羌然又是密码又是指纹虹膜的验证，现在观止只点了几个密码似的东西就打开了。

她很纳闷，疑心是不是出了什么事情，出去后她很快就被那些人簇拥着进到了一个摄影棚似的地方。那地方看着还挺正规的，房子中央还特意布置了一个演讲样的东西，在演讲台后有一面超级漂亮的羌家军军旗插在那里。

四周还有很多工作人员，她就看见观止先是走到台子那里试了试麦克风，然后又跑到一个摄影机似的东西前比画了下，她纳闷地在一旁观看着。

大概是调试完了，这次再上去的就不是观止了，而是一个很斯文的男人，那人戴着副眼镜，一脸严肃，在上台后清了清嗓子。

刘娅楠纳闷地看了观止一眼，观止现在见到她简直大气都不敢喘，那副战战兢兢小心翼翼的样子，让她真有种恍如隔世的感觉，之前这人可是直呼她废物的，一副很瞧不起的表情。

观止小心翼翼地同她解释着：“夫人，这是参谋部的发言人。”

夫人俩字差点没把刘娅楠窘死，而且好好的干吗带她来看发言人发言啊？

她纳闷地看着，随着观止的一个手势，刘娅楠就见台上的发言人已经款款说了起来：“我方领导人羌然总指挥近期发现有生命体征的女人一名，现该女人的所有权按 ×× 年的法律法规，应由我方持有人羌然先生完全拥有。就此事，我方郑重声明，一切有损我方权利的行为和言论，我方必将采取有效措施，坚定维护我方领导人对刘娅楠女士的所有权。”

刘娅楠听后啊了一声，脑子就跟死机了一样，一时间都转不过弯来了，这不大对吧？不是要一直藏着她吗，这是要做什么啊？还所有权、维护、必要措施，这是笑话大全吗？

就在那人说完那些话后，很快她就被观止做着手势请了上去。

这下她更是莫名其妙的，觉得特别不可思议。她站在那个讲台上，半天没缓过来，对着镜头直愣神。在观止示意她挥手的时候，她更是连伸出哪只胳膊都不知道了。

她做梦般做完了那些事儿后，又被观止跟几个士兵护送回了夏宫。不过她没有一点真实的感觉，那东西就是一个录像吧，为了以后用的？为了印证自己的想法，她快速打开了电视。

可是让她意想不到的是，随后她就看见不管是什么台都在播报刚才那一幕，巨大的屏幕上，比她本人还要大上几倍的脸，此时木呆呆地出现在屏幕上。

屏幕上的“她”先是对着镜头摆了摆手，大概是太紧张了，所以摆手的姿势很机械，于是她就听见某专家在分析这组画面。

那个专家言之凿凿地说：“大家都知道羌然这个人是从来不按牌理出牌的，之前的绿地事件，就证明他是一个有着狂妄性格的战争狂。所以这一次的事件，我不认为是羌然发现了女人，虽然平行空间这个理论出现了有几百年，可是对于生命体来说，大家都知道的，有生命的东西在进行空间移动的时候是非常危险的。曾经有人试验过，哪怕是体积很小的小白鼠都会被烧焦。这个所谓女人的挥舞动作，大家可以很清楚地

看到她的手臂弯曲得并不自然。正常人的手臂弯曲是这样的，她这个动作显然是机器化的，所以这大概是一种合成的成人，要说这是货真价实的女人，就太过夸张了。就胸部来看也做得太过夸张了，据史学记载真实女人的胸部是没有那么夸张的……”

刘娅楠目瞪口呆地又转了一个台，这个台不再走正统理论派了，而是跟娱乐八卦版一样。

穿得花里胡哨的主持人，正兴高采烈地分析羌然的性取向，几个或娘或不娘的人聚在一起，结合着不久前的侵犯案，还有羌家军发表的这个匪夷所思的声明，纷纷在那里分析着羌然转性的可能，还有男人在经过某些手术后也是可以成为女人的，问题还蛮有深度的。

刘娅楠忍不住听了好几分钟，什么社会学心理学，还有变性人的社会地位等……

她有一种很不真实的感觉，她这就曝光了，完完全全彻彻底底地暴露在了全世界人民面前？可是羌然这么做到底是为什么，因为前期的飞机大炮航空母舰都准备好了，所以准备拿她当点火捻子？

她忍不住又换了一个台，这次是什么医学频道，这个台总归是正常了点，尽职尽责的主持人正跟几个医生博士试图把羌然这种行为解释成间接性神经病，甚至有一个精神学博士当机立断地专门把这种症状命名为羌然式幻女症。

“大家知道的，在女人最初消失的那个世纪，有一些男人便患有这种精神疾病，病人表面看上去跟正常人无异，可是只要谈论到女人，就会引发病症。就目前看到的资料，这种精神疾病并不会引发暴力事件，所以请广大观众放心，好战的羌家军首领即使患有此类精神性疾病，也不会引发世界大战……”

刘娅楠嘴角都抽抽了，她想起还有一个军事台呢，赶紧又转了过去，她紧张地看着，很怕刚才的声明会引发可怕的后果，结果就见里面穿着整齐的主持人正一字一句地播报着：“羌家军的此次声明，军界代表纷纷表示遗憾，希望他能积极妥善地处理臆想和现实的关系……”

刘娅楠有点愣住了。

不过之前她没注意到的那些声明，现在通过电视转播又听了一遍。就见那个发言人表现可比她好多了，既严肃又言辞清晰地阐述着那些宣言。

只是那些话，她怎么听怎么别扭，因为那个人引经据典的那些占有权使用权，什么开采权，不管是按野生动物保护法，还是开采法、物权法，总归就没一个在人这个范畴的。

她看了还没十分钟呢，观止他们就又急匆匆地跑了进来。

这次观止的表情很郁闷，额头甚至出了些薄汗，从来一丝不苟的头发，也变得凌乱。他急急地一边拿出一张声明，一边同她说着："对不起啊，还要请您出去一次，头儿对刚才的电视直播很不满意，这次需要您亲自发表声明。"

其实看了刚才的那些转播，刘娅楠大概能猜到羌然的表情。说真的她也被吓到了，只是接过那张声明，看清楚那些内容，她脸都绿了。

她很犹豫地问着："真要说这种话吗？"

观止为难地解释道："这种声明一般是参谋部来撰写，可这次头儿不知道怎么的非要亲自操刀……"

为了显示这个声明的重要程度，观止还小心地补充了一句："麻烦您了，不管怎么样这次都要获得相应的回应，没有的话，后面恐怕还要用些非常手段。"

刘娅楠一下呆住了，非常手段？为了证明他们得到了真正的女人，不会还要把她扒光了给那些人直播吧？

可是这种她以为会隐瞒自己的身份，结果偏偏要大张旗鼓说出来的人，一想起那个脑构造，她就觉得羌然那种非人类也挺说不准的，而且在那个人的脑子里，到底明不明白女人是什么啊！

刘娅楠郁闷到家了，所以说哪怕是飞媚眼，她也得让那些看电视的人相信她是女人！

还是那个摄影棚似的地方，就是一想到要电视直播，她就想哭，全球直播啊，要不要这么夸张啊！

倒是观止在旁边安慰她说："别紧张，您只要照着稿子念出来就行。"

刘娅楠紧张地咽了口口水，声明的第一句她倒是能忍着恶心念出来："我是女人，货真价实的女人，"后面那些她就有些扛不住了，"我与羌然相逢在昏暗的禁闭室内，在那个地方，我对他一见钟情，因为爱得太过狂热，以至于按耐不住心中的渴望将他侵犯了……"

她能骂人吗？她咬着后槽牙叹了口气："我是属于他的女人，不管身体还是心灵……"

终于念完了那个糟心的稿子，她刚要起身离开，对面的观止又对她做了一个挥舞手臂的动作。

她想起自己之前机械式的动作了，这是为了证明她是女人是哇！不过她现在跟赌气似的，终于忍无可忍地对着电视竖了个中指！

第五章

# 声　明

CHAPTER 5

刘娅楠觉得脑子都大了，她也不知道这个声明会引发什么情况，都没敢看后续的报道。她只是紧张地等着羌然，她想亲自问羌然到底是怎么想的。

结果左等没来右等也没来，最后就在她不知道该怎么办的时候，观止他们抬着羌然来了，这下刘娅楠可给惊住了。

观止忙解释道："在开作战会议的时候，头儿忽然没征兆地病倒了。"

刘娅楠真傻眼了，大话都说出去了，你非这个时候病倒，病秧子就不要这么装酷拽帅嘛。你病倒了，别人要过来行使主权怎么办啊，而且人都这样了，还要抬过来干吗啊！

看着那些人小心翼翼地把羌然放在床上，刘娅楠眉头都要皱成川字形了，这是要带病行使主权吗？

等那些人一走，刘娅楠就郁闷地摸了摸羌然的额头，果然很烫，她就知道！

每次只要羌然生病，必然会发烧。

她无奈地说："你身体不舒服呢，就别过来了嘛。"

"不行。"羌然努力坚持着，"今天你的经期刚结束，我得过来……"

刘娅楠有点无语了，她闷闷地劝着："你就不能休息好了再来？"

羌然依旧坚持着："我可以的。"

刘娅楠看着半死不活的羌然，终于无可奈何地叹了口气。

他这个虚弱的样子，到是让她想起两人在丛林里的时候了，当时他就是这副样子，想起来要不是他保护自己，她早已经死了不知道多少次了。所以对这么个人，她的感情还真是纠结啊。

她也不怎么会照顾人，不过这不是第一次碰到他生病了，这个人生病的概率也太大了吧。浴室里倒是有毛巾，她看他额头那么烫，只是这个地方的水温是恒温的，她把毛巾沾湿了，过一会儿才贴到他的额头上。

毛巾的温度多少比他的额头温度低一些，所以凉凉的感觉还是蛮不错的。

桌子上还有饭菜呢，最近他俩一直一起吃饭，她用勺子舀了一些喂给他。看他平时那么战无不胜的样子，此时却虚弱得跟小绵羊一样。

不过他要能一直这么老实该多好啊，只要她喂他就会开口吃下，也不管她喂给他的是什么，只是他的体温一直不降，刘娅楠真的挺担心的。

等他吃过饭后，她忍不住又问了一句："我叫医疗组的过来好吗？"

"不用，我想跟你在一起。"他迷迷糊糊地说着，大概是体力不支，很快又闭上了眼睛。

她不由得好奇起来："你这是什么病？"

"不知道，自从成年后就一直这样，每过一段时间就会发烧。"

她试探地握了握他的手，就连手指都是滚烫的。

"也没检查出问题吗？"

"没有。"

她不想耗费他的精力，不再说话，小心陪着他，不过还是觉得羌然最好去医疗组那里，她又不会照顾病人，怎么也是去医疗组那里要舒服一些吧。

看着羌然睡熟了，她蹑手蹑脚地打开身边的屏幕，她记得有一个外界联系的选项，就是她没用过，她查找了下，最后找到了医疗组。

她点了一下，果然没一会儿视屏电话就接通了。

她愣了几秒，还以为她是被囚禁的呢，没想到原来她一直可以跟外界联系的。

她赶紧同那边的人说："对不起啊，是这样的，羌然在我这儿呢，我看着他身体不舒服，应该是以前的病又发作了，不知道你们那里有什么治疗方式没有？"

那头的人显然也没想到会直接跟传闻中的女人刘娅楠对话。

原本白白净净长相帅气的小伙子，一看见她的脸，忽然就脸红了，结结巴巴地回着："哦，这个、个、治疗方案一般就是饥、饥、饥饿疗法，还有刺、刺、刺激疗法，一、一、一种是让他在跟外界隔绝的情况下通过自身、身、身的恢复功能恢复……还有一种就是对他的身体进行刺激让他尽快恢、恢、恢复……"

刘娅楠差点没被这位结巴给憋死。

她都被拐歪了："你、你你、们都不好好照顾他吗？让他喝水啊吃

饭啊，好、好休息那些……”

“一般不、不那么做……”

刘娅楠都觉得头大了，她有那么恐怖吗，只要看到她立刻结巴啊，女人不是怪物好吗！

不过看到这个情形，刘娅楠终于明白为什么羌然会想在她身边了，至少她不会活活饿着她。

她猜就算被饿着羌然也不会说什么，他就是那种打肿脸充胖子，觉着自己是宇宙第一强壮男的二傻子。

他也不看看自己前任的那个寿命。

刘娅楠无奈地叹了口气，见没有药可以吃，她又回到羌然身边陪着他。

都这模样了，就不要那么敬业了嘛！都睡得迷迷糊糊的了，还能在她靠近的时候想着伸手扯她的衣服。

她气得拍开了他的手，不过他真的很虚弱了，就连手上的力气都小了很多。

她的口吻不自觉地柔软了起来，跟哄孩子一样哄着他：“先休息下吧。”

她一直守在他身边，本来不想睡在床上的，反正她白天有大把的时间可以补眠，可最后还是不知不觉地倒在了床上。

睡得迷迷糊糊的她就觉得身上有东西在乱摸似的，刘娅楠郁闷地翻身扭动身体，可最后还是没有躲过那只咸猪手。

她郁闷地半睁着眼睛。为了适应睡眠，灯光早已经都没有了，只有不远处的卫生间那里有一盏小夜灯亮着。她看见羌然的眼睛是睁开的，她懊恼地训着他：“睡觉啊，身体不舒服就要好好休息的，你不知道吗？”

他没有回话，而是揽住她的脖子，迫使她俯下身来。他的亲吻比以前那些要温和许多，可他的体温还是蛮高的。

她贴近他的时候都要被他嘴唇的温度吓到了，她呢喃地抗拒着：“你别乱来……”

这么滚烫的身体还能没轻没重地压着她，在被翻身压着的时候，她觉得身体都不舒服起来，亲吻也太过持续了，她都觉着头晕晕的，大脑就好像缺氧一样。

渐渐地她觉着不对劲起来，就算是生病了，羌然的动作也过分了，

而且自己的衣服在渐渐减少……

她正觉得不妙呢，身体的某个部分忽然疼了一下。

她瞬间哎了一声，身体紧跟着紧绷了起来，随后她就听到了长长的一声喘息。

到了第二天早上她疼得腿都并不起来了。

倒是头天晚上还病怏怏的羌然就跟痊愈了似的，早早地从床上起来了。

看着生龙活虎生机勃勃的羌然，她很想吐血啊！

羌然倒是一副体贴的样子，看见她这样，就很小心地走过来，甚至还要抱她起来去吃饭。不管她愿不愿意，他都是一副理所当然的样子，让她有种错觉，她是在被当做宠物养呢吧？

在吃饭的时候，羌然居然还能一脸正经地跟她讨论初夜的问题，比如疼痛持久度还有她的敏感点……

不过幸好羌然也没有傻乎乎地一直讨论，见刘娅楠脸色一直沉沉的，他终于开了窍。他转移话题，顺手点开了一边的玻璃，很快各地新闻陆续播放了出来，上面正演着各地的回放镜头。

刘娅楠竖中指的镜头成为一个标志性图片被各种反复播放着，各路专家又出手了。

什么观点都有，机械人论、人妖论，还有一派认为这个信息是真实的，只有政府一直诡异地沉默着。

神奇的是，有些记者居然还挖出了妩媚他们，就见“最女人”的妈妈桑此时对着镜头，一脸愤愤地解释着：“哪个王八蛋说我们这里有变身丸的，吃了那个就能直接变女人！要有那个我就先吃了，我还自己去隆胸啊！造谣不要钱吗，我们这里都是货真价实的男人，隆胸的男人也是男人好吗！麻烦有知道哪里卖变身丸就告诉我，我这就买啊！那些想找变身丸的就别骚扰我了，没有的东西，你骚扰死我，我也变不出来啊！”

刘娅楠忍不住打量着羌然的侧脸，他的表情看着挺冷淡的，不过在面对她的时候，她能感觉到他还是蛮开心的，至少在看向她的时候，表情会变柔很多。

她其实有一肚子的话想问他，可是昨晚发生的事儿，让她很不舒服。

只是一味地指责的话似乎又不能完全认定是对方在强迫她，但要说

两人是合法的关系，是两情相悦似乎又不是那么回事。

因为她并没有喜欢上这个人，昨晚的事儿深究起来也只能说是稀里糊涂半推半就而已……

恋爱是平等的两个人之间才能发生的事儿，不管羌然怎么对她，可她还是能感觉到，羌然并没有意识到她是平等的个体，更别提男女之间的那些感情了。

估计对这个满脑子都是坑的人来说，打架斗殴都要比男女间的感情更有吸引力。

刘娅楠晕头转向的，她的人生发生了很大的变化。

她头一次觉着自己就是个猪脑袋，而且最让她意想不到的是羌然的态度！

她已经后悔了好吗，但是羌然这种吃完抹嘴就跑的情况是怎么个意思啊？

自从那天一起吃过早餐后，羌然就没再露面。明明吃早饭的时候两人还好好的，她也没觉着自己怎么得罪对方了，就算她冷淡了点，但在那个情况下，她冷淡也是正常的反应吧？

她也没觉出羌然有什么不开心的，吃饭的时候羌然还算是体贴的，中间还帮她夹菜，除了两人都挺尴尬的外，她实在想不起来还有什么原因会让羌然不露面。

她就猜是不是他身体又有状况了，她没说什么，在夏宫安静地等着。其实她也不明白自己在等什么，心里更是微妙得很，冷冷清清吃过饭，躺在床上的时候，一想起那晚的情形，她就觉得脸火热火热的，身体都在微微发抖一样。

那感觉很不真实，一切都模模糊糊的，可是从女孩变成女人这个过程却是确凿无误的。

就这么过了两天，倒是那天她终于有点闷不住了。既然这个地方可以联系外面，她跟外面的医务室的人联系了下，主要是想问问羌然的情况，是不是那晚把羌然累坏了，那家伙本来就在生病呢还要逞强。

结果医务室里的结巴男却结结巴巴地告诉她：“头儿现在情况好得不得了，就跟打了兴奋剂一样。”

她就有点别扭，这也太不是人了，全世界就剩她一个女人了，还有

吃完抹嘴就走的男人啊？

就在她郁闷得要死要活的时候，羌然派人过来叫她了，说是有一些人要确认她的情况。

刘娅楠带着气就去了，对观止提醒她要女性化一些的建议，她都装作没听到。

只是原本气呼呼地想要狠狠瞪羌然几眼的，可不知道怎么的，在打开门见到羌然的瞬间，她忽然心慌意乱起来。

那个坐在椅子上的男人，她不是没见过，可这次猛地一见就心慌意乱起来，整个人都不正常了，眼睛更是都不敢瞟向他。

那些要见她的人也已经到了，她开始也没多想，此时见到那些人，刘娅楠才发现这个事情还蛮严肃的。

之前一直是传闻中的缪彦波也来了，她以前就在电视上见过他，只是近距离看，缪彦波那周身围绕的严谨的感觉更强烈了。

这是个谦谦君子样的人，穿着得体表情既不会冷淡又不是轻浮，左手更是自然地背在身后，周身都是绅士范。

更让她想不到的是，之前见过很多次面的和疏也跟来了，就是和疏的脸上五颜六色的，鼻梁还贴了块胶布，好像是被什么人狠揍过一样。

她忍不住多看了和疏几眼，很快和疏就被她看得低下了头，脸更是红红的就跟害臊了一样。

她无奈地挠了挠头坐了下来，屋子里这么多的人，几乎在她进去的瞬间，那些人的目光都集中在她身上了。

她以前总纳闷为什么有些人在关键的场合就会犯错，现在她才明白，人到紧张的时候就是会错误频发，至少在这么严肃的场合她紧张得连话都不会说了。

穿着制服的缪彦波一看到她，体贴地半俯下身，那种殷勤的表情，让她觉得后背直冒汗。

所有人里面只有羌然没在看她，甚至是刻意避开她似的，在她靠近的瞬间，羌然还不自然地挪了下身体，把身体向另一侧侧了侧。

明明那晚两人那么亲密！

她心里别别扭扭的，幸好这些人都是有正事要做的，压根没给她胡思乱想的机会。

缪彦波已经公事公办地说道：“您好，我是仲裁院的缪彦波，我们

需要确认一下您的身份，希望您不要介意。”

刘娅楠脑子早已经不够使了，她木讷地点了点头，然后那些测试的人员就过来了。

那些人都戴着手套呢，大概是怕她的头发会作假，所以在检测前先仔细检查了她的头皮，见没问题才揪了她的一根头发，放入带来检测的仪器中，很快结果出来了。

那些人确认后又拿去给缪彦波看。刘娅楠就看见缪彦波在看到那些数值的时候，整个表情都变了，明明之前还那么斯文优雅呢，忽然脸沉了下，然后表情变得古怪起来。

她看见他的胸口在剧烈地起伏，他身边的和疏，也看了那些数据一眼，然后就要站不稳似的，腿都在发抖了。

倒是一直面无表情的羌然忽然把手指搭在桌子上，嗒嗒地敲了几下。

刘娅楠被声音吸引得看过去一眼，不期然地对上了羌然的眼睛。

很快羌然就别过去头，喉结还跟不舒服一样滑动了下，原本还有点得意地敲着桌子的手，忽然又缩了回去。

缪彦波大概是终于接受了这个事实，他深吸口气，很正式地走到刘娅楠面前，刘娅楠看他那么严肃的样子，以为他是要对自己说什么呢。

她正踌躇着要不要站起来的时候，缪彦波却已经出乎意料地单膝跪地，炙热的眼神望着她，那表情夸张得就好像在演戏。

“夫人，我以我的生命起誓，愿将一切奉献给您，我将谨记谦卑、荣誉、牺牲、英勇、怜悯、诚实、公正，我的忠诚就是我的铠甲，为您流尽我的血液是我注定的使命。”

刘娅楠吓得张了张嘴巴，哎哎了两声，仲裁院的那些人包括和疏就跟受到启发似的，纷纷上前几步，慢慢单膝跪地，重复着那句让刘娅楠浑身起鸡皮疙瘩的话。

她往后缩了缩，整个人都贴在墙壁上，惊呆了。

可是并没有一个人在笑，大家的表情都那么认真，整个场面让她头皮都阵阵发麻。

她紧张兮兮地过了好一会儿才终于找回自己的声音，说：“不用客气……我这个……谢谢你们啊……”

那些人却没有起来，这个场面她总不能说众卿平身吧？

早知道她就多看点中世纪的片撑场子了。

她深吸口气，实在想不出像模像样的话，最后忍着鸡皮疙瘩，努力说着："都起来吧，地挺硬的……"

幸好那些人倒是听劝，看着那些人陆续起来，她终于长出了口气，又坐回了面前的椅子上。

"您一切还好吗？"缪彦波整个人都不一样了，再看向她的时候，眼睛就跟会喷火一样。

她身上一阵冷一阵热的，长这么大，头次被这么多男人又拜又叩的。

她断断续续战战兢兢地回着："挺好的……"

"饮食呢？"

"很、很正常。"

"住处舒服吗？"

"很、很好。"她回答问题的时候，下意识扫了羌然一眼。

羌然一直表情淡淡的。

"那有什么需要我做的吗？"缪彦波眼睛炙热得就跟等着主人抛球的狗狗一样。

不知道怎么她就想起曾经看到的那个书评了，那些雷死人的梨花体啊。

我的爱 / 是这个世上 / 最炙热的……什么我要为女人流干最后一滴血那些……

刘娅楠赶紧摇了摇头，可是缪彦波还是不肯放过她，不断提问着，非要逼着她说点什么才会满意似的。

刘娅楠真没什么要求好提的，被问得口干舌燥的，最后她嘀嘀咕咕的，小声提了一句："都挺好的，不过要真说有什么觉得不满意的……"

她其实想要的只有自由，可就目前看，在羌然身边应该是最好的选择，不过如果可以的话……

"就是很奇怪，因为濒危的野生动物都有保护法嘛，但好像我这样的都没有任何法规可以保护似的。毕竟一个女人，不管是从体力还是环境来说，都有点……"

刘娅楠说完那些话，也没觉着怎么样，而且她说的时候都偷偷瞄过羌然的表情，他一直没阻止她，估计是可以说的吧？

她大着胆子把想说的话说完了，结果在把她送回夏宫后，晚上羌然就找她算账来了。

一见了她，羌然就很不客气地质问着："你这女人长脑子了吗？"

刘娅楠愣住了，也不知道自己怎么惹着他了。

羌然很快打开了电视，超大的屏幕就播放了起来。

无数的地方在转播之前的一条新闻，政府发言人公布的消息，点燃了整个世界，不管是面色凝重的主持人，还是娱乐版的主持人，所有人都在不断反复播报着同一条新闻。

"政府发言人已证实真实女人的身份，仲裁员缪彦波已正式向议会提交女人保护法案，据内部人员透露，此次议案在风口浪尖上提出，显然具有其跨时代的意义，本台将二十四小时为您跟踪报道……"

画面一转，场面变得更加混乱起来，她就看见无数的牌子被举着，上面各种狂乱的字迹写着："还女人自由，给女人权利，善待女人！"

不过在五颜六色的牌子中还是夹杂了一些乱七八糟的东西，什么资源共享反垄断反霸权，更有甚者还打出了很恶心直白的要合体、要克隆……

鱼龙混杂的各色神情激动的男人，一边举着拳头，一边在街头走动着。那场面吓人得不得了，中间还有维持秩序的警察也跟着一起喊口号，画面外有无数专家在阐述着各种匪夷所思的观点。

刘娅楠真没想到自己随口一句抱怨会引发这么大的连锁反应。

她愣了愣，忙小声解释："我、我没想到会这样，我就是在想，你们连野猪都保护，而且我有看你啊，再说我说话的时候，你可以提示我啊。"

羌然侧头看着她，他到底有多气啊，咬牙切齿地盯着她的面孔。

她其实也是满肚子的委屈，她郁闷地瞪了回去。他做事从来不跟她说的，她哪知道什么该说什么不该说啊！

再说他就在现场呢，中间发现情况不对，提醒她一下会死啊，不要告诉她，这个脑袋有坑的羌然，一看到她就会大脑一片空白，然后什么都听不到了。

那就太言情也太傻了！

羌然质问她："向议会提交法案，我不会为你做吗？你有想法为什么不直接告诉我，那两天的时间你都在做什么，脑子长包吗？"

刘娅楠忍不住腹诽，你还有脸说我，是你最近两天压根没过来吧，我从哪里找你说啊。

她绷着脸说："既然你说我有想法就跟你说，那我现在还真有一个，你要不要听，要听的话，我可说了！我想要自由自在的，而且我不喜欢在你身边，我讨厌你，真的很讨厌你，可你能放我走吗？"

她以为她说完羌然必定会勃然大怒，结果羌然只是抬了下下巴，那副样子就好像"你个笨蛋你懂什么"一样。

在她还没反应过来前，羌然就扭头走了。

等他再回来的时候，他手里拿了一套男生的衣服。

他把衣服扔给她，然后快速吩咐着："把衣服换上，我带你离开。"

她低头快速穿着，唯一的问题就是那些军服她穿上太大了。

羌然也不吭声。

大概冷战就是这样的吧，没有有效的沟通，只想着对方没有善待自己？不知道为什么刘娅楠的脑子里浮现这么一句话。

不过很快她就觉得这压根不是什么沟通不良的问题。羌然从来不把她当回事的，她对他来说还不如一条狗呢，至少当他以为她可以替代什么小虫的时候，还会对她温情一些。

她也不知道羌然要干什么，她不认为羌然真的会让她离开。

可是渐渐地她觉得不妙起来，看着车窗外不断变换的场景，很快他们的车驶出了岛屿，驶上了游船，跟着那些运送物资的船，没多会儿他们就抵达了穷人区。

在那个地方，车子刚刚停稳，她就听见了狂热的叫喊声从四面八方传来。羌然又重新找了衣服扔给她，这次还有帽子墨镜口罩那些。

她手指都紧张得发抖，羌然一直没对她开口。不过等她把衣服穿好后，羌然难得地靠了过来，很小心地帮她在耳朵上挂了一只通讯用的电话。

"这个电话可以直拨到我那里。"他顿了一顿。刘娅楠真觉得纳闷了，之前还那么凶巴巴的一个人，现在倒是难得温和了一些，而且看她的表情好像还带上了担忧似的，只是那种"我要为你牺牲"的表情又是怎么个意思？

"想回来就告诉我，我会派人接你。"这话说得更隐忍了。

说完那些话后，他就打开了车门，做了个请的手势，说："你不是要自由吗？我现在给你。"

刘娅楠愣住了，她有点不敢相信地挪了下身体，迟疑了一会儿。

羌然也没有赶她，外面的声音很吓人，警车的鸣笛声，还有各种混

乱的声音。

他望着她的时候，刘娅楠有那么一瞬间似乎有了种错觉，这是羌然在等她开口求饶，让他带自己回去。

她怕这个机会转瞬即逝，下一刻就从车上跳了出来，但让她没想到的是羌然也很快将车驶走了。

她愣了下，忽然明白自己这是真的被放过了，就因为她说她不想在他身边？所以这个傲娇得跟刺猬似的男人自尊受到了伤害？

她真的有些傻眼，一时间不辨南北，不过很快她深吸口气，把帽子跟口罩戴上了。

幸好那些游行的人也有不少戴着口罩的，她这副样子倒是还能混过去。就是人太多了，她才走了几步就被身边的人潮挤到了中间，但后来她被那些人挤到了路边。

这不算什么，她对自己说着，她刚到这个世界的时候谁都没靠，不也一路活过来了，之所以现在越混越惨还不是遇到了那个满脑袋都是坑的羌然！

她左右看了看，想起自己的小店，她知道那里有些危险，不过一时间她也不知道要去哪里，不如先去小店看看，只远远地看一眼也好，不管怎么说，那个地方她付出过太多的心血。

她在人群中艰难地穿行，跟那些打了鸡血的男人比，她太瘦弱了。

幸好养育院的孩子也出来凑热闹，混在人群中不断喊着“给我媳妇，我要老婆”这样的口号。为了掩饰，她还跟着喊了两句，善待女人，资源共享等乱七八糟的东西。

她就纳闷了，资源共享跟善待女人可以是一条线上的吗？

她把羌然给她的帽子用力地按了按，努力向自己的小店走去。不过要到达小店前她得先穿过穷人区，这个地方的治安比她想的还要可怕，以前还算繁华的街道，此时就跟地震现场一样，到处是被砸破的橱窗，还有一些房间在冒着黑烟。

不断有斗殴发生，刘娅楠走了一段路后，就被眼前的场景吓得腿直哆嗦。她努力镇定着自己，努力绕开那些暴力分子，甚至不敢想自己被那些人发现后会被怎么样。

她深呼吸着，就在她通过十字路口的时候，对面的超大屏幕上正在播报一组最新消息。

表情严肃的主持人快速播报着："事态越发严重起来，在穷人区第三区有部分示威游行者同警方发生了冲突……"

然后画面一转，妩媚他们被担架抬着，记者疯狂地追着他们拍摄。

妈妈桑更是捂着脸哀求："你们这些畜生！别拍了，别拍了……"

可是那些记者依旧没放过他们，不断有画外音插入："我台最新得到消息，'最女人'里的工作人员受到不明身份的恶徒攻击，据警方公布的消息，其工作人员都被迫扒光了衣服检查，还有疑似是女人的店员被强行带走，他们是否遭受侵犯，本台将跟踪报道……"

刘娅楠不知道该说什么了，明明是很宽的马路，可就在这个时候，一大群人冲着她这个方向跑了过来，滚滚的人流，不断拥来。

她被挤得差点晕过去，她挣扎着混在人群中，那些人更是群情激奋地喊着："给我们女人！给我们女人！"

刘娅楠都不知道她是怎么挤出那些人群的，等她出来后，发现鞋都被挤掉了一只。

她赶紧找了块平地坐下，想着休息休息，结果刚坐稳，就有一群混混似的人围了过去，语气不善地问她："你坐哪儿呢？"

她吓坏了，赶紧低头看，就见自己坐的地方没什么啊，就是普通的平地，刚才坐下的时候怕地太脏，她还捡了一张海报垫了垫，难道是这张海报的问题？

她赶紧站了起来，就听那些人很不满地骂着她："你敢坐女神身上！快对女神道歉！"

刘娅楠这个纳闷，不明白怎么好好的海报成女神了，这是女神邪教的？

她手腕一翻很快就看见那女神的真容了，瞬间觉得无语！

那海报上不是别人，正是她的超大头像，这海报应该是从电视上截的图，海报上的她正一脸愤愤地竖中指呢，这个……

但情势所迫，她又不能不对着自己的画像道歉。

她只好对着海报上的自己道歉道："不好意思啊，坐到你了……女神……"

"诚恳点！"

"哦……"她被那些人吓得一激灵，忙把口罩拉高些，她现在就怕这些人一时兴起让她摘了口罩，幸好他们没这么做，她赶紧低着头诚恳

地说着："原谅我吧女神，我不该用屁股坐您。您那么的伟大，我还亵渎您，拿屁股坐您，我有罪，请宽恕我吧……"

她这么诚恳地道歉，那些混混倒是终于满意了。

刘娅楠都不知道自己是怎么熬过去的，以前从穷人区到富人区的路虽然不短，可是她从没走得这么艰难过。

她不知道自己现在能不能再到富人区，她现在什么手续都没有，也许压根就过不去呢。

结果等她走到交界区却发现那里的守卫早已经不见了，而曾经繁华的富人区也跟穷人区一样破败了起来。

无数的碎玻璃掉在地上，每走几步她就会看到躺在路上的人。

起初她以为这些人都是穷人区过来的暴徒，不过很快她就发现很多暴徒都穿得西装革履的。

她终于走到了她的小店前，只是远远看去，曾经的小店早已经没了。那片草坪上空荡荡的，别说小店了，她发现就连草皮都被人扒掉了。

明明什么都没有的地方，她发现居然有不少人在那里拍照留念。因为人太多了，都排起了长长的队伍，她看到还有仲裁院的人在那里维持着秩序。在那片草皮旁边更是有一处"女人到过此处"专卖店的东西。她纳闷地走了进去，发现那店也太严肃了，门口就有两个荷枪实弹的男人在小心戒备着。不过她真的挺好奇的，她想知道自己的小店是不是还留下了什么。

就见里面柜台上放着："女人小店原址草皮一等品二等品……"她看了眼价格，瞬间就被那些零给打败了。

售货员更是热情地讲解着："我们店是仲裁院唯一指定草皮售卖处，所有的收入都会转入女人保护基金，绝对做到专款专用。您在购买小店草皮的时候，还可以用自己的金钱照顾到世界上唯一的女人，这绝对是一举两得非常划算的事儿，还是限量版的哦，何许百年老字号，信誉保证，绝对值得您拥有……"

刘娅楠觉得人真是不能相信了，看缪彦波那样，再加上他说的那些话，居然也能在背后做这样的事儿，而且这个何许家族不是很厉害的吗，居然这种草皮钱都赚……这家族的赚钱赚得都不是人了吧？

最让她郁闷的是，似乎买这种草皮的人还挺多。

可是让她觉得纳闷的是这个地方不是羌然的吗，他们怎么有胆子去挖草皮卖啊？

她问了那个售货员一句，那个售货员倒是蛮和气的，对她解释道：“是这样的先生，这片草皮早已经在前天转让给了我们的老板何许先生，现在这里的一切都是属于何许家族的产业，包括您要在外面拍照的话，也是需要收费的。”

这下刘娅楠更觉得不可思议了，羌然干吗要卖这个地方啊？

那个售货员笑着跟她解释着：“先生是在好奇为什么羌家军会卖掉这个地方吧？其实先生多看看军事频道就明白了，羌家军现在不断地扩充军备，完全是一副要跟世界对着干的样子。至于这块地，自然就由何许家族接手，不然一般人也没有这么大的手笔。”

那人笑了笑，又得意地说：“其实如果不是我们老板何许先生，羌家军的这块地压根卖不出去，毕竟那些武夫把大部分人都得罪了。早在消息被爆出前，就已经有人在跟他们协商合作的事儿了，偏偏那个羌然是个疯子，把这么爆炸性的消息一下就爆了出来，简直一点商业头脑都没有，压根不懂得资源的开发利用，更没有合作精神，现在弄得到处是暴徒，大家的生意都难做……”

刘娅楠没吭声，她现在只庆幸羌然把小田七和野兽带走了，不然那俩人多半也会被这什么何许商团的给开发利用了，事态只会越来越恶化。

她从专卖店出去的时候，又抬头看了看摩天大楼上的一些屏幕。上面正在播报新闻，主持人严肃地道：“我们刚刚得到治安部的最新消息，已有部分变性人遭到暴徒的袭击，目前事态越来越恶化，希望治安管理部门能尽快平息此次事件……”

她找了个没海报的地方坐下，不能再害怕了，也不能再唯唯诺诺的了，得想办法重新在这个地方存活下去。

当初来的时候她就是孤身一人，后来咬着牙也忍了过来，现在也会有办法的。

不远的地方有被点燃的东西正在噼里啪啦地响着，还有浓烟冒出，好像是什么物品被人架起了火堆在烧，隐约能见到没被烧掉的东西是个旗子的一角。

她脑子不大灵光，可也知道就算军队那种地方，也会有不同的意见存在，当所有势力都在蠢蠢欲动的时候，会有人倾向于共同开发。

就好像站队一样，会有人把问题说出来。她在羌家军里只接触过观止楚灵他们，其他的那些参谋部装备部、后勤部的人她都不熟悉。

可是没有关系的，不管心情是不是纠结，她还是决定不去想那些了，就跟当年她父母不理她。她也从不会想起他们一样，对于不要自己的人，她从来都是这样的态度，因为这个世上并没有谁必须依附着谁才能活下去的道理。

再说她已经想好对策了，虽然会疼一些。

她不断给自己打着气，面前的火堆已经要熄灭了，有一些木头还有零星的火点，她选了一块还在冒烟的木块，把没有燃烧的尾端握在手里。

她想用木炭去烫自己的脸，在这么混乱的地方，被烧伤是很容易的事儿。不用太严重，能掩饰点就可以了，还有头发……也得修理一下，这样就不需要帽子了。

只要忍过去这些，生活又会步入正轨，她依旧可以小心翼翼地活着，不用依靠任何人，也不用看任何人的脸色……

可就在她拿着木棍靠近脸的时候，她忽然觉得身上麻了一下，然后她就脑袋一蒙晕了过去。

不知过去了多久，迷迷糊糊的，刘娅楠动了下手指，她没有立即睁开眼睛，而是小心地倾听着外界的声音。

很快她就听见了说话的声音，只是她分辨不出那些人她熟不熟悉，除了那些人的声音外，还有一些别的嘈杂的声音混杂在其中。

“我就说靠近点吧，你们非说要保持距离，不能被发现了，头儿可让咱们一路盯好了的，少根头发都要咱们好看，现在丢了只鞋怎么办啊？还找不回来了。”

“这能怪咱们吗，这都什么情况啊，而且这种时候人能随便放出去吗？”

“别提了，头儿最近是有点不对劲，之前还让咱们把夫人的小餐饮店从草坪那里整体移到岛上，还说要全部复原一根螺丝都不能少呢，现在又让咱们把那些破烂都放仓库里锁起来。”

“唉，你们懂什么，听说第二军的军长楚灵违抗军令跑了回来，然后不知道那愣头青跟头儿说了什么，人已经被关了禁闭。据说肋骨还被头儿踢断了两根。楚灵也神了，居然死活不让医疗组的人帮他治疗。我听他们第二军的说啊，楚灵好像对夫人有那么点意思，明白了吧。这事

儿就很难办，这都什么时候了，自己人还争，而且夫人好像还对咱们头儿不怎么感冒，两天了一个笑脸都不给他，头儿打过去的电话夫人也不接。”

刘娅楠知道自己随着那些人回到了羌然的地盘，在飞行器落地的瞬间，她感觉到自己的身体晃动了一下。

很快那些人开始往外走，奇怪的是那么多人，可是在向外走的时候，她听到的脚步声却是整齐划一的，最后在过了几分钟后终于有一个人走了过来。

等她睁开眼睛的时候，就看见正俯身看着自己的羌然。两人的视线很快对在一起，她想表现得倔强一些，甚至想着很傲气地问一句：你不是要放我自由吗？

可是在对上那双眼睛的时候，她不知道怎么的话到嘴边就成了这么一句：“你有给我打电话吗？”

然后她就看见正冷着脸看向她的羌然，忽然一副被憋到了的样子。

刘娅楠一下就纳过闷来了，还真是没接电话导致的误会啊，她真的很想吐血啊！她又被高科技坑了有没有啊，继小便池后，电话也变大杀器了啊！

两人一时间都没有出声，那气氛怪异极了。刘娅楠想起小时候看的那些小本的台式言情，什么你让我解释，我不要听我不要听，当时她还觉得太夸张了。

可现在看来真实的生活比小说还要乌龙啊，她以为他吃完抹嘴就走，他却在以为她是在生气不肯理他。

一想明白这个，刘娅楠努力心平气和地同他解释道：“羌然，我不是故意不接你电话的，我都不知道你有打过电话，在我们那里电话都是有声音的。我以为你们这儿的电话就是挂耳朵那里，然后打过来怎么也会有些声音之类的吧。”

她记得妩媚他们那里的固定电话也是摆在外面一眼就能认出来的，她哪知道羌然在夏宫是用的高科技版啊！她现在想破脑袋都想不明白夏宫里的电话该是什么样。

等两人再回到夏宫的时候，羌然亲自演示了一遍电话的使用情况后，刘娅楠才知道原来在来电的时候，那个玻璃墙的左上方就会一闪一闪的

像兔子样的东西出现。

她之前看电视的时候是有发现那个，可她还以为那是电视台的标志呢，当时她还在心里纳闷，觉着挺大的一个电视台怎么用兔子做标志。

此时她才明白，原来她在看新闻的时候，羌然一直在给她打电话啊！

这次她还留意到，在兔子形状的来电显示那里，好像还有一组数字呢。

她纳闷地问了一声："那些数字是什么啊？"

不等羌然回答，她已经点上了那组数组，一百六十七，该不会是来电的次数吧，可显然那不是什么来电次数，而是留言的提示。

很快跟录像似的东西，就在玻璃屏幕上播放出来。

屏幕里的羌然，明明那么大的个子，可在面对屏幕的时候，那种窘迫的感觉，还是毫不遮掩地显露了出来。

"不知道你是不是还在生气……"

刘娅楠心里一动，原来羌然又在电话留言里同她道歉……

只是她还没看完呢，羌然已经抢先一步按了什么地方，然后那画面就消失了，她再去点其他的留言时，就见那些留言都没有了。

刘娅楠郁闷地瞪了羌然一眼，这个家伙到底在留言里说了什么啊，还不肯让她看。

不过她心里也没有多生气，只觉得很无奈，他那两天能发一百多条留言就不知道过来看看她吗，不过她好像也只知道自己生闷气，却不懂得直接问一句"你为什么不过来找我"的话。

一种很奇妙的感觉在她心里动了下，刘娅楠不知道怎么的就很想笑，她努力忍着笑意看向羌然。可是一看到他的脸，她又不好意思地低下头去。

明明之前气得要死，跟赌气一样想死都不回来的，可在面对这个人的时候，什么气啊恼啊都消失了，她知道自己在扭捏作态，可还是控制不住地连嗓音都绵软了起来。

"我不是故意的，那两天我还在纳闷为什么你不来找我。而且我有给医疗室去电话，以为是你身体不舒服，还有我口气不该那么冲的，跟缪彦波说的那些话，是我考虑不周，我也蛮后悔的，以后我说话会多动动脑子……"

羌然绝对不是故意讽刺，他只是实话实说："那不是动动脑子就可以弥补的问题。"

顿了一顿，他抚了下她的脸。

刘娅楠想起自己要毁容的事儿，估计他是都知道了。

果然很快羌然就说了出来："你烫伤脸后，考虑过感染的问题吗？还有在那种地方万一暴露身份怎么办？不是找安全的地方躲起来就可以的，还想去你以前去过的地方，你不知道那些都是高危区吗，不说那些街头的奸细耳目，就是暴徒流氓你怎么应付？"

刘娅楠被他质问得哑口无言，她安静地听着，眼睛一直看着脚面。她的鞋子丢了一只，此时穿的鞋子，还是羌然帮她新找的。

不管他多么生她的气，还是在她回来的第一刻带着鞋子去接她了。

她正在愣神呢，对面的羌然已经停下了责问，叹了口气，口吻都变了个样，居然幽幽地说了一句："我该拿你怎么办？"

刘娅楠纳闷地抬起头来，还以为自己出现幻听了，羌然在说什么啊？

幸好下一句羌然又恢复了正常："那我能跟你做爱了吗？"

刘娅楠迎着他的目光，虽然那话很直白。

可之前的事情对她触动蛮大，毁容那种事儿当时一股劲做做得了，可真平静下来，她知道那并不能真正解决问题，总有人会想办法掘地三尺把她找到。

而她要面对的是伤口的溃烂，还有街头的食不果腹。

眼前的男人，在俯身问着她，不管怎么样，这个人没有把她当做物品拿去跟人共享，他会同她一起吃饭。他会对她说他会努力去熟悉她、理解她。

她同羌然说着："那你能帮我的朋友脱离困境吗？"

刘娅楠还在惦记着妩媚他们，不管怎么说，也是她惹出来的麻烦，让那些人跟着倒霉，她怎么也过意不去。

见羌然郑重地点了点头后，刘娅楠又问："那如果我顺从你，以后乖乖地在你身边，你能让小田七他们回到我身边吗，能让我看看我的小店吗？"

其实她还想提楚灵的事，不过话到嘴边，她忽然想到这种事儿，她要说了会不会反倒火上浇油，就把话埋在了肚子里。

"可以。"倒是羌然爽快地答应后，又皱着眉头，想了下，大概在努力想着什么，神情古怪地补充了一句："你真是个折磨人的小妖精！"

说完他就低头亲吻上她的嘴唇，刘娅楠被那句小妖精的话给砸晕了。

她听到的是什么玩意啊！

不过羌然的吻很温柔，只是渐渐就不受控制般，羌然的力道越来越大……

他们那什么之后，她翻着白眼瞟了他一眼，闷闷的，声音沙哑地嘀咕着：“我都想死掉算了……”

羌然侧躺在她身边，抚摸着她的头发，纳闷地问她：“可书上说在行房的时候有些女人会高兴得哭出来。”

刘娅楠懒洋洋的，呢喃道：“什么书？”还高兴得哭出来，脑残写的吧？

羌然想了下道：“就你帮我选的那本，如何哄女人开心。”

说完他又亲昵地贴着她的脸，简直是爱不释手地又抚摸起了她的身体。

刘娅楠当初帮他选书的时候完全是只看的书名，不过这个话倒是提醒她了，她赶紧睁大眼睛询问道：“里面是不是教你怎么说甜言蜜语了？”

羌然很自然地回道：“是啊。”

他记忆力很好，马上详细地说道：“里面条目很多，遇到女人生气的时候该说哪些，遇到女人抱怨的时候该说哪些，上面都写得很详细，还有怎么哄女人做爱……”

“还有怎么哄女人做爱？”刘娅楠眉头都要皱成一团了。

“我爱你。”羌然猛地说了这么一句，当他说这句话的时候，刘娅楠一点防备都没有，整个人呼吸都顿住了。

羌然却纳闷了，说：“不明白为什么反复说这种话，女人就会自愿同我们做爱，那些乱七八糟没有逻辑的话，真的可以让你开心吗……”

刘娅楠这才明白，羌然并不是有意在同她说这个。他只是在模仿那些话，觉得这样可以缓和他们的关系。

她努力扳正自己的表情，可她的心还是不受控制地狂跳了起来。

她拉了拉薄被，材料很舒服的薄被盖在身上，她却觉得身体还是凉凉的。

过了许久，她才闷闷地说：“你别看那些乱七八糟的书了，那都是胡扯的，什么话会让我开心，什么话会让我不开心，我都会慢慢告诉你……”

明明昨晚折腾得那么厉害，可到早上的时候羌然却一点疲态都没有。

刘娅楠挣扎着起床的时候，本来想着叠上被子收拾下枕头的，可在拍枕头的时候，她忽然看到枕头上有几根自己断掉的头发，估计是昨晚太激烈了，有些头发被扯断了。

不过她拿起那几根头发的时候，倒是有了一个主意，趁着羌然刮胡子的时候，她赶紧又在床上找了找，很快她就找到了十几根头发。

等羌然从洗手间出来的时候，她一看到羌然的脸，就觉得浑身热乎乎的，像是被烫着了似的。

大概羌然也是这样的感觉，两个人吃饭的时候都不敢跟对方对视。

不过总不说话又会出现那种沟通不良的情况，刘娅楠觉得自己多少还是得说一些。

她把自己的想法跟羌然提了下。其实她也没想别的，就是觉得既然那些人连她曾经去过的草皮都能卖钱，那她的头发呢？这可是货真价实的东西呢，而且现在她的身体还不能克隆。她卖的话也不怕被人利用来做什么坏事。

这些头发扔也是扔了，还不如好好利用赚点钱什么的，至少有了钱后，不管是她想补偿妩媚他们，还是帮小田七治病，甚至安顿野兽都是可以用到的。

只是她说得很忐忑，毕竟羌然蛮独裁的，很多时候压根不会跟人商量事儿。

大概是做完那什么比较和谐，所以今早的羌然格外好说话。在听她说完后，羌然倒是很快回道："可以，之前有何许家族的人要跟我合作，被我回绝了，可既然你想的话，我可以派观止跟他们联系一下。"

只是让刘娅楠意外的是，羌然的行动力真的很快。早上才答应她的事，到下午就有了消息。等观止带她过去的时候，她吸取了之前的教训，在路上的时候狂问观止问题，生怕自己再说错话。

观止忙宽慰她，告诉她说，这次来的人是何许家族的什么族长，主要是谈一些商业合作的事儿，让她不用太担心。而且何许家族盘根错节的在这个世界之所以能如此厉害，都是因为他们从不参与政治斗争，不管是政府还是羌家军，何许家族都会保持中立的。

只是进到羌然办公室的时候，刘娅楠大大地意外了下。她以为掌管

一个大家族的人多少也该是很年老的老人，可她没想到此时坐在羌然对面的却是一个特别年轻的年轻人。

这个人跟她见过的所有男人都不大一样，这个世界的男人多少都有一点末日的情结，不管是拘谨的缪彦波，还是颓废的羌然。

从没有哪一个人是如此奇特，就连眼角眉梢都是带着笑意的。而且这个人的头发很长，跟羌然利索的短发不同，大概是考虑到场合的关系，此时何许的族长把头发梳成了一个服帖的发辫。

她特意留心了下，发现束着那个发辫的是一个黑色金属环，上面隐约还有一个家族标志。就在她发呆的时候，何许的族长已经走到了她面前。

"夫人，您好，鄙人是何许有钱。"那人风度翩翩地鞠了一躬。

刘娅楠当下有点呆住了，她以为羌然的声音就算是悦耳好听到了极致的，没想到还有人跟羌然的嗓音似的那么好听。只是这个男人的声音太柔媚了，跟羌然那种纯男人式的比还是有些区别的，这人真的好热情，当下就要同她握手。

刘娅楠怕让人觉得自己怠慢了，赶紧伸出手跟对方握了握，只是这个人手上还戴了副白色手套，握到手里滑滑的，有点凉凉的感觉。

在跟她握完手后，这个人很快就把那只手套摘了下来，就跟那手套是多珍贵的东西似的，小心地叠起来放到贴身的口袋里。

刘娅楠看着他做这些事儿时，忍不住起了疑心，一想到对方是连草皮都能扒了卖钱的商人，刘娅楠小声地嘀咕了一句："您……您这个手套不会要拿去卖钱吧？"

"怎么会，我要留下来当纪念品。"那人一边说一边又把另一只手伸向她，笑眯眯地说，"这只才是需要拿出去拍卖的。"

在她还没反应过来前，他已经握住了她的手。

那奸商笑得就跟一只狐狸似的，她能收版权费吗?

刘娅楠真觉得太可笑了，让她更无语的还有羌然对这事儿的态度。她以为羌然肯定对别人对她摸摸索索的会很反感呢，结果羌然什么都没说，只让两人去隔壁的办公室里商议，那态度太过于理所当然了。

刘娅楠听到这话的时候还特意看了一眼羌然，他却是一副你怎么还不去的样子，看上去好像还很体贴她一样。她真的觉得特别惊讶啊，她以为羌然对她的事儿应该是很在意很小心的，可现在看来好像反倒觉得这样放开手让她去做，是为她好一样。

所以说男人是住在火星的，女人是住在金星的？不过幸好她也不是个喜欢依赖别人的人，现在见羌然这么大方地放手，她便硬着头皮上了。

只是她特别紧张，她长这么大别说跟人谈生意了，就是还价她都不怎么拿手，尤其对面这人一看就不是善类。等两人到了办公室的时候，她深吸口气，小心翼翼地把自己的些头发拿了出来。

对方可是名声在外的何许家族，她有点忐忑，很怕自己的这几根头发一拿，对方再勃然大怒地说，就这么几根破毛，也值得老子特意跑一趟，你赔我油钱！

就在她忐忑不安地等着回复的时候，就见何许有钱在看到她拿出来的东西后，原本还笑着的表情忽然顿了顿。很快这人就掏出一个东西来，对着那些头发拍着照片，在碰触那些头发的时候，他甚至还额外换了一双手套，那副小心翼翼的样子，好像那些不是头发而是金条一样，不对，就算是金条也用不着这么紧张的。

他那样子简直就跟在碰触绝世珍品一样，那眼神闪闪发光的，简直都可以直接当探照灯用了。

看他的样子，就连刘娅楠都跟着紧张起来，她之前还觉得卖头发这事儿是不是太夸张了，可现在看对方这么严肃认真的样子，她忽然想到，自己不会就因为卖头发这种事儿就能成为世界第一富婆吧，到那时候……

她握了握拳，她一定要请好多好多的保镖来保护自己的安全，她还可以做好多好多的事儿。

只是何许有钱在研究那些头发的时候，忽然拿起一根有些短的头发，同她确认道：“你确定这些都是头发？”

刘娅楠有点呆住了，下意识地嗯了一声，可不都是头发嘛。

为了证实自己没弄错，她赶紧解释说：“都是我自己的，因为羌然的头发很硬的，也比我的亮一些，所以肯定是我的。你也看到了，每一根都很软的，我挨个跟我的头发比对过的……”

“夫人。”他笑着打断她的话，“我不是在怀疑这些头发的来历，只是想确认一下，因为有关性的那些，按理说价格应该要定得更高一些……”

刘娅楠的脸腾地就红透了，一明白对方要问的话，她简直都想找个地方躲起来，这得多让人别扭啊！

她结结巴巴地说："都是头发……"

"哦，"不知道对方是不是故意的，在看了看那几根头发后，还上下打量着她，又确认说，"其实某些部位的……"

"不用了！"

还让不让人活了啊！

真是尽职尽责的奸商哦，为了扩大商业范围，还在不死心地劝诱着："新陈代谢本身就会有毛发脱落现象，相比这些头发来说……"

她真想过去给他一拳，估计脸皮能扒下来卖的话，眼前这位早已经卖了。她真是没见过这号人，要不说怎么人是富豪呢，给个骨头都能炸出油来！

她以为他那么激动地看着那些东西，至少自己的头发能卖的价格不错呢。结果这个何许有钱先是说了一通没有实用性啊，然后又说了一些保存的问题，还有拍卖手续费用等，七算八算，她本来计算能力就弱，很快她就发现自己能赚的好像没有想象中多。

在谈判的时候，她很快就知道自己不是对手了，不管她想怎么反驳对方，可这个何许有钱都能微笑着给她顶回来，那话说得简直是滴水不漏，很快就不动声色地压了她一头。

她被对方几次逼得都说不出话来，可要说对方有多过分，明明对方在讲话的时候句句都在微笑，每一句又都那么客客气气。

她吃了几次瘪后忽然想起自己的先天优势，对啊，既然谈判她不是对手，但一个大男人，一般没有几个人会狠心杀女人的价吧！

都到这个时候了，她索性就想着使个美人计算了，很多大商店大酒店都喜欢用漂亮的人当导购员，为的就是好推销东西。

那么她现在有这个优势干吗不用，她故意看过去。记得只要她多看对方几眼，很多人都会被她看得心慌意乱脸红害羞的，当年的和疏那么凶，不也被她看了几眼后，眼皮都不敢抬吗？

她就用力地看了过去，结果这个何许有钱在被她那么注视后，不仅语气没任何变化，脸上的笑意反倒更浓了，中间还跟故意似的挑了下眉毛，那样子就跟在反馈她的注视似的。

刘娅楠被这个何许奸商挤眉弄眼地看臊了。

听着对方已经在收尾了，她忍不住想起当年自己被人忽悠着买回去

的新出品的洗发水啊，魔术毛巾啊……想当年上大学的时候，她也跟着眼泪汪汪地捐了很多钱,然后省吃俭用,还觉得自己的钱都用在正处了呢，后来等某天在网上的时候，知道那些钱都被人买了名车跟名包后，她真想把当年吃的那些六毛一袋的泡面都吐那些王八蛋的脸上！

此时她几乎要被何许奸商绕进去了，不过停顿了片刻，她努力理了下自己的思路。这种事儿跟那些毛巾啊洗发水不一样，她已经够笨的了，唯一的价值是买卖这些东西，要是现在就让步了，以后的合作就更不好谈了。

她现学现卖地学着那人微笑，淡淡地说道："谢谢你开出来的条件。"

她努力平稳着自己的口吻："就是……就是我想，我找你来并不是要跟你合作的，我觉着吧，这个就跟我是生产方一样，本身这个产品不是你生产的。你呢，只是我请来做代理的……对，就是那个代理……"

她努力艰难地措着词，很意外的，在她努力解释努力表述自己的意思的时候，她能感觉到眼前的奸商没有像之前似的那么打断她。

她越发觉得高兴起来，简直就跟自己占据了有利形势似的，她再接再厉地说道："你不是产品的所有人，你只是代理这一单生意而已，如果你给我的条件不合适的话，我也能找别人试试看……"

刘娅楠深吸口气，想起早先看到的那些东西，忍不住又嘀咕了一句："我脑子不大好使，可是……"

虽然觉着羌然就这么让她自己处理这事儿蛮意外的，可是想起缪彦波一声不吭就弄的那个什么女人保护基金，她倒情愿选羌然这样的做事方式。

她不懂那些大道理，做人的道理却是明白的。

"是的。"何许有钱很快收敛了脸上的笑意，拿出一份文件来。

刘娅楠纳闷地接过一看，就见上面明明白白写着呢，而且那条件好得不得了，简直就是这个何许有钱在免费给她打工一样，她看了一眼何许有钱。

何许有钱这次的微笑看上去跟之前的不大一样了，他说："请夫人相信我的诚意，之前那些只是跟您开的小小玩笑，没想到夫人的聪慧远远出乎我的意料，让我非常钦佩。只是夫人，以后这样的商业谈判还会有很多，夫人本身是非常有商业价值的人，不管是代言费还是出场费，夫人只要想都可以赚到想象不到的天价。恰好我们何许家族有良好的人

脉和渠道，夫人请考虑跟我们合作的事宜，我愿意放下手里的所有事务，贴身为夫人做代理人……”说完这些话后，这个何许有钱还站了起来，无比虔诚地对她鞠了一躬。

刘娅楠真有点摸不着头脑了，但看着对方从那副轻浮的样子，一下子变成很认真的样子看着自己，她忍不住有些得意起来，难道是自己的那些把给对方镇住了？

虽然那个合同条件很好，可她还是想拿给羌然看，一方面是想让他帮自己把把关，另一方面她多少有点私心。因为羌然那个家伙吧，总说她没脑子，她就很想向他证明点自己的价值！女人也是可以很厉害的，也是可以很会谈生意的！

只是等她再到羌然那里的时候，他显然很忙，有不少人在跟他汇报工作。

她在旁边安静地站了一会儿，结果情况就变得怪异起来，原本还语速平常的汇报人，忽然结巴起来，其他那些等着汇报的人更是各种偷瞄各种扭腿顺头发，最后一直低头在思考问题的羌然都发现情况不对了，忙把那些人都叫了出去。

他抬起头来，很自然地对她露出了很开心的笑容。

刘娅楠也不自觉地笑了出来，带着点得意地把自己谈下来的合同拿给羌然看，就跟显摆一样。她刚要开口介绍自己的成果，羌然已经开口说道：“是不是那奸商给你开出很优惠的条件？”

刘娅楠当下哎了一声，这个羌然怎么好像就在现场一样。

羌然表情未变，继续说道：“然后用这些小恩小惠，再引诱你签其他的单子，中间还会各种阿谀奉承你、夸你？”

刘娅楠有点愣住了，不过那个何许有钱真是那么做的，不是因为钦佩她？就是想糊弄她谈别的……

羌然淡淡地评论道：“这吃人不吐骨头的奸商，估计会糊弄你跟他们长期合作。”

他把面前的文件收起来，他的办公桌上有一块超大的触摸屏，然后他的手在上面划动着，好像在确认什么。

他抬起头来，笑着说：“我有五分钟的休息时间，来……”

他一把把她拉到怀里，就要摸她。

刘娅楠却是闷闷的，人心情不好的时候，就会觉得摸来摸去的很烦

人。

羌然大概也察觉到她的情绪了，只是没弄明白她为什么不高兴。

两人离得如此之近，刘娅楠看着他长长的睫毛，漂亮的眼睛，忍不住嘀咕：“我以为自己很厉害的……”

“没办法。”羌然诚恳地宽慰她，“智商是你的硬伤，要不以后我找人帮帮你。”

刘娅楠这下更不好了，皱着眉头。

见她还在不开心，羌然忙又哄着她道：“对了，你昨天说的要帮你朋友的事儿，我已经找人联系到他们了，你想现在跟他们谈谈吗？”

本来刘娅楠还在生气呢，现在一听说可以跟妩媚他们联系上，顾不上生气了。她现在真的特别担心他们，很怕妩媚他们因为自己受到什么不可挽回的损失。

羌然帮着她拨了电话，估计是他在外面的办事人员找到了妩媚他们的联系电话。

很快电话就接通了，却没有立即转到电话铃声，而是一个机械的声音不断重复着：“采访请按一，出版请按二，预约请按三，人工服务请按零……”

刘娅楠纳闷得很，不明白怎么这个电话还跟出版采访有关系，她迟疑了下，最后忙按下了零键。

这次终于有人接起了电话，只是一听见妈妈桑嗓音沙哑的那声“喂”，刘娅楠下意识地想起妈妈桑对着镜头的哭诉，还有骂流氓的那些话了，瞬间难过起来。

不管怎么想，被人扒光衣服都太让人难受了，真不知道妈妈桑和妩媚他们都是怎么熬过来的……

她还没开口呢，那头的妈妈桑已经噼里啪啦地说了起来：“哎，你哪个电台的，采访是要按分钟收费的，这周都没有时间了，白天晚上都没有，你要排队的话至少要排到二十六号，具体的你按三键预约，出版的话最近我们工作室都没有那个计划……”

刘娅楠有点傻眼，停顿了下，才干巴巴地问了一句：“你们没事儿吧？”

“哎，你这家伙，采访是要缴费的，在没谈好价格前，一切免谈……”

刘娅楠无语了。

“不过你们要想知道新书的情况，我这里倒是可以透露一些，‘最女人’工作室的新书《我与女人不得不说的故事》，绝对取自第一手材料，绝对震撼绝对轰动。在书里女人坐台时的第一个客人的身份也将被揭晓，本书将于三天后全球首发，预计售价一百七十七块……”

刘娅楠默默无言地把电话挂了。

她叹了口气，曾经有一份赚钱的机会摆在她面前，她没有珍惜，等到失去的时候才后悔莫及，如果上天能够给她再来一次的机会，她要说，长脑子，多赚钱！

都是穷人出身的，怎么别人能想到的，她就想不到哇，她脑子是被纸糊上了吧！

之前她逃也逃了，躲也躲了，现在好不容易有点先机了，还让奸商算计还被人各种利用，她图的什么啊？

不过在那之前她得先跟自己的管理者沟通一下，她清了清嗓子，对着管理者商量道：“那个羌然，我有点事儿想跟你商量。我有点拿不准你的态度，因为刚才你让我自己去跟何许有钱谈判，你是不是对于这部分事儿都不会参与啊？”

羌然很理所当然地说：“不是你想独立吗？”

刘娅楠望着他的眼睛，想知道他说这句话的时候有多真心。且不说他这个人了，也不说她是不是世界第一的女人什么的，有些男人有点成就了，还不愿意自己的女朋友老婆出去“抛头露面”呢，更别提古代那些大门不出二门不迈的女人了。

不过在对上那双眼睛后，她忽然放心下来，羌然好像真的想要尊重她的想法，想要实践昨晚他们谈到的那些自由独立的事儿。至少她在他的眼睛里没看到那种独占欲，以及要让她好好在家给他下崽生娃的意思。

刘娅楠多少有些感动，所以说男人这种生物，你得给他点时间督促着他进步，没准好好沟通好好接触，也能变成绝世好男人呢。

她继续说道：“你之前答应我放我那些朋友的，我有一个想法，既然你也愿意尊重我的意愿，也给我这个自由权，所以我想，把事情做得好一些，反正三个臭皮匠顶个诸葛亮嘛。像你说我的，我是蛮笨的，让他们帮帮我，就跟组建公司一样，对……就是大家分工合作……”

刘娅楠说这些话的时候，充满期待地望着她面前的羌然。

羌然没有回话，只是勾着她的下巴吻她。

刘娅楠不知道这算不算是为了自己的目的在讨好羌然，她以前没回吻过他的，可这一次她主动回吻了他。

五分钟的休息时间很快就到了，不管之前羌然看上去多沉溺其中，可在工作的时候还是能很快变得一本正经起来，时间一到就停下亲吻，帮她整理着头发跟衣领。倒是刘娅楠觉得自己整个人都恍惚了，被吻得头晕脚软的。

等她从羌然那里出去后，再见到何许有钱的时候，刘娅楠不知道这个何许有钱是不是故意的，反正这家伙看着她的样子明显是在上下打量她，而且还很露骨地在她的嘴唇那里扫了两眼。

她被看得特别尴尬，都怀疑自己刚才跟羌然是不是亲太过了，把嘴唇都亲肿了。

不过刘娅楠很快就让自己平静下来，努力装出一副女强人的范儿说道："不好意思啊何许先生，您的提议很好，不过鉴于最近我的公司正在组建中，我估计要等一段时间才能跟您继续合作了。"

何许有钱闻言挑眉看了她一眼。

刘娅楠装作淡定地回道："哦，等公司准备完毕，我会通知您的，希望到时候咱们还能继续合作。"

刘娅楠放在以前多少会热情地去招待何许有钱，因为在她心里会觉得能一起合作的都是朋友，至少要把关系处好。

可现在她渐渐明白一个道理，不管她对那些人好与不好，她的价值都在那里，而恰恰相反的是，正因为自己对人太好了，反倒露出了很多可以让人利用的破绽。所以她也没有亲自去送何许有钱，而是让一直在旁边担任警卫工作的人员代送的。

等打发完何许有钱，刘娅楠二话不说就跑去找小田七他们了。只是她一路上都很紧张，不知道对方见到自己会是什么样，莫名其妙地被关起来，估计见到她会很生气吧？

她一路忐忑地被观止领着到了禁闭室，在等待的时候她紧张得直在原地转圈。只是再见到小田七他们的时候，那情形跟她预想的一点都不一样。

她以为那场面至少很温情很激动的，比如小田七激动地跑过来，一把抱住她，哇一声哭出来，不管是委屈还是指责她都行。

可是等小田七跟野兽被叫出来后，两人都不约而同地远远站着，故意跟她拉开很长的一段距离，他们以前很亲密的，就跟一家人一样。

现在这两个家伙表情既不是兴奋也不是开心，就那么木讷地看着她，那样子就好像看到了外星人一样。

她有点不适应，他们哪怕骂她几句也好啊，这样隔得远远地看着她，让她觉得他们好像一下都陌生起来。

她赶紧上前一步，只是就跟被吓到一样，在她靠近的时候，小田七本能反应似的往后倒退了一步，脸上的表情更是惊恐不安。

野兽倒是比小田七好一些，他直接蹲在地上画圈，连抬头看她都不肯。

带她去的观止不满意了，催促警示着这两人："喂，你们两个！夫人过来看你们了，注意态度！"

刘娅楠赶紧拦下观止，谨慎地又往前走了一步，这次小田七终于停下了脚步。

刘娅楠以为他们是在生她的气，她俯身同他们解释着："不好意思啊，因为我的关系让你们受苦了，田七、野兽我会补偿你们的，今天我已经卖自己的头发了，据说能赚到很多钱。然后我还想做生意，所以你们想的话，我想请你们还待在我身边，要是不想的话也没关系，我会给你们补偿金，让你们好好生活的……"

可是不管她说什么，她发现小田七跟野兽都沉默不语，好像他们不敢融入她的生活，不敢靠近她一样，那种感觉让她很不舒服。

她还是以前的刘娅楠，唯一不同的是她被人知道了自己是女人，可是本质上她从没有变过。

她还是那个傻乎乎、胆子很小的刘娅楠，在她心里，她还是把他们当做自己的亲人一样。

她有些激动，眼睛都酸涩起来。不管是现在保护着她的羌然，还是刚才她见到的那个什么何许有钱，他们对她都是有所图的。

只有这些人，是把她当做普通人来相处的，她不想他们之间的感情也变质。

不过她没有气馁，她知道小田七他们也是需要一个接受的过程。

她努力说着，把自己的想法、自己想做的事儿，陆陆续续一股脑地倒了出来，她还很高兴地告诉小田七，羌然都答应了……

小田七忽然低下了头，他明明还很小呢，声音却跟大人一样严肃：“哥，不……夫人……您并不明白您对整个世界的意义，万一您的头发被那些人拿去克隆……”

刘娅楠早就知道他小大人一样，一听这个就赶紧解释说：“你放心吧，头发那些东西我问过观止他们了，他们说我被传染了阻断者，所以就现在的技术来说压根克隆不了的。”

“不光是那些。”虽然小田七没说明白，可看着小田七那副担忧的样子，刘娅楠却大概猜着他的意思了。

其实她也明白那个道理，她所做的这一切都有一个必须的前提，那就是羌然同意她这样做。他答应了，所以她可以在他答应的那个圈里有那么一点点自由，可如果某一天羌然说不可以的话，那就真的什么都不可以了。

就好像羌然不管对她多好，还是会给她戴着狗项圈一样，在羌然面前，她压根不算是个独立的个体。

她明白这个道理，可是人总要向前看的，不能因为可能的结果就什么都不去做，否则就真的什么都做不了了。

她本来就够笨的了，如果再没有韧性，真就一点点优点都没有了。

小田七在听了她的话后大概明白了她的意思，就是野兽怪怪的，也不说同意也不说不同意，可你要说送他走的话，他又会闷不吭声地摇头。

最后刘娅楠只好把他们安顿到自己身边，只是不管他们做什么，身边都有至少五六个保安监视着他们，中间观止还会时不时地过来巡视一番。

不过她也没有空去关注那些事儿了，她还有好多事需要做呢。

她也不懂这个世界的公司都是怎么运作的，至少在开公司前要先学习一些基础知识，别的不说，三个人里总要有一个会算账的吧？到时候收入多少需要怎么运作，还有税务机关的各种关系，她也需要请教观止。

她把这些事儿跟小田七说的时候，小田七却完全不担心，反倒跟她说道：“姐姐，那些东西都很简单的，只要给我些时间看看书就行。”

那孩子有时候是挺神的，反正她那个榆木疙瘩似的脑袋要学的话一时半会儿也学不来，她索性把事情都交给小田七去做了，她则开始想着公司章程方针那些东西。

这就跟闹着玩似的，她这种没一点经验的菜鸟，再加上一个半大孩

子，唯一的大家伙还是这么个傻不拉几的傻大个。这个傻大个现在连看都不敢看她，就他们三个人，居然就要开始跟那些人奸商合作了，中间还要考虑羌然的问题……

再来傻大个也挺让人着急的，她对着一直沉默不语的野兽，思考了半天该让这个家伙干什么。

难道就让他做个保安处长？可是自己身边这些人还不够保护她的嘛，这么一想好像野兽就蛮多余……

那几天他们凑在一起开始筹备各种事情，研究各种可能用到的数据资料，有些东西看得刘娅楠直眼晕。

很快何许有钱那儿的拍卖也有消息了，何许家族还真是靠谱的一个家族，当初签合约的时候，为了证实没有暗箱操作，何许有钱特意把这次拍卖做成了全球直播节目，面向所有的人跟组织公开举行拍卖会，那场面大得简直吓人。

刘娅楠跟小田七他们本来正在观止他们的监视下商量新公司的问题呢，尤其是说到起步资金，三个人里唯一见过世面的野兽，估摸了个大概的数字，说怎么也要个十亿吧？

刘娅楠当时还有点拿不定主意，觉得野兽是不是太高估了大家对头发丝的痴迷。

结果一打开电视就看见里面已经开始拍卖了，让刘娅楠失望的是，明明看着拍卖得那么热烈，结果叫的价格都是十二十三这种的。

她很郁闷，心说这是哪里不对吧，怎么能这么低呢，这够上电视台的直播钱不？

她正满脸疑惑呢，结果就见小田七用颤抖的手指点着屏幕的一角，原本就在变声期的嗓子此时更是又尖又沙哑地叫了出来："姐姐，这个基本单位是兆啊……"

说话间刘娅楠也看到了那个标志，她瞬间倒吸了口冷气，努力控制着自己的情绪，她的手指都在哆嗦了。

电视里的场面就跟要失控一样，她看到跑来跑去的记者，还有无数人在跟外界的人联系，数字在不断变化着，所有人的目光都紧盯着那个巨大的屏幕。

那上面的数字已经是她想不到的高了，她的血都要凝固了，她有点被那个数字吓到了。

可隐约间她也明白，这并不算夸张，她见过这个世界对夏娃的痴迷，她安静地看着电视，小田七更是连吸气都不敢大声。

然后就听电视里的主持人在台上激动地喊着：“世界上唯一被公开拍卖的女人头发！货真价实，可以当下检测，真正具有女性基因的仅有的一根，错过就再也不会有了！”

仅有的一根？刘娅楠还以为自己听错了呢，结果过了几秒后，那个主持人又在不断重复这句话。

每次他这句话一说完，场面就更不受控制地狂热起来，数字在不断被追高，就算在电视外，她也能够感受到里面的惊心动魄。

在这样让人肾上激素加剧的环境下，刘娅楠看到了第一排的何许有钱，那个人依旧是那副笑眯眯的样子。

她的脑子却在不断思索着，她可是交给何许有钱很多根头发的，可是这次拍卖何许有钱却说只有一根？

一瞬间，刘娅楠就回过神来了，对啊！物以稀为贵，如果忽然放出去十来根，估计买家的热情就不会这么高了，唯一的一根才是噱头嘛。这个道理简直就是当头棒喝啊！这才是经商之道啊！这才是货真价实的奸商呢！

她握紧了拳头，就跟受到鼓舞一样醒悟过来，忽然明白自己的公司章程要怎么写了，这不是明摆着的吗！

她当下激动地对小田七跟野兽宣布道：“我知道咱们要做什么了，咱们要做品牌！”

她激动地拍着桌子，大声告诉他们：“要做超级贵的品牌，咱们的口号就是不求最好，但求最贵！全球唯一的限量版，绝无仅有的！”

她怎么就忘了这个，在这个世界为女人打架斗殴进局子的还少吗？男人再厉害再精明，可要争强好胜起来，也能笨得跟猪一样！

等刘娅楠跟小田七他们商量好再回去的时候，羌然显然已经吃过饭躺在床上了。

其实之前她有接到羌然的电话，一想到自己推了羌然的饭局做事业，刘娅楠就很怕发生女人一心弄事业，最后男人后院起火的事儿。

她凑过去，想着哄哄羌然，然后她就看见羌然正在床上翻一本什么书呢。

那封皮看着还挺漂亮的，她纳闷地看了一眼，瞬间脑袋就有点大，

竟然是《我与女人不得不说的故事》。

羌然显然正在找关于她坐台的那段呢。

大概是感觉到了她的视线，羌然抬起头来，左手撑着下巴逗她：“你的训练，不及格过？”

刘娅楠当然记得那些哭笑不得的事儿，她闷闷回道：“那怎么及格啊？”

为了表示自己的愤慨，她还特意把手指扭了扭，做了个扭腰摆胯翘手指的动作。

只是做那个动作的时候，羌然忽然伸手咯吱了她一下，她被挠得痒痒地直笑，忙抱住自己，郁闷地瞪了他一眼，抱怨道：“你们也太奇怪了，都靠什么来区分女人的啊，胸大吗？”

她说这话的时候早忘记自己已经是超大胸妹，果然很快她就遭了报应。

刘娅楠脸一下就红透了，赶紧往后靠了靠，怕他再动手动脚地闹自己。

结果她还没躲远呢，羌然又说了句让她更郁闷的话：“那你就没点女人的技能吗？”

就是说她没女人味喽！

她现在也是气气更健康了，对着这个羌然吧，她都觉得自己没脾气了。

这个家伙，好像就喜欢看她又羞又恼的样子。

为了证明自己很有女人味，刘娅楠赶紧抗议道：“其实我唱歌挺好的。”

这个她可是有先天优势的，怎么想男人的嗓音跟女人的也不一样，她要唱好的话绝对可以秒杀一片。

“那唱首歌给我听。”羌然轻轻地道。

刘娅楠一时间也不知道要唱什么，有些歌时间久了早就忘记了，她想了片刻才想起一首老歌。

她轻轻地唱着，没多久，羌然就同她和了起来，那首歌原本就是男女都可以唱的，此时羌然唱得渐渐就不一样起来，他的嗓音要更好听也更浑厚一些。

渐渐地刘娅楠就不好意思唱了，因为差太多了，她能感觉到自己的

声音同他的在一起是多么不般配。在他那双眼睛的注视下，她真的会觉得自己的嗓子紧得发干，一点点声音都发不出来。

过了许久后，她才终于找回自己的声音。其实她有点介意他看到她的第一个客人时的反应，她想知道他是不是有不开心，如果有的话，她想对他解释解释。

这么想着，她小心翼翼地问他：“羌然，你看到我的第一个客人时，你有生气吗？”

“生气？”羌然反倒很意外地反问道，“我为什么要生气？”

羌然理所当然地告诉她：“当然没什么好生气的，那种人，你就算见一百万个，加在一起，能比得上我吗？”

刘娅楠真绷不住了，全天下能把自大的话说得这么一本正经，毫不在意的也就这家伙了。

她忍不住刮了刮他的脸皮，小声地嘀咕了一句：“嘚瑟……”

不过他倒是边看边乐，好像那是什么笑话集一样，还用手点着书里的内容揶揄她：“所以你就被那个叫缪臣的嫌弃了？”

刘娅楠皱着眉头瞪了他一眼，眼睛扫过去，就看见羌然正看的那段是关于自己给人倒酒被嫌弃的地方。

她郁闷地直撇嘴，羌然笑笑，随后又说道：“不过这小子现在肯定后悔得肠子都青了。”

刘娅楠倒是很肯定这个，她也低下头去，一边想象着缪臣那书呆子的脸，一边想着那家伙知道她是女孩子的样子，越想越觉得有意思。

原本她对妩媚他们出这个书还很反感呢，现在看着那些字句，她才发现妩媚他们把她写得这么活灵活现，并没有拔高她，也没有为了哗众取宠弄些噱头。

他们只是很简单地把那些事记录了下来，就好像日记一样。

在书里的她就好像邻家小妹，她抚着自己的下巴，羌然的手指长长的，会为她指出那些有意思的地方，她俯身看着。

这是头一次他们在床上这么惬意地躺着。

关于她怎么收留小田七的事儿，也都被记了下来。

她看到那段时还被里面的句子煽情得眼睛热热的。

她都怀疑自己是不是那么高尚了，虽然她当初是蛮好心的，不过妩媚他们写得太动情了。还联系到了社会跟母性那些，甚至在那段后面还

刻意写了一段呼吁母性回归的话，瞬间把那本书的层次都拔高了许多。

她都不知道自己这么厉害的，简直就是母性的代表啊！

她正看得入神呢，忽然感觉到有人在不安分地摸着她的腰，还想把手往她衣服里伸。她跟条件反射似的，一下就僵硬了，再抬起头来就看见羌然的面孔。

她们离得如此之近，羌然的面孔即使看得再多，还是会觉得好看帅气，不管是离得多近也不会觉得脸上有什么瑕疵，更别提角度了，简直就是无死角的帅哥。

她忽然大起胆子来，不能总被动地上刑了，她得主动出击掌握主动权。

她鼓起勇气头次主动凑近他，在他就要压在她身上的时候，她忽然用力推了他一下。羌然明显愣了一下，可随后他就勾起嘴角，有点兴奋地躺了下去。

刘娅楠大着胆子，在羌然的帮助下坐到了他的身上。

他的呼吸，心跳……如此贴近……

她咬了咬嘴唇，用力呼吸着，努力放松自己……

第六章

# 禁锢

CHAPTER 6

第二天，刘娅楠发现了个很神奇的事儿，她怀疑是不是羌家军搞的团购。因为她在很多地方都看到了那本《我与女人不得不说的故事》，有次她甚至看到自己的保安在休息的时候，也在偷偷翻那本书。

在看电视的时候关于那本书的事儿也是沸沸扬扬的，甚至有什么女神教的还把那本书当做教中圣典。

别说所谓的畅销榜第一名了，那本书简直就是破纪录的神书，那位置高高地甩第二名都甩到西伯利亚去了。再从电视上看到妩媚和妈妈桑他们，那些人可就高端了，都是一脸文化范，绝对是高山流水曲高和寡，我们卖的是文化不是书。

妩媚更是用回忆伟人的口吻追忆着跟她的种种过往，让她帮忙洗臭袜子的事儿，都被演化成了女人天生持家勤劳，性格温顺，家务全能。

简直居家必备出行首选，比家务机械人还要完美，比最贵的安定药还能让人平静，那温柔的笑容啊，简直就是为了普度众生哇。

那一道道圣母的光芒唰唰地砸在了刘娅楠的头上。

什么在他遇到车祸期间，刘娅楠还贴身照顾，还为他做饭。关于那些饭菜的滋味更是美好得只有天上有，现在回忆起来都流泪满面，只恨没有拍照留念，哪怕留个盘子也好啊……

刘娅楠听得都感动得不得了，心说那还是她吗？

不过她也被那些话鼓动了，简直觉得自己对这个世界有不可推卸的责任一样。

在说完那些话后，那个妈妈桑趁机还打了个广告，某某酒店曾经有女人驻扎在里面帮厨之类的，里面所有的餐具都曾被女人柔软的手温柔地抚摸过。然后大屏幕上还特夸张地给出了一张酒店的特写。

刘娅楠瞬间就扛不住了，简直想一口血喷上去。

当年要不是因为那倒霉酒店的变态规定，她怎么会因为打包点剩饭

就被弄进局子里关着，然后遇到羌然，侵犯羌然……

想起来转了这么一圈，不都是因为那个倒霉酒店而起的吗？合着连这么个地方现在都要成圣地了！

妩媚他们占点她的便宜，她还能接受，可这个地方实在太无耻了！

刘娅楠叹了口气，决定以后这种浑水摸鱼的一定要收拾！

不过现在她倒是很关注自己的第一笔收入，按说拍卖都过去一天了，也不知道那笔钱能不能快速到账。

正在她想着给何许有钱去个电话的时候，倒是何许有钱主动打了过来。

在跟她通话的时候，何许有钱刚要说话，忽然就顿住了，那表情就跟看到了什么古怪的东西一样。

起初刘娅楠还以为是可视电话信号不好呢，可随后她就发现何许有钱好像一直在看自己的左边。她纳闷地看了过去，然后就看见左边只有小田七啊，难道何许有钱在纳闷为什么她会带个孩子在身边？

刘娅楠赶紧介绍道：“哦，忘记说了，我身边的这个人，别看岁数不大，现在可是我的财务总监……”

何许有钱很快恢复原状，笑着从手边拿出一本书来，一边翻一边说：“我想起来了，这位就是书里写的那位小田七吧？”

说完何许有钱还很友好地同小田七打了声招呼。

在那之后何许有钱就说起了正事，只是在说完拍卖的那些事儿后，又推销起他家的各种产品了，从银行到基因会投资公司那些，还有各种优惠，一股脑砸了过来。

奈何刘娅楠早有准备，对方说得天花乱坠的，她也没怎么心动，条件好是好，可那些钱她还有自己的用处呢。

她对头发的购买人蛮有兴趣的，花二十二兆这样的天价买一根头发的买家，怎么想也是有钱到恐怖的地步吧？

结果在她问出口的时候，何许有钱却很抱歉地回道：“不好意思，夫人，关于客人的信息，因为之前的保密协议，我是不能透露的。不过请夫人放心，所有的购买者都要经过身份认证，手续都是合法的。”

刘娅楠见这样不好再说什么了。

倒是两人又谈了谈其他那些头发的后续，按何许有钱的意思，这种货不能一下放出去，后面他会努力炒作争取拍出更高的价钱。

在这点上刘娅楠倒是相信他的，现在何许那边肯定是巴不得给她卖好价争取与她的合作，她可是放心得很。

就是在谈完正事后，何许有钱忽然同她说道："夫人，在下倒是有一件事想同您商议一下，您长得非常漂亮，唯一的美中不足大概就是鼻子有点矮，所以，如果夫人您想进一步完善您的外貌，本公司可以免费为您提供整容技术，绝对是现在最一流的……"

刘娅楠听在耳朵里就觉得特别刺耳，其实这种话她不是第一次听到了。

最近一段时间整个世界都在为克隆人的事吵得沸沸扬扬的，不管是多么热烈多么高兴，所有的人说的话都是如何教育如何改造女人。

什么美术音乐教育，什么理想中的女人，还有整容那些，还有人把她的五官放在电脑上，让人做各种改变。一些医疗节目甚至专门请了外科手术的医疗团队对她的五官做各种分析，研究整容的各种方案搭配组合，有一些组合，跟她放一起完全就是两个人！但居然还挺受欢迎的，甚至那个医生还为此申请了专利！

现在就连这个何许有钱都在琢磨她鼻子太矮的事儿，估计以后真有了克隆人那种东西，只要让这个何许有钱沾上边，必定是二话不说就把克隆人拿去垫鼻子！

她郁闷地挠了挠自己的头发，所以说女人保护那些简直就是瞎扯，就跟靠着野狼保护兔子一样！

刘娅楠直到吃饭的时候，都觉得胸口憋着一口气呢。她得赚很多很多的钱，有钱了她才可以做自己想做的事儿。

跟羌然吃过午饭后，刘娅楠正在夏宫休息呢，就见观止神情严肃地找她来了。

刘娅楠当下有些意外，随后她就见观止很小心地递给她两根头发，一脸严肃地报告："夫人，野兽这个人需要处理一下，我们的人发现他在偷藏您的头发。"

刘娅楠一下就愣住了，她难以置信地低头望了望观止手上的头发，当下想起自己之前挠头发的动作了，估计是那时候不小心掉下了两根。

要是之前她就一笑了之了，又不是什么大事，两根头发而已。

可现在她一点都笑不出来，现在随意一根头发就能卖出那么多钱，任她怎么想也轻松不起来。所以说她当做亲人一样的野兽，也许是想偷

藏一根去换钱?

就跟妩媚他们用她打广告一样……

不光是这个问题，现在她身上别说头发了，就连她用过的东西都会被羌家军严密控制。

她沉默了好一会儿，才缓缓地对观止说道："哦，不好意思啊观止，这中间有点误会的……这、这不是他偷的，是我让他帮我保管的。"

其实她在说这些话的时候心里有点乱，可是总归是想相信野兽。因为当初她接受那个偷她面包的野兽时就很冒险，可事实证明她是对的，那个家伙自从被她收留后,再也没有偷过她的任何东西,反而兢兢业业的，对她也蛮好，更何况头发已经拿回来了。

观止望着她的眼睛，肯定是知道了什么，不过什么都没说，就跟相信她的话一样。只是等观止带她再去见野兽的时候，她挺意外的，她没想到此时的野兽是被捆绑着的，而且看样子之前还发生过冲突，他的眼睛更是青了一块。

她走到野兽面前的时候，观止已经示意其他人去给野兽松绑了，那场面一时间尴尬到了极点。

刘娅楠忽然想跟野兽说点什么，她对观止他们说道："我能跟他单独待一会儿吗？"

正在松绑的人停了下，询问地看向观止。观止倒是没说什么，只点点头带着那些人撤出了房间，一时间整个房间只剩下刘娅楠跟野兽。

刘娅楠知道野兽多半也在惭愧，自从知道她是女人后，他就一直不肯直视她。

趁着观止他们出去了，她赶紧小声说道："我跟他们说头发是我让你保管的……"

野兽沉默着，也不开口说话。

刘娅楠觉得特别尴尬，她真不知道该怎么办了，只好站在野兽面前。

倒是片刻后，野兽忽然小声说道："我不是要偷出去卖钱。"

说完那话后他不安地望向自己面前的女人，这个人曾是他的老板，可是除了管他吃饭外，这个女人还很啰唆，总喜欢对他唠唠叨叨的，穿衣服少会被她啰唆，吃得少了会被她啰唆，吃多也会被她啰唆。她会絮絮叨叨地对他跟小田七说着那些话，皱着眉头问他们都是怎么长大的，居然一点都不会照顾自己。

“我就想有个女人，也许以后可以研究出解决阻断者的办法。用那根头发克隆的话，我就能有个女人了……”他嘴唇哆嗦着重复着，“跟你一样的女人……”

“哦。”刘娅楠有点不知所措了，猛地看了野兽一眼。

其实这就是大龄无偶男青年发自内心的诉求啊，想要个女人，想成个家要俩孩子什么的……

她迟疑了下，很快从头上揪下一根头发，小心谨慎地放在野兽的口袋里，压低了声音说道：“那用这根吧，这根是从头皮上直接揪下来的，带的基因要多一些……”

虽然阻断者也不知道能不能破解，可被克隆是早晚会发生的事儿……什么公主般的待遇啊，什么锦衣玉食都是鬼扯，因为归根到底那些人只会把那些女孩当做自己的私有物，可是她觉得野兽应该是不一样的。

“傻大个，我把它交给你了，可是你得答应我，不管以后被克隆出来的女孩什么样，你都不可以嫌弃她。如果她不喜欢你，你也不要为难她，还有不要一心想着让她按你的要求去成长，你得把她当做一个人，而不是一件东西，要尊重她知道吗？”

她定定地望着他的眼睛。

野兽也回望着她，这么久以来，这还是野兽首次愿意直视她的眼睛。

他快速有力地回答：“我答应你。”

刘娅楠现在成富婆了，可因为钱太多了，反倒有点无所适从，也不知道要做点什么好。

以前开那么个小小的店，她能高兴成那样，现在穷人乍富，刘娅楠就很想做出点大动静来，像是开个超级大的酒店啊，至少也要把那个破酒店比下去。还有要做点连锁的生意，既有超级豪华的酒店又要有平价的普通人都吃得起的那种。

菜式要中式的，她很容易就想起自己吃过的那些中式快餐了，只是她得好好整合一下，选出最合适的做一做。

选址也是个问题，现在羌然把市中心的地卖了，要再买也不知道好不好买。

她一说这个，小田七很快说道：“姐姐，地你不用买，你只要表示

自己想在市中心开一家酒店，立刻会有人赞助你的，或者直接让政府给你划地也可以。”

刘娅楠忙拍了下自己的脑袋，她还真是没想到这点。

什么金手指啊玛丽苏啊，现在她都全活了啊！

还有什么是自己得不到的啊？估计她随便在电视上说句某某不错，都可以算是天价广告了。

就是其他那些钱，她一时间拿不准，她是想做点善事的，倒不是圣母，主要是跟小田七商量了一番后，也没商量出个所以然来，倒是在商量的时候，刘娅楠忽然想起缪彦波弄的那什么基金会了，她一想到有人打着自己的主意圈钱，就觉得很不好。

再来刘娅楠也不知道那个女人保护法案是什么样的，她给缪彦波去了个电话，想要问问他。至少基金会的运作要跟她报备下吧，结果她刚问了下资金的情况，缪彦波就有一千句话等着她呢。什么管理费啊，运作费用啊，一长串地列出来，刘娅楠都被他说晕头了。

刘娅楠皱着眉头，就问了一句：“你家的运作费不会也是百分之十吧？”

“不是的。”缪彦波一脸无辜，绅士范十足地回道，“区区百分之十压根做不了，目前的预算是百分之二十。”

她就不该相信这些政客，一群骗子！

刘娅楠瞬间闹心了，问道：“就算百分之二十，那其他的呢？”

缪彦波振振有词地同她解释着：“近期基金会的主要目标，就是帮您寻找另一个所有者——侯爷……”

刘娅楠真有点扛不住了，她觉得跟这些政府里的人说话可费劲了。

你要问他一加一等于二不，他就会告诉你大概可能是二，但又可能不是二，从不同的角度看，可以得出许多种结论，具体的他们还得开会研究。然后再宽慰你不要着急嘛，他们一定会重视的哇，肯定会解决的哇，要相信组织啊，要相信人民的目光哇，要相信联邦政府啊……

刘娅楠真是被他扯皮扯恼了，当下质问道：“你这话可真奇怪，你怎么就知道，找到的侯爷一定是对我最好的选择呢？”

“因为我们做了权威的民意调查，目前看结果，有百分之二十一的人认为侯爷做您的拥有者，对您本身会更好一些……”

刘娅楠皱眉，这玩意还要民意表决啊？她现在已经在羌然这里困着

呢，难道民意是她一个男人不够再加一个？

她纳闷地问道：“那才百分之二十一，其他的人都怎么想的呢？”

“哦，百分之六十六的人希望将您收归国有，我当然是很愿意这么做的，不过……”缪彦波无奈地耸肩道，“夫人，很抱歉，就目前的局势看，那是不大可能实现的，虽然我们跟羌然也交涉过几次，可他态度很强硬……”

刘娅楠心里很别扭，不过多少还是有些好奇的，她忍不住问了一句：“那、那羌然呢？”

那民意调查不可能不问她现在的所有者吧？

“哦。”缪彦波很不屑地回道，“百分之零点二吧，总有那么几个人会按错按键的。”

刘娅楠抿了下嘴，所以说羌然现在简直就是万夫所指了。

不过想起羌然的做法还有独占着自己不共享什么的，她估计这个结果很正常。不知为什么，一想起这个，刘娅楠忽然就有种松了口气的感觉，不管羌然怎么样，其实她都不该抱怨了，这已经是最好最好的情形了。

刘娅楠知道自己嘴上功夫没这个缪彦波厉害，再说有脸的就是比不过不要脸的。

她正想关上视频电话的时候，那个缪彦波像是发现了什么有趣的东西一样说道：“说起来你身后的那个人，眉眼间倒是有些地方很像侯爷，要不要让他也过来做一些基因检查碰碰运气？虽说侯爷的财产都捐出去了，可是早些年侯爷开发的那些星域的开采权还是归侯爷所有的，要真是的话，那简直比彩票还要……”

“不用了。”刘娅楠气呼呼地关掉了视频电话。

她当然知道早些时候很多人都以为野兽是侯爷。不过那种事儿，只是像而已，再说像也是有限的像，她可是见过那一代代不同的羌然的，每一个都跟一个模子里刻出来的似的。

要是那样的侯爷出现，怎么可能不被人认出来，所以说吧，那个侯爷指不定在哪个地方缩着呢。

等她再回过头去的时候，就看见一直在旁边的野兽脸色看上去不是太好。

她虽然呆呼呼的没点女人味，可是心思很柔软，她一下就察觉到刚才缪彦波那句话刺疼了野兽。

她是知道这个傻大个多么没脑子的，属于什么都不会往心里去的家伙，这么惆怅可真不像他。

她走过去，小声对野兽说："你别在意。"

"没有。"野兽以前是不敢看她，现在则是不管说话还是做什么，总喜欢看着她。

"再说我也不可能是侯爷。"野兽很明白自己的斤两，以前自己得意的时候，被人吹捧得找不到东西南北。可此时他明白压根不是这样的，见到了这样规模的基地，知道那些人和规矩，他想到曾经的侯爷也有这样的基地，且不说现在的羌然压根没有早些代的羌然厉害，就是现在的羌然，他也是连人一根脚趾头都比不上！

他是侯爷，开什么玩笑？他都为当初的那段日子觉得丢人。

刘娅楠却是大大咧咧地宽慰着他，她一直是跌跌撞撞过来的，所以对失败有很深的理解，也有自己一套阿Q的乐天看法。

"谁说你就不能成为大人物了，王侯将相宁有种乎，基因那种东西也说不准的。再说了，没有人天生就该是厉害的，就算占有很优秀的基因，可是自身不努力，不懂得珍惜的话，也会是废物，不然我那个世界就不会有那么多没用的富二代官二代了。再说了，我觉得跟那些人比，反倒是咱们这样的会慢慢厉害起来，知道为什么吗？因为咱们在最低的地方，不管怎么走，都只能慢慢地上升，跟那些一出生就站在高位的不一样，我们的路才叫宽呢……"

野兽看着她，以前的他很情绪化很粗俗，现在刘娅楠能在他眼睛里看到很平静的东西。

只是在他平静的眼神下，似乎有另一种比以前的情绪还要汹涌的东西隐藏在里面。

他的皮肤很粗糙，而且人很黑，大概是常年做着重体力活儿，小时候也没有好好调养，整个人看上去都是粗鄙的。可是其实细细看的话，这个野兽的样子倒是不那么难看，她仔细回忆了下侯爷的样子，还真是有那么点像的。

刘娅楠说道："说起来你长得还真有点像……"

曾经的那个侯爷让她都心动了下，觉得好像天神一样，又伟岸又英挺还特别帅气。可现在看惯了羌然的外表，她倒觉得侯爷最厉害的地方，反而不是他的外表了，而是那种神情。

明明是那么厉害的人，眼神却是沉静的，比羌然要温和很多，即便是上位者，却有一种自然流淌的温柔表情。在那样杀戮征伐的年代，还能有那样的人，这才叫神奇呢。

刘娅楠歪头多看了野兽几眼，记忆中的侯爷，光看画像的话，身材可没野兽这么壮。跟那个侯爷匀称的身材比，野兽可就强壮多了，简直跟怪物一样。

她忍不住说了一句："不过我发现有一个地方你可比侯爷厉害多了，侯爷的武力值肯定没你厉害。"

"那是。"野兽得意地挥舞着胳膊，"知道吗，侯爷那人压根没上过战场的，他自己都说身体是他最大的弱点。如果我真是侯爷的话，那我估计就是把该长脑子的那点好基因都长肌肉上了。"

刘娅楠看着他那个样子，心里挺开心的，现在的野兽能这么心平气和地同她说话，能把她当做一个人。他既不会像观止那样刻意同她保持距离，也不是羌然像对待小猫小狗一样对她，她觉得特别满足。

倒是在说话的时候，刘娅楠忽然发现外围的那些保镖都转向同一个方向在敬礼。她当下呆了下，然后就看见穿着一身戎装的羌然走了过来，不得不说穿着戎装的羌然看上去实在是精神太多了，太养眼了。

刘娅楠估计自己不是制服控现在也要变成制服控了。

这还是她第一次在这种地方看到羌然，以前不是在他的办公室就是在夏宫。

刘娅楠挺意外的，不明白羌然忽然来找她干吗，她是在昨晚同羌然说了些她那个世界男女相处的事儿，什么在工作结束后，很轻松地散步吃饭啊约会那些。

难道羌然听进去了，特意来找她的？

所以在羌然靠近她的时候，刘娅楠整个人都顿住了。

只是刚刚还笑着的野兽，一见到羌然，脸上的表情忽然僵硬了起来。他没敢直视羌然的脸，他知道羌家军的规矩，那些兵痞子是多么尊敬热爱他们的头儿，于是他快速让开位置。

一时间很大的空间里只有刘娅楠跟羌然面对面地站着。刘娅楠这么久以来都是跟羌然在夏宫里吃饭做那事，她简直都忘记该怎么跟羌然健康自然地接触了。

好像他们在一起不做那事就不对一样。

可现在呢?

她忐忑地望了过去，羌然很温和地笑了下，冲她抬了抬手，说:“今天有事儿找你，跟我出来一下。”

刘娅楠哦了一声，也不知道羌然要带她往哪儿去，她忍不住胡乱想着，是自己昨天的话触动他了吗?

最近她一直在给他灌输她那个世界的那些常识，是那些话起了作用吗，他想在白天也见她，然后带她去散散步，随意走走解闷?

她一高兴就有点没绷住，尤其是羌然走路的步子很大，她只得一蹦三跳地紧紧跟在他身后，跟得她气喘吁吁的，简直都为以后那些嫁给军人的姐妹苦恼起来了。

平时走惯了正步的，知不知道怎么跟女人走路啊，这么走完，非得走出田径健将不可。她一路连跑带赶的，结果等他们到了地方后，她就有点傻眼。

那是个到处是白大褂的医疗场所，而羌然要带她去的地方，更是要先各种消毒才能进去，她都不知道自己在那种封闭的消毒喷雾里待了多久。

等再进到里面的时候，就过来很多人开始对她各种检查了，各种仪器仪表，还有躺下拍全身的那种片子。

虽然不用脱衣服，可被那么多男人围着还是让她特别不安。没有一个人对她解释，她不知道这是在做什么，羌然也跟那些人一样，戴上了厚厚的口罩。

在她做完那些检查后，屋子里其他的工作人员陆续退了出去。

刘娅楠实在憋不住了，急急地问着羌然:“羌然!这是要干什么?体检吗?”

“你在排卵。”羌然一边说一边戴着橡胶手套。

她留意到他戴手套的动作特别专业，显然是提前演练学习过的。

排卵?房间里只剩下她跟羌然，这是……

她讷讷地问着:“哦，这……是要让我怀孕吗?”

“不是。”羌然很自然地告诉她，“我有做避孕，你近期都不会怀孕。”

他停顿了下，又解释道:“医疗组近期需要你的卵子做些研究。”

刘娅楠有点傻眼，她倒是想过这种事儿，只是没想到这么快就要面对这些。

如果可以的话，她情愿被那些人拿去一只手也不想被取那种东西，怎么想也跟头发不一样。

谁知道那玩意弄出来会是什么啊，而且从血缘上来说，那不就等于是拿自己的孩子在折腾吗？这个感觉忽然让她不好起来。

刘娅楠在羌然靠近的时候，下意识地往后退了两步，结果步子退得太大，很快她就靠在了背后的墙上。她深吸口气，眼睛红红地望着他的眼睛。

羌然的眼神看上去非常温和，简直跟哄劝不听话的小狗一样，在看到她的推拒后，羌然口气温柔地哄着她，“别怕，我会很小心的。”

“羌然！咱们商量别的办法好吗？这种东西跟头发不一样的，我觉得很怪，别这样……”刘娅楠赶紧说着，这可不是疼不疼的问题！

羌然却微皱了下眉头，再次伸出胳膊来，抱着她的腰，不管刘娅楠怎么想摆脱他，可在他看来都跟发脾气的小猫小狗一样。他力气那么大，很轻松就把她抱了起来，然后又把她放到手术床上。

上面所有的工具仪器都准备好了，刘娅楠全身都是凉的，她被羌然死死地压在上面，金属的手术床冷得她心都在哆嗦。

其实羌然要做的很少，全部过程都是一个自动化的仪器在做，她只需要抬起腿来，羌然会在旁边辅助她，不让她动，让她的腿尽量分开。

不管曾经多么亲密，这种感觉还是让她承受不住，跟羞辱惭愧那些不一样，她觉得自己就是一块案板上的肉。

她深吸着气，又试图动了下，可是完全动不了，她在那个过程中不断说着：“羌然……就没有别的办法吗？”

她疼了一小下，可随后大概是什么麻醉的东西让她下半身没有了知觉。她只能睁大眼睛看着自己头顶的灯光，那些灯光特别明亮，照得这个地方恍如白昼。

羌然在这个过程中，会安抚般握住她的手，看向她的眼神也是温柔的。

刘娅楠知道自己压根阻止不了羌然，她闭了闭眼睛，用力地深呼吸。不管她是哀求还是抗议，羌然都没有停下动作。

刘娅楠心凉了下去，她的直觉一直是对的，不管羌然看上去对她有多好，可归根到底，他还是把她当做一件物品。

等做完那一切后，她哆嗦着站起来，试图把刚刚被硬脱下的衣服重

新穿上。

身体倒是还好，虽然有些不舒服，可是没有想象中的疼，只是胃部很不舒服，胃酸一直往上涌，心脏也是紧绷着的。

她一边穿衣服，一边控制着自己的颤抖。

大概是看她穿衣服太慢了，羌然走近她，想要帮她。她没有抬头看他，她努力控制着自己想给他一个耳光的冲动，用力地呼吸着，颤抖着。

她是珍贵的猪肉肘子！因为很珍贵，所以不能被随便烹饪，要由大厨慢慢地用小火炖着、熬着。要留在过年的时候吃，还得由大厨来吃头一口！

刘肘子想明白了这个道理后，抬起头来，望着羌然。她想表现得无所谓，想努力坚强，反正自从被人发现是女人后，她就猜着会有这么一天，可眼圈还是忍不住红了，指甲更是抓到了手心里，她告诉他："你别碰我！我能自己穿好衣服，我没那么娇气……"

暴富没几天的刘财主被狠狠地打击了，以至于一时间因为不想接受而变得鸵鸟起来，实际上她也没有任何更好的办法可以解决现在的情况。

跟羌然拼命，打他？不是她妄自菲薄，实在是不够人一个指头的。

自杀呢？豁出去了倒是可以考虑，可架不住上一代羌然脑子都使在怎么囚禁夏娃上去了，所以现在她一点自杀的客观条件都没有。

就连她睡觉的薄被都是特殊材质的，想上个吊都会拉断那些纤维，更别提她是被二十四小时监视了。

科普人权民主？她刚想就觉着好笑，就那个羌然！更何况联邦政府早就做了几十年了，一直在试图改变他的基因，最后的结果还不是让羌然把大楼给炸了。

她倒是也想要骨气，不过估计用餐者只吃肘子肉不吃骨头。

刘娅楠思来想去，最后剩下的好像只有言情小说里最烂的梗了。用女人的温柔体贴去感化渣男，让他们浪子回头金不换，什么不尊重女人的花花公子从此后幡然醒悟，什么自大狂慢慢被女人的善良体贴吸引，变得尊重女人，然后两人幸福地生活在一起……

刘娅楠怎么也是被言情小说荼毒许多年的，虽然理性告诉她这事儿不大靠谱，不过感性上还是有点小女人的心思。再硬的男人，如果温柔相对的话，还是会变成绕指柔的吧？

再说羌然几辈子没有见过女人，如果自己好好对他，感化他，让他懂得真正的女人是可以很温柔很美好的，既不是物品也不是石头，而是有血有肉的人的话，兴许真能改善自己的近况呢。既然她不能对抗强权，就只能像唐僧一样当“圣母”！

刘娅楠决定就做个绝顶的好女人吧，让羌然感受到新世纪的超级好女性都是什么样的，而且全世界也就她一个女人了

她不知道男人会觉得什么样的女人好，不过不管怎么好，男人跟女人对好的理解应该都是一样的吧？

刘娅楠想起羌然对自己说我爱你那一刻的悸动，那么假的一句话，却有那么大的威慑力震撼力。

还有比说话更容易捞着好人缘的办法吗？什么都不用做只痛快痛快嘴，就能把人哄开心了，真是物美价廉，居家必备啊！

在吃饭的时候，刘娅楠决定也说点好听的哄羌然开心。

她咽了口口水，努力想着该说点什么，是夸他厉害，还是说点讨好的话。说真的，没点教科书学习、润色，她还真不知道说点什么好，所以说没恋爱经验，还想搞甜言蜜语是有点高难度了。

她深呼吸又深呼吸，最后终于决定拼了，又不是拍纯情电影，至于这么扭扭捏捏的吗！

刘娅楠努力望着羌然的脸，不管多么讨厌这个人，但这张脸太祸国殃民了！

她努力装出含情脉脉的样子，小声说了一句：“羌然，其实你是个特别有魅力的人，你知道的，女人一般很难抵抗你这种人的魅力，而异性之间相处呢，就是要互相吸引，然后彼此喜欢，我觉得咱们的开端还是不错的。虽然你先上车也没补票，不过如果……咱们能够友好相处彼此尊重的话就更好了……”说完她偷偷地瞄了一眼羌然。

结果全星球最幸运的，能被唯一的女人夸奖的羌然，此时淡定得就好像不是个万年光棍一样。他握着汤匙的手没有一丝迟疑地舀了勺汤，放到嘴里，淡淡地点点头，那副领导已阅的样子，让刘娅楠都傻眼了。

她怕自己表达得不够清楚，忙又补充道：“就是你真的很优秀，当然咱们的关系更融洽一些就更好了。我是女人嘛，就算是女人也是人的，生理不同但不见得在别的地方就有差距。”

结果羌然这次依旧是淡定地点点头说：“我明白。”

那副“我早就知道”的样子，看得刘娅楠呆住，这家伙到底明白了些什么啊，她怎么感觉他好像误会她的意思了！

自打温情的一面被打破后，羌然再碰她的时候，刘娅楠就会觉得特别恶心。

这样别提讨好羌然了，她都怕自己看羌然看多了得胃溃疡。她便把心思都放在了正事上，她最近在跟小田七他们商议花钱的办法，甚至还找了观止咨询在外面开酒店的事宜，只是她还要跟羌然商量。

酒店的设计风格也是个问题，实地考察那些，因为她人在羌家军呢，压根过不去，说真的这么远程开个酒店，也挺没意思的。

可是那么多钱，她也不知道该怎么花，养育院那些，她是蛮想做好的，可是一想到自己要打交道的都是缪彦波那样的联邦官员，她就直打退堂鼓。

那天刘娅楠趁着小田七查资料的时候，左右打量着野兽。

最近一段时间野兽也在学着认字，而且看着野兽傻乎乎的，没想到这个人学习能力居然还不差。他一旦要学什么立刻能静下心来，刘娅楠为了这个还特意找观止要了不少学习资料给野兽看。

野兽学得可认真了，尤其是对航舰星空图感兴趣，每次看都特别入迷。

刘娅楠看到这样的野兽，就想着要不要跟他咨询下，这个世界男人的心理，她怕自己说的话会被观止他们听到，刻意压低了声音跟野兽嘀咕道：“傻大个，我有事儿想问你，在你心中你觉着特别好的女人该是什么样的，就是什么样的女人会让你觉着你应该尊重她，对她好……”

野兽看着她的眼睛，迟疑了下说：“我不知道，我只见过你一个女人。”

刘娅楠皱着眉头问：“想象还不会吗，就是你觉着你会喜欢上什么样的女孩啊，要是以后克隆人很多了，你不觉着那些人什么样的都有嘛，你就没个想法吗？”

“我不知道，我就知道如果我喜欢上女人的话，我就会对她很好，什么都听她的，不让她难过，每次吃饭都让她先吃，她吃饱了我再吃……”

刘娅楠笑了，现在还有这么又呆又傻的男人。

野兽继续说着：“想为她成为更好的人，你说过的不要要求女人太多，只要对她好就成。”

刘娅楠忽然笑不出来了，她不该笑这么好的男人呆。

倒是野兽蛮奇怪地问她：“你怎么忽然想起问这个？”

刘娅楠也不瞒他，一五一十地说道：“哦，我想知道你们这个世界的男人都是怎么想的，现在看来，我这种问法太傻了。我怎么可能通过问你就能知道羌然是怎么想的呢，羌然那种人，好像没有感情一样，我最近做了好多好多事儿，努力让他喜欢我，可是……”

为了更好地生存下去，得到老板的赏识，巴结老板讨好老板，虽然没什么尊严，但又有什么办法，更何况羌然不是老板，是奴隶主。

只是羌然跟野兽是不一样的。一个从出生开始就受着最一流的教育，什么都不用在乎的人，怎么想也跟野兽是不一样的。野兽的想法简单得让人心疼，找个女人过两个人的小日子，听老婆的话，当个好男人……而那个羌然满脑袋都是他自己。

等刘娅楠再回到夏宫的时候，不知道怎么就觉得羌然的表情怪怪的，看她的时候嘴角总挂着那么一抹笑。

平时吃过饭后，就到了她该上刑的时间。刘娅楠早习惯这种生活规律了，她平躺在床上努力地深呼吸，等着被羌然开膛破肚般蹂躏，结果今天羌然却没有立刻脱她的衣服。

他只是笑着支撑着，在她上方由上而下地看着她的脸庞，带着得意的口吻问她：“所以你最近一段时间古古怪怪的，你不开心？”

刘娅楠哎了一下。

羌然挑挑眉，侧过身体，笑着说：“其实你可以直接问我。”他在说那些话的时候脸上的表情格外开心。

刘娅楠心里却咯噔了一声，眼睛瞬间瞪大了

羌然却毫不在意地俯身亲吻着刘娅楠的嘴唇。

刘娅楠慌忙推了下他，纳闷地质问他：“你、你怎么会知道……”

羌然摸着她颈上的项圈，笑着告诉她：“这个可以做远程监听器，我偶尔会听听。”

刘娅楠张了张嘴巴，那是监听吧？真没想到这个世界会有这种偷窃还能偷得如此理直气壮的！

她努力平静自己，说：“那你每天都会听吗，一直在听？”

“没有。”羌然握着她的手，一根根抚摸着她的手指，“偶尔才会听听。”

她一直在忍耐，到了这个时候她终于忍不住了，就好像一直积蓄的力量需要发泄点一样，这一点小火苗瞬间窜了出来。

她知道不管力量还是能力，自己都差了他很远。可是她努力从他身边离开，表情严肃地望向他，她的心脏都要崩开了，她望着他的眼睛，压抑着自己的怒气说：“羌然你不能这样对我！我是一个人，我除了是女人外，我还是一个完整的人，我跟你一样，有自己的尊严，你不能从我身上带走本该属于我的一切。如果你把我当做女人看的话，你首先要把我当做一个人！如果你这个都做不到，你永远不可能成为……”

她顿了一顿，说：“成为我可能会喜欢的那个人！因为我绝对不会为一个不懂得尊重我的男人动心！”

他的表情在她说那些话的时候，有微妙的变化，但很快，他就语气淡淡地回道：“我不需要懂女人，我只要得到你。”

刘娅楠真要被这个羌然给烦死了，渣男怎么可以无耻到这种地步！上次她气到极点对他说了那些话后，他的表现居然是她怎么可以不为他动心？虽然她早知道他是个超级大男子主义强权派的顶尖人物，可还是没想到他能无耻到这种地步，这事放在任何正常男人身上都会发觉不对了啊！

之前她偶尔还会觉得羌然跟她之间有那个粉红色泡泡，可自从被羌然取过卵后，她就再也没有那种感觉了。

在她心里有点怕这样的羌然，那是一种基于饲主跟宠物的关系，不管饲主再喜欢，宠物依旧是宠物，肘子也变不出猪蹄来。

所以很多时候，不管她多么努力地镇定自己，可只要看到对方的脸，就会被对方的气场压得说不出话来。

可是总这么憋着，她都怀疑自己要被憋死了。所以她偷偷扎了一个纸人，但因为随时被人“保护”着呢，身边就没断了羌家军的人监视，她也不敢做得太明显了，只能偷偷扎两下解气。

而且她挺忙的，最近一段时间她听了小田七的建议，拜托观止向联邦政府申请，终于在穷人区申请下来一块地。

其实联邦政府倒更愿意她把酒店的地址安在富人区，不过刘娅楠想好了，她开酒店的主要目的也不是赚钱。

说不好听的，她要是真需要钱，随便卖点头发指甲都能赚了，她只是想做点可以改变这个世界的事儿。

大概是受了野兽他们的影响，她觉得穷人区的那些家伙才是她要重点扶持的目标。

酒店呢，她想做成一半盈利一边慈善的。

古代不是会有有钱的人在灾难时舍粥舍饭，她开饭店不是为了让更多人吃她做的饭更开心，所以她想着隔三岔五地做一次慈善。其他养育院那些，她正在找资料，想着弄妥当了，就拜托野兽去做。

她在羌家军里半步不能离开，所有的想法都只能靠小田七跟野兽。

最近小田七忙得很，那么小的小家伙学起东西快得把观止都惊住了。

野兽跟小田七比学习能力就一般般了，不过好在野兽有点全才的意思，即便智商不高，可是身体素质简直跟开了挂似的好。

那天她趁着身边没人忙把写着羌然名字的小纸人拿了出来，刚说扎两下解气呢，就被回来请示她的野兽给看见了。

野兽不知道她手里握的是什么，准备要开口问。

刘娅楠却是吓坏了，她脖子上戴着这么一个监听器呢，万一让羌然听见，她之前做的那些努力可都白费了！她赶紧捂住小纸人，激动地对着野兽摆手。

幸好野兽最近沉静很多，脑子也转得快了。他没吭声，在桌子上找了白纸，快速地写道："那是什么？"

刘娅楠也不瞒他什么，在纸上写着："我骂羌然的！"

野兽最近刚开始学着写字，字歪歪扭扭的，可是他写得很认真。

刘娅楠看着野兽用狗爬一样的字写着："他让你生气了？"

"很多很多。"她要气的地方很多。

野兽大概明白了什么，也在写着羌然名字的纸上用力地戳了两下，还写了几个字："我给你报仇！"

刘娅楠感激地看向他，努力笑了笑。

不过在羌家军的地盘跟羌然对着干，那不是找死嘛。

她深吸口气，写道："谢谢你，可现在还不能。"

不光不能那样，还要哄着他。

拼命不怕，可就怕拼也白拼，死后还要被人拿去展览，或者被解剖克隆出无数个倒霉刘娅楠来。她这么想着还不如凑合地活着呢，只要不放弃，总有想出办法的一天。

野兽应该是察觉了什么，他认识的字还不多呢，迟疑了下，又低头

写了起来。

那些话都很笨拙，有些字还是错的。

刘娅楠低头看着，一个字一个字的，为了避免被羌家军他们看到，他们在纸上写的字迹都很小。

她看着那些字，这个傻大个在用最简单最朴实的言语安慰她。

在这种环境下还能站在自己身边的人，都是真心为她好的，刘娅楠发自内心地感动着。

她也快速写着那些想对野兽说的话，都不知道过了多久，写的字条越来越多，刘娅楠到后来都不敢写了，估计再写就藏不住了。

她赶紧把那些纸张叠好，交到野兽手里，比画着烧掉，野兽用力地点点头。

在这种环境下他们必须谨慎再谨慎。刘娅楠有野兽安慰心情还算不错，可在回到夏宫后，受苦受难的时刻就又要来了。

她不明白羌然这是在做什么，嫌她白天太闲了是怎么的，不断给她增加各种繁重的工作。

羌然居然还有脸问她："正常的男人跟女人之间，就是这样吗？丈夫出去工作，妻子在家照顾家里。"

刘娅楠真的很想翻白眼，她最近被羌然折腾得三魂都要去了俩。

平时跟小田七他们准备酒店的事儿就够忙的了，现在好不容易回到夏宫还要伺候这么个活阎王。

晚上折腾她就算了，睡觉还不老实，上半夜还把她一脚踹到地上去了，那一下踢得她差点没疼晕过去，半天呼吸都是疼的。

就算羌然终于不乱踢了，可是他的睡姿不知怎么的忽然就变得很恶心，胳膊腿就没一刻老实的。

睡个觉好像玩命，这刺激也太大了。她都想抱着被子跑出去避难，可是羌然哪里肯干，她刚露出那么点意思来，羌然就会凝住目光看她，吓得她赶紧改口说是在开玩笑呢。

最后刘娅楠只好想办法抱着羌然的手脚，就连睡觉都一刻不敢放松地安抚着他，顺着他的睡姿，用力搂着他扳正他的姿势。

早上的时候，她累得就跟去工地搬了一晚上的砖头似的。

刘娅楠很难不抱怨，可是又不能说那些话。

羌然这个人只有你顺着他的，他偶尔心情好了，喂她饭菜，她如果

有点迟疑觉得不对胃口了，他立刻会拧起眉头盯着她看，就好像她犯了多大的错误一样。每次不管她怎么解释委屈，他都会逼着她把那些饭菜吃下去。

听见羌然这么无耻的问话，她却什么都不敢说，只能哦了一声，敷衍道："是吧。"

羌然什么都不会听出来的，他只会歪着头看她。

刘娅楠现在很讨厌他这么看自己，她怕自己下意识翻白眼的动作会被他瞅到。

今天不知道羌然想起什么来，刘娅楠刚回到夏宫就发现有不对劲的地方了，因为桌子上没有摆饭菜。就在她累得浑身都要散架的时候，羌然居然还扯着她的胳膊，要带她去"好地方"。

如果在以前见到自己的小店被原封不动地搬过来，她肯定会特别开心。可现在这个小店要成为羌然给自己上的一道刑了，她真的很难用高兴的心情去面对，这是羌然又要求她每天都给他做饭的节奏呢。

不过进去后，羌然却没有立刻催着她做什么。刘娅楠奇怪地看着他，他今天怎么跟转了性似的，就跟怕她不舒服似的，等她坐下后，羌然还塞给她一个椅垫。

随后羌然做的事儿就更让她莫名其妙了，他是在尝试着做饭吗？

刘娅楠莫名其妙地看着羌然动动那动动这的，她忍不住想起昨天羌然在床上同她说的那些家庭生活的话。什么小夫妻下班回到家里会一起做饭，甚至他还饶有兴致地问了些究竟应该谁来做饭的问题。

只是这个做饭的步骤不对吧？哪有这么做的啊，刘娅楠看着羌然毫不在意地摆弄着锅子还有火……这哪里是做饭啊，这是专门来烧厨房的吧？

最后刘娅楠实在是看不下去了，这个地方再怎么样，也是她从无到有一点点看着变成这样的，是自己曾经珍视的宝贝小店。

要这么被他莫名其妙地烧了，冤不冤啊！

她一把把他推开，动作利索地做了起来，也不同羌然说什么。

羌然倒是笑眯眯地看她忙碌着，中间还跟想起什么似的，问她："那些钱你都想做什么用？"

刘娅楠一下紧张起来，赶紧看向他。

她就那么点家底，要是羌然要，她肯定是保不住的！

可是光看表情的话，羌然又像是在很随意地同她聊天一样。

她犹豫着，拣着无关紧要的话说道：“哦，我想建一个酒店，然后想把养育院建好一些……”

为了这个她还特意查了一些以前养育院的资料，她发现以前那个侯爷对养育院的设计其实挺不错的，只是后来执行的那些官僚，把很多钱都苛扣了。再加上没有合适的管理人员，最后就成了现在这样。

结果羌然并没有说什么，只提醒她：“何许有钱你可以试着合作，不过缪彦波那里你不管怎么做都会越陷越深，最简单的办法，就是找个机会把他们轰掉。”

刘娅楠啊了一声，可看羌然说话的样子并不是在开玩笑。都这么久了，眼前这个人什么样她还是清楚的。

不过打仗这种？再气也用不着这么做吧，再说对方不会打回来吗？

她问了一句，羌然倒是无所谓地说：“有你在这儿呢，他们没胆子打回来。”

刘娅楠听了羌然的话想了想，也大概琢磨出羌然的意思了，估计真打起来，那些人会有很多顾忌吧。

比如怕伤到她，万一不小心她死了也是个麻烦，或者炸得什么都不剩，毕竟在历史上最后的女人不就是打仗打没的吗？所以她还有肉盾的作用，看来羌然对她的开发还挺全面的！

“那侯爷呢？”刘娅楠忽然想起这个来，前段时间缪彦波说的那些话她一直记在心里。

其实真说起来，她偶尔也会忍不住想想，如果发现她的是侯爷会怎么样。尤其最近这段时间她查阅了一些关于侯爷的资料后，她对侯爷的感觉更复杂了，不管怎么想也是胸怀天下的好男人，跟侯爷那种对社会有着巨大贡献的人比，羌然简直就是一摊臭狗屎！

羌然居然连想都不想地回道：“一样打得他满地找牙。”

刘娅楠却想着，要是有侯爷的话，她还真想看羌然被打得满地找牙。

不过那都是梦想，要是有的话，那个侯爷的再生人干吗现在还不出来？

她把饭菜做好后，羌然闻着香气一脸愉悦，然后用下巴点着勺子示意刘娅楠喂他。

刘娅楠忙了一天，好不容易说吃饭休息下吧，结果被羌然拽来做饭，

好不容易做好饭，累得胳膊都要抬不起来了，还要给羌然喂饭，她对着那些菜鼓着腮帮子直吹气。

在喂给羌然的时候，羌然倒是还算配合，没有故意站得高高的难为她，而是每一口都会俯下身，主动迎上她的勺子。

看上去他的心情很好，在这种还带着油烟味的厨房里，他居然也没有挑剔什么，反倒吃得津津有味的，中间还会兴致不错地喂她一两口。

刘娅楠却不想总对着他的脸干巴巴地笑，她趁着难得的休闲时光，思考着出自传的事儿。

这个事儿还是小田七提出来的，小田七说要想影响这个世界文化传播很重要，现在她是全世界的焦点，不管她想表达什么都要好好把握住这个机会。

只是那些运作她不知道该怎么做，最后就商量着要不要找何许有钱来做。

有那么个强大的家族在背后推动，再加上她的身份，肯定会特别轰动，只是刘娅楠还没想好写什么内容呢。

虽然野兽开玩笑说，她把自己每天的菜谱写上去都会有人买的，不过她还是想写点有意义的东西。

刘娅楠心不在焉地应对着羌然，就跟做梦似的熬过晚上的那段时光，等到了白天，她就打起十二分的精力开始忙碌自传的事儿。

她觉得小田七说得很对，她得让这个世界知道女人是什么，要让他们都知道女人这种生物跟他们是一样的。将来如果真的有了克隆的女孩出现，对待她们的态度，还有怎么组成美好的家庭这类的，她都要好好地写下来。

刘娅楠开始只是有个轮廓，可在她把那些说出来后，引起了小田七和野兽的共鸣。甚至在跟何许有钱视频电话里沟通的时候，何许有钱都被她的构思给迷住了，还专程跑了过来。

四个人围着桌子坐下，刘娅楠开始对爱情构想还蛮不好意思的，毕竟她这种没有一点恋爱经验的人说起那些要求来，简直就是纸上谈兵，而且现实中的男女恋爱结婚生子，也不都是美好的。

可如果可以的话，还是想把美好的东西写出来。

她用最原始的方式记录着自己的心情感悟，在这个世界太久了，她都忘记曾经那个世界的生活了，她一度不敢去想，因为每想一次就会难

过一次。

现在她开始了回忆，室友的爱情，父母辈的家庭，还有自己的体悟。

她在书写这一切的时候，也把身旁的三个人带入了自己的世界，父母一起抚养年幼的孩子、男人遇到女人、恋爱争吵磨合，还有 AA 制、恋爱中可能遇到的各种问题……

何许有钱纳闷地问着："在你的世界男人带女人出去也会让女人自己付钱吗？"

"会啊。"刘娅楠并不觉得有什么，"在没有确定关系的时候，女孩也不会想让男人为自己付钱的。再说我那个世界的女孩子大部分都有工作，经济上满独立的，我们自己挣钱的哦，不用依靠男人也可以生活得很好。知道吗，一个女孩子愿意让男人给她花钱，才是正式接纳那个男人的开始，不过也有一些女孩子……不过那就很复杂了，就跟男人有好坏一样，女人也不全是……"

刘娅楠发现她要解释的问题好多，她本来以为自己没什么可写的呢，可真写下去却发现有那么多内容都可以写。

到后来她也入迷了，就连回到夏宫都会忍不住翻出纸来写上两页。

她那么努力勤奋，还要在白天抽空关照酒店的建造，还有养育院的拨款等。

因为自传的事儿，刘娅楠跟何许有钱接触得也多了一些。

她发现这个何许有钱别看很有钱，可其实人可抠门了，穿的衣服，她特意留意了下，好像他只有那么一件衣服似的。

何许有钱自从知道他们这里管饭后，就把早饭跟晚饭省了，特意在午饭的时候来他们这里大吃特吃。

刘娅楠真无语了，心说还有比葛朗台更吝啬的男人啊，她真不明白这样的人生还有什么意思，简直把赚钱都刻到基因里了。

不过有意思的是，在工作闲暇，她问起何许有钱如果以后有了女人，他是否还会这样节俭的时候，何许有钱忽然紧张地回道："那怎么会，我所有的钱都要给我未来的老婆孩子花的，一想起这个，我又有赚钱的动力了……"

刘娅楠直皱眉，都不知道该夸他还是损他了。

不过何许有钱倒是认真，她写的那些东西他都会整理成册，小心地一个字一个字地帮她看，到最后她都不好意思了。

倒是何许有钱轻声地同她说：“你知道你写的那些里面有什么最让我喜欢吗？”

刘娅楠哦了一声。

就听何许有钱缓缓说着：“是关于妈妈的那段，会抱着孩子哄孩子入睡，那画面一定美得像幅画。”

其实刘娅楠不是被妈妈带大的，她只是把她奶奶的那段写了上去，对她来说这一切都是很普通很平常的事儿，可是居然感动了这么个大男人。

等大部分的工作都准备妥当后，因为时间太紧张了，刘娅楠只写出了心里构思的一部分，就着急地准备集结成册。

不过何许有钱说了，她可以陆续写下去，只要她写就不用愁卖不出去。

只是在设计封面的时候，何许有钱忽然想起请她拍一张照片，没有哪种封面会比刘娅楠本人的全身照更招揽读者的了。

刘娅楠其实有点紧张，不过想着这也是宣传自己的一种手段，不管她愿不愿意，她反正是被推到了台前。

她现在能做的就是让这个世界更多地认识她，她要用自己的努力去影响和改变这个世界。

这么想着，刘娅楠就让何许有钱安排了拍照。

其实拍照蛮简单的，不过为了效果好一些，刘娅楠特意找了个安静的地方。

只是正拍着呢，何许有钱就发现，已经摆好姿势的刘娅楠，原本还在笑着的脸，忽然就变得很不好起来，简直跟被什么东西噎住一样。

随着刘娅楠的视线，何许有钱纳闷地向门口看去，随后他就看见手握着指挥棒的羌然正站在门口往里望呢，温柔的目光自然而然地从羌然的眼睛里流淌出来。

被羌然那么温柔的目光看着的刘娅楠却是一脸被饿狼盯住的表情。她现在厌恶透了羌然对自己的种种作为，以前一晚上被折腾一两次她忍了，昨天被折腾了四次！

这个时候被羌然抓到她在拍片，那还能有好？果然等再回去的时候，羌然就问她：“拍那种照片做什么？”

刘娅楠很怕他犯神经病，赶紧小心翼翼地解释着：“就是之前的自

传嘛，想做个封面。”

羌然很快说道：“让那么多人看你有什么好的。”

刘娅楠忍不住皱起了眉头，当年可是眼前这人让她做全球转播，现在说这种不要她抛头露面的话，是不是有点太反复无常了啊？

她没吭声，羌然却动起了心思。最近刘娅楠在房间里写的那些，他都看过，看得出来刘娅楠写那些东西蛮认真的，只是那种事情完全可以找个人代笔。而且她写什么不好，非要写男女相爱那些。

羌然不知道怎么的一想到会有很多人看到刘娅楠写的那些爱情的信仰，追求心仪人的办法等，他就很不快。

羌然终于下了最后通牒：“那些乱七八糟的东西不要再搞了，你不是说开酒店吗？你要闲得无聊就多开一家。”

正在铺被子的刘娅楠浑身一僵，转身望着羌然的脸。羌然就是这样的，跟个孩子似的，心血来潮就要破坏她的生活，可除了等待他的善心外，她什么都做不了。

她动了动嘴唇，最终哦了一声。

羌然这才缓和了表情，摸摸她的头，拉扯着她进了浴室。

被水浸透的刘娅楠就好像刚洗出来的水果，身上带有很特别的女孩子的气味，在没有那些乱七八糟的香水污染下，羌然能嗅到那种令他开心的味道。

以前他还不怎么觉得，现在倒是跟上瘾了似的，总想嗅一嗅。

这种属于刘娅楠的特殊的味道，尤其在沐浴后特别明显。

这是一个让他爱不释手的小家伙。他尤其喜欢眼睛红红的刘娅楠，这样的她简直可爱到了极点。

刘娅楠忍耐着，到了第二天，她忍着眼泪把自传不能出版的事儿先通知了何许有钱。

何许有钱先是愣了一下，可看着刘娅楠的表情，他大概也猜到了什么，倒是什么都没说。

小田七也很懂事，听到后，反倒还笑着安慰刘娅楠说：“姐姐，没关系的，那些东西你都留着，以后总还会用到。”

刘娅楠只能努力不让自己哭出来。

等身边没人了，她又一次拿出小纸人来用力地戳着。

野兽看到的时候，没有再跟她一起戳，野兽只是看着她憋得红红的

脸，手紧紧地蜷在了一起。他看着这个个子不高的瘦小女孩子颤抖着，用力地忍下眼泪……

在那后刘娅楠整个人都有点低落，可她一直努力不让自己的负面情绪传染别人。

倒是野兽对刘娅楠的事儿往心里去了，他不断想着，该怎么去安慰刘娅楠。他最近都在忙养育院的事儿，这是刘娅楠交给他的任务，跟那些政府的官员打交道简直累死了。

幸好关于侯爷的那套，他学起来倒是一点都不难，他发现他在学侯爷的那些东西的时候,那速度简直快得不可思议,有些他都还来不及学呢，在做的时候却已经按照那个套路在做了。

他都觉得太不可思议了，越发对侯爷的事感兴趣起来。以前的他很自大，觉得自己就是侯爷的再生，对什么都不放在眼里，后来知道自己不可能是侯爷后，他就很抵触侯爷那两个字。

现在能够这么心平气和地去学习侯爷的那些办法，研究侯爷的成就，他都觉得不可思议。

自从沉静下来后，他发现他对很多事儿的看法都有了改变。

就像刘娅楠说的，生活的过程就是不断学习提升自己。大概是他想了太多次怎么哄刘娅楠的办法，到最后野兽都有点走火入魔了，他还特意找了一份当初自传的底稿好好看了几遍。

看到最后就跟茅塞顿开似的，他一下注意到有一条男人哄女人开心的办法了，他说做就做。

他再去养育院做事的时候，就顺道买了一只特别可爱的小狗。等他将其带回羌家军地盘，正打算送给刘娅楠的时候，却发现不知道怎么的，自己忽然又有点胆怯。他觉得自己做的这事是不是太傻了，他没敢给刘娅楠送过去，自己偷偷养了几天，可最后还是被刘娅楠注意到了他身上的狗毛。

刘娅楠最近正情绪低落呢，猛地知道野兽弄了条宠物狗，她就很想看看。

等野兽带她看的时候，刘娅楠一下喜欢上了那个白白的小家伙。

那小家伙被野兽照顾得很好，胖得就跟个小毛球一样，她开心地抱在怀里，用脸去蹭毛球身上的绒毛。

野兽看到她这么开心，当下蹲下身，兴奋地看着她的脸说道：“老板，这只狗给你吧……”

刘娅楠哎了一声，挺意外的，她倒是喜欢死了这个小家伙，可她还是皱着眉头看向野兽，很怕自己是夺人所爱，不过看着野兽那么直接爽快的眼睛，她什么都明白了。

刘娅楠点了点头，伸出手去，感激地揉着野兽硬硬的头发。

自从刘娅楠得了那么只小狗后，她的情绪就好了起来，对小狗也格外上心。

现在的她不管是赚钱还是所要做的事儿都让她心力交瘁，她从没掌管过那么多钱，更别提现在她所做的决定不光是关系到自己，还关系到好多好多人呢。

每一步都要经过严密的推算思考，而偏偏她周围又没有一盏省油的灯。

小田七跟野兽也都尽力了，她不能再把自己的负面情绪发泄出来，增加他们的负担，相反她还要去安慰关照他们。

羌然这里又到处是让她不舒服的东西。

唯一能安慰她的，只有这个小小的可爱的毛茸茸的小家伙了。

以前她一回到夏宫就跟要上刑一样，现在夏宫有了这么个活物，总归是增加了些亮色，再也不跟阎罗殿似的了。

就算再面对羌阎王，她也有了个毛茸茸的东西可以分散她的注意力。

哪知道她刚把小毛球带回去养了没几天，等她再回去的时候，却看见夏宫里空荡荡的，平时只要她回来就会欢迎她的小毛球早不知道去哪儿了，就连她放在地上喂小毛球的水盆也一并没有了。

刘娅楠很意外，有点不敢相信，忙叫自己身边的保安帮她去找。

结果观止带着遗憾来通知她：“对不起，夫人，狗是头儿让我们送走的。”

其实看见水盆没有了的时候，刘娅楠就觉得大概会是这样。她木然地点了点头，心里瞬间就跟空了一块似的。

羌然再回来的时候，就见刘娅楠呆呆地坐在床上。

等他靠近她的时候，刘娅楠才跟回魂似的，小声问了一句：“我的小毛球呢？”

羌然不怎么在意地告诉她：“我让人处理了。”

刘娅楠哦了一声，慢慢抬起头来看着羌然，她想起羌然曾经也喜欢过一只叫小虫的宠物狗。

她望着羌然的脸，一个曾经养过宠物，知道宠物的人，他应该明白这个小家伙对她意味着什么。她那么喜欢它，只要回到夏宫就会抱在怀里……

她深吸口气，哀求着："它还那么小，把它还给我好不好……"

"会有细菌。"羌然毫不迟疑地拒绝道，"那东西越长越大，很容易会把细菌带进来。"

看刘娅楠不开心的样子，羌然倒不觉得有什么，他很开心现在床上再也没有什么碍事的毛团了。他换上睡衣很自然地去搂刘娅楠的腰，刘娅楠被动地被他扯到了怀里。

她没有说话，也没跟他嚷。这已经不是第一次了，而且这种事儿，羌然只会越做越熟练越做越多，就跟每个月他都会取她的卵子一样。

可她还是忍不住问了一句："羌然，你说过的，你说你没有跟女人相处过，你说过你想努力学着跟女人相处，你还跟我说，让我教给你。"

羌然觉得她这话很傻，他理所当然地回答她："我现在不就在跟女人相处嘛。"再说他已经学到很多了。

以前他光是知道女人的身体会让男人痴迷，他也对刘娅楠的身体蛮好奇的，尝试过后也觉得还算不错。

可除了生理上的需求外，他并没觉得那有什么惊心动魄可以让人念念不忘的，跟战斗那些很刺激的事儿比，女人显然不够刺激，也不够有激情，就好像睡觉吃饭一样，只是一种需求。可现在他觉得有些不一样了，跟刘娅楠在一起的感觉让他非常舒服。

从小到大他都是浅眠的，就是为以后的战斗做准备。他从来都是这样，哪怕是在睡眠中也要保持绝对的警觉。

可跟刘娅楠在一起后，不知道怎么的就卸下了防御，前段时间甚至睡得迷糊了，还糊里糊涂地把刘娅楠给踢到了床下。

幸好刘娅楠迷他迷得很，就跟离不开他似的，睡觉都要手脚并用地抱着他，这才防止了他再次踢她下去。

第七章

# 自由

CHAPTER 7

刘娅楠做梦都想离开羌然。她没有办法跟羌然争斗，可她恨死夺走小毛球的羌然了。

光是戳纸人已经不能解气了，刘娅楠觉得她得做点什么让自己发泄发泄，明着不行她只能做一些小动作来宽慰自己。

晚上她就偷偷把羌然身上的薄被给撤走了，全部卷到自己身上。

一方面是指望能让羌然着凉，另一方是有这么床薄被隔着，总不至于连睡觉的时候都要跟他肌肤相贴。

结果她才这样做了一晚，就被羌然注意到了，只是他还以为她是怕冷呢，就跟照顾小狗似的，又找了床薄被给她。

在帮她盖被子的时候，羌然还微笑着跟她说："你们女人是不是天生很畏寒？"

就跟知晓了什么了不得的事情一样，说完羌然就把她卷得跟春卷一样，晚上睡觉的时候更是紧紧地搂着刘春卷，一刻不带松懈的。

本来室温就是恒定的，这下刘娅楠算倒霉了，盖那么多，还被羌然这个大块头搂得紧紧的，差点没热死她。

刘娅楠算知道什么叫偷鸡不成蚀把米了，没办法，她又忍着翻白眼的冲动想别的办法。

不过事在人为，所谓枕边敌人，不就是随时可以整的敌人吗！

再给羌然做饭的时候，刘娅楠就故意放很多盐，故意做得超级难吃。她就不信了，她总做这样的饭菜，羌然还能让她一直做下去。

那味道别说吃了，她一闻就反胃，她指望着羌然吃后勃然大怒，然后彻底不让她伺候做饭了。

结果羌然倒好，就跟没有味觉的猪似的，居然不管她做什么，都能吃得津津有味的，而且还能边吃边露出那种得意快乐的表情。

刘娅楠都要气死了，他是猪再生的吧！

她本来想避开这个差事的，结果自从自己尽心尽力做那些烂饭后，羌然反倒越吃越上瘾。开始他还让她随便做，现在简直都成点餐制了，天马行空的什么都让她，每次她在厨房里累个半死的时候，羌然都会在旁边看着，露出心满意足的表情。

刘娅楠很想消极怠工，可架不住羌监工太厉害，稍微有不满的蛛丝马迹，或者懈怠，立刻就被羌然发现了。

上次她就偷懒了一下，没按照他的要求说每日一表白，就被羌然很严肃地指了出来，并按照他的要求多念了一遍《我爱的男人》那种堪称女则的玩意，而且还得声情并茂。

刘娅楠简直被折磨得要疯掉了，心里忍不住想，要是有机会的话，她是真想也出个男则的，让这些老爷们也跟着背背什么女人是太阳，女人是家庭的主力，不能违背女人的话！

不过这些东西只能限于脑补了，情势所迫，现在她还要在羌大流氓的手下讨生活呢。

刘娅楠只要看到他那个目中无人的样子，只要他一靠近，就会觉得那强大得让人呼吸都急促的气场扑面而来。刘娅楠决定忍辱负重，打落牙齿往肚子里咽。

倒是那天刘娅楠正忙着筹备酒店开业呢，何许有钱忽然给她打了个电话，询问她要不要再卖一根头发。

说之前买她头发的买主现在又过来询问呢，还表示愿意出更高的价格买。

刘娅楠哎了一声，二十二兆的买主也太熊了，还要更高啊？

她实在对那个人的身份好奇得不得了。

可是不管她怎么问，何许有钱对那个人的名讳跟忌讳似的，怎么都不肯透露。

反倒意有所指地对她说道："能有这样实力的人，一只手就能数出来，更何况你跟那个人还有些很神奇的缘分……"

刘娅楠纳闷地看着神神秘秘的何许有钱，真不知道他这话是怎么个意思。

神奇的缘分？她能跟那个买家有屁的神奇的缘分啊！

不过刘娅楠想了下卖头发的事儿，之前的那笔钱太多了，到现在她还没花出去一半呢。

再赚这么一笔，也是压力蛮大的，更何况头发那种东西还是物以稀为贵，她不如先压压货，便暂时没卖。

倒是忙完了手头的工作，再被观止他们护送着回夏宫的时候，刘娅楠在经过禁闭室区域的时候，忽然想起那个倒霉的楚灵了。

最近一段时间楚灵算是彻底被人遗忘了，她知道第一军跟第二军的关系，虽然表面上不合，可怎么也是战友情谊，她偷偷地问观止：“楚灵那里，不知道最后会怎么样，这都好久了吧？”

观止迟疑了下，难得说了一句：“我们也希望头儿能尽快处理这事，毕竟现在做警备工作的只有我们第一军，以往都是第二军负责外围的保全工作，现在只有我们第一军，我们也觉得压力很大。”

停顿了下，观止就跟提醒刘娅楠般，说：“其实夫人完全可以向头儿提提这事儿，您对头儿的影响力很大，我想头儿会参考您的意见的。”

刘娅楠差点没被自己的口水呛死，还她对头儿的影响力很大。她都不知道观止是哪只眼看出来的，别说救楚灵了，她还不知道求谁帮她呢，刘娅楠无奈地叹了口气。

日子一天一天地过着，刘娅楠不知道自己是不是犯了斯德哥尔摩综合征了，有时候她也会有一丝丝的感觉，似乎羌然这个人还是可以的。

比如羌然心情好的时候，就跟个很好的饲主似的，还会逗逗她，给她讲那些好玩的事儿。

只是她觉得那些笑话太冷了，什么他单手就可以劈开这个打死那个的……她真没听出那些东西的笑点在哪儿。

倒是刘娅楠最近的工作蛮顺利的，虽然一直被羌然各种拖后腿，但她设计规划的那个酒店要建成了，她特别想去看看。

可是偏偏越渴越吃盐，她压抑得太多了，写了好多有羌然名字的小字条，随身带着，要戳就随时拿出来戳。

结果那天不知怎么的没处理好，回到夏宫后，竟然让羌然看见了一条。

刘娅楠吓坏了，很怕羌然会凶神恶煞地质问她。结果羌然看到写着自己名字的字条后，居然跟春暖花开般，露出了一种很开心很得意的表情，笑着问她：“你就这么喜欢我吗，只是白天那么一会儿时间见不到，就要写我的名字想我？”

刘娅楠真觉得他脑袋里长坑了！她憋了个大红脸，不知道要不要接

这个黑锅。

她支支吾吾了半天，终于屈服于恶势力，恶心得脸都皱巴在一起承认道：“哦，偶尔……会很想你……”去死！

羌然笑着抚摸着她的头发，把她揽到怀里，没轻没重地胡乱揉捏她。

从那后羌然干脆把刘娅楠直接带在身边了，寸步不离，为的是不让刘娅楠总想念他。

刘娅楠这下终于知道他平时都在忙什么了，早上起来梳洗吃饭，然后去锻炼身体。

只是晨练那些，刘娅楠看过一次就吓得闭上了眼睛。

她真没想到羌然每天早上都要把自己关在笼子里跟奥德缠斗，而且是一点点防御都没有，赤裸着身上。

她看了几眼就被吓到了，羌然却很得意，原本听着观止说羌然只锻炼半个小时维持战斗力的，现在大概是为了炫耀还是怎么的，把时间直接延长到了四十分钟。

看着羌然对那么凶残的东西，就跟逗弄猫狗一样，她真觉得头皮发麻。

剩下的就是他要巡视各区，听取各方的报告，处理一些基地的事儿。

刘娅楠终于知道羌然的工作量有多大了。现在看来羌然好像也不是满脑袋的坑嘛，也算是个很厉害的人，不光武力值爆表，应该也是有点脑子的……

只是她也有很多事儿需要去做啊，这么干陪着羌然，她真觉得受不了。

刘娅楠尝试着跟羌然沟通了下，暗示他自己也是很忙的，也是有很多重要的事情需要去处理的。

结果不说还好，一说羌然反倒带着不屑的口吻对她说道：“就那些鸡毛蒜皮的小事吗，你干吗不交给更专业的人去做。”

刘娅楠被他说得直内伤，她跟小田七他们是没你这样精英，可是那也不见得就必须要靠你啊！再说了，他们也很努力，也做得不错啊，干吗这么一句话就都给他们否决了啊！

现在她一天二十四小时跟在羌然身边，要不是有小田七野兽他们在帮她，她真是什么都做不了了。而且自从她跟羌然形影不离后，她发现野兽望着她的眼神跟以往有些不同了。

好不容易那天她看着羌然心情好，央求让羌然放了她半天假。

再去找野兽和小田七的时候，小田七大概也知道一些事儿了。

野兽就跟忍耐不住一般，因为身边没有纸，就用手蘸着杯子里的水写道：“我们很想你……”

“我也是。”

“那最近还好吗，他又让你生气了吗？”

那些水迹没一会儿就干掉了。

刘娅楠努力压抑着负面的情绪，用水写着：“我很好……”

“他为什么不对你好？”野兽的字越来越工整漂亮了。

在写完那些字后，野兽就抬起头来望向她的眼睛。

刘娅楠过了片刻，才慢慢地写道：“大概是没必要吧。”

其实她也不知道羌然为什么要这么对她，就好像她在不断后退避让，努力要他好起来，他却反而步步紧逼，简直要逼死她了，这样的羌然就好像是被惯坏的孩子一样！

小田七一直沉默着，看到这个，终于也跟着写了起来：“他会后悔的。”

野兽这次写了好多字，而且写得好快，刘娅楠却因为他写的那些东西整个人都惊住了。

“我带你走！咱们找机会离开这里，到一个人少的地方隐居。”

刘娅楠深吸着气。她被那种想法鼓舞了，可她很怕自己出去会遇到可怕的事儿。

小田七也在旁边写着：“会不会太危险了，而且怎么走……”

野兽却固执地继续写道：“不会的，我会保护你们，一定有办法的！”

刘娅楠没吭声，野兽的心意她领了，她知道他们在关心她，可是怎么想，外面也是虎穴，在哪儿都那样。

她颓废地摆了摆手，露出一个勉强的笑来，写道：“不用了，只要你们好好的，我就很开心了。”

其实刘娅楠蛮想出去溜达溜达的，她筹备的酒店就要开业了，说真的，她真想去剪彩，对于她来说，那是她这么久以来唯一做成的一件事，亲眼看看自己设计的东西成为实体，对她太有吸引力了。

只是她不敢肯定羌然会不会答应，再说离开羌家军的地盘怎么想也是太冒险了。

不过最近接触得多了，她多少摸清了羌然的脾气，这个人吧，就是个霸王，外加自大狂，在别的事儿上还好，可当着她的面，就跟没了脑子一样，特别好勇斗狠。

刘娅楠想了个办法，尝试着装出唉声叹气的样子，趁着那天羌然心情好，她嘀咕着："我好想去给新酒店剪彩啊，不过我就怕有人会捣乱，毕竟那些人很厉害的，万一出去惹出乱子来怎么办……"

果然这个宇宙无敌自大男很快回道："怕什么，我带你去。"

刘娅楠都觉得这个白天一本正经的军队首领，怎么有时候在她面前就跟个没脑子的孩子似的。

不过他本来就是嫌太平日子过久了，刘娅楠没多想，只想着既然能出去了，她就得赶紧准备。

她怕夜长梦多，羌然想起一出是一出的，她很怕他又改了主意，忙准备起了出行的事儿。

她很开心，这还是这么久以来自己第一次离开羌家军的地盘呢。只是小田七跟野兽不能随行，随行的人只能是羌家军的那些骨干人员。

不过这次还真是兴师动众的，先不说那些保安了，就连电视上都到处是她要出行的消息。什么早在几天前就已经有人在她的酒店附近排队等候了，甚至还有什么卖门票的。

不过很快那些人就被联邦政府给驱散了，为了这个，好像在她出行的那段距离里，联邦政府特意弄了个出行通道，就跟戒严一样。

同时别说是她要去的地方了，所有电视镜头能拍到的地方，都挂出了各色彩旗。

最近她做的那些工作，像是养育院已经在运作了，大概是受到媒体的偏爱，她能感觉到不管是什么地方，还是什么报道，对她都是赞美之词。

妩媚他们更是在电视上不断为她歌功颂德，她简直就跟世界之母一样。

在电视上看是一回事，真要出行，刘娅楠就算是在移动的地上车内呢，也还是听到了外面震耳欲聋的欢呼声。

出行前她特意打扮了一番，穿得特别正式，努力把自己往端庄文静上装扮，只是年纪毕竟太轻了，怎么看穿着那些衣服也是不伦不类的，她努力板着面孔，让自己看上去威严些。

只是有羌然这个人在身边比着呢，刘娅楠发现不管她怎么打扮，只

要坐在羌然身边，瞬间跟站在一只孔雀身边的小麻雀似的，怎么看怎么寒酸。

羌然故意似的，特意选了地上车作为交通工具。这次不管到哪里街面都是安安静静的，特意为他们戒严的地方空荡荡的，连最繁华的地方都没有一个人影。

他们的头顶倒是跟炸锅了一样，无数飞行器在上方飞行着，为了抢占一个好点的位置，那些民用的飞行器简直差点在他们头顶展开空战。

他们头顶还有无数个摄像机，不断在航拍着他们行进的路线。

虽然有警戒墙，可还是有人围了过来，刘娅楠通过地上车里的电视看到了远处混乱的场面。

不管维持秩序的人怎么努力，还是架不住人群太火热了，到最后不断有人过来增援，连高压水枪都用上了。

说真的看到这些混乱的场面，刘娅楠真有点后悔了，这要出个踩踏得多闹心啊……

她当初就是想看看设计图变成实物什么样，而且电视上一派祥和，看着什么都井然有序的，联邦政府也是那个保证这个保证的。她真没想到她出来的时候，会这么一发不可收拾。

不过等地上车驶入酒店的正门后，那些声音终于渐渐平息了下来。刘娅楠深吸口气，觉得身体里有一种东西在鼓胀着。她终于做出了成绩，她可以亲眼看到这个高高的占地很大的酒店，就是她的起点。

她站在这个巨大的漂亮建筑物面前，看图纸和进入现场绝对是不一样的感觉，拱形的圆顶，那些漂亮的玻璃。阳光照射进来，五颜六色的，就像给地面铺上了彩色的毯子。

她被眼前的景色迷住了，不管她曾经见过多么恢宏的建筑，但这是第一个她亲自设计出来的地方，每一处都是她喜欢的风格。

羌然一直跟在她身边，亦步亦趋的，手里握着一把权杖，就跟陪她散步一样。看得出来他心情也蛮好的，那表情动作就好像在巡视他的帝国一样。

刘娅楠是真的很想自己安安静静地待一会儿，奈何羌然是不会让她独处的。

刘娅楠知道羌然的毛病，他要她片刻不离地守着他，因为他怕她会“想念”他！

她低着头，忽然装作不舒服的样子说：“我肚子有点不舒服……会不会是早上吃饭吃太快了……”

羌然果然皱着眉头看向她：“你啊……”

刘娅楠知道他这个人对她没什么耐性的，所以羌然也没说帮她看看什么的话。他倒是还不错，知道让她去沙发那里躺着休息下。

看着羌然带人出去准备剪彩的事儿了，刘娅楠深吸口气，还是老话说得好，最了解我们的不是朋友，而是敌人啊！

自从她断绝了喜欢上羌然的那份心后，反倒对羌然的脾气秉性摸了个透。

等羌然一走，她就跟个孩子似的跳了起来，东摸摸西看看的。

这个地方还真是按照她的审美设计的，别看没花多少钱，那些可爱的东西却不少，很多小细节都处理得特别好，她看得特别开心。

只是很奇怪，等她看够了再出去的时候，发现应该在门口担当警卫的那些人不知道跑哪儿去了，她在门口扫了一圈，忍不住又探头往左右看了看。

羌然倒是说过，遇到问题的时候就按项圈上凹进去的那个钮，不过刘娅楠这个人太平日子过久了，压根一点危机感都没有。

她正纳闷呢，就看见在走廊尽头，忽然出现两个戴着面罩的人，很快那两人就冲了过来。

刘娅楠这才反应过来，在这样戒备的情况下，那些人是从哪儿进来的？她被吓到了，可还没来得及跑呢，其中一个人已经跑到了她面前，直接把她抱起来扛在了肩上。

戴着面具的人越来越多了，这些人就像忽然出现的一样，可很快刘娅楠就看出是哪里的问题了，这个酒店有暗门的！

她难以置信地看着那些人带着她穿过那些暗道。她简直都要傻了，她的酒店，居然被人暗暗动了手脚？

在黑洞洞的暗道里走了一段路后，他们终于到了有亮光的地方。

这下刘娅楠更是惊呆了，他们再出来的地方居然是酒店的拱顶！

就在她不知所措的时候，有巨大的长长的飞行器从上而下降落在这些人面前，那个飞行器因为降落得太快，直接撞破了酒店高高的拱顶。

它跟个怪兽一样落到了他们面前，带着巨大的旋风，刮得刘娅楠脸颊都疼了起来。等舱门一开，她就被人扛在肩上带了进去。等到了里面，

刘娅楠才知道情况不妙。

这个飞行器的空间很大，就跟个仓库一样，那些人一刻都没有停地启动着飞行器。她被那些人先扔到了角落里，有人专门盯着她。很快就有头目一样的人走了过来，那是长得很凶的两个人。

她还没弄清楚这是怎么回事呢，那两人已经抱着她往小房间走去了。

在路上的时候，她就听见那些人用各种污言秽语形容着她。那个抱着她的人甚至还在她身上乱摸，但是很快又来了一个人，呵斥那两人，让他们不要伤到她。

“买主可是特意吩咐过的，不能弄死！”

“队长，这可是女人啊！咱们怎么也得先试试什么滋味……”

“说好我先来的……”

那个首领似的人阴恻恻地看着刘娅楠的面孔，警告说：“别弄死。”

就跟得到了应许，那两人把她带到了一个窄小的房间。

刘娅楠能感觉到这个巨大的怪兽一样的飞行器在晃动着升空。

那两个人一把她放到地上，就跟得胜了一样说着：“他还战神呢！我们要想做什么，就算他是战神他爹，咱们也能做下来！”

刘娅楠吓死了，抱紧了自己，不断向后缩，试图跟他们沟通着：“你们别伤害我……”

“我们不是要伤害你，我们是要……”有人毫不留情地把她拽过来，伸手就要撕她的衣服。

不过在撕完后那两人就犯愁了，冲动呢谁都有，可是这个女人毕竟不是充气娃娃！

现在这么一个大活人摆在面前，那两人都有点发蒙，没吃过猪肉总得见过猪跑，可是他们连猪都没见过，怎么下手啊！

两人正琢磨着该从哪个部位开始。刘娅楠已经要被吓成神经病了。

她疯了一样反抗着，刚才挣扎的时候，她的上衣都要被扯下去了。也亏得那两人在琢磨那些事呢，给了刘娅楠逃跑的机会。

她看见那人是怎么锁这个舱门的，见那两人在商量着呢，她二话不说，发了疯一样冲了过去，按开舱门就往外跑。

她慌不择路地跑了几步，跑到了一个操控台似的地方。随即她就感到了不妙，里面工作的那些男人都停下了手上的动作，就跟看怪物一样看着她，她隐隐知道自己犯了很大的错，赶紧她用手挡住了身体，可那

些人的目光还是变得淫邪起来。

她吓得身体都在哆嗦，忽然瞥见身边的金属舱门，她知道她要面对的是什么，那些人就算不会杀她，也会折磨她羞辱她，把她当做一件东西使用……

她含着眼泪，带着必死的心向金属门撞了过去。

可还没撞到呢，已经有人一把揪住了她的头发，拉扯着她。

她不甘心地叫了出来："放开我……"

话音刚落，整个飞行器就跟被什么撞击了下似的，震了下，顶部也在瞬间被炸开了一个口，随后刘娅楠就看到一个全副武装的人从上面跳了下来。

那么高的舱顶，那人跳下来的动作却流畅又漂亮，简直跟表演一样，而且那动作太流畅了，在人落地停稳后，控制舱内的人才反应过来，纷纷拿起武器去围攻那个人。

只是很快刘娅楠就明白什么是战无不胜了，以前看电视剧看到什么冲锋陷阵，看着子弹乱飞的时候，总有要帅的主角在那里摇头晃脑屁事没有，她就觉得夸张。

可此时她才明白，真的有人这么帅的！那动作简直快到了极致，而且角度选取得极端刁钻。

本来一个人是很弱势的，可偏偏这个人反而把单枪匹马当做优势去发挥，而且在那些行云流水般的动作中，反倒是那些围攻他的人，彼此之间互相掣肘了，这简直就是开挂一般的战斗力啊！刘娅楠简直看傻眼了！

那人的武力值恐怖得惊人，所到之处，如披荆斩棘一般，到最后，那些要逃跑的人，都被他轻松干掉了。

一直到剩下刘娅楠跟他身后的人时，那人才慢慢停下步子，明明杀了那么多人，可按时间来说却短暂得很，简直是眨眼的工夫就搞定了。

一切都发生得太快了，刘娅楠觉得时间都是静止的，就连她的呼吸都被无数倍地放大开来。

那个浴血的战士，慢慢靠近着，到此时才脱下面上的防护罩，那是一张俊美得让人窒息的面孔，曾经她也被这张面孔吸引过，可不知什么时候再看见的时候就只剩下满心厌恶。

刘娅楠深深地呼吸着，她能闻到羌然身上充溢着的血气，他就这么

单枪匹马地冲了过来。

她身后的人紧张地拿出刀来，直接架在了她的脖子上，威胁道：“你别过来……你再过来我就杀死她……”

羌然就跟听到什么笑话一样，只淡淡回道：“我只要她的身体。”

他在看向刘娅楠的时候，眼里是浓得不能再浓的墨色。

刘娅楠没指望他能为自己付出什么，可还是被那句话伤了一下。

她被那人拉扯着，不断向后面倒退着。

“你可以动手了。”羌然望着她的面孔，讥讽着那个用刀威胁他的人。

那人大概是太紧张了，哆嗦着划在她的脖子上，刘娅楠感到疼了一下。可是羌然面上一点变化都没有，刘娅楠睁大眼睛回望着羌然，羌然没有丝毫退意地靠近着。

“我想你该明白一件事儿。”羌然就跟在看什么笑话一样，“死的女人跟活的女人，对我来说都是一样的。”

那人显然没想到羌然会这么说，就在这瞬间，羌然迅速抬起手里的枪，刘娅楠的腿忽然剧痛了下，就跟被打到了一样，她整个人控制不住地往下倒去。刘娅楠是知道羌然可以快到什么程度的，因为就在她刚感觉到腿疼时，几乎是不间断地，羌然就对他身后的人开枪了。

就后续来看，显然羌然是打到了那个人，之前用力抓着她的人，很快就松开了手，整个人直挺挺地倒了下去。

她被解救的时候，并没有感到意外，她见过各种场合的羌然，很清楚他是多么恐怖的一个男人，她只是有点被吓傻了。

羌然倒是动作丝毫没有减慢，把那人解决掉后，快速解下他身上的防护服。刘娅楠跟个傻瓜一样近乎半裸地坐在那里，羌然没有迟疑地把脱下来的防护服套在了她身上。她那么瘦小，穿上羌然的防护服后，就跟被装到了一个桶里一样。

身上的负重骤然增加，刘娅楠瞪大了眼睛看着羌然为她做着这一切。在穿上那些东西后，刘娅楠还下意识地摸了摸之前被打到的腿，然后她就发现自己的腿完好得很，一点外伤都没有，所以刚才羌然是为了救她吗?

他只是故意弄疼她，让她倒下，避开那致命的一击?

此时有人赶了过来，不断地冲击着控制舱的舱门，显然是想闯进来。那声音越来越大，显然已经有人突破舱门冲了进来，那些人手里握着武器，

不断向里面射击着。这些人到了这个时候，早已经杀红了眼，不再顾忌什么唯一的女人了。

羌然抱着她，灵巧地避开那些人的射击，快速向顶端爬去。可刘娅楠还是感觉到了，羌然的后背在流血，没有防护服的他被伤到了吗？她紧张地看着羌然的脸，羌然的表情却没有什么变化。

他终于抱着她上到了被炸开的舱顶处，有一个小飞行器吸附在舱顶的位置，显然他是乘坐这个来的。他抱着她跳进了小飞行器内，就好像不知道疼一样，那动作流畅得没有一丝迟缓。

刘娅楠刚才有些被吓蒙住了，此时才明白羌然做了什么，她问：“我以为你想我死……”

“你要死也是蠢死的。”羌然冷冷地道，用力抱着她，血不断从他的伤口流出，刘娅楠沾上了他的血。

她不知道一个人可以流多少血，可羌然的血让她胆颤心惊，全身发软。

一切都跟做梦一样，她努力支撑着自己。她刚才还在自己亲手设计的酒店里，正在享受自己的成就，然后一切都不同了……不管是电视上的歌舞升平，还是她自以为的那些平静都在刚刚那一刻被打破了。

她的视线向外看去，没想到在这么短的时间内他们已经飞到了这么高的位置。

羌然已经按下了启动的按键，小型飞行器颤抖着，终于带着他们飞出了敌人的航舰。

刘娅楠透过透明的防护罩看到的是，巨大的天幕上，数以千计的航舰被爆开来，好像巨大的烟花四散着，无数碎片带着火花坠落。在被爆的瞬间，那些光就好像一个个巨大的光球，闪动着，不断增强爆裂开来，发出耀眼的光芒，那些光太刺目了，险些晃瞎她的眼睛。

羌然微凉的手按在她的眼睛上，她眼前瞬间变得一片漆黑，整个宇宙中，唯有身后的人用力抱着她，带她驶入安全的区域。

飞行器一停稳，下面的人就陆续奔走着。她抬起头来的时候还能看到天空中跟巨大烟花似的爆炸情形，声音震耳欲聋。

野兽跟小田七混在人群中，不断想接近她，可是那些警卫死死地守护着她跟羌然，野兽他们压根靠近不了。

刘娅楠心都要跳出来了，她跟着那些人，努力地镇定着。等观止注

意到她，赶紧让人把她护送到了夏宫。

这么静静地等待了一天，刘娅楠才得到羌然的消息。羌然情况还算稳定，知道人没死，她多少放心了一些，看着他流那么多血，她也是被吓到了。

等再过去看羌然的时候，刘娅楠心情就有点复杂。尤其是看着他脸色苍白的样子，她就不知道……这是该恨他还是该感激他哇！

他是因为救自己才成这样的，当初实在是吓蒙了，现在彻底冷静下来，仔细回想后，她也什么都明白了。羌然说那些话做那些事儿，弄疼她的腿，应该只是想救她吧。

他还给她穿上了那件防护服，让她免于流弹的攻击，不管怎么说，都是她欠了羌然一次。只是好像为了这事就跟他冰释前嫌，她又觉得怪怪的。等她回来的时候，就听见小田七跟野兽跟她说，那个酒店被炸得连一块完整的玻璃都找不到了。

那样的场面，因为很多媒体都在呢，都做了现场转播。她后来看了一些回放镜头，不得不说当时的自己压根就是在直播的好莱坞科幻大片里。羌然单枪匹马闯入敌穴去抢自己的镜头更是被特意用红圈圈出来，只是那镜头太快了，一晃而过。

大概是受了这事的刺激，野兽也想学习飞行器的那些操作。刘娅楠倒是蛮支持野兽多学些东西的，就是她挺烦躁的，每次想起羌然来都觉得那是一个需要堵上的洞。

那天她正跟野兽他们商量以后该怎么办的时候，观止就来叫她了，说医疗组那里的羌然想要见她。等她过去后，就发现羌然的表情特别严肃。她瞬间有些傻眼，知道这是羌然要教训她了。

最近一段时间羌然一直是这样的，遇到她犯错的时候，简直可以把她损到地底下去。

果然这次一开口羌然就很严肃地告诉她：“我告诉过你，发现情况不对就按项圈上的按键，你除了智商低，记忆力还有问题吗……”

他顿了一顿，发现刘娅楠只会闷头听着，连个回应都不会。

刘娅楠最近一段时间都是这样的，以前在床上还会跟他嘻嘻哈哈的，现在简直就跟畏畏缩缩的兔子似的！每次跟她说话，她都是缩手缩脚，然后乖乖坐着，那副样子就跟受了惊吓般，都不像以前那个嘻嘻哈哈的刘娅楠了。

羌然深吸口气，虽然对刘娅楠的智商不抱希望，可还是不放心地多说了几句，叮嘱她不要再这么蠢了，以后遇到这种事千万别傻乎乎地再让人弄走了。

刘娅楠一直低头听着，其实她回来后也想了很多，这次的事儿对她的触动挺大的。她也有些憋不下去了，她总怕得罪羌大老板，可现在想起来，在被人绑架的时候，她死都不怕了，干吗还要畏畏缩缩什么都不敢说不敢做啊。再说羌然不会好好说话吗？一上来就跟训孩子一样训她，就算她是弱智好了，那也是有个残疾人保护法保护的吧！她又没做什么伤天害理的事儿，干吗天天受他这份气，明明她已经那么退让那么隐忍了！

本来她还盼着羌然能够在某一天幡然醒悟，由渣转好呢，现在看来羌然已经渣入膏肓，无药可医了！

只是每次只要一看见羌然的脸，她就会被对方的气势压着什么都不敢说，这次她拿起纸笔来，不断地写着，说不出来还不能写吗！

本来就想讲讲道理，说说自己的心情的，结果在回忆的时候实在是各种不爽。被羌然在床上粗鲁地对待啊，被取卵子啊，被阻止出自传啊，还有夺走小毛球那些……她越写越委屈，她那些七扭八转的心思想法啊，她挨个写了出来。

之前就拿了三页纸，到后来这些纸都不够用了，刘娅楠最后写了一桌子，她望着羌然满满的罪状，深吸口气。虽然羌然做了很多事，不过她也得讲个策略，不能一下都拿给他看，得有个逐步的过程。

只是写的时候太投入了，羌然过来找她的时候，她都没听到脚步声。等观止靠近了，就看到她桌子上铺了一桌子的纸。

刘娅楠怕观止看到自己写的那些东西，赶紧收拾起来，在收拾的时候，她手忙脚乱地抽出了一份温和型的。

她深吸口气说："羌然，我给你写了点东西，你有空了可以看。"

羌然一看到那些东西，原本还严肃的表情，忽然就暧昧起来，竟然还有些得意，接过去的时候甚至还问了一句："这是传说中的情书吗？"

刘娅楠含混地回答他："哦，你先看吧，我不打扰你休息了。"

给了羌然东西后，她紧张兮兮地回到房间，也不知道自己写的那些东西羌然看了会不会生气。其实说白了她还是胆子小，尤其是看过羌然大杀四方，就总怕自己惹恼了羌然，让人把自己撕了，估计她比奥德那

些玩意好撕多了。

她正忐忑不安地收拾着房间呢，在收拾桌子的时候，就看见本该交给羌然的那份温和型的内容原封不动地放在桌子上。

刘娅楠瞬间傻眼了，赶紧找了一遍，发现大部分还在，唯独没了那份看了会掐死她的内容，她又不死心地确认了一遍，当下简直恨不得做个时光穿梭机穿梭回去。

果然没几分钟，观止就神情古怪地找她来了，还传达了羌然的命令，让她速去，她郁闷得差点没把自己的头发揪下来两缕。

在去的路上，她忍不住开始套观止的话，小心地问他："你来的时候羌然情绪还好吧？"

观止欲言又止的，过了片刻才回道："不清楚。"

刘娅楠一听这个就彻底蒙了。

刘娅楠不断回忆自己写的都是什么，她一下写了那么多，什么讨厌他每次都弄得她很疼，她不想做还非要她做，她觉得自己没有被尊重，什么事都不同她商量……

她深吸口气走了进去。

里面的羌然并没有暴怒，他只是面无表情地问她："这封信标记的是六，前面的五份在哪儿？"

刘娅楠哦了一声，赶紧顺坡下驴道："我这就去拿。"说着她就要去毁灭证据。

羌然却没给她机会，立刻吩咐一旁的观止："你去夏宫找出来给我。"

看着观止领命而去，刘娅楠就知道自己要完了。吐槽就算了，还标记，一写写六份，要不就一个字都不敢说，要不就写得跟万里长城一样，不过人到这种绝境反倒坦然了。

她努力心平气和地同他说："其实那些话早该同你说的，我一直忍着，就是想也许你能慢慢了解，就跟你不会跟女人相处一样，其实我也没有跟男人相处的经验，现在又这么倒霉，赶上你这个困难模式的，就有点不知所措……"

羌然用手揉了揉太阳穴，他也不说什么，等观止回来后，羌然就低头看那些东西，中间有不明白的地方还会抬头问刘娅楠几句。

时间一分一秒过去，羌然终于看完了那些东西。他记忆力惊人，只看过一遍就把所有内容都记到了脑海中。他把那些东西一放，问道："你

认为我不放楚灵是因为我小心眼？”

刘娅楠赶紧解释道：“哦……我这份还没写好呢，而且……我不是说你小心眼，我是希望你能多听取别人的意见，考虑别人的想法，因为我之前也提过的，但你一直没理我……”

“就他本身犯的错来说，都够上军事法庭了，念在现在情况特殊，我才网开一面。”羌然毫不留情地瞥了她一眼。

刘娅楠不懂那些，她就是觉得那是不是太过分了，听了羌然的解释，她哦了一声。

羌然又说道：“你讨厌戴那个狗项圈？”

刘娅楠狂点着头，她一直很讨厌那个，被人当做狗狗对待，她能开心才怪呢。

“那你为什么不告诉我？”

刘娅楠哎了一声，忙又解释道：“我是想说的，可是我看你的表情好像很喜欢我戴着，我上次说换条项链，你都说我戴那些不好看，就让我戴这个。”

“那是我亲手改的。”羌然看着她的面孔，“这就是你对我的不满吗，私自送走小毛球，不让你出自传？”

“还有一些……”刘娅楠大着胆子说，“不管你做什么，你从不跟我说，有些事其实商量下会更好的，可你连通知都没有就做了决定，你压根没有把我当做……当做一个活动的个体。”

羌然的眼睛终于彻底冷了下去，他沉吟着：“那我能说说我对你的不满吗？”

刘娅楠心里一紧。

随后就听他慢慢地不带任何感情地说着，他之前看她的时候都是带着笑的，此时却一丝笑容都没有了。

“蠢，烂，明明什么都不会做，还总想改变世界。我一直纵容着你，为了给你更多的自由，我独断专行地拒绝了多少机会。我努力去接受你，我不知道女人是什么物种，但对现在的我来说，如果女人都是像你这样的，我还真情愿这个世上没有女人。”羌然说完这些话，就叫来观止送她出去。

观止这个人很平静，自从知道她是女人后，就一直话很少，除了偶尔偷瞄她两下外，大部分时间是谨言慎行的。

现在见羌然说了那么一通话，观止也忍不住对刘娅楠说道：“夫人，

您为什么要对受伤的头儿这么苛刻呢……”

刘娅楠也很委屈，她知道羌然这是生气了，可是他又对她说了什么呢？

再说那些话早晚也是要说的，虽然没她想的温和，不过已经这样了，说了反倒坦然了。

刘娅楠在等着羌然勃然大怒地处理她，在等待的时候她也没闲着，她想重新修建酒店。

她全身心地投入到自己喜欢的事情上，不再去想自己所做的这些会不会被羌然破坏，只要做过就会留下痕迹，尽自己最大的努力就好！

不知道过了多久，等她再看到羌然的时候却发现羌然好像瘦了，以前绝对干净的下巴都有了青色的胡楂。

她以前什么都是哄着他、顺着他的，但这次自从他说了那些话后，她就再也没理过羌然，都是一副“我任你处理”的态度，每天好吃好喝的，就跟忘了羌然一样。

中间观止提醒她该去关心羌然的伤情，她也跟没听见一样。

羌然脸上也没什么表情，先是上下左右地打量她，然后冷不丁地问了她一句：“你们那个世界的男女出现矛盾的时候，都会怎么做？”

刘娅楠有点糊涂了，说：“大概是吵架吧。”

“那你为什么不跟我吵架？”

刘娅楠不明白他这种指责的口吻是怎么个意思，这是要处理她的节奏？

不过她早就做好心理准备了。

她很快回道：“我不敢……”想了想，觉着那还不能充分说明自己的态度，她又补充了句，“再说真吵厉害了，我又打不过你。”

她可是身家性命都在人手里呢，要她跟他吵架不是疯了吗。

刚说完，羌然就来了一句：“你可以试试。”

不知道是真的还是假的，羌然说完那话后还把手里的指挥棒递给了她，摆出一副“我让你出气”的样子。

刘娅楠不知道他是不是在开玩笑，她拿起那根指挥棒掂了掂分量，平时看他很随意地拿在手里，还以为是很轻的东西呢，此时一握才知道这东西可真沉啊，她得两只手合力才能握起来。

她咬了咬牙，想着该打哪儿，打脸肯定是不成的，打上身后背，他

刚受了伤，打下去是不是太没人性了！那打下身……腿？

她迟疑了下，打腿吧，要不打屁股也成，嗯，就打屁股！屁股肉多，再说他皮也厚，既然他都让打了，她还跟他客气什么！

结果她刚说要打，“脑补帝”已经淡淡地把她手里的指挥棒抽了出去，带着点满足地说：“就知道你不会。”

刘娅楠真是无语了，一点诚信都没有啊！

“除了这个呢？”羌然又问了她一句。

刘娅楠挺摸不着头脑的，现在的她完全没有那种要征服羌然的感觉了，她之前都对他那么好了，可还是没有感化。她每天不停地说着喜欢他，他也没把她当回事，反倒变本加厉地折腾她，一点都不体谅她，更何况现在她说了他那么多的坏话，还不肯主动找他妥协，他能再对她好才怪呢。

不过既然他问了，她还是想了下回答道：“要是不想吵架，大概就是男人要对女人说几句好听的，哄哄女孩子……”不过他问这个干吗，还想再逼她哄他吗？

要是那样的话，她还是让他干脆点，想打就打想杀就杀好了。

羌然听后皱起了眉头，就跟遇到多大的难题一样，过了好一会儿才说了一句：“那心肝儿，你别生气了。”

刘娅楠还以为自己听错了呢。

她抬起头来对上羌然的眼睛。

羌然尴尬地又说了一遍，这次刘娅楠终于听清楚了。

刘娅楠瞬间便怒了，瞪大眼睛，一脸戒备地瞅着羌然。

羌然倒是还算自然，就是一副等待刘娅楠回答的样子，刘娅楠却是眉头都拧在一起了。

最近这段时间，虽然压力很大，可她倒觉得挺清闲的，尤其是晚上的时候，也不用开膛破肚般上刑了。而且哪可能在经历了那些后，随便一句话就被哄回去的，又不是脑残小说。

她绷着脸回道：“我不知道你说那些话干吗，可我写的那些不是一时的气话，是问题真的很多，我、我没办法不生气不在乎。”

原本还算腼腆的羌然在听了这些话后，表情渐渐凝住了，不过最后他什么都没说就走了。

从那后刘娅楠就觉得情况在向着很诡异的方向发展，这个自大狂羌然，自从那天之后，居然每天都会送她花。在她收到观止送来的花后，

发现在花里还夹着羌然写的一些字。

他写得倒是简单，都是一句问候，比如你现在如何，你还好吗，昨晚休息得如何这样的。观止在送了东西后，还会主动问她有没有想对羌然说的。

刘娅楠以前没遇到过这种情况，她这次可真是被惊住了，所以说之前她什么都顺着羌然，然后把羌然给惯出毛病了，此时她一硬起来，羌然就有些坐不住了。

刘娅楠简直是醍醐灌顶，说白了上赶着不是买卖。这个时候自己硬了，对方反倒是软了，合着好女人都是包子啊，对男人好的话，男人就会蹬鼻子上脸，可要是冷着他们，晾着他们，他们反倒又巴巴地来了？

刘娅楠一明白这个，就特后悔早些年怎么没跟宿舍的几个姐妹多谈谈恋爱和找男人的问题，不然也不会吃这么大的亏！

不过刘娅楠也是痛定思痛了，在接了那些花后，起初还犹犹豫豫地看看里面的字条，到了后来，她连字条都不看了，直接就把花扔垃圾桶里。

不过这种事儿第一次做总是有些战战兢兢的，幸好做了几次羌然那边也没什么反应。

刘娅楠就跟受到鼓励似的，每天都会例行公事地扔那些花。而且这事做了后，她不仅没受到惩罚，反倒还得到了奖励！

又这么过了几天后，观止再送花来的时候，就顺便带给她一只白色的小狗。那狗倒是真漂亮，尤其是毛色，简直跟刷了一层油似的，眼睛也是漂亮得跟宝石一样。

刘娅楠看那只小狗看得都呆住了，这种萌宠，简直瞬间可以击杀她这种萌宠爱好者的心啊！

随后她就听观止在一旁解释道："夫人，这是头儿送您的礼物，把您的宠物送走，头儿也觉得抱歉，这是补偿您的。另外头儿还让我转告您，楚灵已经被放出来了，现在正在外围将功补过，如果您有什么其他的要求也可以提出来……"

刘娅楠真真是被镇住了，真是有点翻身农奴的感觉，这是太阳要打西边出来了吧，那个自大狂脑补帝终于愿意听她的了？

只是刘娅楠还是很想念自己的小毛球，虽然这只小狗也蛮可爱的，可是她还是很担心小毛球，趁机说道："那观止，这只小狗我挺喜欢的，我先收下了，不过我还是很想我的小毛球……请你告诉羌然，让他把小

毛球找回来还给我……"

观止大概没想到刘娅楠会提出这个来，迟疑了下，试图跟刘娅楠解释道："可夫人，头儿送您的犬是非常名贵的埃德加犬。您之前养的那种狗，其实只是很常见的土犬，要养来做宠物的话，还是埃德加犬更符合您的身份。"

刘娅楠真无语了，这个地方怎么时时处处这么阶级分明啊，养宠物还不是看投不投缘的嘛，怎么还有身份不身份的！

她说道："我明白你的意思，可是观止，我就是要我的小毛球。"

这次刘娅楠故意把话说得特别强硬，她算看出来了，有些话自己不说出来,受委屈的就只能是自己！不过她这话还真是有效果,说了没一天，小毛球就被送了回来。

刘娅楠再抱到小毛球的时候，就跟打了一场胜仗一样，这么长时间以来，她终于出了这口气，很是开心的感觉。

等再跟小田七商量酒店布置那些的时候，她忍不住同小田七说了说："所以男人啊，就是得这样，你就得冷着他，不然他就会嘚瑟。不过田七啊，你以后可不能学羌然，你说什么脑构造才能干出这事儿来啊，对他好他就嘚瑟，不对他好了，他倒反过来对你好，这不是受虐狂嘛，哎，我估计啊，这段时间他肯定很挠头的，你看我最近都没搭理他……"

不管羌然都做了什么，反正她决定先这么吊着他，不能轻易原谅他，得让他学会尊重她！

哪知道她刚说完那些话，就见小田七的表情变了变，看向她的时候更是一副欲言又止的样子。

刘娅楠心里奇怪，忙问他："你怎么了，是有话想跟我说吗？"

小田七这次迟疑了下，终于打开了一边的电视。

刘娅楠纳闷得很，不知道小田七怎么好好的让她看起电视来，自从上次的绑架事件后，她就很少看电视了，主要是看见满目疮痍的场景，她总觉得不舒服。

可此时电视里再也没有转播那些绑架事件的后续，而是正在热火朝天地播着羌然的照片，所有的照片统一的都是一身戎装的羌然！

刘娅楠一时间愣住了，听了一会儿才隐约听到一些什么出访啊，人才吸收的……出访两个字更是不断被提及，其间有无数专家在讨论。

"受菲尔特家族的邀请，羌然将于六天后出访西联邦区，目前羌家

军的新闻发言人已经确定出行名单中有羌然的夫人。”

“自从上一次绑架案后，就有各种推测，其中普遍看法是，以后再也没有任何人跟组织有可能近距离接触到女人了，可此次羌然的出访显然又一次打破了众人的眼镜。

“绑架案的犯罪嫌疑人，现正由联邦政府机关审理，负责人缪彦波表示要彻查此事，绝对要严惩针对女人的任何暴力事件，目前主使者还没有被找到，而此次羌然的出访显然会再一次刺激公众。

“而我们更需要注意的是，因为羌家军拥有女人这种资源，作为羌家军的一员在未来就有可能拥有自己的再生人妻子。在这么强大的吸引力下，每天都有数以几十万计的求职信发向羌家军。据传闻科学研究院的那些专家组成员集体辞职加入了羌家军，更有空间学专家表示愿意为羌然研究空间技术。据内部人员透露，在不久前羌家军已派人同部分空间学学者接触……”电视画面不断变换着。

刘娅楠安静地看着，新闻的信息很多，不断有更吸引眼球的消息被爆了出来。

她忽然明白了，即便这个世界只有她一个女人，不管那些人多为她狂热，她也只是一枚棋子。

她望着电视上的那些新闻，中间有几段转播，显然是之前羌然发表的一些声明，他的表情淡定从容，没有一点慌乱神情，更别提为情所困了。

就好像绵羊跟狮子，绵羊以为自己终于可以吃到更好吃的草了，其实狮子已经在划分更大的地盘，做着绵羊连想都不敢想的事儿呢。

刘娅楠并没有觉得愤怒，她只是很惊讶，而更让她惊讶的是，小田七随后还告诉她一个更惊人的新闻。

“姐姐，野兽最近一段时间在学习操作飞行器，他学得可厉害了，然后前天羌家军有人注意到他了，想要征调他进羌家军舰队。”

刘娅楠惊讶地看着小田七，她最近也跟野兽见过面，可是野兽一点都没有透露这个。

小田七犹豫了下，才继续说道：“不过他没答应……”

刘娅楠心里五味杂陈，她也没对小田七说什么，只是对着桌子发了一会儿呆就起身去找野兽了。她抱着小毛球到训练场的时候，里面的训练正如火如荼进行着呢，在模拟各种飞行状况的那些飞行器训练器上，坐着不少训练人员。

当初野兽要学的时候，是她拜托观止的。此时她看见在巨大的四维影像上，那些飞行器正在上演着一场空间战，无数飞行器战舰参与在里面。最后不断有飞行器被击落，还有庞大的战舰被干掉。

在四维影像上，刘娅楠很快注意到，有一架飞行器非常灵巧地绕开了主战场，不断在那些混战中的飞行器间穿梭，它没有投入战斗，而是适时地插入某个点。

她有些纳闷，不明白这是在做什么，倒是跟在她身边的那些安保人员懂些门道，很快她就听见一直以来都很沉默的安保人员竟然鼓起掌来。

终于战斗结束了，刘娅楠也看不懂那些，她就知道等野兽从模拟器上出来的时候，就有人扔给他毛巾跟水，看样子这个家伙在这里混得还蛮不错的嘛。

刚走出模拟器的野兽也看到了刘娅楠，而且他一眼就注意到了刘娅楠怀里抱的小毛球。

野兽早先的时候见她抱过一只埃德加犬，还以为刘娅楠已经忘记小毛球了。此时看见她抱着那个小家伙，野兽已经沉静下来的脸庞，忍不住露出了笑意。刘娅楠举起小毛球，让小毛球毛茸茸的脸对着野兽。

野兽笑着接过小毛球，小毛球当年可是被他养过一段时间的，对他也是亲得不得了，不断用爪子去挠他的头发。

野兽最近没怎么理头发，以前的短发现在长长了后，刘娅楠不知道怎么的就觉得这个武力男看上去多少斯文了一些。

“还以为你不要小毛球了呢。”野兽开心地摸着小毛球。

“哪能啊，这小家伙可是我的最爱！”刘娅楠摸着小毛球的毛。

其实跟那什么高贵的埃德加犬比，她更喜欢这个憨憨傻傻的小毛球，不管她走到哪儿，它都会跟着她。

倒是那只埃德加犬，好看是好看，可不知道什么毛病，每次她去喂食，都是一副“你过来伺候我”的样子，那德行很容易让她想起羌然来。不过对方实在是长得太可爱了，刘娅楠也舍不得再送走，想着两个小家伙都养算了。

跟野兽走了一段路后，跟她问东问西，聊这聊那，唯独不肯跟她说那个征调的事儿。

刘娅楠觉得自己不能太自私了，野兽跟在她身边能有什么好啊。就养育院那些跑腿的活儿，还有开的那种炸没了的酒店，怎么想也是羌家

军里更保险一些，总比跟在她身边朝不保夕的强。

她主动开口问道："听说你被征调了？"

野兽的身体瞬间顿了一顿。

刘娅楠努力做出开心的样子，其实心里有些不舍，对她来说小田七跟野兽都是亲人一样的存在。在这个偌大的羌家军里，所有的人都在效忠羌然，只有这两个人是打心里在乎她的。

"这是好事嘛。"刘娅楠望着他的眼睛，"你看我，之前一直嚷嚷开公司什么的，现在绑架案一出，酒店还得重新弄，养育院那些……说是工作，可其实不就是跑腿嘛，再说那些只撒钱的工作就是公益，哪有做自己的事业强。"

野兽忙摇着头说："我不要，我只想跟在你身边。"

"可是我什么都做不好。"刘娅楠苦笑了下，"再说我能做的只有那些事儿，跟其他的人比太小儿科、太傻了。"

看了那些新闻后，刘娅楠终于明白自己有多傻了，她把太多的心思放在男女纠缠和情爱上了。她一直想的是在感情上能撼动羌然，刚才还在扬扬得意自己可以拿住那个男人呢，结果发现两人压根不是一个科的，人家是食肉科的，自己是食草的。

野兽不大会劝人，看她这么颓废，想了好一会儿才告诉她："不，你已经很厉害了，你改变了我跟小田七的命运，你还改变了很多人，记得你之前让我去的那个养育院吗？"

刘娅楠睁大了眼睛，野兽继续告诉她："你不知道养育院的那些孩子多喜欢你，他们把你的画像贴在墙上叫你母亲。你还记得你设计的那个游乐园吗，他们特别喜欢，还有那些你设计的饭菜。你其实做了很多，只是……"野兽不大会说话，他努力想着措词，"只是你做的那些没有那么炫，你也没有到处告诉别人。可我知道你做得很好，这个世界没有人可以替代你，不管他们多么厉害，可没有人可以比你更适合做一个母亲！"

她被夸得脸都红了，不好意思地挠了挠头发。来到这个世界后，还没有人这么夸过她呢，就算有夸她的人也是想从她这里得到好处。她被羌然一次次地贬低，身边又都是那些人精，就总觉得自己既傻又没用。

可现在听到野兽夸她，她忽然觉得温暖起来，不管怎么样，这个世界上还是有人知道她的努力的。

“其实我还想做很多事儿。”刘娅楠一开心，就容易手舞足蹈的，她挥舞着胳膊，几乎是蹦蹦跳跳地同野兽说着，“钱反正才花了四分之一，我还想在养育院那里建一所幼儿园，就是特别小的孩子用的地方！里面要有软软的被子，还有很多小床……”

野兽望着她的眼睛，看着她高兴得脸颊都是红红的，他也快乐地笑了起来。

不管是羌家军的舰队还是什么狗屁好的职位，他只知道，这个世上唯一能让他离开刘娅楠的方式就是死亡，除此之外，他会一直守护她。

羌然出访这事显然是各方都关注起来。

刘娅楠自从知道后也每天看电视新闻。她发现如果不去想羌然是她同床共枕的男人的话，只单纯从打工仔看老板的角度，羌然还真是挺靠谱的一个老板。

就单单那几次发言，刘娅楠就被镇住了，气场这种东西，就算是通过电视还是能散发出来。她有些意外，没想到羌然也有这样的一面，说话很慢很有条理。

之前看他那么鲁莽做事好像没脑子一样，此时刘娅楠静下心来，才发现其实他的每一步都别有深意。不过很快她就发现一个奇怪的现象，好像大家的目光统一放在了羌然的出行上，可具体要出行的那个地区的风土人情的，包括菲尔特家族的态度，却是没有一家媒体报道。

刘娅楠忍不住咨询起观止来，观止倒是清楚得很，对她说道：“西联邦区跟咱们东联邦区风俗很不一样，因为当地实行的是自治政策，媒体也不如咱们这里发达，再来菲尔特家族的人历来低调。所以这次出访，估计也是私下会面比较多一些。”

刘娅楠听后就留心起来，怎么也是自己要跟着去的地方，为了避免再做傻事，她开始着手了解当地的一些习俗。

只是介绍西联邦的资料太少了，好在野兽知道一些。因为当年在地下拳击场的时候，野兽曾经接触过一个西联邦的选手。

“那个地方的人很奇怪。”野兽说话很慢，他平时嗓门很粗的，可现在对着刘娅楠说话的时候，很自然地就会放轻嗓音，知道刘娅楠是异世界的女孩，对很多他们认为理所当然的事情都会有理解偏差。所以他在说的时候把所有的情况都说得仔仔细细的，还说得很慢，专门留出空白来给刘娅楠消化，只是刘娅楠越听越糊涂了。

“等等野兽，怎么听你说的那个地方好像封建社会一样，不对，简直比我在历史书上学到的那些还要等级严格，联邦政府不都是选举制的吗，怎么在那里还有家族制啊？”

“因为他们有很大的自治权。”野兽耐心地告诉她，“咱们东联邦区虽然也喜欢以基因血统去区分人的优劣，但是靠后天努力还是会得到认可的。可在西联邦区，不管个人多么努力，没有优秀的基因是不会有任何出路的。是那个地方遵循的是很古老的传统，在没有加入联邦前，他们曾经是帝制国家，君主的权力凌驾一切。自从没有了女人，虽然所谓的帝制消失了，不过很多东西是根深蒂固的，总还会留下一些痕迹。”

“而且他们能够自治也是有原因的。”小田七在一边拿着一本地理学的书，指给她看，“你看这个地图，他们跟东联邦的联系只有这么一条狭长的日落大道，道路两边是连绵的红色山脉，长久以来，西联邦的农业矿业都很发达，他们可以说是国中之国。”

这话倒是提醒了刘娅楠，她想了下说道：“我看电视上说，羌然之所以选择去这个地方出访，是因为这个地方以前是帝制，然后就有人猜测羌然有称帝的可能……”

她说这话的时候也没有多想，可是一说完就发现小田七跟野兽都沉默了下来。刘娅楠一下明白了，其实这事还真不见得就是捕风捉影。

“其实最适合那个位置的是你。”小田七随后说了出来，他也是真心那么想的。

毕竟在这个世界上不管是谁都没有理由去反对刘娅楠坐上那个位置，如果真的需要有一位首领的话，那么自己未来妻子的基因提供者，不管怎么想也是最合适的人选。最主要的是刘娅楠这个人没有当政者的野心，跟那些利益最大化的政治家比，刘娅楠倒更像传说中的女人一样，温和简单。

刘娅楠却被吓到了，赶紧说：“喂，可别瞎说啊，小田七，我坐那个位置干吗？”

她已经够笨的了，要是再坐上那个位置，不用想，她多半不是被人当棋子就是被那些人精给生吞活剥了。单单一个羌然，她都要被整疯了，这要是真掺和进那些乱七八糟的事儿，她还活不活啊！

他们正在说话的时候，观止过来了，这次观止是带着命令来的。自从知道要出访菲尔特后，刘娅楠对羌然的态度就有了微妙的变化。

以前一直扔掉的花，等观止再拿过来的时候，她也大大方方地收了起来，只是观止问她有什么需要说的时候，她还是那个态度。此时知道是羌然要见她，刘娅楠一下紧张起来，她赶紧收拾东西。就是她收拾东西收拾得太着急了，不小心把桌子上的书碰掉了，野兽忙低头去捡。

刘娅楠不好意思地对野兽笑了笑，只要跟羌然沾边的事儿，她就无法控制自己的急躁紧张。

野兽的脸色倒是比她的还要凝重，把书重新放回桌上后，有些克制地看着她的脸。刘娅楠能感觉到野兽眼中的关切，就跟给自己打气一样，她握了握拳头。

在路上的时候，观止突然说了一句："夫人，您可以邀请头儿回夏宫的。"

这话说得她一愣，最近她跟羌然一直没有见面，羌然也一直没有到过夏宫，说真的，她挺轻松的，至少不用日日那样和他在一起。

不过现在看着观止的样子，她就想起羌然上次见面时说的那句心肝儿别生气的话了，当时她被雷得不轻。不过现在想起来，羌然应该是做了一番工作才去找她的，不然也不会说出那么恶心的话，只是他们的问题真的不是一句心肝儿就能说清楚的。

刘娅楠叹了口气说："谢谢你观止，不过……回不回夏宫真的不是问题的关键。"

刘娅楠不是第一次来羌然的办公室了，不过这次她要更紧张一些。她走到门前时，观止已经停下了，她深吸口气才推门走了过去。

她进去的时候，羌然正低头处理着什么。听见脚步声，他抬起头来淡淡地瞥了她一眼。

刘娅楠知道自己的动作都僵硬了，心跳更是快得不得了。她走到羌然面前，拉开椅子坐了下去。羌然没有继续看她，而是把头转向另一边，试图在桌子上找什么一样。

其实羌然是她见过的最有条理的男人，不管外界怎么说这个男人肆无忌惮怎么无法无天，在她跟羌然生活过一段时间后，她能感觉到羌然的所有生活都是军事化的。

不管是争分夺秒地吃饭，还是单调简单的生活作息，她最初都觉得不适应，尤其是早晨起来后的豆腐块薄被，那种特殊材质的薄被，她能叠在一起就不容易了，羌然却可以叠成豆腐块。

还有很早的那段时间，他睡觉的时候简直跟躺在棺材里一样，永远是笔直地躺着，占着特别少的空间，不管她半夜起来方便还是动一下，他都能很快醒过来。

可后来不知道怎么的就变了，晚上睡得七扭八歪不说，好几次还差点把她踢到床下去……不过在东西的摆放上，羌然这个习惯却是一直没有变，他的所有东西都是有规律的，简直跟有洁癖似的。

可此时的羌然在井然有序的桌子上翻找着什么，那副忙乱的样子，就跟把什么东西搞丢了一样。

刘娅楠也不敢说什么，每次见到羌然她都会觉得紧张。她刚跟小田七他们说事情说得口干舌燥的，还没来得及喝水，就被他叫来了。现在这么干巴巴地坐着,她就觉得渴了,尤其是看见他桌子上还放了个水杯后，她下意识地咽了口口水。

在翻找东西的羌然，忽然指着桌子上的杯子说："你要口渴的话，可以喝这个。"

刘娅楠不知道自己这么一个微小的动作是怎么被他注意到的。可那是他的杯子，两人以前亲密的时候接吻都不知道接过多少次了，按说用个杯子应该不算什么。但刘娅楠还是固执地摇了摇头说："我不渴。"

羌然这次没有再看她，而是点了下桌上的操作面，对外面提了一句，然后就有人端了水进来。

刘娅楠赶紧接过去，虽然羌然是公式化地照顾她，可她还是踌躇着要不要对他道一声谢。羌然也不说什么，依旧公事公办的态度，此时的他已经找到需要给刘娅楠看的东西了。

那是一个文件夹，羌然递给了她，同时说着："三天后你要跟我去菲尔特，具体的行程你看一下，有什么需要带上的你可以找观止，让他给你安排。"

那种喘不上气的感觉又来了，刘娅楠深呼吸两下，每次在羌然面前她都有一种被对方压得死死的感觉。

"你可以出去了。"羌然在说完要说的话后，又开始埋头处理别的事务。

刘娅楠长出口气，其实她蛮怕羌然会说个什么"宝贝啊，请你原谅我"的话，到时候她就算迫于压力也得点头。这样看来，羌然应该是懒得理她了吧？

就在要起身的时候，不知道是太紧张了还是怎么的，刘娅楠鬼使神差地说了一句："好的，头儿……"

果然羌然正在按屏幕的手指顿了下，不过很快他又恢复正常，提醒道："这种称呼私下叫可以，不过在公众场合你最好叫我老公。"

刘娅楠不知道羌然又看什么脑残书了，不过老公这个……真挺叫不出口的，她迟疑了下，忙打着商量问道："那、那能继续叫你羌然吗？"

羌然的表情已经有些不耐烦地说："可以。"

刘娅楠赶紧拿起文件夹就往外走，结果因为走得太快了，转身的时候被椅子腿给绊了一下。她最不想这个时候在羌然面前出丑了，可还是身不由己地跌了一个狗啃泥。

羌然从公文中抬起头来，就见刘娅楠跟逃命似的抱着文件夹一路小跑了出去。他望着门口出了一小会儿神，然后又有条不紊地处理起手边的事儿来。

拿回行程后，刘娅楠就开始认真地看，然后她发现其实她跟羌然待在菲尔特的时间也没有多长，一共就三天而已。

第一天先是各种接待参观，第二天看着行程大概是羌然会跟对方谈些正事，第三天还有个欢送节目，剩下的就是返程了。

她本来还担心去的时间太长她养的小毛球跟埃德加犬不好弄呢，现在她放心地将它们交给了小田七，让小田七帮她照顾几天。剩下的就是准备要去的衣服了，其实也不用带多少衣服，只要端庄得体就好。

她顺便又看了看关于礼节的书，不过菲尔特的资料都太少了，她翻了半天也没翻到女人应该怎么参与外事活动的注意事项。

倒是在去训练场找野兽的时候，刘娅楠跟楚灵不期而遇了。自从知道楚灵被放出来后，她就挺高兴的，此时见到楚灵，忙过去想打个招呼。

楚灵突然看见她，脸色却立马变了。

她还没靠近呢，就见楚灵跟踩了风火轮似的，唰的一下就给跑没影了。

刘娅楠弄了个目瞪口呆，幸好第二军的人她都认识，她跟其他的人打了招呼，那些人神情也蛮古怪的，有几个人甚至看她的时候，眼睛都直了。

刘娅楠忍不住想起之前这些人用水冲她，还有逼她跳舞的事了，明明离得也不远，对她来说却恍如隔世一样，还有后来这些人跑去厨房堵

着她，又求又威胁地让她做饭那些。

那时候还真是又傻又开心，每天都乐呵呵的，她赶紧跟那些人闲聊了几句：“哎，好久没看见你们了，听说你们一直在外围呢，怎么样，都挺好的吧？”

其中有一个管事的赶紧回答着：“我们，哦，不，不，夫人……我们挺好的，就是刚捣毁了一个侮辱您名誉的组织，这次特意过来向头儿请示下怎么处理。”

刘娅楠很是意外，这么快就有专门侮辱她名誉的组织了？她有点纳闷，她也没招谁惹谁啊？

结果就听那些人说：“那些无耻的商人用您的肖像做了充气娃娃，这种行为我们是绝对不会姑息的！我们已经把所有的货物都清剿了……”

刘娅楠这才明白过来，瞬间有点恶心，真没想到还有做这种生意的。刘娅楠也不好评判什么，跟第二军的人聊了几句就走了。

趁着出行前的这段日子，刘娅楠马不停蹄地做着各种准备，养育院还要拜托野兽去做。以前她很怕跟政府机关打交道的野兽会被人骗，可现在看来野兽比她想的要厉害多了。不过还有一些细节需要好好谈，比如采购的环节，她跟野兽谈起来倒是全无隔阂，不管她说什么，野兽都会很有耐心地倾听，而她也能敏锐地察觉到野兽细微的情绪变化。

以前刘娅楠没这种感觉，可最近一段时间，她跟野兽彼此扶持鼓励的感觉越来越强烈了。尤其是她给了野兽头发后，她能感觉到野兽变得比以前厉害多了，以前野兽给她的感觉就是大脑空空的，可现在的野兽有时候脑子转得比小田七都快。

本来说好让小田七照顾那两只狗狗的，不过小田七一下要照顾两只活泼的小家伙，刘娅楠多少有些担心，她便跟野兽说道：“对了，我让小田七照顾小毛球它们了，不过小田七身体不是太好，你要忙完了养育院的事儿，就抽空帮忙看着点……”她现在跟野兽一点都不见外，说起话来也完全跟对家人一样。

野兽点头答应她：“你出行也要注意安全。”上次的绑架野兽还记在心里呢，“东西你都带全了吗，出门在外一定要注意周围的环境。”

刘娅楠答应着，这个傻大个吧，别看高高大大的，其实现在在她面前有点婆婆妈妈的了。之前还是她总叮嘱野兽要多注意身体呢，现在倒好，野兽反过来开始叮嘱她了。

# 第八章

# 女王

CHAPTER 8

日子过得很快，出行的日子到了。刘娅楠没什么需要带的，除了一个贴身的小包，就是一个装衣服还有洗漱用品的小箱子，来接她的观止亲自把她护送到了地上车内。

那场面气派得有点出乎她的意料，不管是整齐划一的地上车队，还是那些站在车外等着出发的军人，刘娅楠也不知道是不是多心了，她的确感觉到羌家军最近的人多了起来。

就是刘娅楠有点奇怪，这个世界的交通工具已经很发达了，她还以为这次去菲尔特会乘坐飞行器呢。

她好奇地问了一句，观止告诉她："东西联邦有禁飞令，一直以来使用的交通工具都是地上车。"

刘娅楠这才哦了一声，看来这个菲尔特比她想的还要神秘。就是她都坐在地上车内很久了，结果左等右等都没等到羌然。羌然那个人可是很有时间观念的，她忍不住往外看了看，然后就看见那些陪同的工作人员也都是一副焦急的样子。

刘娅楠记得那个行程写得可仔细了，连什么时候应该到菲尔特都写得很精确。就算他们出发的时间比预期的早很多，可总这么耽误，也耽误不起啊。她看那些陪同人员的样子，是不是事情临时有变不能走了？

刘娅楠正琢磨着呢，就看见观止慌慌张张地跑了过来，俯身凑到她面前，压低声音说着："夫人，拜托您去看看头儿吧。参谋部的人看着时间差不多了，过去找头儿，可头儿死活不见，还有外事部的，都急得火烧眉毛了，头儿不知道怎么的就是不肯出来，我听着他的声音也不大对……"

刘娅楠也跟着紧张了："那你们就闯进去啊！"

观止为难地说："我们得服从命令，可夫人您不用的……"

刘娅楠知道军人服从命令是天性，可也不用这么迂腐吧？

刘娅楠也很为难啊，既然羌然命令这些人不能进去，就说明羌然多半是有不想让人进去的理由。这种事儿……你们怕事儿她就不怕吗？

可是观止那么认真地拜托她，想起观止对自己的照顾，刘娅楠多少有点抹不开面子。

她犹豫着从地上车上下来说："那我隔着门口问问看吧，不过他要不让我进去，我也没办法的。"

刘娅楠想得也挺好的，羌然这些人的面子都不给，更是不可能会见她了。

她只是很奇怪，羌然遇到什么了，忽然不出来见人，尤其这个时候，大家都准备好了，他突然掉链子，怎么想也觉得不对劲儿。

不过让刘娅楠惊讶的是，她以为自从不在夏宫住后，羌然肯定是住在什么豪华的住所里，结果到了地方后，她才知道他居然一直住在办公室旁边的小房子里，那地方看着就挺简陋的。

羌然的办公室就算不上豪华，所有的线条都是粗犷简单的，就连椅子都是纯木头的连个雕花都没有，可想而知羌然住的地方多朴素了。

这个时候观止早已经躲远了，刘娅楠也不知道之前羌然说过什么，反正看观止他们的样子，显然是羌然不愿意让这些人靠近。

她深吸口气，履行职责般敲了敲门，不过她没敢太用力敲，意思意思地轻敲了两声。

本以为羌然会在里面大嚷一句滚什么的呢，结果里面挺安静的，她迟疑了下，又小声问了一句："羌然，你怎么了，没关系的话，我、我就进去了……"

她说这话的时候并没有想着真进去，看观止他们一直没进去的样子，她猜这个小门肯定是锁着的。

结果她刚扭那个门把，那门居然啪的一声就给打开了。

就在此时，里面的人跟反应过来般喊了一声滚开，可已经晚了，门已经被开了一道缝隙。

刘娅楠还没反应过来呢，就看见了巨雷的一幕，两个白花花的纠缠着的肉体……

刘娅楠吓得就要把门合上装没看见，结果手往外一抓，不仅没抓到门把手反倒把门推得更开了。

不过也亏得门被打开了，刘娅楠才看清楚里面白花花的是什么。虽

然那玩意看上去很像人，不过那姿势怎么看也不是人能摆出来的。

以前跟妩媚他们同住的时候，她就没少让这种充气娃娃吓到。只是她做梦都没想到会在这种地方看见羌然用这个！

不过显然里面的羌然并不好过，在她战战兢兢忙着要关门的时候，羌然忽然开口了，那声音简直就是从牙缝里蹦出来的。

“你给我进来！”

刘娅楠脸红红地走了进去，进去后她还体贴地关上了门，满脸通红地说着：“你、你快点用啊，那、那什么我们还等着你呢……你、你别耽误太久啊……”

她说话的时候也不敢看羌然，不过就算再迟钝她也觉得有什么不太对的地方了，羌然不是这么没分寸的人。这个时候还特意把她叫进来，显然是出了什么事儿，她大着胆子抬起眼皮看向羌然，羌然的脸比她的还红呢，而且除了脸红外，他头上还有薄薄的汗，面部表情更是扭曲。

刘娅楠这次终于知道情况不对了，这个样子的羌然显然不是在享受啊。

刘娅楠踌躇着走了过去，知道这样不大好，可视线还是不受控制地落在了那个充气娃娃身上，然后她就看见一张酷似自己容貌的娃娃面孔……刘娅楠瞬间什么都明白了，这是楚灵他们清剿的充气娃娃吧？

他们汇报的时候，羌然……秉着不用白不用的想法，拿过来用……然后出了意外吧？

她能说羌然是个傻大胆不，这种黑窝点小作坊里的三无产品他也真敢用啊！

她都不知道该说什么好了，最后她平息了半天情绪才说道：“那、那你是不是卡里面了？”

她看着他这个动作猜着应该是这个问题，要不就他这个怪力王，什么东西不能瞬间扯开啊，还用得着连观止他们都惊动吗。

羌然没吭声，刘娅楠估计他肯定要尴尬死了。她也不知道该怎么帮他，实在是心有余而力不足，也没有相关的经验可以传授的。

刘娅楠迟疑了下，终于大着胆子走了过去，虽然她觉得自己还是能扛住的，但当她小心掀了下盖在羌然身上的毯子，想确认下羌然的情况，还是吓得把毯子又盖上了。

太惊悚了哇，这羌然都干什么了，把自己折腾成这样，他当充气娃

娃也跟她似的，随便折腾也不带反抗的！这些日子以来羌然英明伟岸的形象哦，算是长着翅膀飞走了。

她都替他疼得慌，他都怎么忍的，做这种事情肯定不会等着天亮做，估计昨晚就发生了，然后他一直忍着估计还想尽了各种办法，结果反倒越来越加重了。

都这样了，他还强忍着什么啊，刘娅楠真心理解不了他，她小声劝着他："要不找医疗组的吧……你要是觉得尴尬，就找一个靠谱的人过来，命令他别说出去就好了……"

羌然依旧不肯动，也没有任何动作，他甚至都不看她。

刘娅楠倒没生他的气，将心比心，这事儿要落她身上，她估计都得有挥刀自宫的冲动，更何况这人还是个领导呢。怎么想随便叫个人来都是自己的手下，那脸还不得丢出太阳系去。

"那要这样我先告诉观止他们，让他们把出访的事儿延后……"

"不用。"羌然深吸口气，又一次试图把自己从那该死的东西里抽出来，不过很快他的脸又扭曲了下。

刘娅楠赶紧劝他："你别着急。"

她想起自己当年戴戒指拿不下来的事儿了，尝试着说："要不我去拿点润滑油什么的，你等等我啊……"总得想想办法。

刘娅楠跟做贼似的，到了外面后，观止正一脸担忧地看着她呢。

她没敢直接拿润滑油，不过洗发水护手霜那些倒是也能凑合用，她把自己的箱子从地上车的后车厢里搬了出来。

中间观止询问她的时候，她还对观止说道："没事儿的，头儿，哦不，羌然，就是有些东西还没收拾好呢，我跟着他一起收拾收拾……"

等再进去的时候，刘娅楠又一次打开毯子，这次她观察得可就仔细多了。她表现得很镇定，完全是用一副救苦救难的医者心态去观察了解情况的。

她先洒上润滑的东西试了两次，但依旧不行。幸好她这个人还算有耐心，她把自己修眉用的镊子找了出来，小心翼翼地一边润滑着那地方一边努力弄出缝隙来。

在她小心翼翼的努力下，情况倒是有了些许好转，就是眉毛镊子显然不够用了。

好在羌然房间里有一些工具，只是她不大会用刀子，她也怕会伤到

羌然，所以格外小心谨慎。

中间大概是观止他们实在等不及了，又跑过来催了一次。

刘娅楠只好在房间里手忙脚乱地回答着："哎呀别催了，女人需要准备的东西多，你不知道啊，等一会儿就好了！"

她做这些事儿的时候，羌然一直没有看她。她也努力不去想这是羌然的家伙，她只是在帮人而已，她就当自己是个医生好了，救死扶伤嘛。她跟羌然不一样，羌然因为体位，有些地方压根看不到，她倒是比他强多了，可以三百六十度没有死角地看，也便于观察判断哪些是可以扩张扭开的。

后来她终于弄好了，其实羌然要是能心平气和的话，估计也能自己弄好。现在见羌然安全脱困，她也由衷地开心起来，就是站起来后才发现自己蹲的时间太长，腿都蹲麻了。

她当下就站不稳，羌然离她近，赶紧扶了她一把。

在被羌然碰到的那刻，刘娅楠却跟被火烫到一样，吓得把手缩了回去。她不敢再待在房间里，赶紧往外走着，同时脑子里盘算着，等会儿出去她得找个借口，帮羌然要点消炎药创伤药什么的。

等刘娅楠找到药后，羌然也穿戴整齐上车了，地上车的空间很大，后座分别坐着他们两个。

观止坐到副驾驶座的时候，发现后座上的那两人跟约定好似的一个头向左扭一个头向右扭，中间留出诡异的大大的空间。

观止知道最近两人正在冷战呢，不过此次出行，作为羌家军的形象代表，观止还是盼那两位能给广大围观群众营造出夫妻恩爱的氛围。

观止进言道："头儿，咱们这次出行地上车特意调换的可视窗，您是不是跟夫人坐近一些……"

羌然绷着脸，一副动物凶猛生人勿进的样子。刘娅楠倒是哦了一声挪了下屁股，稍微向中央位置坐了坐。

可是因为羌然不配合，所以从观止那个位置看去，就好像刘娅楠坐在正中，羌然只是陪同一样。观止也不知道这两人在闹什么呢，不过头儿都那个脸色了，观止也不敢再说什么。

路上还算顺利，车子开得极稳，很快就有巨大的游船过来接他们，然后他们穿过人声鼎沸的穷人区、富人区。车速快得厉害，刘娅楠没坐惯，很快耳朵就跟堵了似的。

倒是观止留心到她的情况不对，忙让司机把车速放慢了一些，而且还特意打开了舒缓的音乐让她放松

他们走了好一会儿，终于到了狭长的红色山脉，日落大道是一条长长的通道，远远看去一眼望不到头。

渐渐地刘娅楠他们终于驶入了西联邦的地界。在路上的时候，羌然一直是神情庄严地看着车窗外面，刘娅楠也不大敢去看他的脸。

只是出人意料的是，跟之前的穷人区、富人区震耳欲聋的欢呼彩旗飘飘比，这个西联邦的欢迎仪式显得特别严肃。

刚驶入西联邦区，刘娅楠就纳闷起来，路上非常安静，店铺都是紧锁着的，路上也是一个行人都没有。

地上车的车速已经慢了下来，在临近傍晚的时候，他们终于驶入了西联邦的菲尔特家族所在地。

那是一座带着尖角的高大建筑物，围绕着那座建筑物的是一圈红色的围墙，虽然有围墙阻挡着，不过还是有高大的树从围墙后探出来，努力伸展着。

这里跟羌家军的感觉完全不一样，也跟富人区不一样。刘娅楠瞬间有一种穿梭时光的感觉，简直跟跑到了中世纪一样嘛。

就在她这么想的时候，菲尔特家族黑色的大门打开，一队骑着白马的骑兵迎了出来，那动作整齐划一，停到了他们面前。

在观止还没打开车门前，刘娅楠就听到了礼炮声，那声音可真大。羌然已经从车上下去了，刘娅楠知道自己不该乱瞄的，可还是忍不住瞄了眼羌然的动作，然后她发现羌然的动作可利索流畅，一点都看不出有什么不妥，这家伙还真是能忍！

等刘娅楠从车内下去的时候，她能感觉到所有的人目光都投向她，她努力保持着镇定。

不过现在看来西联邦的人都喜欢留长发，她的视线先是在那些骑士面上巡了一圈，然后又注意到这些西联邦的人五官长得也要深邃一些，眼睛的颜色也不都是黑色的。

她一下想起小田七了，这么看来小田七的五官跟这些人倒有些相似的地方。她正打量着那些人呢，在那些骑士后面，走出一个人来。那人长得非常特别，银色的头发碧色的眼睛。

等刘娅楠注意到那人的时候，那人也正在打量她，微微颔首，跟缪

彦波见到她后的夸张表情比，还有跟何许有钱的个性比，这个人温和得像个绅士。

刘娅楠迟疑了下，赶紧也点了点头。这个菲尔特族长的态度不冷不热的，既不奉承她，也不冷淡她，只是看向她的视线总给她一种她正在被审视的感觉。

因为时间的关系，在行程上这一天也没什么具体的安排。不管是挥手致意还是走上旋梯，刘娅楠一直亦步亦趋地跟在羌然身后。

刘娅楠努力不让自己犯错，她知道自己很笨，所以在很多地方，她都格外小心注意。

除了太过紧张导致神情不太自然外，刘娅楠觉得她这次应该算是可圈可点吧。

可在观止他们这一群随同人员看来，都觉得那两位太不对劲了。头儿再冷再傲，可在外事活动上也没这样过啊，现在的头儿简直跟杆标枪似的，那副“别惹我我烦”的样子太明显了。而刘娅楠虽说没出错吧，可女孩特有的温柔和气都没有了，简直跟个机器人似的，动作都是一板一眼的。一直到所有的流程都走完，准备开餐的时候，刘娅楠才放松下来。

吃完饭，按照行程他们就可以回房休息了。只是吃饭的时候也不敢太放松，这个地方椅子都是雕花的，椅子背更是又长又大。

她以前看电视，什么西方的绅士要给女士拉椅子，她还觉得那是西方人对女人尊重呢，现在她算是纳过闷来了，这椅子真沉，她估计吧，要没个男的帮拉下，还真弄不开。

就在羌然为她拉开椅子的瞬间，她下意识地扫了一眼羌然的裤子那里。

她觉得自己看得很快，可还是被敏感的羌然给察觉到了，然后羌然很快瞅了她一眼，那表情就跟恼了一样。这下她可不敢乱瞄了，心虚地低着头，就跟做错事儿般安安静静等着开餐。

很快菜被摆了上来，菜式精致，味道也相当不错。跟羌家军里的粗犷比，这里的每一样菜点都用精美得跟艺术品般地小碟子装着。别的菜倒是还好，唯独有一道煎香肠，刘娅楠看见后，表情瞬间扭曲了下。然后之前一直不能心意相通的两人，偏偏在这个时候心意相通了，几乎是不约而同地瞟了一眼对方，瞬间都闹了个大红脸，然后就都吃不下饭了。

终于把所有行程上的事儿都熬了过去，接下来就是回房休息盖被睡

觉了。虽然说在菲尔特家做客，不过门口依旧会有羌家军的人戒备。

刘娅楠跟羌然被安排在同一间卧室，里面的布置自然是奢华漂亮的，床更是大大的，上面还刻意用玫瑰摆出了一个心形。

刘娅楠头皮有些发紧，又瞄了眼羌然。都已经进到房间里了，又没有外人了，他怎么还不脱裤子啊，就白天那个情况，那地方得什么样啊？

刘娅楠一想到这个，赶紧把自己的行李箱找了出来，出发的时候，她特意找医疗组的要了些药，她当时说是预防用的，其实就是想着这个时候可以给羌然用。只是拿着药，人还没靠近羌然呢，她就已经紧张得手都哆嗦了。

羌然正坐在沙发上脱军靴，低垂着头，眼睛更是往下看着。在她靠近时，羌然长长的睫毛抖动了下，然后跟慢镜头似的，他缓缓抬起头，面无表情地看着她。

刘娅楠紧张得都说不出话来了，脸更是臊得红红的，说："给你药……你、你一会儿记得擦一下……防、防止感染……"

羌然没吭声也没去接那个药，她简直都不敢看羌然第二眼，忙把东西放在他面前的茶几上，跑大床那儿去了。

她努力镇定着，试图靠收拾大床来转移自己的注意力。不过她在收拾的时候，一直留意着羌然的情况，这个家伙是怎么了，都这么半天了，也不见他脱裤子上药。

刘娅楠怕他不好意思，忙又提醒了一句："你、你要是不好意思，就去洗手间弄。"

结果说完了羌然也跟没听见似的，那态度简直跟故意跟她怄气一样，刘娅楠真不知道他瞎怄的什么气。

她已经把被子枕头都整理检查好了。实在无事可做的刘娅楠，又看了一眼羌然，最后她叹了口气走了过去，这一次她把药分别打开，需要外敷内服的，她都弄好了，还把水也准备好了。

她想起小时候班里尿床的那个男生了，自从被人知道尿床后，就跟长了刺的刺猬一样。其实她想起来好像雄性动物有时候就是喜欢死要面子活受罪。

她以前哄羌然都是为了讨好他，怕他伤害自己，想跟羌然搞好关系，这次倒是全然发自内心，不想这个家伙怄气怄得那地方都发炎感染。

她跟哄孩子似的哄着他："别耽误时间了，真感染了，到时候更麻烦，

来，把药吃了……”

羌然低头看了看她，又看了看她手心里的药。

他的表情一直都是严肃的，就跟想要维持最基础的体面一样。不过不管他表情多严肃，表现得多吓人，说真的，见过那样的羌然了，刘娅楠已经很难再被他吓到了，她没当面笑出来就是给他面子，什么人才能二到把自己弄成那样啊……

刘娅楠很自然地回望着他，不管他表现得多凶悍，可在她眼里，他已经成了全副武装的刺猬。刺猬那东西看着浑身是刺，她曾经养过一只，那东西不管背上多硬，转过来就会发现肚皮很软，把刺分开了，还能看到一张又囧又可爱的面孔呢。

这么一想，刘娅楠的语气不自觉地放柔了下来，说：“别怄气了，又不是被别人看见了，我看到而已嘛，再说我早就见过的……”

羌然的眼睛迅速眯了一下。

刘娅楠却不觉得他是在生气，这家伙就是搞不清状况！

她主动握住他的手，把药塞到他手里，催促道：“别跟自己过不去了，你不是挺聪明的嘛，其实你该庆幸的啊，被我看到总比被观止他们发现强吧，而且我肯定不会说出去的，你可以放心。”

羌然的表情一直绷得紧紧的，到了这个时候虽然脸色还是很不好，可终于不抵触了。他接过她手里的水，和着药大口地吞了下去。

刘娅楠笑了下，又把那些需要外敷的药推到他面前，叮嘱着：“那你自己上药吧，我去洗手间，等你上好药了，告诉我一声我再出来。”

刘娅楠说完就去洗手间躲了一会儿，等再出来的时候羌然已经都弄妥当了，甚至衣服都换成了睡衣。

等两人躺在床上的时候，因为知道羌然的“刑具”暂时还无法使用呢，刘娅楠就挺放松的，倒是羌然全身紧绷着，躺在床上跟个僵尸似的。刘娅楠背对着他躺了会儿，因为一直睡不着，她又转了过去。

大概是没想到刘娅楠会忽然转过来，羌然的表情有点忧郁。结果一看见她转身了，他立刻又跟刺猬一样把刺都竖了起来，脸更是绷得紧紧的。

虽然他表情变化得很快，可刘娅楠还是看到了他那一脸忧郁的样子。

唉，这倒霉孩子啊……

刘娅楠也是怕他从此有了心理阴影再也不敢用充气娃娃了，一旦他真不用了，就得找别的替代品。

为了让自己不再受苦，刘娅楠觉得自己还是有义务帮羌然把这个心结打开。

她尝试着鼓励他："羌然……其实你们男人用那个很普遍的，我知道的好多人都在用。你看观止，看着一本正经的，我听楚灵他们说，观止一次就团购六个呢，还有我以前的那些同事，'最女人'里面的，也都用……"

见羌然没吭声，刘娅楠胆子也大了起来，说："再说你那个完全就是意外嘛，商品不合格啊，谁使都会出问题的，对吧……"

为了让羌然重拾对充气娃娃的兴趣，刘娅楠又跟推销员一样推销了起来。当年妩媚他们买的那些，她倒是有幸见识过一二，虽然很不愿意，可在那个时候还是被妩媚他们科普了不少有关充气娃娃的知识，比如材质啊性能啊……

刘娅楠一边说一边观察着羌然。羌然的表情淡淡的，也瞧不出是开心还是不开心，不过一想起他今天遭遇的那些，她就觉得羌然又囧又可怜，同情心爆棚地抚摸了下他的手臂，就跟安慰一样。他们靠得如此之近，因为羌然再也不是那个有威胁的男人了，所以刘娅楠在床上一点防备都没有，整个人都是放松的。

"我是知道那种疼的。"她更是以过来人的身份同他说，"别看不是什么大毛病，可是疼起来真要命的！之前跟你做的时候，头几次差点没疼死我，你也看见充气娃娃什么样了，其实那时候我比充气娃娃还惨呢……现在想起来我都觉得跟噩梦似的……"

说这话的时候，羌然倒是难得低头看向了她。

他还真是一个英俊的男人，不管从什么角度看，都会觉得赏心悦目。

因为已经是过去的事儿了，刘娅楠笑着回望着他的眼睛，做着大方的样子说："不过都过去了，没关系了。"

说到这里，刘娅楠倒是忽然想起什么来，忙跳下床，小跑着倒了一杯水给羌然，一边递过去，一边叮嘱他："对了，你得多喝水，不然上火就麻烦了，你别因为有伤就不喝水啊，跟你说这都是经验之谈，要上火了，会更难受的……"

给羌然喝过水后，刘娅楠忽然觉得肚子有点饿，晚餐丰盛是丰盛，可惜让煎香肠给耽误了。

再者白天又赶了一天车，羌然他们这些军人习惯了行军的时候风餐

露宿，可她在那种快速移动的地上车内别说吃东西了，坐久了都会觉得特别不舒服，这个时候人一放松下来，就觉出肚子空了。

幸好刘娅楠来之前想到饮食不习惯的问题，特意带了一些小点心，她忙又从行李箱里翻出点心，自己拣了几样，把其他的递给羌然。羌然不习惯在床上躺着吃东西，她却是习惯得很，边吃边用手托着那些点心渣跟羌然闲聊。

羌然看着她的脸，还有不断动着的嘴巴，其实整个人什么都听不进去。有些点心渣掉到了刘娅楠的脖领子里，羌然又看着刘娅楠用手扯着领子去弹身上的点心渣，结果因为光顾着脖子那里的点心渣，手上的一没留神都掉在了枕头上，刘娅楠又手忙脚乱地去整理枕头套。

很快之前还算整洁的房间，此时早已经变了个样，点心药物随意摆着，还有刘娅楠非要留在床头的水杯。

刘娅楠是真累了，白天坐了一天车，晚上又要小心地应酬，在羌然打量房间的时候，刘娅楠就打着哈欠沉入了梦乡。

羌然看着她的睡脸，盯着她看了好一会儿，才终于叹了口气睡下。

等第二天刘娅楠醒来的时候，就看见晚上还跟僵尸一般直挺挺躺着的羌然，又恢复原状似的，睡觉特别不老实，还把胳膊压在她的肚子上。

刘娅楠哎了一声，把这个睡得沉沉的羌然叫了起来，今天可是有大事要谈的。刘娅楠不知道他是不是还在不好意思，不过她倒是好多了。两人一言不发地洗漱完，刘娅楠又想起来，叮嘱着他上药。这一天可是所有安排中最重要的一天，她知道羌然是要跟那些人谈要紧事的。

等羌然出去后，刘娅楠也不敢乱跑，随便吃了一些早餐后，她就在附近走了走。虽然中间有菲尔特那边的人过来邀请她去什么玫瑰宫，但她有了酒店绑架案的教训哪里还敢乱跑，不过这个住所的走廊里倒也有不少可以看的东西。

那一幅幅画像看着就很古老，有男有女的，大部分是单人的画像，里面的人服饰都特别华丽，高矮胖瘦什么样的都有。

在走廊尽头，她倒是看到了一幅非常简单的画，跟之前那些色彩艳丽的比，这幅画里的女人衣服太单调了，身上更是一件装饰品都没有，唯一的那个皇冠更是简陋得可以，别说没有宝石镶嵌了，就连造型都是特别简单的。

跟那些人华丽的背景比，这个女人身后的背景只是一面简单的墙壁，

她也没有任何夸张的动作，姿势也不是特意摆出来的，她手里很自然地拿着针线，看样子好像是在缝补什么，而画家所捕捉的那一瞬，正是这个女人神情温柔地看着什么。

刘娅楠随后就看见画的右下方，有一张不起眼的婴儿床。床上躺着胖胖的婴儿，婴儿的手伸展开，显然想要摸妈妈的脸。她留心到画下面的字迹，菲尔特一世，画面上这个孩子是菲尔特一世吗？

她纳闷地走了几步，然后忽然想明白什么似的，她看错画的方向了，这幅简单的画像应该是第一幅，这里所有的画都是菲尔特家族的画像。她又按照正确的顺序看了一遍，随后豁然开朗。

原来这是菲尔特家族的历史，从很简陋的小房子，到现在的古堡，但到最后画像大部分是男人了，渐渐没有了那些女人……然后就断掉了。她大概明白了，以后的继承人都是再生人了，没有再画画像。

不过她走到最后一幅画面前的时候，她额外看了看，就觉得画像里的人，跟迎接她的那个人长相差得挺远的，那人眼睛的颜色，又让她忍不住想起了小田七。

这些画里的人都是浅色的头发，她记得她以前看过什么报道的，东西方的人一旦通婚后，黑色头发的原因，大部分只要是混血的，都会长出黑色的头发。那这么看，那些年来，菲尔特家族的人，很少跟东联邦的人通婚，刘娅楠一边看一边琢磨着。

一直到晚上，大概是重要的事情谈完了，菲尔特的族长要宴请他们。这次族长亲自作陪，刘娅楠为了应付这个场面，特意换了一身衣服，在就餐的时候，更是打起了十二分精神。

那排场大得她手心都在出汗，统共就三个人而已，可光伺候的人就有一个连了。终于吃到六成饱的时候，又有一道大菜上来了，只是这次菜不是直接端上来的，而是由两个人抬上来的，那盛菜的盆子可大了，上面还罩了大大的金属罩子。刘娅楠深吸口气，不知道这是主人要款待他们什么。

结果那罩子一打开，她就被惊了下，那完全就是一个刚刨出来的树根，上面还沾着好多泥土似的东西呢。

刘娅楠脸色变了一下，不过很快她就镇定下来，拿起勺子挖了一小点那种泥土样的东西。等那东西到鼻子边的时候，一闻到味道，她就放下心了。

幸好她来的时候做了好多功课，虽然正经东西没学到什么，不过因为她喜欢烹饪嘛，难免在查资料的时候假公济私一下，偷偷查了一些餐饮上的讲究特色。像这种东西一般人都不会注意到的，她却因为太奇特了，都记了下来。

现在看到这道菜，她一下就认出来了，这不就是传说中的附根菌类嘛，就跟蘑菇啊虫草那些差不多。就好像好吃的三文鱼要生吃保持原味一样，西联邦的人也喜欢用这种生吃的方式保持食材的原始滋味。

就是不知道她能不能吃惯，她尝试着吃进去一点，那口感简直跟要融化的巧克力一样，味道特别奇特，简直是她至今为止吃过的最为神奇的东西。

而且那么小小的一点，她吃到嘴里却觉得整个口腔里都是那种弥散的香气，简直太神奇了。菲尔特的族长一直在观察她的表情，见她露出笑容，就问道："味道还好吗？"

刘娅楠迟疑了下，对那人说道："味道很特别，尤其是口感，很像巧克力的感觉 。"

那人淡淡地说道："这是菲尔特一世最爱吃的一道菜，曾经在玫瑰花园里大片种植过，可是自从女人消亡后，就很少再种了，夫人喜欢的话，我会命人重新种植。"

刘娅楠不懂得他们这种宫廷的礼节，腼腆地笑了笑，眼睛倒是瞟了眼身边的羌然，羌然还是那副外交专用表情。

回去的时候，刘娅楠跟羌然又经过了那个挂满画像的走廊。跟刘娅楠一样，羌然也抬头看了几幅，只是羌然看着很奇怪，每次都是看看她，又看看那些女人的画像，就跟在拿刘娅楠跟那些画像里的女人比较似的。

刘娅楠纳闷地问他："你在看什么呢？"

"看你跟这些女人的区别。"

刘娅楠一下笑了，说："那区别肯定很大。"

那都是皇族的女人嘛，她从哪儿比去啊，别说她家三代以内了，就是刨开祖坟也找不出一个当官的来。她可是从里到外，从古至今硕果仅存的平民百姓，就连给政府看大门的亲戚都没有。

不过大家总归都是女人，她也跟开玩笑一样，学着其中一幅画的样子摆着姿势，想象着自己在弹琴呢。就是她既没有琴也没有椅子，所以做出来的姿势就跟骑马蹲裆式一样，羌然也没说什么，表情淡淡的。

刘娅楠忽然有点不好意思了，自从羌然出事后，她好像是有点活泼了。像是压在头上的一座大山忽然出了裂缝，她发现那山也是血肉之躯一样，至少在她看来，不那么完美的羌然变得亲近了些，也不那么压得她喘不过气来了。

不过跟羌然这么安静地走一走也蛮不错的，她在旁边，跟讲解员似的，给羌然科普着："我今天在这里看了整整一天，我就在想这些人都该是什么样的。你看这个啊，看她摆的姿势就知道了，她多半很喜欢弹琴，看画像里还有一架钢琴呢；这个肯定是喜欢养猫，有这么多猫……"

走到第一幅画像前，她忽然停下脚步："这个一定很勇敢……"

在那个没有妇产科，也没止痛剂的年代，女人生孩子就跟玩命一样，还有抚养孩子那些，怎么想也是辛苦得不得了，可是这个女人的表情那么的恬淡。她忍不住多看了几眼，跟那些女人比，她总觉得这幅画像是最漂亮的，那女人的脸上就跟罩了一层柔光一样，特别慈祥安宁。

羌然像是想起什么，忽然问她："你怎么知道那道菜的？"

刘娅楠哦了一声，赶紧解释说："我怕自己出丑。"

她已经不知道自己闹过多少次笑话了。

"因为我很笨啊，所以就想多知道一些事儿，省得到时候又闹笑话，只要找到的资料我都看了，乱七八糟的那些，看得特别多，不过幸好有点用，至少没被那道菜吓到。"说话的时候，刘娅楠多少有些不好意思。不过心里还是雀跃的，她终于做对了一件事呢。

只是要是羌然能夸她一句就更好了，她小心翼翼地带着期待看向羌然，结果却看见羌然已经扭头去看画了。自从被她见识过那副样子后，羌然就总躲着她的视线，每次她看过去的时候，他都会很快别开眼睛。其实刘娅楠真不觉得那有什么，这羌然得纯情成什么样啊，现在还缓不过来。

等回到卧室的时候，刘娅楠还是按部就班地收拾着床铺。就是时间还早呢，她知道羌然一时半会儿还睡不着，便找了一个垫子给羌然靠在背后。

她很用心地照顾着羌然，她能感觉到他跟她的关系在修复中。虽然他还是淡淡的，不过谁让他那什么被她看见了呢，估计面皮怎么也得缓段时间。

躺到床上后，两人都有点睡不着，刘娅楠转过身去，问了他一句："对

了，你今天跟他们谈得还顺利吗。”

羌然侧开一点位置，一只胳膊支撑着自己回答道：“还好。”

刘娅楠把被子拉高，盖在自己身上，看着近在咫尺的羌然。

羌然半撑着身体，他的位置比她高一些，他看向她的样子，忽然就给了刘娅楠一种错觉，她以为他要俯身吻她呢。不过很快，羌然就跟要躲开她似的，把身体往后错了下，结果因为往后靠得太多了，他整个人咚的一声掉了下去。

刘娅楠听着都觉着疼得慌，就连外面的警卫都听见了，在门口纷纷叫着：“头儿，没事吧？”

刘娅楠赶紧憋着笑对门外的人喊着：“哦，没事，是我把东西碰掉了。”

等羌然从地上起来的时候，为了顾及羌然的面子，刘娅楠低着头都不敢看羌然了。

怎么办，现在只要看到羌然的脸，她就想笑，不管羌然表现得多么骄傲，可那个光屁股的羌然太有杀伤力了。就跟要找回面子一样，等重新躺好后，羌然再开口的时候嗓子都低沉下去，跟刻意的一样，带着浓浓腔调说道：“明天走的时候，需要找人把咱们住过的地方清理下，像是你的头发那些都要做好处理。”

刘娅楠哦了一声，其实这些行程单上都有，她努力憋着笑。

“然后……回程的时候我想给自己放两天假。”

这个倒是头次听说，刘娅楠当下哎了一声。不过很快她就想到，羌然是在跟她商量吗？她看了他一眼，快速回道：“行啊，你正好可以养养伤。”

不知道为什么在她说这句话的时候，羌然的眸子忽然变深了一些，就跟有什么情绪在他的眼眸里涌动似的。

羌然翻过身去，跟自言自语一样说着：“还有正事呢，等处理完，再……”

刘娅楠也不知道他说的等处理完是什么意思，不过这样的羌然真是越来越顺眼了。

第三天的安排还真是不错，简直跟主人带着他们吃喝玩乐一样。不管是带他们参观还是打猎，刘娅楠能感觉出对方的用心。就是带他们去附近庄园打猎的时候，刘娅楠有点紧张。

那个菲尔特族长应该是好意，想要让羌然骑马试试，其实这种事对

羌然算什么啊。可是刘娅楠知道此时的羌然能够面不改色地走路就很不容易了，还要骑马那不是找罪受吗？反正也是游戏性质的，骑不骑也没什么关系。

刘娅楠很怕羌然不知道爱惜自己的身体，赶紧抓着羌然的胳膊，跟小猫似的扯着他的手臂撒娇着："羌然，你别骑马了，陪我走走好不好？"

羌然低头瞟她一眼，他是聪明人，当然明白刘娅楠的用意。

很快他就做出为难的样子，回绝道："看来我得婉拒了，没办法，我是妻管严，什么都要听老婆的。"

刘娅楠没想到他能把老婆两个字叫得这么自然，不过等拦下羌然后，她便想松开手。哪知道手刚松开，她发现羌然的手居然向她伸了下。

刘娅楠开始还没反应过来呢，直到羌然又一次把手心伸向她，她才明白过来，羌然这是要握她的手吧？以往两人走在一起，不是她加快速度追赶他的步伐，就是他刻意减慢速度等着她。这么轻握着她的手，却是头一次，还是在这么正式的场合。

她把手交过去的时候，果不其然就对上了羌然的目光。只是他们一对上视线，羌然就别过了头。

刘娅楠笑了下，知道他还在尴尬呢，她很自然地把手伸到他的手心里，让他握着。羌然的手心暖暖的，跟她握在一起的时候，能感觉到，他一直试图找出一个合适的力度。跟从小就跟小伙伴拉惯手的刘娅楠不一样，羌然还是头一次跟人手拉着手走。

不过两人倒是默契十足，不管是参观还是打猎，刘娅楠一直跟羌然手牵着手,那副样子简直就是一对要去度蜜月的小夫妻。一切都蛮顺利的。

大概是被人握着手的缘故，刘娅楠发现只要在羌然身边，她就不那么紧张了。就是在所有的活动都进行完，要离开的时候，那个菲尔特家族的族长忽然表情严肃地拿出一样东西来。

本来欢送的场面很热烈的，可在那个瞬间，忽然所有人都停了下来，那场景像是被定格了一般，所有的目光都盯在了那个盒子上。

菲尔特族长走得很优雅，来到她面前，小心地打开木盒子，从里面拿出一样东西来。那是一顶很朴素的小皇冠，大概是纯金打造的，不管是款式还是做工都很粗糙，而且也没有镶嵌宝石，可这个菲尔特的族长捧着皇冠的表情庄严而肃穆。

那个皇冠刘娅楠看着很眼熟，好像她在画像里看到过。对！就是第

一幅画像里那个女人戴的！

看着对方恭敬地把那东西捧到自己面前，刘娅楠忽然觉着自己的呼吸都停住了。

她下意识地看了看羌然，在羌然的示意下，她深吸口气，小心翼翼地把那个皇冠接了过去，这东西可真沉啊。

就在她接过皇冠的瞬间，听到了很大的声音，就好像炸开了一样，不管是仪仗队，还是那些侍从，无数人呼喊着女王。羌然倒是跟知道什么似的，上前一步，主动抱了抱菲尔特的族长。

刘娅楠这下更觉得奇怪了，这是又要有什么神展开！难道刘废物要成刘女王了？

等坐进车内，刘娅楠终于忍不住问向羌然："羌然，他们怎么会送我这个？还有女王那些是什么意思啊？"

羌然淡淡地扭过头去，一脸"你才知道"的表情，说："你不是写了那么多页纸，嚷嚷着要尊重要权利吗？"他挑了挑眉头说，"我说过你找缪彦波不如找我，我一样可以帮你做到，还可以做得更好。"

刘娅楠忽然说不出话来了，被男人送花讨好简直弱爆了有没有啊！羌然这是要给她个皇冠啊！

本来就很沉的皇冠此时更是沉甸甸的了，她捧着那个皇冠，简直觉得这玩意要长出刺来了。她就知道不该听专家的，听一次就歪一次。

所以他做这些事儿，都是因为她写的那些纸？她是提过尊严也提过权利，可是这个是不是大了些啊？

心烦意乱的刘娅楠在路上就跟寻求慰藉似的，不着痕迹地偷偷摸了摸羌然的手，她觉得自己做得很快，应该不会被察觉的，可羌然还是顺着手的位置看向了她。

在看到她的脸的时候，羌然终于忍不住露出了一点点笑容，就跟小刺猬终于露出了小小的肚皮一样。羌然反握住她的手，就跟握到什么宝贝一样，如获珍宝地握着。他就知道她会感动。

羌然要去度假的地方，就在红色山脉附近。刘娅楠还以为那个地方挺荒凉的呢，因为去的时候她见着红色山脉上都没什么植物。结果在车子开入红色山脉后，她才发现这个红色山脉还真是千奇百怪的。在日落大道那里看，就跟光秃秃的山一样，可真开到山里，发现植被越来越多，

尤其是当车子渐渐驶入密林时，视野也跟着变开阔起来。

在路上的时候，刘娅楠听到观止在跟羌然确认目的地的时候提了一句,他们要去的应该是西联邦跟东联邦的交界处的白色别墅。路倒是不远，车子开了没多久，就缓缓地停了下来。

车子一停稳，观止就机灵地帮刘娅楠打开了车门，看着刘娅楠傻不愣登地抱着那个皇冠，观止忙又找了盒子帮她装那个重得要死的皇冠。

刘娅楠在随行人员忙碌的时候，抽空看了看面前的别墅，纯白色的建筑，造型特别简单，没有一点修饰。如果不是车子停在这里，压根不会有人注意到这里会有这么个地方。

他们随行的人很多，只是别墅太小了，有很大一部分人需要在外面安营扎寨。不过随行人员都是军人出身，对于野外生活早就适应了。

刘娅楠看着那些人熟练地弄着帐篷，那场面倒真跟野营似的。就是刘娅楠有些纳闷，羌然说来这里度假，可是等她进到白色小别墅里后，却发现这个别墅也太简陋了。

从别墅另一面的窗户看出去，刘娅楠有点傻眼，本来以为这是隐秘在密林里的别墅呢，结果从另一面看出去，却发现这别墅压根就是建在峭壁上的。

她往下看了眼都觉得眼晕，而且这个地方男性气息太浓了，进门后连个沙发都没有，统一的都是桌子椅子。羌然倒是心情挺好的，只是很奇怪，进到别墅后，他就把跟着他们的警卫打发了，让他们出去站岗。

刘娅楠也没多想，习惯性地打开箱子准备找睡衣还有洗漱用品那些。她正找着呢，羌然忽然凑了过来。

刘娅楠不知道怎么的，再被羌然靠近的时候，就觉得脸烫烫的。羌然最近都不怎么跟她说话，也不怎么看她，此时却一脸兴奋地说着："别收拾了，我带你去后面看看。"

刘娅楠哎了一声，后面不是悬崖吗?

羌然行动力很快，压根不管她要不要去，已经拉着她的手往别墅后门走去了。

刘娅楠这下更纳闷了，后门那里不是峭壁吗?那地方有什么好玩的，难道要她攀岩?

结果羌然一打开后门，刘娅楠就给惊住了。她就该知道，羌然肯定不会去普通的地方度假的！在这么个毫不起眼的地方，居然沿着别墅的

后门，鬼斧神工地修了一条通往下面的升降梯，这工程简直逆天了！

她开始还觉得这个地方全无特色呢，此时跟着羌然坐在电梯里，看着峭壁两边的景色，她整个人都呆住了，这简直就是电影里才会演到的景色嘛！

在坐升降梯的时候，不知道羌然是怎么操作的，在降到一半的时候，电梯忽然停下了，然后羌然就指给她看日落。

本来他们离开西联邦的时候就不早了，此时的太阳正在渐渐西沉，原本就跟被火烧过似的红色山脉，从他们这个角度看去，加上夕阳的余晖，那场景美得简直就跟一幅画一样。当初的人是怎么想到这个地方的？

羌然扭过头来，看着她的脸，就跟知道她在想什么，告诉她："在东西方战争的时候，第六代羌然曾经受伤在此修养身体。一次偶然的机会，他发现了这个地方，在战争结束后，他把当初的据点做了改动，修成了现在的白色悬梯，我几年前来过一次，一直觉得这里的日落是最美的。"

刘娅楠点了点头，真的很美，就是在看过日落后，羌然并没有直接带她回去。刘娅楠注意到他特意从升降梯那里拿了一个手提灯似的东西。

升降梯依旧在向下落着，天已经暗了下来。依附着峭壁的升降梯却并不是直通下方的，在离地面还有几十米的时候，电梯终于停了下来。羌然也终于打开了手里的照明灯，然后刘娅楠看到的是，电梯所停的地方有一个山洞。

她真的是惊得不知道说什么好了，简直就跟土包子一样。羌然又一次把手伸向她，她被羌然牵着手，走到了山洞里。

山洞倒是没什么太特别的，除了一些晶体外，她能感觉到的就是湿乎乎阴森森的。而且地面很不好走，还有些滑，幸好羌然一直牵着她。

刘娅楠也不知道羌然要带她去哪儿，往里走了一段路后，刘娅楠就听见了水声，然后道路豁然开朗。她先是看到照明灯都照不到尽头的高高的顶部，随着往里走，她的视野越来越开阔。

她看到了一个冒着热气的池子，当下哎了一声，这是温泉吗？所以这是羌然带她过来泡温泉？

她这么想着的时候，羌然却跟期待已久般，先是找了地方把照明灯放下，随后开始脱衣服。

看着羌然脱衣服的动作，刘娅楠赶紧提醒他："不要吧，你的伤口好了吗，沾到水会感染的。"

“已经愈合了。”羌然脱衣服的动作快得不可思议。

刘娅楠哦了一声，可还是有点担心，但又不好说“你让我看看”这种话。

这个时候羌然已经跳到温泉里了。看着羌然才走了几步水就到胸口了，这么看来这个池子还蛮深的。

不过刘娅楠倒不怵那个，她反正学过游泳的。

度假嘛，就是要放松的，再说她土包子一个，还真没泡过温泉呢。

她没敢脱太多衣服，只把外套裤子脱了，就下到水里。水温比想象的还要热一些，不过真是舒服，她闻着这个池子没有那种刺鼻的硫磺味，也不知道是什么原理导致这里有这么个热水池的。

她刚进到水里，就被热气熏得微眯了下眼睛。等她再睁开的时候，羌然已经划到她身边了，几乎是挨着她的，羌然声音沙哑地说：“这个地方可以让人放松。”

刘娅楠当然知道这些，只是羌然这么靠近她，让她挺紧张的。最近几天羌然一直是主动避开她的，可此时的他眼神显然跟看见大餐一样。他整个人都冒着热气，脸更是红透了，急促的呼吸打在她身上

刘娅楠下意识往边上挪了挪，然后二话不说就要往岸上溜。羌然也没说话，在她要爬上去的时候，伸手抱住了她的腰。

一般情况下她是推不动羌然的，不过也是赶巧了，羌然大概是没踩稳，她挣扎的时候，本能地一脚下去，就把羌然踹倒了。等她爬到岸上的时候，却看见羌然居然还在水里扑腾着呢。

刘娅楠起初没纳过闷来，因为按说羌然那样的人不该不会游泳的。可看对方扑腾了好半天，她忽然觉出不对来。她赶紧又跳到水里去拉羌然，费劲地把他拉到了水浅点的地方，她才松开他。

刘娅楠真无语了，这么强大的一个男人居然也有这种 bug 的吗？她怕他再突袭她，赶紧跳到岸上，跟他保持着安全距离。

一时间两人都没有说话，倒是刘娅楠实在是好奇死了，她还以为羌然什么都不怕呢，他怎么可能连游泳都不会啊，她小声问他：“你、你不会游泳啊？”

羌然站在齐胸的温泉里，因为侧着头，刘娅楠也看不清楚他的表情，过了片刻她才听见他声音淡淡地解释道：“这有什么奇怪的，西联邦的人百分之四十都不会游泳。”

百分之四十啊！刘娅楠真是被吓一跳，在她身边不能说男的百分之百会游泳吧，但纯旱鸭子还是很少见的，百分之四十这个概率是打哪儿来的？

“怎么会这样？”她忍不住又问了一句。

羌然依旧淡淡地回道：“谁小时候没被呛过水，后天有些心理障碍也是很正常的事儿。”

刘娅楠这才明白过来，原来是这个啊！她倒是见过那些倒吊的小孩子被水冲什么的，她就知道那么做肯定有后遗症，不过羌然小时候也被那么冲过吗？她还以为他这种身份地位的，小时候应该是不一样的呢。

她问了一句，羌然无所谓地回着，大概是被刘娅楠拒绝的缘故，他的口吻有些冷淡：“我可没被娇生惯养过，不管是从出生还是后期的训练，羌家军信奉的可是适者生存。”

听了这话，刘娅楠点点头，说：“不过不被娇养跟故意虐待还是不一样的吧。那种用水冲的方式太恐怖了，我知道那个会有后遗症的，为了这个弄养育院的时候，我特意把那个冲水的程序给改了改，我给你说啊。”她伸出手指来，在深色的岩石上比画着，带着很大的热情说着，“我设计的是这样的洗澡程序。”

家里亲戚生孩子的时候，她去医院看过，她模仿着那些设备，又加上了一些自己的想法，还跟小田七他们讨论了好久。

“这样设计的话，就很厉害了，你看这下就不用冲水了吧。”她说完得意地抬起头来，“如果你……”

话还没说完，站在水里的羌然早不知道什么时候到了她身边，在她抬头的瞬间，羌然就吻了上来。刘娅楠觉得有些奇怪，她伸出胳膊想要推拒，可是手瞬间被羌然握住，热气熏得人晕晕的，她的大脑有瞬间的缺氧。

她知道自己被旱鸭子拽到了温泉里，温热的水包围着他们，她紧绷着的肌肉渐渐放松下来，呼吸却是急促的。不光是她，她能感觉到他的呼吸比她的还要急促。在接吻的间歇她又看到了他的眼睛，他们对视着，望着彼此……

一直到刘娅楠肚子饿得咕噜噜叫的时候，两人才乘着升降梯重新回到别墅里。等第二天醒来的时候，刘娅楠就看见自己在床上呢，她迷迷糊糊地揉了揉眼睛，脑子里还是乱乱的，不过身体倒是很舒服，

不知道是因为泡温泉还是怎么的，就连皮肤都是滑滑的。

她在洗漱的时候，特意照了照镜子，就看见镜子里的自己，脸色粉嫩粉嫩的气色特别好。

等她穿着睡衣走出去的时候，就听见羌然在外面正同观止他们说着什么。

刘娅楠当下有些奇怪，虽说羌然对手下不错，可很少跟下面的人聊天的，尤其还是聊的打猎那些。她就听着门外的羌然简直跟换了个人似的，说起话来真是喋喋不休了。她透过门缝，就看见观止跟她的感觉一样，一副被吓到的样子，包括观止身边那几个警卫都是战战兢兢的，不管羌然说得多么热火朝天，没一个人敢去接话的。因为所有人都觉出这个羌然……不大正常了。

刘娅楠知道自己不能总躲着，听了一会儿后，她终是小心地推开了门。

羌然大概听见了开门的声音，扭过头来，就看见了穿着睡衣的刘娅楠。刘娅楠穿衣服一向很保守，在这种纯男世界，她一直很注意的，可饶是这样，还是露出了脖子那里的吻痕，不光是脖子，就连小臂那里也有一些。

当时觉得很过瘾，可现在看来，刘娅楠的脖子简直有点惨不忍睹了，他一想起昨晚两人之间发生的那些，忽然就红了脸。

就连他身边的观止他们也察觉出了两人的尴尬，赶紧识趣地走了。

等那些人一走，整个空间就只剩下他们了，刘娅楠也挺不好意思的。她正想着要说什么呢，羌然已经开口了，问她："肚子饿了吗？"

刘娅楠点了点头，羌然身边就放着早餐，等她过去，就被羌然拉住了。他很自然地把她扯到自己怀里，让她坐在自己的腿上，头抵着她的头，关心地问着她："昨晚疼了吗？"

刘娅楠不好意思地摇了摇头，不明白这洞房花烛的感觉是怎么个意思，之前又不是没做过啊！现在却整得跟新婚小夫妻似的，要不要这么傻啊！

刘娅楠觉得很神奇，她都不知道自己跟羌然的关系怎么就变得这么融洽了。她坐在羌然的腿上，跟做梦似的吃着早饭，就是在吃饭的时候，还要被人参观实在是太怪了。

她吃点心喝粥外带吃咸菜的，用不着这么不眨眼地看吧！又不是

参观动物园，看见大熊猫掰竹子都要看上半天，这家伙知不知道自己很帅啊，这么盯着她，她会很紧张的！

凑合地吃过早饭后，因为还有时间，羌然又迫不及待地带她去温泉那里了。

氤氲水汽间，在相对密闭的空间里，刘娅楠很快被羌然脱去了衣服。这个山洞在照明灯的光照下，给人一种仿如仙境的感觉，而且羌然的样貌那么出色，此时头发湿漉漉的，原本凌厉的眼神，也带上了暖色。

在刘娅楠看来，简直就跟水墨画中的人一样……漂亮得让人心悸，这个场景太美了。因为害羞，她什么话都说不出来，只能依靠着本能抱紧羌然，身体是舒畅的，就好像食髓知味一样。

水汽也蒸得人难受，昏昏沉沉的，刘娅楠不知道过了多久，觉得身体都像不是自己的时候，羌然终于放开了她。

这次羌然倒是准备充分，还带了毯子下来，看她气喘吁吁的，就把她放到毯子上，用毯子包裹着她。在她躺在岸上休息的时候，羌然就在水里学着游泳。

刘娅楠头发湿漉漉的，因为靠近温泉，有水汽熏着，又有毯子，她倒是没觉出冷来。她用手支撑着自己，盯着水里的羌然。

她挺担心他的，小时候被水吓到过的人，哪有忽然就不怕水的，听羌然话里的意思，好像他们这种人只要把头伸到水下就会下意识地觉得憋得难受。

不过看羌然的意思倒是真想学会游泳。在尝试着把头伸到水下后，连一秒钟都没到呢，羌然就又把头抬了起来，脸色也不是太好，看来在水里憋气对他来说还是太难了。

刘娅楠忙在岸上叫他，羌然涉水来到她身边，站在齐腰的水中的男人，身上有很多伤疤。曾经为了救她，他的后背受了很重的伤，只是他身上的伤太多了，她有些分不清楚具体是哪一处。

她伸手摸了摸他的后背，两人靠得如此之近，就连呼吸都会打到对方的身上。她的手指慢慢下滑，终于伸到水里握住了他的手指，水温很暖，他的手心比水还要热一些。

她望着他的眼睛，明明有好多话想说的，结果却不知为什么亲吻了起来，在她还没反应前，她又一次被羌然拉到了水里。

在停下那个吻后，刘娅楠才终于说道：“我来教你游泳吧。”

她从没想过自己可以教羌然什么的，可她现在确实是在教他，而羌然也很有耐心地听着她讲解，这场景太温馨了，简直就跟在梦中似的。

她脸红红的，努力一本正经地说着自己游泳的心得。她也没怎么系统地学过游泳，当年暑假报了个班，学了点自由泳，其实动作压根学得就不怎么标准，只是不沉底而已。

怎么闭气怎么在水里游泳，她说得也有些乱，可羌然领悟得很快，在她试着让他憋气的时候，她陪着羌然一起潜到了水里。渐渐地羌然还是学会了游泳，到最后羌然游得比她还好呢。

等刘娅楠再上到岸上休息时，把手伸到水里，羌然已经可以很轻松地在水里游着靠近她的手指了。偶尔他还会故意起来亲亲她的脸颊，然后又很快游走。

刘娅楠不记得那天他们待了多久，只知道到最后，她跟散了架一样，腿更是软得不得了，上升降梯的时候，还是羌然背着她上去的。

大概是被羌然背着的缘故，在回去的路上，刘娅楠难得仔细打量了下这个洞穴，然后她发现在洞穴口的壁上还有一些刻上去的字呢。

她觉得奇怪，忍不住伸手摸了摸石壁上的字，这些字可真漂亮，看得出来当初刻这些字的人，力气很大，字写得也特别好。

在经历了那些岁月后，虽然有些模糊了，可用手摸的话还是能感觉到那些笔画。

“这是当年青侯留下来的。”羌然很自然地告诉她。

刘娅楠却觉得奇怪了，问道：“青侯是谁？”

“就是大家说的那个侯爷。”羌然说得挺漫不经心的。

刘娅楠光听人说什么侯爷，想了半秒，她才反应过来，羌然是不会说侯爷那种尊称的，因为按地位来说，羌然跟侯爷应该是竞争又战友的关系吧？

她一下好奇起来：“他怎么会在这种地方题字？”

“在他决定把所有财产捐出去的时候，那一代的羌然曾经请他过来度假。”

这可就更神奇了，刘娅楠还以为那两人一直是竞争关系呢。

就跟要帮她解惑一样，羌然很自然地说着：“据说那一代的青侯跟羌然是不错的朋友。”

“一直是吗？”刘娅楠问了一句。

“不一定。”羌然笑着告诉她，“再生人又不是翻版，脾气性格都是不同的，要都是关系恶劣的话，不可能有当年的那个盟约。”

刘娅楠也想起那个来，其实有点担心的，万一真出来个侯爷要一起怎么办……

她很想问一句，到时候你真会按盟约来吗？

可是想着羌然看她的目光，刘娅楠忽然觉得那种问话很傻。

她把自己的手轻轻地交到羌然的手心里，羌然习惯用手指划着她的指腹，那感觉酥酥麻麻的。

回到房间后，羌然就跟她躺在床上休息。

等返程的时候，随行人员都发现那两位的不同了，来之前还一左一右，跟怕被传染似的两人，在回程的时候，简直都要成连体人了。

刘娅楠一直在小声地同头儿说着什么，头儿也会俯下身，露出会心的笑。在车子行驶到一半的时候，头儿居然还很体贴地让车停在路边休息一会儿，就因为夫人坐不习惯快速行驶的地上车。

看着跟在夫人身边的头儿，观止他们都傻眼了，这是多么不可思议，外加让人起鸡皮疙瘩的画面啊！

等车队行驶到东联邦的时候，天色已经有些暗了，从富人区穿过的时候，刘娅楠就觉得情况有些诡异，就像有多么大的喜庆事情发生了一样，地上到处是那种彩带。

她在车内坐着，就看见不远的摩天大楼间，有四维立体的图像打出的一个巨大的人形影像。

那是一个穿着华丽服饰的女人，刘娅楠发现那影像的五官虽然做了微调，可仔细看的话，不正是她吗！那上面的自己还戴着个皇冠，皇冠特意打出了五颜六色的珠宝，要是在头像后面挂个圈，那圆圈还一闪一闪的，简直就是圣母光辉普照大地的范啊！

刘娅楠目瞪口呆地听见外面不断有声浪涌了过来，只是声音很嘈杂，她隐约听见是什么女王万岁圣母万岁……

刘娅楠脑袋有点蒙，她下意识地往天上看了一眼，果然就见天上又开始折腾了，无数新闻媒体跟空战似的，正在天上边打边航拍呢。她没想到她要做女王的消息会传得这么快，这是黄袍加身的加强版吗？

之前她还想着跟羌然商量下，别当那个女王了，折腾那个做什么，可此时看见这个阵仗，不管是富人区还是穷人区，刘娅楠听到的都是

让人热泪盈眶的呼喊声。

车子顺着预定的线路一路驶回了羌家军的地盘，平时车子开到的时候，都是观止跳下车，跑去给刘娅楠开车门的。可这次他刚跳下去，就看见头儿早已经下了车过去给刘娅楠开车门了。

然后他就看见刘娅楠跟兔子一样蹦了出来，那两位又跟黏了万能胶似的，很自然地就手拉着手了。

迎接他们的第二军，都得了什么难言之隐似的，站着敬礼倒是还没觉出什么来，一动起来了，刘娅楠就敏感地留意到那些人的步子很奇怪，腿更是一拐一拐的。

要是一两个人她不会乱想，可呼啦啦十多个人都这个毛病，楚灵更是跟得了歪眼似的，都不敢看她，刘娅楠瞬间有了一种不大好的猜想，看来喜欢使用三无产品的傻大胆不止羌然一个啊！这是第二军团被三无产品灭团了吧……

她下意识地瞟了一眼羌然，她也不知道羌然是不是也注意到了。不过看羌然的表情好像是没有，可是接下来羌然说的话，又有那么点不同寻常。

刘娅楠听着羌然声音轻飘飘的，给楚灵他们安排着加训的科目，什么翻越障碍啊，什么急行军啊，还有负重长跑啊……

等楚灵他们跟赴死般一拐一拐地走远后，刘娅楠忍不住嘀咕了一句："哎……这样会不会……太……"

"正常的训练而已。"羌然拉着她的手，邀功般说着，"来，我带你去看新安的浴池。"

刘娅楠是真佩服他了，这得什么脑子啊，什么行动力啊！

等到夏宫的时候，她就看见那个夸张的浴池了。最近两天她跟羌然简直是形影不离的，她真没想到羌然在百忙之中，不仅为今后的业余生活做出如此周到的安排，还安排得这么专业，果然是领导人的头脑啊，连一天都不带耽误的！

只是世事难料，就在刘娅楠准备换衣服的时候，她发现了一个很不幸的情况——蜜月大杀器"大姨妈"到访了。

等羌然匆忙把事情处理完，要回来试试新型浴缸的功能时，刘娅楠就告诉了他这个不幸的消息。羌然那脸色，就跟被人下了耗子药似的。

刘娅楠以前挺怕他的，可见到这样的羌然别说怕了，反倒还想揉揉他的头发哄哄他。两人都有点食髓知味，奈何赶上这种不可避免的官方休息。羌然没法，只好跟她做些友爱和谐的休闲活动。

刘娅楠还是头次知道那个玻璃墙还可以做游戏墙呢，虽然在她的世界已经有一些立体的游戏，比如拿着工具打球啊，然后屏幕上会即时地显示结果。

可按真实的感觉来说，这里的显然要强很多，那些游戏场景做得就跟身临其境一样，音效也是立体的。

羌然先是弄了一些射击类的游戏，可惜刘娅楠不怎么会，打起来也乱七八糟的。最主要是打到猎物后，血花四溅的特效做得太真实了，就连猎物倒下抽搐的样子，都跟真的似的，刘娅楠一见这个就有些肝颤，最后就怎么都不肯玩了。

可她现在情况特殊，别的太剧烈的运动她也做不来，最后羌然就说要教她玩一种游戏棋，不过光听规则刘娅楠就要被绕进去了。最后刘娅楠想起五子棋来，就问羌然要不要玩简单一些的。

不过刘娅楠没觉得自己可以赢羌然的，因为羌然一直说她笨，再说她脑袋是不太灵光，当年上学的时候，她下五子棋就下得不好。可不知道羌然是还不太会玩呢还是怎么的，头几次居然都输给了她。这下刘娅楠可眉飞色舞起来，手指轻点着触摸屏，每落一子都要抬头去看羌然，一副得意扬扬的样子。

羌然每一次都会回望她，中间还会用手去摸她的头发。她也跟受到感召般，把手伸出去，只是她没有去摸羌然的头发，而是摸了摸他的耳垂。

到了晚上，刘娅楠忽然肚子疼了起来，她一直有痛经的毛病，这次来“大姨妈”能拖到晚上才疼，已经算是不错了。以往她都会忍耐着，该怎么样就怎么样，这次大概是有点被人宠着呢，刘娅楠就裹在被子里，想喝水了，她就会试探着问道：“羌然，能麻烦你帮我倒杯水吗？我想喝水。”

羌然很快就把水递了过来，刘娅楠就抱着被子看着羌然的脸笑。

在要吃晚饭的时候，观止忽然神色紧张地走了进来，观止平时有话从不会背着她的。

这个时候的观止却跟有什么难以启齿的事儿似的，走到羌然耳边

说了几句。

然后刘娅楠就看见从来脸色都不会怎么惊慌的羌然，表情忽然变了一下。

羌然也没说什么，只状似平常地拿起外套，一边穿在身上，一边对她说："老婆，我先出去一下，你先自己吃饭，我晚些回来……"说完羌然就跟着观止出去了。

刘娅楠心里觉得不对劲，等羌然一走远，她立刻打开了电视。

就凭羌家军现在这么受人瞩目，估计出大事的话，新闻上早已经有蛛丝马迹了。

随后刘娅楠就在电视里看到了缪彦波的脸。

缪彦波以女性维持人的身份，正一脸得意地对着镜头说："是的，我们已经找到了侯爷，目前我们正在同羌家军沟通，希望他们可以遵守最强契约……"

刘娅楠一下傻在屏幕面前了，这是怎样的神展开啊，这个缪彦波还真从旮旯里找到那个侯爷了！

然后电视镜头一转，一个算得上清秀的男人在聚光灯下走了出来。要说相貌的话还真有五六分相似，只是那个人，刘娅楠跟这些人精待惯了，所以很容易就能区分出什么是人精什么是棋子。

这个人明显气质不够，也没那种气势，要说像的话也只是脸像而已，可也许侯爷的再生人就该是这样的呢？

刘娅楠瞬间觉得脑袋疼了，这是一波未平一波又起啊……

只是在她要转台的时候，羌家军的代言人已经官腔十足地回复了政府那头的难题。

刘娅楠就见一脸军人范的发言人，言简意赅地阐述了羌家军方面对缪彦波一行人办案不力的意见，还有对于此次侯爷身份的疑点，外加羌然的一份声明，声明里第一次公开表示，他不是言而无信的人，但要在对方确实地证实自己的身份后，他才履行契约，而能够确认对方身份的唯一办法就是……

刘娅楠简直都能想象出羌然说那句话的流氓样子，虽然那是官腔十足的一句话，可按道上的话分析，是骡子是马拉出来遛遛！

下面的那些专家分析，各地感言群众调查什么的，刘娅楠没再继续看，估计民间是不会说羌然好话的。羌然这个人以前名声就差，自

从有了她后，在普通人眼里，羌然简直就是加了“更”字的跋扈。

她安安静静地吃着饭，等羌然回来的时候，羌然也没跟她提发生的事儿，反倒还问了问她晚上吃的什么，吃得好不好。

刘娅楠一一跟羌然说了，等洗漱完毕后，上床的时候，她主动抱上了羌然。羌然的身体很暖和，手掌更是热热的，罩在她的肚子上正好可以驱驱宫寒。

羌然不能理解为什么女人来月经会肚子疼。具体怎么个疼法，两人抱在一起的时候，刘娅楠给他科普了半天他也没听懂。

羌然不断问着：“是像刀砍还是被刺扎……”

这种事儿没亲身经历过真的很难理解，刘娅楠没法了，她每次来“大姨妈”都会脚凉，她把自己的脚伸到羌然的肚皮上，同他说：“就是肚子凉凉的……”

羌然没有避开她的脚，反倒把睡衣掀起来些，让她的脚直接贴到自己的肚皮上。

羌然浑身都跟铁板一样，就算是肚皮也有很结实的腹肌，每一次他呼吸的时候，她都能感觉到。

以前觉得他肌肉纠结，现在有了些亲密的关系后，刘娅楠真觉得男人长出那样的腹肌特别性感。

“那……”在沉默了片刻后，就算会被羌然骂是笨蛋，她还是想跟羌然说些正经事，“那个侯爷的事儿，你怎么想的……”

羌然倒是没太大意外，他摸着刘娅楠凉凉的脚，因为不习惯跟人商量事情，更是没跟任何人汇报过自己做事的方式，过了好半天他才说道：“这是缪彦波想要恶心我。”

刘娅楠抬起头来，看着他的眼睛。

羌然不是很习惯地说：“这事儿我会处理好的。”

两人多少有些不适应这种转变，她把身体靠近羌然，用力地搂抱着他。

第二天刘娅楠虽然还不舒服，不过她还是早早地起来了，按部就班地去找小田七他们。倒是羌然临出门的时候跟她说，菲尔特家族的人送了一些当地的特产给他们，东西都在外事部那儿，她可以挑选一些转送给小田七他们。

以前羌然是不在意这些事儿的，现在刘娅楠能感觉到，这个心很

大的男人，也在小事上开始改变自己了，努力配合着她，不过那些礼物刘娅楠还真是求之不得。

她赶紧跑去选了一些菲尔特当地的特产，让那些保安人员帮她提着就去找小田七他们了。

分开了几天而已，等再见到小田七的时候，刘娅楠就发现这个小家伙最近可真能长，简直跟吃了催长剂似的。她估计也是羌家军的伙食好，现在这小家伙都到她的肩膀了。

她赶紧把那些特产都拿了出来，跟献宝似的分别送给小田七跟野兽。野兽倒是蛮沉默的，自从见了她后，就只瞅着她。

刘娅楠也顺便说了说出访的事儿，还提到了传闻中的菲尔特族长，就是那个人给她的感觉蛮淡的，跟缪彦波还有何许有钱比，总觉得这个菲尔特族长没什么特色。

倒是小田七在听完她那些话后，忽然说道："姐姐，其实真正的菲尔特族长是不会露面的。"

刘娅楠当下哎了一声。

小田七忙解释说："我看过很多菲尔特家族的报道，真正的菲尔特族长不管在什么场合都没有露过面，我想羌家军也明白这个，只是大家都没有明说。"

刘娅楠倒是没想到这个，不过是不是真的她倒是无所谓了。趁着这个机会，她把得到皇冠的事儿给小田七和野兽说了说。其实自从回来后，她就一直想跟羌然提这个，可看羌然的样子好像还挺开心的，他们关系难得这么融洽，她就有点说不出口。

她也在犹豫，毕竟这是很大的事儿，平民百姓的给个村长也许不会动心，可给个女王……那简直就跟天下掉了金馅饼一样，都要把她砸晕了！

小田七倒是支持得很，直说："姐姐，我早就说过你是最合适的人选，而且对那些联邦政府的人来说，相比羌然称帝，他们肯定更愿意由你来当。"

刘娅楠没想到小田七心还蛮大的，只是她这么废柴行吗，她有些拿不定主意地看向了野兽。

野兽最近一段时间，是一天比一天稳重了，此时更是回望着她的眼睛，一脸平静地告诉她："在我心里，你就是最合适的女王。"

刘娅楠都被他说得脸红了，谁没个公主梦啊，更何况是女王呢，真是挺心动的。

野兽随后还说了些养育院的事儿，通过他的分析，刘娅楠也大概明白了，如果她有这么个名誉主席的头衔，再遇到跟联邦政府扯皮的时候，多少会有些帮助的。就是中间休息的时候，趁着小田七去查资料，刘娅楠忽然想起侯爷的事儿了。

她赶紧打开电视，又看了一会儿跟踪报道，野兽也抬头看着电视上那个英俊的男人。那个男人正被许多记者包围着，可以看出他整个人都有点不在状态。

羌家军真是咄咄逼人，羌然一脸大流氓的样子，就是在逼着对方上套。缪彦波一伙则对着电视镜头义正词严地重申他们是文明人，更希望能跟羌然用文明的方式解决此次事件。

“侯爷不会是那样的。”野兽忽然说道，低下头来，“真正的侯爷不会被缪彦波当猴似的耍的。”

刘娅楠当然也知道这个，不过听着野兽的话，倒是有点心有戚戚焉的感觉。她忙看了一眼野兽的表情，随后她就想起来了，对呀！这个家伙当年不也是被人忽悠着是什么侯爷的再生人，然后被什么地下拳击场的老板给利用了嘛。

她赶紧安抚般伸手碰触了下野兽的胳膊，道：“人都有犯傻的时候，只要以后不再被人骗就好了。”

野兽现在倒是坦然了，望着刘娅楠的眼睛。

刘娅楠有一种女孩子特有的很柔的感觉，这是在纯男人的世界里很特别的一种存在，不管是表情还是目光，都是温柔的。

他忽然不可抑制地想到了一种情况，跟这么温柔的目光比，不知道刘娅楠的身体是不是也是柔软的……女孩特有的气味，特有的身体……就在他触手可及的地方，他的身体在发热，他忽然很想凑过去感受那种柔软。

刘娅楠正纳闷野兽干吗用看红烧肉的眼神看她呢，忽然就见电视上的主持人表情严肃地站了起来。

瞬间刘娅楠屏住了呼吸，眼睛一眨不眨地看着电视，那个主持人的表情也太严肃了，就跟要发生什么大事一样。

野兽也留意到了她的神情，两人都抬起头来看着，就见屏幕上的

主持人神情激动而又严肃地面对着镜头说着："插播一条新闻，我台刚得到的最新消息，联邦政府对于西联邦提请的女王立宪制修正法案（草案），做出了表决，各联邦成员代表对修正稿进行了审议，会议通过以后，各代表团再次进行了第二次审议，经过两小时零六分钟的审议表决，赞成2352票，弃权96票……"

刘娅楠傻了一样。

"关于女王官邸所在地，联邦政府还在同羌家军商议。"主持人顿了一顿，用激动的声音，喊了一句，"女王万岁。"随后好像有人在呼应般，演播室内也响起了几声女王万岁的呼声……

刘娅楠真要傻眼了，她以为当女王那事儿怎么也要折腾个一年半载，然后还得有人反对否决，联邦政府的效率她不是不知道啊，以前没这么效率啊！今儿这是怎么了？

正在她纳闷的时候，小田七估计也听到了什么消息，气喘吁吁地跑了过来，一看见刘娅楠，就露出了孩子般开心的表情，高兴地说着："姐姐，你看见新闻了吗？"

刘娅楠傻不愣登地点了点头，小田七已经走到她面前，再稳重也是个半大的孩子，此时他就叽里咕噜地说着："我就知道一定能行的，没人会跳出来反对！"

刘娅楠这下更奇怪了，为什么没人跳出来反对，就算羌家军有武力，可是这个世上骂羌然的人还少吗？

"怎么会反对。"小田七一脸理所应当地说，"你是所有再生人的母亲啊，不管怎么想反对你就等于反对自己妻子的基因提供者，除了那些幸运者外，谁会傻乎乎地反对啊？"

刘娅楠也有点反应过来了，这就是丈母娘效应吧，说白了，这个世界的光棍们，既没爹又没妈的，她就算再年轻也算是半个丈母娘了，做女婿的除非傻了才会反对丈母娘，所以丈母娘就要做女王了？

何况那压根就是一个虚职，与其看着脑满肠肥的联邦总统主持外事活动，还不如看漂亮的女人在上面呢。刘娅楠张了张嘴巴，觉得她得去看看羌然，不知道羌然现在是什么态度。

她出去走了一圈，正好赶上饭点，羌然那里还有很多事儿要处理呢，刘娅楠跟他说了一声，等他处理完去小厨房找她。

之前她被羌然逼着天天在小厨房里做饭，现在虽然不用了，可因

为闲着也是闲着，这么大的事儿办下来，她有点心绪不宁，现在想做做饭冷静冷静。

她刚把菜准备好，正准备开做呢，羌然就来了。他还穿着那件制服，样子帅气得让人怦然心动，不过进到厨房后，大概是怕弄脏，羌然把外套脱了下来。

见刘娅楠在忙着准备饭菜，他走过去从背后抱住她，贴着她的头，低头亲了亲她的脖子，刘娅楠赶紧捂住了脖子。自从她家“大姨妈”来了后，羌然就开始拿她的脖子下火，所以搞得她脖子简直就跟开了颜料铺似的，就算是吻痕也得低调点啊。

她转过身去，回抱住羌然。羌然又想亲她的脖子，她吓得赶紧踮起脚来，主动吻了吻他的嘴唇，跟哄孩子般，小声说着：“乖啊，别啃脖子了。”

等她再转过身去做饭的时候，羌然不知道该做什么就在旁边看着。

刘娅楠拿出竹笋给他，让他打下手，帮她剥剥竹笋。看他坐在小马扎上剥笋的样子，简直跟个乖巧的大男孩似的，刘娅楠忍不住伸手摸了摸他的头发。只是他的头发看着再怎么漂亮，摸到手里也是扎扎的。

其实她一直在想刚才电视里的事儿……她也不知道该说什么，脑子里乱糟糟的，女王到底该是什么样的？

等她把作料都弄好了，准备切竹笋炒的时候，就见羌然正一脸懵懂地看着指头大小的竹笋尖发愁呢。

刘娅楠也跟着呆住了，这家伙是怎么剥的竹笋啊！

“你把能吃的地方都剥掉了吧！”

刘娅楠边说边郁闷地接过指头大小的笋尖，闷闷地用剩下的笋尖戳了戳他的肚子。羌然赶紧又把她圈进怀里。

刘娅楠被他抓到怀里，过了好几秒才说：“羌然，我看见新闻了。”

“嗯。”羌然把头枕在她的肩膀处，慢慢地摇晃着她。他们身体无比默契，可在商量事儿上还是有很多的隔阂。

刘娅楠努力跟他沟通：“你觉得我能做好吗？”

就算是个花瓶也该是优雅漂亮的花瓶吧。她有那个自知之明，女王……跟她的差距应该是从北极到南极吧？

“能的。”羌然搂着她的腰，那自信的样子，简直跟她不做是多么大的浪费一样。

刘娅楠真希望分点他的自信，她揪了揪他的耳垂，小声地嘟囔：“那可是女王啊！”

“你就是我的女王。”羌然说得太自然了。

以至于刘娅楠都愣住了，最后不好意思地低下头去，头对着头地跟羌然贴在一起。也不光是女王的事儿，最近侯爷的事儿，羌然一直没跟她说过什么。她紧跟着小声地嘀咕了一句：“那羌然，侯爷那件事……你想怎么办啊？”

刚才看电视的时候，刚播放完女王的新闻，那个电视台又开始播放侯爷的事儿了，好多人都在恭喜侯爷要做什么亲王的，那不是扯呢嘛。说不好听的，一个男人她都要应付不来了，再追加一个，她还活不活啊！

这种事儿有二就有三，她可是保守星人，脖子多俩吻痕都会心虚的，这要给她添三四个丈夫，她估计她就直接抹脖子去了。

三夫四爷的难保后宅不宁，就凭她的手腕，不说别的，就羌然这样的，再加几个人精，她那日子可就别想过踏实了，保准是人脑袋打出狗脑袋来！

她很想跟羌然表明自己的想法，比如她是坚定的一夫一妻制拥护者。可是她又有些不好意思，两人就算再如胶似漆，可是那种话说出去，简直跟表明心迹一样。不过她不敢说，不代表羌然不会说。

此时作为腻死人不偿命二人组之一的羌大情种，语气淡然地回道：“这事儿你不用操心，我早晚会把他剁碎了喂狗。”

刘娅楠以为这是羌然在安抚她呢，便笑着抱着羌然。不过跟忧心忡忡的她不同的是，外面的男人们，正欢欣鼓舞地等待女王降临呢。

刚刚好的你
艾小图 最新暖心之作
写给遇爱则强的你
作者：艾小图 定价：29.80元
ISBN 978-7-5500-1693-4
KUWEI
酷威文化
不去埋怨时间的蹉跎，
披荆斩棘的路上，
相信爱，必定途遇天使。
不曾错过，也就不能拥有，
刚刚好的你，和刚刚好的一个我！
-随书附赠精美明信片-

图书在版编目（CIP）数据

全世界只有一个你 / 金大著 . -- 南昌 : 百花洲文艺出版社，2016.5

ISBN 978-7-5500-1705-4

Ⅰ. ①全… Ⅱ. ①金… Ⅲ. ①长篇小说—中国—当代 Ⅳ. ① I247.5

中国版本图书馆 CIP 数据核字 (2016) 第 074280 号

---

出 版 者　百花洲文艺出版社
社　　址　江西省南昌市红谷滩世贸路898号博能中心20楼　邮编：330038
电　　话　0791-86895108（发行热线）0791-86894790（编辑热线）
网　　址　http:www.bhzwy.com
E-mail　bhz@bhzwy.com

书　　名　全世界只有一个你
作　　者　金　大
出 版 人　姚雪雪
出 品 人　刘运东
特约监制　肖　恋
责任编辑　王丰林　陈　蓉
特约策划　肖　恋
特约编辑　萨　萨
封面设计　程　然
插画绘制　xiao晶儿
经　　销　全国新华书店
印　　刷　三河市南阳印刷有限公司
开　　本　1/32　880mm × 1230mm
印　　张　18.5
字　　数　580千字
版　　次　2016年6月第1版
印　　次　2016年6月第1次印刷
定　　价　49.80元
书　　号　ISBN 978-7-5500-1705-4

---

赣版权登字：05-2016-88